Guido Dieckmann
Der Fluch der Kartenlegerin

AF203869

 aufbau taschenbuch

Guido Dieckmann, Jahrgang 1969, hat Geschichte und Anglistik studiert. Er hat bisher mehrere sehr erfolgreiche historische Romane vorgelegt und lebt in Haßfurt in der Pfalz.

Als Aufbau Taschenbuch sind von ihm lieferbar: »Die sieben Templer«, »Luther« sowie »Das Geheimnis des Poeten. Ein historischer Weimar-Krimi«.

Mehr Informationen zum Autor unter
www.guido-dieckmann.de.

Der junge Christian Vulpius hofft, endlich den Platz in der Gesellschaft Weimars zu erhalten, der ihm gebührt. Zum ersten Mal feiert er einen Erfolg als Schriftsteller. Selbst Geheimrat Goethe und Vulpius' sonst so kritische Schwester Christiane sind zufrieden. Eigentlich würde Vulpius nun nichts lieber tun, als an seinem nächsten Roman zu arbeiten, doch Schwager Goethe, der um seine chronische Geldknappheit weiß, verschafft ihm einen Posten in der Herzoglichen Bibliothek. Da wird Vulpius unversehens Zeuge eines vermeintlichen Selbstmords. Die Hebamme Josefina Bleichwein erhängt sich vor seinen Augen. Doch vieles an diesem Tod bleibt rätselhaft. Als wenig später Josefinas Bruder, der wohlhabende Tabakhändler Erasmus Bleichwein, ermordet wird, glaubt Vulpius nicht an einen Zufall. Er findet Hinweise, dass die Geschwister ein gefährliches Geheimnis gehütet haben. Aber was hat das alles mit der mysteriösen Kartenlegerin aus Frankreich zu tun, deren düstere Vorhersagen ganz Weimar in helle Aufregung versetzen?

GUIDO DIECKMANN

Der Fluch *der* Kartenlegerin

Ein historischer Weimar-Krimi

atb aufbau taschenbuch

MIX
Papier aus verantwor-
tungsvollen Quellen
FSC® C083411

ISBN 978-3-7466-3335-0

Aufbau Taschenbuch ist eine Marke der Aufbau Verlag GmbH & Co. KG

1. Auflage 2017
© Aufbau Verlag GmbH & Co. KG, Berlin 2017
Umschlaggestaltung www.buerosued.de, München
unter Verwendung eines Bildes von © Carmen Spitznagel/Trevillion Images
Satz LVD GmbH, Berlin
Druck und Binden CPI books GmbH, Leck, Germany
Printed in Germany

www.aufbau-verlag.de

Mein Vater, mein Vater, jetzt fasst er mich an!
Erlkönig hat mir ein Leids getan!

Aus »Der Erlkönig«
von Johann Wolfgang v. Goethe

Prolog

Kein Reisender mag es, wenn ein Schneesturm ihn zwingt, für eine
unbestimmte Zeit Zuflucht in einer einsamen Herberge mitten im
Wald zu suchen. Er kann nichts weiter tun als warten, bis das Wetter
sich gebessert hat und die Kutsche weiterfahren kann. Aber wenigstens befindet er sich in Sicherheit. Auf mich trifft dies nicht zu, denn
ich bin eine zum Tode Verurteilte auf der Flucht. Jede Minute, die
ich damit vergeude, hier die Wände anzustarren, spielt denen in die
Hände, die hinter mir her sind. Mein Kutscher hat keine Ahnung,
warum ich so verzweifelt bin. Er sitzt unten im Gastraum, trinkt
Bier und ist froh, nicht in die Kälte hinauszumüssen. Er behauptet,
dass wir unsere Reise bald fortsetzen können, aber überzeugt hat er
mich damit nicht. Stattdessen hat er mir geraten, mich auszuruhen.
Ich müsse doch völlig erschöpft sein. Ja, erschöpft bin ich in der Tat.
Aber es ist die Angst, die mir den Appetit raubt und mich nicht
schlafen lässt.

Ich habe mein Aussehen verändert und meinen Namen vergessen. Aber ob ich damit meine Verfolger täuschen kann?

Ich setze mich mit einem Buch ans Fenster. Es sind Gedichte von
Goethe, den ich schon lange bewundere, doch heute fällt es mir schwer,
mich auf die Verse zu konzentrieren. Immer wieder wandert mein
Blick durch das Fenster in den Hof. Auf der dünnen Glasscheibe
vor mir haben sich zarte Eisblumen gebildet, von außen schlägt ein
stürmischer Wind wässrige Flocken gegen das Fenster. Er rüttelt
grob an den Läden. Einen Augenblick lang lausche ich dem Gesang

des Sturms. Einen bangen Moment lang glaube ich, durch das Knarren der Holzdielen und das Ächzen im Gebälk die Stimme des Mannes zu hören, dem ich davongelaufen bin und der mich in seinem Keller zu Tode foltern wird, falls er mich aufspürt. Meine Hände zittern, als ich mir sein Gesicht unter der tadellos sitzenden gepuderten Perücke vorstelle: die eiskalten Augen, die mich, sooft er seinen Blick auf mich richtete, dermaßen aus der Fassung brachten, dass ich kein Wort mehr über die Lippen bekam. Inzwischen muss er herausgefunden haben, dass ich keineswegs eine Cousine besuche, sondern meine Heimat Frankreich für immer verlassen habe. Mein Ziel heißt nun Russland, weil ich hoffe, am Hof der Zarin Katharina eine Bleibe zu finden. Die Zarin ist eine starke Frau, die sich vor keinem Mann in ganz Europa fürchtet. Ich vertraue darauf, dass sie mich nicht zurückschicken wird. Ich fange an, in dem Buch zu blättern, und lese ein Gedicht, das auf meine angegriffenen Nerven nicht gerade beruhigend wirkt. Ein Kind wird von einer üblen Erscheinung gequält, doch sein Vater nimmt davon nichts wahr. Immer wieder versucht er, den Jungen zu beruhigen. Nun, darin erinnert er mich an meinem eigenen Vater. Der hat nicht glauben wollen, was für einem Teufel er mich zur Frau gegeben hat. Der Vater in Goethes Gedicht reitet einfach weiter, obwohl ihm doch langsam einmal auffallen müsste, dass mit dem Knaben in seinem Arm etwas nicht stimmt. Und dann …

Dann springt die Tür zu meiner Kammer mit einem hässlichen Knarren auf, und mir bleibt vor Schreck fast das Herz stehen.

»Musst du dich so anschleichen?«, zische ich die Kinderfrau an, ein unscheinbares Wesen, das ich in Dresden eingestellt habe. Sie zuckt nur mit den Schultern und meldet, dass sie Maria gefüttert habe und gleich zu Bett bringen werde. Maria? Wer zum Teufel ist Maria? Ach so. An den deutschen Namen, den sie meinem Kind gegeben hat, muss ich mich erst noch gewöhnen. Auch in St. Petersburg werden wir uns unter einem falschen Namen niederlassen müssen.

»Madame machen sich zu viele Sorgen«, sagt die Kammerfrau und klingt plötzlich fast wie der Kutscher. »Sie haben so lange durchgehalten, da werden Sie auch den Rest des Weges schaffen.« Sie schenkt mir ein aufmunterndes Lächeln, das mir guttut. Ich bin froh, dass sie bei mir ist, denn sie kann gut mit Kindern umgehen.

»Was soll schon geschehen?«, fährt sie mit ihrer tiefen Stimme fort. »Ihre Tarnung ist perfekt. Eine arme Witwe, die mit ihrem Kind und einer Dienerin nach Russland reist, um die Töchter eines Fürsten in Französisch und guten Manieren zu unterrichten. Absolut unverdächtig!«

Unverdächtig? Wirklich? Mein Blick fällt auf die schäbige Tasche auf dem Bett. Ich habe die Briefe des Fürsten aufgehoben, obwohl es klüger gewesen wäre, sie zu verbrennen. Aber das habe ich nicht übers Herz gebracht. Sie enthalten eine Einladung, das Entreebillet in ein neues, angstfreies Dasein. Nur zwei Tage noch, dann wird die Kutsche des Fürsten mich erwarten. Doch zwei Tage inmitten dieser Winterstürme können lang sein. Zu lang. Und mein Gemahl …

»Wenn er mich findet, wird er mich eigenhändig töten. Du hast keine Ahnung, wie grausam er sein kann. Ein Menschenleben bedeutet ihm nichts. Ich habe seinen Stolz verletzt, und das wird er nicht auf sich sitzen lassen. Außerdem hat er genug Geld und Einfluss, um mich einmal um die ganze Welt zu verfolgen.« Ich lege das Buch mit dem schaurigen Goethe-Gedicht zur Seite und schlage müde die Hände vors Gesicht. Und wenn ich doch umkehre? Vielleicht ist es noch nicht zu spät. Ich könnte einen Kurierreiter nach Frankreich schicken und einfach warten, bis …

Die Kinderfrau drückt mir teilnahmsvoll die Hand. »Wird schon gut gehen, meine Liebe. Ihr fürchterlicher Gemahl wird uns hier nicht aufspüren. Er hat doch keinen blassen Schimmer von diesem Russen und Ihrem Briefwechsel, oder?«

Nein, davon kann er nichts wissen. Jähzornig wie er ist, hätte er es mich spüren lassen, wenn er es bemerkt hätte. Er hielt nie etwas davon, Bestrafungen auf die lange Bank zu schieben. Allerdings wird er Nachforschungen angestellt haben. Gewiss hat er Menschen aus meinem Umfeld befragt. Dienstboten und Freunde. Was, wenn die schon geplaudert haben?

Die Herrin hat in Paris Bücher gekauft, die in einer fremden Schrift geschrieben waren.

Sie hat in Läden eingekauft, die eine Dame ihres Standes eigentlich nicht betreten sollte.

Sie hat die Bücher ins Feuer geworfen. Einmal haben wir sie überrascht, wie sie Puppen und anderes Mädchenspielzeug in einen Reisekoffer gepackt hat.

»Gehen Sie hinunter, ich werde hierbleiben und wachen«, erlöst mich Marias Kinderfrau aus dem Gefängnis meiner eigenen Gedanken. »Diese Poststation ist ein besserer Pferdestall, aber unten im Schankraum gibt es eine heiße Suppe, die einigermaßen genießbar ist. Sie brauchen etwas zum Aufwärmen. Beeilen Sie sich besser, sonst ist nichts mehr übrig.«

Bevor ich es mir überlegen kann, öffnet sie die Tür und späht hinaus in die Dunkelheit.

»Am Tisch der Wahrsagerin ist noch ein Plätzchen frei.«

»Eine … Wahrsagerin?« Ich verkrampfe mich innerlich, aber das Nicken der Kinderfrau wirkt so gelangweilt, als spräche sie über die Magd der Postmeisterin.

»Eine merkwürdige Person. Sie unterhält die Reisenden, indem sie ihnen für einen Becher Wein aus ihren Spielkarten die Zukunft herausliest. Vielleicht sollte Madame sie um Rat fragen. Es kann nie schaden, sein Schicksal zu kennen!«

Während ich hinuntergehe, überlege ich, ob diese Kartenlegerin einen Buckel, Warzen auf der Nase und gerötete Augen hat wie die Hexen in den Märchenbüchern meiner Kindheit. Doch neben dem gemauerten Ofen in der Wirtsstube sitzt eine auffallend hübsche, gut gekleidete Person, die mir so liebenswürdig zulächelt, dass ich mir ein Herz fasse und mich neben sie auf die Bank gleiten lasse. Noch bevor ich ein Wort mit ihr gewechselt habe, spricht sie mich in flie-

10

ßendem Französisch an. Aber sie stellt keine Fragen, als spürte sie, dass mir ein Geheimnis auf der Seele brennt. Wie betäubt verfolge ich, wie sie ihre Karten durch die schlanken Finger wandern lässt, bevor sie sie, gut gemischt, vor mir auf dem schmutzigen Tisch ausbreitet. Ich achte nicht mehr auf den Lärm der Schankstube, den beißenden Geruch nach Rauch, Bier und schwitzenden Leibern. Meine Aufmerksamkeit gilt allein den Bildern und wunderlichen Zeichen auf den Karten der Fremden. Derweil bringt mir eine Magd eine Schale mit dampfender Suppe. Ich möchte eigentlich nichts essen, aber mein leerer Magen befiehlt mir schließlich, den Löffel in die Hand zu nehmen. Die warme Mahlzeit tut gut, und der Wein, der plötzlich vor mir steht, entspannt mich so sehr, dass ich für einen kurzen Augenblick meine Ängste vergesse.

Bis ich die Fremde erbleichen sehe. Sie zuckt zusammen. Mit ungestümen Bewegungen rafft sie ihre Karten vom Tisch.

»Was haben Sie gesehen?«, stoße ich hervor und bemerke zu spät, dass ich gegen meinen Willen Französisch gesprochen habe.

»Nichts, es ist gar nichts, Madame. Verzeihen Sie mir, aber ich muss gehen!«

Als sie versucht, sich an mir vorbeizudrücken, packe ich sie am Arm. Jetzt lächelt sie nicht mehr. Im Gegenteil. Auf ihrem Gesicht breitet sich jener Ausdruck von Todesangst aus, die mir wohlbekannt ist, weil sie schon seit Wochen jeden meiner Schritte begleitet. Mir ist, als würde ich in einen Spiegel schauen.

»Sie ... haben etwas in Ihren Karten gesehen, aber Sie wollen mir nicht sagen, was!« Plötzlich spüre ich, wie meine Hände und Füße taub werden. Mein Herz beginnt wie wild zu klopfen. Ich muss einen Moment lang die Augen schließen, damit das Schwindelgefühl nachlässt. Die Frau mit den Spielkarten reißt sich von mir los, und ich habe keine Kraft mehr, um noch mal nach ihr zu greifen. Etwas stimmt nicht mit mir. Das Essen. Es muss etwas im Essen gewesen sein, aber wer ... Warum? Vor meinen Augen scheinen sich Menschen, Tische, Stühle und Krüge aufzulösen. Ich stehe auf, wanke zur Tür.

Ist er hier? Hat er mich gefunden?

Als ich wieder zu mir komme, liege ich auf einem Bett. Jemand hat mir das Mieder gelockert und mich dann allein gelassen. Bis auf eine Kerze auf dem Schemel ist es stockdunkel, aber aus irgendeinem Grund spüre ich, dass die Nacht vorüber ist. Ich kämpfe mich auf die Füße, obwohl mein Kopf bei jedem Schritt zu platzen droht. So höllische Schmerzen habe ich noch nie gehabt, außerdem ist mir speiübel. In der verbrauchten Luft liegt noch ein metallischer Geruch. Blut. Angst schnürt mir die Kehle zu. Mit schwacher Stimme rufe ich nach der Kinderfrau, dann nach meinem Kutscher, bekomme aber keine Antwort. Zitternd taumle ich auf das Bett zu, in dem ich mein schlafendes Kind zurückgelassen habe, und strecke die Hand nach dem Bettvorhang aus. Mein Blick fällt auf den Fußboden davor. Dort ist noch mehr Blut, und in einer Lache liegen … Karten. Bunte Spielkarten, die ich schon einmal gesehen habe. Einige sind zerrissen, andere voller Blutflecke. Mein Herz droht auszusetzen. Nein, nicht das Kind, schießt es mir durch den Kopf. Nur das nicht.

Ich schlage den Vorhang zurück und schreie entsetzt auf, als mir ein erschlafftes Handgelenk entgegenfällt.

Aus den Aufzeichnungen der französischen Emigrantin Claire de Sangré. Aus dem Jahr 1789.

1. Kapitel
Weimar, November 1798

»Hier, mein Lieber, überzeugen Sie sich nur selbst!«

Hüstelnd hob Buchhändler Hoffmann die Kerze an, damit Christian Vulpius das hohe Regal hinter dem Ladentisch besser sehen konnte. Es war noch recht früh am Morgen und so dunkel in dem nach Papier und Staub riechenden Laden, dass man kaum die Hand vor Augen erkannte. Die Kälte, die ganz Weimar schon seit Tagen heimsuchte, war auch hier empfindlich zu spüren. Noch brannte kein Feuer im Ofen, und der Buchhändler selbst sah so verschlafen aus, als hätte Christian ihn geradewegs aus dem Bett geklopft. Hoffmann hatte einen roten Morgenrock übergeworfen, und seine Füße steckten in ausgetretenen Pantoffeln. Aber wenigstens hatte er Christian in den Laden gelassen, statt ihm die Tür vor der Nase zuzuschlagen.

Christian lauschte auf die Schläge der nahen Kirchturmuhr, die ihn zur Eile mahnten. Er hatte seinem Vorgesetzten versprochen, heute früher an seinem Platz in der Bibliothek zu sein, um einige liegen gebliebene Akten durchzusehen. Verspätete er sich wieder, würde der Alte ihm das bestimmt den ganzen Tag nachtragen. Dennoch ging es Christian im Augenblick um Wichtigeres, als um die Launen des Bibliothekars und dessen Papiere, nämlich um sein seelisches Wohlbefinden, das schon vor Tagen aus dem Gleichgewicht geraten war. Jawohl, er konnte vor Aufregung weder essen noch schlafen und fürchtete, über kurz oder lang überzuschnappen, falls er nicht herausfand, ob sein Roman in seiner Vaterstadt gekauft wurde oder nicht.

In den Weimarer Journalen, die er seit Tagen mit klopfendem Herzen durchstöberte, hatte er zu seinem Bedauern noch kein Wort über sein Buch gefunden. Die Rezensenten wussten, dass Geheimrat von Goethe sein Mentor war. Ließen sie sich vielleicht deshalb zu keinem Kommentar bewegen? Weil sie zu höflich waren, um ihn öffentlich zu zerreißen? Womöglich war es noch viel schlimmer, und sein Roman so schlecht, dass er es nicht einmal wert war, in den Journalen verspottet zu werden. Christian fragte sich, ob er zu ungeduldig war. Aber er wartete doch schon so lange darauf, dass sich jemand zu seinem Werk äußerte. Den Besuch im Buchladen hatte er lange aufgeschoben, weil er sich vor der Antwort fürchtete. Der Buchhändler war in ganz Weimar als Literaturkenner, aber auch für seine messerscharfen Kommentare bekannt.

Was, wenn Hoffmann den *Rinaldini* für misslungen hielt? Für einen öden Ladenhüter, der bestenfalls belächelt, aber nicht gekauft werden würde?

Christian hatte sich nie für eitel gehalten, und doch wusste er, dass eine derartige Kritik ihn zerstören würde. Wie sollte er verspottet und verachtet in seiner Vaterstadt weiterleben? Das Kopieren langweiliger Akten in der Bibliothek konnte doch nicht alles sein, was er von seinem Leben erwarten durfte. Nein, nach allem, was er durchgemacht hatte, um diesen Roman zu schreiben, brauchte er ein Erfolgserlebnis, und wenn es auch noch so klein war. Man war ja bescheiden. Er rechnete ohnehin nicht damit, dass er mit seiner Geschichte über die Abenteuer eines Räuberhauptmannes im fernen Italien die Herzen der Weimarer im Sturm erobern würde.

Seine Blicke wanderten zum Schaufenster, in dem nur wenige Bücher und ein paar Karten ausgestellt wurden. Wie glücklich war er doch gewesen, als er sein Buch neben anderen gesehen hatte. Doch er hatte es einfach nicht über sich gebracht, über die Türschwelle zu treten. Stattdessen hatte er von der Straßenecke aus beobachtet, wie Kunden die Buchhandlung betreten und wieder verlassen hatten.

Seine Schwester war es gewesen, die ihn schließlich gedrängt hatte, seiner Qual ein Ende zu bereiten.

»Geh zu Hoffmann, noch bevor er seinen Laden öffnet«, hatte sie ihm geraten. »Dann seid ihr ungestört. Und nimm es dir bloß nicht zu sehr zu Herzen, wenn er noch kein Exemplar verkauft hat. Diese Dinge brauchen einfach ihre Zeit, weißt du? Wenn erst mal in den Salons und Literaturzirkeln der Stadt über dein Buch geredet wird, hast du es geschafft.«

Aufgeregt wie ein Schuljunge vor einer Prüfung folgte Christian nun dem Schein, den die Laterne des Mannes auf das breite Regal warf, doch zu seiner Enttäuschung fand er kein einziges Exemplar seines Buches. Entgeistert drehte er sich zu dem Mann mit der Lampe um, der ihn verschmitzt angrinste.

»Das war es, was ich Ihnen zeigen wollte, Vulpius. Ich habe schon fast alle Exemplare Ihres *Rinaldini* verkauft.«

»Verkauft?«, wiederholte Christian ungläubig. »Reden Sie wirklich von meinem Buch?«

Der Mann im Morgenrock stellte die Lampe ab und nahm eine Kladde von seinem Schreibpult, die er schwungvoll aufschlug. »Aber gewiss doch, und wie Sie hier lesen können, liegen schon weitere Bestellungen vor.« Er hob den Blick. »Raten Sie mal, wer ganz verrückt nach dem Buch ist. Darauf werden Sie niemals kommen!«

»Ich bin schlecht im Raten, und wenn ich sowieso nicht darauf komme, können Sie es mir ebenso gut verraten!«

Der Mann glucкste vor Vergnügen, als er Christian seine Aufzeichnungen unter die Nase hielt. »Na, da scheint es jemand besonders gut mit Ihnen zu meinen!«

»Freifrau Charlotte von Stein?« Christian starrte den Buchhändler verblüfft an. »Und das ist kein Irrtum? Ich meine … Ich kenne die Dame. Bislang machte sie auf mich nicht den Eindruck, als hätte sie eine Vorliebe für … äh … saftige Geschichten.« Oder für meine Person, setzte er in Gedanken hinzu.

»Ein Irrtum ist ausgeschlossen, Vulpius. Die Freifrau kauft sämtliche Ihrer Bücher auf, und zwar schneller, als ich sie ins Schaufenster legen kann. Natürlich kommt sie nicht persönlich zu mir in den Laden. Sie schickt immer einen ihrer Bediensteten vorbei.«

Christian brauchte einen Augenblick, um diese Neuigkeit zu verarbeiten. Freifrau von Stein. Goethes alte Freundin. Seine Widersacherin, die seine Schwester Christiane, die schon seit vielen Jahren mit dem Dichter unter einem Dach lebte, aus tiefstem Herzen ablehnte und mit allen Mitteln bekämpft hatte, die ihr zur Verfügung standen.

»Finden Sie das nicht eigenartig?«, fragte er kopfschüttelnd.

Hoffmann zuckte mit den Schultern. »Was soll daran eigenartig sein? Der *Rinaldini* trifft eben den Geschmack dieser Dame. Nur zwei Tage, nachdem ihr Dienstmädchen bei mir im Laden war, kam ein Billett aus dem Palais von Stein, in dem ich aufgefordert wurde, Ihrer Hochwohlgeboren siebzehn weitere Exemplare zu reservieren.«

»Siebzehn?« Christian stieß die Luft aus. »Grundgütiger, was hat sie damit nur vor? Liegt es an der Kälte? Ist ihr das Brennholz ausgegangen?«

Hoffmann wandte sich wieder seiner Ladentheke zu und begann, die Auftragsbücher durchzusehen. »Ich kann nur hoffen, dass Ihr Leipziger Verleger mir bald Nachschub schickt. Im Moment mache ich mit Ihnen gute Geschäfte, Vulpius, und es würde mich freuen, wenn dies bis zum Weihnachtsfest so weiterginge.«

Christian verdrehte die Augen. Sollte er sich nun freuen oder Sorgen machen? An der Geschichte war etwas faul, das spürte er in jedem Knochen. Aus reiner Nächstenliebe kaufte die Freifrau

16

seine Bücher gewiss nicht auf. Charlotte von Stein hatte ihm in der Vergangenheit unmissverständlich klargemacht, dass sie ihn so gern in ihrem Haus sah wie eine Maus im Schokoladensoufflé. Nichtsdestotrotz hatten sich ihre Wege von Zeit zu Zeit gekreuzt, was auch daran lag, dass sie beide eng mit Goethes Haus verbunden waren. Vor vielen Jahren waren die Freundschaft und der berühmte Briefwechsel zwischen dem Dichter und der geistreichen Hofdame in aller Munde gewesen, doch diese Zeiten waren vorbei. Die beiden verkehrten zwar miteinander, da Charlotte gute Miene zum bösen Spiel machte und Christians Schwester duldete. Aber die Familie Vulpius mochte sie nicht. Was also hatte sie mit Christians Buch vor? Kaufte sie es, um ihrem alten Freund Goethe zu gefallen, oder las sie den *Rinaldini* nur, um sich bei ihren Freundinnen am Hofe darüber lustig zu machen? Dafür hätte allerdings ein Exemplar genügt.

»Sie sehen plötzlich so blass aus, mein lieber Vulpius«, stellte Buchhändler Hoffmann besorgt fest. »Freuen Sie sich denn gar nicht darüber, dass der *Rinaldini* unter meinen Kunden Anklang findet?«

»Ob ich mich freue, fragen Sie? Ich bin außer mir vor Freude, auch wenn ich bislang nur von einer einzigen Kundin weiß!« Und ob die meine Bücher kauft, weil sie ihr gut gefallen, ist fraglich.

»Eine große Ehre, mein Freund«, betonte Buchhändler Hoffmann, der keine Ahnung hatte, warum Christian so misstrauisch war. »Sie sollten jubeln!«

Christian blickte durch eines der Fenster nach draußen und stellte fest, dass es zu schneien begonnen hatte. Dünne Flöckchen rieselten wie Puderzucker vom Himmel herab. Das Pflaster des Marktplatzes war bereits mit einer weißen Schicht überzogen.

»Ich gehe davon aus, dass der Herr Geheimrat Goethe Ihr Buch auch gelesen hat«, drängte sich die Stimme des Buchhändlers in Christians Gedanken. »Darf ich fragen, wie ihm der *Rinaldini* gefallen hat? Teilt er die Begeisterung der Frau von Stein?«

Christian errötete vor Verlegenheit. Die Frage hatte er sich auch schon gestellt, aber bedauerlicherweise konnte er sie nicht beantworten. Natürlich hatte er dem Dichter sein Buch überreicht, und dieser hatte sich auch mit höflichen Worten dafür bedankt. Aber dann hatte er sich in sein Arbeitszimmer zurückgezogen und Christians Schwester mitgeteilt, dass er zu tun habe und in den kommenden Tagen nicht gestört werden wolle. Er schien wieder an einem neuen Werk zu arbeiten, das seine Aufmerksamkeit in Anspruch nahm.

Weitere Glockenschläge erinnerten Christian, dass er sich beeilen musste, wenn er vor dem Bibliothekar im Grünen Schloss sein wollte. Seit einem Jahr arbeitete er nun in der Herzoglichen Bibliothek als Registrator. Goethe selbst hatte ihm diese Tätigkeit verschafft, weil Christiane ihm damit in den Ohren gelegen war. Es schadete ihrem Ruf, dass ihr Bruder bei den Wirten und Kaufleuten Weimars in der Kreide stand.

Tatsächlich hielt Christian sich aber gern in der Bibliothek auf. Er liebte die Stille dort und den Geruch der alten Bücher, welche die Räume füllten. Am liebsten hätte er jeden Tag damit zugebracht, die Regalwände zu durchstöbern, doch bedauerlicherweise ließ ihm die stumpfsinnige Arbeit, die man ihm zugewiesen hatte, kaum Zeit dafür. Er hatte langweilige Akten zu sortieren, Dokumente in ein Register einzutragen und Abschriften auf Abweichungen vom Original zu untersuchen. Keine große Herausforderung, nichts, was den Geist anregte, aber wenigstens verdiente er genug, um nicht weitere Schulden machen zu müssen.

Und er hatte die Abende, um in seinem Dachkämmerchen zu schreiben.

Rasch verabschiedete er sich von Hoffmann und machte sich auf den Weg durch die verschneite Stadt.

18

Ein lang gezogener Schrei voller Qual, ein letztes Aufbäumen.

Dann war es vollbracht. Die Frau sank mit glasigen Augen zurück und blieb still auf dem blutdurchtränkten Laken liegen.

Josefina Bleichwein beugte sich über die zierliche Gestalt und prüfte deren Atem mithilfe eines kleinen Handspiegels. Ihre Finger hinterließen blutige Streifen auf ihrer Stirn, als sie sich den Schweiß abwischte. Es war eine lange Nacht gewesen.

»Ein Sohn«, flüsterte sie der zu Tode erschöpften Frau zu, nachdem sie das eben zur Welt gekommene Bündel Mensch abgerieben und in saubere Windeltücher gewickelt hatte. Noch bevor sie das leise quäkende Kind in den Arm seiner Mutter legen konnte, stürzte ein altes Weib schnaufend herbei und riss es Josefina förmlich aus den Händen. Die Frau im Bett, selbst fast noch ein Mädchen von kaum zwanzig Jahren, stöhnte auf, fand aber nicht die Kraft zum Widerspruch.

»Ein Sohn?«, wiederholte die Alte. Es klang skeptisch, als meldete sie Zweifel an den Worten der Hebamme an. »Nach drei Mädchen und einer Totgeburt?« Sie sah Josefina scharf in die Augen. Ein Reptilienblick, der die erfahrene Geburtshelferin einen Schritt zurückweichen ließ. »Ihr Glück, dass sie es nicht schon wieder verpfuscht hat!«

Josefina presste die Lippen aufeinander. Verpfuscht? Ungeheuerlich. Wie oft war sie schon zu Geburten in dieses verfluchte Haus gerufen worden? Dreimal? Viermal? Und jedes Mal hatte sie dasselbe Szenario vorgefunden. Das schmale Geschöpf im Bett und die Alte lauernd auf ihrem Stuhl im Schatten. Sobald die Mutter des Lebkuchenbäckers gehört hatte, dass wieder ein Mädchen zur Welt gekommen war, hatte sie die Kammer wortlos verlassen, als ginge sie dies alles nichts an. Enkelinnen waren für sie unwichtig. Söhne zählten.

Da die alte Lebkuchenbäckerin Josefina immer noch angriffslustig anstarrte, sagte sie: »Ich hole mit Gottes Hilfe die Kinder auf die Welt, die unser Herrgott hier auf der Erde haben möchte. Pfusch gibt es bei mir nicht!«

Die alte Frau kicherte boshaft. »Ach nein? Wirklich nicht? Dabei hört man in der Stadt so manches Wort, das dir nicht schmecken dürfte. Aber darüber sollen andere urteilen. Ich gebe zu, dass ich mit deiner Arbeit heute zufrieden bin.«

»Dann ist es recht. Auf welchen Namen soll das Würmchen denn getauft werden?«

»Ludger«, sagte die Frau, ohne lange zu überlegen. »Nach meinem seligen Mann, der das Geschäft aufgebaut und groß gemacht hat. Mein Sohn wird mir beipflichten, wie er es immer tut.«

Josefina zog die Mundwinkel herunter. Was für ein grässliches Weib, dachte sie. Wie gut, dass sie sich nie von der Sippschaft eines Ehemannes hatte herumkommandieren lassen müssen. Sie war ihr eigener Herr und nur den Behörden und den Stadtärzten Rechenschaft schuldig. Die Einsamkeit an langen Winterabenden nahm sie dafür gern in Kauf. Außerdem gab es ja noch Erasmus, ihren Bruder, der zwar da war, ihr aber keine Vorschriften machte. Sie wohnten unter einem Dach zusammen, doch jeder von ihnen lebte sein eigenes Leben und ließ den anderen in Ruhe. Was diese Leute hier anging, so würde sie sich nun um die junge Bäckerin kümmern müssen, damit die Alte ihr den Lohn nicht schuldig blieb. Sie würde die Nachgeburt untersuchen und der Wöchnerin einen Trunk zur Stärkung geben. Vielleicht sollte sie sich selbst auch gleich einen Schluck aus der Flasche genehmigen; ein wenig flau war ihr schon im Magen.

Rasch reinigte sie sich Arme und Hände über der Waschschüssel, dann kehrte sie zum Wochenbett zurück und betrachtete sich das arme Geschöpf, das darin lag. Die Augen der jungen Mutter waren geschlossen, ihre Lider zuckten ein wenig. Sie atmete schwach. Josefina tastete nach ihrem Puls und konnte ihn kaum spüren.

Das war schlecht.

»Mir gefällt ihr Zustand gar nicht«, befand Josefina, nachdem sie ihre Untersuchung beendet hatte. »Vielleicht wäre es angebracht, nach einem Arzt zu schicken. Der junge Doktor Hellberger soll recht tüchtig sein und ist um diese Zeit gewiss schneller auf den Beinen als seine älteren Kollegen. Und ihr Ehemann sollte auch gerufen werden.«

Die Alte warf einen flüchtigen Blick auf die Fiebernde im Bett, dann schüttelte sie den Kopf. »Ach was, sie ist nur erschöpft. Kein Wunder, sie hat heute zum ersten Mal in ihrem Leben gearbeitet!« Das Kind in ihrem Arm begann zu schreien, als wollte es sich gegen diese Verunglimpfung wehren.

»Das Würmchen hat Hunger!«, sagte Josefina. »Wer soll es stillen, wenn …«

»Dafür ist gesorgt! Mein Sohn ist geschäftlich in Leipzig, aber bevor er abreiste, hat er sich um eine Amme gekümmert. Sie ist schon seit Stunden unten in der Küche und schlägt sich den Bauch mit unserem Schmalzgebäck voll.«

Josefina wiederholte ihre Forderung nach einem Arzt, aber erst, als sie damit drohte, im Falle einer Weigerung den Rat der Stadt zu informieren, gab die Alte nach.

»Na schön, aber sie muss Doktor Hellberger selbst verständigen. Meine Magd macht Besorgungen, und die Amme wird hier im Haus gebraucht!«

Josefina presste die Lippen aufeinander. Sie hatte kein gutes Gefühl, die junge Frau allein zu lassen, aber vermutlich ging es nicht anders. Sie hatte getan, was in ihrer Macht stand. Auf einem Schemel vor dem Bett fand sie ihren Arzneibeutel mit Instrumenten und Heilmitteln. Darunter waren auch ein paar Kräutermischungen und eine Tinktur für die Erschöpfte. Sie nahm eines der Fläschchen heraus und stutzte, als ihr Blick auf etwas fiel, das bestimmt nicht im Arzneibeutel gewesen war, als sie diesen am Abend zuvor gepackt hatte.

Eine handbemalte Karte, die vermutlich einem Tarockspiel

entstammte. Wertloser Tand. Mit spitzen Fingern holte sie das Ding aus ihrem Beutel, als zöge sie eine tote Ratte am Schwanz. Die Spielkarte gehörte ihr nicht. Nein, bestimmt nicht, denn sie hasste das Gebetbuch des Teufels, wie man solcherlei früher oft genannt hatte, auf den Tod. Mehr noch, sie fand die Karte abstoßend, gottlos und Furcht einflößend. Dabei ging es ihr nicht darum, dass manche Mannsbilder im Wirtshaus ihr Hab und Gut verspielten. Das war ihr gleichgültig. Nein, ihre Abscheu saß tiefer. Daher hatte sie Erasmus streng eingeschärft, niemals eines dieser Teufelsdinger in ihr Haus zu bringen. War ihm nach einer Partie Tarock, so hatte er sich ins Gasthaus zu begeben.

Wie also mochte sich diese Karte in ihren Beutel verirrt haben? Josefina spürte, wie ihr Herz vor Aufregung schneller klopfte. Ihre Hand zitterte.

Jemand muss sie mir in den Beutel gelegt haben, um mich zu erschrecken, überlegte sie. Erasmus? Nein, der war völlig humorlos. Aber wer dann? Ihre Magd? Manchmal half ihr das Mädchen dabei, ihren Arzneibeutel zu richten, wenn sie in Eile war. Josefina versuchte sich zu erinnern, ob sie je darüber gesprochen hatte, dass sie den Anblick von Spielkarten nicht ertrug. Nein, sie hatte weder ihre Furcht vor Karten erwähnt noch …

»Was ist los?« Die alte Lebkuchenbäckerin stand plötzlich direkt neben Josefina. Die Hebamme konnte ihren fauligen Atem riechen. Das Neugeborene in ihrem Arm hatte aufgehört zu schreien.

»Waren Sie das?«, fragte Josefina mit zitternder Stimme. Anklagend hielt sie der Frau die bunte Spielkarte unter die Nase. »Haben Sie mir dieses Ding in den Beutel gelegt?«

Die Lebkuchenbäckerin starrte sie mit offenem Mund an. Einen Moment lang schien sie irritiert, dann ließ sie ihrem Unmut freien Lauf. »Was soll dieses Geschrei bedeuten? Ist sie schwachsinnig geworden?«

»Geben Sie es zu«, schrie Josefina sie an. Ihre Stimme überschlug sich, so außer sich war sie. »Während ich dabei war, eurem kostbaren Erben auf die Welt zu helfen, haben Sie die Karte unter meine Sachen geschmuggelt, um mich in Todesangst zu versetzen. Aber warum? Was wollen Sie von mir?«

»Hinaus mit dir, du Irrsinnige!« Die Lebkuchenbäckerin durchquerte die Kammer so schnell wie ihre alten Knochen es ihr erlaubten und öffnete das Fenster. »Ich schreie auf die Gasse hinunter, wenn du nicht auf der Stelle verschwindest!«

Vom Bett her war ein schwaches Stöhnen zu hören, das so schaurig klang, als machte die dort Liegende ihren letzten Atemzug.

Josefina holte tief Luft. Plötzlich war ihr, als bröckelten Angst, Wut und Verzweiflung von ihr ab wie der Putz von einem alten Mauerwerk. Darunter kam wieder die allzeit beherrschte Frau zum Vorschein, die sich um nichts als ihre Arbeit kümmerte. Hastig wischte sie sich den Schweiß von der Stirn und rückte ihre im Eifer verrutschte Haube zurecht. Großer Gott, was war nur in sie gefahren? Wie konnte sie sich so gehen lassen? Josefina wurde ganz übel bei dem Gedanken, sich die Lebkuchenbäckerin zur Feindin gemacht zu haben. Wenn die Alte nun zum Rathaus ging und sich über Josefina beschwerte, war sie geliefert. Dann fand sie sich schneller vor den Herren Stadtärzten wieder, als es dauerte, ein Vaterunser zu sprechen. Vielleicht würden die befinden, sie sei aufgrund ihrer zerrütteten Nerven nicht mehr in der Lage, in Weimar als Hebamme zu arbeiten. Nein, so weit durfte es nicht kommen. Sie würde noch herausfinden, wer ihr diesen grausamen Streich gespielt hatte. Womöglich hatte es mit der Frau zu tun, die sie vor dem *Gasthaus Zum Weißen Schwan* gesehen hatte.

Die Frau, die einen schwarzen Schleier trug und der sie in letzter Zeit so oft begegnet war, dass sie schon vermutet hatte, sie würde von ihr beobachtet.

Sie war es gewesen. Ja, ganz bestimmt sogar.

Josefina murmelte eine Entschuldigung, um die immer noch am Fenster verharrende Lebkuchenbäckerin zu beruhigen. Durch die geöffneten Läden drang ein eisiger Luftzug in die Kammer, in den sich ein paar durcheinanderwirbelnde Schneeflocken mischten. Sie flogen bis zum Bett, wo sie sich in das üppige rabenschwarze Haar der Kindsmutter setzten wie winzige, durchsichtige Lebewesen.

»Ihre Entschuldigungen kann sie sich sparen. Ist es ihr noch ernst mit dem Arzt?« Die alte Frau zeigte auf ihre Schwiegertochter.

Josefina nickte.

»Dann würde ich ihr raten, sich zu beeilen!«

Gehorsam raffte Josefina ihre Sachen zusammen und warf sie in den Arzneibeutel. Bevor sie das Zimmer verließ, öffnete sie noch das Ofenloch, stopfte die Karte hinein und sah zu, wie sie zwischen den züngelnden Flammen zu Asche verbrannte.

Fünf Minuten später stand die Hebamme vor dem Haus des jungen Arztes, der nur wenige Straßen hinter dem Lebkuchenbäcker wohnte. Sie keuchte; das Herz schlug ihr bis zum Hals, denn sie hatte, getrieben von schlechtem Gewissen, den Weg durch die Stadt im Laufschritt zurückgelegt, ohne auch nur einmal stehen zu bleiben.

Doktor Hellberger saß noch am Frühstückstisch und nippte an einer Tasse Kaffee, als sie grußlos eintrat. Während er sich von einem Hausmädchen, Umhang, Dreispitz und Tasche holen ließ, hörte er Josefinas Bericht aufmerksam zu.

»Kommen Sie mit?«, fragte er, als sie gemeinsam vor die Tür traten.

Josefina schüttelte den Kopf. Sie fühlte sich nicht wohl. In ihrem Schädel rumorte es, und ihr Herz raste immer noch wie verrückt. Sie musste nach Hause. Die Verschleierte aus dem Gasthaus war ebenso vergessen wie die hässliche Spielkarte. Ein, zwei Stunden Ruhe und sie war wieder die Alte. Dem Herrn sei Dank gab es in diesem kalten Winter nur eine Handvoll Frauen, die ein Kind erwarteten, und nach Josefinas Einschätzung würde keine von ihnen vor Weihnachten ihre Hilfe in Anspruch nehmen. Alles, was Josefina jetzt ersehnte, war ihr bequemer Lehnstuhl und eine Tasse heiße Brühe.

Vor ihrem Wohnhaus, in dem sich auch der Laden ihres Bruders befand, trieb ihr der Wind ein Stück Papier entgegen, das vermutlich von einer Anschlagtafel abgerissen worden war. Josefina hatte eigentlich keine Lust, sich danach zu bücken, doch als es auf einer Stufe der Ladentreppe landete, tat sie es doch. Mit einem Stirnrunzeln las sie die Flugschrift, dann knüllte sie das Papier mit einem Fluch auf den Lippen zusammen und warf es in die Gosse.

Eine Verschwörung. Ja, das war es. Eine infame Verschwörung gegen sie.

Auf Josefinas Klopfen öffnete ihre Magd, ein Bauernmädchen mit kupferrotem Haar, das von einem armseligen Gehöft nicht weit von Weimar stammte und erst seit Kurzem in ihren Diensten stand.

»Ist mein Bruder schon im Geschäft?«, fuhr Josefina die Magd an, die den Schmutz vom Fußboden wischte, den ihre Herrin mit ihren nassen Stiefeln in die Stube getragen hatte. »Hol ihn her, ich muss ihn auf der Stelle sehen!«

Das Mädchen hob erstaunt den Blick. »Aber nein, der Herr ist nicht hier. Haben Sie ihm nicht ausrichten lassen, Sie könnten noch nicht nach Hause kommen? Er ist schon seit einer Stunde unterwegs. Ich soll den Laden aufschließen, falls er sich verspätet!« Wie zur Bestätigung zeigte sie auf einen Schlüsselbund, der auf einem feuchten Blatt Papier lag. Es sah der Flugschrift ähnlich, die Josefina vor dem Haus aufgelesen hatte.

Josefina ergriff ein Schwindelgefühl, als sie sich dem Tisch näherte. War sie wirklich verrückt geworden? Nein, sie konnte sich beim besten Willen nicht erinnern, Erasmus eine Nachricht geschickt zu haben. Gegen ihren Willen nahm sie das Blatt in die Hand. »Hat der Herr dieses … Pamphlet auch gesehen, bevor er das Haus verließ?«, fragte sie mit schwacher Stimme.

Josefinas Magd nickte.

»Was noch?« Josefina packte das Mädchen am Kragen und schüttelte es. »War noch etwas dabei? Eine … Spielkarte vielleicht?«

»Kann sein, so genau habe ich es nicht gesehen. Der Herr hat auch kein Wort darüber verloren. Er schüttelte nur den Kopf. Dann hat er die Nachricht eingesteckt und das Haus verlassen.« Sie riss die Augen auf. »Ist das nicht aufregend, dass diese Person nun in Weimar logiert? Wie man hört, soll sie erstaunliche Fähigkeiten besitzen. Vielleicht kann sie nicht nur in die Zukunft sehen, sondern betreibt auch Magie. Hier steht, dass sie am englischen Königshof empfangen wurde und vom Kaiser in Wien. Ach, ich wüsste auch gern, wie meine Zukunft aussieht.«

»Pack deinen Kram und verschwinde!«, rief Josefina. Sie schnappte sich ein trockenes Schultertuch vom Kleiderhaken und band es sich um, während ihre Magd sie entgeistert anstarrte. »Ich brauche dich nicht mehr! Wenn ich in einer Stunde wiederkehre, bist du fort!«

2. Kapitel

Die Stunden krochen für Christian im Schneckentempo dahin. Es fiel ihm viel schwerer als sonst, sich auf seine Arbeit zu konzentrieren. Von Zeit zu Zeit stand er auf, um Bücher aus den Regalen zu nehmen und darin zu blättern. Nicht, weil ihn der Inhalt interessierte, sondern weil es ihn einfach nicht mehr an seinem Schreibtisch hielt. Dabei kreisten seine Gedanken immer wieder um dieselben beiden Fragen: Warum kaufte Charlotte von Stein seine Bücher auf? Und was hielt Goethe von seinem *Rinaldini*?

Hatte der Geheimrat angefangen, sein Buch zu lesen? Und wenn ja, was hielt er von Christians Erzählstil? Waren seine Figuren nach Goethes Geschmack oder zu blass geraten? Steckte in der Geschichte des Räubers genug Leidenschaft, um die Leser zu fesseln?

Christian hatte sich viel Mühe gegeben, ihn so natürlich und gleichzeitig so geheimnisvoll wie möglich zu schildern. Einen Menschen mit Schwächen und Stärken, Vorlieben und Abneigungen. Aber war ihm das auch gelungen?

Ungeduldig wartete er, bis es Mittag war und er eine kurze Pause machen durfte. Er hatte am Vortag einen Boten zu Helene geschickt und sie gebeten, sich heute ein paar Minuten Zeit für ihn zu nehmen. Zu seinem Bedauern sahen sie einander in letzter Zeit nur selten, was, wie er mit schlechtem Gewissen feststellte, mehr an ihm lag. Schließlich hatte er in den Wochen vor der Veröffentlichung des *Rinaldini* kaum an etwas anderes gedacht als an seinen Roman. Helene hatte behauptet, dafür Verständnis zu haben, und ihm keine Vorwürfe gemacht. Aber sie hatte sich von ihm zurückgezogen. Er hatte keine Ahnung, was sie während des Spätsommers und des Herbstes in Weimar gemacht hatte. In den seltenen Gesprächen, die sie miteinander geführt hatten, war ihr darüber nur wenig zu entlocken gewesen. Christian nahm sich vor, sich von nun an mehr um Helene zu kümmern. Schließlich war es nicht leicht gewesen, ihren Vater, den herzoglichen Rat Justus de Ahna aus Meiningen, zu überreden, sie noch ein wenig länger bei ihrer Tante in Weimar zu lassen. Hier hatte sie im vergangenen Jahr die Fürstliche Zeichenschule besucht und ein besonderes Auge für Feinheiten unter Beweis gestellt. Ihre Skizzen waren brillant. Aber ob sie den Unterricht im Roten Schloss noch besuchte, konnte Christian nicht sagen. Er hatte allerdings erfahren, dass Helenes Tante schon vor einigen Wochen nach Pyrmont abgereist war, um in den dortigen Bädern ihre Rückenschmerzen auszukurieren. Helene hatte sie eigentlich als eine Art Gesellschafterin begleiten sollen, sich aber dagegen gesträubt, Weimar zu verlassen. Nun schien der Wintereinbruch die Rückkehr der Tante zu verhindern.

Christian stellte den Kragen seines Gehrocks, als er das Gebäude verließ. Der Wind blies jedoch nicht mehr ganz so heftig wie im Morgengrauen, und es hatte aufgehört zu schneien. Trotzdem kroch ihm die Kälte unter die Kleider und lähmte ihn. Er musste rasch laufen, damit ihm einigermaßen warm wurde.

Wenig später stand er vor Helenes Tür und hatte gerade die Hand zum Klopfen erhoben, als die Tür von innen aufgerissen wurde. Vor ihm stand Helene. Sie trug einen kleinen Koffer in der einen, eine hübsch gemusterte Hutschachtel in der anderen Hand. Hinter ihr erkannte Christian die ältliche Dienstmagd ihrer Tante, die ein so missmutiges Gesicht machte, als hätte ihr jemand in die Suppe gespuckt. Helene hob den Kopf und blickte Christian erstaunt an. Ihre Augen waren gerötet, als ob sie geweint hätte. »Ach, der Herr Vulpius. Mit Ihnen hätte ich nicht gerechnet!«

»Ich wollte Sie besuchen, aber wie ich sehe, komme ich ungelegen. Wollen Sie verreisen?«

Mit wippenden Hüften drängte sich die alte Dienstmagd an Helene vorbei und versperrte ihr den Weg. »Sie will ausziehen«, verkündete sie in unheilvollem Ton. »Dabei hat mir ihre Tante vor ihrer Abreise aufgetragen, auf die junge Demoiselle aufzupassen.« Sie warf Christian einen flehentlichen Blick zu. Obwohl sie ihn bei jedem seiner Besuche hatte spüren lassen, dass sie ihn nicht leiden mochte, sah es nun fast so aus, als suchte sie seine Unterstützung.

»Aber wo wollen Sie denn so plötzlich hin, Helene? Zurück zu Ihrem Vater nach Meiningen?«

Helene schüttelte den Kopf. Sie war auffallend blass. Ihr hübsches rundliches Gesicht, das von dichtem, sorgsam gescheiteltem Haar umrahmt wurde, nahm einen sorgenvollen Ausdruck an. »Nein, nicht zu meinem Vater. Eine Freundin braucht meine Hilfe. Sie steckt in Schwierigkeiten und fürchtet sich, nachts allein in ihrem Haus zu bleiben.«

Christian kannte Helenes Gutmütigkeit und ihren Wunsch, jedem zu helfen, der in Not war. So hatte er sie kennengelernt, und so liebte er sie. Allerdings verstand er auch die Sorge der alten Magd. Für ein junges Mädchen von untadeligem Ruf war es schon gewagt genug, sich ohne Schutz einer älteren Verwandten in der Stadt aufzuhalten. Wie es Helene daher geschafft hatte, ihre stets besorgte Tante loszuwerden, blieb ihm ohnehin ein Rätsel. Hatte sie sich aus der schon fahrenden Kutsche geworfen? Wahrscheinlicher war, dass sie der alten Dame vor ihrer Abreise hoch und heilig versprochen hatte, ihr hübsches Appartement hoch über den Dächern von Weimar zu hüten und unter keinen Umständen ohne Begleitung ihrer treuen Magd in die Stadt zu gehen. Dass sie sich nun aber mit Koffer und Hutschachtel davonschlich, um einer Freundin beizustehen, konnte Helene dem Gerede aussetzen. Was Christian jedoch weitaus weniger gefiel, war, dass diese Bekannte sich offenbar in ihren eigenen vier Wänden bedroht fühlte und Angst hatte.

»Nun heraus mit der Sprache«, drängte er, als er Helene über den Frauenplan begleitete. Er hatte ihr die Gepäckstücke abgenommen, obwohl er sich mit der Hutschachtel in der Hand ein wenig lächerlich vorkam. Glücklicherweise nahm keiner der Vorbeigehenden davon Notiz. Vor dem stattlichen Gebäude, das Goethe mit seiner Familie bewohnte, wurde fleißig der Schnee vom Pflaster gefegt. In der Nachbarschaft schmückten Frauen und Mädchen die Türen und Fenster ihrer Häuser mit Tannengrün. Christian sah sich um und sah ein Stück weiter August, den Sohn seiner Schwester, der sich einen Spaß daraus machte, die fegenden Mägde mit Schneebällen zu bewerfen. Sooft der Junge eine von ihnen traf, jauchzte er vor Vergnügen auf. Christian blieb einen Augenblick stehen und beobachtete das fröhliche Treiben im Schnee. Er hatte den Jungen ins Herz geschlossen und freute sich, dass Christiane ihm erlaubt hatte, die warme Stube zu verlassen und ein wenig zu toben. Seinen blassen Wangen tat die frische Luft gewiss gut.

»Wollen Sie Ihren Neffen nicht begrüßen?«, holte Helenes Stimme ihn aus seinen Gedanken. »Später vielleicht!« Christian ging weiter. »Im Moment hätte ich Angst, dass Sie die Begegnung nutzen könnten, um sich um eine Antwort herumzudrücken. Also, wer ist diese Freundin, die Sie um Hilfe gebeten hat, und wovor fürchtet sie sich?«

Die Art, wie Helene trotzig ihr Kinn hob, verriet Christian, dass sie es gar nicht schätzte, auf diese Weise befragt zu werden. Er war weder verwandt mit ihr noch ihr Verlobter. Er war einfach nur … Vulpius, der ihr nachlief, ohne sie festzuhalten. Der es nicht mochte, wenn sie über Menschen sprach, die er nicht kannte, und der die Beziehung, die sie miteinander hatten oder auch nicht hatten, grundlegend verändern könnte, wenn er sich nur endlich traute, die entscheidende Frage zu stellen.

»Wenn Sie es unbedingt wissen müssen: Meine Freundin ist keine Hofdame der Herzogin, und sie verkehrt auch nicht in den vornehmen Salons, in die mich meine Tante schleppt, um mit gelangweilten Müßiggängern Tee zu trinken und über neue Schauspiele im Hoftheater zu plaudern. Sie ist Schokoladenmacherin und heißt Bettine Jungmann.«

»Bettine?« Christian schluckte kaum merklich und betete, dass Helene das entgangen war. Zu dumm, aber der Name kam ihm bekannt vor; eine Bettine hatte er gekannt. Und ihr Vater war, soweit er sich erinnerte, Zuckerbäcker und herzoglicher Hoflieferant gewesen. Christian hatte damals noch das Gymnasium besucht und erst angefangen, für hübsche Mädchen zu schwärmen. Die junge Frau, die so fleißig in der duftenden Backstube ihres Vaters half, hatte sein Blut zum ersten Mal in seinem Leben zum Kochen gebracht. Einen Sommer lang waren sie ... Christian blieb stehen, weil ihn plötzlich irgendetwas in der Kehle reizte. Nein, wem half es, die Schatten der Vergangenheit heraufzubeschwören? Allem Anschein nach hatte Bettine ihm nicht lange nachgetrauert und sich mit einem Mann aus der Zunft ihres Vaters verheiratet. Die Erinnerung an die schöne Bettine war in den Weinstuben, in denen er sich herumgetrieben hatte, schnell verblasst. Er konnte sich allerdings noch erinnern, wie froh er gewesen war, als sie ihm mitgeteilt hatte, dass ihre heimlichen Schäferstündchen in Weimar für ihn folgenlos geblieben waren. Geantwortet hatte er auf ihr Schreiben nie. Nicht, weil er das nicht gewollt hätte. Er hatte einfach nicht gewusst, was er ihr noch hätte sagen können, und so hatte er ihren Brief zerrissen und ins Feuer geworfen, um nicht mehr an diese delikate Episode erinnert zu werden. Nicht einmal seiner Schwester, mit der er eigentlich stets über alles hatte reden können, hatte er von der Tochter des Zuckerbäckers erzählt. Und nun tauchte sie plötzlich wieder in Weimar auf. Als Freundin und Vertraute des Mädchens, das er liebte.

Und als Frau, die sich bedroht fühlte. Verängstigt. Er seufzte tief, wobei seine Blicke gehetzt über die schneebedeckten Dächer der Häuser wanderten. Hatte der alte Zuckerbäcker nicht hier ganz in der Nähe seine Backstube betrieben?

»Was haben Sie, Vulpius?« Helenes Stirnrunzeln war kein gutes Zeichen. Sie schien nun doch zu bemerken, dass es in seinem Kopf arbeitete. »Sie haben sich doch hoffentlich nicht erkältet. Vielleicht sollten Sie besser zurückgehen!« Sie griff nach ihrem Koffer, aber Christian machte einen Schritt zurück. Er durfte Helene jetzt nicht einfach auf der Straße stehen lassen. Das schickte sich nicht.

»Diese Bettine ...«

»Jungmann. So hieß ihr Ehemann, der vor zwei Jahren überraschend gestorben ist, obwohl er, wie Bettine mir versichert hat, immer kerngesund war. Er stand kurz davor, wie schon sein Schwiegervater, das Privileg eines herzoglichen Hoflieferanten verliehen zu bekommen. Und da fällt er eines schönen Tages mitten in der Backstube mit dem Gesicht voran in eine Schüssel französische Karamellcreme und ist mausetot.«

Also eine Witwe, dachte Christian wehmütig. Er hatte sich mit dem Gedanken getröstet, das Mädchen, das er damals so schnell vergessen hatte, sei heute eine gut versorgte, glückliche und allseits geachtete Handwerkergattin. Doch danach sah es nicht aus.

»Bettines Schwester ist mit dem Lebkuchenbäcker Krammfeld verheiratet, und das soll ein ziemlich übler Bursche sein. Tüchtig, aber auch hartherzig und habgierig. Er macht nicht nur seiner Frau das Leben zur Hölle, auch Bettine hat ihre liebe Not mit ihm. Seine Mutter, die mit ihnen im Haus lebt, ist aber um keinen Deut besser. Seine Streitsucht hat er von ihr geerbt.«

Christian zuckte mit den Achseln. Obwohl ihn nichts mehr mit Bettine verband, tat es ihm leid zu hören, dass sie in Schwierigkeiten steckte. Worum es bei dem Konflikt zwischen ihr und ihrem Schwager ging, war ihm jedoch noch nicht ganz klar.

»Sie ist ihm zu selbstständig geworden«, erklärte Helene empört. »Und zu erfinderisch. Bettine hat in ihrer Backstube eine Fülle neuer Rezepte ausprobiert, die sie französischen Emigranten abgekauft hat. Dabei ging eine Menge Geld drauf, praktisch ihre gesamten Ersparnisse.«

»Nun ja, die französischen Maîtres sind für ihre Patisserien berühmt«, warf Christian ein.

»Das stimmt. Nach der Revolution fanden sich viele Köche und Zuckerbäcker, die am Hof des Königs in Versailles oder für verschiedene Adelsfamilien gearbeitet hatten, plötzlich auf der Straße wieder. Einigen ist es gelungen, Läden oder Caféhäuser in Paris zu eröffnen, andere hielten sich über Wasser, indem sie ihr Wissen um die Zubereitung süßer Köstlichkeiten zu Geld machten.« Helenes Miene hellte sich auf. »Bettine Jungmann gehört inzwischen zu den geschicktesten Schokoladenmacherinnen in Sachsen-Weimar-Eisenach. Sogar Hofdamen wie Charlotte von Stein kaufen bei ihr. Sie sind ganz verrückt nach ihren gefüllten Pralinen und ihrer Trinkschokolade.«

Sieh mal einer an, dachte Christian. Madame von Stein kauft also nicht nur meine Bücher, sie hat auch ein Faible für Bettine Jungmanns Schokolade.

»Meine Freundin hat sich im Herbst um die Konzession zur Errichtung eines eigenen kleinen Caféhauses beworben«, fuhr Helene fort. Ihre Stimme klang ein wenig verlegen. »Ihre Chancen stehen eigentlich nicht schlecht, aber …«

»Lassen Sie mich raten! Dieser Lebkuchenbäcker ist damit nicht einverstanden und versucht nun zu verhindern, dass die Witwe Jungmann ihm mit ihren süßen Schokoladensoufflees den Rang abläuft?«

Helene antwortete nicht gleich, stattdessen beobachtete sie einen Spatz, der auf der Suche nach Essbarem über das schneebedeckte Pflaster hüpfte. Christian hatte den Eindruck, als versuchte sie, ihre Worte mit Bedacht auszuwählen. Kein Wunder! Seit ihre Tante auswärts kurte, war sie allein und schutzlos in der Stadt. Das war keine gute Ausgangsposition, um sich in den Konflikt zweier Streithähne einzumischen.

»Sie können sich denken, dass der Lebkuchenbäcker Krammfeld in der Stadt mehr Einfluss hat als eine Witwe, der man einen Mangel an Demut vorwirft. Krammfeld ist Zunftmeister und Ratsherr, während man Bettine für ein anmaßendes Frauenzimmer hält, das besser den Mund hielte und sich den Anordnungen ihres Schwagers fügte.« Sie seufzte. »Bettine kann von Glück reden, dass die Herzoginmutter Anna Amalia auf ihre Schokolade aufmerksam geworden ist, sonst hätte man sie vielleicht schon aus dem Haus gejagt.«

Christian blinzelte verwirrt. »Aber dieser Krammfeld hat doch keine Ansprüche auf Bettine Jungmanns Manufaktur, oder?«

»Er nicht, nein, aber das Haus, in dem die Witwe Jungmann arbeitet, ist nicht ihr Eigentum.«

Christian fand die ganze Angelegenheit immer verwirrender und war der Meinung, dass Helene sich da besser heraushalten sollte. Aber er ahnte, dass sie ihm diesen Gefallen nicht tun würde. Er hatte sie seit dem vorletzten Sommer, in dem er ihre Bekanntschaft gemacht hatte, gut genug kennengelernt, um zu wissen, dass sie sich nicht von etwas abbringen lassen würde, was sie sich in den Kopf gesetzt hatte. Beinahe widerwillig stellte er ihr die Frage, wem Bettines Haus gehörte, und erfuhr, dass es ursprünglich im Besitz eines Kaufmanns gewesen war, der in jungen Jahren Handelsfahrten kreuz und quer über den Atlantik gemacht und eine Zeitlang in den amerikanischen Kolonien Geschäfte betrieben hatte, bevor diese sich von Großbritannien losgesagt hatten. Bettines verstorbenem Ehemann hatte der Kaufmann ein lebenslanges Wohnrecht in einem seiner Häuser eingeräumt, welches sich auch auf seine Frau erstreckte. Zumindest ihrem Rechtsempfinden nach.

»Der Kaufmann ist schon lange tot, und mit dem neuen Eigentümer hatte Bettine niemals Schwierigkeiten. Jedenfalls bis …«

»… die Witwe Jungmann anfing, Schokolade zu machen und ihren Schwager zu verärgern«, ergänzte Christian, bei dem der Groschen gefallen war. »Bettines Hauswirt ist nicht zufällig ein Freund des Lebkuchenbäckers?«

»Das ist er«, bestätigte Helene, wobei ein Ausdruck von Verachtung ihre Miene verdüsterte. »Bettine kann es nicht beweisen, aber für mich liegt es auf der Hand, dass die beiden Männer sich miteinander verschworen haben, sie aus ihrer Manufaktur zu vergraulen.«

Verschworen? Christian wusste nicht, ob er schockiert oder

amüsiert dreinschauen sollte. Das klang in seinen Ohren reichlich hochtrabend. Ob Helene dem nachbarschaftlichen Konflikt nicht etwas zu viel Bedeutung beimaß? Er versuchte angestrengt, sich an den Bäckermeister Krammfeld zu erinnern, und flugs flimmerte das Bild eines übellaunigen und übergewichtigen Mannes durch seinen Kopf. Der Kerl mochte ein grober Klotz sein, aber war er deswegen auch gleich ein Mephistopheles? Und sein Kumpan hatte gewiss nicht das Zeug zum Doktor Faustus.

Helene runzelte missbilligend die Stirn. »Ach, Sie glauben mir wohl nicht, dass die zwei etwas gegen die Witwe planen? Doch was, wenn ich Ihnen sage, dass sie dafür gesorgt haben, dass alle Angestellten sie verlassen haben, und das innerhalb von zwei Wochen?«

»Wie das?«

»Ganz einfach!« Helene holte tief Luft, bevor sie weitersprach. »In Bettines Haus geschehen merkwürdige Dinge. Ihre Magd ertrank beinahe beim Wäschewaschen, das war zwei Tage vor Martini. Sie schwört, sie habe in ihrem Rücken ein Flüstern und teuflisches Gelächter gehört. Ehe sie sich umdrehen konnte, bekam sie einen Stoß, der sie fast in die Ilm beförderte. Am nächsten Tag verließ sie das Haus und kehrte auf den Hof ihrer Eltern zurück. Nur wenige Tage später wurde Bettines Geselle Hugo in der Schenke zusammengeschlagen. Ein paar Burschen drohten ihm, er würde das neue Jahr nicht erleben, wenn er Weimar nicht mit der nächsten Postkutsche verlassen würde.« Sie gab einen ärgerlichen Laut von sich. »Hugo ist ein tapferer Bursche und keiner von der Sorte, die schnell jammern. Aber Bettine hat Angst, dass diese Kerle ihm erneut auflauern und ihre Drohung wahrmachen könnten. Das möchte sie nicht verantworten. Wenn das so weitergeht, wird nichts aus Bettines Plänen, weil sie ihre Aufträge nicht erfüllen kann.«

Christian ließ sich Helenes Worte durch den Kopf gehen. Als Autor eines Romans, der vom Treiben einer Räuberbande handelte, konnte er sich vorstellen, dass die Angriffe auf Bettines Gesinde zu einem ebenso raffinierten wie teuflischen Plan gehörten. Es ging nicht um ein Haus oder darum, eine Dienstmagd zu ärgern. Die Widersacher der Witwe wollten, dass sie auf die Schokoladenkonzession verzichtete und sich aus dem Staub machte. Herzogin Anna Amalia würde sich wieder Krammfelds Lebkuchen zuwenden, und alle wären zufrieden.

Alle, außer der Schokoladenmacherin und Helene, die der Frau aus reiner Gutmütigkeit helfen wollte. Um ihr beizustehen, war sie sogar bereit, auf die Annehmlichkeiten der Wohnung ihrer Tante zu verzichten und ins Haus der Witwe zu ziehen.

Christian bewunderte sie dafür, andererseits gefiel es ihm nicht, dass die junge Frau sich zwischen die Fronten begab. Am Ende landete auch sie noch in der Ilm.

»Hören Sie mir bitte zu, Helene«, sagte er mit Nachdruck. »Ich kann Ihnen nicht erlauben, zu dieser Witwe zu ziehen.«

»So? Und warum nicht?« Sie sah ihn mit großen Augen an.

»Weil es gefährlich für zwei Frauen ist, sich mit solchen Schurken anzulegen. Versprechen Sie mir, dass Sie wieder nach Hause zurückkehren!«

»Lassen Sie mich überlegen!« Sie lächelte ihn an. »Nein!«

»Nehmen Sie doch Vernunft an!«

»Papperlapapp, was soll mir schon geschehen? Vermutlich wird der Lebkuchenbäcker seine Leute zurückpfeifen, wenn er merkt, dass Bettine nicht mehr allein im Haus ist, sondern einen Gast hat.«

»Na ja, wenn dieser Gast ein Mann wäre …«

Helene blickte ihn so wütend an, dass er sich auf die Zunge biss. Dann sagte sie seelenruhig: »Bettine war so freundlich zu mir, als ich mich während der Sommermonate einsam fühlte, da kann ich sie jetzt, wo sie meine Hilfe braucht, unmöglich im Stich lassen. Ich hoffe, dass Sie das respektieren, *Herr Vulpius*!«

Die Weise, wie Helene die letzten Worte betonte, ließ keinen Zweifel daran, dass sie sich von Christian vernachlässigt fühlte. Ja, er hatte sie vernachlässigt, und sie hatte allen Grund, böse auf ihn zu sein. Aber er würde das wiedergutmachen. Später. Sobald sie, verdammt, wieder in der Wohnung ihrer Tante war und sich von deren Magd eine Tasse heiße Fleischbrühe servieren ließ. Dummerweise stellte sie sich taub gegen seine Warnungen.

»Wie wäre es, wenn ich mir diesen Kaufmann einmal vorknöpfen würde?«, schlug er nach einer Weile vor.

»Wirklich?« Helene griff nach seiner Hand und drückte sie. »Das würden Sie für Bettine tun?«

»Selbstverständlich«, versprach er ohne Begeisterung. »Wenn Sie dafür wieder nach Hause gehen? Herrn Petersdorf habe ich damals ja auch die Meinung gesagt, als er Sie …« Anstatt den Satz zu beenden, biss er sich auf die Lippe, weil er es für einen groben Fehler hielt, Helene an Petersdorf zu erinnern. Im Jahr zuvor hatte der reiche Porzellanmanufakturbesitzer Helene den Hof gemacht, was zu einigen unsäglichen Verwicklungen geführt und Helene und ihn zuletzt auch noch in Lebensgefahr gebracht hatte. Damals hatte Christian, obwohl körperlich eher schmächtig und im Umgang mit Degen und Pistole wenig geschickt, seinen ganzen Mut zusammengenommen und dem Schnösel gehörig auf die Finger geklopft. Helene hatte davon nie erfahren, schließlich durfte auch ein armer Poet seine Geheimnisse haben.

Zum Beispiel, dass er und Bettine einst … Zum Kuckuck, was würde die Witwe wohl denken, wenn Helene ihr erzählte, wer sich ihren Quälgeist vornehmen wollte? Ob er sie bitten konnte, diese kleine, pikante Einzelheit zu verheimlichen? Oder wenigstens seinen Namen? Sie könnte doch von einem anonymen Gönner reden, der keinen Dank für seine Hilfe wollte. Wie klang das? Furchtbar. Helene war nicht auf den Kopf gefallen; sie würde sogleich merken, dass er ihr etwas vormachte, und dann saß er tief in der Tinte.

Nervös kaute Christian auf seiner Unterlippe. Nein, was für ein Schlamassel!

»Wenn Sie noch ein halbes Stündchen Zeit haben, stelle ich Sie der Witwe Jungmann vor«, sagte Helene begeistert. »Sie wird sich so freuen, wenn sie hört, was Sie für sie tun wollen.«

Kaum anzunehmen, dachte Christian und blickte sich nach einem Pferdefuhrwerk um, vor das er sich werfen konnte. Doch es war keines in Sicht. Rettung nahte dennoch, und zwar in Gestalt seiner Schwester Christiane, die ihm keuchend und schwer bepackt mit Einkäufen vom Markt entgegenkam. Erfreut blieb sie stehen und begrüßte Helene, die sie seit dem letzten Jahr ins Herz geschlossen hatte. Danach bedachte sie ihn mit einem kritischen Blick. In den letzten Monaten hatte sie Christian bei fast jedem seiner Besuche am Frauenplan gefragt, wann er dem netten Mädchen endlich einen Antrag zu machen gedenke. Dass Helenes Vater, der Christian für einen Tunichtgut hielt, da auch noch ein Wörtchen mitzureden hatte, wurde dabei stets übergangen. Solche Einwände zählten für Christiane nicht. Wo ein Wille war, war auch ein Weg, und davon abgesehen hatte Helene schon unter Beweis gestellt, dass sie sich von ihrer Familie keinen Gatten aufzwingen lassen würde. Für Christian war es keine Überraschung, dass seine Schwester Helene mochte, denn die Frauen ähnelten einander. Beide hatten Träume, an denen sie – vielen Widerständen zum Trotz – festhielten. Sie verfügten über eine gute Beobachtungsgabe, lachten gern und konnten, wenn es sein musste, auch scharfzüngig werden.

»Müsstest du nicht längst zurück in der Bibliothek sein?«, wandte seine Schwester sich nun an ihn, nachdem sie mit Helene ein paar höfliche Worte gewechselt hatte. »Vergiss nicht, dass Goethe seinen ganzen Einfluss geltend gemacht hat, damit du dort eine Stellung findest.« Sie zwinkerte Helene zu, als hinge die Angst, blamiert zu werden, schon wie ein Schwert über ihr. »Hatten Sie denn schon Gelegenheit, durch den *Rinaldini* zu blättern?«, fragte sie die junge Frau. Ob Christian diese Frage auf offener Straße vielleicht peinlich war, störte sie nicht. Aber wenigstens lenkte ihr Geplapper Helene von ihren Sorgen um Bettine Jungmann ab.

Helene schüttelte den Kopf. »Ich weiß, ich hätte es tun müssen, aber leider war ich in den vergangenen Tagen zu beschäftigt.« Sie lächelte sanft. »Ihr Bruder weiß schon womit.«

»Ach, nur keine Sorge, Christian versteht das gut, nicht wahr? Obwohl alle Schriftsteller eitel werden, wenn es um ihre großen Werke geht. Ich kann ein Lied davon singen.«

»Das ist nicht wahr«, protestierte Christian.

»Ach nein? Und wer späht dann seit Tagen durchs Schaufenster von Hoffmanns Buchladen, um herauszufinden, ob jemand seinen Roman kauft?«

Helenes unterdrücktes Kichern trieb Christian die Schamesröte ins Gesicht. Wie gern hätte er sich nun nach einem Klumpen Schnee gebückt, um seiner lästernden Schwester damit den Mund zu stopfen. Aber leider waren sie keine Kinder mehr. Er spielte mit dem Gedanken, Christiane vorzuhalten, dass ausgerechnet ihre alte Intimfeindin Charlotte von Stein sein Buch aufkaufte. Da er sich aber noch immer nicht erklären konnte, warum die Freifrau das tat, hielt er es für klüger, darüber zu schweigen.

Christiane lachte. »So sind die Männer in unserer Familie nun einmal. Wir müssen uns damit abfinden oder untergehen. Mit Goethe ist auch kaum etwas anzufangen, sobald er Schreibfeder und Tintenfass vor sich sieht.«

»Hatte der Herr Geheimrat denn schon Gelegenheit, sich mit dem *Rinaldini* zu befassen?« fragte Christian frostig. »Wann kann ich mit ihm über mein Buch reden?«

Augenblicklich verschwand das Lachen aus Christianes Gesicht. »Ruhig Blut, mein Lieber«, mahnte sie. »Und etwas mehr

Geduld. Der Geheimrat ist so beschäftigt, dass wir alle im Haus auf Zehenspitzen gehen, um ihn nicht zu stören. Zudem erwartet er wichtigen Besuch. Frag doch in ein paar Wochen noch einmal nach. Ich werde dann sehen, was ich für dich tun kann.«

In ein paar Wochen? Großer Gott! Christian starrte auf den Schnee zu seinen Füßen. Die Versuchung wurde wieder größer, einen Ball daraus zu formen.

»Ich muss mich empfehlen«, sagte er schließlich mit einer hölzernen Verbeugung. Im selben Moment tauchte sein Neffe auf, dem es wohl zu langweilig geworden war, die Hausmägde mit Schnee zu bewerfen.

»Du kommst wie gerufen, mein Junge!« Die blitzenden Augen seiner Schwester ignorierend, reichte er August Helenes Koffer und Hutschachtel. »Du wirst diese Sachen für die Demoiselle de Ahna zum Haus ihrer Freundin tragen, nicht wahr? Das machst du doch für deinen Onkel, der in Eile ist?«

»Christian … Deine Manieren …«

»Wieso? Sein Vater schickt den Burschen doch auch ständig auf Botengänge zum Palais von Stein. Er bekommt zehn … na, sagen wir fünf Kreuzer! Sobald wir uns wiedersehen!« Christian nickte Helene knapp zu, dann eilte er mit wehenden Rockschößen über den Platz.

3. Kapitel

Wieder an seinem Pult in der Herzoglichen Bibliothek gab Christian sich redlich Mühe, sich auf die Dokumente zu konzentrieren, die es zu studieren galt, aber seine Gedanken schweiften ab, sooft er es versuchte. Unablässig musste er an Bettine Jungmann denken und natürlich an Helene. Ob sie nun enttäuscht von ihm war? Nun, er wäre es an ihrer Stelle gewesen, daran ließ sich nicht rütteln. Er hatte ihr versprochen, sich ihres Problems anzunehmen, dann aber gekniffen und sich auf Französisch verabschiedet. Hätte er sie nicht zu Bettines Haus begleiten und sich der Konfrontation mit seiner einstigen Geliebten stellen müssen? Aber gerade davor fürchtete er sich, denn er hatte keine Ahnung, ob Helene die Situation nicht missverstehen und Anstoß daran nehmen würde, wenn sie erfuhr, was ihn einst mit Bettine verbunden hatte. Frauen wie Helene besaßen ein unheimliches Gespür für Dinge, die man ihnen verheimlichte. Und Christian verheimlichte ihr viel. Vermutlich hatte sie längst gemerkt, dass irgendetwas an seinem Verhalten nicht stimmte. Zuerst bot er ihr seine Hilfe an, dann machte er aus für sie nicht nachvollziehbaren Gründen einen Rückzieher.

Christian geriet immer tiefer ins Grübeln und fand doch keine Lösung. Bis auf eine: Er konnte zu Bettine gehen und ihr das Versprechen abringen, so zu tun, als wären sie einander nie zuvor begegnet. Doch warum sollte sie ihm diesen Gefallen tun?

Warum war er damals nur so töricht gewesen und hatte Bettines Brief verbrannt? War sie ihm nach diesem einen Sommer wirklich gleichgültig gewesen? Oder hatten ihm einfach die Worte gefehlt, weil er jung und unreif gewesen war? Heute sah er vieles einfacher. Damals war gar nichts einfach gewesen.

Vielleicht malte er aber zu schwarz? Die Bettine, an die er sich erinnerte, war ein fröhliches, gutmütiges Mädchen gewesen, keine rachsüchtige Person. Und was Helene von ihr berichtet hatte, sprach dafür, dass sie eine redliche, schwer arbeitende Person war, die auf ihre Rechte pochte. Christian fragte sich, ob sie in der Ehe mit dem Zuckerbäcker glücklich gewesen war. Kinder schien sie keine zu haben, und vermutlich war sie von den Sorgen des Alltags auch zu sehr in Anspruch genommen, um an eine neue Heirat zu denken. Dabei musste es doch den einen oder anderen Burschen in Weimar geben, der hinter einer tüchtigen Person wie ihr her war.

Christian steckte so tief in Gedanken, dass ihm die Frau zunächst nicht auffiel, die scheinbar ziellos durch den Rokokosaal lief. Er sah sie erst, als er die Leiter hinaufstieg, um in einem der Regale nach einem juristischen Fachwerk zu suchen. Es war lange her, dass er in Jena und Erlangen die Rechte studiert hatte, zu lange, um alle Einzelheiten über Haus- und Wohnrechte im Kopf zu haben. Aber vielleicht gab ihm ja eines der dicken, in Leder gebundenen Werke Aufschluss darüber, wie sich Bettine diesen Kaufmann vom Leib halten konnte.

Er blätterte, schob Bücher heraus, studierte ihren Titel und schob sie kopfschüttelnd wieder zurück. Als er nach dem nächsten Band griff, schlug ihm eine Staubwolke entgegen, die ihn so krampfhaft husten und nach Luft schnappen ließ, dass das Buch seinen Händen entglitt und mit lautem Gepolter zu Boden fiel. Das Geräusch zerriss die Stille, die über dem Rokokosaal lag. Jemand schrie laut auf.

Als Christian hinuntersah, begegnete er dem wütenden Blick der ihm unbekannten Frau, die fast von dem Folianten getroffen worden wäre. Sie war klein, mittleren Alters, ganz in Grau gekleidet und machte auf Christian nicht den Eindruck, als ob sie sich gewohnheitsmäßig in Bibliotheken aufhielt. Allerdings wirkte sie auch keine Spur unterwürfig oder gar beeindruckt von ihrer Umgebung. Sie gab dem Buch einen Fußtritt, dann stemmte sie beide Hände in die Hüften und fing an, Christian zu beschimpfen.

»Wie kann man nur so ungeschickt sein! Beinahe hätten Sie mir mit diesem Ding den Schädel eingeschlagen!«

»Das tut mir aufrichtig leid«, sagte Christian mit reuevoller Miene. »Es war ein Malheur. Der Staub, Sie verstehen? Ich hoffe, das schwere Buch hat Sie nicht getroffen!«

Die Frau schüttelte den Kopf, ihre Miene wurde ein wenig versöhnlicher. »Noch mal mit dem Schrecken davongekommen. Ich bin …« Anstatt weiterzusprechen, spähte sie verstohlen zu den mit allerlei Verzierungen ausgestatteten Regalwänden, die das Herz der altehrwürdigen Bibliothek bildeten. Auf Christian machte sie den Eindruck, als suchte sie jemanden, und einen bangen Augenblick lang fühlte er sich aus dem Schatten der Regalwände heraus beobachtet. Aber nein, da war niemand. Außer ihm und der Unbekannten hielt sich an diesem düsteren Nachmittag niemand im Rokokosaal auf. Die Kerzen in den Wandhalterungen waren schon fast heruntergebrannt. Das Wispern der Bibliothekare und der Bediensteten, die Kisten neuer Werke katalogisiert und eingeordnet hatten, war längst verklungen.

»Kann ich Ihnen zu Diensten sein?«, erkundigte sich Christian. Eigentlich wollte er zurück an seine Arbeit, doch irgendetwas am Verhalten der Frau machte ihn stutzig. Sie war bleich und wirkte aufgelöst. Das konnte doch nicht nur an dem Schreck von eben liegen. Christians Blick fiel auf ein zerknittertes Blatt Papier, das sie krampfhaft festhielt, als befürchtete sie, aus dem Regal, dem sie am nächsten stand, könnte eine Hand hervorschnellen, um es ihr zu entreißen. Mit einigen hastigen Bewegungen brachte Christian die Bücher, die er sich angesehen hatte, zurück in Reih und Glied, dann machte er sich vorsichtig daran, die Leiter herunterzusteigen. Die Frau ging nicht. Sie blieb stehen, wo sie war, bis Christian vor ihr stand.

»Sie kennen mich nicht, oder? Das verrät mir, dass Sie noch nicht verheiratet sind und keine Kinder in die Welt gesetzt haben. Andernfalls wäre ich gewiss schon in Ihrem Haus gewesen. Sie müssen wissen, dass ich seit zehn Jahren in der Stadt als Hebamme tätig bin. Das ist eine lange Zeit. Zu lange, finden einige.«

Christian hob den Blick. Aber natürlich. Nun wusste er, wo er die Grauhaarige einzuordnen hatte. Ihren Namen hatte er sich nie gemerkt, aber vermutlich war sie vor einigen Jahren auch am Frauenplan gewesen, als seine Schwester den kleinen August zur Welt gebracht hatte. Als er sie danach fragte, nickte sie mit einem abwesenden Lächeln.

»Ich erinnere mich und hoffe, die Familie des Herrn Geheimrat ist bei guter Gesundheit. Es tut mir leid, dass die Demoiselle Vulpius keine weiteren Kinder mehr zur Welt bringen konnte. Manchmal lässt der Herrgott das nicht zu. Aber wenigstens konnte sie dem Herrn Geheimrat den Sohn schenken, den er sich so sehnlichst gewünscht hat.«

Christian erwiderte nichts darauf. Schweigend sah er zu, wie die Hebamme ein Buch zur Hand nahm, und fragte sich, ob sie hier nach einem Werk über Frauenheilkunde, Kräuterlehre oder einem verwandten Thema suchte, das mit ihrem Gewerbe zu tun hatte. Als Christian sie jedoch danach fragte, verneinte sie eilig.

»Ich bin gekommen, weil ich hoffte, meinen Bruder Erasmus hier zu treffen. Kennen Sie ihn? Er ist Tabakhändler und führt einen Laden in der Winkelgasse.« Sie zuckte mit den Achseln. »Vermutlich habe ich mich geirrt oder ihn verpasst.« Fast furchtsam starrte sie Christian an.

»Ich bedaure, aber ich habe keinen Mann gesehen. Allerdings war ich auch nicht immer hier. Ich arbeite in einer kleinen Schreibstube nebenan. Doch wenn Sie wünschen, könnte ich …«

»Nein«, fiel die Frau ihm mit schriller Stimme ins Wort. »Ich muss mich getäuscht haben. Sicher habe ich irgendetwas durcheinandergebracht. Vermutlich war meine Information falsch, und Erasmus erwartet mich zu Hause. Ich muss schleunigst …«

»Sie leben bei Ihrem Bruder?«, unterbrach Christian die Frau, was ihm einen tadelnden Blick bescherte.

»Ich gehe schon, also bemühen Sie sich nicht weiter.« Das klang reichlich unwirsch, doch als sie sich nach dem zu Boden gefallenen Buch bückte und es Christian in die Hand drückte, rang sie sich doch noch ein dünnes Lächeln zum Abschied ab. »Diese Bücher hier sind für Sie wohl so was wie Kinder, nicht wahr?«

»Kinder?« Christian runzelte die Stirn. Was faselte dieses Weib da bloß? War sie betrunken?

»Geben Sie in Zukunft besser auf sie acht! Die Menschen passen nicht gut genug auf ihre Kinder auf. Ich kann davon ein Lied singen.« Sie schnitt eine Grimasse, welche ihr Gesicht wie ein zerknittertes Stück Papier aussehen ließ. »Das Kind fällt in den Brunnen und wird nicht mehr gesehen!«

Grußlos drehte sich die Hebamme um und huschte mit rauschenden Röcken aus dem Saal. Christian blickte ihr nach. Ein wunderliches Geschöpf, befand er. Und sie trank offensichtlich zu viel. Hatte er nicht Wachholderschnaps in ihrem Atem gerochen? Aber das war nicht seine Angelegenheit. Die Bibliothek stand an allen Markttagen der Bevölkerung zur Verfügung, auch wenn sich um diese Zeit nur noch Zöglinge der höheren Lateinschulklassen hierherverirrten. Und die mussten dem Bibliothekar einen Erlaubnisschein ihrer Lehrer oder Eltern vorlegen, bevor sie den Rokokosaal mit seinen wertvollen Exponaten betreten durften. Was die Frau betraf, so hoffte Christian, dass sie an diesem Abend nicht mehr zu einer Entbindung gerufen wurde. Bei ihrem Gemüt konnte derlei nur übel ausgehen.

Mit dem dicken Buch unter dem Arm kehrte er in seine Schreibstube zurück, um es dort ein wenig genauer in Augenschein zu nehmen. Zu seiner Überraschung stellte er fest, dass es den Sachverhalt behandelte, über den er unbedingt mehr wissen wollte. Das Werk war von einem seiner früheren Professoren in Jena verfasst worden, und zwar zur selben Zeit, als er sein Studium dort begonnen hatte.

Nachdenklich blätterte Christian durch das Werk seines früheren Lehrers, bis es im Raum zu dunkel wurde, um weiterzulesen. Soweit er feststellen konnte, ging es zwar um Privilegien und Konzessionen, aber ob es einer Witwe erlaubt war, das Unternehmen ihres verstorbenen Gatten zu erweitern, blieb darin unbeantwortet.

Enttäuscht schlug er das Buch zu. Ein Blick auf seine Taschenuhr verriet ihm, dass er Stunden gebraucht hatte, um über

Bettine Jungmanns Probleme zu grübeln und darüber seine eigene Arbeit völlig vergessen hatte. Das würde ihm morgen einen Rüffel einbringen, doch ändern ließ es sich nicht. Helene war ihm wichtiger, und wenn der Weg zu ihr nur über Bettine Jungmann führte, dann sollte es wohl so sein.

Er beschloss daher, sogleich die Schokoladenmacherin aufzusuchen, und hoffte, dass sie ihn nicht vor die Tür setzen würde. Eilig packte Christian seine Sachen zusammen und löschte das Licht auf seinem Schreibpult.

Im Rokokosaal war schon längst niemand mehr, nur vor der Tür flackerte noch ein einsames Licht. Der Bibliothekar war gewiss noch im Hause und dabei, die Räumlichkeiten für die Nacht abzuschließen. Christian holte tief Luft. Schon während seiner Unterhaltung mit der Hebamme Bleichwein hatte er das beklemmende Gefühl gehabt, beobachtet zu werden. Nun glaubte er, ein Keuchen ganz in seiner Nähe wahrzunehmen. Unvermittelt blieb er stehen und blickte sich um.

Bis ein ersticktes Aufstöhnen ihn vor Schreck zusammenfahren ließ. Was zum Teufel war hier los? Und wo steckten der Bibliothekar und seine Sekretäre?

»Hallo? Ist jemand hier?«

Keine Antwort; alles blieb still. Zunächst wenigstens. Christian wollte soeben weitergehen, als er einen unterdrückten Aufschrei hörte. Es klang, als habe jemand die Hand vor den Mund geschlagen, um das Geräusch hastig zu dämpfen. Erschrocken hob er den Blick, suchte mit den Augen die Richtung ab, aus der der Laut gekommen war. Hoch über ihm auf der Galerie, die mit Regalwänden bestückt war, glaubte er einen Schemen wahrzunehmen. Eine schattenhafte Gestalt, die zitternd vor dem Geländer kauerte.

»He, kommen Sie auf der Stelle herunter«, rief Christian ärgerlich. »Was Sie dort treiben, ist gefährlich!«

Die Gestalt stöhnte auf, rührte sich aber nicht von der Stelle.

Na wunderbar, dachte Christian grimmig. Vermutlich hatte er einen Betrunkenen geweckt, der es sich dort oben mit seiner Branntweinflasche gemütlich gemacht hatte. Und nun turnte der Bursche auf der Galerie herum und stahl ihm Zeit und Nerven.

»Wird's bald? Ich muss sonst …« Christians Worte blieben ihm im Hals stecken, als sein Blick auf die straff geknüpfte Schlinge fiel, und auf das Seil, das um den Handlauf des Geländers geknotet war. Die schattenhafte Gestalt trug eine Schlinge um den Hals, zupfte kurz daran, als wären es die Saiten einer Laute, und breitete dann die Arme weit aus wie die Schwingen eines Raubvogels, der zum Sturzflug ansetzte. Christian stockte vor Entsetzen der Atem. Es war nur eine Frage von Sekunden, bis der Wahnsinnige dort oben über das Geländer stürzen und sich dabei wie ein Verurteilter am Galgen selbst die Luft abschnüren würde.

»Nein, um Himmels willen!«, brüllte Christian die schattenhafte Gestalt auf der Galerie an. »Bleiben Sie ruhig stehen und bewegen Sie sich nicht. Ich bin gleich bei Ihnen!«

Es war eine Frau, wie Christian erkannte, als sie ihm den Kopf zuwandte. Einen Moment lang kreuzten sich ihre Blicke, doch Christian hatte nicht das Gefühl, dass sie ihn wahrnahm, denn ihre Miene blieb unverändert ausdruckslos. Erneut geriet sie ins Schwanken, worauf ihr Körper wie das Pendel einer Standuhr hin- und herschwang.

Ticktack. Ticktack.

Christian begann zu schwitzen. Warum musste ausgerechnet ihm so etwas passieren? Er hatte keine Ahnung, wie man einer Lebensmüden gut zuredete, damit sie von ihrem Vorhaben abließ. Selbst wenn er die Beine in die Hand nahm und sofort die Treppen hinaufspurtete, würde er es kaum schaffen, rechtzeitig auf der Galerie zu sein. Seine einzige Chance war, Zeit zu gewinnen.

Als könnte die Frau Christians Gedanken lesen, öffnete sie den Mund und ließ ihn eine Reihe schwarzer Stumpen sehen. Im selben Moment erkannte er sie wieder.

Es war die Hebamme, mit der er sich vor einer Weile erst unterhalten hatte. Sie war also nicht nach Hause gegangen, sondern unbemerkt auf die Galerie gestiegen. Aber warum … Natürlich, der Wachholderschnaps. Während Christian in der Schreibstube gearbeitet hatte, musste das törichte Weib bis zur Besinnungslosigkeit weitergezecht haben. Erneut schwankte ihr Körper nach vorn.

»Ganz ruhig!« In Panik warf Christian beide Arme in die Luft. »Ich werde Ihren Bruder, den Tabakhändler, rufen lassen und …«

»Meinen … Bruder?«, lallte die Hebamme schwer verständlich. Erneut schüttelte ein Krampf ihren hageren Körper. Mit einer blitzschnellen Bewegung riss sie sich die Haube vom Kopf und warf sie Christian vor die Füße. Graue Haarsträhnen fielen ihr in die Stirn. »Der wird auch bald tot sein.« Sie lachte schrill, als kämpfe sie gegen einen Dämon, der ihren Verstand verwirrte. »Es gibt … kein Entrinnen vor dem Sturm. Der Turm … hat Feuer gefangen, verstanden?«

Christian brauchte Zeit. Viel mehr Zeit. Warum zum Teufel kam nur keiner? »Das Haus ist sicher und wird nicht Feuer fangen«, rief er.

»Schwachsinn …«, heulte die Hebamme. »Du hältst mich zum … Narren, aber ich habe nichts verraten!«

Ich halte dich also zum Narren? Christian stieß die Luft aus. Hüpfe ich etwa wie ein Vogel auf der Galerie hin und her, mit einem verdammten Strick um den Hals? Gebannt beobachtete er, wie die Frau mit einem Stück Papier winkte, das sie schon bei ihrer ersten Begegnung mit Christian in der Hand gehabt hatte. Mit einer fahrigen Bewegung zerknüllte sie das Blatt und reckte die Faust.

Dann drehte sie sich schwerfällig um und ließ sich rücklings über das Geländer fallen.

»Der Turm, ich habe es geahnt!«

Die Stimme der Frau hatte Ähnlichkeit mit einer Melodie: warmherzig und weich und dabei doch unheilverkündend wie der Ruf einer Eule auf einem Waldweg um Mitternacht.

In dem abgedunkelten Salon, in dem sich eine illustre Schar von Männern und Frauen um einen mit grünem Samt bezogenen Spieltisch voller Karten scharte, wurde es mit einem Schlag still. Die Gäste lauschten in die Dunkelheit hinein, als erwarteten sie von ihr eine Antwort.

Die Baronin Luise von Göchhausen, als erste Hofdame Kammerfrau der Herzoginmutter Anna Amalia und an diesem Abend in der Rolle der Gastgeberin, hielt gespannt den Atem an, als die Frau vor ihr am Spieltisch mit feierlicher Miene die letzte Karte aufdeckte. Gleichzeitig fragte sie sich, ob es nicht ein Fehler gewesen war, sie einzuladen. Luise hatte sich ein wenig Zerstreuung davon versprochen, ein harmloses Vergnügen unter Freunden, und dafür auf den Besuch eines Konzerts mit der alten Dame verzichtet. Nun aber verspürte sie fast ein schlechtes Gewissen, weil sie ihre Räume ohne Wissen Anna Amalias für ein solches Zusammentreffen zur Verfügung stellte. Luise von Göchhausen hatte nämlich nicht viel übrig für Geisterbeschwörungen oder das Befragen von Spielkarten. Doch zu ihrer Überraschung ertappte sie sich nun dabei, dass sie wie gebannt an den Lippen der merkwürdigen Frau am Spieltisch hing und jede ihrer Bewegungen ganz genau beobachtete. Als sie in die Gesichter ihrer Bekannten sah, bemerkte sie, dass es den meisten nicht anders erging. Auf dem Tisch, den Luise sonst nur nutzte, um mit der Herzoginmutter oder der Freifrau von Stein eine Partie Whist oder Baccara zu spielen, flackerte eine einsame Wachskerze auf einem vergoldeten Dorn. Mehr Beleuchtung wünschte ihr Gast nicht. Luise hatte auch ihre Zofe und den Diener wegschicken müssen. Daher blieb es an ihr hängen, die Anwesenden mit Kirschlikör und kleinen Lebkuchenstücken zu bewirten.

»Verraten Sie uns, was dieses Legemuster zu bedeuten hat, Madame Europe?«, brach Luise das Schweigen. Ihr war unbehaglich zumute, und obwohl sie zugeben musste, dass die Kartenlegerin etwas davon verstand, sich in Szene zu setzen, war sie der Meinung, dass sie nun genug Geduld an den Tag gelegt hatte. Zu ihrer Überraschung warfen zwei ihrer Freundinnen, die seit Jahren bei Hofe lebten, ihr strenge Blicke zu. Vermutlich fanden sie es respektlos, die Kartenlegerin bei ihren Betrachtungen zu stören. Die Frau am Spieltisch dagegen schenkte ihr ein nachsichtiges Lächeln. Wenn man den Gazetten glauben durfte, die dieser Tage im Herzogtum die Runde machten, war es der unter dem Namen Madame Europe zu Ruhm und Ansehen gekommenen Besucherin mit eben dieser Art zu lächeln gelungen, den russischen Zaren um den kleinen Finger zu wickeln. Bei Hofe hatte Luise gehört, der Zar habe die Kartenlegerin sogar zu seiner Mätresse gemacht und ihr ein Palais in St. Petersburg geschenkt, in dem sie nur ihm allein die Zukunft prophezeite. Man erzählte sich, der Monarch habe vorgehabt, sie wie einen Vogel im goldenen Käfig zu halten. Doch zuletzt hatte ein Blick in ihre Karten ihn davon überzeugt, dass es für ihn besser war, sie gehen zu lassen. Sogar eine berittene Eskorte hatte er ihr mitgeschickt, die sie bis zur Grenze begleitet hatte.

Damit ihr nichts zustieß oder um sicherzugehen, dass sie das Land auch wirklich verließ? Sie und ihre Karten? Auf jeden Fall schien man eine Frau wie sie nicht halten zu dürfen. Sie gehörte niemandem, weder einem Mann noch einem Land. Doch wo immer ihre Kutsche auftauchte, wurde sie stürmisch empfangen. Ihre Veranstaltungen hatten einen großen Zulauf.

Madame Europe, überlegte Luise von Göchhausen. Durchaus passend für eine Heimatlose, die von Stadt zu Stadt zog. Erneut fiel ihr Blick auf die einzige Karte, zu der ihr Gast sich noch nicht geäußert hatte. Auf wessen Bitte hin war sie doch noch gleich gelegt worden? Luise erinnerte sich nicht mehr.

»Wollen Sie mir verraten, was Sie auf der Karte sehen, meine Liebe?«, hörte sie die weiche, fast akzentfreie Stimme der Kartenlegerin. Sie hob überrascht den Blick. Die Frage galt ihr. Langsam begann sie, zu beschreiben, was ihr förmlich ins Auge sprang. Es handelte sich um die Ansicht eines stattlichen Gebäudes aus Stein. Trutzig wie eine Festung. Möglicherweise ein Turm. Jawohl, ein Turm mit leeren Fenstern. Und aus diesen Fenstern schlugen Flammen, die dabei waren das Gebäude zu verzehren.

»Ein Feuer«, murmelte Luise leise. »Ein Sturm.«

»Gut beobachtet«, bestätigte die Kartenlegerin. »Ein Feuer, das sich rasch ausbreitet.«

»Zwei Menschen stürzen von diesem Turm zur Erde.« Luise spürte, wie sich eine Gänsehaut über ihre Arme legte. »Sie fallen und … brechen sich das Genick. Man erkennt ganz deutlich ihre großen, vor Angst weit aufgerissenen Augen. Sie müssen sterben, nicht wahr?«

»Wer?«, quietschte eine korpulente Hofdame halb lachend, halb erschrocken. »Doch nicht etwa einer von uns?«

Luises Tischnachbar verschluckte sich an seinem Likör. Ein Netz roter Tröpfchen sprenkelte seinen sorgfältig gestutzten Bart sowie die weiße Kragenbinde um seinen Hals. Er sprang auf und stieß dabei mit dem Ellenbogen sein Glas um. Die blutrote Flüssigkeit tränkte den grünen Samtbelag des Tisches. Einige der Damen stöhnten erschrocken.

»Genug«, rief der Bärtige, bevor er sich mit grimmigem Blick Luise zuwandte. »Das ist doch alles Scharlatanerie. Ein lächerliches Stück Papier hat nicht die Macht, auf unser Leben Einfluss zu nehmen. Es sei denn, wir erlauben es ihm. Wenn törichte

Menschen glauben, ihnen würde etwas ganz Furchtbares zustoßen, weil ihnen am Morgen eine schwarze Katze begegnet ist, werden sie vor Angst unachtsam und geraten so eher in Gefahr als jemand, der seinen Weg überlegt antritt.« Beide Arme auf den Tisch gestützt, beugte er sich vor und fixierte Madame Europe, die ihm aufmerksam zuhörte.

»Ich bin ganz Ohr, Monsieur«, sagte sie ungerührt.

»Und ich habe keine Ahnung von Ihren Legemustern, meine Teuerste, aber ich möchte mein Landgut verwetten, dass dieses Stück Karton, mit der Sie meine armen Freunde erschreckten, bedeutungslos ist. Ganz sicher kündigte sie nicht den Tod zweier Menschen an.«

»Ich kann mich nicht erinnern, die Karte so gedeutet zu haben!«

»Sie behaupten also nicht, dass ein Unglück über die Stadt hereinbrechen wird?«

Luise hörte, wie die Hofdame zu ihrer Linken aufseufzte. »Aber die beiden Gestalten auf der Karte? Die aus dem brennenden Turm stürzen?«

Auf den Lippen der Kartenlegerin erschien ein sanftes Lächeln. »Eine Veränderung, ein plötzlicher Wandel. Vielleicht der Beginn eines neuen Lebensabschnitts und damit die Gelegenheit, alte, starre Gewohnheiten einmal zu hinterfragen. Aber Ihr Freund hat recht. Niemand sollte in die Karten etwas hineinlesen, was nicht darinsteht! Sie sind Knechte, keine Herren. Die Entscheidung, was wir zulassen und was nicht, liegt immer bei uns und keinem andern. Ich bin traurig darüber, dass die Revolution in Frankreich so vielen Menschen den Tod gebracht hat, aber ich werde niemals traurig darüber sein, dass mit ihr ein wenig mehr Vernunft in die Welt kam.«

Mit diesen Worten bat Madame Europe ihren Diener, einen dunkelhaarigen jungen Mann, der während der Kartenbefragung stumm hinter ihrem Stuhl gewartet hatte, um ihr Schultertuch. »Es tut mir leid, aber ich fühle mich nicht ganz wohl und möchte in die Stadt zurückkehren! Max, wir gehen!«

Luise von Göchhausen erhob sich ebenfalls. Aus Höflichkeit bot sie der Kartenlegerin an, ihr ein Gästezimmer herrichten zu lassen, war aber fast froh, als diese ablehnte.

»Max ist ein zuverlässiger Kutscher und wird mich wohlbehalten zu meiner Unterkunft in der Stadt kutschieren.«

Luise von Göchhausen verabschiedete ihre Gäste, die ihr versicherten, den Abend genossen zu haben. Kurz darauf bestiegen alle ihre Kutschen und kuschelten sich gegen die frostige Kälte in dicke Decken und Pelze. Keiner hatte ihre Einladung angenommen, bei ihr im Schloss zu übernachten. Sie alle wollten lieber rasch zurück in die Stadt.

Als Luise gerade kehrtmachen wollte, bemerkte sie, dass die Kutsche der Kartenlegerin noch nicht abgefahren war. Die beiden schwarzen Rappen stampften ungeduldig auf, aber Madame Europes Diener, der dick vermummt auf dem Kutschbock saß, machte keine Anstalten, sie anzutreiben. Obwohl Luises Zähne vor Kälte klapperten, hob sie ihre Laterne und machte ein paar Schritte auf den Wagen zu. Aus dem Kutschfenster winkte ihr eine behandschuhte Hand zu. Also wollte Madame Europe doch noch mit ihr sprechen. Luise zögerte einen Moment lang, dann nahm sie ihren Mut zusammen, öffnete den Wagenschlag und setzte sich der schwarz gekleideten Frau gegenüber.

»Ich fürchte, ich war vorhin in Ihrem Salon nicht ganz aufrichtig«, sagte die Kartenlegerin.

»Was?«

»Sie müssen mir glauben, dass es nicht in meiner Absicht lag, jemanden zu erschrecken.«

Luise von Göchhausen runzelte die Stirn. »Wollen Sie damit sagen, dass die Karte …«

»Ich glaube nicht an Zufälle, meine Liebe. Wir ernten, was wir säen, und müssen mit den Folgen der Entscheidungen leben, die wir treffen.« Die Kartenlegerin blickte aus dem Fenster auf das kleine, in einem gepflegten Park gelegene Schloss. »Sehen Sie, auch wenn viele mich für eine Hexe halten – ich bin keine Person, die schwarze Magie betreibt. Meine Karten haben nur so viel Macht, wie wir ihnen zugestehen. Aber das sagte ich ja schon.«

Luise öffnete den Mund, um etwas zu erwidern, doch eine Geste der Frau gegenüber verhinderte das. »Für gewöhnlich dienen mir die Karten als Instrument, um in die Herzen und Seelen der Menschen zu blicken. Ihre Stimmungen, Wünsche und Sehnsüchte zu ergründen. Sie begreifen nach einer Legung, um was es ihnen in ihrem Leben wirklich geht, und tun dann alles, um aus einer Vision Wirklichkeit werden zu lassen.«

»Für gewöhnlich …«

Madame Europe hob bekümmert den Blick. Aber sie wollte offenbar nicht heraus mit der Sprache.

»Heute war etwas anders. Sie haben etwas gesehen, was Sie mir nicht sagen wollen?« Luise drückte die Hand der Frau, denn plötzlich bekam sie Angst. »Diese Karte … der Turm …«

Die Kartenlegerin schüttelte langsam den Kopf. Über ihr Gesicht, das von einem markanten Kinn, dichten dunklen Augenbrauen und einer leicht gebogenen Nase beherrscht wurde, glitt ein Schatten. Die Kutsche erbebte, weil die Rappen im Geschirr unruhig wurden. Mit dumpfem Gemurmel versuchte der Diener, sie zu besänftigen.

»Dieses Mal will die Karte wörtlich verstanden werden«, erklärte sie. Und dann flüsterte sie Luise von Göchhausen etwas ins Ohr, was dieser das Blut in den Adern stocken ließ.

»Ist das möglich?«, krächzte die Hofdame. Sie lachte nervös auf. »Nein, Sie scherzen. Sagen Sie mir, dass Sie das alles nur erfinden!«

Die Kartenlegerin schüttelte den Kopf. »Ich wollte wirklich, ich könnte es. Aber es ist zu spät. Die Karte wurde ausgespielt, das bedeutet, dass das Unheil noch in dieser Nacht zuschlägt. Was ich sah, ist wie ein Urteilsspruch, der vollstreckt werden muss, verstehen Sie? Und selbst wenn ich wollte, könnte ich es nicht verhindern. Glauben Sie mir, ich bin nichts als eine Botin, aber mir fehlt die Macht über das, was geschehen muss.«

Luise ließ die Hand der Frau los, als könne sie sich an ihr verbrennen. »Warum sagen Sie mir das?«, stieß sie hervor und ärgerte sich gleichzeitig über das ängstliche Zittern, das sich in ihren Tonfall schlich. Ganz offensichtlich war die Frau ihr gegenüber nicht ganz bei Verstand. Sie hätte das früher bemerken müssen. Was sie sagte, war grausam und ebenso wenig ernst zu nehmen wie ihr amüsantes Liebesorakel vorhin im Salon. Das war recht nett gewesen, doch was sie nun prophezeite, ging eindeutig über jeden guten Geschmack hinaus. Luise spürte, wie ihr das Blut in den Kopf schoss und ihr Herz vor Aufregung und Ärger heftig zu klopfen begann.

»Ich weiß nicht, wen genau das Schicksal ereilen wird! Dafür reicht meine Macht nicht aus.« Madame Europe glitt tiefer in den Berg aus Pelzen und Decken, so tief, bis nur noch ihr Kopf zu sehen war. »Aber es muss einen Grund geben, warum die Karte ausgerechnet heute Abend in Ihrem Salon ausgespielt wurde.«

Luise von Göchhausen schnappte nach Luft. Dann riss sie die Wagentür auf und floh hinaus. Als sie sich umwandte, schnalzte der Diener mit der Zunge und trieb die Pferde an.

»Verschwindet!«, rief Luise hinter der Kutsche her. »Das ist doch Unsinn, blanker Unsinn!«

Sie war so durcheinander, dass sie um Haaresbreite ausgerutscht und der Länge nach in den Schnee gefallen wäre. Leicht benommen und vor Kälte zitternd sah sie dem Wagen mit der Frau hinterher, bis dieser hinter einer Reihe dunkler Bäume verschwunden war.

4. Kapitel

»Ich muss sagen, das ist ein sonderbarer Ort, um sich zu erhängen.«

Doktor Hellberger schaute hinauf zu der Leiche, die etwa zwanzig Fuß weit über dem Boden am Strick baumelte. Der Körper schaukelte hin und her, weil zwei Männer versuchten, das Seil von der Galerie aus durchzutrennen. Als der Arzt das bemerkte, rief er: »Seid ihr verrückt? Soll das bedauernswerte Weib etwa wie ein leerer Mehlsack herunterfallen? Zeigt gefälligst etwas Respekt und hebt sie über das Geländer!«

Er blickte Christian an und verdrehte dabei die Augen. Dann machte er sich auf den Weg zur Treppe, die zur Galerie hinaufführte. Christian folgte ihm mit einer Laterne in der Hand. Er war heilfroh, dass einer der Sekretäre, die er zu Hilfe gerufen hatte, den Arzt zu Hause angetroffen hatte. So waren nur wenige Minuten vergangen, bis dieser im Grünen Schloss eingetroffen war. Für die Hebamme war jedoch jede Hilfe zu spät gekommen. Sie war tot.

Auf der Galerie ging Doktor Hellberger neben dem leblosen Körper in die Hocke und nahm ihn in Augenschein. Dies erledigte er mit der ihm eigenen Gründlichkeit, die Christian bereits im vergangenen Jahr kennengelernt hatte. Hellberger war noch jung, und viele hielten ihn für unerfahren. Umso mehr lag ihm daran, die Bevölkerung von Weimar von seiner Tüchtigkeit zu überzeugen. Er war ein überdurchschnittlich großer, athletisch gebauter Mann, der sich bester Gesundheit erfreute. Angeblich schwor er darauf, selbst bei klirrender Kälte morgendliche Spaziergänge durch den Park zu unternehmen und einige Leute behaupteten, ihn auch schon im Winter beim Baden in der Ilm gesehen zu haben.

»Sie waren also Augenzeuge, Vulpius«, sagte er nach einer Weile, ohne Christian, der direkt hinter ihm stand, in die Augen zu sehen. »Sie ist also in geistiger Umnachtung gesprungen?«

Christian bestätigte es. »Ich sah, wie sie sich über das Geländer beugte und … Ja, plötzlich zappelte sie am Strick.«

»Sie wollte nicht auf Sie hören, hm? Wie würden Sie ihren Gemütszustand beschreiben?«

»Die Frau war völlig durcheinander und stammelte wirres Zeug.«

Der Arzt drehte sich zu ihm um und blickte ihn prüfend an. Dann nickte er. »Ich kann es mir vorstellen. Merkwürdig, ich kannte Josefina Bleichwein zwar erst, seit ich in der Stadt bin, aber sie kam mir immer ein wenig kühl und distanziert vor. Sie ließ das Leid anderer nicht zu nahe an sich heran, was verständlich ist. Eine Hebamme, die ebenso wie ein Arzt tagtäglich mit Schmerz und Tod konfrontiert wird, braucht ein dickes Fell.« Er seufzte. »Ich bin der Ärmsten übrigens heute Morgen noch begegnet. Sie suchte mich zu Hause auf.«

Christian horchte auf. Das bedeutete, dass außer ihm auch der Arzt zu den letzten Personen gehörte, welche mit der Hebamme Bleichwein vor ihrem Tod gesprochen hatten. »Was hat sie gewollt?«

Der Arzt entfernte mit einem Messer behutsam die Schlinge vom Hals der Toten. Josefinas Augen waren weit aufgerissen und starrten zur Decke. »Wann sucht eine Hebamme einen Arzt auf? Vielleicht, wenn sie mit ihrem Latein am Ende ist? Sie kam von einer Entbindung und bat mich nach der Mutter zu sehen, weil die nach der Geburt ihres Kindes immer schwächer wurde und Fieber bekam. Frau Bleichwein befürchtete, die Ärmste würde die Nacht nicht überleben. Merkwürdig!« Er schüttelte den Kopf. »Ob sie sich das so zu Herzen genommen hat? Sie hat ähnliche Fälle doch schon dutzendfach miterlebt.«

»Und?« Christian machte eine drängende Handbewegung. »War ihre Sorge berechtigt?«

Der Arzt wischte sich die Hände an einem Stück Leintuch ab. »Jedenfalls ist die Kindsmutter noch am Leben. Ihre Schwester ist jetzt bei ihr.« Er runzelte die Stirn. »Ich nehme nicht an, dass die Bleichwein noch lange am Strick gezappelt hat, oder?«

Christian schluckte. Er fand es überflüssig, wieder und wieder an das grässliche Bild erinnert zu werden. Die Vorstellung, wie die Frau sich über das Geländer fallen ließ, bis der Strick ihren Sturz ruckartig abbremste, würde lange durch seine Träume geistern. Aber nein, sie hatte sich nur kurz bewegt.

»Dachte ich mir«, erklärte Doktor Hellberger mit einem Nicken. »Josefina Bleichwein scheint etwas von Henkersschlingen verstanden zu haben. Solche Schlingen zu knüpfen ist nämlich nicht so einfach, wie man gemeinhin denkt.« Er nahm den Strick und hielt ihn ins Licht von Christians Laterne. »Die Länge ist entscheidend. Sie muss genau auf die Körpergröße der zu erhängenden Person umgerechnet werden. Nur so kann man davon ausgehen, dass es zu einer Fraktur des *Dens axis* kommt.«

»*Dens* … was?«

»Genickbruch! Geht schnell und ist vermutlich fast schmerzlos. Andernfalls hätte der Strick sie zu Tode stranguliert. So aber hat sie Glück gehabt.«

Christian hob die Hand. Gar so genau wollte er es gar nicht wissen, und Glück wäre das letzte Wort gewesen, das ihm beim Anblick der Toten in den Sinn gekommen wäre. Er war heilfroh, als sich endlich einer der Helfer dazu herabließ, eine Decke über den Körper zu werfen. Doktor Hellberger erkundigte sich, ob die Hebamme vor ihrem Sprung noch etwas gesagt hatte, doch bevor Christian antworten konnte, erschien sein Vorgesetzter auf der Galerie. Der alte Mann war bleich und so durcheinander, dass einer der Helfer ihm einen Stuhl holen musste. Immer wieder musste Christian ihm berichten, wie es zu dem unliebsamen Vorfall gekommen war. Dass sich in dem Haus, für das er die Verantwortung trug, etwas so Abscheuliches zugetragen hatte, schien ihm schwer auf dem Magen zu liegen. Als Doktor Hellberger die Decke anhob, wandte sich der alte Mann betroffen ab. Er wollte sich den Leichnam nicht ansehen.

»Warum musste sich dieses Weib ausgerechnet hier aufknüpfen?«, grollte er. Er nahm seine Brille ab und rieb sich die geröteten Augen.

Der Arzt hob die Schultern. »Vielleicht hat sie Bücher geliebt, und dies war ihr Lieblingsort in der Stadt. Meiner ist es ganz bestimmt.«

»Dann hoffe ich nur, dass Sie es sich nicht einfallen lassen, hier auch eines Tages zu hängen, junger Mann. Davon abgesehen, war die Herzogliche Bibliothek gewiss nicht der Lieblingsort dieser Person. Ich habe sie hier noch nie gesehen!«

»Wie wollen Sie das mit Bestimmtheit sagen, wo Sie sich den Leichnam nicht einmal ansehen wollten?«, konterte der Arzt.

Mit zitternden Fingern zog der alte Mann ein Schnupftuch aus seiner Weste und tupfte sich damit über die hohe Stirn. »Weil … weil mein Sekretarius mir auf dem Weg in den Rokokosaal gesagt hat, wer die Tote ist. Ich sage Ihnen, dass diese Hebamme bis heute noch nie hier war.«

Christian musste ihm beipflichten. »So, wie sie sich vorhin umsah, war es gewiss ihr erster Besuch im Grünen Schloss.« Er senkte die Stimme. »Und gleichzeitig ihr letzter. Sie suchte ihren Bruder, von dem sie wohl eine Nachricht erhalten hatte, ihn hier zu treffen.«

»Aber er kam nicht«, schlussfolgerte Doktor Hellberger, während er sein Messer zurück in ein Futteral seiner Arzttasche legte. »Merkwürdig. So hat sie nicht mehr erfahren, was er von ihr wollte. War dann wohl auch nicht so wichtig, oder?«

Nicht wichtig? Christian rieb sich über die dunklen Bartstoppeln auf seinem Kinn und dachte nach. Nur weil weder er noch der Bibliothekar den Bruder der Hebamme gesehen hatten, hieß das noch lange nicht, dass er nicht hier gewesen war. Es wurde früh dunkel dieser Tage, und wer sich durch die spärlich beleuchteten Räume bewegen wollte, ohne gesehen zu werden, schaffte das auch. Christian versuchte, sich an die letzten gestammelten Worte der Hebamme zu erinnern. Was hatte sie noch gleich gesagt?

»Dieser Bruder wäre mal besser erschienen und hätte das überspannte Frauenzimmer nach Hause geholt«, mokierte sich sein Vorgesetzter. »Nun muss ich Geheimrat von Goethe die schlechte Nachricht überbringen. Er kann dann die Herzoginmutter unterrichten, falls das unbedingt nötig ist.« Er seufzte. »Gottlob war außer Vulpius sonst niemand im Saal. Ich möchte nicht, dass es zu einem Skandal kommt. Der Herr Geheimrat wird mir diesbezüglich gewiss zustimmen.«

Doktor Hellberger hob fragend den Blick. Offensichtlich verstand er nicht, was Goethe mit der Angelegenheit zu schaffen hatte, wurde aber sogleich von Christian aufgeklärt.

»Dem Geheimrat wurde die Verwaltung der Bibliothek übertragen. Selbstverständlich muss er in Kenntnis gesetzt werden, wenn sich hier ein Todesfall ereignet.«

Der Bibliothekar sah Christian mit einem hoffnungsvollen Lächeln an. »Mein lieber Vulpius, ich habe ganz vergessen, wie nahe Sie dem Herrn Geheimrat von Goethe stehen.«

»Nahe? Ich?«

»Aber gewiss doch, mein Bester. Sie gehören zu seiner Familie und sind zudem mein engster Mitarbeiter. Ich habe Vertrauen zu Ihnen. Daher wäre ich Ihnen sehr verbunden, wenn Sie sich dieser leidigen Sache annehmen und an meiner Stelle zum Frauenplan gehen würden. Ich fürchte, die Aufregung ist mir auf den Magen geschlagen. Schließlich bin ich nicht mehr der Jüngste.«

»Ja, aber wissen Sie …«

»Keine Widerrede!« Unvermittelt wurde der Tonfall des Bibliothekars frostiger. »Sie haben hoffentlich nicht vergessen, warum wir Sie überhaupt in der Registratur dulden!«

Christian verzog gekränkt das Gesicht. Ihm war klar, worauf

der Mann anspielte. Es war kein Geheimnis, dass er seine Position allein Goethes Fürsprache verdankte. Ohne den Geheimrat würde er immer noch von der Hand in den Mund leben, Schulden machen und sich vor seinen Gläubigern verstecken.

»Also schön, ich werde meinem Schwager die Hiobsbotschaft überbringen«, sagte Christian schließlich. Vielleicht ließ ihn der Alte dann in nächster Zeit in Frieden, und er fand wieder mehr Zeit zum Schreiben.

»Na wunderbar«, rief Doktor Hellberger, der den Wortwechsel aufmerksam verfolgt hatte. »Wenn Sie sich schon zum Frauenplan begeben, könnten Sie ja auch noch einen kleinen Umweg über die Winkelgasse machen und dem unglückseligen Bleichwein die Nachricht vom Tod seiner Schwester überbringen.« Er hüstelte diskret. »Ich kann das nicht selbst erledigen, weil ich wieder zu der armen Frau im Kindbett zurückmuss. Josefina Bleichwein kann sich ja jetzt nicht mehr um sie kümmern.«

Nein, das kann sie nicht, dachte Christian, als er sich den Dreispitz tief in die Stirn zog und aus der Tür trat. Ein wenig ärgerte es ihn, dass der Arzt und sein Vorgesetzter ihn zu einem Laufburschen und Unglücksboten herabwürdigten, andererseits hätte er den Besuch bei dem Tabakhändler um nichts in der Welt einem anderen überlassen wollen. Wenn er jemals wieder ruhig schlafen wollte, musste er herausfinden, was die Frau zu ihrem verhängnisvollen Schritt getrieben hatte.

Die Ladenräume des Tabakhändlers befanden sich in einem stattlichen, aber reichlich düster wirkenden Fachwerkhaus gleich zu Beginn des Winkelgässchens. Christian kannte die Straßen der Altstadt wie seine Westentasche. In den Kaufläden und Werkstätten des Viertels war er als Kind sehr oft gewesen. Hier hatten Frauen gesessen und Hühner und Gänse gerupft oder über den Waschtrog gebeugt Wäsche gewaschen. Solange er zurückdenken konnte, hatte sich das Leben an diesem Ort im Freien abgespielt. Wenigstens in den Sommermonaten. Als er nun in die Gasse einbog, lagen Häuser und Stallungen dunkel und wie in Kälte erstarrt vor ihm. Der Schnee knirschte unter seinen Sohlen, als er der Gasse folgte, in der sich bei Regen so viele Pfützen bildeten, dass man knöcheltief versank. Hier kannten die Nachbarn einander. Man wusste Bescheid über diejenigen, die kamen und gingen, geboren wurden oder in den Stuben aufgebahrt wurden.

Mit gemischten Gefühlen spähte Christian zu dem zweistöckigen Haus hinüber, in dem er und Christiane aufgewachsen waren. Es lag in völliger Finsternis am Ende des Gässchens, als wäre es in einen hundertjährigen Schlaf gefallen. Vielleicht besser so, dachte Christian. Er trauerte den Räumen nicht nach, die nach Armut und täglicher Demütigung gerochen hatten. Seine Mutter hatte sich zeitlebens gewünscht, ein größeres Haus zu bewohnen, in der Marktstraße oder der Schlossgasse, wo die Anwesen mehr Platz für Kinder und Dienstboten boten. Aber bei dem, was sein Vater als Aktenkopist verdiente, war dieser Wunsch ein Traum geblieben. Dabei war, zumindest oberflächlich betrachtet, Christians Kindheit nicht unglücklich gewesen, weil seine Eltern sich große Mühe gegeben hatten, alle Unannehmlichkeiten von ihm fernzuhalten. In seiner Erinnerung war er weder hungrig zu Bett gegangen noch hatte er geflickte Strümpfe getragen. Seine Eltern hatten es verstanden, mit ihren wenigen Kreuzern zurechtzukommen. Christiane war es gewesen, die ihm später, als sie erwachsen waren, die Augen geöffnet hatte. Christian war der Sohn des Hauses gewesen, der Stolz und die Hoffnung seines Vaters. Für ihn hatten er und seine Frau gespart, damit er auf das Gymnasium und später zur Universität gehen konnte. Für Christiane und Ernestine, eine Halbschwester, die aus der zweiten Ehe des Vaters stammte, war kaum Geld übrig geblieben. Christiane hatte in der Manufaktur des reichen Justin Bertuch Seidenblumen für Damenhüte genäht, bis Geheimrat von Goethe auf sie aufmerksam geworden war. Inzwischen hatten alle Geschwister Vulpius dem alten Haus den Rücken gekehrt. Auch Ernestine, die aufgrund der Großzügigkeit Goethes am Frauenplan wohnen und sich dort um Christianes Sohn kümmern durfte.

Christian blinzelte die Schneeflocken von seinen Wimpern und blickte sich um. Zu seiner Zeit hatte es in dieser Straße weder eine Hebamme noch eine Manufaktur für Tabakwaren gegeben. Die Bleichweins mussten demnach hierhergezogen sein, als er in Jena studiert hatte. Soweit er sich erinnern konnte, war ihr Haus im Besitz eines Fleischermeisters gewesen, der im angrenzenden Hof Schweine geschlachtet und Christian manchmal einen Zipfel Blutwurst zugesteckt hatte. Nun schaukelte an der Fassade ein hübsch geschmiedetes Ladenschild im Wind, auf dem sich ein fremdländisch wirkender Mann, der orientalische Gewänder trug, mit einem Fidibus eine Schaumpfeife anzündete.

Bleichweins Laden war längst geschlossen, doch durch ein vergittertes Guckfenster in der Tür konnte Christian Licht ausmachen. Im Verkaufsraum brannte eine Laterne. Vielleicht saß der Tabakhändler noch über seinen Geschäftsbüchern. Christian klopfte und musste nicht lange warten, bis sich innen etwas regte; das Geräusch schlurfender Schritte erklang. Dann tauchte am Fenster eine Kerze auf und daneben ein misstrauisch dreinblickendes Augenpaar.

»Der Laden ist geschlossen«, schnarrte ein Mann von oben herunter. »Kommen Sie morgen wieder!« Er machte eine kurze Pause, als überlegte er. »Oder braucht der Herr die Hebamme? Dann muss er sich durch den Hof bemühen!« Mit der Kerze deutete er nach links. »Das Tor ist offen. Es ist immer offen. Tag und Nacht. Meine Schwester wird Sie hören, wenn Sie nur laut genug nach ihr rufen.«

Christian atmete tief durch. Er dachte an den Hof und glaubte einen Moment lang, das Quieken einer ganzen Schweineherde zu hören.

»Wegen Ihrer Schwester bin ich hier«, gab er zurück In den meisten Häusern war inzwischen das Licht gelöscht worden, doch Christian wusste aus eigener Erinnerung, wie hellhörig die Wände in diesem Viertel waren. Irgendwo ganz in der Nähe schlug ein Hund an.

»Es hat ein Unglück gegeben. In der Herzoglichen Bibliothek im Grünen Schloss! Öffnen Sie!«

Der Tabakhändler zögerte nur einen Atemzug lang, dann schlug er den Riegel zurück und ließ Christian eintreten. Der Laden war großzügig geschnitten, holzgetäfelt und geschmackvoll eingerichtet. Die Wände waren voller Kupferstiche, es gab eine gepolsterte Chaiselongue für die wartende Kundschaft und einen mit prachtvollen Schnitzereien verzierten Ladentisch, der vor einem Eichenholzschrank mit unzähligen Schubladen stand. Ein wenig sah es hier aus wie in einer Apotheke. Christian vermutete in den vielen Laden Bleichweins verschiedene Proben von Pfeifen-, Kau- und Schnupftabak.

Die Regale waren vollgestopft mit Meerschaumpfeifen und silbernen Schnupftabaksdosen, die ebenfalls zum Kauf angeboten wurden. In einer Ecke stand ein Ofen, in dem noch Glut funkelte, in der anderen entdeckte Christian eine hohe, bunt bemalte Holzfigur, die dem rauchenden Orientalen auf Bleichweins Ladenschild ähnelte. Über dem gesamten Ladenraum lag ein schwerer süßlicher Tabakduft, der Christian wie eine Decke umhüllte.

»Sie ist also tot«, murmelte Bleichwein wenig später. »Einfach aufgehängt, und noch dazu in der Bibliothek!« Er klang ähnlich empört wie der Bibliothekar. Hektisch durchwühlte er ein paar Schubladen, bis er eine mit Monogramm versehene Silberdose fand, aus der er eine Prise Schnupftabak nahm.

»Das ist meine Lieblingsmischung, ich stelle sie selbst her«, verkündete er nicht ohne Stolz. »Den Tabak lasse ich eigens von den Plantagen Virginias kommen. Eine kostspielige Fracht, aber

Josefina liebte sein würziges Aroma. Es hat sie beruhigt, wenn sie aufgebracht war.«

»Aufgebracht ist das richtige Wort. Verzeihen Sie, wenn ich Sie in Ihrem Kummer mit Fragen behellige. Aber können Sie sich vorstellen, warum Ihre Schwester sich das Leben genommen hat?«

Bleichwein nieste dreimal hintereinander. Dann wischte er sich mit dem Hemdsärmel kurz über Mund und Nase. »Nein, warum?«

»Weil niemand ohne jeden Grund in die Bibliothek geht, dort über das Geländer der Galerie steigt, sich einen Strick um den Hals legt und herunterspringt.«

Bleichwein kehrte Christian den Rücken zu und stellte seine Tabatiere auf den Verkaufstisch. Er war ein mittelgroßer Mann, neigte aber stark zu Übergewicht. Sein gewaltiger Bauch quoll über den Gürtel hinaus. Auf seinem runden Schädel trug er eine aus der Mode gekommene Perücke, die beidseitig in verspielten Röllchen auslief, und auf der Nasenspitze eine Brille. Das aufgebauschte Perückenhaar bildete einen scharfen Kontrast zu den schwarzen Augenbrauen des Mannes, die sich bei fast jedem Wort, das er sprach, hoben und senkten, als seien sie lebendig. Christian suchte nach einer äußerlichen Ähnlichkeit zwischen Bleichwein und seiner Schwester, fand aber keine. Auf den ersten Blick wies gar nichts darauf hin, dass die beiden verwandt gewesen waren.

»Haben Sie noch Fragen?« Bleichwein unterdrückte ein Gähnen. »Ich bin müde!«

Christian zwang sich, ruhig zu bleiben, obwohl er das gelangweilte Gehabe des Kaufmanns abstoßend fand. Da erfuhr dieser vom tragischen Tod seiner Schwester, und alles, was ihm dazu einfiel, war, dass er zu Bett gehen wollte. Doch möglicherweise wollte er Christian auch einfach nur loswerden. »Ja, da gäbe es tatsächlich noch etwas«, sagte er. »Zum Beispiel wüsste ich zu

65

gern, warum Ihre Schwester glaubte, Sie in der Bibliothek zu finden? Waren Sie vielleicht dort? Heute, in den Nachmittagsstunden?«

Erasmus Bleichwein setzte zum Niesen an, doch dieses Mal geschah nichts. Stattdessen hob er fragend die Hand. »Ich habe nicht die geringste Ahnung, wovon Sie sprechen, junger Mann. Was zum Teufel sollte ich in der Herzoglichen Bibliothek zu schaffen haben? Ich bin Händler und Manufakturist. In alten, staubigen Schriften zu wühlen überlasse ich Bücherwürmern wie Ihnen, Herr Vulpius!«

»Dann haben Sie ihr also keine Nachricht geschickt?«

In Bleichweins Blick schlich sich plötzlich etwas Verschlagenes, das Christian zu denken gab. »Es tut mir leid, dass der Wahnsinn meiner Schwester Ihnen Unannehmlichkeiten bereitet hat. Sie war mal eine tüchtige Hebamme, die in ganz Weimar einen guten Ruf genoss. Aber diese Zeiten sind schon lange vorbei. Zuletzt war sie einfach nur noch … unglücklich. Sie trank zu viel Branntwein und tat sich leid. Vielleicht, weil sie immer wieder Kindern auf die Welt half, selbst aber nie einen Mann gefunden hat, der sie heiraten wollte. Ihre verdammte Sauferei hat sie in Teufels Küche gebracht.«

Christian horchte auf. »Demnach steckte sie in ernsthaften Schwierigkeiten?«

»Ach … wem soll es nützen, jetzt noch darüber zu sprechen? In ein paar Tagen wird die Gute unter der Erde liegen, dann kräht sowieso kein Hahn mehr nach ihr oder ihrem Schnaps. Wie pflegen die Herren Gelehrten doch so schön zu sagen? *De mortuis …*«

»*De mortuis nihil nisi bene*. Man sollte nicht schlecht über die Toten reden!« Christian fand, dass der Mann die Kunst beherrschte, über seine Schwester zu sprechen, als hätte er einmal irgendwo und irgendwann etwas über sie in einer Gazette gelesen. Sehr nahe schienen sich die Geschwister nicht gestanden zu haben. Plötzlich fiel ihm das Flugblatt wieder ein, das die Hebamme ihm kurz vor ihrem Tod vor die Füße geworfen hatte. Er hatte die Druckschrift heimlich an sich genommen und ganz vergessen, sie dem Bibliothekar und Doktor Hellberger zu zeigen. Dafür gab er sie nun Bleichwein, der das Blatt mit finsterer Miene entgegennahm. Während er es hastig überflog, wich jegliche Farbe aus seinem aufgeschwemmten Gesicht. Er holte tief Luft. »Großer Gott«, flüsterte er.

»Das hat Ihre Schwester bei sich gehabt, als sie starb. Kannte sie diese Madame Europe? Hat sie sich vielleicht von ihr die Karten legen lassen?«

Erasmus Bleichwein stand wie angewurzelt da, dann stieß er einen ärgerlichen Laut aus und zerriss das Blatt vor Christians Augen in winzige Fetzen. »Das ist blanker Unsinn. Josefina war eine fleißige Kirchgängerin und überhaupt nicht abergläubisch. Sie verachtete Hokuspokus wie Wahrsagekunst oder Geisterbeschwörungen.« Er schnaubte. »Ich komme herum in der Welt und schnappe dabei so manches auf, was ich nicht erklären kann. In den Salons des Adels und den literarischen Zirkeln mag es modern geworden sein, über derlei zu reden oder sich von dahergelaufenen Schwarzsehern die Zukunft vorhersagen zu lassen. Ich selbst bin aber ein erklärter Anhänger Voltaires und Diderots, die mit Vernunft gegen Aberglauben und Bigotterie kämpften.«

»Aber Sie sagten doch eben, Ihre Schwester sei unglücklich gewesen. Offenbar lag ihr etwas auf der Seele. Wenn sie diese Kartenlegerin aus einer Branntweinlaune heraus aufgesucht hat? In der Flugschrift stand, die Frau habe im *Gasthaus Zum Weißen Schwan* Logis genommen. Vielleicht hat Ihre Schwester bei ihr etwas aufgeschnappt, das …«

»Hinaus!«, brüllte Erasmus Bleichwein auf einmal. Mit zornrotem Gesicht stapfte er zur Tür. »Ich will nichts mehr davon hören! Wir pflegten keinen Umgang mit herumziehendem Pack.

In Frankreich wäre ein betrügerisches Weib wie diese Madame Europe unter die Guillotine gekommen. Wenn ich einen Blick in die Zukunft wagen will, befrage ich meine Auftrags- und Rechnungsbücher, wie gut ich gewirtschaftet habe!«

Christian starrte Bleichwein an. Die bloße Erwähnung der Kartenlegerin hatte den Mann in Rage gebracht. Doch warum? Nur, weil er als Anhänger der französischen Philosophen nichts von Menschen wie dieser Madame Europe hielt? Und seine Schwester? Es war wohl kaum anzunehmen, dass sie sich aus Ärger darüber, dass diese Frau im Gasthof Karten legte, erhängt hatte. Bleichwein riss die Tür auf und machte einen Schritt zurück. Er sah nicht so aus, als ob er auch nur noch ein Wort mit Christian wechseln wollte. Doch das war auch nicht nötig. Christian war davon überzeugt, dass Josefina vor ihrem Tod im *Weißen Schwan* gewesen und mit der Kartenlegerin gesprochen hatte. Dabei musste sie etwas in so helle Aufregung versetzt haben, dass sie sich betrunken und letzten Endes den Kopf verloren hatte.

Na warte, ich werde schon herausfinden, was du vor mir verheimlichst, dachte Christian, als er sich an der fülligen Gestalt des Tabakhändlers vorbeidrückte.

»An Ihrer Stelle wäre ich vorsichtig«, sagte er, bevor Bleichwein die Tür schließen konnte. »Wenige Augenblicke vor ihrem Tod erwähnte die Hebamme einen brennenden Turm. Und einen Sturm. Offenbar war sie der Meinung, dass …«

Ehe Christian seine Warnung aussprechen konnte, schnellte Bleichweins Faust vor und traf ihn so hart an der Schulter, dass er das Gleichgewicht verlor. Er rutschte auf den vereisten Stufen der Außentreppe aus und stürzte mit einem Schrei rücklings in den Schnee.

Über seinem Kopf schnappte der Riegel ein. Das Licht erlosch.

Ja, verrammele nur dein Haus, dachte Christian. Die Wahrheit lässt sich nicht aussperren.

5. Kapitel

»Christian ... äh, Vulpius?« Jemand beugte sich von hinten über ihn, der Schein einer Laterne huschte über sein Gesicht und blendete ihn. Ein Hauch von Veilchenduft vermischte sich mit der kalten Winterluft. Verwirrt runzelte er die Stirn, während er sich auf die Beine kämpfte. Es vergingen etliche Momente, bis es ihm dämmerte, dass der Veilchenduft zu Helene gehörte. Sie stand vor ihm. Eine einsame, schlanke Gestalt mitten im Schneewind, der an ihrem Kleid zerrte, und sie streckte eine Hand aus, um ihm aufzuhelfen. Was hatte sie hier zu suchen?

»Sie haben Ihr Versprechen also doch gehalten«, sagte sie und lächelte ihn glücklich an. Über ihren schmalen Schultern hing ein Tuch aus dunkelgrüner Wolle, das sie wärmen sollte. Doch ihre Zähne klapperten vor Kälte. Vermutlich war sie bereits im Bett gewesen, denn ihr dichtes blondes Haar fiel ihr offen über die Schultern. Ihre Füße steckten in Pantoffeln. Wie es aussah, hatte sie ihn gehört und war kurz entschlossen in die Winternacht hinausgelaufen. Christian sah sie bestürzt an, und der Drang, sie in den Arm zu nehmen, wurde übermächtig. Sie würde sich hier draußen den Tod holen.

»Helene ... Ich verstehe nicht ...«

»Und ich dumme Gans dachte schon, das wäre nur Aufschneiderei gewesen. Verzeihen Sie mir?«

»Ja, natürlich verzeihe ich Ihnen!« Christian machte ein dummes Gesicht. Hastig klopfte er sich den Schnee von der Kleidung. »Aber was soll ich Ihnen verzeihen? Was haben Sie überhaupt hier verloren?«

Helenes Augenbrauen hoben sich. »Kaufmann Bleichwein! Sie hatten mir versprochen, ihn ins Gebet zu nehmen, damit er endlich aufhört, die Witwe Jungmann zu schikanieren. Dass Sie noch so spät zu ihm gehen würden, hätte ich aber nicht erwartet.«

Christian spürte Helenes Hand auf seiner Brust und fühlte sich plötzlich, als hätte er einen Stock verschluckt. Nun wurde ihm einiges klar. Dieser Erasmus Bleichwein mit seiner albernen Perücke und dem süßlichen Schnupftabak, von dem einem nur übel werden konnte, war derselbe Kerl, vor dem Bettine sich fürchtete, weil er sie aus ihrem Haus vergraulen wollte.

Er ließ den Blick über die Häuser jenseits der Gasse schweifen. Bettine lebte hier. Natürlich! In ihrer Kindheit waren sie ja Nachbarn gewesen, und im Gegensatz zu ihm und Christiane hatte sie das Winkelgässchen nie verlassen. Auf einmal packte ihn wilder Zorn. Er sprang die Treppe zum Tabakladen hinauf und rüttelte an der Tür. »Aufmachen, Sie Schuft!«, brüllte er. »Sie werden mich noch kennenlernen!« Außer sich trat er gegen das Eichenholz, bis Helene ihn am Arm packte und zurück auf die Gasse zog.

»Lieber Himmel, Vulpius, hören Sie auf mit dem Geschrei, bevor Bleichwein die Büttel ruft! Ich finde es ja fein von Ihnen, dass Sie sich so für Bettine einsetzen, obwohl Sie sie nicht einmal persönlich kennengelernt haben, aber …« Sie sog die kalte Winterluft ein. »Grämen Sie sich nicht, ich dachte mir schon, dass Bleichwein Ihnen nicht zuhören würde. Mit ihm ist einfach nicht zu reden. Aber danke, dass Sie es versucht haben. Sie sind ein Held!«

Nein, ein Schwindler, dachte Christian und errötete vor Scham. Während er noch überlegte, wie er Helene beibringen sollte, dass ihn ein ganz anderer Auftrag ins Haus des Tabakhändlers geführt hatte, hörte er das Rumpeln eines Strohkarrens, der soeben von der Jakobsstraße in die Gasse einbog. Das klapprige Gefährt wurde von einem müden Gaul gezogen und von zwei Knechten mit Fackeln begleitet. Christian kannte die beiden flüchtig. Es waren Brüder, die hin und wieder für die Bibliothek Brennholz hackten oder kleinere Reparaturen ausführten.

70

»Was wollen die nur hier um diese Zeit?« Neugierig machte Helene ein paar Schritte auf den Karren zu, der auf Erasmus Bleichweins Hoftor zuhielt. Natürlich übersah sie nicht die längliche Kiste, die inmitten des Strohs hin und her geschleudert wurde.

»Gute Güte, das sieht fast so aus wie ein Sarg!«

»Was Besseres ließ sich in der Eile nicht finden, Demoiselle«, schniefte einer der Männer. Er tippte sich an die Hutkrempe. Seine Nase war rot und geschwollen, und seine Augen tränten. Offensichtlich litt er unter einer starken Erkältung, die in der rauen Novembernacht gewiss nicht besser werden würde. »Aber für eine Selbstmörderin noch gut genug, was?« Er blickte zu dem Torbogen hinüber. »Da rein?«, wollte er von Christian wissen. »Auf den Jakobskirchhof dürfen wir sie nicht bringen. Das hat der Herr Pastor verboten!«

»Vulpius, was soll das?« Helene hob fröstelnd die Augenbrauen. »Wen haben diese Männer da auf ihrem Karren?«

Christian seufzte. Er fror und wünschte sich in sein gemütliches Studierstübchen oder in eine Schenke, um die Ereignisse dieses fürchterlichen Tages bei einem Krug Wein zu vergessen. Doch er ahnte schon, dass Helene nicht lockerlassen würde. Und erfahren würde sie vom Tod der Hebamme ohnehin. Während er noch überlegte, wo er anfangen sollte, wurde über dem Tabakladen ein Laden aufgestoßen, und Erasmus Bleichweins aufgedunsenes Gesicht tauchte am Fenster auf.

»Wenn das da in der Kiste meine närrische Schwester ist, so stellt sie in den Hof, neben den Schuppen«, rief er den Knechten zu. »Ich kümmere mich später um alles Weitere!« Sein Blick fiel auf Christian und die verdutzte Helene, die mit offenem Mund zum Fenster emporstarrte. »Was gibt es zu glotzen? Macht gefälligst, dass ihr verschwindet!« Der Tabakhändler schüttelte drohend seine Faust, dann schlug er das Fenster zu.

Ob das vom Tabakschnupfen kommt, fragte sich Christian

kopfschüttelnd. Allmählich begriff er, warum Bettine Jungmann sich vor ihrem Nachbarn fürchtete, und obwohl die Hebamme ihm mit ihrem Sprung von der Galerie nichts als Ärger eingebrockt hatte, verspürte er Mitleid mit ihr. Womöglich hatte sie Bleichweins Launen nicht mehr ertragen und nur einen Ausweg gesehen. Eine Jungfer ihres Alters, die weder Freunde noch Vermögen besaß, war auf Gnad und Verderb dem ausgeliefert, der ihr ein Dach über dem Kopf bot. Doch gewiss hatte sie nicht geahnt, dass die Demütigungen sogar nach ihrem Tod noch kein Ende nahmen. Bleichwein ließ ihre sterblichen Überreste im Hof liegen, anstatt sie in der Stube aufzubahren. Für ihn war sie eine Selbstmörderin. Eine verdammte Seele.

Zum Teufel mit seiner Vernunft und seinen französischen Philosophen, dachte Christian und presste die Lippen aufeinander. Sollte er ihre Schriften gelesen haben, so hat er jedenfalls kein Wort davon verstanden. Stumm beobachtete er, wie die Bibliotheksknechte den Karren durch das Tor zogen. Einen Moment lang glaubte er, im Wind Josefinas Stimme zu hören.

»Mein Bruder wird auch bald tot sein. Hört ihr nicht den Feuersturm? Der Turm hat Feuer gefangen!«

Helenes behutsame Berührung holte ihn aus seinen düsteren Gedanken zurück. »Ich denke, Sie haben mir einiges zu berichten, nicht wahr, Vulpius?« Mit ihrer Laterne wies sie auf die Tür eines der alten Fachwerkhäuser gegenüber. Sie stand sperrangelweit offen. Dahinter befand sich offensichtlich die Manufaktur der Witwe Jungmann.

»Eine Tasse Mokka wird Ihnen guttun«, sagte sie. »Keine Sorge wegen meines guten Rufs. Hugo schläft neben meiner Kammer. Er ist Bettines Geselle.«

»Verlockend, aber … nein, ich will die Witwe um diese Zeit nicht stören!« Christian seufzte. Er wäre gern ein wenig allein mit Helene gewesen, aber jetzt auch noch Bettine über den Weg zu laufen, war keine angenehme Vorstellung.

»Bettine ist gar nicht im Haus! Sie übernachtet bei ihrer Schwester, weil die doch heute früh ein Kind zur Welt gebracht hat und sehr schwach ist. Glücklicherweise ist ihr Schwager wegen irgendwelcher Geschäfte in Leipzig.«

Christians Miene hellte sich schlagartig auf. »Nun, wenn ich es mir recht überlege: Etwas Heißes wäre jetzt wirklich nicht zu verachten!« Erleichtert folgte er Helene über die Straße zum Haus ihrer abwesenden Freundin.

Gepeinigt von Gewissensbissen taumelte Erasmus Bleichwein durch die leeren Räume seines Hauses, das ihm mit einem Mal so kalt und einsam vorkam, wie nie zuvor in all den Jahren, in denen er und Josefina es bewohnt hatten. Er hielt sich die Ohren zu, um die Geräusche und Stimmen der Männer unten im Hof nicht hören zu müssen, doch der Gedanke an Josefina, die kalt und steif neben dem Schuppen im Schnee lag, peinigte ihn. Mehr noch, ihn erfasste ein namenloses Grauen. Und dann glaubte er auch noch, ein Kratzen zu hören.

Josefina, schoss es ihm durch den Kopf.

Sie kratzt mit ihren gefrorenen Fingern am Sargdeckel, um ihn zu rufen. Sie will, dass ich sie nach Hause hole. Aber das kann ich nicht. Es ist unmöglich. Bleichweins Augen schwammen in Tränen. Er riss sich die hässliche, kratzende Perücke vom Kopf und schleuderte sie in einen dunklen Winkel des Salons. Dann löschte er alle Kerzen und machte sich durch den kalten Flur zu der Kammer auf, die seine Schwester bewohnt hatte.

Arme, dumme Josefina. Hatte sie angenommen, sich klammheimlich aus dem Staub machen zu können? Vor Vulpius und den Burschen, die ihre Leiche mit ihrem Karren gebracht hatten, hatte er sich gefasst gegeben. Nein, nicht gefasst, sondern kalt wie ein Eisblock. Sollten die ihn doch verfluchen, was kümmerte es ihn?

Verflucht lebte es sich um einiges angenehmer als tot. Um das zu begreifen, musste er kein Philosoph sein.

Er betrat ihre Kammer, in der es für seinen Geschmack stets sauer roch. Nach irgendwelchen Kräuterpasten und Tinkturen, die Josefina anrührte, um sie dann bei Geburten anzuwenden. Bleichwein rümpfte angewidert die Nase. Wie oft hatte er mit ihr gestritten und geflucht, weil sie einer Tätigkeit nachging, die sie zwang, auch nachts das Haus zu verlassen? Er hatte es nicht gern gesehen, wenn sie in die Dunkelheit verschwand. Nicht nur, weil es auf den Straßen gefährlich war, sondern auch, weil er es nicht für ratsam hielt, sich mit all diesen Weimarer Bürgern, zu denen sie gerufen wurde, bekannt zu machen. Es war gefährlich, zu den Weibern zu gehören, über die in Weimar gesprochen wurde. Wie leicht rutschte dabei ein falsches Wort heraus. Aber Josefina hatte ja nicht auf ihn hören wollen. Sie war aufgefallen.

Und nun war sie tot. Dumme, halsstarrige Josefina.

Erasmus Bleichweins Blick fiel auf die Reiseapotheke, einen länglichen Kasten aus poliertem Akazienholz, in dem seine Schwester ihre kostbarsten Heilmittel aufbewahrt hatte, und dabei überfiel ihn ein bedrückendes Gefühl von Verlust. Und großer Angst davor, was nach dieser Nacht geschehen würde. Er floh aus der Kammer und fand sich bald darauf auf der Straße wieder. Nun galt es, einen klaren Kopf zu bekommen, und das würde ihm nicht gelingen, wenn er die kahlen Wände seiner Stube anstarrte und an die Tote neben dem Verschlag in seinem Hof dachte.

Aus einer der billigen Schenken am Jakobskirchhof drangen Flötenspiel und Gelächter, das Erasmus in seiner Gemütsverfassung anzog wie eine Motte das Licht. Kaum hatte er den im Kerzenlicht badenden Schankraum betreten, da stieß er auf eine Schar Handwerksgesellen, die einem bärtigen Mann auf die Schulter klopften. Überrascht starrte Bleichwein den Hünen an. Er kannte den Mann, war aber erstaunt, ihn in dieser Schenke anzutreffen.

»Krammfeld, du bist in der Stadt?«, sprach er seinen schon reichlich angetrunkenen Freund an. »Sagtest du nicht, du hättest geschäftlich in Leipzig zu tun?«

»Ein Bote hat mich zurückgeholt. Bin endlich Vater geworden!« Voller Begeisterung schlug der Lebkuchenbäcker Thomas Krammfeld ihm auf den Rücken. Dann bestellte er bei einer Schankmagd einen Krug Bier für ihn und führte ihn zu einem freien Tisch neben dem Ofen.

»Du bist doch schon längst Vater«, wandte Erasmus kopfschüttelnd ein. »Schließlich machst du deiner Frau fast jedes Jahr ein neues Kind!« Eigentlich hatte er kein Verlangen danach, sich mit dem Betrunkenen zu unterhalten, zumal er ahnte, dass dieser ihm nur wieder sein Leid klagen und über seine Frau und deren Schwester Bettine lästern würde, die seinen Geschäften mit ihrer Schokolade in die Quere kam. Doch heute wollte er nichts darüber hören. Abwesend erhob er seinen Becher und leerte ihn in einem Zug bis auf den letzten Tropfen.

»Na, hast du für mich auch ein paar Neuigkeiten?« Krammfeld wischte sich über den Mund.

»Josefina ist tot!«

»Tot?« Thomas Krammfeld riss die Augen auf und starrte seinen Freund ungläubig an. »Aber das ist doch unmöglich. Ich meine, sie hat doch noch heute meinen Sohn auf die Welt geholt. Mutter hat es mir erzählt, als ich nach Hause kam. Josefina ging, um den Arzt für meine Frau zu holen. Diesen jungen Burschen aus Jena, der noch nicht lange in der Stadt ist.« Der Lebkuchenbäcker kratzte sich am Kopf. »Danach ist sie nicht mehr aufgetaucht. War aber auch nicht nötig. Ich habe meinen Erben, das ist alles, was zählt.«

Bleichwein schob seinen Bierkrug zur Seite und verdrehte angewidert die Augen. Krammfeld mochte aus einer wohlhabenden Familie stammen und sich zu Hause wie ein Fürst aufspielen, doch besonders klug war er nicht. Bislang hatte er darüber hinweggesehen, inzwischen fand er die Prahlerei dieses Mannes unerträglich.

»Ich glaube, du hast mir nicht zugehört«, zischte er wütend. »Josefina konnte nicht mehr zu euch kommen, weil sie sich in der Zwischenzeit erhängt hat.«

Krammfeld wurde bleich; geräuschvoll stieß er die Luft aus. »Erhängt hat sie sich? Aber wieso? Sie hat doch alles richtig gemacht bei der Geburt. Dem kleinen Kerl geht es gut. Wenn du den Jungen sehen könntest …« Ein schwärmerisches Lächeln glitt über das vom Wein gerötete Gesicht. »Du könntest die Patenschaft übernehmen. Na, würde dir das nicht gefallen? Es würde deinem Ruf guttun. Insbesondere jetzt, nachdem deine Schwester, dieser Teufelsbraten …«

»Zur Selbstmörderin geworden ist? Ja, damit hast du vermutlich recht.« Erasmus Bleichwein überlegte, inwieweit Josefinas Tat auch seinem Geschäft schaden konnte. Er würde ins Gerede kommen, das ließ sich wohl nicht vermeiden.

»Grundgütiger, das wird alles auf den Kopf stellen. Anfangs werden die Leute noch ihren Tabak bei mir kaufen, weil sie neugierig sind und erfahren wollen, warum eine stadtbekannte Hebamme sich aufknüpft. Noch dazu in der Herzoglichen Bibliothek, die von Herrn Geheimrat von Goethe verwaltet wird. Aber dann … So manche werden behaupten, ich sei es gewesen, verstehst du, Krammfeld?« Bleichweins Finger verkrampften sich um den Krug. »Sie werden sagen, ich hätte Josefina in den Tod getrieben.«

»Aber warum das denn?«

Bleichwein zuckte mit den Achseln; seine Augen verengten sich. »Dieser Vulpius hat mir die Nachricht von Josefinas Tod gebracht. Er hat mir eine Menge lästiger Fragen gestellt, ehe mir der Kragen geplatzt ist und ich ihn hinausgeworfen habe. Aber mein Gefühl sagt mir, dass dieser Bursche nicht lockerlassen wird.«

»Vulpius?« Der Lebkuchenhändler brauchte einen Moment, bis ihm dämmerte, von wem Bleichwein sprach. »Ist das nicht der Kerl, dessen Schwester …«

»Sie ist Goethes Hure«, bestätigte Bleichwein nickend. »Lebt ungeniert und ohne den Segen der Kirche mit ihm zusammen in seinem protzigen Haus am Frauenplan. Würde unsereins sich ein so schamloses Verhalten erlauben …«

»Hätte nichts dagegen, wenn das Vögelchen mich einmal besuchen würde«, unterbrach ihn Krammfeld lachend. »Aber Spaß beiseite, Erasmus. Du solltest verhindern, dass dieser Vulpius sein Maul aufreißt und die Leute verrückt macht. Was geschehen ist, lässt sich nicht mehr rückgängig machen. Sorg du nur dafür, dass dein Tabakhandel keinen Schaden nimmt.«

Leicht gesagt, dachte Bleichwein mürrisch. Er presste die Lippen zusammen und starrte an Krammfeld vorbei auf die wippenden Hüften der jungen Schankmagd, die mit einem Lappen den Nachbartisch säuberte. Das kecke Flötenspiel war inzwischen verklungen, nur vereinzelt war noch Geklapper mit Geschirr zu hören. Die meisten Gäste hatten sich, müde von Wein und Bier, davongemacht.

Nein, Krammfeld begriff gar nichts. Er hatte ja auch keine Ahnung von diesem verfluchten Weibsbild im *Weißen Schwan*. Und so musste es bleiben, denn Krammfeld war ein Schwätzer, der kein Geheimnis für sich behalten konnte, wenn er zu tief ins Glas schaute. Ihn, Erasmus, konnte es das Leben kosten, wenn in der Stadt etwas die Runde machte, das unausgesprochen bleiben musste.

»Ich will nicht, dass die Leute meinen Laden meiden«, sagte er nach einigem Zögern. »Aber was kann ich schon tun?«

Das bärtige Gesicht seines Freundes nahm einen verschlagenen Ausdruck an. »Ganz einfach, mein Freund. Du musst nur das Gerücht ausstreuen, du wüsstest, wer deine Schwester in den Tod getrieben hat. Willst du dich nicht selbst dem Verdacht aussetzen, brauchst du einen passenden Sündenbock.«

»Und wie ich dich kenne, wirst du mir den auch gleich nennen. Nein, sag nichts!« Bleichwein dachte nach. Vielleicht war die Lösung wirklich nahe. Zumindest verschaffte Krammfelds Wink mit dem Zaunpfahl ihm genügend Zeit, um sein Problem zu lösen.

»Damit würdest du auch mir helfen«, sagte Thomas Krammfeld mit einem listigen Lächeln. »Wenn das Geschäft meiner Schwägerin erst einmal ruiniert ist, können wir beide wieder ruhig schlafen.«

Bettine Jungmann, das Weib von gegenüber! Bleichwein fuhr sich mit der Zunge über die Lippen. Das klang nicht übel. Bislang waren seine Versuche, die Schokoladenmacherin seinem Freund zuliebe zu vertreiben, an der Beharrlichkeit des Frauenzimmers gescheitert. Die Witwe hatte sich von seinen Drohungen nicht einschüchtern lassen und zu allem Überfluss auch noch eine ihrer Freundinnen zu sich ins Haus geholt. Bleichwein hatte das kokette junge Ding an der Seite dieses Vulpius gesehen, als die Totenträger ihm Josefina gebracht hatten.

»Nun, was sagst du?«, drängte Krammfeld. »Spielst du mit?«

»Meine Schwester hat sich aus dem Streit mit der Schokoladenmacherin herausgehalten. Wer würde mir da glauben, dass sie für Josefinas Wahnsinn verantwortlich ist?«

Thomas Krammfeld stand auf. Nun lächelte er nicht mehr. »Keine Sorge, mein Freund. Wenn wir ein wenig nachhelfen, werden sie dir glauben, dass auf dem Mond Menschen hausen!«

6. Kapitel

Als Christian am nächsten Morgen am Frauenplan erschien, war Geheimrat von Goethe in Eile. Er musste zu einer Sitzung des Staatsrates und hatte daher nur wenig Zeit für ihn.

»Erhängt, sagen Sie?« Goethe runzelte die Stirn. Er war wie stets, wenn er zum Roten Schloss unterwegs war, tadellos gekleidet. Die gefaltete Halsbinde über dem feinen schwarzen Samt seines Gehrocks saß perfekt, die Schuhe mit den silbernen Schnallen waren blank poliert, und er hatte auch nicht vergessen, all die kostbaren Ehrenzeichen anzulegen, die Herzog Carl August seinem Freund und Berater im Laufe der Jahre verliehen hatte.

»Und das ausgerechnet in der Bibliothek?« Goethe warf einen letzten prüfenden Blick in den Spiegel, dann wählte er einen Gehstock aus. »Weiß man schon Näheres?«

»Ich habe noch gestern Abend mit dem Bruder der Hebamme gesprochen«, sagte Christian, während er dem Geheimrat half, sich den Umhang über die Schultern zu legen. Seit gestern schienen die Temperaturen noch weiter gesunken zu sein, doch wenigstens hatte es aufgehört zu schneien.

»Und?« Goethe hatte den passenden Stock gefunden. Er trug einen hübschen Silberknauf in Form eines Adlerkopfes. »Konnte der Mann sich erklären, was die bedauernswerte Frau zu diesem Schritt getrieben hat? Wie man hört, war sie recht tüchtig. Hat sie nicht auch August auf die Welt geholfen?«

»Christiane hat das bestätigt. Sie kann der Bleichwein auch nichts Schlechtes nachsagen. Sie verstand ihr Handwerk und musste nur ganz selten einen Arzt um Beistand bitten.« Christian zögerte. »Gestern hat sie das allerdings getan. Das weiß ich von Doktor Hellberger.«

»Doktor Hellberger? Ach ja, der junge Mann aus Jena. Christiane hätte ihn gerne als unseren Hausarzt. Aber wie man hört, setzt der Doktor auf merkwürdige Behandlungsmethoden. Er lässt seine Patienten vor dem Hahnenschrei im Laufschritt durch den Park eilen. Bei Wind und Wetter.« Zerstreut hob er den Blick. »Wohin ließ die Bleichwein ihn denn rufen?«

»Zum Haus des Lebkuchenbäckers Krammfeld in der Rittergasse«, sagte Christian. »Wie es scheint, machte sich die Hebamme Sorgen um die Frau im Wochenbett.«

»Ach? Ist sie verstorben? Mit dem Kind womöglich? Das würde den Gemütszustand der Frau erklären.« Der Geheimrat senkte die Stimme. »Mir ist zu Ohren gekommen, dass die Hebamme in letzter Zeit zu viel trank. Vermutlich hätte sich der Rat in Kürze mit ihr beschäftigen und zumindest eine Mahnung aussprechen müssen. Mag sein, dass sie eben das befürchtet hat.«

Christian war anderer Meinung. »Ich habe mit der Frau noch gesprochen, bevor sie sich von der Galerie warf. Das war im Rokokosaal, als ich ein paar Bücher begutachtet habe. Auf mich wirkte sie zwar sonderbar, aber nicht wie eine Person, die wenig später zum Strick greift.«

»Ist Ihnen eigentlich klar, welchen Verdacht Sie gerade äußern, Vulpius?« Goethe runzelte die Stirn. Er würde zu spät zu seiner Sitzung kommen.

»Als Hebamme verstand die Bleichwein eine Menge von Kräutern und Drogen. Wenn sie sich töten wollte, warum hat sie sich nicht zu Hause in ihrer Kammer vergiftet? Sich im Herzen der Bibliothek aufzuknüpfen, hat etwas so … Öffentliches. Finden Sie nicht auch?«

Goethe bedachte Christian mit einem durchdringenden Blick. Eine Weile sah es so aus, als würde eine Erwiderung auf seine Worte ausbleiben, doch dann sagte er leise: »Sie denken an eine Hinrichtung? Aber ohne Prozess und Urteilsspruch wäre das Mord, und nach allem, was ich soeben gehört habe, ist das Weib freiwillig aus dem Leben geschieden. Oder ist Ihr junger Arzt etwa zu einem anderen Schluss gekommen?«

»Er hat Abschürfungen festgestellt. Einen abgesplitterten Zahn. Außerdem fand er es höchst bemerkenswert, wie fachmännisch die Schlinge geknüpft worden war. Dabei war die Frau, bevor sie sprang, gewiss nicht mehr bei Sinnen.«

Goethe warf einen Blick auf seine Taschenuhr, dann schüttelte er ungeduldig den Kopf. »Sie sind der einzige Augenzeuge des Geschehens, Vulpius. Legen Sie sich gefälligst fest. Ist die Frau nun aus freien Stücken gesprungen oder nicht?«

»Das ist sie«, gab Christian kleinlaut zu. »Es war jedenfalls niemand bei ihr, der sie gestoßen hat. Das hätte ich bemerkt.«

»Dann verschwenden Sie nicht Ihre und meine Zeit damit, Mutmaßungen anzustellen. Ich werde einen Bericht für den Herzog verfassen und Sie darin lobend erwähnen. Sie haben sich schließlich vorbildlich verhalten, indem Sie die Wahnsinnige davon abhalten wollten, sich von der Galerie zu stürzen.«

Christian öffnete den Mund, doch eine energische Handbewegung des Geheimrats ließ ihn innehalten.

»Ich kann gut verstehen, dass Sie überall Geheimnisse und Verschwörungen wittern, seit Sie Ihren *Rinaldini* veröffentlicht haben. Aber wir befinden uns hier in der Residenz Weimar und nicht in einer sizilianischen Räuberhöhle. Gehen Sie in die Bibliothek zurück und erfüllen Sie dort Ihre Pflicht, damit mir keine Klagen zu Ohren kommen. Verstanden?«

Goethe ließ sich von einem der Stubenmädchen seinen Hut reichen und öffnete die Haustür. Dort stand bereits seine Kutsche bereit. Christian half dem älteren Mann, sich einen Weg durch den Schnee zu bahnen. Als Goethe gerade einsteigen wollte, kam aus östlicher Richtung ein Reiter auf sie zugeprescht. Mit hektischen Handbewegungen machte er Goethes Kutscher auf sich aufmerksam. Er sollte warten.

»Was will der denn von mir?«, schimpfte Goethe. »Ich komme zu spät zum Staatsrat!«

Der junge Mann, fast noch ein Knabe, zog einen Brief aus

seiner Satteltasche. »Den hier soll ich dem Herrn Geheimrat persönlich aushändigen. Und ich soll auf Antwort warten, das hat mir meine Herrin aufgetragen.« Christian registrierte mit einem Schmunzeln, dass der Junge sehnsüchtig zum Haus hinüberspähte, aus dessen Schornstein Rauch in den grau verhangenen Himmel aufstieg. Vermutlich war er durchgefroren und hoffte, sich die Wartezeit bei einem kräftigen Frühstück in der warmen Küche des Geheimrats vertreiben zu können.

Goethe brach das Siegel und überflog lustlos die wenigen Zeilen des Briefes. Dann reichte er ihn an Christian weiter. »Von Luise von Göchhausen«, sagte er mit einem Seufzer. »Sie ist eine Hofdame und Gesellschafterin der Herzoginmutter. Allem Anschein nach beunruhigt sie etwas so sehr, dass sie mich sofort zu sich bittet.« Er rieb mit dem Daumen über den Knauf seines Gehstocks. »Wie ärgerlich! Sie ist eine gute Freundin. Aber ausgerechnet jetzt muss sie mich aufhalten, wo ich doch in Eile bin.«

Christian wusste, warum der Geheimrat zögerte. Goethe war seit vielen Jahren eng mit der Hofdame befreundet und schätzte sie als geistreiche Gesprächspartnerin so sehr, dass er ihr zuweilen sogar Manuskripte zur Abschrift überließ. Wenn sie eigens einen Boten zu ihm in die Stadt schickte, musste es sich um etwas Wichtiges handeln.

»Vulpius, haben Sie heute dringende Aufgaben in der Bibliothek zu erledigen?«

»Nun, wenn Sie so fragen …«

»Also nicht, das habe ich mir gedacht«, sagte Goethe erleichtert. »Die Bücher dort werden auch einen Tag ohne Sie auskommen. Daher werden Sie an meiner Stelle zum Schloss Tiefurt fahren und mich bei Frau von Göchhausen entschuldigen. Seien Sie ein wenig einfühlsam und finden Sie heraus, was die Ärmste bedrückt.« Einen Moment lang blickte er hinüber zum nahen Gasthof, aus dessen Tür soeben ein großer, dunkel gekleideter junger Mann trat, den Christian noch nie am Frauenplan gesehen hatte. Der Fremde blickte sich nach allen Seiten um, als müsste er sich orientieren. Als er die Kutsche des Geheimrats sah, berührte er flüchtig die Krempe seines Hutes und verschwand dann wieder im Inneren des Hauses. Goethe zuckte kaum merklich mit den Schultern, dann brummte er etwas und klopfte als Zeichen, dass er nun bereit sei aufzubrechen, mit seinem Stock gegen das Kutschdach.

»Und nehmen Sie Ihre Schwester mit«, rief er Christian aus der bereits anfahrenden Kutsche zu. »Wird Zeit, dass die Gute ihre alberne Scheu vor der Weimarer Gesellschaft verliert!«

Christian kannte den Park von Tiefurt, das Schloss hatte er noch nie betreten. Er wusste nur, dass es dem Prinzen Friedrich Ferdinand Konstantin, einem jüngeren und bereits verstorbenen Bruder des Herzogs als Wohnsitz gedient hatte, inzwischen aber von der alten Herzoginmutter übernommen worden war. Anna Amalia zog die ländliche Umgebung der Stadt vor und hatte das stattliche Haus nach ihrem Geschmack umbauen und mit erlesenen Möbeln und Gemälden einrichten lassen.

Ein Diener führte Christian und Christiane in einen Salon, der jedoch nicht im Schloss selbst, sondern in einem kleineren Nebengebäude lag, und bat sie, dort auf seine Herrin zu warten.

»Die Dame wird nicht besonders erfreut sein, mich hier vorzufinden«, sagte Christiane. Sie klang ein wenig eingeschüchtert, was Christian ihr nicht verdenken konnte. Seine Schwester hatte sich zunächst mit Händen und Füßen dagegen gesträubt, ihn nach Tiefurt zu begleiten. Schließlich gehörte es sich nicht, ohne Einladung das Domizil einer Hofdame zu betreten.

»Goethe hat aber eine Einladung bekommen«, sagte Christian in bestimmtem Tonfall. »Und er hat ausdrücklich darum gebeten, dass du mitkommst.«

Christiane schien nicht überzeugt. »Er hat wohl vergessen,

wie viel Arbeit zu Hause am Frauenplan auf mich wartet. Goethes Freund Schiller hat seinen Besuch angekündigt, und dieses Mal wird er seine Frau mitbringen, die mich hasst.« Sie seufzte. »Es geht das Gerücht um, die Schillers hätten vor, von Jena nach Weimar überzusiedeln. Dreimal darfst du raten, wo die wohnen werden, bis sie ein Haus in der Stadt gefunden haben.«

Christian sah sich die Gemälde an den Wänden an, die mit ihren Landschaftsdarstellungen zur Behaglichkeit des hübsch eingerichteten Raumes beitrugen. Allerdings entdeckte er, dass fast alle Bilder schief angebracht worden waren. Dem ließ sich jedoch mit einigen Handgriffen leicht Abhilfe schaffen.

»Was machst du da?«, zischte Christiane ungnädig. »Lass die Finger von den Bildern und setz dich zu mir!«

»Ich rücke doch nur die schiefen Rahmen gerade!« Er machte einen Schritt zurück, um sein Werk zu begutachten. »Nein, das wirkt kaum besser. Irgendetwas stimmt mit diesen Bildern nicht!«

Christiane sprang auf und begann schimpfend, die Gemälde wieder so zurechtzurücken, wie sie sie vorgefunden hatten.

»Würden Sie aufhören, meine Bilder umzuhängen?«, erklang plötzlich eine Stimme hinter ihr. »Sie sind auf eine besondere Weise gerahmt worden und müssen schief hängen.«

Eine Frau trippelte mit winzigen Schritten auf sie zu. Sie war so klein und zart wie ein Kind, bewegte sich aber vornübergebeugt, wobei ihre knochigen Schultern schief herabhingen. Ihr Kopf, auf dem eine kunstvoll frisierte, weiß gepuderte Perücke saß, lag fast auf ihrem linken Schulterblatt auf. Sie hatte eine Nase wie ein Vogelschnabel und ein spitzes, fliehendes Kinn, doch in ihren glänzenden Augen lag ein Ausdruck von Klugheit, gepaart mit Frohsinn.

Das musste Luise von Göchhausen sein.

Als sie Christians betretene Miene sah, kicherte sie. »Es liegt kein Grund vor, schamvoll im Erdboden zu versinken. Woher sollten Sie auch wissen, dass mein Körperbau es mir verbietet, normal ausgerichtete Gemälde auf dieselbe Weise zu bewundern wie Personen ohne derlei Gebrechen.« Ihre Augen blitzten auf. »Sie verstehen daher, dass Sie eher mich als die Bilder korrigieren müssten. Allerdings dürfte Ihnen das schwerfallen. An meiner Wenigkeit haben sich schon viel zu viele Mediziner die Zähne ausgebissen, und das schon seit frühester Kindheit. Meine armen Eltern schickten mich von Kurbad zu Kurbad. Dort trank ich Unmengen von Heilwässern und unternahm lange Spaziergänge an der frischen Luft. Geholfen hat nichts davon.« Luise von Göchhausen betätigte einen Klingelzug und bestellte bei einem Diener heiße Schokolade und Konfekt für ihre Gäste.

»Greifen Sie nur zu«, lud sie ein, nachdem der Diener die Erfrischungen serviert hatte. »Ich bin ganz verrückt nach dieser Schokolade, und meine Herzogin auch. Fast täglich schicken wir einen Boten ins Winkelgässchen, der uns damit versorgt.«

Christian schluckte. »Ins Winkelgässchen?«, fragte er und hoffte, dass keine der Frauen seine Verlegenheit bemerkte. »Etwa zur Witwe Jungmann?«

»Aber ja doch! Ihre Schokolade ist die beste weit und breit. Ist Ihnen die Witwe bekannt?«

»Hab von ihr gehört«, sagte Christian mit einem Seitenblick auf seine Schwester. Die nippte an ihrer Tasse Schokolade und nickte anerkennend. »Wirklich ausgezeichnet. Aber ich nehme nicht an, dass Sie den Geheimrat zu sich baten, um eine Tasse heiße Schokolade mit Ihnen zu trinken, obwohl er das gern getan hätte. Es tut ihm so leid, sich entschuldigen zu müssen. Aber der Herzog braucht ihn heute.«

»Er hat mich ausdrücklich darum gebeten, Ihnen sein Bedauern persönlich auszusprechen«, fügte Christian hinzu.

Die Hofdame stellte ihre Tasse auf einen Beistelltisch neben dem Kanapee. »Jammerschade, aber da kann man wohl nichts machen. Vielleicht sehe ich ja auch Gespenster. Sehen Sie, ich habe letzte Nacht kaum ein Auge zugemacht, weil mir diese schreckliche Sache immer wieder durch den Kopf ging. Und dann, im Morgengrauen, als ich mich endlich ein wenig beruhigt hatte, brachte meine Zofe mir die furchtbare Nachricht vom Tod dieser Frau.«

»Ach, Sie wissen davon?« Christian stieß verblüfft die Luft aus. Dass aufregende Neuigkeiten in Weimar rasch die Runde machten, war nicht weiter ungewöhnlich. Dennoch überraschte es ihn, dass die Kunde von Josefina Bleichweins Tod in so kurzer Zeit bis zum Schloss von Tiefurt gelangt war.

»Mein Kammerdiener hat es auf dem Markt aufgeschnappt, als er heute Morgen Erledigungen für mich und die Herzogin gemacht hat. Ist es denn wahr? Ich meine die Geschichte mit dieser Hebamme?« Die Hofdame schlug den Blick nieder und klapperte nervös mit den Lidern. Ihr spitzes Vogelgesicht nahm eine bläuliche Blässe an, die an den Marmor der überall im Salon herumstehenden Frauenbüsten erinnerte. Unruhig spielten ihre Finger mit den Fransen eines Seidenkissens.

»Mein Bruder kann es bestätigen«, sagte Christiane. »Er hat es mit eigenen Augen gesehen.« »Großer Gott, dann ist es also wahr, Herr Vulpius?« Luise von Göchhausens Stimme stolperte vor Aufregung. »Sie waren dabei, als sie … Es war ein gewaltsamer Tod, nicht wahr? Ein Sturz aus großer Höhe!«

Mit leichtem Schaudern dachte Christian über die ungewöhnliche Frage der Hofdame nach, fand aber keine Erklärung dafür, warum Josefinas Tod sie dermaßen aus der Fassung brachte. Es war ausgeschlossen, dass eine Hofdame und enge Vertraute der Herzoginmutter mit einer Frau wie der Hebamme aus dem Winkelgässchen bekannt gewesen war. Hatte sie Goethe aus purer Neugier gerufen? Nein, Luise von Göchhausen machte nicht den Eindruck, als gehörten schaurige Geschichten aus den Altstadtgassen zu ihrem bevorzugten Steckenpferd. Sie wirkte nicht neugierig auf Christian, sondern verängstigt. Ratlos.

»Genau genommen brach sie sich das Genick«, sagte er schließlich, als er bemerkte, dass die Hofdame auf eine Antwort wartete. »Sie hat sich mit einem Strick erhängt!«

Luise von Göchhausen stand wortlos auf, ging zum Fenster und starrte hinunter auf den liebevoll angelegten Schlossgarten, dessen Beete, Skulpturen und Pavillons nun aber unter einer dicken Schneedecke ruhten. Ein paar Spatzen hüpften auf der Suche nach Nahrung zwischen den Sträuchern der Rabatten umher. In den warmen Sommermonaten musste der Park wunderschön sein, eine blühende Oase der Unbeschwertheit, in der man sich gerne aufhielt, um Picknicks zu veranstalten oder Dichtervorträgen im Pavillon zu lauschen. Heute wirkte das kahle Gelände ebenso blass und schwermütig wie die einsame Schlossbewohnerin.

»Dann hat sie also die Wahrheit gesagt«, flüsterte Luise ihrem Spiegelbild zu. »Und ich hatte so gehofft, die Frau hätte sich geirrt. Oder ich hätte alles nur geträumt.«

»Von wem sprechen Sie, Madame? Wer hat die Wahrheit gesagt?«

»Die Kartenlegerin, Madame Europe. Sie haben gewiss von ihr und ihren Künsten gehört.«

»Wer hätte das nicht?« Christiane nickte. »Die aufdringlichen Druckschriften dieser Person flattern ja in jedes Haus. Unsere Halbschwester Ernestine hat erst gestern eine aufgelesen. Ich habe sie ins Herdfeuer geworfen.«

»Ich hoffe, Sie halten mich nicht für ein dummes, abergläubisches Weibsbild, wenn ich Ihnen nun anvertraue, dass die Person hier in Tiefurt war.« Das Blut schoss Luise von Göchhausen in den Kopf. »Ich dachte, es wäre eine nette Zerstreuung, sie ihre Karten für einen kleinen Kreis von Freunden legen zu lassen. Ein harmloses Amüsement, für das ich allein verantwortlich bin. Meine Herzogin verbringt ja nur die Sommermonate auf Schloss Tiefurt. Momentan ist sie in ihrem Wittumspalais am Zeughof.«

Christian schnappte nach Luft. Obwohl das Kaminfeuer loderte, wurden seine Hände kalt wie Eis. Die Kartenlegerin war hier gewesen, im selben Raum, in dem auch er sich befand. War das nun ein Zufall oder Schicksal? Gab es so etwas wie Schicksal überhaupt auf der Welt?

»Wie gesagt, es sollte ein netter Spaß für einen öden Winterabend werden, und ich hatte auch den Eindruck, dass meine Gäste sich unterhielten. Bei der Soiree wurde viel Champagner getrunken und gelacht, vor allem, als Madame Europes Karten einer Freundin prophezeiten, dass in ihrem Haus bald Hochzeit gefeiert werden würde. Darüber wurde heftig gespottet, da die Gute schon über achtzig Jahre alt und taub wie eine Walnuss ist.« Sie lächelte sanft. »Später vertraute meine Bekannte mir an, dass sie erst wenige Stunden zuvor beschlossen habe, der Tochter einer verarmten Cousine aus Königsberg die Heirat in ihrem Landhaus zu gestatten. Sie will die gesamten Kosten übernehmen. Es ist unmöglich, dass sich das zu der Kartenlegerin herumgesprochen haben kann, da die Entscheidung ganz spontan gefällt wurde.«

»Das könnte trotzdem ein Zufall gewesen sein«, meinte Christiane vorsichtig. Doch sie klang beeindruckt.

Christian musste an Erasmus Bleichwein denken und wie wütend er auf die Flugschrift der Kartenlegerin reagiert hatte. Er hatte abgestritten, dass seine Schwester sie jemals aufgesucht haben könnte, und sie zudem als Scharlatan und Schwindlerin beschimpft.

»Ich vermute, es ist nicht die Hochzeit im Haus Ihrer Bekannten, die Ihnen schlaflose Nächte bereitet«, hörte er seine Schwester sagen. Sie bemühte sich, ihrer Stimme einen sanften Ton zu geben, doch Christian täuschte sie nicht. Luise von Göchhausen mochte sie freundlicher behandeln als die meisten Damen der Weimarer Gesellschaft, und doch fühlte sie sich in ihrer Gegenwart befangen. Anders als Goethe verkehrte Christiane nicht in höfischen Kreisen, was es ihr erschwerte mit Angehörigen höherer Stände Konversation zu betreiben. Wohler fühlte sie sich daheim am Frauenplan, wo sie sich um Haushalt und Familie kümmern konnte.

»Als meine Gäste schon gegangen waren, erklärte sie mir, was die letzte Karte, die sie in der Runde aufgedeckt hatte, tatsächlich zu bedeuten hatte«, ließ Luise von Göchhausen schließlich die Katze aus dem Sack. »Sie sagte, dass vor ihrer Abreise mehrere Menschen in der Stadt sterben würden. Auf eine schreckliche Weise sogar!« Sie stieß scharf die Luft aus. »Verstehen Sie nun, warum ich den Geheimrat sprechen wollte? Er muss etwas unternehmen. Sofort!«

Christiane sprang wie elektrisiert von ihrem Stuhl. »Die Hebamme, die sich erhängt hat …«

»Sie ist nur die Erste gewesen!« Luise von Göchingen ging zu Christian und berührte ihn am Ärmel. »Sagen Sie Goethe, dass er die Frau fortschicken soll. Sie muss Weimar verlassen, bevor ein weiteres Unglück geschieht.«

Christian wechselte einen Blick mit Christiane, die nachdenklich die Lippen schürzte. Keiner von beiden wagte eine Erwiderung.

»Ich weiß nicht, was ich von der Frau halten soll«, meinte Christiane auf dem Heimweg in die Stadt. Sie schaute kurz zurück auf das graue Gemäuer, das zwischen den Bäumen verschwand. Ein paar Vögel, vielleicht dieselben, die auch durch den Park gehüpft waren, erhoben sich laut krächzend in den grau verhangenen Himmel.

Das ganze Anwesen sah aus, als halte es die Luft an oder warte auf etwas Unvermeidliches. Etwas, das noch viel schwärzer war als die Schokolade, die Luise von Göchhausen ihnen angeboten hatte.

»Die Gruselgeschichte, die sie uns aufgetischt hat, wird mir vermutlich eine schlaflose Nacht bescheren. Dafür war ihre heiße Schokolade ausgezeichnet. Wirklich, die würde auch meinem Goethe schmecken. Ich muss doch einmal diese Schokoladenmacherin aufsuchen.«

»Nein«, platzte es aus Christian heraus.

Christiane schaute ihren Bruder argwöhnisch an. »Nein? Und warum nicht, wenn die Frage erlaubt ist?«

»Ich … äh …« Christian verdrehte gequält die Augen. Nun fing er auch noch an zu stammeln. Ein weiteres falsches Wort von ihm und seine kluge Schwester würde Verdacht schöpfen. »Du kannst deine Süßspeisen kaufen, wo du willst, ich finde nur …«

»Was findest du? Drück dich doch bitte ein bisschen klarer aus.«

»Dass wir unsere Zeit nicht mit heißer Schokolade vergeuden sollten. Mir geht nicht aus dem Kopf, was diese Frau von Göchhausen angedeutet hat.«

Christiane zog es vor, darauf nichts zu entgegnen. Fröstelnd zog sie ihr Schultertuch straff. Erst als ihr Wagen vor dem Stadttor ankam, sagte sie: »Goethe hat die Meinung der Göchhausen immer sehr geschätzt. Aber ob er diese Wahrsagerin aus der Stadt verbannen kann? Sie hat doch nichts getan, was strafbar wäre, oder?«

»Nein, er kann sie nicht ohne jeden Grund ausweisen lassen. Jedenfalls nicht unter derart fadenscheinigen Vorwänden. Wir leben schließlich nicht mehr im Mittelalter, sondern in einer Zeit, in der die Vernunft gefeiert wird. Manchmal. Zumindest verfolgt man in unseren Breiten keine Frauen mehr, weil sie sich schwarzer Künste bedienen wie Doktor Faust. Wenn Goethe auf eine Vertreibung dieser Kartenkünstlerin bestehen würde,

würde das dem Aberglauben Vorschub leisten und ihn bei seiner Arbeit, aus Sachsen-Weimar-Eisenach einen modernen, aufgeklärten Staat zu machen, um Jahre zurückwerfen.«

Christiane hauchte in ihre steif gefrorenen Hände. »Aber manche Dinge ändern sich nicht«, sagte sie. »In den Köpfen der Menschen halten sich altmodische Vorstellungen so eisern, wie Kletten im Fell eines Hundes. Ich bekomme das tagtäglich zu spüren, wenn ich über den Markplatz gehe. All die hochmütigen Blicke und das Getuschel.« Sie lächelte traurig. »Ich lasse Goethe in dem Glauben, es habe sich gebessert, aber das stimmt nicht. Auch wenn eine Hofdame der Herzoginmutter mir heute in ihrem Salon eine Tasse Schokolade angeboten hat, gibt es immer noch Dutzende, die mit dem Finger auf mich zeigen. Was werden sie mit dieser Kartenlegerin anstellen, wenn sich erst einmal herumgesprochen hat, dass sich ihre düsteren Prophezeiungen zu erfüllen beginnen? Nein, ich muss Luise von Göchhausen beipflichten. Die Frau muss aus der Stadt, je eher desto besser.«

Christian knallte mit den Zügeln und trieb das Pferd durchs Tor. Die Worte seiner Schwester wühlten ihn stärker auf, als er sich eingestehen wollte, und obwohl ihm auf der Zunge lag, dass es bislang überhaupt keinen Grund gab, den tragischen Tod Josefina Bleichweins mit den düsteren Ankündigungen der Madame Europe in Verbindung zu bringen, brachte er es nicht über die Lippen. Stattdessen dachte er an Helene, die nun fast Tür an Tür mit dem Bruder der Hebamme wohnte. Mehr denn je hielt er ihre Entscheidung, zu Bettine Jungmann zu ziehen, für einen Fehler, und dabei ging es schon längst nicht mehr nur um seine lächerlichen Ängste, sie könnte etwas über ihn und Bettine herausfinden. Nein, es gab da etwas Beängstigendes, Unheilvolles, das sich über den Dächern der Stadt zusammenbraute, das spürte er auch ohne dass ihm jemand die Karten legte. Wie hatte Josefina es doch gleich genannt, bevor sie von der Galerie gesprungen war?

Einen Turm, der Feuer fing. Einen Sturm, der über sie alle hereinbrach.

Es war schon fast dunkel, als Christian die kleine Kutsche vor Goethes Haus am Frauenplan anhalten ließ. Dick vermummte Lampenanzünder eilten mit ihren glimmenden Stangen von Laterne zu Laterne. Mitten auf dem verschneiten Platz scharte sich ein gutes Dutzend Kinder, Weihnachtslieder singend, um ein dreibeiniges Kohlenbecken, aus dem rote Funken wie kleine Sternschnuppen in der bleiernen Dunkelheit verglühten. Der Duft von geschmorten Äpfeln und Mandeln würzte die kalte Luft.

Christian sah seine Schwester lächeln, und einen winzigen Moment lang verscheuchte ihre verklärte Miene die düsteren Gedanken aus seinem Kopf. Unter der Kinderschar entdeckte er August an der Hand seiner Tante Ernestine. Die Wangen des kleinen Burschen waren gerötet. Er schien trotz seiner warmen Wolljacke ordentlich zu frieren, sang aber aus vollem Halse mit.

Eine Weile ließ Christian die friedevolle Szene auf sich wirken, doch anders als Christiane fand er keine Entspannung. Wieder kehrten seine Gedanken zu Madame Europe und der toten Hebamme zurück. Es war doch schlicht unmöglich, durch das Legen simpler Karten von einem Selbstmord zu erfahren, der noch gar nicht stattgefunden hatte. Die Fremde hatte auch nicht von einem Selbstmord gesprochen, sondern nur davon, dass eine Anzahl von Personen in der Stadt auf gewaltsame Weise ums Leben kommen würde.

Was, wenn es sich dabei um raffiniert geplante und kaltblütig ausgeführte Mordanschläge handelte?

»Ich verstehe«, murmelte er vor sich hin. »Die Hebamme hat sich nicht freiwillig erhängt. Sie wollte es nicht. Aber sie musste es tun.«

Christiane drehte sich langsam zu ihm um; ihre Augen weiteten sich, doch ihr versteinerter Gesichtsausdruck ließ erkennen, dass sie sich noch weigerte, das Gehörte zu akzeptieren. »Was redest du da?«

Christian zog sich den Hut tiefer in die Stirn. »Sie wurde ermordet! Josefina meine ich. Und ich schätze, diese Kartenlegerin kennt den Grund dafür!«

7. Kapitel

Bettine Jungmann stand vor ihrem Herd und brütete über einem handgeschriebenen Rezept. Momentan war dieses Rezept der bedeutendste Schatz ihrer Sammlung, so kostbar, dass sie es in einer eisenbeschlagenen Schatulle in ihrer Schlafkammer aufbewahrte. Sie hatte es im Herbst einem französischen Küchenmeister abgekauft, der geschworen hatte, seine Kreation habe einst zu den Leibspeisen der Königin Marie-Antoinette gehört. Beweise gab es dafür nicht, trotzdem hatte die Witwe alles darangesetzt, dieses Rezept in die Hände zu bekommen. Ihre letzten Notgroschen hatte sie zusammengekratzt.

Während sie sich abmühte, die Schrift des Franzosen zu entziffern, fragte sie sich, was ihr verstorbener Mann wohl zu ihren ehrgeizigen Plänen sagen würde. Wäre er stolz auf sie, weil sie die Zuckerbäckerei nicht nur weiterführte, sondern das Sortiment der Backstube um ihre verführerischen Kreationen aus Schokolade erweiterte?

Bettine strich das zerknitterte Rezeptblatt glatt. Ihr Schwager war gegen ihre Pläne. Seit Wochen bedrängte er sie schon, die Manufaktur aufzugeben oder sie ihm für einen Spottpreis zu überlassen. Eine Frau hatte seiner Ansicht nach im Handwerk nichts zu suchen, auch wenn es sich um eine Witwe handelte, die ein Auskommen benötigte. Davon versuchte er auch die Zunft zu überzeugen. Noch hatte sich niemand zu einer Entscheidung durchgerungen, aber es war nur eine Frage der Zeit, bis sie Nachricht von den Behörden erhalten würde. Bis es so weit war, musste sie vorbereitet sein. Sie musste ihre Arbeit für sich sprechen lassen. Sich Freunde machen. Freunde in einflussreichen Positionen. Es gab schon eine ganze Reihe hochgestellter Personen, die ganz verrückt auf ihre Schokolade waren und ihr regelrecht die Tür einrannten. Daran konnte auch der Lebkuchenhändler nichts ändern.

Bettine vertiefte sich wieder in das Rezept des Franzosen. Er nannte die süße Köstlichkeit, die er am Hof zu Versailles ersonnen hatte, *la reine du chocolat*. Schokoladenkönigin. Der Name gefiel Bettine. Er klang majestätisch, aber auch ein wenig verspielt. Eilig nahm sie einen ihrer Kupferkessel vom Haken und stellte ihn auf den Herd. Dann legte sie Holz nach und schürte das Feuer. Auch wenn sie nicht ganz überzeugt war, ob sie den französischen Text richtig übersetzt hatte, musste sie es wagen. Sie gab einige Kanten ihrer guten selbst gemachten Schokolade in den Kessel und verrührte den Klumpen so lange mit goldgelber Butter, bis eine duftende Masse entstanden war. Dann zerkleinerte sie mit einem Hammer drei trockene Semmeln aus Weißmehl und vermischte die gewonnenen Brösel mit Zucker. Wie gewohnt arbeitete sie so konzentriert, dass sie ihre Freundin Helene und den Gesellen erst bemerkte, als die beiden ihr neugierig über die Schulter blickten.

»*Des cerises*«, las Bettine stockend aus dem Rezept vor. »Cerises? Gütiger Himmel, was heißt das bloß? Ich hätte den Halunken zwingen sollen, mir das Rezept ins Deutsche zu übersetzen, bevor er sich mit meinen letzten Groschen auf und davon gemacht hat!«

»Kirschen«, erklärte Helene beiläufig. »Du brauchst Kirschen. Aber rasch, sonst brennt dir die Schokoladenmasse an!«

»Ausgerechnet Kirschen?« Hugo, Bettines Geselle, blähte verblüfft die Wangen auf und ließ dann geräuschvoll die Luft entweichen. Er war erst im Sommer neunzehn Jahre alt geworden, lebte aber schon seit Jahren über einem Verschlag neben der Backstube, wo auch die Säcke mit Zucker und Mehl gelagert wurden. An Bettine hing er fast wie an einer Mutter, daher hatte die es trotz ihrer Geldsorgen auch nicht übers Herz gebracht, ihn nach dem Tod ihres Mannes fortzuschicken. Inzwischen war sie sogar heilfroh, dass er bei ihr geblieben war, denn die Arbeit in der Manufaktur hatte aus Hugo einen stämmigen, muskelbepackten Burschen gemacht. Mit seinen feuerroten, kurz geschorenen Haaren und den grünen Augen zog er so manche Blicke junger Mädchen auf sich. Bettine ahnte, dass Hugo über kurz oder lang die Stadt verlassen würde, aber insgeheim hoffte sie, dass dieser Tag noch in weiter Ferne lag.

»Lauf in den Keller hinunter«, rief sie dem Gesellen nun zu. »Dort müssten noch zwei Gläser mit eingemachten Kirschen sein, die mir die Josefina im Sommer geschenkt hat.«

Mit schmerzverzerrtem Gesicht humpelte Hugo auf die Tür zu, hinter der eine Treppe in die kühlen Kellergewölbe des alten Hauses führte. Erst als der Junge den Schlüssel herumdrehte, fiel Bettine sein verletzter Knöchel wieder ein. Er war noch immer geschwollen, und obwohl Hugo schwor, dass er ihn nicht mehr quälte, war ihm anzusehen, dass das Gegenteil der Fall war. Bettine seufzte. Ihretwegen war der Junge von Krammfelds Knechten verprügelt worden. Jeder im Viertel wusste das. Aber beweisen ließ es sich nicht. Und anstatt ihn zu schonen, schickte sie ihn auch noch in das dunkle Loch hinab.

»Bleib hier und pass auf, dass nichts anbrennt«, sagte sie mit einem schwachen Lächeln. »Ich werde gehen!« Es fehlte noch, dass Hugos Zustand sich verschlimmerte. Für einen Arzt war kein Geld im Haus. Das Rezept der ›Schokoladenkönigin‹ war zu teuer gewesen. Auf der Gasse war das Läuten einer Glocke zu hören. Helene ging zum Fenster und wischte mit ihrem Ärmel ein freies Fleckchen in die vom Dunst beschlagene Scheibe.

»Sie klopfen beim Tabakhändler«, sagte Helene. Vom Küchenfenster aus hatte sie die Gasse im Blick. »Einer schwingt das Armsünderglöckchen. Ob die wegen seiner Schwester kommen?«

Bettine runzelte betroffen die Stirn. Es war ausgerechnet Krammfeld gewesen, der ihr vom Selbstmord der Nachbarsfrau berichtet hatte. Im Morgengrauen war er lallend und polternd in die Kammer seiner Frau gestürmt. Bettine, die am Bett der Wöchnerin gesessen war, hatte versucht, sich an ihm vorbeizudrücken, doch er hatte sie nicht gehen lassen. Stattdessen hatte er sie am Arm gepackt, geschüttelt und angebrüllt. Dann hatte er ihr von Josefinas Tod erzählt und, noch bevor sie auch nur ein Wort darauf erwidern konnte, mit dem ungeheuren Vorwurf konfrontiert, sie sei für das tragische Ende der Hebamme verantwortlich.

Das Gestammel eines Betrunkenen, dachte Bettine verächtlich. Sie war nur froh, dass ihre arme Schwester nichts davon mitbekommen hatte.

»Sie sind dunkel gekleidet«, rief Helenes Stimme sie ins Hier und Jetzt zurück. »Vermutlich ist nun entschieden, was mit den sterblichen Überresten der Hebamme geschehen soll.«

»Sie werden sie irgendwo am Rand der Kirchhofmauer verscharren«, meinte Hugo, der mit flinken Bewegungen die geschmolzene Schokolade umrührte. »Aber nicht in geweihter Erde. Das ist für Heiden und Selbstmörder verboten.«

Die Witwe stemmte die Hände in die Hüften. »Eine Schande ist das! Die Josefina war eine ordentliche und gottesfürchtige Frau!«

Als Bettine wenig später mit einem Glas Kirschen aus dem Keller kam, war die Küche leer. Jemand hatte die Schokoladenmasse vom Herd genommen. Sie blickte sich um. Dann rief sie nach Helene und ihrem Gesellen, bekam aber keine Antwort. Dafür schien sich draußen auf der Gasse etwas zu tun, das die beiden hinausgelockt haben musste. Tatsächlich. Als sie durch

96

das Fenster sah, bemerkte sie Helene, die fröstelnd vor dem Haus stand, den Blick auf das weit geöffnete Tor des Nachbargebäudes gerichtet. Hugo stand ein Stück abseits, nahe der Treppe, die zum Tabakladen hinaufführte. Er redete auf ein Mädchen ein und schien, obwohl Schmerz und Anstrengung sein Gesicht gerötet hatten, überglücklich zu sein, sie zu sehen. Bettine kniff die Augen zusammen. Es dauerte ein Weilchen, bis sie unter dem breiten Wolltuch Josefina Bleichweins Dienstmagd wiedererkannte.

Sieh an, die Anna ist zurück, dachte sie verwundert. Sie band sich die Schürze ab, rückte ihre Haube zurecht und verließ die Küche, um sich zu Helene zu gesellen.

»Was hat Hugo mit Josefinas Magd zu schaffen?«

Helene lächelte. »Nicht nur Schokolade schmeckt süß auf der Zunge, die Liebe tut es auch. Hast du nicht bemerkt, wie unglücklich der arme Junge gestern den ganzen Tag dreingeschaut hat? Er fürchtete wohl, die Anna niemals wiederzusehen, nachdem deine Nachbarin sie so Hals über Kopf davongejagt hatte.«

»Und kaum ist die Hebamme tot, ist sie auch schon wieder da«, bemerkte Bettine mit einem Kopfschütteln. »Vermutlich spekuliert sie darauf, dass Bleichwein sie zu sich nimmt. Wo der Mann doch jetzt allein in dem großen Haus ist.«

Ihre Blicke kreuzten sich mit denen ihres Gesellen. Er schien sehr zufrieden zu sein. Nun gut, das war zu verstehen, wenn ihm tatsächlich etwas an der Magd lag. Bettine war schließlich kein Unmensch. Allerdings wusste sie nicht recht, ob sie sich über diese nachbarschaftliche Tändelei freuen sollte. Hugo mochte für das Mädchen schwärmen, aber Anna arbeitete für den alten Bleichwein, der Bettines Schokoladenmanufaktur nicht freundlich gesinnt war. Sie holte tief Luft, dann überquerte sie die Gasse und steuerte auf das junge Pärchen zu, das sich schmachtende Blicke zuwarf.

»Solltest du nicht drüben in der Manufaktur sein und dich

um die Schokoladenkönigin kümmern«, fauchte Bettine den jungen Mann an, der sogleich schuldbewusst den Kopf senkte. »Wegen deiner Nachlässigkeit wurden wertvolle Zutaten verschwendet. Ich hätte nicht übel Lust, dir das vom Lohn abzuziehen!«

»Das tut mir leid, Meisterin!« Hugos Stimme klang dünn. »Aber die Anna ist zurück!«

»Das sehe ich, ich bin ja nicht blind!«

»Herr Bleichwein wird sie wieder bei sich aufnehmen, das hat sie mir soeben erzählt. Jetzt, wo die Alte ... ich meine, seine Schwester tot ist, braucht er eine fleißige Magd, die sich um den Haushalt kümmert, während den Laden führt.«

Bettine öffnete den Mund, doch bevor sie etwas darauf erwidern konnte, legte sich Helenes Hand auf ihren Arm. Die junge Frau war ihr unbemerkt gefolgt. Nun wandte sie sich mit einem aufmunternden Nicken an die eingeschüchterte Dienstmagd.

»Wie schön, dass sich nach nur wenigen Stunden für dich alles wieder eingerenkt hat. Wie Hugo mir erzählt hat, kam deine Entlassung gestern ziemlich überraschend, nicht wahr?«

Der Geselle verzog wütend das Gesicht; seine Augen blitzten auf. »Entlassen? Dass ich nicht lache! Aus dem Haus geworfen hat sie die Anna. Einfach so!« Er schnippte mit den Fingern. »Die Hebamme hat es nicht einmal für nötig befunden, ihr nach all den Jahren treuer Dienste ein Zeugnis auszustellen. Dabei weiß doch jedes Kind, dass eine Magd in der Stadt keine neue Arbeit findet, wenn sie keine Empfehlung vorweisen kann.«

»Warum hast du nicht darauf bestanden?«, wandte Helene sich an die Magd. »Josefina hätte es dir nicht verweigern dürfen, es sei denn, du wärest eine liederliche Person und hättest dir etwas zuschulden kommen lassen.«

Hugo sah aus, als wollte er empört aufbrausen, doch Anna zupfte ihn beschwichtigend am Ärmel. »Ich trage es ihr nicht nach. Sie war so anders gestern. Völlig durcheinander. Mir war so, als ahnte sie, dass der Todesengel ihr schon über die Schultern spähte!«

Sie brach in Tränen aus, woraufhin Hugo ihr einen Arm um ihre Schultern legte. Bettine bemerkte, wie sein Blick sich missbilligend auf sie richtete, bevor er weiter zu Bleichweins Hof hinüberwanderte. Von dort waren Stimmen zu hören, gedämpft zwar, aber alles andere als tröstend. Sie klangen hart. Anklagend. Die Männer, die den Leichnam der Hebamme abholen sollten, schienen mit dem Hausherrn zu streiten. Um was genau es ging, konnte Bettine nicht verstehen, doch wie sie Bleichwein kannte, versuchte der Kaufmann gerade, den Preis für den Abtransport seiner Schwester zu drücken. Zuzutrauen war es dem Geizkragen jedenfalls. Als sie den Blicken ihres Gesellen folgen wollte, wurde es plötzlich still. Die Stimmen erstarben schlagartig, als ahnten die Männer im Hof, dass draußen auf der Gasse jemand lauschte.

Helene räusperte sich verhalten. »Hast du keine Ahnung, was die Hebamme so aufgebracht hat?«

Anna schluchzte immer noch, doch in Hugos Umarmung schien sie sich rasch wieder zu fangen. Dankbar schaute sie ihn an, worauf seine Ohren unter der Kappe zu glühen begannen.

»Nun?«

»Ach, was weiß ich! Zuerst erkundigte sie sich nach dem Herrn Bleichwein, und dann sah sie dieses Stück Papier auf dem Tisch liegen, und ich sagte noch im Scherz, ich würde meinen Lohn opfern, um einmal …« Sie beendete ihren Satz nicht, und als Bettine sich umwandte, sah sie auch, warum. Bleichwein war vor das Tor getreten. Er sah wütend aus. Als er Anna an Hugo geschmiegt vor seinem Laden stehen sah, schnappte er nach Luft. Wütend kam er auf sie zugestapft, wobei die Perücke auf seinem Schädel bei jedem seiner Schritte auf und ab tanzte. Nun verließ auch die Schar der dunkel gewandeten Männer den Hof. Sie hatten die Kiste mit Josefina Bleichwein auf ihre Schultern gestemmt.

»Was treibst du da mit diesem Kerl, du schamloses Luder«, brüllte der Tabakhändler bereits von Weitem. »Hast du kein Gefühl für Anstand? Deine Herrin kann doch wohl einen Funken Treue erwarten!« Sein Kopf bewegte sich in Richtung des gespenstischen Leichenzugs, der wenig würdevoll über den festgestampften Schnee wankte.

Anna fing wieder zu schluchzen an.

»Mach, dass du … ins Haus kommst«, herrschte Bleichwein sie nach Atem ringend an. »Und sei dem Herrgott dankbar, dass ich dich wieder bei mir aufnehme!«

Gehorsam raffte die Magd ihren Rock, eilte die Treppenstufen hinauf und verschwand im Laden ihres Dienstherrn, ohne sich noch einmal nach ihm oder Hugo umzudrehen. Es war nicht zu übersehen, dass sie sich vor Bleichwein fürchtete. Er allein hatte ihr Schicksal in der Hand. Jagte er sie erneut davon, blieb ihr keine andere Wahl, als in ihr Bauerndorf zurückzukehren. Dann aber würde sie Hugo vermutlich nicht so rasch wiedersehen.

Als die Tür ins Schloss fiel, hob Bleichwein die buschigen Augenbrauen und funkelte Bettine an, als hätte er in seinem Teller ein garstiges Insekt entdeckt. »Sorg gefälligst dafür, dass dein liebestoller Geselle der Anna nicht mehr nachstellt«, giftete er. »Es gefällt mir nicht, dass er um sie herumscharwenzelt!«

»Davon wusste ich nichts!« Das entsprach der Wahrheit, und ein wenig schämte sich Bettine dafür. Ihre eigenen Sorgen hatten sie während der letzten Wochen so beschäftigt, dass sie fast nichts von dem bemerkt hatte, was um sie herum geschehen war. Das änderte jedoch nichts daran, dass sie die Situation für unliebsam hielt. Auf einen Gesellen, der jede Gelegenheit nutzte, um sich hinüber zum Tabakhändler zu schleichen, konnte sie sich nicht verlassen. Das musste er einsehen.

»In diesem einen Punkt sind wir uns einig«, sagte sie nach einigem Zögern. »Ich will ebenso wenig wie du, dass Hugo sich mit deiner Magd einlässt.«

»Was?« Hugo starrte sie fassungslos an. »Aber …«

»Mehr habe ich nicht zu sagen, tut mir leid. Halte dich einfach von der Anna fern. Sie wird dich sonst ins Unglück reißen.«

Erasmus Bleichwein grinste hämisch. Dass ausgerechnet seine verhasste Nachbarin ihm zu Hilfe kommen würde, hatte er augenscheinlich nicht erwartet. Doch bevor er sich mit einem triumphierenden Blick an Hugo vorbeischieben konnte, baute sich der Junge vor ihm auf. Aus seinem Gesicht war jegliche Farbe gewichen.

»Aus dem Weg, sonst setzt es eine Tracht Prügel«, fauchte Bleichwein ihn an. »Ich werde jetzt meiner Magd befehlen, meine Schlafkammer ein wenig aufzuräumen, wenn du verstehst, was ich meine.«

Hugo schien ihn nur zu gut verstanden zu haben. Einen Augenblick lang stand er regungslos da. Dann machte er einen Satz nach vorne und packte Bleichwein mit einer Hand an der Kehle. Bleichwein fluchte, konnte aber nicht verhindern, dass Hugo ihn mit dem Rücken gegen die Hauswand drängte.

»Ich brech dir das Genick, wenn du Anna anrührst«, zischte Hugo.

Bleichwein röchelte eine Antwort. Während ihm die Augen aus den Höhlen traten, schlug er, von Panik überwältigt, um sich. Sosehr er jedoch zappelte, es gelang ihm nicht, sich aus Hugos eisernem Griff zu befreien.

»So … helft mir doch …«, flehte der Tabakhändler. Aus seinen Blicken sprach Todesangst.

Bettine stand da wie erstarrt, nur auf ihrer Haut fühlte sie ein leichtes Frösteln. Was war nur in ihren gutmütigen Gesellen gefahren? Wenn sie Hugo nicht zurückhielt, hatte Bleichweins letztes Stündlein geschlagen. Doch das würde auch Hugo das Leben kosten. Man würde ihm den Prozess machen. Ihn hängen oder gar aufs Rad flechten. Ihr Blick traf Helene, die bereits an Hugos Weste zerrte und auf ihn einredete. Und dann zersprang ihre Erstarrung wie ein Schloss, in dem der richtige Schlüssel herumgedreht wurde. Sie schoss wie ein Pfeil auf Hugo zu, riss seinen Kopf an den Haaren in den Nacken zurück und verpasste ihm eine schallende Ohrfeige. Er schrie auf. Augenblicklich ließ er den Tabakhändler los und blinzelte, als wäre er soeben aus einem Albtraum erwacht.

»Der Bäckergeselle wollte … mich umbringen. Ihr habt's gesehen und könnt es bezeugen!« Bleichwein taumelte, nach Luft schnappend, mitten auf die Gasse, wo er prompt gegen zwei der vorderen Sargträger stieß. Die Männer verloren auf den glatten Pflastersteinen den Halt, und noch bevor einer der anderen nach der Kiste greifen konnte, schlug sie laut polternd zu Boden. Der Deckel sprang auf. Auf der gegenüberliegenden Straßenseite beugte sich ein altes Weib aus dem Fenster und kreischte.

Bettine Jungmann erbleichte. Das kann doch nicht sein, dachte sie von Grauen überwältigt. Nein, das ist unmöglich.

8. Kapitel

»Und der Sarg war wirklich leer?«

Christian hatte Helene kein einziges Mal unterbrochen, sondern aufmerksam ihrem Bericht gelauscht. Nun starrte er kopfschüttelnd auf die hübsche Porzellantasse, die vor ihm auf dem kleinen Tisch stand. Das Zimmer war warm und behaglich. Christiane hatte es nach ihrem ganz persönlichen Geschmack eingerichtet, der ihr nüchternes Wesen widerspiegelte. Die langen Vorhänge waren in einem dezenten Braunton gehalten und eher nützlich als prächtig. Auf den Dielen lag ein einziger Teppich, der bereits ein wenig abgetreten war. Viele der Gemälde, die neben den silbernen Kerzenleuchtern, Porzellanbüsten und Miniaturen zur ursprünglichen Einrichtung des Salons gehört hatten, hatte Christiane kurzerhand abnehmen lassen, weil sie sie erdrückend fand. Stattdessen hingen schwarze Scherenschnitte über ihrem Schreibtisch, die den kleinen August darstellen sollten.

Helene spielte nervös mit ihren Händen. »Es war grauenvoll, als der Sargdeckel aufsprang. Ich habe erst gar nicht bemerkt, was die anderen so schockiert hat. Erst als sich eine Frau aus dem Dachfenster ihres Hauses beugte und zu schreien anfing, habe ich hingesehen.« Sie hob den Blick. »Nein, leer war der Sarg nicht. Es befand sich etwas darin, nur war es nicht die tote Hebamme, sondern ein Gebilde aus Wachs, Stroh und Haaren. Die scheußliche Puppe schien uns auszulachen.«

»Und dann?« Christiane schenkte allen Kaffee nach. Es war nicht mehr viel in der Kanne, und eigentlich hätte sie nach dem Stubenmädchen rufen müssen, aber sie tat es nicht, weil sie keine Einzelheit von Helenes Bericht verpassen wollte.

»Einen Moment lang waren alle wie gelähmt, doch dann begann der Tabakhändler etwas von einem geschmacklosen Streich zu schreien, wobei er ausgerechnet die Witwe Jungmann ansah. Die verbat sich seine Vorwürfe natürlich. Inzwischen liefen auch die Nachbarn aus ihren Häusern, um nachzusehen, was geschehen war.« Helene atmete tief durch. »Bleichwein war außer sich. Vor aller Ohren beschuldigte er Bettine … die Leiche der Hebamme aus ihrem Sarg gestohlen zu haben.«

Christian runzelte die Stirn. »Leichenschändung? Das ist ein gefährlicher Vorwurf, den deine Freundin nicht auf sich sitzen lassen darf.«

»Mein Bruder hat recht«, pflichtete ihm Christiane bei. Sie nippte an ihrem Kaffee. »Sie muss sich beim Stadtgericht beschweren, bevor noch jemand auf den Gedanken kommt, diesem fürchterlichen Mann Glauben zu schenken.«

Helene stand auf. Trotz der Wärme in Christianes Salon schien sie plötzlich zu frieren. Sie ging zum Fenster und starrte hinunter auf den Frauenplan. »Ja, vielleicht sollte sie sich endlich wehren, aber gibt es ein Protokoll, so wird darin auch stehen, dass Hugo versucht hat, dem Tabakhändler den Hals umzudrehen und …« Sie drehte sich um und sah Christian in die Augen. »Was noch?«

»Bleichwein hat vor der gesamten Nachbarschaft behauptet, Bettine hätte seine Schwester verflucht und somit in den Tod getrieben. Verstehen Sie nicht? Er stellt es so dar, als wäre die Witwe schuld an dem Selbstmord der Hebamme.«

»Aber das ist doch blanker Unsinn«, rief Christian. »Dunkle Flüche, verschwundene Leichen, Strohpuppen, die im Sarg einer Selbstmörderin liegen. Wer glaubt denn heute noch an solche Ammenmärchen? In unseren Zeiten sollte man darüber lachen und den Dingen auf den Grund gehen.«

»Ich hatte nicht den Eindruck, dass Bettines Nachbarschaft das Geschehen zum Lachen fand. Sie hätten sehen sollen, wie die Leute plötzlich vor uns zurückwichen. In ihren Köpfen geistern nun tausend Fragen herum. Ach, hat es da nicht tatsächlich einen Streit gegeben? Ist die Witwe mit ihrer Schokolade nicht immer schon ein wenig seltsam gewesen? Streitlustig? Nun hat sie sich auch noch eine Zugereiste ins Haus geholt. Was die beiden Weiber wohl zusammen aushecken, wenn sie des Nachts bei verschlossenen Türen und Läden beisammenhocken?«

Christian bemerkte, wie sich Helenes Augen mit Tränen füllten. Das versetzte ihm einen Stich in die Brust wie von einer glühenden Nadel. Wie gern hätte er sich jetzt zu ihr auf die Chaiselongue gesetzt und sanft über ihr üppiges blondes Haar gestreichelt. Nur einen kurzen, tröstenden Moment. Aber zu seinem Leidwesen saß da schon Christiane, die Kaffeetasse auf dem Schoß und mit gesenktem Blick grübelnd. Sie würde den Raum nicht verlassen, denn es schickte sich nicht, einen Mann mit einem jungen Mädchen allein zu lassen, und Christiane durfte sich dem Verdacht nicht aussetzen, im Haus ihres Geliebten etwas zu tun, was gegen die Etikette verstieß. Hilflos beobachtete er, wie Helene sich mit einem Taschentuch die Augen trocken tupfte. Sie hatten schon einiges miteinander durchgestanden, doch so aufgelöst hatte er sie nie zuvor gesehen.

»Es liegt doch auf der Hand, dass der Tabakhändler hinter all diesen Vorfällen steht«, brach ausgerechnet Christiane das Schweigen. »Die Witwe Jungmann hat ein verbrieftes Bleiberecht für ein Haus, das zu seinem Besitz gehört. Er hat vor, sie auf die Straße zu setzen, um ihrem Schwager einen Gefallen zu tun. Da kommt ihm der Selbstmord seiner Schwester sehr gelegen.«

»Sie meinen, er selbst hat den Leichnam beiseitegeschafft?«, fragte Helene.

»Wer sonst?« Christiane plagte sich aus den Kissen und begann, im Salon auf und ab zu gehen. »Warum hat er die Tote nicht zur Aufbahrung in die Stube schaffen lassen? Ha, weil es für ihn so leichter war, sie verschwinden zu lassen.«

»Aber allein kann er das unmöglich geschafft haben«, wandte Christian ein. »Er muss Hilfe gehabt haben. Vielleicht seinen Freund, diesen Lebkuchenbäcker.«

»Und wenn schon.« Helene seufzte. »Keiner der Nachbarn aus dem Winkelgässchen hat sie beobachtet, wie sie eine Leiche fortschafften. Nicht einmal das alte Weib von gegenüber, das ständig am Fenster sitzt und über die Gasse starrt.«

Christian überlegte. Wenn die Leiche der Hebamme nicht vom Anwesen gebracht worden war, musste sie noch immer dort sein. Hinter dem Haus gab es Ställe und Schuppen sowie eine Baracke, in der Erasmus Bleichwein Tabatieren, Pfeifen und andere Accessoires herstellen ließ. Verstecke existierten reichlich, aber Christian zweifelte sehr, dass der Kaufmann ihm erlauben würde, auch nur einen Fuß auf sein Grundstück zu setzen. Einen Moment lang erwog er, sich an Hauptmann Heyde zu wenden, der im Auftrag des Herzogs polizeiliche Untersuchungen in der

Stadt durchführte, doch er verwarf den Gedanken rasch. Er und Heyde waren nicht gerade die besten Freunde. Vermutlich würde der Hauptmann ihm nicht einmal zuhören. Oder er würde Bleichweins Anschuldigungen glauben, was die Sache für Bettine nur noch schlimmer machen würde.

»Ich bin überzeugt, dass Bleichwein hinter der Sache mit dem verschwundenen Leichnam steckt«, sagte er schließlich. »Er will Bettines Kundschaft vergraulen, damit sie das Haus im Winkelgässchen aufgibt und die Stadt verlässt. Und das werde ich auch beweisen. Doch zuvor muss eine andere Sache geklärt werden.«

»Und die wäre?« Erwartungsvoll blickte Helene ihn an.

»Wir müssen herausfinden, wer die Hebamme ermordet hat!«

Christians Worte spukten Helene noch im Kopf herum, als sie längst im Bett lag. Obwohl er und auch seine Schwester sie eindringlich gebeten hatten, die Nacht nicht in Bettines Haus zu verbringen, war sie dorthin zurückgekehrt. Sie stand zu ihrem Wort und hätte sich niemals verziehen, wenn sie die Freundin ausgerechnet heute alleingelassen hätte.

Bettine hatte den Abend in ihrer Manufaktur verbracht. Ihr fiel es leichter, sich zu entspannen, wenn sie arbeitete und dabei alles, was ihr unangenehm war, ausblendete. Über die Vorwürfe, die man gegen sie erhob, wollte sie nicht reden. Ihrer Ansicht nach war sie unantastbar, solange sie nur die besten Schokoladenkreationen weit und breit herstellte. Der verführerische Duft, der in allen Stuben hing, schien ihr recht zu geben.

Helene starrte hinauf zu den dunklen Deckenbalken. Über ihr schlief Hugo, aber der Junge schien ebenso wenig Ruhe zu finden wie sie. Sie hörte, wie er sich ächzend durch sein winziges Kämmerchen bewegte und die Dachluke einmal öffnete und dann wieder schloss.

Mord! Christian war überzeugt davon, dass die Hebamme sich die Schlinge nicht freiwillig um den Hals gelegt hatte. Aber hatte er nicht selbst gesehen, wie sie es getan hatte? Seit wann vertraute er seinen Augen nicht mehr?

Helene blickte in die kleine Kerzenflamme neben ihrem Bett. Sie spendete nur wenig Licht, aber da Helene bekannt war, wie sehr ihre Freundin sparen musste, hatte sie nicht gewagt, sie um weitere Kerzen zu bitten.

Über ihr rumpelte und knarzte es, als zöge Hugo schwere Möbelstücke über den Fußboden. Obwohl Helene keinerlei Lust verspürte, ihr mit ofenwarmen Ziegelsteinen angewärmtes Bett zu verlassen, schälte sie sich schließlich doch unter den Decken hervor, ergriff die Kerze und schlich zur Kammer des Gesellen.

»Darf man fragen, was du um diese Zeit für einen Radau veranstaltest?«

Hugo saß mit ausgestreckten Beinen auf dem Fußboden, seine Habseligkeiten wie Schätze um sich herum ausgebreitet. Allem Anschein nach mühte er sich damit ab, Kleider, Werkzeuge und einige Papierrollen in zwei leere Mehlsäcke zu stopfen. Helene bückte sich nach einem Buch und blätterte es durch. Es enthielt verschiedene Backrezepte und Anleitungen, von Hand zu Papier gebracht.

»Ich wusste gar nicht, dass du lesen und schreiben kannst, Hugo!«

»Der Meister hat es mir beigebracht, aber ich tue mich schwer mit seiner Schrift.« Er streckte die Hand aus, woraufhin Helene ihm das Rezeptbuch reichte. Die kurze Widmung auf der ersten Seite besagte, dass Bettines Mann es dem Jungen vor seinem Tod geschenkt hatte. Er schien das Buch wie einen Schatz zu hüten.

»Du willst fort, habe ich recht? Aber das kannst du nicht machen. Nicht ausgerechnet jetzt, wo deine Meisterin dich so dringend braucht. Wer soll sie denn vor Bleichwein beschützen, wenn du das Haus verlässt?«

Hugo verzog das Gesicht. »Die Witwe Jungmann braucht mich ganz gewiss nicht. Manchmal glaube ich, durch ihre Adern fließt Schokolade statt Blut. Das ist schon so, seit der Meister starb. Sie ist ständig abwesend, und wenn ich sie etwas frage, scheint sie mich oft gar nicht zu hören.« Er wischte sich mit der Hand über die Augen, bevor er hinzufügte: »Was, wenn es stimmt?«

»Wenn was stimmt?« In Hugos Kämmerchen war es noch kälter als in ihrem. Helenes Blick fiel auf die bunt bemalte Waschschüssel, und sie fröstelte, als sie die dünne Eisschicht sah, die sich dort gebildet hatte.

»Na, dass die Witwe Jungmann etwas mit dem Leichnam der Selbstmörderin angestellt hat, weil Bleichwein immer so gemein zu ihr war. Die Alte von nebenan glaubt das zumindest. Ich habe gehört, wie sie sich mit der Fischerfrau darüber unterhalten hat und …« Er sprach nicht weiter, vermutlich weil er sich schämte, in den Klatsch der Straßenweiber einzustimmen. Noch war er der Mann im Haus, wenngleich jung, unerfahren und voller Wut auf Bettine.

»Sie will nicht, dass ich mich mit Anna treffe. Von ihr fernhalten soll ich mich.«

Helene spürte, wie sich ihr Magen verkrampfte. Einerseits konnte sie Bettine verstehen, die Angst davor hatte, dass Hugos Verhältnis mit Bleichweins Dienstmagd zu noch mehr Ärger führen würde. Andererseits kannte sie das lähmende Gefühl, das sich einstellte, wenn andere für einen entscheiden wollten, was richtig oder falsch ist. Ihr Vater und ihre Tante hießen ihre Treffen mit Christian Vulpius auch nicht gut. Tausend Ausreden hatte sie deswegen schon erfinden müssen, aber inzwischen war sie der Heimlichkeiten müde. Niemand hatte das Recht, einem anderen zu verbieten, wen er lieben durfte und wen nicht. Aber war Davonlaufen eine Lösung?«

»Was soll ich denn sonst machen?«, fuhr der rothaarige Junge auf. »Anna ist zu Bleichwein zurückgekehrt, weil sie sonst in der Gosse geendet wäre. Aber sie kann dort nicht bleiben. Sie haben doch gehört, was dieser Schuft angedeutet hat. Er will sie …«

»Damit wollte er dich ärgern. Ich bin mir sicher, dass er das Mädchen nicht anrühren wird, solange er weiß, dass nur wenige Schritte entfernt jemand auf der Lauer liegt, der sich um sie sorgt. Wenn du jedoch mit Sack und Pack das Weite suchst, sieht die Sache anders aus.«

Hugo nickte düster, vermutlich war ihm das inzwischen auch eingefallen. Er schnappte sich einen der Mehlsäcke und schleuderte ihn mit einem ärgerlichen Aufschrei auf sein Strohlager. »Ich möchte mit Anna fortgehen und woanders ein neues Leben beginnen«, sagte er. »Nur leider reichen die paar Groschen, die ich gespart habe, dafür nicht. Und die Anna bekommt keine Mitgift, sie ist so arm wie eine Kirchenmaus.«

Verstohlen betrachtete Helene die Hände des jungen Mannes. Als sie nach Weimar gekommen war, um ihre Erziehung im Haus ihrer Tante abzurunden, hatte sie viel gezeichnet und sogar Unterricht bei dem berühmten Hofmaler Melchior Kraus genommen. Das hatte ihr einen Blick für physiognomische Details beschert. Hugos Hände waren breit und kräftig, die Finger dagegen schmal, feingliedrig und lang wie die eines Violinisten. Auf der Gasse hatte sie gesehen, wie sich dieselben Hände um den Hals des stämmigen Tabakhändlers gelegt hatten. Waren sie auch geschickt genug, um eine Henkersschlinge zu knüpfen?

Aber warum hätte der Junge die Hebamme ermorden sollen?

Weil sie Anna davongejagt hat, schoss es ihr durch den Kopf. Vor die Tür gesetzt, von einem Moment auf den nächsten. Ohne Angabe von Gründen. Dafür musste Hugo sie gehasst haben. Nun war die Hebamme tot, ihr Leichnam verschwunden, dafür saß Anna wieder im Warmen. Ihre Rechnung, Josefinas Bruder um Wiedereinstellung zu bitten, war schneller aufgegangen, als eine Kuh brauchte, um mit dem Schwanz eine lästige Fliege zu verscheuchen.

»Was haben Sie?« Hugo legte die Stirn in Falten. Langsam kam er auf sie zu, wobei er seinen nach wie vor dick bandagierten Fuß über den Holzboden schleifte. Das also war das Geräusch, das Helene unten in ihrer Kammer gehört hatte. »Warum starren Sie mich so an?«

»Es ist nichts, ich habe mich nur gefragt …« Helene fuhr herum. Ein dumpfes Geräusch auf der Gasse ließ sie jäh zusammenzucken. Es klang, als suchte sich ein Blinder mithilfe eines Stockes klopfend und tastend seinen Weg über das verschneite Pflaster. Einen Atemzug lang verklang es, dann fing es wieder an. Das Geräusch kam näher, wurde lauter

Mit einem Fluch auf den Lippen stieß Hugo das kleine Dachfenster auf. Dabei spannten sich seine Muskeln. Er stand einfach nur da und spähte hinaus. Die Klopfgeräusche waren nicht mehr zu hören. »Geben Sie mir Ihre Kerze«, zischte Hugo. Helene reichte sie ihm und sah zu, wie der Junge das schwache Flämmchen mit der Handfläche abschirmte. Dann sprang er mit einem Mal zurück und schrie auf. Mit kreidebleichem Gesicht starrte er Helene an.

»Sie ist es! Sie steht da unten und starrt zu uns herauf!«

Helenes Herz begann zu rasen. »Wer, zum Teufel?« Sie entwand dem Gesellen die Kerze und beugte sich selbst aus dem Fenster. »Wer starrt zu uns herauf?«

Dann sah sie die Gestalt auch. Sie stand nur wenige Schritte von der Haustür entfernt auf der Gasse. Der Wind zerrte an ihrem unförmigen Rock, blähte ihn wie auch die fleckige Schürze auf wie das Segel eines Kahns. Ihr Haar quoll ihr wirr und strähnig unter der Haube hervor. In der Hand hielt sie einen verkrüppelten Stecken, mit dem sie gegen die Haustür schlug.

»Es ist die Bleichwein«, flüsterte Hugo mit erstickter Stimme. »Sie ist zurück!«

Helene sah, wie in einem der Nachbarhäuser Licht anging. Ein Hund schlug an, doch sein aufgeregtes Gebell währte nicht lange und mündete schließlich in ein klägliches Winseln. Ein Fensterladen knarrte, und kurz darauf schrie eine alte Frau laut auf.

»Die Bleichwein«, hörte Helene jemanden rufen. »Sie ist es. Ich habe sie wiedererkannt!«

Als Helenes Augen die Dunkelheit nach dem Schemen unten auf der Gasse absuchten, war dieser verschwunden. Rasch raffte sie ihr Nachthemd und stürzte aus Hugos Kammer, die schmale Stiege hinunter. Vor der Küchentür traf sie auf Bettine, die sich verstört die Hände an ihrer Schürze abwischte. Das Geschrei hatte sie von ihrem Herd gelockt.

»Was ist geschehen?«, fragte sie mit vor Angst geweiteten Augen? »Bleichwein?«

Helene zuckte mit den Achseln. »Nicht er, fürchte ich!«

Nur in Pantoffeln und ohne Schultertuch stürzte sie hinaus. Zur selben Zeit wurden auch vor den Häusern der unmittelbaren Nachbarschaft Riegel zurückgeschoben. Schlaftrunken wankten einige Männer und Frauen auf die Gasse. Einige hatten Laternen, andere Kerzen bei sich. Hoch über Helenes Kopf plärrte das alte Weib aus Bettines Nachbarhaus Zeter und Mordio. Sie fuchtelte mit den dürren Armen und kreischte dabei: »Es war die Josefina, ich habe sie erkannt. Sie ist wieder zurückgekehrt, wie es Selbstmörder oft tun, weil sie keine Ruhe im Grab finden!« Das spitze Kinn der Frau deutete auf Bettine, die mit einem Schal um den Kopf aus der Tür ins Freie trat.

»Die da ist schuld, das sage ich euch!«

»Aber das ist doch nicht möglich«, erhob ein schmächtiger Mann mit Schnurrbart Einspruch. »Ich kenne die Witwe Jungmann seit Jahren!«

»Dir scheint auch nicht nur die Schokolade des Frauenzimmers zu schmecken«, höhnte einer seiner Nachbarn, worauf der

Schnurrbärtige sich beleidigt in sein Haus verzog. Helene machte einen Schritt vor. Wohin sie auch blickte, sah sie in feindselige Mienen. Kaum einer wagte es, dem Geschwätz der Alten oben am Fenster zu widersprechen. Es war fast, als hätte sich mit deren Worten ein Netz aus Argwohn über der Gasse ausgebreitet.

Helene presste verärgert die Lippen aufeinander. Die Leute schienen ihr Urteil bereits gefällt zu haben. Ihr gegenüber stach der Tabakladen wie ein lauerndes Ungetüm aus der Finsternis der Winternacht hervor. Er war dunkel wie Pech, auch aus den oberen Räumen des Hauses blitzte kein Fünkchen Licht durch die Fensterläden.

Sieh einer an, Erasmus Bleichwein scheint einen tiefen Schlaf zu haben, dachte Helene. Aber auch Anna ließ sich nicht blicken. Wagte sie sich nicht vor die Tür? Vermutlich, schließlich hatte ihr Dienstherr ihr ja strengstens verboten, noch einmal mit Hugo zu sprechen.

Helene fuhr zusammen, als etwas an ihr vorbeiflog und sie um Haaresbreite verfehlte. Es war ein kleiner, harter Schneeball, den irgendeiner aus der Schar der Nachbarn geformt und gegen die Tür der Zuckerbäckerei geworfen hatte. Dem eisigen Geschoss folgte ein weiteres. Es traf Bettine, die mit einem erstickten Aufschrei rückwärtstaumelte. Fassungslos starrte sie in die Gesichter einiger junger Burschen, die jubelten. Keiner hielt sie sich zurück, als sie weitere Bälle aus Schnee formten.

»Verschwinde«, krakeelte die Stimme des Weibes aus dem Dachfenster. »Du bist schuld!«

Helene floh vor dem Schnee und dem gehässigen Geschrei zurück ins Haus, Bettine folgte ihr und sorgte auch dafür, dass Hugo die Tür von innen verriegelte. Der finsteren Miene des Gesellen nach hätte er unter den Schreihälsen draußen lieber ein paar Kinnhaken ausgeteilt, anstatt sich mit den Frauen zu verschanzen. Doch mit seinem wehen Fuß wäre eine Prügelei mit den Handwerksburschen aus der Nachbarschaft gewiss übel ausgegangen.

Bettine schleppte sich erschöpft in die Küche, wo sie sich auf einen Schemel gegenüber dem Herd sinken ließ. Helene ging ihr mit verschränkten Armen nach.

»Das wird schon wieder«, sagte sie, da ihr keine geeigneteren Worte zum Trost einfallen wollten. »Die Leute können doch nicht solch einen Unsinn für bare Münze nehmen! Es wird sich alles aufklären.«

Bettine lächelte bitter. »So? Vielleicht eines Tages. Aber bis dahin bin ich ruiniert. Niemand wird mehr Schokolade bei mir kaufen wollen.« Sie schüttelte den Kopf. »Nein, ich fürchte, mein Schwager hat bekommen, was er wollte.«

9. Kapitel

Als Christian am nächsten Morgen das Haus am Frauenplan betrat, stieg ihm sogleich der Duft einer kräftigen Bouillon in die Nase, die auf dem Herd vor sich hin köchelte. Christiane und Ernestine saßen am Küchentisch und putzten schweigend einen ganzen Berg von Gemüse. Im Hintergrund klapperte eine der Mägde mit Geschirr.

»Er hat schlechte Laune«, verkündete Christiane, als Christian sich ein wenig heiße Brühe in einen Becher schöpfte. »Seit er angekommen ist, zieht er ein Gesicht, als hätte ich ihm in die Suppe gespuckt. Dabei hatte ich nicht einmal das Vergnügen.«

»Sie meint Herrn Schiller«, klärte Ernestine Christian auf. Sie war ein dünnes, unscheinbares Mädchen von neunzehn Jahren, das nur selten lächelte. Nun deutete sie mit dem Schälmesser zur Decke. »Er ist schon seit Stunden beim Herrn Geheimrat. Ich wüsste zu gern, worüber die beiden sich so angeregt unterhalten.«

Wohl nicht über meinen *Rinaldini*, dachte Christian mit Bedauern. Er schlürfte geräuschvoll seine Brühe und verschluckte sich, als sein Blick plötzlich auf die Tür fiel. Dort stand Goethe und beobachtete sie mit leichtem Stirnrunzeln. Christiane hob überrascht den Blick; es kam nicht häufig vor, dass ihr Lebensgefährte sich in die Küche hinabbegab.

»Kann ich dir etwas bringen, mein Lieber?«

»Ich mag es nicht, wenn Gäste sich in meinem Haus unwohl fühlen«, sagte der Geheimrat vorwurfsvoll. Obwohl es bereits auf Mittag zuging, trug er seinen bequemen Morgenrock aus chinesischer Seide. Das schütter werdende Haar stand ihm ungekämmt vom Kopf ab, und über Kinn und Wangen lagen dunkle Schatten, die nach einem Barbier verlangten.

»Danke, Herr Geheimrat«, erklärte Christian verdutzt. »Aber ich fühle mich sehr wohl unter Ihrem Dach. Christianes Bouillon schmeckt wie immer ausgezeichnet.«

Goethe schnappte nach Luft. »Wer spricht denn von Ihnen, Vulpius? Dass Sie hier ständig herumlungern, wenn es Zeit zum Mittagessen ist, versteht sich ja wohl von selbst. Ich rede von Professor Schiller.« Sein Blick richtete sich auf Christiane, als hegte er den Verdacht, sie könnte an der Unpässlichkeit seines Gastes schuld sein.

»Soll ich einen Arzt holen?«, bot Ernestine an. »Oder zur Apotheke am Markt laufen?«

»Unsinn, mein Freund Schiller ist selbst Arzt«, sagte Goethe in belehrendem Ton. »Er braucht keine Arznei, sondern …« Er rümpfte die Nase, als wabere ein fauliger Geruch durch die Küche. Schließlich rückte er mit der Sprache heraus. »Etwas zu schnupfen will er! Schnupftabak! Sein eigener ist auf der Reise von Jena hierher feucht geworden.«

Christian bemerkte, wie Christiane klammheimlich die Lip-

114

pen schürzte. Das Ansinnen, ihrem unwillkommenen Gast Schnupftabak zu besorgen, löste bei ihr keine große Begeisterung aus. Dafür band Ernestine sich sogleich die Schürze ab und nahm ihr Brusttuch vom Haken. Noch ehe sie jedoch anbieten konnte, in die Stadt zu gehen, flog die Tür auf, und eines der jüngeren Stubenmädchen stürmte in die Küche, als wäre eine Herde Ochsen hinter ihr her. Als sie den Blick ihres Dienstherrn sah, neigte sie sogleich den Kopf und strich eine widerspenstige Locke unter das Häubchen.

»Warum bist du so außer Atem?« Christiane sah das Mädchen prüfend an. »Beinahe hättest du Herrn von Goethe umgerannt.«

»Verzeihung, Demoiselle Vulpius. Aber ich zittere noch immer vor Aufregung wegen dem, was ich auf dem Markt gehört habe.«

»Es fallen doch nicht etwa die Franzosen bei uns ein?«, scherzte der Hausherr. Er schien den Gast, der oben in seinem Arbeitszimmer auf eine Prise Schnupftabak wartete, völlig vergessen zu haben.

Das Mädchen schüttelte den Kopf. »Heute Nacht kam es in einer der Gassen am Graben zum Aufruhr. Wegen der Josefina, der … Selbstmörderin.«

»War ihr Leichnam nicht verschwunden, als man ihn zum Armenfriedhof bringen wollte?«, wollte Ernestine wissen. Die Aufregung der Magd schien sie angesteckt zu haben, denn auf ihrem Hals breiteten sich rote Flecke aus.

»Schlimmer noch, Demoiselle, viel schlimmer! Im Sarg fand man eine abscheuliche Puppe aus faulem Stroh, die ein wenig wie die Hebamme aussah. Und dann, heute Nacht, wurde sie vorm Haus der Witwe Jungmann gesehen, gleich gegenüber von Bleichweins Tabakladen.«

»Wer? Die Puppe?«

Christianes Magd machte eine abfällige Handbewegung. »Nicht

die Puppe! Josefina selbst trieb sich dort herum. Sie ist zurückgekehrt, weil sie keine Ruhe findet!«

Christian sprang so hastig auf, dass er den Schemel, auf dem
er gesessen war, umstieß. Hart schlug er auf den Küchenboden,
doch niemand kümmerte sich darum.

»Was sagst du da?«

»Was für ein geschmackloses Possenstück!«, brummte Goethe. »Ich hatte sehr gehofft, Seine Hoheit, den Herzog mit einer
offiziellen Untersuchung verschonen zu können. Aber da die
Frau in der Bibliothek starb, sehe ich mich gezwungen, einen
Untersuchungsbeamten auf den Fall anzusetzen. Es ist schließlich nicht hinnehmbar, dass es zu nächtlichem Aufruhr kommt.«

»Aber wie kann es sein, dass eine Tote auf der Gasse herum-
spaziert?« Ernestine machte ein Gesicht, als würde sie jeden
Moment in Tränen ausbrechen. Mit nervösen Handbewegungen band sie sich die Schürze wieder um, womit sie zu verstehen
gab, dass sie heute auch Friedrich Schiller zuliebe das Haus
nicht mehr zu verlassen gedachte.

»Selbstmörderin hin oder her, eine Tote kann nicht herum-
spazieren. Das widerspricht allen Naturgesetzen.« Goethe räusperte sich. Die feuchte, stickige Küchenluft tat seinen Atemwe-
gen nicht gut. »Nein, es scheint jemandem daran gelegen, die
öffentliche Ordnung zu stören. Und das ist einfach ungeheuerlich.«

Christian konnte dem nichts hinzufügen. Bislang hatte sich
der Geheimrat nur mäßig für den Fall Josefina Bleichwein interessiert. Was Luise von Göchhausen den Geschwistern Vulpius
auf Schloss Tiefurt berichtet hatte, hatte er mit der Bemerkung
zur Kenntnis genommen, die Hofdame der Herzoginmutter
habe immer schon einen Hang zu Absonderlichkeiten gezeigt
und, nein, er habe gewiss nicht die Absicht, sich mit den Prophezeiungen einer sogenannten Kartenlegerin zu befassen. Das
sei alles fauler Zauber. Solange die Dame die öffentliche Ord-

116

nung achtete, sollte sie in Gottes Namen im Gasthof wohnen bleiben.

»Ich könnte der Sache doch nachgehen«, schlug Christian vor und hoffte, dass der Geheimrat nichts dagegen einzuwenden hatte. Ein entsprechendes Schreiben von Goethes Hand würde es ihm leichter machen, den angeblichen Selbstmord der Hebamme zu untersuchen.

Goethe lachte amüsiert auf. »Ihren Eifer in allen Ehren, mein lieber Vulpius, aber ich fürchte, da übernehmen Sie sich ein wenig. Sie sind Angestellter unserer Bibliothek, kein Stadtrichter. Sollte jemand die sterblichen Überreste der toten Hebamme gestohlen haben, um seinen Mutwillen damit zu treiben, haben wir es mit einem abscheulichen Fall von Leichenschändung zu tun.« Er schüttelte grimmig den Kopf. »Ich werde nach Hauptmann Heyde schicken lassen. Er ist der richtige Mann dafür, die Dinge wieder ins Lot zu bringen.«

»Aber gewiss ist er das«, rief Ernestine erfreut. Christian dagegen biss sich verärgert auf die Lippe. Wie es aussah, hatte seine Halbschwester ihre alberne Schwärmerei für den Offizier noch immer nicht überwunden. Sie schien vergessen zu haben, wie unwirsch er sie in der Vergangenheit behandelt hatte. Und Geheimrat Goethe hatte nichts Besseres im Sinn, als zusätzlich Öl in ein schwelendes Feuer zu gießen. Gewiss, der Hauptmann galt als tüchtig und kompromisslos. Doch Fingerspitzengefühl gehörte nicht zu seinen Tugenden. Sein blinder Eifer hatte im vergangenen Jahr nicht einmal vor dem Haus des Geheimrats haltgemacht. Goethe selbst war auf Reisen gewesen, daher hatten nur Christians Schwestern unter Heydes rigiden Verhörmethoden gelitten. Der Hausherr hatte nie etwas darüber erfahren, weil Christiane sich Stillschweigen erbeten hatte.

Besorgt sah Christian zu seiner Schwester hinüber. Ihrer Miene nach bereitete ihr schon der Gedanke, Heyde am Frauenplan empfangen zu müssen, größtes Unbehagen.

»Also, es bleibt dabei«, entschied Goethe. »Und kein Wort zu Herrn Schiller! Ich habe mich dafür verbürgt, dass er unter meinem Dach die Ruhe und Erholung finden wird, die er für seine Arbeit braucht. Es wäre ein herber Schlag, wenn er seinen Entschluss, von Jena überzusiedeln, doch noch einmal überdächte.«

Der Geheimrat hatte seine Warnung kaum ausgesprochen, als sich hinter ihm ein Mann mit einem Räuspern bemerkbar machte. Wie Goethe war auch er nur mit Hemd, Hose und einem Hausmantel bekleidet, dessen Kordel nachlässig über den Fußboden schleifte. Sein markantes, glatt rasiertes Gesicht war leicht gerötet, aber unter den Augen hatten sich dunkle Ringe wie Ackerfurchen in die Haut gegraben.

Erschrocken wandte sich Goethe um. »Herrje, Friedrich. Verzeih mir, ich habe dich warten lassen. Aber das Personal …«

Friedrich Schiller fuhr sich mit der Hand durch das wellige Haar, wobei seine Blicke neugierig über Christian und die Frauen in der Küche schweiften. Aber er sagte zu keinem ein Wort, und Goethe dachte nicht im Traum daran, die Anwesenden vorzustellen. Personal stellte man nicht vor.

»Ich habe gar nicht erwartet, dass du meine Vorliebe für Schnupftabak teilst, mein Freund«, sagte der Dichter schließlich. Er sprach leise und wohlüberlegt, als käme es ihm auf jedes Wort an, das er in die Welt entließ, auch wenn die Welt nur eine feuchtwarme Küche war. »Ich weiß, dass du ihn ebenso hasst wie das Kartenspiel. Aber das ist mir offen gestanden gleichgültig. Ich fühle mich nicht wohl, und die Schaukelei über die schlechten Straßen hat meinen Knochen den Rest gegeben. Ohne eine kräftige Prise Tabak, ist mit mir heute nichts mehr anzufangen.«

»Ich verstehe und muss dich noch einmal um Vergebung bitten!«

Christian beobachtete schadenfroh, wie sich Goethe ein gequältes Lächeln abrang. Als guter Gastgeber hatte dieser natürlich einen Ruf zu verlieren, daher blieb ihm keine andere Wahl, als über den eigenen Schatten zu springen. Umso mehr, da beide Männer einander gegenseitig ihre Laster vorwarfen. Schiller trank und schnupfte eindeutig zu fiel, was Goethe missbilligte. Er fand, dass sein Freund nicht gut genug auf seine Gesundheit achtete, und befürchtete, dass er, wenn er so weitermachte, nicht mehr lange bei Kräften bleiben würde. Im Gegenzug störte sich Schiller an Goethes Beziehung zu Christiane und machte aus seiner Abneigung gegen sie auch kein Geheimnis. Er und seine Frau ignorierten sie eisern.

»Nun, wir sprachen gerade von einem Tabakladen hier in Weimar«, sagte Goethe, der dem Gast gegenüber ungern das Gesicht verlieren wollte. »Herr Vulpius wird dir deinen Tabak dort besorgen!«

»Vulpius, Vulpius …« Schiller hob die Augenbrauen. »Ist das nicht der …« Ehe er seine Frage ausformulieren konnte, hatte Christian auch schon seine Hand ergriffen und schüttelte sie.

»Christian Vulpius zu Ihren Diensten, Herr Professor. Autor des *Rinaldo Rinaldini*.«

»Ach ja«, sagte Schiller nach einigem Nachdenken. Er klang mäßig begeistert. »Ich hörte, wie sich ein paar Buchhändler in Jena darüber unterhielten. Eine Räubergeschichte, nicht wahr?«

»Vulpius, hatte ich Sie nicht um etwas gebeten?«, fuhr Geheimrat Goethe dazwischen, noch ehe Christian eine Antwort fand. »Der Schnupftabak! Und anschließend überbringen Sie dem Herrn Hauptmann Heyde meine Grüße und bitten ihn in aller Diskretion zu mir.«

Christians Freude darüber, dass Friedrich Schiller bereits von seinem *Rinaldini* gehört hatte, erlosch sogleich wieder. Ein wenig pikiert nahm er seinen Hut. Wollte er den Geheimrat nicht verärgern, musste er seinen Auftrag ausführen. Umso überraschter war er, als Goethes Freund sich ihm mit einem dünnen Lächeln zuwandte.

»Ich glaube, mir könnte ein wenig frische Luft nicht schaden. Wenn Sie so gütig wären, mich zu diesem Tabakladen zu begleiten, könnte ich mir meine Sorte selbst mischen lassen.«

Christian überging das missbilligende Schnaufen des Geheimrats und stimmte erfreut zu. »Aber gern«, sagte er mit einer kleinen Verbeugung. »Mit Vergnügen, Herr Professor!«

Schillers Bitte verschaffte ihm die Gelegenheit, sich im Haus des Tabakhändlers umzusehen; an der Seite des bekannten Dichters würde Bleichwein es nicht wagen, ihn davonzujagen.

»Hör auf zu putzen! Heute bediene ich niemanden mehr!«

Überrascht hob Anna den Kopf und sah gerade noch, wie Bleichwein sein Rechnungsbuch zuschlug. Offensichtlich hatte er nicht die Absicht, weiterzuarbeiten, dabei hatten die Glocken der Jakobskirche noch nicht einmal die Mittagsstunde eingeläutet.

»Wird's bald«, knurrte Bleichwein, während er Schreibgeräte, Tinte und Buch in einer Lade seines Stehpultes verstaute. »Verschwinde!«

Anna sah sich im Laden um, der so glänzte wie nie zuvor. Während der letzten Stunden hatte sie auf Knien den Dielenboden geschrubbt und sich alle Mühe gegeben, die Aufträge ihres Dienstherrn gewissenhaft zu erfüllen. Nun schleppte sie noch eilig die beiden schweren Eimer mit Schmutzwasser in den Hof hinaus und entleerte sie in die Sickergrube. Dann verstaute sie die Putzsachen unter der Treppe. Dabei achtete sie darauf, Bleichweins Schreibpult nicht zu nahe zu kommen. Anna hatte Angst vor ihm, wenn er so schlechte Laune hatte wie heute. Als sie zur Ladentür ging, versuchte sie, einen raschen Blick auf das Nachbarhaus zu erhaschen, doch drüben regte sich nichts. Die Zuckerbäckerin hatte nicht einmal ihre Läden geöffnet, und von Hugo war nichts zu sehen. Enttäuscht stieß Anna die Luft aus. Der alte Bleichwein konnte sich über zu wenig Kundschaft nicht beklagen. Schon seit dem frühen Morgen gaben sich die Neugierigen die Klinke in die Hand. Wie ein Lauffeuer ging es durch die Stadt, was sich zu nachtschlafender Zeit auf der Gasse zugetragen hatte. Selbstverständlich hatte Bleichwein es sich nicht nehmen lassen, Rede und Antwort zu stehen. Dass dabei der Name seiner Nachbarin gefallen war, verstand sich von selbst. Anna hatte es gehört und den Mund gehalten. Aber hatte sie denn eine Wahl gehabt?

Voller Hass beobachtete sie, wie der Tabakhändler die letzte Lieferung silberner Tabatieren in die Regale stopfte.

»Nicht abschließen«, sagte er dabei, ohne sich umzudrehen. »Ich erwarte noch Besuch!«

»Besuch? Um diese Zeit? Aber wenn Kundschaft kommt ...«

»Das geht dich nichts an, neugieriges Huhn!«, brummte Bleichwein. »Vergiss nicht, dass ich dir ein Dach über dem Kopf biete. Vorerst.« Er drehte sich zu ihr um und spähte forschend über den Rand seiner Brille. »Du verschwindest nach oben und bleibst in deiner Kammer, hast du verstanden? Ich will dich heute nicht mehr im Laden sehen! Und lass dir bloß nicht einfallen zu lauschen!«

Ohne Widerworte schlug Anna den Türriegel wieder zurück. Dann stieg sie eilig die Treppe zu den Wohnräumen hinauf. Als sie oben angekommen war, schepperte die Ladenschelle. Es klang hässlich. Bedrohlich.

Dann folgte ein Poltern, doch Bleichweins Drohung noch im Ohr, drehte sich Anna nicht um. Den heiseren Schrei hörte sie schon nicht mehr.

Als Christian und Schiller den Tabakladen betraten, war niemand im Verkaufsraum. Christian blickte sich suchend nach Bleichwein um, fand ihn aber nirgendwo. Schiller störte das in keiner Weise. Im Gegenteil, er schien es zu genießen, eine Weile ungestört die zahlreichen hübschen Meerschaum- und Tonpfeifen sowie das große Angebot an Tabaksdosen aus Silber, Messing und Zinn zu studieren. Während er von Regal zu Regal ging, atmete er den aromatischen Duft ein. Sein Gesicht nahm dabei einen fast schon verklärten Ausdruck an.

Wie mag er wohl dreinschauen, wenn ihm ein Gedicht gelungen ist, überlegte sich Christian. Er räusperte sich verhalten, aber es blieb still. Nanu, wo mochte Bleichwein stecken? Schlief der Kerl etwa? Schräg hinter dem Ladentisch führte eine Tür mit einem roten Samtvorhang in ein Hinterzimmer, das vermutlich als Lagerraum genutzt wurde. Christian spitzte die Ohren, konnte aber nichts hören. Das machte ihn stutzig. Ein Mann wie Bleichwein ließ sein Geschäft mit den kostbaren exotischen Tabaksorten und Preziosen doch nicht einfach unbeaufsichtigt. Irgendetwas stimmte hier nicht.

»Kundschaft«, rief er mit lauter Stimme in Richtung Hinterzimmer.

Schiller drehte sich missbilligend zu ihm um. »Es gibt keinen Grund, die Stimme zu erheben, Vulpius«, mahnte er streng. »Der Kaufmann wird gewiss gleich zurückkommen.« Sein Blick ging durch eines der schmalen Fenster. Obwohl es noch früh am Nachmittag war, sah es so aus, als würde es schon bald wieder dunkel werden. Über den spitzen Dächern der Häuser zog ein heftiger Wind auf. Er trieb Schnee, dürre Blätter und Unrat in einem eisigen Gestöber vor sich her. Die beiden Torflügel des benachbarten Innenhofs schwangen rhythmisch in den Angeln. »Andererseits hätte ich nun allmählich gerne meine Tabakmischung«, brummte Schiller, des Wartens überdrüssig.

Christian bot an, sich nach dem Ladeninhaber umzusehen, und begab sich hinaus in den Hof. Vor einem baufälligen Verschlag, der zu besseren Zeiten als Remise für einen Wagen gedient hatte, entdeckte er eine Kiste, in der er den behelfsmäßigen Sarg wiedererkannte, in dem die Bibliotheksdiener Josefinas Leiche nach Hause gebracht hatten. Er wagte einen vorsichtigen

Blick hinein. Sie war leer. Von einer Puppe, wie Goethes Dienstmädchen sie beschrieben hatte, fand er keine Spur.

Forschend durchquerte er den Hof, warf einen Blick in den Schuppen und rüttelte an der Tür des kleinen Manufakturanbaus. Sie war fest verschlossen. Christian runzelte die Stirn und schaute zu den Fenstern im ersten Stock. Irgendwo auf dem Grundstück hatte Bleichwein die Leiche seiner Schwester versteckt, daran gab es für ihn keinen Zweifel. Aber wo?

Als er zum Haus der Witwe Jungmann hinübersah, überkam ihn ein so starkes Gefühl von Sehnsucht nach Helene, dass er am liebsten über die Straße gelaufen wäre und an Bettines Tür geklopft hätte. Aber er durfte die Gelegenheit, nach brauchbaren Spuren zu suchen, während Schiller ihm, ohne es zu ahnen, den Rücken freihielt, nicht einfach verstreichen lassen. Als er wieder in den Laden kam, war Bleichwein noch immer nicht aufgetaucht. Schiller lehnte gegen den Ladentisch und trommelte ungeduldig mit den Fingern auf das blanke Holz.

»Nichts«, sagte Christian und deutete achselzuckend zur Decke. »Vielleicht oben!«

»Verflucht, was fällt dem Mann ein? Glaubt er, ich will den ganzen Tag in diesem düsteren Loch verbringen? Nun machen Sie schon, Vulpius! Schauen Sie nach!«

Sklaventreiber, dachte Christian, verkniff sich aber jeden Kommentar. Der Dichter war nun einmal ungenießbar, wenn er keinen Tabak zum Schnupfen hatte.

Über dem Laden zweigten mehrere Kammern von einem engen, fast schlauchartigen Flur ab, an dessen Ende eine winzige Fensterluke diffuses Licht spendete.

»Bleichwein«, rief Christian mit gesenkter Stimme. Irgendwie kam es ihm nicht richtig vor, in den persönlichen Räumen des Kaufmanns laut zu werden. Er hatte nicht das geringste Recht, sich hier oben aufzuhalten, und konnte sich, wenn Bleichwein wütend eine Tür aufriss und vor ihm stand, nur darauf berufen, dass der bekannte Freund des Geheimrats, Professor Schiller aus Jena, unten im Laden auf eine spezielle Mischung seines Schnupftabaks wartete.

Nach einigem Zögern öffnete Christian die Tür zu seiner Linken und fand sich in einem düsteren Wohnraum wieder, dessen Einrichtung aus einem abgewetzten Kanapee, einem Tisch und zwei schäbigen Stühlen bestand. Persönliche Habe wie Ölporträts, Scherenschnitte, eine Handarbeit oder Gazetten suchte man hier vergeblich.

Auch die nächsten Kammern, in die Christian den Kopf streckte, wirkten kalt und leblos, als schreckten seine Bewohner vor Farbe und Behaglichkeit zurück. Eine Ausnahme bildete einzig ein größeres Zimmer am Ende des Korridors. Dieses war ebenso bescheiden eingerichtet wie die anderen, doch verrieten einige Details, dass hier Josefina geschlafen haben musste.

Christian öffnete die Hausapotheke und warf einen Blick auf die Salben, Arzneien, Mittel zur Blutstillung und anregenden Tinkturen zur Kräftigung, die die Hebamme Bleichwein im Laufe ihrer Weimarer Dienstzeit zusammengetragen hatte. Ein paar Fächer waren leer, vielleicht, weil die Hebamme diese Medikamente bei Geburten häufiger brauchte und daher in ihrer Arzneitasche mit sich geführt hatte. Christian sah sich die Aufschriften der vorrätigen Mittel genauer an, doch mit den meisten Namen konnte er nichts anfangen. Als er jedoch schließlich auf ein Fläschchen mit der Aufschrift *Arsenik* stieß, runzelte er fragend die Stirn.

Arsen. Ein Gift, so viel wusste sogar er.

Unten rief Schiller nach ihm. Sogleich stellte er das Fläschchen zurück an seinen Platz und begab sich wieder in den Tabakladen. Dort fand er den Dichter. Er stand wie eine Statue da und starrte durch einen Spalt im Vorhang in das Hinterzimmer.

Christian räusperte sich verhalten, aber Schiller nahm keine Notiz von ihm. Seine ganze Aufmerksamkeit galt etwas, das sich jenseits der Tür befand. Sein Atem ging dabei stoßweise, und Christian bemerkte, als er näher trat, dass Schillers Hand, die den braunen Samtvorhang teilte, leicht zitterte.

»Ich glaube«, sagte Schiller nach einer halben Ewigkeit, »ich habe soeben den Tabakhändler gefunden.« Er stieß die Luft aus. »Oder das, was von ihm noch übrig ist.«

10. Kapitel

»Der Korpus ist noch warm, das heißt, der Mann kann noch nicht lange tot sein!«

Hauptmann Heyde untersuchte den Leichnam aufmerksam wie ein Wundarzt, passte dabei aber auf, nicht in die Blutlache zu treten, die fast die Hälfte des Fußbodens bedeckte. Christian schluckte. Der Anblick der schlimm zugerichteten Leiche war kaum zu ertragen, aber er wollte sich vor dem Hauptmann keine Blöße geben, indem er seinen Blick abwendete, und beschloss auf einen Riss in der Wand hinter ihr zu starren. Aus diesem krabbelte eine Spinne hervor, ein fettes, ekelerregendes Geschöpf, das sich nicht von der Stelle rührte, als wolle es sich über Christian lustig machen. Aber alles war besser als die starren, vor Grauen weit aufgerissenen Augen des Tabakhändlers ansehen zu müssen.

Erasmus Bleichwein war nicht gerade die Liebenswürdigkeit in Person gewesen, doch ein so schreckliches Ende hatte kein Mensch verdient.

Der Tabakhändler war an einen Stuhl mit hoher Rückenlehne gefesselt. In seinem Mund steckte ein Lumpen als Knebel. Wehrlos hatte er mit ansehen müssen, was sein Mörder sich für ihn ausgedacht hatte.

»Die Kehle scheint mit einem einzigen Schnitt durchtrennt

worden zu sein«, sagte Schiller leise. Der Dichter stand neben Christian. »Aber das ist nicht alles.« Er deutete auf das aufgedunsene Gesicht des Toten und dann auf dessen Hosenbeine, die so blutdurchtränkt waren wie das Tuch in seinem Mund. Hauptmann Heyde zögerte kurz, dann beugte er sich vor und entfernte mit spitzen Fingern den Knebel. »Soweit ich es beurteilen kann, wurde ihm mit einem scharfen Messer die Zunge entfernt und dann mit einem gezielten Schnitt die Oberschenkelarterie geöffnet. Das erklärt, warum hier so viel Blut geflossen ist.«

»Drei schnelle Schnitte«, murmelte der Hauptmann nachdenklich. Er trat nun doch näher an den Toten heran und verwischte damit mit seinen Stiefeln die Blutspur. »Daher ist der Mann auch so weiß im Gesicht. Er muss regelrecht ausgeblutet sein.« Er drehte sich zu Christian um und warf ihm einen scharfen Blick zu.

»Haben Sie mir vielleicht etwas zu sagen, Vulpius?«

Christian seufzte leise, denn diese Frage kam für ihn nicht überraschend. Heyde begegnete ihm grundsätzlich mit Misstrauen, dabei hatte er ihm doch auf dem Weg hierher schon lang und breit auseinandergesetzt, dass nicht er, sondern Herr Schiller, der gerade bei Geheimrat von Goethe zu Gast war, auf die Leiche des Tabakhändlers gestoßen war. Schiller, der als junger Mann in der Armee des Herzogs von Württemberg als Wundarzt gedient hatte, war einverstanden gewesen, im Laden zu bleiben, damit Christian Hilfe herbeirufen konnte.

Heyde starrte mit einem angewiderten Gesichtsausdruck auf die blutigen Abdrücke, die von seinen Stiefeln herrührten. Er war ein durchschnittlich großer Mann mit breiten Schultern und muskulösen Armen. Sein Haar, das sich in der Stirnpartie bereits lichtete, trug er so kurz geschoren, als wollte er einem Läusebefall vorbeugen. Sein Gesicht war schmal, die Wangen waren von den Spuren einer längst überstandenen Pockenerkrankung gezeichnet. »Mich irritiert, dass der Mörder kaum Spuren hinterlassen hat«, brummte er. »Weder in diesem Raum noch drüben im Tabakladen.«

»Drei präzise ausgeführte Schnitte, wie Sie eben selbst bemerkten!« Schiller zuckte mit den Achseln. »Jeder Schlachter wäre in der Lage, sie auszuführen, ohne sich gleich von Kopf bis Fuß mit Blut zu besudeln. Mag aber auch sein, dass er einen Umhang trug und diesen nach der Tat in einen Beutel stopfte und mitnahm.«

»Ein Schlachter, sagen Sie?« Heyde schürzte die Lippen. »Vielleicht auch ein Wundarzt?«

Schiller überging diese Anspielung auf seine einstige Tätigkeit mit einem gelangweilten Lächeln. »Oder irgendein anderer, der einen Grund hatte, sich diesen Burschen auf eine derart widerwärtige Weise vom Hals zu schaffen. Ich bin gestern erst sehr spät aus Jena eingetroffen. Daher hatte ich noch keine Gelegenheit, allzu viele Bekanntschaften in der Stadt zu machen. Alles, was ich hier zu finden hoffte, war ein Säckchen Schnupftabak. Dafür war ich sogar bereit, mir die Beine in den Leib zu stehen und auf Bedienung zu warten.«

»Und als Sie zu lange warten mussten, warfen Sie einen Blick ins Hinterzimmer?«

»Wo ich die Leiche dieses Unglücksraben fand«, bestätigte Schiller mit einem Nicken. Seine Blicke wanderten hinüber zum Verkaufsraum. Christian fiel auf, wie unruhig er wurde. »Sagen Sie, Herr Hauptmann, würden Sie mir als altem Offizierskameraden erlauben, mir ein wenig Schnupftabak aus dem Laden zu holen? Ja? Ich würde ihn selbstverständlich bezahlen.«

»Wie zuvorkommend von Ihnen«, knurrte Heyde. »Ich fürchte, dass es schwer werden wird, mit dem Ladeninhaber ins Geschäft zu kommen. Aber bitte, tun Sie sich keinen Zwang an. Man soll sich in Jena nicht erzählen, wir würden einem Reisenden seinen Tabak verweigern.« Er trat zur Seite, um Schiller durch den Vorhang treten zu lassen. Als Christian ihm folgen wollte, hielt Heyde ihn am Ärmel zurück.

»Sie nicht, Vulpius! Ich sehe ein, dass der Herr Professor keinen Grund hatte, einen Mann zu töten, von dem er nur Tabak haben wollte. Doch wie sieht es mit Ihnen aus?«

»Mit mir? Ich … schnupfe doch gar nicht. Ist eine üble Angewohnheit, wenn Sie mich fragen.«

»Stellen Sie sich nicht dümmer, als Sie sind. Ich weiß genau über Sie Bescheid, mein Freund. Ich kenne Ihre neu erwachte Leidenschaft für Mord und Totschlag.«

Christian starrte den herzoglichen Untersuchungsbeamten an, als habe dieser den Verstand verloren. Mord und Totschlag? Wie kam der Mann bloß auf so etwas? Hatte er etwa … Nein, das war doch nicht möglich. Doch Heydes Gesichtsausdruck deutete an, dass er mit seiner Vermutung richtiglag.

»Sie haben mein Buch gelesen, den *Rinaldini*!«

Heyde nickte. »Ich lese keine Romane, das ist Weiberkram. Pure Zeitverschwendung. Doch bei Ihrem habe ich eine Ausnahme gemacht. Ich wollte einmal wissen, was so in Ihrem Kopf vorgeht. Ihre fantastische Räuberpistole hat mir so manche Frage beantwortet, die ich mir in Bezug auf Ihren Charakter gestellt habe, Vulpius!«

»Wie schmeichelhaft für mich, dass meine Person für Sie von so großem Interesse zu sein scheint.«

»Mich interessiert meine Stadt«, sagte Hauptmann Heyde ungerührt. Seine grauen Augen blitzten gefährlich auf. »Und ich beobachte jeden, der die öffentliche Ruhe gefährden könnte. Ich wittere jeden Funken von Rebellion, so schwach er auch glimmen mag. Ihr Buch, Vulpius, verklärt einen Burschen, dem es stets aufs Neue gelingt, sich der Polizeigewalt zu entziehen. Einen Räuber und Mörder!« Er beugte sich vor und raunte ihm zu: »Haben Sie an mich gedacht, als Sie sich die Polizeigewalt vorstellten?«

Christian hielt dem Blick des Hauptmanns stand. Also daher wehte der Wind. Nun begriff er auch, warum Heyde den *Rinaldini* gelesen hatte. Er hatte gehofft, in seinem Buch auf etwas Kompromittierendes, Verfängliches zu stoßen, das Christian als Gefahr für die obrigkeitlichen Gewalten entlarven konnte. Wenn dem so war, hatte der Hauptmann übersehen, dass der Romanheld sich nach nichts mehr verzehrte, als nach einem einfachen, unauffälligen Leben. Er wollte nicht in Intrigen und revolutionäre Umtriebe verstrickt werden. Doch sein Name und sein Ruf verbauten ihm jede Möglichkeit, noch einmal neu anzufangen, und trieben ihn wie einen Spielball in die Arme derer, die über sein Schicksal entschieden.

Plötzlich schwenkte Heyde um, als besinne er sich darauf, was ihn in dieses Haus geführt hatte. »Mir ist zu Ohren gekommen, dass sich die Schwester des Toten das Leben genommen hat. Sie soll sich auf der Galerie der Bibliothek erhängt haben.«

»Das stimmt«, sagte Christian, da er keinen Grund sah, es abzustreiten. Gewiss lagen Heyde längst Protokolle vor, in denen auch sein Name als Zeuge des Zwischenfalls erwähnt wurde. Sein Vorgesetzter war, was amtliche Verlautbarungen betraf, äußerst tüchtig.

»Und kaum achtundvierzig Stunden später stolpern Sie über die Leiche des Bruders dieser Frau. Halten Sie das nicht für einen sonderbaren Zufall?«

Christian öffnete den Mund, um den Hauptmann daran zu erinnern, dass nicht er, sondern Schiller Bleichwein gefunden hatte, doch dem Blick nach, mit dem Heyde ihn musterte, hatte er diesen Umstand nicht vergessen.

»Wo haben Sie also gesteckt, als der Professor den Vorhang zurückschlug? Wie er aussagte, musste er erst nach Ihnen rufen.«

»Aber was fragen Sie denn?« Schiller war mit seiner Tabaksdose in der Hand zurückgekehrt und hatte Heydes Frage gehört. »Es kam uns beiden merkwürdig vor, dass der Laden um diese Stunde verlassen war und sich auch auf unser Rufen niemand blicken ließ. Also schickte ich Vulpius die Treppe hinauf, um nachzuschauen.«

Hauptmann Heyde runzelte die Stirn. Er schien einen Moment lang zu überlegen, dann rief er seine beiden Sergeanten zu sich und trug ihnen auf, sämtliche Wohnräume über dem Laden zu durchsuchen.

»Ich glaube nicht, dass sie oben eine Spur des Eindringlings finden werden«, gab Christian zu bedenken. »Allerdings …« Er sprach nicht weiter. Sein Blick wanderte zu der ausgetretenen Stiege, unter der Reisigbesen und zwei Holzeimer hervorschauten.

»Mein Gott, wo ist Bleichweins Dienstmagd?«

Heyde sperrte überrascht die Augen auf, doch noch ehe er nachhaken konnte, wurde er von einem seiner Männer gerufen. Es klang dringend. Eilig sprang er die Treppenstufen hinauf, gefolgt von Christian, der ebenfalls sehen wollte, worauf die Männer gestoßen waren.

»Wir haben alle Räume durchsucht, aber hier kommen wir nicht rein!« Mit seinem Gewehr deutete der Sergeant auf eine Tür am Ende des muffigen Ganges, während sein Kamerad an der Klinke rüttelte. »Da rührt sich nichts, Herr Hauptmann! Sie ist von innen verschlossen!«

Christian strich sich verwundert über die Wange. War er nicht vor weniger als einer Stunde in dieser Kammer gewesen? Nein, beschwören konnte er es nicht. Die Stübchen, die von dem langen Flur abzweigten ähnelten einander zu sehr.

»Dann brecht sie auf!«, befahl Heyde unumwunden. »Ich muss wissen, ob sich dort jemand verkrochen hat.«

Ohne Widerworte nahm der Sergeant Maß und warf sich mit einem kraftvollen Keuchen gegen die Tür, die schon nach dem zweiten Stoß splitternd und krachend aufsprang.

Heyde zog eine Pistole und befahl Christian, der unbewaffnet war, zurückzubleiben. Dann stieg er fluchend über die Trümmer der zerborstenen Tür. Christian spähte mit klopfendem Herzen an dem Hauptmann vorbei und erstarrte, als er inmitten des Raumes die Umrisse eines länglichen Tisches ausmachte. Darauf lag etwas, ein unförmiger Gegenstand, über den jemand ein vergilbtes Leintuch geworfen hatte.

»Was zum Teufel ist unter dem Tuch?« Der Sergeant sah sich nach seinem Kameraden um.

»Frag lieber *wer*!« Sogleich richteten beide ihre aufgepflanzten Bajonette auf den Tisch. Hauptmann Heydes Fuß stieß gegen eine fast heruntergebrannte Kerze, die vor dem Tisch auf dem Fußboden stand. Das nur noch schwach glimmende Flämmchen erlosch auf der Stelle.

Christian trat vorsichtig vor. Anders als Heyde und seine Männer war ihm klar, dass es nicht Bleichweins Mörder war, der sich hier vor ihnen versteckte. Er zögerte nur einen Augenblick. Dann zog er mit einem Ruck das Tuch vom Tisch.

»Darf ich Ihnen Josefina Bleichwein vorstellen?«, sagte er mit trockener Stimme. Er deutete auf den starren Körper, der ausgestreckt vor ihnen lag. Es war tatsächlich die Hebamme. Eine barmherzige Seele hatte die Schlinge vom Hals der Toten entfernt, ihr die Augen geschlossen und die Hände vor der Brust gefaltet. Sie trug dasselbe graue Kleid, in dem sie sich erhängt hatte, aber keine Haube. Das dichte graue Haar fiel ihr wirr in die Stirn und über die Schultern. Die Strähnen verdeckten den hässlichen Striemen am Hals, der von der tödlichen Schlinge herrührte. Obwohl sie einen weniger grauenvollen Anblick bot als ihr Bruder, war Christians Bedarf am Anblick von Leichen für diesen Tag mehr als gedeckt. Mit düsterer Miene bückte er sich nach dem Leintuch.

»Wie konnte er nur so etwas tun?«, murmelte er dabei. »Der Mann hatte kein Gewissen.«

»Bleichwein? Sie meinen, er hat seine Schwester hier aufgebahrt?« Heyde zuckte irritiert mit den Achseln. »Nun, das allein ist kein Verbrechen. Vielleicht konnte er sich einfach noch nicht von ihr trennen und wollte sie noch ein wenig länger bei sich behalten, um Abschied zu nehmen. Wir wissen doch beide, dass Selbstmörder kein christliches Begräbnis erwartet.«

»Das ist mir bekannt. Nicht einmal, wenn sie der Stadt viele Jahre so treu gedient haben wie Josefina Bleichwein.« Er atmete tief durch. Sollte er Heyde auf die Nase binden, warum der Tabakhändler den Leichendiebstahl vorgetäuscht hatte? Damit lenkte er Heydes Argwohn auf das Haus der Witwe Jungmann. Und … Gott stehe ihm bei, auch auf Helene. Doch der Mord an Erasmus Bleichwein war mit einer an Raserei grenzenden Brutalität ausgeführt worden, die auf blinde Wut schließen ließ. Es gehörte eine Menge Abgebrühtheit dazu, einem wehrlosen Mann die Zunge aus dem Mund zu schneiden und dann zuzuschauen, wie er, an seinen eigenen Lehnstuhl gebunden, verblutete. War eine Frau zu einer solchen Tat überhaupt fähig?

Christian rieb sich die Hände, weil ihm furchtbar kalt war. Dabei dachte er angestrengt nach. War ihm der Tod der Hebamme schon wie die Vollstreckung eines Todesurteils vorgekommen, so sah Bleichweins Ermordung erst recht nach einer Hinrichtung aus.

Ein Täter, der wohlüberlegt vorgeht, dachte Christian. Ohne lange um Erlaubnis zu bitten, stieß er den Fensterladen auf, um ein wenig Licht und Luft in diese Totenkammer zu lassen.

Der Unbekannte hatte beide Bleichweins gehasst, so viel schien festzustehen. Hingerichtet wurden nur Menschen, die sich eines schweren Verbrechens schuldig gemacht hatten: Mord. Räuberei. Hochverrat. Der Tabakhändler war gewiss kein angenehmer Zeitgenosse gewesen, doch es ließ sich nicht abstreiten, dass er all die Jahre als geachteter Kaufmann im Herzogtum Sachsen-Weimar gelebt und sich nichts zuschulden hatte kommen lassen. Im Gegenteil, bis zu dem verhängnisvollen Streit mit Bettine Jungmann hatte er das Leben eines gesetzestreuen Untertanen des Herzogs geführt. Er hatte Kunden von hohem Stand bedient, darunter adelige Kammerherren, Offiziere und Ratsmitglieder. Seine Schwester Josefina dagegen war öfter angeeckt, weil sie zu viel Branntwein getrunken hatte und es in letzter Zeit bei Geburten an Sorgfalt hatte fehlen lassen. Manch einer musste einen Groll gegen das Weib gehegt haben. Aber wer? Und war das ein Grund, sich auch an ihrem Bruder zu vergreifen?

Christian fröstelte, als er sich die Prophezeiung der Kartenlegerin in Erinnerung rief: zwei, vielleicht sogar noch mehr Menschen, die dazu verdammt waren, eines gewaltsamen Todes zu sterben.

Hauptmann Heyde warf einen letzten Blick auf die Tote, dann gab er seinem Sergeanten mit einem Wink zu verstehen, sie wieder zuzudecken. Als er sich umwandte, spitzte er die Ohren.

»Still! Was war das?«

Christian lauschte. Ja, nun vernahm auch er ein leises Geräusch. Es hörte sich nach Mäusen an, kam aber aus einem Winkel, in der ein wurmstichiger Schrank stand. Das Geräusch wurde lauter. Ein Kratzen und Schaben, gefolgt von einem erstickten Wimmern, welches fast wie das Geplärr eines Wiegenkindes klang.

Hauptmann Heyde spannte den Hahn und bleckte die Zähne. »Da steckt jemand drin! Los, aufmachen! Womöglich haben wir unseren Mörder ja schon gefunden!«

Seine Männer wechselten erschrockene Blicke, rührten sich aber nicht von der Stelle.

»Na, wird's bald, ihr Hasenfüße!«, zischte Heyde. »Oder wollt ihr eure Uniformen gegen Rock und Mieder tauschen? Ich gebe euch doch Feuerschutz. Falls der Bursche bewaffnet ist, jage ich ihm höchstpersönlich eine Ladung Blei in den Korpus.«

Die beiden Männer pirschten nun gemeinsam auf den Schrank zu. Auf ein Kommando ihres Vorgesetzten riss der eine die Schranktür auf. Ein spitzer Schrei drang heraus, auf den alsbald ein herzzerreißendes Schluchzen folgte. Im nächsten Moment bekam der Sergeant einen Arm zu fassen und zerrte ein wild kreischendes und um sich schlagendes Geschöpf aus dem Schrank. Es war ein Mädchen von kaum achtzehn Jahren und zu Tode erschrocken.

»Ach, schau an«, brummte Hauptmann Heyde. »Gehe ich recht in der Annahme, dass ich die vermisste Dienstmagd des Toten aufgestöbert habe?«

Das Mädchen sperrte die Augen weit auf. Sein Gesicht war tränenüberströmt und weiß vor Angst. Ohne ein Wort zu sagen, starrte es von Hauptmann Heydes Pistole zum Tisch mit der Aufgebahrten.

»Ich warte auf eine Antwort! Bist du Bleichweins Hausmädchen?«

»Tot? Er ist … wirklich tot?« Die junge Frau griff sich an den Hals. »Dann habe ich mich nicht getäuscht.«

»Nein, hast du nicht«, höhnte Heyde. »Du hast ganze Arbeit geleistet und keinen Tropfen Blut mehr in dem dicken Kerl gelassen.«

Die Magd öffnete den Mund, doch statt einer Erwiderung drang nur ein keuchender Laut aus ihrer Kehle. Sie schien nicht zu begreifen, was Heyde ihr unterstellte. Christian verspürte Mitleid mit dem Mädchen. Sie war hübsch, aber fast noch ein Kind und schmächtig dazu. Wie sollte so eine einen schwergewichtigen Mann wie Bleichwein im Laden überwältigen und an einen Stuhl binden? Sie hätte ihm hinterrücks mit ihrem Besen oder einem der Holzeimer den Schädel einschlagen können. Das hätte ihm den Garaus gemacht. Doch warum hätte sie sich dann noch die Mühe machen sollen, ihn zu fesseln und ihm die Kehle durchzuschneiden? Vom Entfernen der Zunge ganz zu schweigen.

»Streck deine Hände aus!« Heyde hob die Kerze und ließ das Licht von Kopf bis Fuß über den Körper der Magd wandern. Er ließ sich Hände, Schürze und Schuhsohlen zeigen, fand aber nicht die kleinste Blutspur auf den Kleidern des Mädchens. Es schien mit dem Toten tatsächlich nicht in Berührung gekommen zu sein. Enttäuscht drückte Heyde die Kerzenflamme aus. »Nun sag schon, wie du heißt!«, verlangte er mit rauer Stimme.

»Ich heiße Anna. Aber von einem Mord weiß ich nichts!« Sie brach wieder in Tränen aus. »Er hat den Laden geschlossen und mich hinaufgeschickt. Ich solle mich nicht mehr unten blicken lassen, hat er gesagt, ganz gleich, was auch geschehen würde.« Geräuschvoll zog sie die Nase hoch. »Also habe ich ihm gehorcht. Ich bin nicht hinuntergegangen, nicht einmal, als er … zu kreischen anfing wie eine abgestochene Sau.«

Heyde schüttelte den Kopf. »Das ist doch …«

Bevor der Hauptmann seinem Unmut Luft machen konnte, kam Christian dem Mädchen zu Hilfe. »Die Jungfer hat richtig gehandelt. Hätte sie sich eingemischt, wäre sie jetzt auch tot und könnte keine Frage beantworten!«

Das Mädchen sah ihn dankbar an. Gewiss war es kein Vergnügen gewesen, in diesem Haus zu arbeiten. Dass sie nicht an Bleichwein gehangen hatte, bewies der Umstand, dass sie dessen Tod mit keiner Silbe beklagte. Sie hatte vielmehr Angst um ihr eigenes Leben gehabt. Zu Recht, wie Christian fand, als er sich den geschundenen Körper des Tabakhändlers ins Gedächtnis rief. Hätte der Täter geahnt, dass Anna im Haus gewesen war, hätte er vermutlich auch sie getötet. Bleichwein dagegen war zugutezuhalten, dass er das Mädchen nicht verraten hatte. So hatte Anna Zeit gefunden, sich einzuschließen und im Schrank zu verstecken.

Mit einem freundlichen Lächeln wandte er sich ihr nun zu. »Wenn die sterblichen Überreste deiner Herrin gar nicht verschwunden waren, gehe ich davon aus, dass es auch kein Geist war, der heute Nacht vor dem Haus der Witwe Jungmann die Nachbarn erschreckt hat, oder?«

Anna wich bis zur Wand zurück und ließ sich an sie gelehnt zu Boden rutschen. Wie ein Kind winkelte sie die Beine an und verbarg den Kopf in beiden Armen.

»Nein, Sie haben recht«, gab sie schluchzend zu. Dann zeigte sie auf den Schrank, aus dem Christian wenige Augenblicke später einen abgetragenen, verstaubten Rock, ein Schultertuch aus verblichener gelber Wolle und eine zerzauste graue Perücke beförderte – Kleidungsstücke, die zweifellos einmal der Hebamme gehört hatten.

»Du warst das?« Hauptmann Heydes Stimme klang schneidend. »Du hast dir diese Lumpen übergestreift und dich dann während der Nacht draußen herumgetrieben?«

»Ich hatte doch keine Wahl«, heulte Anna. »Herr Bleichwein hat mich dazu gezwungen. Er sagte, ich dürfte meine Stellung nur behalten, wenn ich ihm diesen Gefallen tue. Aber es sollte niemand dabei zu Schaden kommen. Ich sollte nur über die Straße huschen und mit einem Stöckchen an die Türen klopfen.«

»Ich frage mich, ob zu viel Schnupftabak Wahnvorstellungen auslösen kann«, giftete Heyde. »Heraus mit der Sprache! Was wollte dein Dienstherr mit dem Mummenschanz bezwecken?«

Christian bekam einen trockenen Mund. Er rechnete nicht damit, dass Bleichweins Magd in der Verfassung war, um für Hauptmann Heyde Ausflüchte zu erfinden. Und tatsächlich gab sie nach einigem Zögern zu, dass der Tabakhändler vorgehabt hatte, seine unliebsamen Nachbarn zu vertreiben. Nachdem sie im Schutze der Dunkelheit über die Gärten entflohen war und zu Hause durch den Fensterladen gespäht hatte, hatte sie mit angesehen, wie die Anwohner auf Bettine Jungmann losgegangen waren und ihr vorgeworfen hatten, sie sei schuld, dass die Hebamme in ihrem Grab keine Ruhe fände.

Heyde hörte sich den Bericht schweigend an. Schließlich sagte er: »Es sieht so aus, als wäre der Tabakhändler einem Racheakt zum Opfer gefallen. Nach den Tätern muss man wohl nicht lange fahnden.«

Christian hob überrascht die Augenbrauen. »Wie meinen Sie das?«

»Nun, es geht Sie zwar nichts an, Vulpius, aber es liegt doch auf der Hand, dass der unselige Streit zwischen Bleichwein und dieser Witwe Jungmann heute in diesem Haus seinen traurigen Höhepunkt gefunden hat. Sie muss herausgefunden haben, wie übel der Mann ihr mitgespielt hat, und kam, um ihn zur Rechenschaft zu ziehen.«

Christian öffnete den Mund, doch bevor er dazu etwas sagen konnte, flüsterte Heyde einem Sergeanten etwas ins Ohr, worauf dieser sogleich aus dem Raum stürmte und die Treppe zum Laden hinunterpolterte.

»Was haben Sie vor?« Alarmiert sprang Christian ans Fenster und reckte den Hals. Der Wind trieb ihm Schneeflocken vom Dachfirst ins Gesicht. Nur wenige Momente später sah er Heydes Sergeanten eilig über die Gasse laufen. Vor Bettine Jungmanns Haus blieb der Mann stehen und hämmerte mit der Faust gegen die Tür.

»Aufmachen!«, hallte es über die Straße.

Christian drehte sich zu dem Hauptmann um und bedachte ihn mit einem fragenden Blick.

»Die Witwe steht unter Arrest«, verkündete Heyde. »Nach allem, was Bleichwein ihr angetan hat, muss ich davon ausgehen, dass die Frau ihn bis aufs Blut gehasst hat. Er hatte einen bösen Plan ersonnen, um sie zu ruinieren. Wer hätte noch bei ihr eingekauft, wenn sich die Gerüchte erst einmal herumgesprochen hätten? Das musste sie verhindern.«

»Indem sie wie eine Donnerfurie in den Laden prescht und ein Blutbad anrichtet?« Christian schüttelte skeptisch den Kopf.

»Er hat sie verleumdet und lächerlich gemacht. Das erklärt die herausgeschnittene Zunge. Er sollte nie wieder Lügen über sie verbreiten!«

»Interessant! Und wie soll sie einen Mann wie Bleichwein überwältigt und gefesselt haben?«

Heydes Antwort erübrigte sich, als Christian unten im Laden aufgebrachte Stimmen hörte. Eine davon gehörte einem jungen Mann, der sich lauthals über die grobe Behandlung durch Heydes Sergeanten beschwerte.

»Die Witwe Jungmann beschäftigt einen jungen Burschen, der ihr treu ergeben ist«, sagte der Hauptmann mit einem triumphierenden Lächeln. »Er mag nicht der Hellste sein, aber dafür ist er kräftig und tut, was man ihm sagt.«

Christian wusste darauf nichts zu erwidern. Er schlug den Blick nieder und kehrte dem Mann den Rücken zu. Auf der Treppe waren nun Schritte nebst wütendem Wortwechsel zu hören. Wie es aussah, trieb Heydes Soldat die Bewohner des Nachbarhauses zu ihnen in die Kammer hinauf. Christian presste die Lippen aufeinander. Verfluchte Neugier, dachte er. Warum hatte er nicht wie Schiller das Weite gesucht? Der Dichter war bestimmt schon längst wieder zurück am Frauenplan. Mit oder ohne seinen heiß begehrten Schnupftabak. Für Christian gab es nun jedoch keine Möglichkeit mehr, eine Begegnung mit der Witwe zu vermeiden.

11. Kapitel

Die Frau, die im nächsten Augenblick von dem Sergeanten in die Kammer getrieben wurde, war nicht nur hübsch, sondern eine regelrechte Schönheit. Ihr dunkles Haar, das sie im Nacken zu einem Zopf zusammengebunden hatte, glänzte im matten Licht der Kammer, und aus ihren mandelförmigen Augen schienen Funken zu sprühen. Sie trug einen mit rotem Garn bestickten Leinenkittel, der ihre Figur vorteilhaft zur Geltung brachte. Ihr Rücken war kerzengerade und den Kopf neigte sie nur, als sie sich unter dem Türsturz duckte. Ihren anmutigen Bewegungen nach, bewegte sie sich auf jeglichem gesellschaftlichen Parkett mit derselben Mischung aus Zurückhaltung und Selbstbewusstsein, die aus ihr eine erfolgreiche Manufakturistin gemacht hatte. Der kräftige Rotschopf, der nach der Witwe die Kammer betrat, musste ihr Geselle sein. Christian bemerkte ein leichtes Humpeln in seinem Gang, und ihm fiel ein, was ihm Helene über den jungen Mann berichtet hatte. Um Bettine Angst einzujagen, war er von mehreren Burschen überfallen und geschlagen worden, die alle für ihren Schwager arbeiteten. Christian beobachtete die Bewegungen des Jungen aufmerksam. Anders als die Witwe, die sich ihre Aufregung nicht anmerken ließ, erinnerte ihn der Bursche an einen Vulkan, der kurz vor dem Ausbruch stand. Er warf dem Sergeanten, der ihn mit einem derben Stoß gegen die Schulter aufforderte, nicht auf der Türschwelle stehen zu bleiben, einen hasserfüllten Blick zu. Erst als die Witwe sich zu ihm umwandte und ihm die Hand auf den Arm legte, beruhigte er sich.

Der Sergeant schloss die Tür hinter den beiden und nahm breitbeinig Aufstellung, damit niemand entwischen konnte. Christian sandte ein stummes Dankgebet zum Himmel. Helene war nicht arretiert worden. Vielleicht war sie nicht im Haus, sondern machte Besorgungen auf dem Markt. Er hoffte, dass Bettine und ihr Geselle so klug waren, sie Heyde gegenüber nicht zu erwähnen.

Und dann kreuzten sich seine und Bettines Blicke. Sie starrte ihn an. Verwundert, als wüsste sie nicht recht, wo sie ihn einzuordnen hatte. Ihre Lippen öffneten sich, aber sie sagte weder ein Wort noch ließ sie durchblicken, dass sie ihn erkannt hatte. Christian nickte ihr zu, aber sie erwiderte seinen Gruß nicht.

Dafür entdeckte ihr Geselle Anna, die immer noch an der Wand kauerte. So rasch er konnte, humpelte der junge Mann auf die Magd zu und zog sie in seine Umarmung.

»Soll ich die beiden Turteltauben trennen?« Die Frage kam von Heydes Sergeanten, der sein Bajonett hob, als wollte er zustechen, doch der Hauptmann winkte ab. Mit lauernder Miene verfolgte er, wie Bettines Geselle Anna tröstend über die Wange strich und dann leise auf sie einredete.

»Gefühlsausbrüche verraten oft mehr als tausend Worte«, sagte er schließlich, an die Witwe gewandt.

Sie zuckte mit den Achseln.

»Will sie gar nicht wissen, warum sie hierhergebracht wurde?« Heyde verschränkte die Arme hinter dem Rücken und schritt um die Witwe herum, als stünde sie auf dem Marktplatz zum Verkauf. »Na, kein bisschen neugierig?«

»Sie werden es mir sicher gleich verraten«, sagte Bettine ungerührt. Ihre Stimme klang fest und kühl. Entweder hatte sie wirklich keine Ahnung, warum man sie ins Haus ihres Erzfeindes gebracht hatte, oder sie verstand sich aufs Theaterspielen.

Christian war verwirrt. Hatte Helene ihm nicht erzählt, ihre Freundin sei von Bleichweins Angriffen so verängstigt, dass sie nicht allein bleiben mochte? Diese Frau wirkte auf ihn weder eingeschüchtert noch furchtsam.

»Hat sich Bleichwein mal wieder über mich beschwert?«, fragte sie nun. »Ach, jetzt verstehe ich. Er beschuldigt mich ja, den Leichnam seiner bedauernswerten Schwester aus dem Sarg gehext zu haben. Hat er mich deswegen tatsächlich angezeigt?«

Hauptmann Heyde schüttelte lächelnd den Kopf, was Christian fast ebenso beunruhigte wie das Gehabe der Schokoladenmacherin. Er hatte dieses Lächeln schon kennengelernt. Es war kein Ausdruck von Verständnis, Mitgefühl oder Höflichkeit. Für gewöhnlich huschte es als Warnung über Heydes Gesicht, bevor er mit der Faust zuschlug oder jemandem einen Streich mit der Reitgerte verpasste. Glaubte er, eine verdächtige Person vor sich zu haben, wurde er unberechenbar. Christian überlegte, wie er Bettine davor warnen konnte, den Mann zu reizen. Doch da sprach Heyde schon weiter. Noch immer lächelte er auf dieselbe verträumte Weise. »Ich kann Sie beruhigen! Ich bin nicht aufgrund einer Anzeige wegen Leichenschändung hier.« Er ging zum Tisch und lüpfte das Tuch, sodass Bettine den Kopf der Toten sehen konnte.

»Josefina!« Sie rümpfte die Nase. Ihre Miene spiegelte einen kurzen Moment lang Erstaunen wider, dann gewann sie ihre Fassung zurück. »Dachte ich es mir doch gleich, dass sie noch hier ist«, sagte sie. »Ein übler Taschenspielertrick, um mir zu schaden. Bleichwein ließ seine Leute einen leeren Sarg zu Boden werfen. Er zettelte einen Streit mit dem armen Hugo an, damit er gegen die Kiste stoßen konnte und sich vor aller Augen der Deckel öffnete.« Sie nickte, runzelte aber gleich darauf fragend die Stirn. »Ich nehme an, dass auch das … Gespenst, das angeblich vor meinem Haus gesehen wurde, auf Bleichweins Konto geht?«

Im Hintergrund räusperte sich Anna. Sie schien lieber freiwillig gestehen zu wollen, als von Heyde beschuldigt zu werden. Behutsam löste sie sich aus Hugos Umarmung und machte ein paar Schritte auf die Witwe zu.

»Ich war das«, gestand sie mit feuerrotem Gesicht. Sie schämte sich vor der Nachbarin fast in Grund und Boden. »Es tut mir leid, aber … Bleichwein …« Sie holte tief Luft, dann purzelten die Worte nur so aus ihr heraus. »Er hat gesagt, dass ich ihn niemals verraten dürfe. Ich musste die hässliche Strohpuppe binden und in die Kiefernholzkiste legen. Als es dunkel wurde, zwang mich mein Herr, mit ihm die Leiche seiner Schwester durch den Hintereingang ins Haus zu tragen. Niemand hat uns dabei gesehen, weil Bleichwein vorher das Tor zur Gasse verriegelte. Ich wusste, dass es falsch ist, was ich tat, aber was kann eine Dienstmagd denn tun, wenn sie Befehle von ihrer Herrschaft bekommt? Weigert sich eine zu gehorchen, stehen morgen fünf Mädchen auf der Schwelle, die nach ihrer Stellung lechzen. Ich kann nur hoffen, dass unser Herrgott mir …«

»Wo ist dieser Schuft?«, fiel Hugo ihr aufgebracht ins Wort. Er drehte sich suchend in der Kammer um. »Diesmal bekommt er eine Abreibung, dass ihm Hören und Sehen vergeht!«

Christian verdrehte die Augen. Warum konnte nicht endlich jemand dem dummen Jungen das Maul stopfen?

»Oh, Bleichwein ist unten, in seinem Ladenraum«, sagte Heyde in geschmeidigem Tonfall. »Und er hat gewiss bekommen, was er nach Ansicht seines Mörders verdient hat!«

Schlagartig wurde es in der Kammer so still, dass man das Geräusch von Schritten im Schnee draußen auf der Gasse hören konnte. Offensichtlich liefen gerade die ersten Anwohner vor dem Laden zusammen, die mit angesehen hatten, wie ein Polizeisergeant die Zuckerbäckerin und ihren Gesellen in Bleichweins Haus getrieben hatte.

»Seines Mörders?«, brach Hugo schließlich das bleischwere Schweigen. Er kratzte sich am Kopf. »Er wurde umgebracht? Wann?«

Heyde zeigte mit dem Finger auf Anna. »Du da! Wann hast du die Schreie des Tabakhändlers gehört?«

»Das Mittagsläuten war erst verklungen, als Herr Bleichwein mich aus dem Laden schickte. Kurz darauf hörte ich, wie jemand hereinkam.«

»Das wart ihr beide, nicht wahr? Hauptmann Heyde blickte mit sichtlicher Genugtuung von Bettine zu ihrem Gesellen, dessen Mund vor Schreck weit offen stand.

»Nach dem Mittagsläuten ist kaum jemand auf der Gasse unterwegs, schon gar nicht an einem so eisigen Nachmittag im November. Ihr musstet nur über die Straße huschen. Von Tür zu Tür braucht ihr dafür nur wenige Sekunden. Im Laden traft ihr auf den völlig überraschten Tabakhändler. Er wollte euch hinauswerfen, aber ihr habt ihn mit vereinten Kräften in seinen Lehnstuhl gezwungen, gefesselt und …« Glücklicherweise verzichtete der Hauptmann auf eine farbenfrohe Schilderung dessen, was sich in dem Lager danach abgespielt haben musste. Stattdessen trug er seinen Männern auf, ins Haus der Schokoladenmacherin zu laufen und es nach sämtlichen Messern, die sie finden konnten, auf den Kopf zu stellen.

Christian wartete, bis die Schritte der Männer auf der Stiege verklungen waren, dann nahm er seinen ganzen Mut zusammen und ging auf den Hauptmann zu.

»Bleichwein hat seine Magd mit der Bemerkung fortgeschickt, er erwarte Besuch«, sagte er vorsichtig.

»Na und?«

»Bei diesem Besucher dürfte es sich schwerlich um die Witwe Jungmann gehandelt haben.«

»Natürlich nicht«, bestätigte Bettine. »Lieber hätte ich mir den Fuß abgehackt, als den Laden dieses Mannes zu betreten. Er hätte mich ohnehin niemals eingeladen. Wozu auch?«

»Vielleicht wollten Sie ihm zum Schein anbieten, auf seine Forderungen einzugehen?«

Bettine schaute ihn einen Moment lang verdutzt an, dann brach sie plötzlich in schallendes Gelächter aus. »Was für ein absurder Gedanke!«

»So absurd, dass Sie nun mit einem Schlag alle Ihre Sorgen los sind. Bleichwein und seine Schwester sind beide tot. Es ist niemand mehr da, der Ihnen das Leben sauer macht.«

Die Witwe hörte auf zu lachen. Ganz plötzlich wirkte sie hilflos wie ein Kind. In einem letzten verzweifelten Versuch, sich zu rechtfertigen, erklärte sie, dass sie auf keinen Fall unbemerkt in Bleichweins Laden eingedrungen sein konnte, weil sie bis weit nach Mittag zu Hause in ihrer Backstube gewesen war.

»Ich hatte selbst Besuch«, sagte sie mit einem hastigen Seitenblick auf Christian. »Sie können die junge Dame gerne fragen, ob ich in der fraglichen Zeit auch nur einmal das Haus verlassen habe. Sie wird bestätigen, dass das nicht der Fall gewesen ist.«

»Und du?« Die Frage galt Hugo, doch noch bevor der rothaarige Junge den Mund aufmachen konnte, antwortete seine Meisterin für ihn.

»Hugo war in meinem Auftrag unterwegs, um einige Patisserien in der Stadt abzuliefern«, sagte sie schnell. »Er kam gerade zurück, als Ihr Sergeant an meine Tür klopfte.«

»Das stimmt!« Der Sergeant nickte mürrisch. »Ich habe den Burschen abgefangen, bevor er im Haus verschwinden konnte.«

Hauptmann Heyde zeigte auf Hugos bandagierten Fuß und verzog höhnisch das Gesicht. Seiner Miene nach glaubte er weder Bettine noch ihrem Gesellen ihre Geschichte. »Du willst mir weismachen, du wärest so durch die Stadt gehinkt?«

Hugo lief rot an, schwieg aber. So war es wieder Bettine, die für ihn antwortete.

»Ich hatte dem Jungen erlaubt, mein Pferd zu satteln, damit er mit meinen *petits fours* nicht auf der Straße hinfällt. Sie sehen ja selbst, dass er sich nur unter Schmerzen fortbewegen kann. Aber er hat darauf bestanden, den Botengang zu übernehmen, weil er nach all den Tagen der Bettruhe endlich einmal wieder frische Luft schnuppern wollte. Ich war ihm dankbar dafür. So hatte ich ein Stündchen, um mich nach den Aufregungen der letzten Nacht auszuruhen und mit meinem Gast eine Tasse Mokka zu trinken. Im Übrigen hatte Hugo es nicht zu weit bis zum Palais von Moor.«

»Das Palais von Moor?«, wiederholte Heyde stockend. Er klang so überrascht, als hätte die Witwe vom herzoglichen Hof gesprochen. Allerdings gehörten die von Moors altem Adel an und bewegten sich unter den Vertrauten des Landesherrn, Herzog Carl August.

»Ihr habt Armin von Moor beliefert?«

»Nicht ihn, sondern seine Frau«, antwortete Bettine Jungmann. »Constanze von Moor gibt eine Teegesellschaft. Sie liebt meine …« Schlagartig hörte sie auf zu reden, weil ihr wohl just in diesem Moment aufging, was es für sie und ihre Manufaktur bedeutete, wenn der Hauptmann sie unter Mordverdacht stellte. Gut möglich, dass es nach dieser Lieferung keine weitere geben würde. Jedenfalls nicht in die vornehmen Häuser in der Schlossgegend. Doch wer außer diesen sollte sich die Schokolade der Witwe leisten können?

»Ich kenne Armin von Moor«, sagte Heyde nach einigem Nachdenken. »Ich werde nachprüfen, ob Ihr Bursche heute wirklich im Palais der Familie war. Wehe Ihnen, wenn Sie mich angelogen haben.«

Christian beobachtete, wie sich die Schultern der Frau strafften. Sie erinnerte ihn ein wenig an eine Raubkatze, die zum Sprung ansetzte. Ihre Wangen begannen kämpferisch zu glühen. »Ich habe keinen Grund, Sie anzulügen«, zischte sie den herzoglichen Untersuchungsbeamten an. »Aber vielleicht sollten Sie sich mit meinem Schwager, dem Lebkuchenbäcker Krammfeld, unterhalten. Er ist derjenige, der mich loswerden will. Sein Freund Bleichwein war doch nichts als ein Werkzeug in seinen Händen.«

»Ein Werkzeug? Wie darf ich das verstehen?«

Bettine Jungmanns Seufzen ließ erkennen, dass sie sich nicht gerade danach verzehrte, dem Hauptmann ihre Schwierigkeiten mit ihrem rabiaten Schwager auf die Nase zu binden. Doch sie kam nicht darum herum, ihn einzuweihen.

»Insbesondere jetzt, in der Vorweihnachtszeit, ist ihm meine Schokolade ein Dorn im Auge«, sagte sie. »Krammfeld hat sich in den Gedanken verbissen, ich schade mit meiner Manufaktur seinem Verkauf von Lebkuchen und anderem Süßgebäck. Er würde sie nur zu gern in die Finger bekommen und am besten alle meine Rezepte gleich mit dazu. Aber ich habe nach dem Tod meines Mannes zu hart dafür gekämpft, die Manufaktur am Leben zu erhalten, um mich mit einem Kanten Gnadenbrot hinter den Ofen meines Schwagers schicken zu lassen.«

»Und woher wollen Sie wissen, dass der Bäcker mit dem Toten unter einer Decke steckte?«, wollte Heyde wissen.

»Weil Bleichwein mich als Nachbarin geachtet und nie behelligt hat, solange mein Mann noch lebte. Er wusste, dass uns in seinem Haus ein Bleiberecht eingeräumt worden war, aber das hat ihn nie gestört. Erst als mein Schwager anfing, mir die Manufaktur streitig zu machen, fiel Bleichwein plötzlich ein, dass er auch das Nachbargrundstück gut gebrauchen könnte. Um größere Lagerräume für seinen Tabak einzurichten.« Sie rümpfte die Nase und machte eine ausladende Handbewegung. »Nichts weiter als ein Vorwand. Er hatte hier Platz genug.«

»Die meisten Zimmer stehen leer und werden nicht genutzt«, pflichtete die junge Anna bei. Offenbar war sie daran interessiert, bei der Witwe etwas gutzumachen, doch die ging nicht auf ihre Bemerkung ein.

»Also schön!« Hauptmann Heyde setzte seine strengste dienstliche Miene auf, die erkennen ließ, dass er die widerspenstige Witwe nicht aus seinen Fängen entlassen würde. »Solange es keinen Beweis dafür gibt, dass Sie und Ihr Geselle nicht in den Laden eingedrungen sind und den Kaufmann Bleichwein getötet haben, halte ich Sie beide für schuldig!« Er winkte einen der Sergeanten herbei und gab ihm den Auftrag, Bettine und Hugo die Hände zu fesseln und sie zum Gefängnis zu bringen.

»Nein«, schluchzte die junge Magd. Ängstlich schmiegte sie sich an Hugo, der entsetzt die Augen aufsperrte. Die beiden konnten kaum fassen, was sie soeben gehört hatten, und selbst die spröde Fassade der Witwe bekam Risse.

Als der Sergeant ihr befahl, die Hände auszustrecken, räusperte sich Christian vernehmlich. »Haben Sie mir etwas zu sa-

gen, Vulpius?«, grollte Heyde. »Oder wollen Sie sich dem Lauf
der Gerechtigkeit in den Weg stellen?«

»Weder noch! Ich gebe nur zu bedenken, dass die Verdachts-
momente gegen diese Leute schwach sind. Die Witwe Jungmann mag ihren Nachbarn verabscheut und allen Grund gehabt
haben, ihm die Pest an den Hals zu wünschen, aber ich kann
nicht glauben, dass sie der Gast gewesen sein soll, den Bleichwein erwartet und dessentwegen er seine Magd in ihre Kammer
geschickt hat. Das ergibt doch keinen Sinn.« Er schüttelte den
Kopf, wobei es ihn einige Mühe kostete, den stechenden Augen
des Untersuchungsbeamten auszuweichen. Nun war es also
mal wieder so weit. Er bot Heyde öffentlich die Stirn und über-
schritt damit eine Grenze, an der monatelang Waffenruhe geherrscht hatte. Gewiss würde ihm das schlecht bekommen, denn
der Hauptmann war nachtragender als ein betrogener Vieh-
händler.

»Ich weiß, welche Befugnisse Ihnen übertragen wurden, aber
wenn Sie die Witwe gefesselt über den Marktplatz zerren, muss
ich Geheimrat von Goethe informieren. Wie ich ihn kenne,
wird er nicht erfreut sein, da er Bettine Jungmanns Handwerk
schätzt. Wirklich, er ist ganz vernarrt in ihre Schokolade und
behauptet gar, er könne nur arbeiten, wenn meine Schwester
ihm jeden Tag zur selben Stunde eine Tasse davon serviert.« Ein
schalkhaftes Lächeln huschte über Christians Lippen. »So ist
das nun einmal mit den Herren Dichtern. Was Professor Schiller sein Schnupftabak, das ist dem Geheimrat die Jungmann-
sche Schokolade. Es ist wie eine Sucht, er kann gar nicht genug
davon bekommen.«

Er sah zu der Witwe hinüber, die ihre zitternden Hände noch
immer gekreuzt ausstreckte, und neigte knapp den Kopf. Sie erwiderte seinen Blick erstaunt, schwieg aber.

»Ihr wollt mir also sagen, dass Geheimrat von Goethe diese
Person protegiert?«, kam es von Heyde. In seiner Stimme lag

feiner Spott, aber auch etwas, das sie sonst niemals zu erkennen gab: Unsicherheit. »Ist das wieder eine Ihrer Rinaldini-Finten?«

»Was ist eine Rinaldini-Finte?«, fragte die Witwe erstaunt.

»Das tut nichts zur Sache!« Heyde wedelte mit der Hand, als gälte es, eine lästige Fliege zu verscheuchen. Sichtlich schlecht gelaunt, begab er sich zum Fenster und starrte hinaus in den Himmel, der die Farbe eines fahlen Leichentuchs angenommen hatte. Ganz von fern waren Frauenstimmen und die Schläge eines Schmiedehammers auf Metall zu hören.

»Also schön, Vulpius«, sagte er nach einer Weile. »Es soll später nicht heißen, ich wäre schuld daran gewesen, dass der Geheimrat seiner Arbeit nicht nachgehen konnte. Die Witwe bleibt auf freiem Fuß. Aber sie darf ihr Haus nicht verlassen, bis ich definitiv weiß, dass sie nicht die Person war, die der Tabakhändler hereinließ. Dasselbe gilt natürlich auch für den Burschen dort. Ich werde einen meiner Leute als Wachposten vor ihre Tür stellen.«

»Wenn Sie das tun, können Sie mich ebenso gut auch in den Kerker werfen«, erhob Bettine Jungmann aufgeregt Einspruch. »Glauben Sie, jemand wird mein Haus betreten, um etwas zu kaufen, wenn er einen Wachsoldaten passieren muss? Es wird ja schon schwer genug für mich werden, nachdem die Leute auf der Gasse beobachtet haben, wie Ihr Sergeant an meine Tür schlug und uns hierherschleppte.«

Christian dachte kurz über das Problem nach, dann kam ihm ein Einfall. »Stellen Sie einen Wachposten vor den Tabakladen«, schlug er vor. »Die Leute werden annehmen, dass der Magistrat ihn vor Plünderungen und Diebstählen schützen lassen will. Schließlich muss auch geklärt werden, wem dieser Besitz nach dem Tod der Geschwister Bleichwein testamentarisch zufällt. Gleichzeitig behält Ihr Wachmann unauffällig die Schokoladenmanufaktur im Auge.« Hauptmann Heyde stieß einen ärgerlichen Laut aus, erklärte sich aber nach kurzem Zögern damit einverstanden und entließ sowohl die Witwe als auch ihren Gesellen nach Hause.

Als Bettine ihre Tür öffnete, drehte sie sich nach Christian um. Ein sanftes Lächeln huschte über ihr hübsches Gesicht, und sie öffnete die Lippen, um ein stummes Danke zu formen. Dann verschwand sie im Inneren des Hauses. Ihr Geselle hinkte ihr hinterher. Christian sah ihm an, dass er es schweren Herzens tat und viel lieber drüben, bei Bleichweins Magd geblieben wäre. Aber Heydes in strengem Ton vorgebrachte Aufforderung, auf der Stelle zu verschwinden, war nichts entgegenzusetzen.

»Kommen Sie, Vulpius?«, tönte da auch schon die Stimme des Hauptmanns über die Straße. Christian nickte. Doch nach ein paar Schritten blieb er stehen und begann hektisch in seinen Rocktaschen zu wühlen.

»Was ist jetzt schon wieder?«

»Ob ich wohl noch einmal kurz ins Haus dürfte? Nur einen Moment? Ich fürchte, ich habe meine … äh … Taschenuhr liegen lassen. Sie ist ein Geschenk meines …«

»Sagen Sie es nicht, Vulpius«, fuhr Heyde ihm barsch ins Wort. »Und glauben Sie bloß nicht, Ihre fortwährenden Bemerkungen über den Einfluss Ihres … sogenannten Schwagers Goethe würden mich beeindrucken!« Er kam auf Christian zu, packte ihn am Kragen und zog ihn dicht an sich heran. Christian spürte den heißen Atem des Mannes im Gesicht. »Du hast dort oben versucht, einen Narren aus mir zu machen, Bürschchen«, flüsterte Heyde ihm zu. Seine Augen verengten sich. »Das werde ich so schnell nicht vergessen! Von nun an solltest du beten, dass sich unsere Wege nicht mehr kreuzen!«

Damit ließ er Christian los, kehrte ihm den Rücken zu und stapfte durch den knirschenden Schnee davon.

12. Kapitel

Anna stand mitten im Laden, als Christian hereinkam.

Wie hypnotisiert starrte sie den blutbeschmierten Vorhang an, hinter dem noch immer Bleichweins Leiche auf dem Stuhl hockte. Der Hauptmann hatte seinen Männern befohlen, für den Abtransport des Toten zu sorgen, damit der Amtsphysikus ihn begutachten konnte. Doch bis es so weit war, konnte noch einige Zeit vergehen. Und so lange blieb Anna allein in einem Haus, in dem sich zwei Tote befanden. Kein angenehmer Gedanke.

»Wo soll ich denn sonst hin?«, jammerte sie. »Ich brauche ein Dach über dem Kopf, ansonsten erfriere ich.« Erstaunlicherweise schien sie der übel zugerichtete Leichnam im Hinterzimmer weniger zu erschrecken als die Vorstellung, woanders ihr Glück suchen zu müssen. Anstatt dem schaurigen Ort den Rücken zu kehren, holte sie ihr Putzzeug unter der Treppe hervor und begann, die Fußbodenbretter zu säubern. Sie schrubbte, bis ihr Gesicht feuerrot wurde und an ihrem Hals eine Ader anschwoll. Christian fragte sich, ob dies ihre Art war, das Geschehene zu verdrängen.

»Vielleicht lässt man mich wenigstens noch eine Weile bleiben, wenn ich alles schön sauber halte«, keuchte sie. Dabei spähte sie wieder zu dem Raum hinter dem Laden, als bedauere sie, nicht auch dort aufwischen zu dürfen. Aber das hatte Hauptmann Heyde ihr verboten.

»Wer auch immer hier einzieht, wird eine fleißige Dienstmagd brauchen. Und sobald der Hugo genug Geld gespart hat, will er mich sowieso heiraten. Dann verlassen wir zusammen die Stadt. Bevor dieser schreckliche Hauptmann ihn fortschickte, flüsterte mir Hugo zu, dass es bis dahin nicht mehr lange dauern würde.« Sie hielt kurz inne, dann tauchte sie ihren Lappen mit so viel Schwung in den Eimer, dass das Wasser über den Rand schwappte und den Saum ihres Rockes benetzte. »Durchhalten«, befahl sie sich selbst mit zusammengepressten Zähnen. »Nur noch ein kleines Weilchen, dann wische ich nie wieder fremder Menschen Fußböden.«

Christian beneidete das Mädchen um dessen Zuversicht. Sie konnte von Glück reden, dass der junge Mann von gegenüber ihr nichts nachtrug. Immerhin hatte sie Bleichwein bei seiner Intrige gegen Bettine Jungmann geholfen. Allerdings hatte der sie auch dazu gezwungen, und sie nur gehorcht, weil sie sonst hinaus in die Winterkälte gejagt worden wäre.

Im Grunde hatte sie noch im Unglück Glück gehabt, fand er. Zuerst wurde sie die Hebamme los, die sie urplötzlich auf die Straße setzen wollte, und dann, nur wenig später, auch deren Bruder. Falls Hauptmann Heyde es sich nicht einfallen ließ, das Haus doch noch zu versiegeln, konnte sie hierbleiben und vielleicht sogar vorerst den Laden weiterführen.

Konnte man es besser treffen?

Christian ließ Anna weiterschrubben und erklomm noch einmal die Stiege zum ersten Stock. Es gab da etwas, das er noch überprüfen musste. Zu diesem Zweck blieb ihm nichts weiter übrig, als noch einmal in die Kammer mit der aufgebahrten Frau zu gehen. Dort öffnete er den Schrank, in dem sich Anna versteckt hatte und durchsuchte ihn von oben bis unten.

Heftiges Atmen in seinem Rücken ließ ihn zusammenfahren.

»Was suchen Sie?«

Christian wirbelte auf dem Absatz herum. Anna. Sie war ihm hinaufgefolgt, so leise, dass er gar nicht gehört hatte, wie sie den Raum betreten hatte. Dachte man an die im ganzen Haus knarrenden Dielenbretter, war dies eine beachtenswerte Leistung. Aber die Magd schien darin geübt zu sein, sich lautlos anzuschleichen.

»Mein Gott, hast du mich erschreckt«, brummte Christian.

»Tut mir leid!«

Christian deutete auf das Bündel Kleider sowie die wirre Perücke, die Anna getragen hatte, um den nächtlichen Spuk vor Bettine Jungmanns Haus zu veranstalten. Keiner hatte sich die Mühe gemacht, den Plunder aufzuheben oder wegzuräumen.

»Als deine Herrin, die Josefina, auf dem Karren von der Bibliothek zurückgebracht wurde, ließ Bleichwein ihren Sarg doch zunächst im Hof abstellen, nicht wahr?«

Anna starrte ihn mit großen Augen an.

»Später musstest du sie mit Bleichweins Hilfe ins Haus schaffen. Ist dir dabei ihre Tasche aufgefallen?«

»Ihre Tasche?« Anna stutzte; offenbar wusste sie nicht, worauf Christian hinauswollte. »Sie meinen, den Ledersack, den sie immer bei sich trug?«

Christian blickte sich um. »Ich kann die Tasche nicht entdecken, aber ich könnte schwören, dass sie sie bei sich trug, als ich sie in der Bibliothek sprach.«

»Sie meinen, als sie sich ... erhängt hat!«

Christian rief sich die Szene ins Gedächtnis zurück: Josefina Bleichwein auf der Galerie. Eine Schlinge um den Hals, schwankend und undeutliches Zeug murmelnd. Nein, eine Tasche hatte sie nicht bei sich gehabt. Aber was war daraus geworden? Lag sie etwa noch immer unbemerkt in einem Winkel des Rokokosaals? Oder hatte jemand sie heimlich an sich genommen?

Als Christian den Kopf hob, bemerkte er, dass Anna ihn beobachtete. Sie machte nicht den Eindruck, als wollte sie wieder an ihre Arbeit zurückkehren. Vermutlich fühlte sie sich nun, da außer ihr niemand mehr im Haus wohnte, tatsächlich dafür verantwortlich. Dass sie es nicht gern sah, dass ein Fremder in den Sachen ihrer verstorbenen Herrschaft wühlte, war ihr vom Gesicht abzulesen. Allerdings wagte sie auch keinerlei Widerspruch.

Schweigend folgte die Magd Christian wieder in den Laden

hinunter. Dort glänzte der noch feuchte Fußboden im Schein der Lampen, die Anna angezündet haben musste. Auch die Theke mit ihrer großen Waage hatte das Mädchen gescheuert. Auf dem Stehpult lag das Lederetui mit Schreibfedern ordentlich neben einer Anzahl von Schabmessern, einer Löschsandbüchse und einem Tintenfass. Auf's Ordnung halten schien sich Anna zu verstehen, zweifellos würde sie Bettines Gesellen einmal eine gute Hausfrau sein.

»Wie lange geht das eigentlich schon mit dir und dem jungen Zuckerbäcker?«, erkundigte er sich mit einem unschuldigen Blick. »Der Bursche machte auf mich den Eindruck, als wäre er sehr um dein Wohl besorgt.«

Anna errötete. »Wir stehen beide allein in der Welt, so was verbindet. Der Hugo ist ein braver Kerl. Manchmal ein bisschen verrückt. Er macht mir den Hof, seit ich hier in Stellung bin, und verspricht mir, die Sterne vom Himmel zu holen.« Sie kicherte, als fände sie selbst albern, was sie soeben gesagt hatte. »Was soll ich mit Sternen anfangen? Ich will ein Heim, einen Platz, wo ich hingehöre und von dem mich kein griesgrämiges Weib verjagen kann, das sich über eine dämliche Flugschrift aufregt.«

Madame Europe, durchfuhr es Christian. Zum ersten Mal kam ihm der Gedanke, dass die Hebamme Anna vielleicht weggeschickt haben könnte, um sie zu schützen. Doch dann musste sie geahnt haben, dass sie selbst in großer Gefahr schwebte.

Annas Seufzen holte ihn aus seinen Gedanken. »Ich kann nicht darauf hoffen, dass mein Herr mir irgendetwas hinterlassen hat«, sagte sie vorsichtig. »Schließlich war ich noch nicht so lange hier. Aber da war ja keine andere vor mir. Ich frage mich daher, ob es mir erlaubt wäre …«

»Was meinst du damit?«, fiel Christian dem Mädchen ins Wort.

Anna zuckte die Achseln. »Ich weiß das von einem der Schankmädchen im *Schwarzen Bären*. Sie diente auch hier im

Haus, aber nach einem Jahr wurde ihr gekündigt. Und dem Mädchen vor ihr erging es genauso. Hier war keine länger als ein paar Monate in Stellung.«

Verwirrt runzelte Christian die Stirn. Etwas Absurderes hatte er noch nie gehört. Nicht, dass er selbst bislang viel mit Dienstboten zu tun gehabt hätte – dafür war er viel zu arm, doch von seiner Schwester hatte er gehört, wie schwierig es war, Personal zu finden, auf das Verlass war. Ließen die Mägde oder Knechte es an Fleiß und Ordnungssinn mangeln, trennte man sich für gewöhnlich bereits nach wenigen Wochen von ihnen. Die Geschwister Bleichwein schienen es sich indes zur Regel gemacht zu haben, niemanden länger als ein paar Monate unter ihrem Dach zu dulden.

Diese Vermutung wurde von Anna bestätigt. »Wenn Sie mich fragen, hatten beide etwas zu verbergen«, sagte sie im Flüsterton, obwohl außer ihr und Christian niemand im Laden war. »Deshalb haben sie jeden entlassen, bevor er mehr über sie hätte herausfinden können.«

»Aber dann muss dir doch klar gewesen sein, dass dir dasselbe Schicksal blühen und sie dich in absehbarer Zeit vor die Tür setzen würden.« Was Josefina ja auch getan hatte.

Das Mädchen bedachte Christian mit einem Blick, als habe dieser ein unanständiges Wort benutzt. »Ja, aber meine Zeit war noch nicht gekommen. Ich diente doch erst vier Monate im Haus. Und außerdem haben sich die Bleichweins um alle Dienstboten gekümmert, die sie entlassen haben. Sie haben ihnen Geld gegeben und neue, viel bessere Stellungen in anderen Häusern verschafft. Die Hebamme kam ja herum in der Stadt, daher wusste sie, wer eine neue Magd suchte und sprach dann auch prompt die entsprechende Empfehlung aus.« Ihr Blick verdüsterte sich. »Nur ich sollte leer ausgehen. Mich hat sie ohne Geld und ohne Empfehlung fortgeschickt. Das war ungerecht.«

Weil ihr die Zeit gefehlt haben muss, sich auch noch darum

zu kümmern, dachte Christian. Josefinas Gabe an Anna war vermutlich gewesen, sie rechtzeitig in Sicherheit zu bringen. Fort von diesem Haus. Und nun war das Mädchen doch wieder an dieselbe Stelle zurückgekehrt.

»Ich muss jetzt gehen«, sagte Christian. Er spähte durch das Fenster zur Straße und entdeckte unter dem Ladenschild einen der Männer, die Heyde für den Wachdienst eingeteilt hatte. Der Ärmste tat ihm beinahe leid, so sehr schlotterte er in der Kälte. Vielleicht sollte er dem Mann im Vorbeigehen ein paar Kreuzer zustecken, damit er dem Hauptmann nicht auf die Nase band, wie lange er sich noch im Tabakladen aufgehalten hatte.

Er hatte schon die Türklinke heruntergedrückt, als er Annas Hand auf seinem Arm spürte. Das Mädchen schien noch etwas auf dem Herzen zu haben, und Christian ahnte auch, was ihr Sorgen machte. Vom Putzen und Staubwischen war noch niemand satt geworden.

»Ich weiß, dass der Tabakhändler hier im Haus Geld versteckt hat«, gab sie nach einigem Herumdrucksen zu. »Nicht viel, aber mir würde es weiterhelfen. Ich muss doch zusehen, dass das Anwesen nicht vor die Hunde geht. Meinen Sie, ich dürfte mir etwas davon nehmen?«

Christian runzelte die Stirn. »Das Geld ist noch da?«

»Ich habe nachgesehen, nachdem der Hauptmann und seine Männer abgerückt waren. Der Beutel ist noch dort, wo mein Herr ihn versteckt hat.«

Christian dachte nach. Auch wenn die Bleichweins tot waren, rechtfertigte das keineswegs, sich an ihrem Vermögen zu vergreifen. Andererseits sah er ein, dass die Magd nicht verhungern durfte, während sie darauf aufpasste. Ihm kam eine Idee.

»Erasmus Bleichwein hatte als Geschäftsmann doch bestimmt einen Anwalt, der ihn beriet, oder?

Anna dachte einen Moment lang nach, dann nickte sie ohne Begeisterung. »Ich glaube, er ging zum Advokaten Marlander am Erfurter Tor. Der war auch manchmal hier im Laden, um Tabak zu kaufen.«

»Dann solltest du diesen Marlander aufsuchen und ihn um Hilfe bitten. Vielleicht lässt er dich ja bleiben, damit du auf das Haus aufpassen kannst. In diesem Fall bekommst du so viel Geld wie nötig sein wird. Ich nehme an, um das Begräbnis wird sich Bleichweins Freund, dieser Lebkuchenbäcker, kümmern? Verwandte scheint es in der Stadt ja nicht zu geben.«

Christians Vorschlag stellte Anna nur teilweise zufrieden. Insbesondere die Vorstellung, den Advokaten aufzusuchen, schien ihr nicht zu behagen. Nach einigem Zögern fragte sie Christian, ob nicht er dies für sie erledigen konnte.

Auf diese Bitte hatte Christian nur gewartet. So verschwiegen, wie sich die Bleichweins ihren Angestellten gegenüber verhalten hatten, würde er von Anna schwerlich Wissenswertes über Herkunft und Umgang der Geschwister in Erfahrung bringen können. Doch mit ein wenig Glück erwies sich der Anwalt als gesprächig und würde ihm einige seiner Fragen beantworten.

Madame Europe saß in ihrem Zimmer im Gasthaus auf dem Boden. Um sich herum hatte sie einen Kreis aus Karten gelegt, der von einem Quadrat eingerahmt wurde. Dieses Legemuster mochte sie von allen am liebsten. Sie hatte es selbst entworfen, damals, als sie den Zaren in St. Petersburg beraten hatte, verwendete es aber nur noch, wenn sie sich einsam oder ängstlich fühlte. Dann zog sie sich in den schützenden Kreis zurück und hielt stille Zwiesprache mit der *Königin der Schwerter*, dem *Eremiten* und dem *Wagen*, die zu ihren Lieblingskarten gehörten. Oft gelang es ihnen auch, die trüben Gedanken, die sich wie schwarze Vögel auf ihr Gemüt legten, zu vertreiben. Max behauptete manchmal spöttisch, sie behandelte die Karten wie Kinder und machte sich darüber lustig, dass sie verschiedene

Samtbeutel und Schatullen für sie besaß. Die Behältnisse befanden sich in einer Reihe auf dem Regal über ihrem Bett. In dem Schildpattkästchen mit der hübschen bronzenen Einfassung verwahrte sie die Karten nur nachts. Tagsüber zog ihre Besitzerin eine silberne Kassette mit eingravierter Widmung vor, die einen doppelten Boden besaß: ein Geschenk des britischen Premierministers William Pitt, der sie während eines Aufenthalts in London vor einigen Jahren bei Nacht und Nebel in sein Haus hatte bringen lassen, um von ihr in Erfahrung zu bringen, ob die Konflikte mit dem zunehmend dem Wahnsinn verfallenden König George III. ihn um sein Amt bringen würde.

Madame Europe lächelte versonnen, als sie an den charmanten Engländer dachte. Sie hatte mehr als nur eine Nacht in seinem Haus zugebracht, denn die Aufgabe, die er ihr gestellt hatte, war kompliziert gewesen. Wiederholt hatten die Karten sich widersprochen, bis sie Pitt endlich eine Antwort hatte geben können, die ihn zufriedenstellte. Der Premierminister hatte sich daraufhin erkenntlich gezeigt und sie in Kreise eingeführt, von denen sie seit ihrer Abreise vom russischen Hof nur hatte träumen können. Ja, man durfte wohl sagen, dass die Bekanntschaft mit Pitt ihren Weg geebnet hatte. In den folgenden Wochen hatte sie erst wirklich gelernt, den Karten zu vertrauen. Zum Dank dafür hatten diese ihr Erfolg, Ruhm und einen gewissen Wohlstand geschenkt. Sie hatten ihr auch einen neuen Namen gegeben, gegen den sie sich zu Beginn ihrer Reisen durch die Fürstentümer und Königreiche Europas freilich noch gewehrt hatte. Doch die Karten waren unerbittlich gewesen und hatten darauf bestanden, dass sie alles, was an ihr armseliges früheres Leben erinnerte, abstreifte wie einen alten Lumpen.

Sie warf einen Blick in den Spiegel, den Max an der Wand gegenüber ihrem Bett angebracht hatte. Er gehörte ihr, und sie nahm ihn stets mit, wenn sie sich auf Reisen befand. Er zeigte das Gesicht einer Frau mit milchig weißem Teint, um deren Augen sich ein Netz feiner Falten gelegt hatte. Doch vor dem Altern fürchtete sie sich nicht. Sie hatte genug Glück und Leid in ihrem Leben erfahren, um den kommenden Jahren mit Gelassenheit entgegenzusehen. Sie besaß einen Schrankkoffer voller hübscher Kleider, sorgfältig frisierte Perücken, Parfüms und eine Auswahl herrlicher Schmuckstücke, die ihr von einflussreichen Männern geschenkt worden waren. Die meisten trug sie jedoch nie, weil Max der Meinung war, dass sie nicht den Neid ihrer überwiegend weiblichen Klienten wecken durfte. Er riet ihr, Ratsuchende allein durch ihre Ausstrahlung und ihr Geschick in ihren Bann zu ziehen. Sie sollte geheimnisvoll wirken, mal hier, mal da eine Andeutung ausstreuen und mit einem stummen Lächeln darauf warten, dass die Saat aufging. Wo auch immer Max sie hingebracht hatte, hatte das auf dieselbe Weise funktioniert. Max hatte ihr Kommen in Gazetten angekündigt, Flugschriften verbreitet und wie ein Marktschreier für sie geworben. Sie hatte Klienten in Kaffeehäusern oder – sofern es sich um Personen höheren Standes handelte – in deren Häusern aufgesucht.

Aber warum war es ausgerechnet in dieser Stadt so anders? Warum jagten ihr ihre geliebten Karten ausgerechnet hier so große Angst ein?

Sie blätterte in dem Journal, das vollgeschrieben mit Deutungen und Legemustern war, fand aber keine Antwort als die eine, die immer wiederkehrte, so viele Kreise sie auch um sich legte. Gefahr. Hier schwebten Menschen in Gefahr.

Sie selbst war in Gefahr.

Ein siebenmaliges kurzes Klopfen an der Tür riss sie aus ihren Gedanken. Max. Nur er klopfte auf diese Weise. Ein verabredetes Zeichen, das noch aus ihrer Zeit in Russland stammte, wo es sich empfahl, die Türen der Herbergen zu verrammeln. Als sie Max dort aufgelesen hatte, war er ein magerer Knabe gewesen, der sich mit Taschendiebstählen gegen den Hunger und die Hoffnungslosigkeit wehrte, die ihn mit anderen Waisenkindern verband. Ein zerlumptes, ungewaschenes Schlitzohr, das niemand vermisste und niemand haben wollte. Mürrisch und voller Hass und Argwohn gegen jedermann, der nicht auf verwanzten Strohsäcken schlafen musste. Aber auch so flink, klug und wissensdurstig, dass sie ihn, ohne zu zögern, in ihre Dienste genommen hatte. Einen solchen Diener hatte sie sich immer gewünscht. Sie waren wie zwei leere Seiten, herausgerissen aus demselben Buch und von Wind und Wetter durch die Welt getrieben.

Sie fragte nicht nach Max' Herkunft, obwohl sie die Gerüchte, er habe einen adeligen Vater reizvoll fand. Im Gegenzug dazu erwies sich der Junge als dankbar für das neue Leben, das sie ihm bot, und war nach wenigen Jahren schon so weit, ihr nicht nur als Kutscher und Diener, sondern auch als Privatsekretär und Leibwächter zur Verfügung zu stehen.

»Was gibt es, Max?«, fragte sie nun, ohne den Kopf zu heben. »Ich werde nicht gern gestört, wenn ich die Karten befrage!«

Der junge Mann an der Tür kräuselte spöttisch die Lippen. Er war schlank, hochgewachsen und glatt rasiert. Sein rabenschwarzes Haar war feucht. Vermutlich hatte er den Kopf vor nicht langer Zeit in die Waschschüssel getaucht. Wie Madame Europe wusste, pflegte er sich täglich von Kopf bis Fuß mit eisigem Wasser zu übergießen und mit einer Bürste abzuschrubben, bis seine Haut gerötet war. Als sie ihn einmal gefragt hatte, warum er sich das antat, hatte er nur geantwortet, er wolle nie wieder den Schmutz riechen müssen, der ihm als Kind an der Haut geklebt hatte.

Madame Europe musste lächeln, als sie ihn betrachtete. Der gut aussehende Mann mit den hohen Wangenknochen und den dunklen, geschwungenen Brauen, die über den aufmerksam dreinblickenden Augen lagen, hatte nicht einmal mehr eine entfernte Ähnlichkeit mit dem mageren Kind von einst. Er war aus ihm herausgewachsen und hatte die Hülle, die ihn im Elend gefangen gehalten hatte, abgeworfen wie eine Schlange ihre Haut. Wie gewöhnlich trug Max eine bordeauxrote Samtweste unter dem schwarzen Gehrock, dazu Kniebundhosen derselben Farbe und eng anliegende weiße Strümpfe, die sie für ihn in Leipzig gekauft hatte. Seine betont strenge Aufmachung passte zu dem finsteren Blick, mit dem er auf ihre Bemerkung reagierte.

»Weiß der Himmel, wozu das gut sein soll«, murrte er. »Außer mir sieht Ihnen doch kein Mensch zu. Oder studieren Sie ein neues Liebesorakel?«

Madame Europe schüttelte den Kopf. Es war sinnlos, mit Max über ihre Karten zu streiten. Er glaubte nun einmal nicht an ihre Gabe und war davon überzeugt, dass sie die Menschen, die zu ihr kamen, betrog. Nicht, dass er das so offen äußerte, aber die Geringschätzung, mit der er auf ihre Karten herabsah, sprach dafür, dass er sie für eine geschickte Schwindlerin hielt. Ihn beeindruckte das. Er freute sich diebisch über ihre Erfolge, und manchmal, wenn er abends mit blitzenden Augen ihren Gewinn in das dicke Rechnungsbuch eintrug, meldete er sich wieder zurück: der kleine, magere Taschendieb von einst.

»Ich habe beim Wirt unten unsere Rechnung bezahlt, Madame«, sagte Max. Er stand immer noch unbeweglich an der Tür. »Ich finde nämlich, wir sollten aus Weimar verschwinden. Es ist hier nicht so gut gelaufen, wie ich gehofft habe.« Mit einer flinken Bewegung griff er in seinen Rock, holte ein schmales Büchlein heraus und studierte die letzte Seite, die voller Zahlen war. »Zehn Prozent weniger Einnahmen als in Jena. Der einzige Lichtblick war die Einladung dieser verkrüppelten Kammerfrau, Luise von Göchhausen.« Er seufzte. »Sie schien angetan von der Soiree in ihrem hübschen kleinen Salon. Aber dann mussten Sie ja alles verderben, indem Sie die Frau mit düsteren Prophezeiungen aufgeregt haben. Wen wundert es, dass keine ihrer Bekannten Sie um eine Sitzung gebeten hat! Mich jedenfalls nicht. Und dass die Kammerfrau Sie bei der Herzoginmutter Anna

Amalia einführen wird, können wir wohl auch getrost ad acta legen.« Max schüttelte unzufrieden den Kopf. Dann sah er sich in dem Schlafzimmer um. Es war der teuerste Raum des Gasthauses und verfügte neben einem Ofen in der Ecke auch über eine Chaiselongue und ein breites Bett, vor dem samtene Vorhänge hingen. Zwei Lampen und Kerzen in bronzenen Wandhalterungen badeten den Raum in ein warmes Licht. Auf den Dielen vor dem Toilettentisch lag ein verblichener Teppich aus dem Orient.

»Wo sind die Schrankkoffer? Wir sollten noch heute Abend packen, damit wir in aller Frühe die Kutsche …«

»Wir bleiben«, fuhr Madame Europe dem jungen Mann so entschlossen über den Mund, dass dieser erschrocken zusammenzuckte.

»Was? Aber … wieso? Ich habe doch schon Depeschen nach Frankfurt geschickt und …« Max hielt kurz inne, um nachzudenken, rückte dann aber doch mit der Sprache heraus. »Wir haben keine Wahl, Madame! Sie wissen ja gar nicht, was geschehen ist!«

»Natürlich weiß ich das. Die Karten haben mir …«

Er stöhnte. »Lassen Sie um Gottes willen die Karten aus dem Spiel. Unten laufen Ausrufer über den Platz. Angeblich wurde in der Nähe einem Mann die Kehle durchschnitten.«

»Ein zweiter Toter? Erst die Frau, die sich erhängt hat und jetzt …«

Max hob abwehrend beide Hände. »O nein, Madame. Ich weiß genau, was Sie sagen wollen. Dass Ihre vermaledeiten Karten die Todesfälle angekündigt haben. Aber so etwas gibt es nicht einmal in Russland, und dort habe ich so manch Unerklärliches gesehen.«

Sie reckte ihm trotzig das Kinn entgegen. »So, und warum dann die Eile?«

»Weil … weil …« Der junge Mann begann aufgeregt im Zimmer auf und ab zu gehen. »Weil Sie so unvorsichtig waren, auf Schloss Tiefurt über Todesfälle zu sprechen, die sich in der Stadt in Kürze ereignen würden.« Er blieb stehen. »Es könnte doch sein, dass jemand auf die verrückte Idee kommt, dass wir etwas damit zu tun haben.«

»Und wenn wir nun die Flucht ergreifen, macht uns das nicht verdächtig?«, bemerkte Europe mit feinem Spott. Dabei wollte sie Max nicht kritisieren. Seine Bedenken waren durchaus ernst zu nehmen. Behutsam berührte sie das Perlarmband an ihrem linken Gelenk. Sie wünschte sich so sehr, dass Max begriff, was in ihr vorging. Aber sie konnte es ihm nicht sagen. Zum ersten Mal fühlte sie sich inmitten des Kartenkreises, der sonst so beruhigend auf ihr Gemüt wirkte, wie auf einem morschen Stuhl, der drohte, unter ihrem Gewicht zusammenzubrechen. Doch ihre Entscheidung war unwiderruflich. Mit flinken Bewegungen sammelte sie die Karten ein und hüllte sie in ein nachtblaues Seidentuch. Dann drehte sie sich zu Max um und sah ihm zu, wie er zuerst die Reisekoffer, danach Hut- und Perückenschachteln zurück auf den Schrank beförderte.

»Weißt du Näheres über die beiden Toten?«, fragte sie.

»Der Mann soll in der Stadt mit Tabak gehandelt haben. Es heißt, jemand sei in seinen Laden eingedrungen, habe ihn überwältigt und mit einem Messer getötet. Er ist verblutet.«

»Gott sei seiner Seele gnädig. Weiter!«

»Erst tags zuvor starb die Schwester dieses Mannes, eine Hebamme«, berichtete Max mit stockender Stimme. »Angeblich hat sie sich selbst getötet. Erhängt in der Bibliothek im Grünen Schloss.« Er atmete tief durch. »Nun, dafür kann man uns wohl kaum die Schuld geben. Aber …« Er stutzte; seine buschigen schwarzen Augenbrauen zuckten, als er sah, wie seine Herrin eine Schublade ihres Toilettentisches öffnete und etwas herausnahm.

Es war eine Feile, die auf einem Handgriff aus Perlmutt saß. Messerscharf wie ein Dolch.

Mit einem abgeklärten Gesichtsausdruck prüfte sie die Schneide, die im Schein der Laterne einen rötlichen Schimmer warf.

»Die Karten haben offengelassen, ob das Schicksal sich mit zwei Blutopfern zufriedengeben wird oder ob es noch weitere fordert«, flüsterte sie. »Ich fürchte, es ist noch nicht vorbei. Wenn sie kommen, um mich zu holen, werde ich mich zu verteidigen wissen!«

»*Sie?*« Max konnte für gewöhnlich nichts aus der Ruhe bringen. Ein Bursche von der Straße wie er hatte von Kindheit an gelernt, seine Haut zu verteidigen. Nun aber wurde auch er nervös. »Wer zum Teufel sind *sie?*«

Madame Europe trat zum Fenster und blickte auf die Eiszapfen, die sich unter dem Gesims gebildet hatten und wie kleine aufgepflanzte Bajonette in der Wintersonne glitzerten. Im Moment kannte sie die Antwort auf die Frage ihres Dieners selbst nicht, aber ein Ziehen im Leib warnte sie vor einer Gefahr, die sie – falls sie sich nicht vorsah – den Kopf kosten würde.

13. Kapitel

Als Helene einen Blick auf die Turmuhr warf, erschrak sie.

So spät war es schon? Demnach hatten sie ihre Besorgungen viel länger aufgehalten, als sie gedacht hatte. Ungläubig starrte sie auf die Taschen und Schachteln, die sie bei sich trug und wunderte sich über sich selbst. Es kam nicht oft vor, dass sie in einen Kaufrausch verfiel, doch heute hatte irgendetwas sie dazu getrieben, von Kaufladen zu Kaufladen zu gehen. Sie hatte Wolle für ein neues Brusttuch ausgesucht und Stoff für ein Kleid, das sie zum Weihnachtsfest tragen wollte. Sie war bei ihrer Putzmacherin gewesen und hatte ein paar Erledigungen für Bettine gemacht. Doch ehe sie sich versah, waren noch weitere Einkäufe hinzugekommen und zuletzt hatte sie auch noch beschlossen, in der Wohnung ihrer Tante nach dem Rechten zu sehen. Deren Haushälterin war noch immer wütend, weil Helene so überstürzt ausgezogen war. Grummelnd hatte sie ihr davon berichtet, dass sie Helenes Tante in den nächsten Tagen zurückerwarte und die alte Dame über ihre Eigenmächtigkeit gewiss alles andere als erfreut sein würde.

Helene zuckte mit den Schultern und ließ die Vorwürfe der Alten an sich abprallen. Dass ihre Tante sie kritisierte, war nichts Neues. Insbesondere ärgerte es die alte Dame, dass es ihr immer noch nicht gelungen war, einen passenden Ehemann für Helene zu finden. Dabei hatte Helenes Vater, der herzogliche Amtsrat Justus de Ahna aus Meiningen, nur aus diesem Grund zugestimmt, dass seine Tochter die Wintermonate in Weimar verbrachte.

Als Helene über den Kirchplatz eilte, bemerkte sie Gruppen von Männern und Frauen, die beisammenstanden, die Köpfe zusammensteckten und aufgeregt miteinander flüsterten. Von Zeit zu Zeit deutete jemand in Richtung Jakobsstraße, von der das Winkelgässchen abzweigte.

Helene spähte verstohlen zu den schwatzenden Leuten hinüber. Irgendetwas schien hier im Viertel passiert zu sein, aber sie widerstand dem Drang nachzufragen. Sie presste ihren Korb gegen den Leib und ging weiter. Als sie um die Ecke bog, sah sie vor dem Tabakladen einen Wachposten. Sie runzelte die Stirn. Was um alles in der Welt hatte das zu bedeuten?

Sie blieb zögernd stehen und gab vor, in ihrem Korb nach etwas zu suchen, als sich plötzlich von hinten eine Hand auf ihre Schulter legte. Erschrocken zuckte sie zusammen und wirbelte so rasch herum, dass sie im Schneematsch ausrutschte. Doch ein Arm, der sich blitzschnell um ihre Taille legte, verhinderte ihren Sturz. Noch bevor sie wusste, wie ihr geschah, wurde sie am

Handgelenk gepackt und ein Stück zurück, hinter einen Mauervorsprung gezerrt.

»So, hier kann er uns nicht sehen«, hörte sie eine ihr wohl vertraute Stimme an ihrem Ohr.

»Christian … Vulpius?«, fauchte sie den jungen Mann an, der vorsichtig an ihr vorbei über die Straße spähte. Ihr Herz klopfte wild vor Aufregung. »Was soll das?«

»Tut mir leid, Helene, aber haben Sie den Wachsoldaten nicht gesehen, der vor Bleichweins Laden steht? Er behält Bettines Haus im Auge und hätte Sie aufgehalten.«

»Aufgehalten? Aber warum?« Sie schüttelte den Kopf. »Was ist denn nur geschehen?«

Einen Moment lang starrte er sie an, als sei sie vom Mond gefallen. Dann räusperte er sich. »Sie haben es also noch nicht gehört? Wo haben Sie nur gesteckt?«

»In der Wohnung meiner Tante, wenn Sie es unbedingt wissen wollen. Aber übernachten werde ich bei Bettine!«

»O nein, das werden Sie nicht!« In knappen Worten berichtete Christian ihr, was kurz nach dem Mittagsläuten drüben in Bleichweins Haus geschehen war. Helene hörte ihm zu, ohne ihn zu unterbrechen. Obwohl sie davon ausging, dass er ihr einige Einzelheiten verheimlichte, um sie zu schonen, spürte sie, wie sich ihr Magen schmerzhaft verkrampfte. Sie schmeckte bittere Galle im Mund, und für die Dauer eines Atemzugs wurde ihr schwarz vor Augen.

Bleichwein war tot. Auf bestialische Weise ermordet worden, und dies nur wenige Schritte von Bettines Manufaktur entfernt.

»Und … Hauptmann Heyde glaubt wirklich, Bettine und Hugo könnten so etwas Schreckliches verbrochen haben«, würgte sie schwach hervor. Großer Gott, nun drehte sich auch noch alles um sie herum. Die Pflastersteine schienen aus dem Boden zu springen und vor ihren Augen durch die Luft zu sau sen. Das Klappern eines Fensterladens verwandelte sich in ihren Ohren in einen Trommelwirbel.

»Wie absurd! Für Bettine lege ich meine Hand ins Feuer. Und Hugo ist …« Sie zögerte. »Ich habe mich gestern Nacht lange mit ihm unterhalten. Der Junge ist verunsichert, aber er hat ein Herz aus Gold. Er könnte keiner Fliege etwas zuleide tun.«

»Es geht nicht um Stubenfliegen, sondern um einen raffgierigen Kerl, der keine Gemeinheit ausließ, um Hugos Meisterin zu ruinieren«, sagte Christian mit rauer Stimme. Helene fiel auf, wie sehr sein schlaksiger Körper schlotterte. Seine Lippen waren blau verfärbt. Er musste eine ganze Weile hier im Freien gestanden haben, um auf ihre Rückkehr zu warten. Eine plötzliche Welle von Zuneigung wärmte ihr Herz, und sie ertappte sich bei dem Wunsch, sich an Christians Brust zu schmiegen wie ein Kätzchen auf der Suche nach Geborgenheit. So, wie er sie ansah, schien er darauf sogar zu warten, doch der Zauber des Augenblicks verflog, als sie knirschende Schritte im Schnee vernahm. Es war ein Stadtsoldat, der eilig vorüberschritt, jedoch keinerlei Notiz von ihnen nahm. Vermutlich kam er, um seinen Kameraden vor Bleichweins Tabakladen abzulösen.

»Ich muss zu Hauptmann Heyde«, sagte Helene müde. »Wenn Anna gehört hat, wie jemand kurz nach dem Glockengeläut von St. Peter und Paul zu Bleichwein kam, kann Bettine es nicht gewesen sein. Ich werde vor Heyde beeiden, dass ich ihr Haus erst über eine Stunde nach dem Läuten verlassen habe.« Sie zwang sich zu einem Lächeln, welches jedoch schlagartig einfror, als ihr einfiel, dass Bleichwein bereits tot gewesen sein musste, als sie auf dem Weg zum Markt an seinem Laden vorbeikam. Theoretisch hätte sie sogar seinem Mörder begegnen können. Sie ließ sich noch einmal durch den Kopf gehen, was Christian ihr gesagt hatte. Nein, gesehen hatte sie niemanden auf der Gasse. Klirrende Kälte und Dunkelheit hatten die Menschen heute früher in ihre Stuben getrieben. Die Lampen waren schon vor der Mittagsstunde entzündet worden. Wen wunderte es da, dass nur wenige einen Fuß vor die Tür gesetzt hatten? Nicht einmal das zahnlose Weib, das Bettine von seinem Dachfenster aus beschimpft hatte, ließ sich heute blicken.

Zweifellos hatte Bleichweins Mörder sich diesen Umstand zunutze gemacht, was nahelegte, dass dieser sein Vorhaben nicht spontan umgesetzt, sondern geplant hatte.

»Weiß der Hauptmann, dass Josefinas Leiche verschwunden ist?«, erkundigte sich Helene. Christian schlug sich gegen die Stirn. »Verzeihen Sie, das habe ich Ihnen noch gar nicht erzählt. Die Gute ist wiederaufgetaucht, oben in Bleichweins Haus!«

Verblüfft hörte Helene Christians Bericht zu, wobei sie mehr als einmal den Kopf schüttelte. »Ich glaube nicht, dass man der armen Anna einen Vorwurf machen darf«, sagte sie schließlich. »Das Mädchen hatte Angst. Sie wurde von Bleichwein unter Druck gesetzt. Gewiss bereut sie, dass sie sich von ihm hat missbrauchen lassen.«

»Nun ja, hoffen wir, dass die Witwe Jungmann das ebenso sieht. Ich glaube, sie ist nicht ganz glücklich mit der Liebesaffäre ihres Gesellen.«

»Ich werde mit ihr reden«, versprach Helene. »Allerdings glaube ich nicht, dass die beiden in absehbarer Zeit heiraten können. Hugo ist so arm wie eine Kirchenmaus. Das Geld, das er in der Schokoladenmanufaktur verdient, trägt er ins Wirtshaus.«

»Bleichweins Magd besitzt auch keinen roten Heller«, sagte Christian nachdenklich. »Bis auf ein wenig Geld, das der Tabakhändler versteckt haben soll. Das hat Anna mir vorhin anvertraut. Sie wusste nicht, ob sie sich einfach davon bedienen darf und hat mich um Rat gefragt.«

»Das spricht doch dafür, dass sie eine ehrliche Person und keine Betrügerin ist, nicht wahr? Sie mag Bleichwein verabscheut haben und froh sein, ihn los zu sein, aber sein Tod bringt sie nur in die unangenehme Lage, demnächst obdachlos zu sein. Andererseits …«

Helene verstummte jäh, als ganz in der Nähe wiederum Schritte zu hören waren. Dieses Mal kamen sie von einer kräftig gebauten Frau, die sich gebeugt und mit unsicheren Bewegungen über das rutschige Pflaster vorwärtsschob. Zum Schutz vor der Kälte hatte sie ihre Haube tief in die Stirn geschoben und sich in einen unförmigen Mantel aus grober Schurwolle gehüllt. Ein rasselnder Husten begleitete fast jeden ihrer Schritte.

»Ich glaube, das ist die Alte, die so oft aus ihrem Dachfenster schaut«, flüsterte Helene. Es klang verwundert. »Was die wohl so spät noch aus dem Haus treibt? Noch dazu ohne Laterne. Sie wird sich den Hals brechen.«

Christian zuckte mit den Achseln. Das Weib interessierte ihn nicht, aber ihm fiel auf, dass der abgelöste Wachsoldat nicht zurückgekommen war. Verstohlen spähte er zum Eingang des Tabakladens und schürzte, als er die Tür unbewacht fand, spöttisch die Lippen. »Na, wer hat denn da seinen Posten verlassen? Das wird unserem Hauptmann gar nicht gefallen.«

»Anna wird die Männer kurz hereingerufen und ihnen etwas Heißes zu trinken angeboten haben«, mutmaßte Helene. »Ich sagte doch, sie hat ein gutes Herz.«

Christian begleitete Helene zum Roten Schloss, wo sich die junge Frau gut auskannte, da sie im Ostflügel des Gebäudes einst bei Hofmaler Kraus Zeichenunterricht genommen hatte. Die Justizverwaltung befand sich im Westflügel. Ein verschnupfter Amtsschreiber empfing Helene, hörte sich an, was sie herführte, und brachte sie schließlich in eine Amtsstube, wo sie auf den herzoglichen Untersuchungsbeamten warten sollte.

Christian legte nach der offenen Drohung des Hauptmanns keinen besonderen Wert darauf, diesem heute noch einmal zu begegnen. Daher war er erleichtert, als Helene sein Angebot, mit ihr gemeinsam auf Heyde zu warten, mit einem Kopfschütteln ablehnte.

»Ich halte es für besser, wenn er uns nicht zusammen sieht. Sonst könnte er noch auf den Gedanken kommen, wir hätten uns gegen ihn verschworen!« Ein sanftes Lächeln huschte über ihre Lippen. »Was soll mir hier schon passieren? Nur wenige Schritte von hier tagt der Geheime Conseil, dem auch Herr von Goethe angehört. Heyde wird es nicht wagen, mich festzuhalten.«

Es verging über eine Stunde, bis Helene am vereinbarten Treffpunkt erschien. Sie sah blass aus und wirkte erschöpft, behauptete aber auf Christians besorgte Nachfrage, es gehe ihr gut.

»Der Hauptmann hat hundsmiserable Laune«, sagte sie, als sie eine Weile später wieder ins Freie trat. »Kein Wunder, nachdem sein Verdacht gegen Bettine und Hugo wie ein Kartenhaus ins sich zusammengefallen ist. Im Palais von Moor wurde ihm bestätigt, dass Hugo um die Mittagszeit dort war, um eine Platte Schokoladentörtchen auszuliefern. Die Köchin hat ihm in der Gesindeküche ein warmes Essen vorgesetzt und darauf bestanden, dass er ein Weilchen blieb, um seinen Fuß zu schonen. Selbst Heyde musste einsehen, dass der Junge unmöglich zur selben Zeit in Bleichweins Laden sein konnte.« Sie stieß die kalte Luft aus, die in weißen Wölkchen aufstieg. »Etwas skeptischer war er bezüglich meiner Aussage. Er hat versucht, mich mit seinen Fragen aufs Glatteis zu jagen. Ob ich mich nicht vielleicht mit der Zeit vertan habe und ob ich der Witwe vielleicht einen Gefallen schulde. Ich musste dreimal erzählen, wie ich sie kennengelernt habe. Sein Amtsschreiber hat alles zu Protokoll genommen, jedes einzelne Wort.«

»Haben Sie ihm etwa auch verraten, dass Sie bei ihr eingezogen sind?«, fragte Christian.

Helene blieb stehen und sah ihm in die Augen. »War das ein Fehler? Ich nahm an, er wüsste das schon von Bettine.«

169

Christian schüttelte den Kopf. Die Witwe hatte den Sachverhalt so dargestellt, als habe sie an diesem Nachmittag zufällig Besuch einer Freundin gehabt. Den Umstand, dass sie Helene zu Hilfe gerufen hatte, weil sie sich vor Bleichweins Schikanen fürchtete, hatte sie unerwähnt gelassen. Christian hoffte, dass diese kleine Ungereimtheit nicht Heydes Argwohn weckte.

»Im Roten Schloss habe ich übrigens noch etwas herausgefunden, was mir zu denken gibt«, sagte Helene, nachdem sie eine Weile schweigend neben Christian hergelaufen war. »Heyde sieht keinen Zusammenhang zwischen Bleichweins Ermordung und dem Tod der Hebamme. Was die Frau betrifft, geht auch er von einem Selbstmord aus. Wegen ihrer Trunksucht.«

Genau das hatte Christian erwartet. In Bleichweins Haus hatte er noch mit dem Gedanken gespielt, Heyde von der Kartenlegerin zu erzählen. Aber vermutlich hätte der Hauptmann ihn nur ausgelacht oder für verrückt erklärt. Er war ohnehin nicht gerade gut auf ihn zu sprechen.

Was Christian daher brauchte, waren überzeugende Beweise dafür, dass die Hebamme nicht freiwillig von der Galerie gesprungen war, sondern ebenso ermordet worden war wie ihr Bruder in seinem Laden. Wenn Bettine und Hugo Preuss nichts mit dem Tod der beiden zu tun hatten, musste es noch jemanden geben, der sie um jeden Preis zum Schweigen hatte bringen wollen. Aber wer konnte das sein? Wem waren die Bleichweins so gefährlich geworden? Und warum ausgerechnet jetzt, wo die Kartenlegerin in der Stadt weilte. Wo lag die Verbindung zwischen ihnen? Es musste doch eine geben, auch wenn Bleichwein das abgestritten hatte.

Wiederholt rief Christian sich das Bild der aufgebahrten Frau ins Gedächtnis zurück. An ihren Händen hatte der Arzt Abschürfungen festgestellt. Und einen gesplitterten Zahn.

Waren das Verletzungen, die sie sich bei der Arbeit zugezogen hatte oder stumme Zeugen eines Kampfes? Aber als sie auf der Galerie stand, war kein Angreifer zu sehen gewesen, der Josefina gewaltsam über die Brüstung gedrängt hatte.

Christian verzog das Gesicht, weil ein Schwindelgefühl wie ein dichter Nebel durch seinen Kopf waberte. Gleichzeitig wurde ihm flau im Magen. Wann hatte er eigentlich zuletzt etwas gegessen? Er erinnerte sich nicht mehr.

»Der Hauptmann war übrigens selbst nicht gut auf Josefina Bleichwein zu sprechen«, drang Helenes Stimme zu ihm durch. »Vorsichtig ausgedrückt!«

»Was?«

»Nun, das habe ich von seinem Schreiber erfahren. Der Bursche ist geschwätziger als meine Tante, wenn sie ihre Teegesellschaften gibt. Jedenfalls starb Heydes Nichte vor zwei Jahren im Kindbett. Sie war erst achtzehn und noch nicht lange verheiratet.«

»Das tut mir leid für das Mädchen.« Christian senkte betrübt den Blick. »Manchmal kann ich es selbst kaum fassen, dass wir Menschen noch nicht ausgestorben sind, ich meine wegen der tödlichen Gefahr für Leib und Leben, der sich jede Frau bei einer Geburt aussetzt.«

»Wir Frauen denken über diese Risiken aber nicht nach«, erklärte Helene. »Von Kindheit an wird uns von unseren Eltern und der Kirche beigebracht, dass es unsere Pflicht ist, Kinder auf die Welt zu bringen. Dass dies nicht ohne Schmerzen geschieht, verdanken wir Eva.« Sie verzog den Mund. »Sie hat auf die Schlange gehört und ihren Mann verleitet, in die verbotene Frucht zu beißen. So hat es mir jedenfalls mein Pfarrer beigebracht. Er hat gesagt, ich dürfe niemals vergessen, zu welchem Zweck ich erschaffen worden wäre.«

Mehr sagte Helene dazu nicht und Christian fragte sich, ob sie ihre sogenannte Bestimmung duldsam hinnahm, wie man es ihr beigebracht hatte, oder ob sie sich von ihrem Leben nicht noch mehr versprach. Er selbst hatte nie ernsthaft darüber nachgedacht, ob er Kinder haben wollte. War ein Mann wie er überhaupt in der Lage, ein guter Vater zu sein? In seinem Amt als Registrator der Bibliothek verdiente er kaum genug, um seine Schulden abzubezahlen. Und ob der *Rinaldini* ihm jemals etwas einbringen würde, blieb abzuwarten. Wie sollte er unter diesen Umständen hungrige Mäuler stopfen? Er dachte an seinen Vater und die Opfer, die dieser im Laufe der Jahre für ihn gebracht hatte. Wäre er dazu auch bereit?

»Hören Sie mir eigentlich noch zu?« Helene war stehen geblieben und funkelte ihn mit einem vorwurfsvollen Blick an.

»Nun … äh …«

»Ich sagte, dass Heyde damals außer sich gewesen sein soll. Er hing sehr an seiner Nichte, weil diese vaterlos aufgewachsen ist. Sein Schreiber meinte, dass er Josefina Bleichwein im Verdacht hatte, während der Geburt mal wieder angetrunken gewesen zu sein. Sie sollen sich furchtbar angeschrien haben. Aber natürlich habe die Hebamme alles abgestritten und darauf verwiesen, dass sie stets vorbildliche Arbeit leiste und nichts dafürkönne, wenn Gott in seiner unergründlichen Weisheit entscheide, eines seiner Kinder zu sich zu holen.« Sie machte eine Pause, um Luft zu holen. »Allem Anschein nach war es Heydes Schwester, die Mutter des Mädchens, die Josefina zu Hilfe kam. Sie beeidete vor den Stadtärzten, dass die Hebamme keinen Fehler gemacht habe und für das Unglück nicht verantwortlich sei.«

Christian glaubte nicht, dass Heyde den Fall damit zu den Akten gelegt hatte, schließlich war er nicht nur ein einflussreicher, sondern auch ehrgeiziger und höchst korrekter Beamter des Herzogs. Vermutlich hatte er der Hebamme weiterhin nachgestellt, um sie der Nachlässigkeit zu überführen. Das hatte er Christian natürlich nicht auf die Nase gebunden. Im Gegenteil, er hatte sich selbst vor Josefinas Bahre merkwürdig desinteressiert gezeigt und kein Anzeichen von heimlicher Genugtuung oder Triumph erkennen lassen. Natürlich konnte der Haupt-

172

mann ihm etwas vorgespielt haben. Für einen Mann wie ihn, der seine Gefühle tief in sich begrub, gewiss eine Kleinigkeit. Und doch ergab es keinen Sinn. Wie hätte Heyde die Frau dazu bringen sollen, sich vor Christians Augen zu erhängen? Indem er an ihr Gewissen appellierte? Und der Tabakhändler? War dieser ihm auf die Schliche gekommen und musste deshalb sterben? Nein, so etwas verriet alles, woran Heyde glaubte, und niemals, unter keinen Umständen, würde er so weit gehen, gegen seine Prinzipien Aufruhr und Mord in der Stadt zu dulden.

Christian fiel etwas ein. »Ich muss noch einmal in der Bibliothek vorbeischauen«, murmelte er. »Wenn ich Glück habe, bin ich um diese Zeit dort so ungestört wie neulich, als …« Er sprach es nicht aus, aber Helenes Blick nach hatte sie verstanden, dass er Josefinas Todesstunde meinte.

Als sie das Grüne Schloss erreichten, war das große Haupttor verschlossen, und nicht der kleinste Lichtschein spiegelte sich mehr in den Scheiben der hohen Fenster. Christian zückte den Schlüssel und musste ihn dreimal umdrehen, bis das Schloss knackend aufsprang.

Hoffentlich sieht mich niemand, dachte er, als er Helene eintreten ließ und die Tür dann mit einem vorsichtigen Blick über die Straße hinter sich zuzog. Der Bibliothekar hatte ihm nur nach viel gutem Zureden einen Schlüssel überlassen, damit er morgens zeitig in seiner Schreibstube war und mit der Arbeit beginnen konnte. Mit einem Anflug von schlechtem Gewissen dachte er daran, dass der Bibliothekar und seine Gehilfen heute vergeblich auf ihn gewartet hatten. Seine Vorstellungskraft reichte aus, um die krächzende Stimme seines Vorgesetzten zu hören, mit der er ihm Pflichtvergessenheit vorwarf. Aber der Mann hatte leicht reden. Er war ja nicht auf der Suche nach Schnupftabak für den Gast des Geheimrats durch die Stadt gejagt worden. Er hatte weder eine blutüberströmte Leiche aufgefunden noch sich mit einem herzoglichen Untersuchungsbeamten herumschlagen müssen, der ihn hasste. Und ganz gewiss war er nicht am Verhungern wie Christian.

»Hier arbeiten Sie also?«, sagte Helene. Sie war Christian die Treppe hinaufgefolgt und stand nun neben ihm im Rokokosaal. Mit fast ehrfurchtsvoller Miene sah sie sich die hohen Regale mit Büchern an und ließ die prachtvollen goldenen Verzierungen, die Stuckaturen und Büsten aus weißem Marmor, welche in den Nischen standen, auf sich wirken.

»Es ist atemberaubend. Fast hat man den Eindruck, in einer Kirche zu sein. Oder in einem Tempel! Ein Tempel des Wissens!«

Christian konnte sich ein Lächeln nicht verkneifen. Helenes Bewunderung machte ihn sogar ein wenig stolz, auch wenn diese nicht ihm galt, sondern den vielen seltenen Werken, die auf Veranlassung der Herzoginmutter zusammengetragen worden waren. Ein Tempel des Wissens war dieser Ort somit allemal.

»Wirklich beeindruckend«, bestätigte Helene noch einmal. »Aber auch etwas unheimlich.« Sie legte den Kopf in den Nacken und sah zur ersten Galerie empor und von dieser noch weiter hinauf, vorbei an dem hübsch verzierten Deckengewölbe, bis zum vergoldeten Geländer eines zweiten Balkons, der in schwindelerregender Höhe hing. Sie musste Christian nicht sagen, was ihr durch den Kopf ging.

»Und warum sind wir hier?«

Christian nahm die Kerze und leuchtete Helene den Weg zur Treppe, die hinauf auf die erste Galerie führte. »Als ich Josefina Bleichwein das erste Mal sah, wäre sie fast von einem Buch am Kopf getroffen worden, das mir aus der Hand gefallen war. Das war dort drüben!« Er streckte seinen Arm mit der Kerze aus und wies auf eine der hohen Regalwände mit ledergebundenen Büchern. Dann deutete er auf einen Flecken zwischen zwei hellen Stützsäulen auf der Galerie. »Später sah ich sie dort oben. Aber die Frau, die sich über die Brüstung beugte, schien eine ganz andere zu sein. Die Art, wie sie sprach ... ihre glasigen Augen und der gehetzte Blick ...«

»Ja und?« Helenes Augenlider zuckten nervös, als die Kerzenflamme einen langen Schatten warf. Ihre Bewunderung für den Rokokosaal wich allmählich einem wachsenden Unbehagen. Gleichzeitig schien ihr zu dämmern, worauf Christian hinauswollte. Zögernd stand sie vor der Treppe, als hindere sie irgendetwas, den Fuß auf die erste Stufe zu setzen. Doch sie überwand sich, raffte den Saum ihres Kleides und folgte Christian.

»Wonach suchen wir denn?«

Er drehte sich zu ihr um. »Unten im Saal trug sie ihre Arzneitasche an einem Riemen über die Schulter, das möchte ich beschwören. Aber als die Männer sie von dem Strick abschnitten, war die Tasche verschwunden. Anna hat mir bestätigt, dass sie nicht bei den Sachen war, die zurückgebracht wurden. Sie hat überall im Haus nachgeschaut. Also erhebt sich die Frage, was aus den Arzneien der Frau geworden ist.«

Während Christian den Fußboden nach Spuren absuchte, sagte er: »Josefina behauptete, ihr Bruder habe ihr eine Nachricht geschickt, in der stand, sie solle in der Bibliothek auf ihn warten. Aber er ließ sich nicht blicken. Das kam ihr allerdings merkwürdig vor.« Er ließ sich auf die Knie nieder und rutschte, das Licht vor sich her schiebend über den Holzbelag. »Ich glaubte, sie wäre gegangen, aber sie muss nach unserem Gespräch hier heraufgestiegen sein. Ich frage mich, was danach geschehen ist.«

»Das wissen Sie doch, schließlich haben Sie es mit eigenen Augen gesehen. Oder nicht?«

»Inzwischen frage ich mich, was ich wirklich gesehen habe. Ich ... Au, verflucht!« Er verzog erschrocken das Gesicht und zog die Hand zurück.

»Was haben Sie?«, fragte Helene besorgt. »Ist Ihnen etwas passiert?«

Christian rückte die Kerze näher an die Stelle seines Daumens, wo er einen kurzen, scharfen Schmerz verspürt hatte. Ein Blutstropfen rann das Gelenk hinunter und versickerte in der Manschette seines Hemdes. »Ich habe mich geschnitten«, klagte er ein wenig wehleidig. »An einer Glasscherbe.«

»Eine Scherbe? Hier oben?«

»Die meisten Splitter wurden aufgesammelt, aber diese eine Scherbe hat man offensichtlich übersehen.« Christian wandte sich Helene zu. »Haben Sie ein sauberes Schnupftuch für mich? Mein eigenes ist leider … nun ja …«

Helene wühlte seufzend in ihrem Pompadour und beförderte ein mit Spitzen umrandetes Tüchlein hervor, das sie ihm reichte. »Bitte sehr, ich hoffe, der Lavendelduft stört Sie nicht!«

»Im Wäscheschrank meiner Hauswirtin duftet es ähnlich«, entgegnete er trocken. Vorsichtig sammelte er die Scherbe auf und legte sie auf das Tuch, von dem sie sich im Licht der Kerze funkelnd abhob. Es handelte sich um ein Stück braunes Glas, das an der Unterseite flach war, vorne jedoch einige Rillen sowie einen schmalen Papierstreifen aufwies, der einmal Teil eines Etiketts gewesen sein mochte.

Helene schnappte nach Luft. »Sieht aus wie ein Apothekerfläschchen! Ob es der Hebamme gehört hat?«

»Davon ist auszugehen!« Christian fuhr fort, den Fußboden zu untersuchen. Dabei knirschte es unter seinen Sohlen: eine Anzahl winziger Splitter, zu klein für das menschliche Auge, aber dennoch deutlich wahrnehmbar.

»Sie war nicht allein hier oben«, murmelte er tief in Gedanken. Dann richtete er seinen Blick auf die Treppe. »Ein Mann kam zu ihr heraufgestiegen. Sie hat nicht um Hilfe gerufen, woraus ich schließe, dass sie keinerlei Verdacht geschöpft hat, als er plötzlich vor ihr stand.«

»Demnach hat sie ihn gekannt? Ihm vielleicht sogar vertraut?«

Christian bestätigte das mit einem Nicken. Dann ging er auf die am nächsten stehende Wand zu und begann, Bücher aus den Regalen herauszuziehen und neben sich zu stapeln. Verblüfft sah Helene ihm dabei zu, rührte sich aber erst vom Fleck, als Christian sich zu ihr umwandte.

»Es wäre nett, wenn Sie sich auch eine Regalreihe vornehmen würden«, drängte er, »umso schneller werden wir sie finden.«

»Die Tasche der Hebamme?«

»Josefina hat sie nicht verschwinden lassen«, sagte Christian, während er weiter ausräumte. Buch um Buch landete auf dem Fußboden. »Das war der Bursche, der sie mit einem ihrer eigenen Betäubungsmittel willenlos gemacht hat! Ich verwette alle meine Schreibfedern, dass er ihr etwas eingeflößt hat, um ihre Sinne zu verwirren. Sie muss sich gewehrt haben, als er über sie herfiel und ihr gewaltsam den Mund öffnete. Daher rühren all die Kratzer an ihren Händen und der abgesplitterte Zahn, auf den mich Doktor Hellberger hingewiesen hat.«

Helene schüttelte sich bei dem Gedanken vor Abscheu. »Was für ein teuflischer Plan! Als sie umnebelt auf der Galerie stand, musste der Kerl ihr nur noch die Schlinge um den Hals legen und verschwinden. Ich begreife nur nicht, warum sie nicht gleich vergiftet wurde? Warum der Umstand mit dem Strick?«

»Die Hebamme sollte vor Zeugen sterben, und zwar erst, nachdem ihr Mörder die Bibliothek verlassen hatte. Vermutlich befand er sich zum Zeitpunkt ihres Todes unter Menschen, die das jederzeit vor der Justiz bezeugen würden. Falls überhaupt erforderlich, denn außer uns geht momentan niemand von einem Mord aus. Ich …« Statt weiterzusprechen, gab er einen kurzen, triumphierenden Laut von sich. Zwischen den Büchern steckte etwas. Im nächsten Moment hielt er einen Beutel aus speckigem Hirschwildleder in der Hand, der im müden Licht der Kerze wie ein kleines zappelndes Tier aussah.

14. Kapitel

»Wusste ich es doch!« Mit einer triumphierenden Geste schüttelte Christian den Beutel hin und her, aber er hütete sich davor hineinzugreifen. Seine Vorsicht zahlte sich aus; die Tasche war voller Scherben und Splitter.

»Josefinas Mörder wollte keine Spuren hinterlassen«, folgerte Helene, die vor Aufregung blass geworden war. »Aber warum hat er die Tasche nicht gleich mitgenommen?«

»Der Beutel ist ziemlich auffällig, nicht wahr?« Christian schnupperte an dem feuchten Leder und rümpfte die Nase. »Und dazu dieser beißende Geruch. Irgendeine Substanz hat das Leder durchtränkt, vermutlich die Überreste des Betäubungsmittels, das Josefina eingeflößt wurde.« Er schüttelte den Kopf. »Ihr Angreifer wird es nicht gewagt haben, mit der Tasche durch den Saal zu spazieren. Es hätte ihm ja jemand begegnen können, dem sie aufgefallen wäre. Mir zum Beispiel. Nein, während Josefina sich benommen über das Geländer beugte, sammelte der Kerl rasch die Scherben der Flasche auf, die bei dem Handgemenge zu Boden gefallen war und schob sie mitsamt dem Beutel hinter die Bücher.«

Helene atmete einige Male tief durch. »Das klingt erschreckend einleuchtend«, gab sie zu. »Aber irgendwann wäre die Tasche doch sicher entdeckt worden!«

»Vermutlich wollte er sie aus ihrem Versteck holen, sobald sich die Aufregung ein wenig gelegt hat.« Christian löste den Riemen und ließ seine Hand vorsichtig ins Innere des Beutels gleiten.

»Passen Sie auf, dass Sie sich nicht schon wieder schneiden«, sagte Helene, während sie die Kerze anhob. »Sind da noch mehr Fläschchen, außer dem zerbrochenen?«

Christian nickte. Vorsichtig holte er drei braune Glasflaschen und einige Holzspanschachteln aus dem Beutel, die er nacheinander auf das Geländer stellte. Mithilfe des schwachen Lichtes versuchte er, die Aufschriften zu lesen, scheiterte jedoch an der verschnörkelten Handschrift auf den kleinen Etiketten. »Merkwürdig«, murmelte er. »Also, ich hätte keine Ahnung gehabt, nach welchem der Fläschchen ich hätte greifen sollen, um einen Menschen zu betäuben.« Er stutzte. »Wie konnte er überhaupt wissen, dass Josefina eine solche Substanz in ihrer Tasche mit sich führte?«

»Sie war Hebamme«, wandte Helene ein. »Ihr Mörder ging sicher davon aus, dass sie über ein derartig wirkendes Mittel verfügte.«

Christian kaute an seiner Unterlippe, wie so oft, wenn ihn etwas beschäftigte. »Der Mann hat sie hierhergelockt, weil er davon ausging, dass er an einem kalten Novemberabend in der Bibliothek weitgehend ungestört sein würde. Ihm war aber auch klar, dass er sich nicht länger als ein paar Augenblicke aufhalten durfte. Um die Hebamme zu überrumpeln, zu betäuben und sie mit der Schlinge um den Hals auf der Galerie stehen zu lassen, brauchte er nur wenige Minuten. Er hat das geplant und nichts dem Zufall überlassen. Das bedeutet, dass er genau wusste, nach welcher Flasche er greifen musste.«

»Die Hebamme wird ihm das bestimmt nicht auf die Nase gebunden haben. Es sei denn, sie war arglos und ließ sich mit dem Mann in ein Gespräch über Arzneien und Gifte ein.«

»Möglich«, sagte Christian, aber er klang nicht so, als ob ihn dies überzeugte. »Ich halte es allerdings für wahrscheinlicher, dass Josefina Bleichweins Mörder die Kenntnisse über die Mittel in ihrem Beutel schon mitbrachte.«

Helene sah ihn bestürzt an. »Aber wer kann mit diesen unleserlichen Abkürzungen auf den Etiketten etwas anfangen? Eine andere Hebamme? Der Apotheker, der ihr die Substanzen für ihren Beutel verkauft hat?«

»Oder ein Arzt!« Christian beugte sich über das Geländer und starrte in den prachtvollen Rokokosaal mit all seinen Schätzen hinunter. Exakt an derselben Stelle hatte vor weniger als zwei Tagen Josefina Bleichwein gestanden. Willenlos und keines klaren Gedankens mehr fähig. Er fragte sich, wie lange die Frau auf der Galerie gegen ihre Benommenheit angekämpft haben mochte und ob er ihren heimtückischen Angreifer hätte überraschen können, wenn er seine Schreibstube ein paar Minuten früher verlassen hätte. Dann lenkte er seine Gedanken zurück zu dem Moment, als er den Bibliothekssaal betreten und sie bemerkt hatte.

»Sie hat etwas gesagt, bevor sie sich über die Brüstung warf«, flüsterte er versonnen. »Aber ich muss gestehen, ich war viel zu aufgeregt, um darauf zu achten.« Er legte die Fingerspitzen beider Hände an seinen Kopf und massierte sich die Schläfen.

»Versuchen Sie es«, drängte Helene, der anzusehen war, dass sie diesen Ort gern möglichst bald wieder verlassen hätte. »Sie werden sich schon an etwas erinnern, wenn Sie sich Mühe geben.«

Christian verdrehte die Augen vor Anstrengung. Was hatte die Frau in ihrem Rausch von sich gegeben? »Sie …«

»Ja?«

»Ich bat sie immer wieder, ruhig stehen zu bleiben und sich nicht zu bewegen. Ich wollte nicht, dass sie das Gleichgewicht verliert. Dann …« Er machte eine Pause, um sich zu sammeln. »Ja, ich bot ihr an, ihren Bruder zu holen. Bleichwein.« Er schüttelte den Kopf. »Keine Ahnung, warum ich das gesagt habe, denn wie hätte ich den Mann verständigen sollen? Ich konnte doch nicht auf gut Glück loslaufen und die Hebamme allein dort oben zurücklassen. Als ich Bleichweins Namen erwähnte, krümmte sie sich förmlich. Ja, jetzt weiß ich es wieder. Sie rief mir zu, ihr Bruder würde auch bald tot sein.«

Helene verschränkte die Arme. »Vermutlich hat sie trotz ihres Rauschs einen kurzen, klaren Moment gehabt«, meinte sie. »Sie wollte Ihnen sagen, dass auch Bleichweins Leben in Gefahr war.

Zu schade nur, dass sie nicht sagen konnte, wer ihr das angetan hatte.«

»Sie brabbelte völlig unzusammenhängendes Zeug vor sich hin. Von einem Sturm und von Türmen, die Feuer gefangen haben. Vorher allerdings erklärte sie, dass einige Leute in der Stadt wohl der Meinung wären, sie übe ihren Beruf als Hebamme schon zu lange aus. Das klang in meinen Ohren so, als legten gewisse Personen es darauf an, sie loszuwerden.

»Dieses Schnittmuster kommt mir bekannt vor«, sagte Helene. »Auch Bettine soll schließlich aus ihrem Haus, wenn möglich sogar aus der Stadt vertrieben werden.«

»Ja, aber was das betrifft, wissen wir genau, dass ihr Schwager Krammfeld für ihre Probleme verantwortlich ist. Bleichwein und seine Schwester störten ihn nicht. Im Gegenteil, Krammfeld war mit ihnen befreundet. Daher bleibt die Frage, warum die beiden Geschwister innerhalb von achtundvierzig Stunden eines gewaltsamen Todes sterben mussten.«

Unten im Haus schlug eine Tür, und kurz darauf erklangen Schritte auf der Treppe, die zum Saal hinaufführte.

Verflixt, das hat mir gerade noch gefehlt, dachte Christian. Sein Blick fiel auf die Bücher, die er achtlos aus den Regalen geworfen hatte. Wenn man ihn zu dieser Stunde erwischte, konnte das nicht nur unbequeme Fragen nach sich ziehen, sondern auch Helenes Ruf ruinieren. Helene schien dasselbe durch den Kopf zu gehen. Sie erschrak, als die Tür aufflog und zwei Männer mit Laternen in den Saal stürmten. Christian erkannte auf den ersten Blick seinen Vorgesetzten. Bei ihm war Geheimrat von Goethe.

»Vulpius«, rief der Bibliothekar, als er Christian an der Brüstung stehen sah. »Was machen Sie hier zu dieser Zeit? Und wer ist die Demoiselle?« Seine Stimme hallte unheilverkündend durch den Raum. »Sie werden doch kein Schäferstündchen abhalten?«

Helene gelang es noch vor Christian, sich zu fangen. Sie holte tief Luft, dann raffte sie den Saum ihres Kleides und stieg schließlich so anmutig die Treppe zum Rokokosaal hinunter, dass es den beiden Männern die Sprache verschlug.

»Ich hoffe, Sie gewinnen keinen falschen Eindruck von mir, meine Herren«, sagte sie, ohne sich von den Blicken des Bibliothekars einschüchtern zu lassen. »Ich traf Herrn Vulpius nach einem Besuch bei meiner Schneiderin auf der Straße, und er bot mir an, mich nach Hause zu bringen. Es ist schon dunkel, und nach allem, was in der Stadt geschehen ist, war ich sehr froh über seine Begleitung.«

»Die Bibliothek Seiner Hoheit des Herzogs ist wohl kaum Ihr Zuhause, Demoiselle«, höhnte der Mann. Auf seiner Nase klemmte ein Zwicker, durch deren Gläser er Helene und Christian anstarrte wie Kinder, die er beim Naschen in seiner Speisekammer ertappt hatte.

»Natürlich nicht«, sagte Helene trocken. »Aber Herr Vulpius ist nun einmal gewissenhaft. Als wir hier vorbeikamen, kam es ihm so vor, als spiegelte sich ein Licht in einem der Fenster. Er wollte nachsehen, ob vielleicht jemand vergessen hat, eine Lampe zu löschen.« Sie bewegte ihren Kopf. »Bei all den kostbaren Büchern hier im Rokokosaal ist Vorsicht gewiss angebracht.« Sie wandte sich mit einem Lächeln Goethe zu, der ihrer Erklärung schweigend zugehört hatte. Seiner Miene nach fand er sie amüsant.

»Nun, dann wäre das ja geklärt«, sagte er wohlwollend. »Uns führt übrigens derselbe Grund her. Licht in den Fenstern. Aber genug davon.« Sein Blick ruhte weiterhin auf Helene, der er bislang nicht persönlich begegnet war. Christian spürte, wie sich Eifersucht in ihm regte. Es war allseits bekannt, dass der Geheimrat eine Schwäche für das schöne Geschlecht besaß und dass es eine Menge Damen gab, die ihm förmlich zu Füßen lagen. Seine Liebesbeziehung zu Christians Schwester hatte daran nichts geändert.

»Ich fürchte, ich hatte noch nicht das Vergnügen«, sagte der Geheimrat mit einer kleinen Verbeugung. »Vulpius, wären Sie so freundlich, mich mit der Demoiselle bekannt zu machen?«

Lustlos stellte Christian Helene vor. Es wäre ihm lieber gewesen, der Geheimrat wäre wieder gegangen, doch zu seinem Bedauern dachte dieser überhaupt nicht daran. Im Gegenteil, er redete wie ein Wasserfall, und erst als ihm kein Kompliment mehr einfiel, mit dem er Helene schmeicheln konnte, wandte er sich mit hochgezogenen Augenbrauen ihm zu.

»Mit Ihnen habe ich ein ernstes Wort zu reden, Vulpius«, sagte er. »Wie konnten Sie meinen Gast, Professor Schiller, in einen Tabaksladen führen, in dem eine Leiche lag?«

»Genau genommen saß sie. Auf einem Stuhl.«

»Wie bitte?«, grollte Goethe verständnislos.

Christian hob die Schultern. Obwohl es nicht eben klug war, seinen Gönner zu verärgern, lud dessen Gehabe ihn geradezu ein zum Widerspruch. Helenes warnenden Blick übergehend, erklärte er, dass Schiller den Tabakhändler sitzend in einem Lehnstuhl vorgefunden habe.

»Ob er nun dasaß oder auf dem Boden lag, ist unwichtig«, sagte Goethe kopfschüttelnd. »Ich hatte Ihnen einen ganz einfachen Auftrag erteilt, und nun liegt Professor Schiller mit einem dröhnenden Schädel zu Hause auf der Chaiselongue. Der Ärmste ist so verstört, dass er nicht in der Lage ist, auch nur einen klaren Gedanken zu fassen. Dabei haben wir noch so viele Dinge zu besprechen.« Er machte eine kleine Atempause, die Helene nutzte, um sich für Christian einzusetzen. Dabei behandelte sie den Geheimrat respektvoll, versank aber nicht in Ehrfurcht.

»Sie dürfen Herrn Vulpius nicht böse sein«, bat sie mit einem koketten Wimpernschlag, der Goethe ein seliges Lächeln und dem Bibliothekar ein heiseres Grunzen entlockte. »Er hat in den letzten Tagen auch einiges mitmachen müssen. Vergessen Sie nicht, dass er hier in diesem Saal mit ansehen musste, wie eine Frau sich erhängt hat.«

»Oh, ja … Ich verstehe!« Goethe spähte an Christian vorbei, hinauf zur Galerie, die nun fast im Dunkeln lag. »Verzeihen Sie, das habe ich ganz vergessen. Mein Herr Schwager zieht solche Unglücksfälle fast magisch an. Aber ich verlange trotzdem, dass er sich bei Professor Schiller dafür entschuldigt, dass er ihn in diesem Laden stehen ließ. Er musste allein seinen Weg zurück zum Frauenplan finden.«

»Was einen Mann wie ihn gewiss nicht überfordert hat«, sagte Helene geschmeidig. Nur Christian, der wusste, wie sie sich ausdrückte, entdeckte den feinen Hauch von Ironie, der sich hinter ihren Worten verbarg. »Womöglich verarbeitet er seine Erfahrung zu einer brillanten Tragödie.«

»Den Tod eines Weimarer Tabakhändlers?« Goethe sah sie irritiert an, als versuchte er zu ergründen, ob sie ihn zum Narren hielt. »Eine interessante Vorstellung. Aber ich fürchte, die Sache ist zu ernst, um damit Scherze zu treiben. Das ist der erste Mord seit Langem, und er muss gründlich untersucht werden, damit die Bevölkerung nicht in Panik gerät. Wir können nicht dulden, dass unbescholtene Kaufleute in ihren eigenen Läden und Kontoren nicht mehr sicher sind.« Er hob die Augenbrauen. »Nun lassen Sie sich doch nicht alles aus der Nase ziehen, Vulpius! Hat Hauptmann Heyde schon eine Spur? Glaubt er an einen Raubüberfall?«

Christian schüttelte den Kopf und erklärte, dass der Hauptmann seiner Einschätzung nach noch völlig im Dunkeln tappte. Geheimrat von Goethe hörte ihm aufmerksam zu, dann runzelte er die Stirn. Offensichtlich gefiel es ihm gar nicht, dass es noch keine brauchbaren Spuren gab. Dann fiel sein Blick auf den Beutel, den Helene dezent hinter ihren Rücken geschoben hatte.

»Darf ich fragen, was Sie hier bei sich tragen, meine Liebe?« Helene sah sich Hilfe suchend nach Christian um, der jedoch keine Miene verzog. Es lag auf der Hand, dass Ausflüchte jeder Art nur den Argwohn des Geheimrats wecken würden. Daher antwortete sie wahrheitsgemäß: »Herr Vulpius hat die Tasche oben auf der Galerie entdeckt. Wie es aussieht, gehörte sie der armen Frau, die … Sie wissen schon!«

»Was Sie nicht sagen!« Goethe ließ sich den Beutel reichen, hob die Lampe und warf einen kurzen Blick hinein. »Aha, Scherben von Arzneifläschchen oder irgendwelchen Tiegeln«, sagte er naserümpfend. »Die Selbstmörderin hat die Tasche wohl von der Galerie geworfen, bevor sie sich erhängt hat?«

»Wir glauben, dass es sich anders zugetragen hat«, erwiderte Helene keck. »Alles deutet darauf hin, dass die Frau nicht vorhatte, sich hier in der Bibliothek das Leben zu nehmen. Sie wurde von einem Unbekannten überrumpelt und mithilfe eines Mittels aus ihrem eigenen Arzneibeutel betäubt und willenlos gemacht. Dieser Mann legte ihr eine Schlinge um den Hals, stellte sie vor das Geländer und machte sich wieder aus dem Staub. Schließlich verlor sie in ihrem berauschten Zustand das Gleichgewicht und stürzte über die Brüstung, wobei sich der Strick um ihren Hals zuzog.«

Der alte Bibliothekar öffnete den Mund und schnappte nach Luft. »Das ist die hanebüchenste Geschichte, die ich je gehört habe«, grummelte er mit sichtbar angewiderter Miene. »Vulpius, Sie sollten sich wirklich schämen, die Gedanken einer jungen Dame mit solchem Schmutz zu füllen. Sie wird davon nur Albträume bekommen.«

Auch Geheimrat von Goethe blickte schockiert drein, ließ sich das Gehörte aber wenigstens durch den Kopf gehen. »Absurd«, murmelte er, nachdem er einige Momente lang mit auf dem Rücken verschränkten Armen durch den Saal gelaufen war. Dann blieb er stehen und blickte Vulpius geradewegs in die Augen. »Der ermordete Tabakhändler und diese Hebamme waren Geschwister, nicht wahr?«

Christian nickte.

»Ich frage mich, warum ein Mann ermordet wird, dessen Schwester sich erst kurz zuvor das Leben genommen hat.« Er machte einen Schritt auf den Bibliothekar zu, dem nichts anderes einfiel, als stumm mit den Achseln zu zucken.

Noch einmal ließ Goethe sich Josefinas Beutel zeigen. »Hm, vielleicht ist da wirklich etwas dran. Ist Hauptmann Heyde denn zum selben Schluss gekommen?«

»Hauptmann Heyde würde mit mir nicht darüber sprechen«, sagte Christian. »Im Laden des Tabakhändlers verfolgte er eine ganz andere Spur.«

»So, und welche, wenn ich fragen darf?«

»Er hatte Bleichweins Nachbarin, die Witwe Jungmann, in Verdacht, den Händler gemeinsam mit ihrem Gesellen Hugo getötet zu haben. Doch das ist ein Irrtum, denn der Mord muss in der Zeit zwischen dem Mittagsläuten und der Ankunft von Professor Schiller und mir im Laden ausgeführt worden sein.«

Goethe fuhr sich nachdenklich mit der Hand über sein Kinn. »Ihren Andeutungen entnehme ich, dass diese Witwe zur angegebenen Zeit andernorts gesehen wurde?«

»So ist es, Herr Geheimrat«, bestätigte Helene seine Vermutung. »Ich kann das bezeugen, weil ich zurzeit Gast im Haus der Witwe Jungmann bin. Nicht einmal Hauptmann Heyde wagte es, meine Aussage in Zweifel zu ziehen. Er ließ sie vor etwa einer Stunde zu Protokoll nehmen.«

Goethe blinzelte. Seiner angespannten Miene nach, war er bemüht, all die Einzelheiten zu einem Gesamtbild zu verknüpfen. Aus Helene schien er indessen nicht recht schlau zu werden. Zumindest wirkte er überrascht davon, dass sie ebenso wie Christian in den Fall verwickelt war, wenngleich auch nur als Zeugin.

»Und was ist mit dem Gesellen dieser Witwe?«, fragte er Christian kühl. »Wo trieb der sich um die Mittagsstunde herum?«

186

»Er erledigte einen Botengang für seine Meisterin. Dafür können die Dienstboten im Palais von Moor die Hand ins Feuer legen.« Christian schüttelte den Kopf. »Nein, die beiden haben mit Sicherheit nichts mit dem Mord an Bleichwein zu tun, auch wenn sie ihm keine Sympathien entgegenbrachten. Und noch weniger sind sie für den Tod seiner Schwester verantwortlich.«

»Eine scheußliche Angelegenheit«, brummte Goethe finster. »Und ausgerechnet jetzt, wo sich mein Freund Schiller auf die Übersiedelung von Jena nach Weimar vorbereitet. Es gibt nichts, was wir daher weniger gebrauchen könnten als eine Reihe ungeklärter Todesfälle.«

»Hauptmann Heyde wird den Mörder schon finden«, sagte der Bibliothekar und zog damit alle Blicke auf sich. »Er ist ein tüchtiger Untersuchungsbeamter und besitzt, wie man hört, das ganze Vertrauen unseres Herzogs. Hat er nicht im vergangenen Jahr schon eine Verschwörung aufgedeckt?«

Christian verdrehte unmerklich die Augen. Ja, gewiss, so hatte es in den Weimarer Gazetten gestanden, die von dem herzoglichen Kassenverwalter Bertuch gedruckt wurden. Doch er und Helene wussten, dass der Anteil des Hauptmanns an der Aufklärung dieser Verbrechen eher gering ausgefallen war. Dennoch war er von Herzog Carl August gelobt und von den Bürgern von Weimar als Held gefeiert worden. Christians Halbschwester Ernestine schwärmte seitdem für ihn und wollte nichts davon hören, dass der Hauptmann der Familie Vulpius recht feindlich gegenüberstand und sie nur deshalb in Frieden ließ, weil er Goethe respektierte.

»Gewiss ist Heyde ein Mann, auf den Verlass ist«, meinte der Geheimrat diplomatisch, da es sich für einen hohen Staatsrat wie ihn nicht schickte, einen anderen Beamten des Herzogs zu kritisieren oder seine Fähigkeiten in Frage zu stellen. »Dennoch glaube ich, dass er in diesem Fall jede Unterstützung braucht, die er bekommen kann. Ich werde darüber mit dem Herzog reden.«

Der Bibliothekar drehte den dicken Siegelring, der an seinem Finger steckte. »Unbedingt, Herr Geheimrat, und wenn ich bitten darf, rasch. Leider konnten wir nicht geheim halten, was sich hier neulich zugetragen hat. Es ist schlimm genug, wenn sich die Marktweiber darüber die Mäuler zerreißen. Wenn nun aber auch noch von Mord gesprochen wird …« Der Mann redete sich in Rage, seine Wangen färbten sich rot, so sehr ereiferte er sich. »Eine Schande ist das! Hätte dieses Pack sich für seine Händel nicht einen anderen Ort suchen können als diese ehrwürdige Bibliothek?« Er stakste auf seinen dünnen Beinen zu einer der Regalwände und fuhr zärtlich mit der Hand über den Rücken eines in Leder gebundenen Buches. »Wenn ich mir vorstelle, sie hätten auch noch eines meiner Kinder beschädigt …«

»Was haben Sie gesagt?«, fiel Christian seinem Vorgesetzten ins Wort.

Der Bibliothekar begegnete seinem Blick mit gerunzelter Stirn. »Wie?«

»Sie haben von Ihren Kindern gesprochen!«

»Nun ja, ich …« Ein Schulterzucken. »Meiner Gattin und mir blieben Kinder versagt, aber die Bücher sind für mich fast wie lebende, atmende Seelen.«

Christian runzelte die Stirn, denn plötzlich fiel ihm ein, dass die Hebamme kurz vor ihrem Tod ganz ähnliche Worte gebraucht hatte wie der Bibliothekar. Auch sie hatte eine Bemerkung über Kinder gemacht. Wie waren ihre Worte doch noch gleich gewesen?

»Die Menschen passen nicht genug auf ihre Kinder auf. Ich kann davon ein Lied singen. Ein Kind fällt in den Brunnen und wird nicht mehr gesehen!«

15. Kapitel

Gleich am nächsten Morgen machte Christian sich erneut zur Winkelgasse auf. Es gab da noch ein paar Fragen, die er Bleichweins Dienstmagd stellen wollte. Als er beim Tabakladen ankam, stellte er erleichtert fest, dass Hauptmann Heyde die Wachen vor dem Haus abgezogen hatte. Nach Helenes entlastender Aussage zugunsten der Witwe Jungmann lag kein Grund mehr vor, ihr Anwesen zu beobachten. Christian spähte hinüber zur anderen Straßenseite. Die Läden an Bettines Haus standen offen, und er hätte schwören können, eine singende Frauenstimme zu hören.

»Haben Sie schon mit dem Anwalt gesprochen?«, empfing ihn Anna aufgeregt. Bleichweins Magd trug eine gestärkte Haube zu schwarzer Trauerkleidung, die sie zweifellos der Nachbarn wegen angelegt hatte. Die Ärmel ihres Kittels waren bis über die Ellenbogen aufgerollt, und ihr Gesicht glänzte verschwitzt. Aus einem Holzeimer zu ihren Füßen roch es nach Seifenlauge und Essig. Im Wasser schwammen Schwämme und Lappen. Vermutlich hatte die Magd endlich damit begonnen, den Fußboden des Lagerraums vom Blut des Tabakhändlers zu reinigen. Um diese Aufgabe beneidete Christian sie nicht.

»Er ist fort«, sagte das Mädchen knapp, als habe es Christians Gedanken gelesen. Sie deutete mit dem Kinn in Richtung des Vorhangs. »Hauptmann Heydes Männer haben seine Leiche noch gestern Abend abgeholt. Die seiner Schwester auch. Aber das Saubermachen bleibt natürlich mir überlassen.« Sie warf Christian einen durchdringenden Blick zu. »Also, was ist nun mit dem Advokaten?«

»Keine Sorge, ich werde mein Versprechen halten«, sagte Christian.

Anna gab einen grunzenden Laut von sich, der andeutete, dass sie daran nicht mehr so recht glaubte. Dann nahm sie einen

Schwamm aus dem Eimer und presste das mit Bleichweins Blut vermengte Wasser heraus, dass es nur so spritzte. Christian registrierte mit Verwunderung, dass sie dabei keine Miene verzog. Als Heydes Soldat sie aus dem Schrank gezogen hatte, hatte sie recht verängstigt gewirkt, doch davon konnte nun keine Rede mehr sein.

»Sie müssen nicht mit ihm reden, wenn Sie nicht wollen«, holte Annas Stimme ihn aus seinen Gedanken. »Mit Advokat Marlander, meine ich. Ich werde schon zurechtkommen. Hugo war hier. Er hat mir fest versprochen, dass es nun nicht mehr lange dauern wird.«

»Nicht mehr lange dauern?«

Die Magd beäugte ihn wie ein Kleinkind, dem man alles dreimal erklären musste. Sie nahm den Eimer, schleppte ihn in den Hof und schüttete seinen Inhalt schwungvoll in die Dunggrube. Als sie wiederkehrte, verriegelte sie sorgfältig die Tür.

»Warum all diese Fragen?«, murrte sie. »Ich habe dem Hauptmann doch schon alles gesagt, was ich weiß. Er hat Hugo wie einen Schwerverbrecher behandelt, dabei ist er der gutmütigste Kerl, den ich je getroffen habe. Er wird mich aus diesem Elend herausholen.«

Christian hob beschwichtigend die Hand. Diese Magd war wirklich eine harte Nuss. Und sie log ihn an. Ja, er spürte genau, dass sie ihm etwas verheimlichte.

»Wenn Sie nun bitte gehen würden, ich habe zu tun!«

»Glaub mir doch, ich arbeite nicht für den Hauptmann«, sagte Christian, dem allmählich der Geduldsfaden riss. »Wenn ich versuche, ein wenig mehr Licht in die rätselhaften Vorgänge in dieser Straße zu bringen, dann, weil mein Schwager, Geheimrat Johann Wolfgang von Goethe, mich darum gebeten hat. Er ist der Meinung, die Obrigkeit könnte bei ihrer Suche nach dem Täter etwas Unterstützung gebrauchen.« Dies entsprach nur teilweise der Wahrheit. Goethe hatte ihn gestern auf dem Nachhauseweg von der Bibliothek zwar aufgefordert, ihn sogleich zu informieren, falls es Neuigkeiten gab. Doch er hatte ihm nicht erlaubt, sich in Hauptmann Heydes Untersuchungen einzumischen. Das unternahm er auf eigene Faust.

»Oh«, sagte Anna erstaunt. Wie Christian erwartet hatte, verfehlte der Name Goethe seine Wirkung nicht. Auch das Mädchen schien den Dichter, der noch dazu als Minister in der Gunst des Herzogs stand, zu bewundern.

»Also?« Christian zog sich einen Hocker heran und setzte sich. »Was hat Hugo dir anvertraut? Vergiss nicht, dass jede noch so unbedeutend erscheinende Einzelheit wichtig sein könnte!«

»Was Hugo mir gesagt hat, hat gar nichts mit Bleichweins Tod zu tun«, erhob Anna energisch Einspruch. »Und mit dem der Hebamme auch nicht, das müssen Sie mir glauben. Hugo wollte mich nur wissen lassen, dass er in Kürze ein hübsches Sümmchen zu erwarten habe. Sein Onkel in Kassel ist gestorben und hat ihn zum Alleinerben seines Vermögens bestimmt.«

»Er hatte einen Onkel in Kassel? Ich dachte, Hugo wäre ein Waisenjunge?«

»Na und?« Nervös rollte das Mädchen die Ärmel ihres Schnürkittels wieder herunter. »Das heißt doch nur, dass seine Eltern tot sind.«

Christian überlegte, warum der Junge Anna eine solche Geschichte erzählte. Am Vortag war von einer Erbschaft noch keine Rede gewesen. Wie sollte Hugo so plötzlich über Nacht davon erfahren haben? Auf Hauptmann Heydes Befehl hin war ihm und der Witwe doch verboten worden, das Haus zu verlassen. Heydes Männer hatten den Zugang zur Manufaktur im Auge behalten.

Christian setzte eine skeptische Miene auf, die bei Anna nicht gerade auf Begeisterung stieß. Sie funkelte ihn mit blitzenden Augen an. »Er hat es versprochen«, beharrte sie. »Sobald er das

Geld bekommt, wird er mich heiraten und dann verlassen wir Weimar. Hugo wird seine eigene Manufaktur gründen, vielleicht in Kassel, vielleicht in Frankfurt. Er hat hart dafür geschuftet und kennt die Schokoladenrezepte seiner Meisterin im Schlaf.« Sie gab dem leeren Eimer vor ihr auf dem Fußboden einen Tritt. »Was die Witwe kann, kann er schon lange.«

»Zweifellos!« Christian brachte mit Müh und Not ein Lächeln zustande. Er wollte verhindern, dass das Mädchen sich ihm gegenüber wieder verschloss. »Hat Hugo dir auch erzählt, wie er von seiner … Erbschaft erfahren hat?«

Anna schob eine Haarlocke unter ihre Haube, dann schüttelte sie den Kopf. »Was spielt das für eine Rolle? Der Postillion wird ihm in der Früh eine Depesche überbracht haben.«

Christian nickte. »Ja, vermutlich war es so. Ich wollte auch keinesfalls unterstellen, er hätte sich an dem Geld vergriffen, das dein verstorbener Dienstherr hier versteckt hat.«

»Natürlich nicht«, begehrte Anna auf. Sie zögerte einen Augenblick, dann begab sie sich zu der bunt bemalten Holzfigur, die nach wie vor dekorativ in einer Ecke des Ladens stand. Sie packte an und schleifte sie ein Stück über die Dielenbretter. Dann legte sie beide Hände um den Hals des Orientalen und schraubte mit einigen Umdrehungen am hölzernen Kopf wie am Deckel einer Zunderbüchse. Die Figur war nicht, wie angenommen, aus einem einzigen Stück Holz geschnitzt, sondern innen hohl. Der Kopf, dessen obere Hälfte mit einem voluminösen, aufgemalten Turban verschmolz, ließ sich abnehmen wie der Korken einer Branntweinflasche. Christian beobachtete fasziniert, wie die Magd den abgeschraubten Kopf auf den Boden legte, in die Figur griff und ein prall gefülltes Säckchen herausbeförderte. Triumphierend hielt sie es Christian entgegen.

»Das ist Bleichweins Notgroschen, und ich schwöre bei Gott, dass kein Kreuzer davon fehlt.«

Der Beutel wog schwer in Christians Hand, und ein Blick ge-

nügte, um festzustellen, dass er bis zum Rand mit Münzen gefüllt war. Diese als Notgroschen zu bezeichnen war angesichts
ihres Wertes die reinste Untertreibung. Tatsächlich hatte
Bleichwein ein stattliches Vermögen in der Figur versteckt, womöglich sogar alles, was er besessen hatte.

»Ich habe Hugo nichts von dem Geld erzählt«, sagte Anna.
»Dabei wäre es ganz leicht für mich gewesen, es zu nehmen
und …« Sie seufzte tief. »Wir könnten schon über alle Berge
sein, aber … Hugo würde mich bestimmt auslachen, aber ich
habe das Gefühl, dass dieses Geld nur Unglück bringt. Als ob
Blut an ihm kleben würde.« Sie schüttelte sich. »Nein, ich will es
nicht haben. Außerdem könnte ja jemand Anspruch darauf erheben, der böse wird, wenn etwas fehlt.«

»Willst du damit andeuten, dass Bleichwein dieses Gold nicht
mit Schnupf- und Pfeifentabak erwirtschaftet hat?« Christian
verspürte plötzlich ein unangenehmes Kribbeln in der Hand,
die den Beutel hielt.

»Ist nur so eine Ahnung«, sagte Anna ausweichend. »Aber ich
denke, wenn der Herr Advokat die Bücher prüft, wird er schnell
feststellen können, ob Herr Bleichwein mit dem Laden und seiner kleinen Manufaktur so viel Geld verdient hat oder nicht.«

Christian dachte nach. Ob Bleichwein doch einem Raubmör-
der zum Opfer gefallen war, der von dem Gold im Laden wusste?
Aber hätte ein Eindringling auf der Suche danach nicht das ganze
Haus auf den Kopf gestellt? Und warum sollte er Bleichwein, anstatt ihn zum Reden zu bringen, die Zunge herausschneiden?
Das ergab doch keinen Sinn. Außerdem bot es keine Erklärung
für Josefinas Tod. Ein Dieb hätte sich wohl kaum die Mühe gemacht, einen Tag vor seiner Tat ihren Selbstmord zu inszenieren.
In der Bibliothek, wo jedermann sie sehen konnte.

»Wusste deine Herrin auch von dem Geld?« Vorsichtig legte
er den Beutel neben die Waage auf den Ladentisch. Er atmete
auf, als das Kribbeln in seinen Fingern schwächer wurde.

Anna hob die Schultern. »Keine Ahnung. In meiner Gegenwart haben die beiden nie darüber geredet. Frau Bleichwein bekam ihren Lohn von den Frauen, denen sie Geburtshilfe leistete. Das genügte ihr. Von einem verschwenderischen Lebensstil hielt sie nichts.«

»Sie ging niemals aus? In ein Schauspiel oder zur Promenade in den Park?«

»Nicht, solange ich im Haus war. Sie interessierte sich nur für ihr Gewerbe. Hin und wieder ging sie mit einem Korb aus, um Kräuter und Pilze zu sammeln. Die hat sie aber nicht gegessen, sondern in ihrer Kammer getrocknet. Für Heilmittel und Salben.«

»Was war mit Erasmus? Als angesehener Weimarer Kaufmann und Manufakturist pflegte er doch gewiss ein geselligeres Leben!«

Anna zog abschätzend die Mundwinkel herunter. »Ein geselliges Leben? Der? Nicht einmal im Traum. Das heißt …« Sie dachte kurz nach. »Da gab es seinen Freund, den Herrn Krammfeld, der ab und zu in den Laden kam, um sich Pfeifentabak von der teuersten Sorte zu kaufen. Und jeden ersten Mittwoch des Monats schloss er den Laden früher, warf sich in seinen besten Gehrock und ging aus. Ob ins Wirtshaus oder woandershin kann ich nicht sagen. So etwas fragt eine Magd ihre Herrschaft nicht, wenn sie keine Stockhiebe haben oder auf der Straße landen möchte.«

»Aber ein aufmerksames Mädchen wie du hat bestimmt bemerkt, ob Bleichwein zeitig oder spät zurückkehrte, nicht wahr?«

Anna musste nur kurz überlegen. »Manchmal kam er erst im Morgengrauen zurück, wenn ich schon wieder auf den Beinen war, um in der Küche Feuer zu machen. Seiner Schwester haben diese Ausflüge nicht gefallen. Anfangs hat sie noch dazu geschwiegen, doch einmal habe ich mit angehört, wie sie ihm bittere Vorwürfe machte. Sie sagte, dass sie ihm niemals hätte helfen dürfen und dass sie diesen verfluchten Kreis so satthabe und am liebsten alles hinwerfen und aus Weimar weggehen würde.«

Christian wurde hellhörig. Die Hebamme hatte also mit dem Gedanken gespielt, die Stadt zu verlassen. Aber wovor hatte sie davonlaufen wollen? Oder vor wem?

»Wann war dieser Streit?«, drang er in die Magd. »Versuch dich zu erinnern!«

Anna atmete tief durch, dann sagte sie: »Vielleicht vor ein, zwei Wochen. Danach gingen sie sich aus dem Weg und sprachen nur noch das Nötigste miteinander.«

Christian nickte zufrieden. Wenn er Anna glauben durfte, hatten die Geschwister mehr als nur eine Meinungsverschiedenheit gehabt. Das klang hochinteressant. Aber wen mochte die Hebamme mit dem »verfluchten Kreis« gemeint haben? Den Magistrat und die Stadtärzte? In den Wochen vor ihrem Tod hatte es Ärger gegeben. Josefina war ihren Aufgaben nicht mehr mit der üblichen Gewissenhaftigkeit nachgekommen. Und sie hatte zur Flasche gegriffen. Die Beschwerden begannen sich zu häufen. Aber was war der Anlass für all diese Veränderungen? Annas Aussage nach, hatte sie ihrem Bruder bei etwas geholfen, was sie später aber bereute. Offensichtlich hatte Josefinas Verhalten etwas mit Bleichweins monatlichen Ausflügen zu tun gehabt? Was aber steckte dahinter und mit wem hatte sich der Tabakhändler so pünktlich am ersten Mittwochabend des Monats getroffen? Mit einer Frau vielleicht?

»Glaube ich nicht!« Anna kommentierte Christians Vermutung mit einem verschämten Blick. Obwohl ihr Dienstherr tot war, schien sie eine Scheu davor zu haben, mit einem Fremden über dessen persönliche Belange zu sprechen. »Herr Bleichwein machte sich nichts aus Frauen«, sagte sie mit einem angewiderten Gesichtsausdruck. »Mir konnte das nur recht sein. Wenn ich mir vorstelle, was Mägden in anderen Häusern manchmal blüht … Natürlich versuchte auch mein Herr, den Schein zu wahren. Ab und an einen Klaps aufs Hinterteil, wenn Krammfeld im Laden war. Und natürlich hat er in dessen Beisein große Töne gespuckt. Aber …« Sie schüttelte den Kopf. »Ich halte es für ausgeschlossen, dass er sich mit einer Frau traf.«

Ihr Blick fiel auf den Ladentisch. »Würden Sie die Münzen dem Anwalt überbringen? Mir wäre viel wohler, wenn sie nicht mehr im Haus wären, solange ich noch hier bin. Ich habe deswegen letzte Nacht kaum ein Auge zugemacht. Ich brauche Bleichweins schmutziges Geld ja auch gar nicht mehr. Wenn Hugo die Erbschaft bekommt, bin ich versorgt. Dann schrubbe ich nur noch meine eigenen Fußböden. Es wird mir gut gehen, das weiß ich.« Ein fast verklärtes Lächeln legte sich über ihre Lippen. »Die Kartenlegerin hat es mir schließlich auch versprochen.«

Christian sprang so plötzlich auf, dass sein Schemel mit einem lauten Gepolter auf die Dielen knallte. »Was hast du gesagt? Du warst bei der Kartenlegerin? Bei Madame Europe?«

Anna blickte verschämt zu Boden. Offensichtlich wurde ihr soeben klar, dass ihre Zunge sie wieder verführt hatte, mehr preiszugeben, als sie eigentlich vorgehabt hatte.

»Nun rede schon! Hat diese Frau dich empfangen?«

Anna nickte. »In dem Pamphlet steht, dass sie für jedermann ein offenes Ohr habe. Da habe ich meinen ganzen Mut zusammengenommen und bin zum Gasthof gelaufen. Ich … ich wusste doch nicht, wo ich hinsollte, nachdem die alte Bleichwein mich vor die Tür gesetzt hatte. Zuerst wollte mich ein Diener abwimmeln, so ein merkwürdiger, dunkeläugiger Bursche, der redete, als kaute er auf morscher Baumrinde. Weil ich doch so schäbig gekleidet war. Und verheult dazu. Aber dann hat er …« Sie holte tief Luft; in ihren Augen glitzerten Tränen. »Nun, ich glaube, ich tat ihm einfach leid, und da hat er mich in die Wirtsstube gesetzt und gesagt, ich solle warten, bis seine Herrin ein paar Minuten Zeit für mich habe.« Sie lächelte. »Er hat mir einen Kräuterlikör bestellt, und als ich nach einer Weile gerufen wurde, steckte er mir sogar ein paar Groschen zu, weil man doch fürs Kartenlegen bezahlen muss.«

»Der Diener gab dir Geld, damit du seine Herrin bezahlen konntest?«

Anna hob den Blick. »Genau so war es, das schwöre ich. Ich war doch verzweifelt und konnte kaum einen klaren Gedanken fassen, da habe ich nicht lange nachgefragt, warum dieser Mann mich zu seiner Herrin ließ. Ich hatte eine von Madame Europes Flugschriften gefunden und mitgenommen. Zu dumm, dass ich sie einfach so herumliegen ließ. Hätte meine Herrin sie an jenem Morgen nicht gesehen, hätte sie mich vielleicht gar nicht hinausgeworfen.«

»Moment, du meinst, sie war böse auf dich, weil du ihr dieses Pamphlet ins Haus gebracht hast?« Christian ging um den Ladentisch herum, nahm eine der Schaumpfeifen aus dem Regal und betrachtete sie sich. Es war ein prächtiges Stück und stammte dem Etikett nach aus der ehemals britischen Kolonie Carolina in Amerika.

»Böse?« Anna schüttelte den Kopf. »Seltsam, aber obwohl sie mich fortschickte, hatte ich zu keiner Zeit den Eindruck, dass sie wütend auf mich war. Eher zu Tode erschöpft und auch ein wenig erschrocken. Vor allem, als ich ihr sagte, dass ihr Bruder ausgegangen sei, um sich in der Stadt mit ihr zu treffen. Da geriet sie regelrecht in Panik.«

»Wieso das?«

Anna legte den Kopf schräg und kniff die Augen halb zusammen. »Weil der Herr Bleichwein mir gegenüber behauptete, er habe eine Nachricht von ihr erhalten. Aber das schien gar nicht zu stimmen, jedenfalls wusste sie von keiner Nachricht. Sie zweifelte schon an ihrem Verstand, weil sie dachte, es vergessen zu haben.«

Christian fiel etwas ein. Als er die Hebamme in der Bibliothek angesprochen hatte, hatte sie ihm erklärt, sie würde ihren

Bruder suchen. Doch wenn gar nicht sie ihn dorthin bestellt hatte, dann musste Bleichwein von jemandem aus dem Haus gelockt worden sein, der sichergehen wollte, dass die Geschwister einander an diesem Morgen nicht mehr begegneten. Und auch später nicht. Zumindest nicht mehr lebendig. Wie es aussah, hatte der Plan des Unbekannten funktioniert.

»Worüber wollte die Hebamme denn so dringend mit ihrem Bruder sprechen?«, fragte er, während er die amerikanische Schaumpfeife behutsam auf den Tisch zurücklegte. Er musste an die Auseinandersetzung zwischen den beiden denken, die Anna heimlich belauscht hatte. An Josefinas Angst vor dem »verfluchten Kreis«, was immer sich dahinter auch verbarg.

»Wie gesagt, sie wirkte sehr aufgebracht, weil sie gerade von einer Entbindung zurückkam. Aus dem Haus des Lebkuchenbäckers Krammfeld. Sie verlor kein Wort darüber, aber ich habe gehört, dass die junge Bäckerin nach der Geburt zwischen Leben und Tod schwebte. Deshalb musste auch der Arzt hinzugezogen werden. Das allein jedoch kann meine Herrin nicht so aus der Fassung gebracht haben, schließlich war sie an solche Schwierigkeiten gewöhnt. Sie hat es oft erlebt, dass Neugeborene oder ihre Mütter es nicht geschafft haben. Und bei Krammfeld ging's ja noch einmal gut. Der Bäcker hat seinen Erben bekommen, und wie ich auf dem Markt hörte, ist seine Frau zwar nach wie vor schwach, aber am Leben.«

»Sie schon«, murmelte Christian. »Nicht aber ihre Hebamme und deren Bruder.« Er ging zum Eingang und spähte durch die vergitterte Fensteröffnung in der Ladentür zum Haus der Witwe gegenüber, in das ganz offensichtlich das Leben wiedereingekehrt war. Dicker Rauch stieg aus dem Schornstein in den Himmel empor. Ein lahmer Gaul mit dick bepackten Satteltaschen wurde durch die Gasse getrieben, und zwischen dem Geklapper der Hufe pries eine heisere Stimme die Dienste eines wandernden Schusters an.

Nichts passte zusammen, fand er, und doch war alles miteinander zu einer verhängnisvollen Einheit verwoben. Wie ein Flickenteppich, dessen Fäden aus Schweigsamkeit, Lügen und Geheimnissen bestanden. Bettine und ihr Geselle, die Bleichweins und die Krammfelds. Sie waren im Guten wie im Bösen miteinander verbunden. Christian bezweifelte nicht, dass sie alle ein Geheimnis hüteten. Doch wer war so weit gegangen, Erasmus und Josefina zu töten?

Abrupt fuhr Christian herum. Ihm war noch etwas eingefallen, was er Anna unbedingt fragen musste. »Hast du gesehen, wie die Hebamme an jenem Morgen das Haus verlassen hat?«

»Sie sagte, ich solle meine Sachen packen. Und, dass sie mich nicht mehr zu sehen wünschte, wenn sie eine Stunde später wiederkäme.« Sie schnaubte durch die Nase. »Dann schnappte sie sich ihre Arzneitasche und stürmte wie eine Furie davon. Da schlug es acht Uhr!« Sie verzog den Mund. »Ach, hätte ich doch nie in ihrer Gegenwart von Madame Europe gesprochen. Aber wie hätte ich denn ahnen können, dass sie magische Künste wie das Kartenlegen ablehnt? Sie ging nicht einmal regelmäßig zur Kirche!«

»Acht Uhr«, wiederholte Christian mit fester Stimme. Acht Uhr. Er schlug mit der Faust gegen die Tür. »Und du? Bist du wirklich nach einer Stunde gegangen?«

Sie schüttelte den Kopf. »Ich beschloss, noch etwas länger auf sie zu warten, um noch einmal mit ihr zu reden. Ich hoffte so sehr, dass sie ihre Meinung noch ändern oder mir wenigstens ein gutes Empfehlungsschreiben ausstellen würde, wie sie es bei all den anderen Dienstboten gemacht hatte, die nach kurzer Zeit gehen mussten. Daher machte ich mich nützlich und erledigte alle meine Pflichten im Haus und im Laden, aber …« Sie sprach nicht weiter, woraus Christian schloss, dass ihre Bemühungen umsonst gewesen waren. Die Hebamme war nicht mehr nach Hause zurückgekehrt. Nicht nach einer Stunde und auch nicht nach vier Stunden. Doch auch Bleichwein hatte sich nicht blicken lassen. Jedenfalls hatte Anna ihn nicht mehr zu Gesicht bekommen. Irgendwann hatte das Mädchen sich geschlagen gegeben, seine Sachen gepackt und das Haus verlassen.

Zu Madame Europe, deren magische Karten ihr eine sorglose Zukunft versprochen hatten. »Ich werde eine Reise antreten«, sagte das Mädchen mit glühenden Wangen. »Das hat sie ganz deutlich gesehen. An der Seite eines Mannes, der mich liebt und viele Geheimnisse hütet.«

Christian wandte sich wieder dem Fenster in der Tür zu. Er sah, wie sich einige Leute um den Schuhmacher scharten, doch keiner von ihnen sah zum Tabakladen hinüber. Es schien fast so, als wäre das Haus hinter einer dornigen Hecke verschwunden. Vorsichtig lehnte er seinen Kopf gegen das stabile Holz und versuchte, sich in die Hebamme hineinzuversetzen, die zwei Tage zuvor durch diese Tür gegangen war.

»Ich hatte eine anstrengende Nacht in Krammfelds Haus«, murmelte er mit geschlossenen Augen vor sich hin. »Eine schwere Geburt, aber irgendwann ist das Kind da. Ein Junge. Ich stelle fest, dass er lebt und gesund ist. Aber seine Mutter ist schwach. Ich kann nichts für sie tun, nicht einmal die Heilmittel in meiner Tasche vermögen ihr zu helfen. Was soll ich tun? Ich bin erregt und erschöpft. Ich möchte nach Hause, um mich zu erholen, aber zuvor muss ich den Arzt verständigen. Hellberger verspricht, sofort zu Krammfeld zu gehen, und schickt mich nach Hause. Das ist mir ganz recht, denn es gibt da etwas, das ich mit Erasmus besprechen muss. Es ist so wichtig, dass ich laufe, bis mein Herz bis zum Hals klopft. Aber dann ist Erasmus nicht da. Angeblich sucht er mich, weil auch er mich sehen will. Aber warum? Und wohin kann er gegangen sein, um mich zu suchen? Ich soll ihm geschrieben haben, aber das ist nicht wahr. Ich war viel zu beschäftigt mit Krammfelds Kind. Aber jetzt muss ich ihn sehen.«

»Mit wem reden Sie da eigentlich?«, hörte er Anna. Ihre

Stimme klang ängstlich. Vermutlich hielt sie ihn nun für einen Verrückten, doch er hatte keine Zeit, sich jetzt um sie zu kümmern. Er musste weitermachen und sich ganz auf sein inneres Auge verlassen.

»Anna zeigt mir eine gedruckte Flugschrift, die sie auf der Straße gefunden hat. Sie hört sich ganz begeistert an, als sie darüber redet. Das Papier wirbt für die Fähigkeiten einer Frau, die behauptet, aus Spielkarten die Zukunft herauslesen zu können. Sie soll ihre Kunst an nahezu allen europäischen Fürstenhöfen unter Beweis gestellt haben. Und nun ist sie hier in Weimar. Sie logiert im Gasthaus und verspricht allen Ratsuchenden Beistand.« Christian ließ langsam den Kopf kreisen, um seine Nackenmuskeln zu entspannen. »Ich sehe mir die Druckschrift an. Etwas geht mir durch den Kopf, was mich zu Tode erschreckt. Ein Gedanke. Eine Erinnerung. Eine Bemerkung, die ich irgendwo aufgeschnappt habe und die in diesem Moment für mich einen grausamen Sinn ergibt.«

»Sie machen mir Angst«, erklärte Anna aufgeregt. Blut aufzuwischen schien weniger an ihren Nerven zu zerren, als Christian in die Rolle ihrer toten Dienstherrin schlüpfen zu sehen.

»Ich kenne Frauen wie diese Madame Europe«, flüsterte Christian. »Es sind Unglücksboten. Sie bringen selten Gutes. Und nun ist eine in dieser Stadt aufgetaucht, die Erasmus und mich stört. Ja, darüber will ich mit ihm reden. Es geht nicht um Krammfelds Frau oder darum, dass ich in letzter Zeit zu oft zur Flasche greife. Das ist meine Angelegenheit, aus der Erasmus sich ebenso heraushält, wie ich mich aus seinem Streit mit dieser Witwe von gegenüber. Aber nun haben wir ein gemeinsames Problem, und dieses Problem heißt Madame Europe. Sie entfesselt einen Sturm, vor dem ich mich fürchte. Ein solcher Sturm ist gefährlich, er könnte unsere Existenz bedrohen, ja sogar vernichten. Erasmus muss dafür sorgen, dass diese Person mit ihren Karten verschwindet.«

Christian hob den Kopf und rieb sich die Augen. Als er sich nach Anna umdrehte, hielt sie ihm den Beutel mit Bleichweins Münzen und ein dickes Buch hin, welches sie vom Stehpult genommen hatte. Es handelte sich um Bleichweins Rechnungsbuch, in dem er sorgfältig alle Aktiva und Passiva seines Unternehmens vermerkt hatte.

»Hier, für den Advokaten«, sagte sie kurz angebunden. »Und nun entschuldigen Sie mich! Ich muss Vorbereitungen treffen.«

16. Kapitel

Hugo Preuss stand mit einer langen Schürze vor dem Herd und bearbeitete mit Feuereifer ein Gemisch aus gezuckerter Butter und Vanille. Als Christian klopfte, hob er nur kurz den Blick. »Die Meisterin ist nicht da. Wenn Sie eine Bestellung aufgeben wollen …«

Christian schüttelte den Kopf, was der junge Mann jedoch schon nicht mehr sah, weil er sich wieder seiner Arbeit zuwandte. Aus dem Butter-Zucker-Gemisch wurde unter seinen kräftigen Schlägen ein Schaum. Hugo nahm drei Eier aus einem Weidenkörbchen, schlug sie auf und verrührte Dotter und Eigelb in einer kleinen Schüssel. »Sonst noch was?«

»Ich habe mich mit Anna unterhalten. Sie hat mir gesagt, dass man dir gratulieren kann.«

»Gratulieren?« Hugo wurde stocksteif, rührte aber emsig weiter.

»Ja, zur Erbschaft aus Kassel«, sagte Christian schmunzelnd. »Ich habe noch keinen Burschen getroffen, der nicht von einem reichen Erbonkel geträumt hätte. Leider geht ein solcher Traum für die wenigsten in Erfüllung.«

Hugo beschloss, die Bemerkung zu überhören. Er wählte einen

Klumpen dunkler Schokolade aus und legte diesen auf eine Raspel. Doch Christian entging nicht, dass seine Hand dabei leicht zitterte. Ein Mann, der Geheimnisse hütet, schoss Christian durch den Kopf. Ja, dem Jungen lag etwas schwer auf der Seele.

»Sie haben kein Recht, die Anna mit Ihren Fragen zu quälen«, presste Hugo nach einer Weile hervor. »Sie hat genug durchgemacht. Mit Bleichwein, meine ich. Es war eine Schweinerei, wozu er sie benutzt hat. Aber ihr ist deswegen kein Vorwurf zu machen.«

Christian machte einen Schritt auf den Jungen am Herd zu. »Du verstehst mich falsch, Hugo. Ich bin nicht gekommen, um Wunden aufzureißen. Ich will euch helfen. Anna ist eine ehrliche Haut, das hat sie mir heute bewiesen.« Er überlegte, ob er Hugo das Säckchen mit Gold zeigen sollte, das er unter seinem Wollumhang verbarg, entschied sich aber dagegen.

»So, hat sie das?« Hugo blieb wachsam, doch der verkniffene Zug um seinen Mund begann sich aufzulösen wie der Zucker in seinem Buttergemisch. Vorsichtig träufelte er die verrührten Eier in die Schüssel und gab reichlich geraspelte Schokolade und eine Prise Mehl hinzu. Anna hatte nicht übertrieben. Der junge Mann beherrschte das Handwerk, das ihm seine Meisterin beigebracht hatte. Soweit Christian es beurteilen konnte, lag eine vielversprechende Zukunft vor ihm. Auch körperlich schien es ihm wieder besser zu gehen. Zwar war sein Fuß noch immer bandagiert, aber offensichtlich bereitete es ihm keine Schwierigkeiten, am Herd zu stehen und eines von Bettines süßen Rezepten auszuprobieren.

»Anna macht sich große Hoffnungen«, sagte Christian, als das Gespräch ins Stocken geriet. »Sie ist der Ansicht, du würdest schon in wenigen Tagen mit ihr weggehen!«

In seinem Rücken erklang plötzlich ein Geräusch. Es kam von der Witwe, die mit gerunzelter Stirn unter dem Türbalken stand.

Ihr hübsches Gesicht war von der Kälte ganz starr, und über dem Arm trug sie einen Korb. Vermutlich war sie gerade vom Markt zurückgekehrt und hatte beim Eintreten Christians letzte Worte mit angehört.

»Du rührst die Schokolade nicht gleichmäßig genug unter«, sagte sie, obwohl sie die Schüssel von dort, wo sie reglos verharrte, gar nicht sehen konnte. Es klang kühl.

»Meisterin …« Das Gesicht des Jungen war feuerrot geworden. »Ich wollte nicht … Ich meine, ich habe Ihnen versprochen, Sie nicht im Stich zu lassen. Aber Bleichwein ist jetzt tot. Er kann Ihnen nicht mehr schaden.« Er vollführte eine hilflose Handbewegung, in die er den Herd und die Regale, den Arbeitstisch und die Schränke mit Kesseln, Pfannen und dem Handwerkszeug für die Backstube miteinbezog. »Ich muss mich um die Anna kümmern. Ich liebe sie, und sie hat sonst niemanden.«

Bettine Jungmann enthielt sich jeden Kommentars, bis ihr Schultertuch am Haken hing und sie den Korb mit Einkäufen auf den mit Mehl bestäubten Tisch gewuchtet hatte.

»Mir scheint, du bist über Nacht zu Geld gekommen«, sagte sie beim Ausräumen leise. »Gestern warst du noch ein Habenichts.«

Der Junge schnappte nach Luft. Da Christian die Ohren spitzte, blieb ihm nichts weiter übrig, als die Geschichte weiterzuspinnen, mit der er schon Anna beglückt hatte.

Bettine schürzte in vorgeheuchelter Bewunderung die Lippen. Sie glaubte ihrem Gesellen kein Wort. »Du bist doch in nichts verwickelt, was uns Kopf und Kragen kosten könnte?«, hakte sie besorgt nach. »Wo ist der Brief?«

»Welcher … Brief?« Hugo geriet ins Stammeln. Unter den forschenden braunen Augen seiner Meisterin zerbröckelte seine Selbstsicherheit wie eine Mauer nach einer Kanonensalve.

»Du musst doch einen Brief aus Frankfurt bekommen haben, in dem man dir deine Erbschaft angekündigt hat.«

»Richtig, aber ich habe ihn versehentlich ins Ofenloch gestopft.«

»Das ist doch Unsinn«, brauste die Witwe auf. »Vor fünf Minuten starb dein angeblicher Verwandter noch in Kassel und nicht in Frankfurt.«

»Wo auch immer, ich bin nicht Ihr Leibeigener!«

»Aber Junge, ich will doch nur …«

»Nein!« Erbost warf Hugo den Kochlöffel auf den Tisch, dann riss er sich die fleckige Schürze vom Leib und stürmte aus dem Raum.

Die Witwe seufzte. »Ich habe Angst, dass der Junge eine große Dummheit begeht.« Sie nahm den Löffel und ging damit zur Herdstelle, um sich Hugos Arbeit genauer anzusehen. »Er hat keinen roten Heller in der Tasche und kann daher gar nicht fort von hier. Aber das will er sich nicht eingestehen.« Sie lachte bitter auf. »Ich möchte das Gesicht seiner Anna sehen, wenn sie merkt, dass diese angebliche Erbschaft nur aus Luft und Liebe besteht.«

Christian strich sich nachdenklich über das Kinn. »Da wäre ich mir nicht so sicher«, sagte er. »Hugo scheint ganz fest daran zu glauben, dass ihn in Kürze ein Geldsegen ereilen wird.« Und das macht mir Angst, fügte er in Gedanken hinzu.

Plötzlich bemerkte er, dass die Witwe ihn mit sichtlicher Neugier betrachtete. Das hatte ihm gerade noch gefehlt. Er schaute sich um. Sie waren allein in der Manufaktur.

»Ich habe dich gestern in Bleichweins Haus sofort wiedererkannt«, sagte sie lächelnd. »Aber ich hielt es nicht für angebracht, den Hauptmann das wissen zu lassen.«

Christian bemühte sich, den Kloß in seiner Kehle loszuwerden. »Sehr vernünftig!« Er sah sie an und musste zugeben, dass er sich ihrer Ausstrahlung nur schwer entziehen konnte. In ihren Augen lag ein dunkler Glanz, in dem sich Traurigkeit und die pure Gier nach Leben paarten. Mit ihren roten, stets leicht geöffneten Lippen schien sie das Schicksal zu verspotten, das ihr so lange übel mitgespielt hatte, während ihre scharf geschnittene Kinnpartie andeutete, dass sie über genügend Stärke und Ehrgeiz verfügte, um es mit ganz Weimar allein aufzunehmen. Christian atmete tief durch; er war heilfroh, dass Helene nicht im Haus war.

»Ja, Vernunft entspricht meinem Naturell«, hörte er die Witwe wie durch einen Wasserfall sagen. »Eines Tages wird auf meinem Grabstein stehen: Sie war stets vernünftig. Ich kann nur hoffen, dass der Stein noch lange nicht gehauen werden muss.«

»Bettine …« Christian musste tief noch einmal Luft holen, ehe er weiterreden konnte. »Ich hoffe, ich habe dich damals nicht verletzt, als ich …«

Die Witwe schüttelte den Kopf. »Wir sollten beide die Träume unserer Väter verwirklichen. Du als höherer Beamter, ich an der Seite eines von Papas Zunftgenossen. Mit ihm zusammen habe ich etwas aufgebaut in dieser Stadt. Das lasse ich mir nicht zerschlagen!« Ihre letzten Worte klangen reichlich hart in Christians Ohren, doch er kannte auch den Grund dafür.

»Ich habe von deinem Roman gehört«, sagte sie, nachdem eine Weile Schweigen geherrscht hatte. »Dem *Rinaldini*. Es muss aufregend sein, spannende Geschichten niederzuschreiben. Helene de Ahna ist jedenfalls sehr stolz auf dich.«

Christian blickte sie erschrocken an, doch Bettine winkte lachend ab. »Was hast du gedacht? Dass ich nicht herausfinden würde, was sie dir bedeutet? Männer denken oft so kompliziert. Aber du musst dir keine Sorgen machen, dass ich ihr gegenüber etwas ausplaudere, was dich kompromittieren könnte. Das kann ich schon aus dem Grund nicht, weil mir keine pikanten Details von damals mehr einfallen.«

Beruhigend, dachte Christian und verabschiedete sich.

Max, der Diener von Madame Europe, streifte ziellos durch den Park an der Ilm. Er brauchte dringend frische Luft. Die Kälte, welche die ganze Stadt seit Tagen wie in Ketten hielt, machte ihm nichts aus. Aus Russland war er wesentlich frostigere Temperaturen gewöhnt. Er erinnerte sich noch dunkel, wie er mit einigen anderen Jungen manchmal ein Loch ins Eis eines zugefrorenen Sees geschlagen hatte, um dann splitternackt ins kalte Wasser zu springen. Für gewöhnlich hatte Max es am längsten in dem dunklen Eisloch ausgehalten, was ihm außer der Bewunderung seiner Kameraden auch den Rang ihres Anführers eingebracht hatte.

Doch die Zeiten hatten sich geändert. Und Russland war weit.

Max trat dicht ans Ufer der Ilm, die ruhig und gemächlich ihrem Lauf folgte und starrte über das Wasser hinweg. Die Weite des Parks gefiel ihm, in ihm fühlte er sich wohler als in der Enge des stickigen Gasthofs. Seine Herrin verließ die Herberge kaum noch, weigerte sich aber nach wie vor hartnäckig, Weimar zu verlassen. Max fand keine Erklärung dafür, sosehr er sich auch den Kopf zerbrach. Was zum Teufel hielt sie jetzt noch hier? Sie hatte ihre Karten ausgespielt, und alles, was sie darin gesehen hatte, war eingetreten.

Max starrte auf seine Hände, die in dicken Hirschlederhandschuhen steckten. Sie waren stark. Stark genug, um jedem das Genick zu brechen, der es wagte, sich seiner Madame in den Weg zu stellen. Er würde es nicht zulassen, dass sie noch einmal litt. Er löste den Blick von seinen Fäusten und sah hinauf zu den Wipfeln der kahlen Bäume. Wie sie wohl im Frühling aussahen, wenn die Zweige sich in grünes Laub kleideten? Wenn seine Herrin nicht bald zur Vernunft kam, würde er vermutlich auch im Sommer noch hier sein. Dann konnte er den Park an der Ilm in seiner vollen Pracht sehen.

Falls er überhaupt so lange am Leben blieb.

Er spazierte über eine Brücke und setzte seinen Weg auf der gegenüberliegenden Uferseite fort. Als er eine Krähe schreien hörte, blieb er stehen und lauschte. Ausgerechnet jetzt musste er an die Frau denken, die ihn wenige Tage zuvor vor dem Gasthof angesprochen hatte. Eine Verrückte, so hatte er zunächst wenigstens angenommen. Grauhaarig, zerzaust und nach Rum riechend. Sie hatte nach seiner Herrin gefragt und ihm einige höchst merkwürdige Fragen über ihre Zeit in Russland gestellt. Das hatte ihn misstrauisch gemacht. Er war immer rasch auf der Hut, wenn Fremde zu großes Interesse an seiner Herrin zeigten. Handelte es sich um Personen adeligen Standes, war es schwer, sie zu schützen.

Max hatte sie nicht hinaufgelassen. Es fehlte noch, dass ein überspanntes Frauenzimmer ihr Geschäft schädigte. Doch bevor er sie hatte fortschicken können, war plötzlich Madame am Fenster erschienen, um ihn zu sich zu rufen. Mit einem Schaudern erinnerte sich Max, wie die Alte sich die Haare gerauft hatte, als hätte ihr der Leibhaftige vom Dachfirst aus zugewinkt. Und damit war der Spuk auch schon vorbei gewesen. Die Frau hatte kehrtgemacht und war mit einem Fluch auf den Lippen verschwunden.

Trotz der Kälte begann Max zu schwitzen. Mit umwölkter Stirn verfolgte er, wie ein paar Enten schnatternd der Ilm zustrebten. Seine Gedanken schweiften ab zu dem Mädchen, das bald nach dieser Begegnung im Gasthaus aufgetaucht war. Wie war ihr Name doch gleich noch gewesen? Anna? Max hatte eine Schwester dieses Namens gehabt, jedenfalls vermutete er, dass das Kind, an das er sich nur undeutlich in seinen Träumen erinnerte, seine Schwester gewesen war. Vermutlich war sie längst tot. Verhungert oder aufgehängt.

So wie die Frau, die seine Herrin vor dem Gasthof verflucht hatte.

Ein beißender Wind strich über die Bäume und rüttelte an

den Sträuchern. Aber es war nicht die Kälte, die Max plötzlich frösteln ließ. Eher eine Ahnung von heraufziehendem Unheil. Max durfte keine Zeit verlieren, er musste zurück in die Stadt. Dass seine Herrin sich doch noch von ihm überreden lassen würde, die Koffer zu packen, bezweifelte er. Aber er wollte verdammt sein, wenn er nicht wenigstens einen letzten Versuch unternahm, sie zur Vernunft zu bringen. Eilig überquerte er die Brücke und schlug dann den Weg ein, der aus dem Park hinaus und am Schloss vorbei stadteinwärts führte. Die Gestalt, die sich ihm an die Fersen heftete und in einigem Abstand folgte, bemerkte er trotz seiner üblichen Vorsicht nicht.

Im Haus des Advokaten Marlander, das nur einen Steinwurf weit vom Roten Schloss entfernt war, wurde Christian von einem Kanzleibedienten eröffnet, dass sein Herr Termine in der Stadt wahrnehme und erst am Nachmittag wieder zu sprechen sei. Christian begab sich daher in ein nahe gelegenes Gasthaus, wo er sich bei einem deftigen Rindfleischeintopf und einem Becher Bier noch einmal durch den Kopf gehen ließ, was er von Bleichweins Dienstmagd und bei seinem anschließenden Besuch in Bettine Jungmanns Küche erfahren hatte. In der Gaststube war glücklicherweise nur wenig Betrieb. Die Handvoll Kaufleute, die sich in einer der Nischen nahe dem Ofen ihre Pfeifen stopften und über das garstige Wetter klagten, störte ihn nicht. Christian musste an Bettine denken. Sie war ohne Zweifel eine Frau, die zu verzaubern wusste. Aber sie machte sich Sorgen. Bleichweins Tod mochte ihr eine Atempause verschafft haben, doch ihr Schwager Krammfeld würde weiterhin Mittel und Wege finden, ihr das Leben schwer zu machen. Helene konnte nicht für alle Ewigkeit bei ihr bleiben, und wenn Hugo ernst machte und die Stadt verließ, würden auf Bettine schwere Zeiten zukommen.

Der Beutel mit Bleichweins Gold lag neben Christian auf der

Bank, versteckt unter seinem Mantel. Wie war der Tabakhändler an diesen Schatz geraten? Während er sich einen zweiten Becher Bier genehmigte, blätterte Christian in dem Rechnungsbuch, das Anna ihm überlassen hatte. Erasmus Bleichweins Buchführung war keine besonders entspannende Lektüre. Doch sogar Christian, der über keinen ausgeprägten Sinn für Zahlen verfügte, wurde rasch klar, dass die Geschäfte des Tabakhändlers bereits seit Jahren nicht mehr gut liefen. Das erstaunte Christian. Er hatte angenommen, Bleichwein sei trotz seines eher bescheidenen Lebensstils ein reicher Mann. Das Buch sprach dagegen eine andere, nichtsdestotrotz deutliche Sprache: Bleichwein hatte innerhalb weniger Jahre eine Reihe herber Rückschläge verkraften müssen. Von zwei Schiffen war hier die Rede, die mit ihrer gesamten Ladung auf der Rückreise von Carolina in Stürmen gesunken waren. Von verdorbenen Tabakpflanzen und von Forderungen, die diverse Gläubiger Bleichweins in Holland an ihn gestellt hatten.

Der Mann war so gut wie bankrott gewesen, schoss es Christian durch den Kopf. Die rote Tinte füllte Seite um Seite. Aufgeregt leerte Christian seinen Becher, dann blätterte er weiter. Nun begriff er auch, warum die Manufaktur in Bleichweins Hof hinter dem Laden so verödet aussah. Ihm waren die Arbeiter davongelaufen, weil er sie nicht mehr bezahlt hatte.

Doch wie zum Teufel war er dann an den Beutel Gold gekommen, den er in der Holzfigur versteckt hatte? Christian rief sich das Erscheinungsbild des dicken Mannes mit der wenig kleidsamen Perücke ins Gedächtnis zurück. Er hatte ihn als schroff und wenig liebenswürdig kennengelernt. Von Bettine wusste er, dass er auch heimtückisch sein konnte, wenn es ihm einen Vorteil brachte. Aber als Räuber, der sich auf die Lauer legte, um andere auszurauben, konnte Christian sich den Händler nicht vorstellen. Eher schon als Betrüger, der an einer Reihe krummer Geschäfte beteiligt gewesen war. Hatte nicht sogar seine Magd behauptet, das Geld in der Figur sei schmutziges Geld gewesen? Blutgeld? Wen wunderte es da, dass es nicht in den Büchern auftauchte? Und was, wenn Bleichwein einen Partner gehabt hatte?

Christian starrte auf das Buch vor ihm auf dem Tisch. Ja, das klang einleuchtend. Ein Partner, dem Bleichwein lästig geworden war und der ihn und seine Schwester als Mitwisserin daher zum Schweigen gebracht hatte. Doch wer in der Stadt konnte das sein? Es musste sich um eine Person handeln, die über bessere Kontakte und Beziehungen verfügte als Bleichwein, der in Weimar nicht einmal das Bürgerrecht besessen hatte. Ein Mann, der einflussreich war, aber auch ohne Skrupel seine Interessen vertrat.

17. Kapitel

Eine Stunde später zog er wieder am Klingelzug von Marlanders Kanzlei. Diesmal wurde er ins Haus gelassen und ohne Umschweife in ein luxuriös eingerichtetes Arbeitszimmer geführt, das vom Fußboden bis zur Decke mit Büchern vollgestopft war.

Den Advokaten Marlander hatte Christian sich als distanzierten Herrn fortgeschrittenen Alters vorgestellt, doch der Mann, der ihm lächelnd die Hand schüttelte, begrüßte ihn wie einen alten Freund. Er war hochgewachsen und sein schlanker, fast drahtiger Körperbau deutete an, dass er nicht nur beim Essen und Trinken Maß hielt, sondern seine Muskeln auch durch verschiedene Arten der Leibesertüchtigung stählte. Sein schütteres, weizenblondes Haar war zurückgekämmt und im Nacken zu einem straffen Zopf zusammengebunden. Bekleidet war er mit einem silberdurchwirkten blauen Gehrock und dazu passenden weißen Kniehosen.

Er schien sich über den unerwarteten Besuch zu freuen.

»Vulpius, wie schön Sie wiederzusehen. Wie lange ist das nun her?« Er ließ Christians Hand los und runzelte erwartungsvoll die Stirn. »Zehn Jahre? Fünfzehn?«

Christian war so durcheinander, dass er fast übersah, dass der Anwalt Besuch hatte. Zwei gut gekleidete Damen, ein Mann und ein Junge, nur wenig älter als sein Neffe August, saßen um einen runden Tisch herum und nippten an Mokkatassen. Das Kind wirkte gelangweilt, die Erwachsenen schienen irritiert über den unerwarteten Besucher zu sein, den Marlander so herzlich begrüßte.

»Vulpius und ich haben gemeinsam die Schulbank gedrückt«, rief der Anwalt grinsend in die Runde. »Wissen Sie noch, wie wir gemeinsam vor dem Erfurter Tor auf Spatzenjagd gegangen sind?«

Christian konnte sich nicht erinnern, so etwas jemals getan zu haben. Und den Mann hatte er bestimmt noch nie im Leben gesehen. In der Schule war er nicht nur von seinen Lehrern geplagt worden, sondern auch von vielen seiner Mitschüler, die mit ihm nicht viel hatten anfangen können. Er hatte nur ein, zwei Freunde gehabt, Träumer und Bücherwürmer wie er selbst. Ein Bursche wie Marlander dagegen hatte zweifellos zu denen gehört, die wie der Teufel geritten waren, gefochten, gejagt und gerungen hatten. Ganz dunkel erinnerte er sich plötzlich an einen Jungen, der sich tagtäglich einen Spaß daraus gemacht hatte, Christian zu packen und zur Erheiterung seiner Kameraden kreuz und quer durch die Stadt zu hetzen. Regelrechte Treibjagden hatte der Grobian veranstaltet und sie »Odysseus und die Riesen« genannt, weil er Christian gezwungen hatte, beim Laufen Passagen aus Homers Odyssee auf Griechisch zu deklamieren. War dieser Idiot Marlander gewesen? Ganz sicher war er sich nicht, doch wenn der Anwalt ihn unbedingt als einen alten Freund wiedererkennen wollte, warum nicht? Zu einem Mann,

212

den er für einen alten Schulfreund hielt, war er gewiss offener als zu einem Fremden, der seine Nase in Dinge steckte, die ihn nichts angingen.

»Unsere Spatzenjagd?« Christian lächelte geschmeidig. »Aber ja doch. Sie waren als Junge ein vortrefflicher Schütze und konnten besser mit der Flinte umgehen als die meisten unserer Kameraden.«

»Mit der Flinte?« Marlander brüllte vor Lachen, bis ihm die Augen tränten. »Sie sind ein wahrer Scherzbold, Vulpius. Wir hatten doch keine Flinten. Nur selbst gebastelte Schleudern, und mit denen haben wir nichts als Eicheln und welke Blätter von den Bäumen geholt.«

Christian war unbehaglich zumute, als Marlander ihn unter mehrmaligem Schulterklopfen zum Sofa führte, wo seine Besucher ungeduldig auf ihn warteten.

»Wie unhöflich von mir, verzeihen Sie. Da plappere ich von den alten Zeiten, an die wir uns so gern erinnern, und vergesse ganz, meine Gäste vorzustellen. Das sind Oberamtmann Armin von Moor, seine Frau Constanze und ihr Sohn Louis!«

Von Moor? Christian war überrascht, als er den Namen hörte. Hießen so nicht die Leute, die Bettines Geselle zum Zeitpunkt des Mordes beliefert hatte? Ihre Köchin hatte bestätigt, dass der Junge fast den halben Nachmittag in ihrer Küche gewesen war. Unauffällig musterte er das Ehepaar, das auf Marlanders Chaiselongue Platz genommen hatte.

Armin von Moor war gut und gern zwanzig Jahre älter als seine Frau, die Christian auf Anfang dreißig schätzte. Er hatte silbergraues Haar, das in leichten Wellen fast bis auf die Schultern reichte. Im Gegensatz zu dem lebhaften Marlander wirkte von Moor phlegmatisch und kränklich. Christian begrüßte er mit einem halbherzigen Nicken, das nicht verhehlte, dass er ihn für einen Störenfried hielt. Anders als ihr Mann war Frau von Moor trotz des einfachen Kleides, das sie trug, alles andere als fade, sondern hübsch und gepflegt. Ihre Gesten sowie die funkelnden Augen verrieten, dass sie temperamentvoll war. Ihr Sohn sah indes weder Vater noch Mutter ähnlich. Er war klein für sein Alter und machte einen schüchternen Eindruck. Erst auf einen Wink der hübschen Dame an seiner Seite stand er auf, doch die Verbeugung, mit der er Christian begrüßte, fiel reichlich hölzern aus.

Frau von Moor nickte zufrieden. »Louis ist so klug, dass er schon die *Odyssee* auf Griechisch liest«, erklärte sie voller Stolz. »Dabei ist er noch nicht mal zehn Jahre alt. Seine Handschrift ist auch wunderschön.«

»Ich verstehe nur nicht, warum ihr mich die letzten Tage nicht zur Schule habt gehen lassen«, sagte der Junge. »Ich bin doch nicht krank!«

Frau von Moor verdrehte die Augen. »Du hast eine zarte Gesundheit, mein Junge. Der ganze Schnee, die Kälte …« Sie schüttelte sich. »Das wäre zu viel für dich gewesen, glaube mir. Und ich hätte wieder alle Hände voll zu tun gehabt, um dich mit meinen selbst gemachten Arzneien und Kräutertränken gesund zu kriegen.«

»Hat der Herr Kinder?«, erkundigte sich von Moors Frau.

»Einen Neffen«, sagte Christian lächelnd. »Aber von dem habe ich noch nichts Griechisches zu hören bekommen.«

»Vulpius spricht von Herrn Goethes Sohn!« Marlander rückte einen Stuhl für Christian zurecht, blieb selbst aber am Kaminfeuer stehen. »August heißt der Junge, nicht wahr? Sicher wird Louis ihm eines Tages im Gymnasium begegnen.«

»Wie reizend«, sagte Frau von Moor. Was ihr sonst noch dazu einfiel, erfuhr Christian nicht, da ein Blick ihres Mannes die Frau verstummen ließ. Schlecht gelaunt befahl von Moor seinem Sohn, sich wieder hinzusetzen und seine Tasse Mokka auszutrinken.

»Louis wird einmal Offizier in Diensten des Herzogs werden

214

wie sein Großvater«, brummte er in seinen Schnauzbart. »So haben wir es schon bei seiner Geburt beschlossen.«

Christian nickte höflich. Das *wir* bezog sich offensichtlich nicht auf seine Ehefrau.

»Und das ist meine liebe Frau Mella«, stellte der Anwalt die zweite Frau am Tisch vor, die an einem Stück Konfekt knabberte. Sein Ton wurde merklich kühler. »Ich habe die von Moors in einer juristischen Angelegenheit beraten und danach zu einem Mokka eingeladen.«

»So ist es!« Armin von Moor nahm einen letzten Schluck Mokka, bevor er seinen massigen Körper vom Sofa wuchtete. Wie auf Befehl folgten seine Frau und sein Sohn seinem Beispiel und erhoben sich ebenfalls. »Aber nun sind wir dir lange genug zur Last gefallen. Wir gehen!« Er streckte Marlander seine schlaffe Hand hin, welche dieser nach kurzem Zögern schüttelte. Christian fiel auf, dass der Anwalt besorgt dreinschaute und hätte zu gern gewusst, worüber er sich mit den von Moors unterhalten hatte. Doch natürlich gehörte es sich nicht, danach zu fragen. Schweigend sah er zu, wie Marlander der Frau des Schnauzbärtigen einen Kuss auf die bleichen Fingerspitzen hauchte und freundschaftlich den Blondschopf des Jungen zerraufte.

»Es war mir eine Freude, Sie kennenzulernen, Herr Vulpius!« An der Tür lächelte Constanze von Moor ihm zu. Unverbindlich, aber ehrlich. »Ich habe Ihren *Rinaldini* gelesen und fand den Roman erfrischend aufregend!«

Marlanders Frau stieß einen spitzen Schrei aus, als wäre ihr jemand auf den Fuß getreten. »Ach, du meine Güte, und ich ahnungsloses Geschöpf biete dem Herrn nicht einmal Konfekt und Mokka an. Wo habe ich nur meine Gedanken gelassen?«

»Das frage ich mich seit dem ersten Tag unserer Ehe, meine Liebe«, murmelte Marlander.

Christian hob peinlich berührt die Hand, konnte den Redeschwall der Frau aber nicht mehr bremsen.

»Die gute Constanze tut immer so gebildet, als würde nur sie etwas von Literatur verstehen. Dabei verfolge ich Ihre literarische Arbeit schon viel länger als sie.«

»Tatsächlich?«

»Wenn ich es Ihnen doch sage! Und die Geschichte über diesen Räuberhauptmann habe ich mit mindestens ebenso großer Begeisterung verschlungen wie Frau von Moor.« Sie stieß einen wahrhaft bühnenwürdigen Seufzer aus. »Schade nur, dass die Geschichte so tragisch enden muss. Als ich las, wie das arme Mädchen herausfindet, dass ausgerechnet ihr Geliebter unter die Räuber gegangen ist und ihn bittet, sie zu töten, damit er seinen Eid nicht brechen muss, kamen mir die Tränen. Ja, wirklich, ich saß im Salon und weinte. Meine Magd glaubte, ich sei vor Kummer krank geworden, und wollte einen Arzt rufen. Fantastisch, diese Sprachgewalt. Und so viel Gefühl. Aber warum ist Ihnen nur kein glücklicheres Ende eingefallen?«

»Das solltest du den Dichter Friedrich Schiller fragen«, erwiderte Frau von Moor spitz. »Du erzählst uns nämlich gerade von seinem Schauspiel *Die Räuber*.«

»Oh«, machte Frau Marlander. »Nun, ich … Das geschieht wohl, wenn man zu viel liest so wie Frau von Moor. Man ist nicht mehr in der Lage, Traum von Wirklichkeit zu unterscheiden.« Sie fächelte sich Luft zu, um ihre erhitzten Wangen zu kühlen, und öffnete dann die Tür, um ihre Gäste hinauszubegleiten. Frau von Moor würdigte sie jedoch keines Blickes mehr.

Grinsend bot Marlander Christian einen Stuhl vor seinem Schreibtisch an. »Hoffentlich tragen Sie meiner Gattin diesen Fauxpas nicht nach! Die Ärmste ist gestraft genug.«

»Aber ich bitte Sie«, sagte Christian lächelnd. »Ich fühle mich geschmeichelt, allerdings weiß ich nicht, ob sich Professor Schiller über die Verwechslung freuen würde. Ich habe ihn übrigens gestern flüchtig kennengelernt. Ein angenehmer Mensch, der genauso geistreich ist, wie man sich von ihm erzählt.«

»Das glaube ich gern«, sagte der Anwalt.

»Er logiert bei Goethe am Frauenplan. Aber wie man hört, hat er vor, im kommenden Jahr für immer zu uns nach Weimar überzusiedeln. Er und der Geheimrat planen wohl, künftig enger zusammenzuarbeiten.

Marlander wurde hellhörig. Wie Christian vermutete, ließen sich viele wohlhabende Bürger von ihm juristisch beraten, ein Umstand, der ihn mit Stolz erfüllte. »Oh, ich würde mich freuen, wenn ich Herrn Schiller bei der Suche nach einem passenden Domizil behilflich sein könnte. Würden Sie ihm das ausrichten?« Marlander zog eine silberne Tabatiere mit Schildpattdeckel aus seiner Schublade und bot Christian eine Prise Schnupftabak an. »Wie man hört, soll er kein Kostverächter sein.«

Christian schüttelte dankend den Kopf. Schillers Leidenschaft für Tabak schien sich also auch schon bis zu Heinrich Marlander herumgesprochen zu haben.

Marlander verzog das Gesicht und nieste zweimal geräuschvoll in ein rotes Schnupftuch. »Der Tabak ist vom Händler Bleichwein, Gott habe ihn selig«, flüsterte er. »Sie haben von dem Mord an ihm gehört? Aber genug davon. Gewiss sind Sie nicht in die Kanzlei gekommen, um einem alten Schulfreund die Hand zu schütteln, oder?«

»Sie vermuten richtig!« Er wickelte den Beutel mit Münzen aus seinem Umhang und legte ihn mitsamt dem Rechnungsbuch vor dem Advokaten auf den Tisch. Dann erklärte er knapp, wie er an beides gekommen war. Heinrich Marlander hörte ihm zu, ohne ihn zu unterbrechen.

»Ich wusste, dass Bleichweins Geschäfte nicht mehr so gut gingen wie früher«, sagte er nach einer Weile. »Aber von diesem Geld hier hatte ich keine Ahnung. Bleichwein war ein sehr verschlossener Mensch, der auch mich als seinen Advokaten niemals richtig ins Vertrauen zog. Vielleicht gehörte es gar nicht ihm. Ich meine, es könnte doch sein, dass er den Beutel nur für jemanden in Verwahrung genommen hatte. Für eine gewisse Zeit.«

An diese Möglichkeit hatte Christian noch gar nicht gedacht, aber er musste zugeben, dass sie einleuchtend klang. Es würde erklären, warum der Tabakhändler sich nicht aus dem Beutel bedient hatte, um seine Schulden zu bezahlen. Doch wer könnte ihm das viele Geld anvertraut haben?

»Wissen Sie, ob Bleichwein einen Partner hatte?«

Marlander hob erstaunt die Augenbrauen. »Einen Geschäftspartner? Nein. Jedenfalls hat er nie einen erwähnt. Soviel ich weiß, war er mit dem Lebkuchenbäcker Krammfeld befreundet, aber dass die beiden miteinander Geschäfte gemacht haben, kann ich mir nicht vorstellen.«

»Hm!« Christian sah zu, wie Marlander Bleichweins Rechnungsbuch aufschlug und die ersten Seiten überflog. »Und was geschieht nun mit dem Besitz des Tabakhändlers? Seine Schwester ist tot, daher frage ich mich, an wen Haus und Laden fallen werden.«

»Da auch Sie einmal die Rechte studiert haben, wissen Sie, dass ich Ihnen das nicht verraten darf«, sagte der Anwalt. »Aber richten Sie Bleichweins Dienstmagd von mir aus, dass sie in den nächsten Tagen von mir hören wird. Es steht ihr zwar leider kein Geld zu, und im Haus kann sie auch nicht wohnen bleiben, aber ihre Ehrlichkeit soll belohnt werden. Gewiss wird sich eine neue Anstellung bei freundlichen Herrschaften für sie finden lassen. Ich weiß zum Beispiel, dass die von Moors eine neue Küchenhilfe suchen.«

»Ach wirklich?« Christian wurde hellhörig.

»Ihre Köchin hat sie verlassen. Einfach so. Ohne Abschied. Unfassbar, dieser Undank! Dabei wurde das Weib buchstäblich auf Händen getragen, weil sie so gut kochte. Die feine Weimarer Gesellschaft beneidete Constanze um sie.«

»Und trotzdem ist sie auf und davon?« Christian traute seinen Ohren nicht. Die Frau, die Hugos Unschuld bezeugt hatte, war fort. »Aber wohin kann sie so plötzlich gegangen sein?«

Heinrich Marlander zuckte mit den Achseln. »Ach, wer weiß das schon? Mir scheint, der frühe Wintereinbruch setzt so einigen Gemütern zu. Würde mich nicht wundern, wenn bald wieder das Fieber die ersten Todesopfer forderte. Kein Wunder, bei dieser beißenden Kälte, die über der Stadt liegt. Und dann diese pechschwarze Finsternis. Man könnte glauben, jemand hätte uns verflucht.« Er rümpfte die Nase. »Das ist natürlich Unfug, aber ein leichtgläubiger Mensch wie meine Frau könnte schon annehmen, dass unsere Schwierigkeiten mit der Ankunft dieser Fremden im *Gasthaus Zum Weißen Schwan* angefangen haben.«

»Sie meinen Madame Europe, die Kartenlegerin. Sind Sie ihr schon begegnet?«

Marlanders Augen blitzten nervös, als hätte Christian eine wunde Stelle berührt. »Ich habe sie bei einem Spaziergang im Park aus der Ferne gesehen. In Begleitung eines jungen Burschen, der niemanden nahe an sie heranließ. Vermutlich ihr Leibdiener. Ich hatte auch eine Einladung zu einer ihrer … ja, wie nennt man das? Séancen? Die Kammerfrau der Herzoginmutter, Luise von Göchhausen hatte eine Auswahl ihrer Freunde zum Schloss Tiefurt gebeten, um diese Frau zu sehen. Doch leider hielten mich wichtige Termine in meiner Kanzlei davon ab, die Einladung anzunehmen.« Er zuckte mit den Achseln. »Meine Frau war recht enttäuscht darüber. Sie ist empfänglich für Übersinnliches und hält diese Madame Europe für eine Geisterbeschwörerin. Nun, vielleicht sind wir ja tatsächlich schon alle verflucht.«

Christian gab sich Mühe, Ordnung in seine Gedanken zu bringen. »Josefina Bleichwein scheint daran geglaubt zu haben«, sagte er.

»So, hat sie das? Und wie kommen Sie zu dieser Vermutung?«

Christian war kein geübter Spieler, aber er beschloss, alles auf eine Karte zu setzen und dem Anwalt einen Köder hinzuwerfen. »Nun, soviel ich gehört habe, waren die Bleichweins auch empört darüber, dass diese Kartenlegerin in der Stadt ihr Wahrsagegeschäft betrieb. Aber das war nicht alles. Für Josefina lag die Ursache aller Probleme in dem eher fragwürdigen Umgang ihres Bruders.« Er beugte sich vor und flüsterte: »Ich spreche von seinem ... Kreis. Josefina hat lange darüber geschwiegen, doch dann tauchte plötzlich die Kartenlegerin in der Stadt auf, und die Hebamme bestand darauf, dass er sich von seinem Kreis zurückzog.«

Der Anwalt öffnete erschrocken den Mund, schloss ihn aber wieder, als in seinem Rücken eine Kaminuhr zu schlagen begann. Ein glockenheller Klang erfüllte den Raum.

»Die Hebamme Josefina Bleichwein war eine verwirrte Frau, die der Trunksucht verfallen ist«, rief Marlander plötzlich scharf. »Als sie in der Stadt zu arbeiten anfing, war sie noch forsch und tatkräftig, doch zuletzt fürchtete sie sich vor ihrem eigenen Schatten.«

»Sie glauben also nicht, dass sich Josefina vor dem Kreis fürchten musste, den ihr Bruder so oft besuchte?«

»Du lieber Himmel, nein. Das ist völlig ausgeschlossen. Erasmus Bleichwein war Mitglied im Tabakskolleg. Aber ich kann mir nicht vorstellen, was seine Schwester dagegen gehabt haben könnte. Sie mischte sich nie in seine Angelegenheiten ein.«

»Das Tabakskolleg?« Christian hatte noch nie von einer Einrichtung dieses Namens gehört. »Was ist das?«

»Ein Kreis von Herren jeden Standes, die an manchen Abenden ein wenig Zerstreuung und Entspannung suchen«, entgegnete Marlander ausweichend. »Ähnlich den Londoner Häusern, die von den Engländern als Klubs bezeichnet werden. Dort wird Pfeife geraucht, geschnupft und geplaudert. Die Herren sammeln auch regelmäßig Geld für wohltätige Stiftungen. Sie erinnern sich bestimmt noch an das schreckliche Feuer, das vor drei Jahren am Schweinemarkt gewütet hat. Das Haus von Anselm

Kugler, dem Barbier, ist dabei vollständig niedergebrannt. Mit der Unterstützung des Weimarer Tabakskollegs konnte es aber wiederaufgebaut werden.«

An den Brand erinnerte sich Christian dunkel. In den Gazetten war damals von unbekannten Wohltätern die Rede gewesen, die den Barbier angeblich mit einer beträchtlichen Spende vor dem Ruin bewahrt hatten.

»Das Tabakskolleg will für seine Wohltätigkeit weder Lob noch Dank«, fuhr Marlander fort. »Mit vielen seiner Mitglieder ist das Leben gut umgesprungen. Sie haben sich einen gewissen Wohlstand erwirtschaftet und auch gesellschaftlich erreicht, was sie erreichen wollten. Daher ist es für sie eine Frage der Ehre, auch an die zu denken, die das Schicksal härter geprüft hat. Aber sie wählen jeden, dem sie Hilfe zukommen lassen, mit Sorgfalt aus und unterstützen nur Personen, die unverschuldet in Not geraten sind.«

Christian deutete auf das Buch. »Wenn ich mir Bleichweins Passiva anschaue, kann ich mir nicht vorstellen, dass er in der Position war, andere großzügig zu unterstützen. Blieb er trotz seiner geschäftlichen Misserfolge in diesem Tabakskolleg?«

Marlander lächelte nachsichtig. »Hätte ausgerechnet er dem Kolleg den Rücken kehren sollen, wo doch alle Mitglieder ihren Pfeifen- und Schnupftabak bei ihm gekauft haben? Ich vermute, dass er ohne das Kolleg seinen Laden schon längst hätte zumachen müssen. So aber wurde er immer wieder mit Geld und Darlehen unterstützt.«

»Ich nehme an, dass auch Sie Ihr Scherflein dazu beigetragen haben, nicht wahr?« Christians Blick fiel auf die silberne Schnupftabaksdose, aus der Marlander sich gerade eine weitere Prise genehmigte. »Demnach gehören auch Sie dem Tabakskolleg an?«

Dem verfluchten Kreis, wie Josefina Bleichwein sich ausgedrückt hatte.

»Ach, ich bin nur ein ganz kleines Licht«, gab Marlander zu. »Sehen Sie das rote Schnupftuch in meiner Manschette? Es weist mich als eine Art Gesellen aus, der sich seine Sporen erst noch verdienen muss. Hat man sich als treu und zuverlässig erwiesen, wird das rote Tuch durch ein grünes ersetzt und einige Zeit später durch ein gelbes. Doch erst dem Besitzer eines weißen Schnupftuchs ist es erlaubt, bei wichtigen Angelegenheiten mitzureden. So schreibt es das Reglement der Tabaksmeister vor.« Er seufzte. »Ich sehe Ihnen an, dass Sie derlei Rituale für albern halten, jedoch …«

»Aber nein, ganz im Gegenteil«, sagte Christian. »Ich finde das alles hochinteressant! Welche Farbe hatte denn Bleichweins Schnupftuch?«

»Eigentlich sollte ich darüber nicht reden, aber …« Marlander atmete geräuschvoll aus. »Er besaß ein weißes. Tatsächlich diente er dem Kolleg sogar einige Jahre lang als Tabaksmeister, so nennen wir diejenigen, die für die Einhaltung des Reglements zuständig sind und auch die Kasse verwalten.«

»Ein hohes Privileg für einen Mann, den eigentlich keiner so richtig kannte, nicht wahr!«

Der Anwalt zuckte mit den Achseln. »Zugegeben, das hat so manchen in Erstaunen versetzt. Es ging sogar das Gerücht, Bleichwein und seine Schwester seien vor etwa zehn Jahren in die Stadt geholt worden, weil jemand ein Interesse daran hatte, sie zu protegieren. Demnach soll der Tabakhändler vorher gar kein Kaufmann gewesen sein, sondern etwas ganz anderes getan haben.«

»Könnte diese Person ihn auch in das Tabakskolleg eingeführt haben?«

»Wer weiß? Damals führte mein Vater noch die Kanzlei, und ich studierte in Göttingen.«

Christian nickte verständnisvoll. Er hätte zu gerne gewusst, wer außer Marlander noch eine Rolle in dieser eigenartigen Runde von Tabakbegeisterten spielte. Gewiss gab es Dokumente darüber, Listen, in denen die Namen der Mitglieder über die letzten Jahre hinweg verzeichnet worden waren. Doch selbst wenn diese in Marlanders Kanzlei hinterlegt worden waren, würde dieser ihm als Außenstehenden mit Sicherheit keinen Blick darauf gestatten. Vielleicht gab es jedoch eine andere Möglichkeit, sein Vertrauen zu gewinnen. Die behagte ihm zwar ganz und gar nicht, aber …

Ach, was soll's, dachte er und bat den Anwalt um eine Prise seines Schnupftabaks.

»Sicher?«, wunderte sich Marlander. »Dabei nahm ich an, Sie seien kein Tabakfreund.«

»Wer sagt das? Ich schnupfe leidenschaftlich gern. Im Grunde kann ich kaum noch die Finger vom Tabak lassen, so sehr genieße ich seine … belebende Wirkung.« Christian nahm einige der braunen, parfümierten Krümel und schob sie auf die Spitze des Daumens, wie er es bei dem Anwalt beobachtet hatte. Er hatte einmal gehört, dass es wehtat, wenn man den Tabak zu hastig einzog, weil er so die Schleimhaut in der Nase reizte. Daher führte er seinen Daumen vorsichtig unter das rechte Nasenloch und sog die geriebenen Krümel so behutsam wie möglich ein. Ein anregendes Kribbeln stellte sich ein, aber der Drang zu niesen blieb aus. Hatte er etwas falsch gemacht? Der Advokat starrte ihn mit einer Mischung aus Neugier und Argwohn an.

Und nun? Sollte er ein herzhaftes Niesen vortäuschen? Oder entlarvte ihn das als Schwindler und Heuchler? Womöglich brauchte er eine weitere Prise. Oder gleich mehrere. Zu seinem Glück wurde Marlander im nächsten Moment von seinem Sekretär gerufen, der den Kopf ins Zimmer streckte und einen weiteren Besucher ankündigte. Christian, der immer noch kein sauberes Schnupftuch bei sich trug, riss die Armbeuge auf und grunzte hinein.

»Köstlich«, stöhnte er mit geheuchelter Anerkennung. »Eine ausgezeichnete Mischung.«

»Der herzogliche Justizkommissar und Untersuchungsbeamte Hauptmann Heyde wünscht Sie zu sprechen«, schnarrte Marlanders Schreiber.

»Hauptmann Heyde«, begrüßte der Anwalt den Ankömmling, der sich nur einen Moment später an dem Sekretär vorbei in den Kanzleiraum schob. Marlanders wenig begeistertem Ton entnahm Christian, dass die beiden Männer einander schon des Öfteren begegnet waren und dass es sich dabei wohl kaum um angenehme Unterredungen gehandelt haben konnte. Auch Heydes Miene drückte alles andere als Wertschätzung aus, wenngleich der gehobene Stand des Advokaten es ihm verbot, seine Verachtung allzu deutlich zu zeigen. Als er Christian auf dem Besucherstuhl bemerkte, presste er wütend die Lippen zusammen.

»Sie, Vulpius?«, knurrte er. »Hatte ich Ihnen nicht geraten, mir nicht so bald wieder vor die Füße zu laufen?«

»Seit wann ist es verboten, einen alten Freund zu besuchen?«, entgegnete Christian. Obwohl sein Herz vor Aufregung heftig klopfte, bemühte er sich um eine gelassene Miene. »Stellen Sie sich vor, Advokat Marlander und ich sind zusammen zur Schule gegangen. Und nun schnupfen wir zusammen.«

»Ach, Sie schnupfen hier Tabak und plaudern dabei über alte Zeiten? Für wie dumm halten Sie mich eigentlich, Vulpius? Sie sind hier, weil Marlander der Anwalt von Erasmus Bleichwein war.« Er kam auf Christian zu und bohrte ihm seinen Zeigefinger in die Brust. »Sie sind lästig wie ein kleiner, kläffender Straßenköter, der sich im Rockschoß eines Mannes verbissen hat und ihn partout nicht loslassen will. Ich sollte Sie wegen Behinderung der Justiz in Arrest nehmen.«

Heinrich Marlander, dem Heydes Drohungen in seinem Haus nicht gefielen, klopfte mit dem Fingerknöchel auf den Tisch. »Na, na, Herr Hauptmann. Es liegt nichts gegen Herrn Vulpius vor, was einen Arrest rechtfertigen würde.«

»Nicht einmal die Unterschlagung von Beweismitteln?«, rief Heyde triumphierend aus. »Ich war in Bleichweins Tabakladen, um mir von seiner Dienstmagd seine private und geschäftliche Korrespondenz sowie alle Bücher aushändigen zu lassen.« Er verzog grimmig das Gesicht. »Ob Sie es nun glauben oder nicht, ich kam zu spät. Vor mir war schon jemand da, der Bleichweins Kassen- und Rechnungsbuch für die letzten fünf Jahre mitgenommen hat. Leider wollte mir das dumme Ding nicht verraten, wer diese dreiste Person war.«

Er bewegte sich langsam auf den Advokaten zu, behielt dabei aber auch Christian im Blick. »Ob ich die Dokumente hier finden würde, wenn ich mich ein wenig genauer umsähe?«

Christian blieb fast das Herz stehen. Er brachte keinen Laut über die Lippen. Er beobachtete, wie Marlander sich in seinem Stuhl zurücklehnte und unbeeindruckt die Hände vor dem Bauch faltete. »Die dreiste Person bin ich, Hauptmann!« Mit einer Kopfbewegung machte er Heyde auf das Buch aufmerksam, das noch immer aufgeschlagen vor ihm lag.

»Ich habe mir erlaubt, die Unterlagen an mich zu nehmen, weil ich Angst hatte, dass sie in die falschen Hände geraten könnten«, sagte er kühl. »Immerhin war ich Bleichweins Advokat und habe auch sein Testament aufgesetzt.«

»Sein Testament?« Hauptmann Heyde atmete tief durch. Er war ein Mann, der genau spürte, wenn er beschwindelt wurde. Dass er den Advokaten nicht der Lüge überführen konnte, machte ihn noch wütender. »Dann wissen Sie also, wem das Erbe der Geschwister Bleichwein zufallen wird?«

Marlander stieß scharf die Luft aus, doch nach einem Augenblick des Zögerns erhob er sich, schloss seinen Aktenschrank auf und entnahm diesem ein dickes Dossier, das eng beschriebene Urkunden mit blutroten Siegeln enthielt.

»Dem Herrn Untersuchungsbeamten darf ich diese Information wohl nicht vorenthalten«, sagte er, obwohl er seiner

Miene nach nichts lieber getan hätte. »Also dann wollen wir mal ...«

»Moment noch«, unterbrach ihn Heyde mit erhobener Hand. Er stapfte zur Tür, öffnete sie und gab Christian einen unmissverständlichen Wink, sich zu entfernen. »Ich denke, das ist nur für meine Ohren bestimmt, Vulpius! Hinaus mit Ihnen!«

Christian blieb nichts weiter übrig, als sich zu fügen. Als er auf die Straße trat, trieb ihm der Wind wässrige Flocken ins Gesicht; der Schneeregen hatte der Stadt nur eine kurze Atempause gegönnt, nun schlug er mit neuer, unverminderter Kraft zu. Christian zog seinen Hut tief in die Stirn und hielt die Krempe fest, damit er ihm nicht vom Kopf gerissen wurde. Die Menschen, die seinen Weg auf seinem Fußmarsch durch die Gassen kreuzten, verschwammen vor seinen Augen zu einer schwarzen, schattenhaften Masse.

Obwohl Heydes Hinauswurf ihn ärgerte, war er froh, den Advokaten aufgesucht zu haben. Zumindest hatte er nun eine konkrete Ahnung, wen der Tabakhändler in seinem Testament zum Erben bestimmt hatte.

18. Kapitel

Anna saß mit den Händen im Schoß im schäbigen Salon der Bleichweins und kam sich vor wie auf der Wartebank einer Postkutschenstation.

Unruhig betrachtete sie die Flamme der Kerze, die sich vor ihr auf dem Tisch bewegte. Sie hatte sie angezündet, weil sie das Einzige war, das sie in dieser in Stille erstarrten Umgebung an etwas Lebendiges erinnerte. Ein wenig Wärme. Von Zeit zu Zeit raffte sie sich auf und schleppte sich zum Fenster. Hugo hatte versprochen, vorbeizuschauen, sich aber bis jetzt noch nicht blicken lassen. Dabei wurde es bald dunkel, und schon wieder klatschten dicke Schneeflocken gegen die Scheibe.

In dem staubigen Raum war es so kalt, dass Anna ihren eigenen Atem davonwehen sah. Seit Bleichwein tot war, hatte sie sich nicht mehr um den Ofen gekümmert. Doch nun überlegte sie, ob sie das Haus verlassen sollte, um im Schuppen nach Brennholz zu suchen. Schließlich wollte sie nicht erfrieren. Da hörte sie, wie unten stürmisch an die Ladentür geklopft wurde.

Hugo! Endlich! Sie nahm die Kerze und eilte damit die Treppe hinunter.

»Hast du gepackt?«, keuchte er, als wäre er um sein Leben gelaufen. »Wir müssen los und zwar sofort!«

Anna schaute aus dem Fenster und erschauderte. Was sich dort draußen zusammenbraute, war ein Schneegestöber. Selbst wenn die Tore noch nicht geschlossen waren, hielt sie es für Wahnsinn, jetzt die Stadt zu verlassen. Sie würden erfrieren, noch bevor sie das nächste Dorf erreicht hatten. Warum konnten sie nicht bis morgen früh warten? Möglicherweise hatte der Sturm dann schon wieder nachgelassen.

»Lass das meine Sorge sein«, versuchte Hugo ihre Bedenken zu zerstreuen. »Ich habe einen Schlitten aufgetrieben. Wenn du ein paar warme Decken einpackst, wird es schon gehen. Aber beeil dich, wir dürfen keine Zeit verlieren, sonst … Meine Meisterin … Du weißt ja, dass sie mich nicht ziehen lassen will. Bei diesem Wetter wird sie nicht nach uns Ausschau halten.«

Anna runzelte die Stirn. Sie glaubte ihm nicht. Es war nicht die Schokoladenmacherin, vor der er sich fürchtete. Da gab es noch etwas. Oder jemanden. »Hast du das Geld bekommen?«, fragte sie leise. »Deine … Erbschaft?«

Sie bemerkte, wie er zögerte, dann aber kurz nickte. Suchend schaute er sich im Laden um. »Was willst du mitnehmen? Denk daran, dass wir nicht mehr zurückkehren.«

Sie atmete tief durch. Der gehetzte Blick, mit dem er sie musterte, gefiel ihr nicht. Er machte ihr Angst. Noch mehr als das Haus mit seinen knarrenden Fußböden. Doch dann musste sie an die Kartenlegerin denken, und an die lange Reise, die sie ihr prophezeit hatte. Sie würde sehr glücklich sein, das hatten ihr die wunderlichen Karten verheißen.

»Ich beeile mich ja schon«, versprach sie. Viel gab es in diesem Haus nicht, was ihr gehörte.

Zehn Minuten später bestieg Anna den Schlitten, den Hugo kurz darauf aus einem Schuppen hinter der Schmiede lenkte. Unter dem Berg von Decken, mit dem der junge Mann sie vor dem Schneeregen zu schützen versuchte, bekam sie kaum Luft, und sehen konnte sie fast nichts mehr. Doch ihr entging nicht, dass es Bettines Pferd war, das Hugo vor das Gefährt gespannt hatte. Er hatte es gestohlen.

»In der Eile war kein anderes aufzutreiben«, erklärte er ihr mit schuldbewusster Miene. »Ich bin schon froh, dass der Schmied mir seinen klapprigen Schlitten abgetreten hat. Sobald wir in Erfurt sind, werde ich der Witwe schreiben und den Schaden ersetzen.«

Anna schluckte schwer, dann legte sie ihren Kopf vorsichtig an Hugos Schulter und sah zu, wie die Umrisse von Häusern und Mauern wie schwarze Raben an ihr vorüberrauschten.

Jetzt bin ich keine Dienstmagd mehr, dachte sie. Ich bin auf dem Weg in ein neues Leben, in dem mir niemand mehr droht, mich in die Kälte zu jagen. Sie streckte die Hand aus und genoss es, wie die Flocken nach ihr griffen, als wollten sie sie zurückhalten.

Der Schlitten kam nur langsam voran, weil die Kufen stumpf waren und der alte Gaul, der bei der Witwe niemals im Geschirr gelaufen war, im harschen Sturmwind bockte, als wittere er hinter jeder Ecke Gefahr. Hinzu kam, dass Hugo zu Annas Überraschung nicht den kürzesten Weg aus der Stadt wählte. Von den vier Toren in der Stadtbefestigung von Weimar war das Kegeltor am schnellsten zu erreichen. Doch das Tor lag in östlicher Richtung, und Hugo lenkte den Schlitten immer weiter nach Norden.

Wollte er die Stadt durch das Jakobstor verlassen? Anna schirmte ihre Augen mit der Hand gegen den Schneeregen ab und spähte in die Dunkelheit. Der Sturm wurde heftiger. Außer ihr und Hugo war längst niemand mehr auf der Straße zu sehen. Anna fröstelte. Unaufhörlich trieb der Wind ihr eisigen Schnee in die Augen, so dass es ihr schwerfiel, sich zu orientieren. Doch dann erkannte sie zwischen zwei Böen einen hohen Turm vor sich, woraus sie schloss, dass sie ganz in der Nähe des Jakobskirchhofs sein mussten.

»Was wollen wir hier?«, rief sie, als der Schlitten entlang der Mauer über den glatten Boden glitt. »Willst du in der Kirche einen Unterschlupf für uns suchen?«

Hugo zog die Zügel an und brachte den Schlitten vor dem Tor des Friedhofs zum Stehen. Er beugte sich zu Anna und küsste sie zärtlich auf die Lippen. »Ich liebe dich«, flüsterte er ihr zu, dann wiederholte er seinen Kuss. Sie schloss die Augen; ihr Herz klopfte stürmisch. Doch trotz der Wärme, die ihren Körper plötzlich durchflutete, legte sich ihre Angst nicht.

»Warte hier auf mich, ich bin bald zurück!«

Anna sperrte entsetzt die Augen auf. »Du kannst mich doch nicht hier allein zurücklassen!«

»Es muss sein! Das Geld wurde hier für mich hinterlegt. Ich brauche es mir nur zu holen, und in einer halben Stunde sind wir über alle Berge!«

Sie sah ihm an, dass auch er Angst hatte, und griff nach seiner Jacke. Aber er riss sich los und machte einen Schritt zurück. Dann deutete er auf ein kleines, verschnürtes Bündel. »Sollte ich in fünf Minuten nicht zurück sein, nimmst du dieses Bündel und machst dich davon!«

»Was?«

Hugo strich ihr sanft übers Haar. »Vertrau mir, es wird schon alles gut gehen!«

»Es gibt gar keine Erbschaft, nicht wahr?«, schluchzte sie. »Von wem willst du dann Geld?«

Er öffnete den Mund, aber dann schüttelte er den Kopf und lief los, ohne sich noch einmal nach ihr umzudrehen.

Anna war allein. Sie ließ sich wieder unter die Decken gleiten, die ihr jedoch von Minute zu Minute weniger Schutz vor den tosenden Gewalten boten. Bald zitterte sie am ganzen Körper. Sie spürte, wie sich ein Gefühl von Taubheit ihrer Arme und Beine bemächtigte. Zudem wurde sie immer schläfriger. Aber sie durfte die Augen nicht zumachen. Nicht jetzt. Sie musste wach bleiben, auf Hugos Rückkehr warten und sich so lange still verhalten, wie er es ihr aufgetragen hatte. Immer wieder lauschte sie, aber außer dem brausenden Wind war nichts zu hören.

Nach einer Weile wusste sie, dass sie vergeblich wartete. Hugo würde nicht zurückkommen. Betäubt kämpfte sie sich unter den Decken hervor. Dann stopfte sie sich das Bündel, das Hugo ihr gezeigt hatte, unter die Jacke und stieg aus. Ihre Beine waren schwer und gehorchten ihr kaum, als sie sich auf das Tor zube-wegte. Der Wind zerrte an ihren Kleidern und peitschte ihr die bereits nassen Haare ins Gesicht. Zweimal wäre sie fast gestolpert und hingefallen.

Schluchzend setzte sie einen Fuß vor den anderen, wankte durch das Tor und sah sich um. Von Hugo keine Spur. Auch ein Weg war nicht zu erkennen, der lag längst unter knöcheltiefem Neuschnee begraben. Dafür gab es Fußspuren. Hugos Spuren? Anna kroch mehr, als sie lief. Ihr Blick klebte fast am Boden, so sehr strengte sie sich an, den Spuren über den Kirchhof zu fol-gen. Von fern konnte sie die alte Grabkapelle mit ihrer hübschen Kuppel erkennen. Eine kleine Allee aus hohen Bäumen, die noch vor Kurzem goldenes Laub getragen hatten, führte auf sie zu, doch wie es aussah, war Hugo nicht zu der Kapelle gegangen.

Seine Spuren zweigten in östlicher Richtung ab, an einer Reihe uralter Grabsteine vorbei, die aussahen, als hätte der festgefrorene Erdboden sie ausgespien.

Anna beschloss, den Fußspuren ihres Geliebten zu folgen, als sie etwa hundert Schritte entfernt eine Bewegung und ein helles Aufflackern zwischen den Bäumen wahrnahm. Sie blieb stehen, erschreckt von dem diffusen Licht, doch dann fiel ihr ein, dass Hugo selbst die Laterne mitgenommen hatte. Als sie sich dem Schemen näherte, erkannte sie aus einiger Entfernung tatsächlich die Umrisse einer Gestalt, die sich auf und nieder bewegte. Neben dem Mann warf eine Kutscherlaterne einen Streifen Licht auf eines der Gräber.

Annas Kehle war vor Angst und Enttäuschung wie zugeschnürt. Wer auch immer sich dort hinter den Grabstellen zu schaffen machte – Hugo konnte es nicht sein. Der Mann, den sie sah, war kleiner, bedeutend stämmiger und in einen wallenden Umhang gehüllt. In seinen Händen hielt er eine Schaufel, mit der er eines der Gräber, das vermutlich erst vor Kurzem gegraben worden war, mit Schnee füllte.

Anna musste nicht lange darüber nachdenken, wen der Mann dort unter den Schneemassen begrub.

Hugo.

Ein Weinkrampf schüttelte ihre Schultern. Er hatte Hugo aufgelauert und ihn getötet; sie war nahe daran, die Nerven zu verlieren und zu schreien.

Plötzlich hielt der Mann inne, als wüsste er, dass sie ihn beobachtete. Und tatsächlich: Bevor sie sich hinter einen Stein ducken konnte, wandte er sich zu ihr um und starrte in ihre Richtung. Anna glaubte, das Herz müsse ihr aus dem Leb springen. Ihre Hoffnung, dass sie sich getäuscht und Hugos Mörder sie doch nicht gesehen hatte, zerstob, als der Mann mit der Schaufel, die Laterne anhob und dann durch den Schnee geradewegs auf sie zustapfte.

Aus Annas Kehle löste sich der lange unterdrückte Schrei. In Todesangst wich sie zurück und stolperte dabei über eine Wurzel, die aus dem Boden ragte. Sie schlug hart auf den Rücken, wobei etwas Spitzes, das sich wie eine Klinge zwischen ihre Schulterblätter bohrte, ihr den Atem nahm.

Ich muss aufstehen. Jetzt gleich. Wenn ich liegen bleibe, ist es aus mit mir. Aber es tut so weh. Während sie sich wimmernd wieder auf die Füße plagte, dachte sie an die lange Reise, welche ihr die Kartenlegerin versprochen hatte. Sie würde … sehr glücklich sein … an der Seite des Mannes, der sie liebte. Ihr Verstand stieß diese Gedanken wie Luftblasen in die finstere Nacht, bis sie über ihrem Kopf zerplatzten.

Endlich schaffte sie es, sich aufzuraffen. So schnell ihre zitternden Beine es zuließen, stürzte sie an den grauen Steinen vorbei, die sich ihr wie eine feindliche Armee in den Weg stellten. In der Ferne erblickte sie das Haupttor, dessen Flügel sich quietschend in den Angeln drehten. Nur noch ein paar Schritte, dann hatte sie es erreicht und konnte diesen fürchterlichen Ort verlassen. Sie erreichte das Tor vor ihrem Verfolger, doch der Vorsprung bedeutete noch lange keine Rettung. Eine Sekunde erwog sie, zum Schlitten zu laufen, dann aber schwenkte sie nach rechts um und tastete sich ein Stück an der Mauer entlang. Dabei hörte sie hinter sich die Turmuhr der nahen Kirche schlagen. Das kalte Erz dröhnte in ihren Ohren fast so laut wie das Hämmern ihres Herzens. Im nächsten Moment wurde das Friedhofstor ein weiteres Mal aufgestoßen. Es knirschte verräterisch im Schnee, als der Mann über die Schwelle trat.

Dann Stille. Er schien in die Finsternis zu lauschen. Er suchte nach ihr.

Blitzschnell tauchte Anna in eine finstere Gasse ein, von welcher nach nur wenigen Schritten eine weitere abzweigte. Anna kämpfte verzweifelt gegen den Wind an, der ihr das Tuch vom Kopf riss und ihr Eisgraupel ins Gesicht peitschte. Sie war schon völlig durchgefroren, als sie hinter sich wieder den Schnee knirschen hörte. Sie fuhr herum, und plötzlich blinkte in der Dunkelheit ein Licht auf, das allmählich heller wurde. Es war eine Laterne, in deren Schein sie die undeutlichen Konturen eines Mannes wahrnahm.

Entsetzt öffneten sich Annas Lippen, aber die Hand, die sich auf ihren Mund legte, erstickte ihren Schrei.

Die Reise war zu Ende.

Christiane betrat ihren gemütlichen Salon am Frauenplan mit einem Tablett und servierte mit ernster Miene frisch aufgebrühten Tee und Früchtebrot.

»Es wird besser sein, wenn du heute Nacht hierbleibst«, flüsterte sie ihrem Bruder zu, der genüsslich die Beine unter dem Tisch ausstreckte. »Du schlotterst ja jetzt noch vor Kälte. Wenn du nicht aufpasst, wirst du dir eine Lungenentzündung holen.«

Geheimrat von Goethe, der bereits einen seidenen Hausmantel und Pantoffeln trug, nippte nur kurz an seiner Tasse, dann runzelte er die Stirn. »Ach was, ihm fehlt doch gar nichts«, sagte er. »Aber gut, von mir aus. Keiner soll mir nachsagen, ich wäre nicht gastfreundlich.«

Lächelnd legte Christiane ihm ein ansehnliches Stück Früchtebrot auf den Teller. Ihre Miene drückte pure Zufriedenheit aus. Die Abende, an denen der Geheimrat sich lieber zu ihr gesellte, als zu arbeiten, ließen sich an einer Hand abzählen. Doch da sich Goethes Besuch gleich nach dem Abendessen zurückgezogen hatte und das Wetter außerdem zu schlecht war, um Gäste einzuladen, hatte er spontan beschlossen, Christiane in ihrem Salon Gesellschaft zu leisten. Allerdings galt seine Aufmerksamkeit weniger ihr als vielmehr einer Mappe mit Zeichnungen, die er fasziniert betrachtete.

»Was ist das?« Christian blickte ihm über die Schulter. »So was habe ich noch nie gesehen.«

Goethe lächelte geschmeidig. »Wie sollten Sie auch, mein lieber Vulpius? Ein Kurierreiter hat mir die Mappe erst heute überbracht. Sie stammt von einem Mann namens Senefelder. Er hat eine neuartige Technik entwickelt, mit deren Hilfe man Zeichnungen auf einem Schieferstein vervielfältigen kann. Das Verfahren nennt er Steindruck.« Anerkennend zeichnete er mit dem Finger die exakten Linien eines Segelschiffes nach. Die übrigen Bögen zeigten dasselbe Motiv. »Erstaunlich, nicht wahr? Ich wüsste gern, welche Überraschungen das kommende Jahrhundert noch für uns bereithält.« Er lachte. »Mag sein, jemand erfindet eines Tages sogar ein Verfahren, das unserem Gehirn vorgaukelt, das Schiff auf diesem Steindruck segele vor unseren Augen über die Wellen. Wäre das nicht fantastisch?« Er legte die Zeichnung neben seine Tasse auf den Tisch. Dann biss er in sein Stück Früchtebrot und nickte Christiane warmherzig zu. »Köstlich, meine Liebe!«

Christiane lächelte stolz. Es war immer noch ihr größtes Glück, ein Lob aus Goethes Mund zu hören. Daher fiel es ihr schwer, die gute Stimmung zu stören, indem sie die Aufmerksamkeit ihres geliebten Mannes auf die Neuigkeiten lenkte, die Christian von seinem Besuch bei dem Advokaten mitbrachte. Bedauerlicherweise ging es nicht anders, und schließlich hatte Goethe selbst darauf bestanden, dass Christian ihn über neue Entwicklungen im Fall des ermordeten Tabakshändlers auf dem Laufenden hielt.

»Bemerkenswert, dass ein angesehener Anwalt wie Heinrich Marlander es vorgezogen hat, sich einem Kreis wie dem Tabakskolleg anzuschließen. Ich erinnere mich noch an seinen Vater, und der war nicht nur ein führender Freimaurer, sondern soll auch ein Verfechter der *strikten Observanz* gewesen sein.«

Christiane strich sich eine Haarsträhne hinter das Ohr. Obwohl sie längst wusste, dass Goethe selbst in jungen Jahren in eine dieser Logen eingeführt worden war, hatte sie nie gewagt, ihm diesbezüglich Fragen zu stellen. Es war allgemein bekannt, dass die Freimaurer wie auch andere Geheimgesellschaften nicht nur wichtige Persönlichkeiten, bis hin zu gekrönten Häuptern, in ihren Reihen hatten. Sie mussten auch über alles, was ihre Logen betraf, Stillschweigen geloben.

»Die Anhänger der *strikten Observanz* glauben, es gäbe eine Anzahl von geheimen Oberen, die sie führen und für eine rasche Ausbreitung ihrer Bewegung in ganz Europa sorgen«, sprach Goethe weiter. »Ihrer Ansicht nach geht ihr geheimes Wissen auf das der Templer zurück.«

»Templer?« Christiane runzelte irritiert die Stirn.

»Ein Ritterorden, der im Mittelalter mächtig und weitverbreitet war, dann aber aufgrund von Intrigen des Königs von Frankreich zerstört wurde. Das geschah im 14. Jahrhundert, aber es scheint immer noch Personen zu geben, die behaupten, ihr Erbe angetreten zu haben.«

Christian verschluckte sich an seinem heißen Tee. Einen Hustenreiz unterdrückend, fragte er: »Unterhält das Tabakskolleg auch Verbindungen zur Weimarer Freimaurerloge?«

Goethe schüttelte den Kopf. »Das halte ich für ausgeschlossen, da die Loge schon vor Jahren geschlossen wurde. Angeblich, um sie vor einer Übernahme durch die Anhänger der strikten Observanz zu schützen. Aber das sind alles nur Mutmaßungen. Ich muss gestehen, dass ich mich seit Jahren nicht mehr mit meiner Loge beschäftigt habe.« Er verzog das Gesicht. »Und da überall bekannt ist, dass ich im Gegensatz zu meinem Freund, Professor Schiller, für Tabak nichts übrighabe, wurde mir auch nie die Mitgliedschaft in diesem Kolleg angeboten.«

»Wofür ich sehr dankbar bin«, murmelte Christiane. »Keine zwei Tage ist dieser Mann im Haus, und schon riecht es hier wie in einem Pulverfass.«

Christian richtete sich auf. »Über dieses Tabakskollegium würde ich trotzdem gern mehr erfahren.«

»Soviel ich weiß, geht das Weimarer Kolleg auf das Tabakskollegium des preußischen Königs Friedrich Wilhelm I. zurück!« Goethe nahm einen weiteren Bissen von Christianes
Gebäck und fuhr erst fort, nachdem er es mit Genuss verzehrt
hatte. »Er war der Großvater unserer Herzoginmutter Anna
Amalia, und vermutlich hat sie die Einrichtung dieses Kreises
sogar aus ihrer eigenen Schatulle unterstützt. In Preußen diente
er als Ort, an dem die Standesgrenzen für ein paar Stunden vergessen werden durften. Die Männer, die sich in ihm versammelten, rauchten Ton- oder Meerschaumpfeife und sprachen über
Politik, Religion und das Militär. Nur zwei Themen mussten
ausgespart werden, weil der sogenannte Soldatenkönig beide
aus tiefstem Herzen verachtete: die Literatur und die Wissenschaften. Wer dagegen verstieß, musste damit rechnen, sich den
Zorn des Königs zuzuziehen.« Er hob ratlos die Hand. »Ob die
Freunde unseres Weimarer Tabakskollegs so eingestellt sind, kann
ich nicht sagen. Bislang ist mir niemand begegnet, der sich mir
offen als Mitglied zu erkennen gegeben hätte.«

»Advokat Marlander behauptet, Bleichwein sei von einem
oder mehreren Mitgliedern dieses Kreises unterstützt worden.
Sie scheinen überhaupt die Einzigen zu sein, die mehr über
seine Vergangenheit gewusst haben. Andernfalls hätten sie ihn
nicht aufgenommen.« Goethe nickte. »Er brauchte mindestens
einen Mann von gutem Ruf, der für ihn bürgte.«

»Vielleicht wusste Bleichwein ein paar delikate Details über
ein Mitglied«, meinte Christiane, die ihre Hände an ihrer Tasse
wärmte. Da sie nahe am Ofen saß, hatte sich ein Hauch von
Röte über ihre vollen Wangen gelegt. »Könnte man ihn aus diesem Grund zum Schweigen gebracht haben?«

Christian legte den Kopf schräg. Obwohl seine Augen vor
Müdigkeit immer kleiner wurden, hatte er ihr aufmerksam zugehört. »Möglich«, sagte er nun, ein Gähnen unterdrückend.
»Aber warum jetzt? Nachdem er dieses Tabakskolleg über so

viele Jahre tatkräftig unterstützt hat? Marlander behauptet, Bleichwein habe sogar wichtige Ämter darin bekleidet. Dafür wurde ihm mit Geld ausgeholfen.« Er schüttelte den Kopf. »So jemand schlachtet doch nicht die Kuh, die ihn täglich mit Milch versorgt.«

»Vielleicht ließ sich die Kuh aber nicht mehr von ihm melken«, wandte Goethe ein. Er stand auf und begann, in Christianes Salon auf und ab zu gehen. »Ich kenne dieses Tabakskolleg und seine Gepflogenheiten nicht gut genug, aber gewiss gibt es dort wie in allen Geheimbünden Dinge, die nicht ausgeplaudert werden dürfen. Wenn Erasmus Bleichwein drohte, dagegen zu verstoßen …«

»Sie meinen, er könnte jemanden dort erpresst haben, weil er mehr Geld haben wollte als bloß eine mildtätige Zuwendung?«

Goethe nickte. »Es würde zumindest erklären, warum er und seine Schwester sich wegen seiner Besuche im Tabakskolleg gestritten haben. Wenn sie ahnte, was er vorhatte, kann ich mir vorstellen, dass sie Angst bekam. Sie verlangte von ihm, dass er fernblieb und die Leute in Ruhe ließ, aber Bleichwein lehnte ab und fuhr fort, sie herauszufordern.«

Christiane atmete tief durch, wobei sie ihren Geliebten voller Bewunderung ansah. Was er sagte, klang durchaus klug, wühlte sie aber auch so auf, dass sie befürchtete, in der Nacht kein Auge zuzumachen. Nichtsdestotrotz hätte sie heftig protestiert, wenn die Männer sie nun aus dem Zimmer geschickt hätten. Zumal ihr ein wichtiges Detail in der Sache nicht ganz klar war. »Wenn Bleichwein ein Erpresser war, der aus dem Weg geräumt werden sollte, warum musste dann auch seine Schwester sterben? Noch dazu auf eine derart grausame Weise?«

Darüber brauchte Goethe nicht lange nachzudenken. »Aber das ist doch ganz einfach. Dieser angebliche Selbstmord in der Bibliothek stellte eine letzte und unmissverständliche Warnung für Bleichwein dar. Der Mörder betäubte die Hebamme mit einer ihrer eigenen Drogen und knüpfte die Schlinge für sie. Falls er dafür gesorgt hatte, dass sie ihn während des Angriffs nicht erkannte, war es ihm vielleicht sogar gleichgültig, ob sie sich tatsächlich in berauschtem Zustand von der Galerie stürzte. So oder so, Bleichwein hätte die Warnung verstanden.« Er verzog leicht angeekelt das Gesicht. »Wie man hört, war der Mann vom Tod seiner Schwester ja auch nicht besonders überrascht, oder? Er hat damit gerechnet, dass es zu einer tödlichen Auseinandersetzung kommen würde. Und er war bereit, seine Schwester zu opfern.«

Christiane sah zu ihrem Bruder hinüber, der inzwischen zwar einen hellwachen Eindruck auf sie machte, für seine Verhältnisse aber auffallend schweigsam geworden war. Dies passte gar nicht zu ihm. Irgendetwas ging ihm im Kopf herum.

»Was ist los, Christian«, sprach sie ihn direkt an. »Bist du etwa anderer Meinung?«

»Oh, nicht im Geringsten! Die Überlegungen des Herrn Geheimrat sind wie immer brillant. Es ist naheliegend, dass der Tod seiner Schwester für Bleichwein eine Warnung gewesen sein muss, die er jedoch in den Wind schlug, aber …«

»Was?« Goethes Stimme klang ein wenig gereizt. Es war spät geworden und nicht die rechte Zeit für hitzige Diskussionen. Christiane hielt die Luft an und hoffte inständig, dass ihr Bruder das nicht vergaß.

»Die Sache mit der Erpressung klingt logisch«, sagte Christian. »Aber Bleichwein hatte einen Beutel mit Goldstücken in seinem Laden versteckt. Seine Notgroschen, wie seine Dienstmagd sagte. Allerdings glaubt nicht einmal sie, dass es sich dabei um ehrlich erwirtschaftetes Geld handelt. Ich habe den Beutel Marlander übergeben, und er meinte, jemand habe ihn Bleichwein zur Aufbewahrung anvertraut. Wenn der Bursche aber so dringend Geld gebraucht hat, dass er nicht mal vor einer Erpressung zurückschreckte, wäre es doch bestimmt einfacher gewesen, die Münzen in seinem Laden zu unterschlagen. Das Geld lag lange bei ihm herum. Er hätte es in neue Ware investieren und klammheimlich zurücklegen können. Womöglich wäre man ihm nicht einmal auf die Schliche gekommen.« Er zupfte an seiner noch immer feuchten Jacke. »Und trotzdem soll er lieber das Wagnis eingegangen sein, einen wohlhabenden Kameraden aus diesem Tabakskolleg um Geld zu erpressen? Es muss ja wohl ein reicher Mann sein.«

»Ich fürchte, Ihre Räubergeschichten verleiten Sie, nur noch um Ecken herum zu denken«, brummte Goethe. Er war ein wenig verstimmt, doch Christiane durchschaute ihn. Sie wusste, dass Christians Ausführungen ihn beeindruckten. Dies so offen zuzugeben, noch dazu vor ihren Ohren, kam für ihn jedoch nicht in Frage. Dieser vermaledeite Stolz! Warum mussten manche Männer sich geradewegs davon ernähren, um sich stark zu fühlen?

»Bleichwein muss es bei seiner Erpressung ja nicht zwingend um Geld gegangen sein«, schlug sie nun zaghaft vor, um das gereizte Schweigen zwischen den beiden Männern zu beenden.

Goethe horchte überrascht auf. »Wovon redest du?«

»Nun, diese Bleichweins haben in Weimar nie wirklich Fuß gefasst, oder? Sie lebten mitten unter uns und doch abseits. Als hätten sie etwas zu verbergen. Wie Christian sagt, wechselten sie oft ihre Dienstboten. Und sie führten ein bescheidenes Leben, fast ohne Freunde und ohne gesellschaftliche Verpflichtungen, wenn man mal von diesem Tabakskolleg absieht.« Sie nahm einen Schluck Tee, der inzwischen kalt geworden war. »Es gibt die verschiedensten Gründe, warum manche Menschen keinen Platz in der Gesellschaft finden«, sagte sie leise. »Oft ist es die Gesellschaft, die einen zurückweist, weil man nach ihren Regeln nicht zu ihr gehören darf. Dann gibt es aber auch Menschen, die jederzeit den ihnen gebührenden Platz einnehmen könnten, das aber gar nicht wollen wie Erasmus Bleichwein und seine Schwester. Vielleicht haben sie niemanden erpresst, sondern waren Spione im Dienste einer fremden Macht.«

»Spione? Ein bankrotter Tabakhändler und eine Hebamme?« Goethe brach in Gelächter aus. »Nimm es mir nicht übel, meine Liebe, aber was sollen diese beiden hier ausspioniert haben? Und für wen? Für den Zaren oder die Franzosen? Glaubst du, sie erhielten ein Handgeld von diesem Napoleon Bonaparte, mein Herz?«

Christiane spürte, wie ihr das Blut in den Kopf schoss. Schamvoll senkte sie den Kopf, doch zu ihrer Überraschung kam ihr Bruder ihr zu Hilfe.

»Was meine Schwester sagt, ist gar nicht so dumm«, sagte er ohne Scheu. »Wir übersehen, dass es eine Verbindung zwischen dem Mord an den Bleichweins und dem Auftauchen dieser Kartenlegerin, Madame Europe, geben muss. Ich bin davon überzeugt, dass die Frau mit ihrer Wahrsagekunst in den Fall verwickelt ist. Und das nicht nur, weil ihre Karten ihr angeblich zwei oder drei rätselhafte Todesfälle angekündigt haben. Die Bleichweins reagierten schon vorher merkwürdig, ja fast panisch auf die Nachricht von ihrer Ankunft. Als Josefinas Dienstmagd ihr gegenüber den Wunsch äußerte, die Person einmal aufzusuchen, jagte sie sie sogar davon. Das spricht dafür, dass sie Angst vor ihr hatte.«

»Oder vor ihren Fähigkeiten als Wahrsagerin«, sagte Christiane schaudernd. Auch in ihr löste der Gedanke an die Frau, die nur einen Steinwurf weit im Gasthaus über ihren Karten brütete, Beklommenheit aus. Umso mehr wunderte es sie, dass die Kartenlegerin bis jetzt noch nicht zu ihren düsteren Prophezeiungen befragt worden war.

»Wir haben uns darüber eingehend beraten«, sagte Goethe. »Die Dame ist eine Berühmtheit an allen europäischen Fürstenhöfen. Sie ist auf Einladung höchster Kreise nach Weimar gereist und besitzt diplomatische Papiere, die sie als Angehörige des russischen Hofstaats ausweisen. Abgesehen davon, dass ich als Minister des Herzogs für Polizeiangelegenheiten nicht zuständig bin, kann ich nicht einfach in den Gasthof gehen und die Frau verhören.« Er verdrehte gequält die Augen, als er hinzufügte: »Dasselbe gilt für Hauptmann Heyde. Der soll bloß die Finger von der Dame lassen, bevor er in seinem Übereifer noch eine Staatskrise auslöst.«

Eine Krise haben wir schon, dachte Christiane, und als sie einen Blick ihres Bruders auffing, wusste sie, dass er ihr beipflichtete.

Nachdem Goethe ihr gute Nacht gewünscht hatte, verließ sie ihren Salon und begab sich in einen der benachbarten Räume, um allein mit ihren Gedanken zu sein. Sie sah aus dem Fenster auf den verschneiten Frauenplan, der verlassen vor ihr lag. Zu ihrer Rechten war das *Gasthaus Zum Weißen Schwan* hell erleuchtet, nicht nur die Schankstube, auch im oberen Stockwerk, wo sich die Räume der Kartenlegerin befinden mussten, flackerte Licht.

Christianes Mund wurde trocken, als sie für die Dauer eines Atemzugs hinter einem der Fenster die Silhouette einer hochgewachsenen Frau wahrzunehmen glaubte.

Hastig machte sie einen Satz zurück, und als sie wieder zum Gasthaus hinübersah, brannte kein Licht mehr in dem Zimmer.

19. Kapitel

Als Madame Europe am nächsten Morgen erwachte, war es schon hell. Sie blinzelte ins Licht der Lampe, die sie die Nacht hindurch neben ihrem Bett hatte brennen lassen, und versuchte, sich an den Traum zu erinnern, der ihr den Schweiß auf die Stirn getrieben hatte. Es war ein düsterer, unangenehmer Traum gewesen, so viel wusste sie noch. In ihm hatte sie am Rand eines tiefen Abgrunds gestanden, wie der *Narr*, dessen Bild eine ihrer Karten schmückte. Der *Narr* war so einfältig, einfach draufloszulaufen, ohne die Gefahr wahrzunehmen, die vor ihm lag.

Ein wenig schwermütig läutete sie nach Max. Er sollte die Vorhänge aufziehen und Licht in den Raum lassen. Erst als sich nach mehrmaligem Läuten nichts rührte, richtete sie sich auf und schob ihre Beine aus dem Bett. Suchend tasteten ihre Füße den Holzboden nach ihren Pantoffeln ab. Wo steckte der Bursche bloß, wenn man ihn brauchte? Schwerfällig erhob sie sich und trottete zum Fenster. Vielleicht half ein bisschen frische Luft. Als sie jedoch auf das geschäftige Treiben auf dem Platz vor dem Gasthof hinuntersah, empfand sie ein Gefühl so großer Niedergeschlagenheit, dass sie am liebsten wieder ins Bett gekrochen wäre.

Tot. Sie waren tot. Der Mann und die Frau. Und mit ihnen war auch ihre Hoffnung gestorben. Wie sollte sie jetzt noch herausfinden, ob die Karten sie an den richtigen Ort geführt hatten oder ob sie einem Phantom nachlief?

Ihr Blick wanderte zu der Kommode, auf der ihre Lieblinge lagen. Bis tief in die Nacht hinein hatte sie sie beim Schein der Kerzen befragt. Doch sie hatten geschwiegen, wie so oft in letzter Zeit.

Madame Europe wusch sich mit eiskaltem Wasser Gesicht und Hals, legte einen Hauch Puder und Rouge auf und kleidete sich sorgfältig an. Falls sie heute zu einem Klienten gerufen wurde, wollte sie vorbereitet sein. Sie war noch damit beschäftigt, ihr Haar zu richten, als Max sich lautlos in die Kammer stahl. Er murmelte einen knappen Gruß auf Russisch und zog dann die Vorhänge ganz auf, um das Tageslicht einzulassen.

»Wo warst du?«

Er stutzte, aber in seinem Blick lag keine Spur Schuldbewusstsein, weil er sie so lange hatte warten lassen, sondern jugendlicher Trotz. Ihre Frage beantwortete er nur mit einem knappen Schulterzucken, welches sie im Spiegel sah. Obwohl ihr das Herz schwer war, musste sie über dieses stumme Aufbegehren lächeln. Was hatte sie erwartet? Dass er sie für immer anbeten würde wie eine Göttin? Seinem Gesicht nach begann er sich zu fragen, ob sie nicht nur eine Schwindlerin war, sondern etwas weitaus Gefährlicheres. Eine Verfluchte, die ihn geradewegs in die Hölle trieb.

Von der Straße drang plötzlich Lärm zu ihnen hinauf. Männerstimmen, die Unverständliches brüllten. Erschrockene Rufe. Ein Aufruhr, der ihr die Erinnerung an unangenehmere Zeiten ihres Lebens ins Gedächtnis rief.

Hastig legte sie ihre Bürste auf den Frisiertisch und ging zum Fenster, von dem aus sie den gesamten Platz überblicken konnte. Am Brunnen scharten sich Männer und Frauen um einen Büttel. Es sah aus, als bestürmten sie ihn mit Fragen. In der Menge erkannte sie den Gastwirt und seine Frau, die einen Moment lang zu ihr hinaufschaute, dann aber den Blick abwendete. Die Aufmerksamkeit der Leute galt nun einem guten Dutzend Stadtsoldaten, das vom Markt heraufzog und von einem grimmig dreinschauenden Mann zu Pferde angeführt wurde.

»Lauf hinunter und frag nach, was dieser Lärm zu bedeuten hat!« Madame Europes Stimme zitterte leicht, denn sie spürte, wie die Angst sich plötzlich wie ein eiserner Ring um ihr Herz legte. Instinktiv griff sie nach der Schatulle mit ihren Papieren und überzeugte sich davon, dass nichts fehlte. Bislang hatten die Schreiben ihrer Gönner sie auf all ihren Reisen beschützt, doch wer konnte schon sagen, wie lange noch?

Max bewegte sich nicht vom Fleck. »Ich muss gar nicht hinunterlaufen«, sagte er leise. »Ich weiß auch so, was passiert ist!« Seine Stirn umwölkte sich. »Und Sie wissen es auch! Sie haben es doch in Ihren Karten gesehen, oder? Zwei oder mehr Todesfälle in sieben Tagen.« Madame Europe schluckte; sie musste sich an der Stuhllehne festhalten, weil ihre Beine ganz schwach wurden. »Wieder ein Mord?«, krächzte sie fassungslos.

»Es gab einen anonymen Hinweis an den Stadthauptmann. Und der führt zum Friedhof!«

Madame Europe schloss die Augen, und sofort war da wieder das Bild von dem Abgrund, auf den sie sich wie in ihrem Traum zubewegte. Es war erst wenige Stunden her, seit Max sie eindringlich gebeten hatte, ihre Koffer zu packen und abzureisen. Sie hatte sich geweigert, und nun war ein weiterer Toter zu beklagen.

Was tue ich hier, überlegte sie verzweifelt. Ich bin doch zu spät gekommen. Die Frau und ihr Bruder sind tot. Selbst wenn ich mich nicht getäuscht habe, werde ich von ihnen nicht mehr das bekommen, wonach ich suche.

Max öffnete die Tür und spähte vorsichtig auf den dunklen Korridor hinaus, als wollte er sich vergewissern, dass sich niemand vor ihrer Tür herumdrückte. Dann winkte er sie zu sich.

»Bitte folgen Sie mir, Madame«, flüsterte er. »Es gibt da etwas, das ich Ihnen zeigen muss!«

Auf dem Jakobskirchhof standen mehrere Stadtsoldaten frierend um ein frisches Grab herum und starrten schweigend auf die Stelle, wo der Totengräber erst tags zuvor im Schweiße seines Angesichts eine Grube ausgehoben hatte. Diese sollte in den nächsten Stunden die sterblichen Überreste des ermordeten Tabakhändlers aufnehmen. Verwunderlich war jedoch, dass es dort, wo der Totengräber gegraben hatte, kein Grab mehr gab. Zumindest kein leeres. Die Grube war noch vor der Beisetzung bis zum Rand mit einem Gemisch aus Schnee und Erde gefüllt und festgestampft worden.

»Ich schwöre, dass ich nicht betrunken bin!«, ereiferte sich der Totengräber, ein kräftiger Kahlkopf mittleren Alters, obwohl kein Mensch ihm diesen Vorwurf gemacht hatte. »Hier habe ich das Grab für den toten Tabakhändler ausgehoben. Und dort hinten …« Er zeigte mit seiner Schaufel auf einige Sträucher an der Friedhofsmauer, »das für die Selbstmörderin. Aber nun hat irgendein Schurke mein schönes Grab wieder zugeschaufelt.« Er spuckte einen Klumpen Kautabak aus und verfehlte um Haaresbreite seine eigenen schmutzigen Stiefel.

Hauptmann Heyde zuckte zusammen. Nicht wegen des Rüpels mit seinem Spaten, sondern, weil über seinem Kopf plötzlich eine Krähe mit den Flügeln schlug. Nachdenklich hob er den Blick und starrte in ein paar gelbliche Augen, die ihn neugierig zu fixieren schienen. Heyde sog die kalte Luft in die Lungen, um seine hämmernden Kopfschmerzen zu lindern. Aber es half nicht. Himmel, ich werde doch nicht ausgerechnet jetzt krank werden, dachte er erschrocken. Als der Totengräber sich nach einem Stein bückte, um damit nach der Krähe zu werfen, fiel er dem Mann mit stoischer Miene in den Arm.

»Lass er das, und nehme er endlich seine Schaufel zur Hand, verdammt!«

Das sollte genügen. Heyde mochte Vögel, sogar lieber noch als Hunde und Pferde, die mehr an Liebe und Zuwendung forderten, als er geben konnte. Und die schwarz gefiederte Kreatur auf dem Ast war, wenn man es genau nahm, der einzige Zeuge dessen, was sich während des nächtlichen Sturms auf dem Friedhof zugetragen hatte. Allein aus diesem Grund verdiente sie, nicht von dem Idioten verjagt zu werden.

Heydes Finger tasteten nach dem Zettel in seiner Uniformrocktasche und presste die Lippen aufeinander. Er bezweifelte, dass er die Mitteilung einer Krähe verdankte. Krähen schrieben nicht. Sie hockten in der Nähe und warteten. Aber wer mochte ihm dann den Hinweis gegeben haben, dass auf dem Jakobskirchhof ein weiteres Opfer des Mörders zu finden sei?

Stumm gab Heyde einem seiner Sergeanten den Befehl, mit dem Graben zu beginnen.

Schaufel um Schaufel flog alsbald klumpiger, festgestampfter Schnee, vermischt mit Erde und Steinchen zur Seite und landete auf einem Hügel. Heyde nahm ein wenig Schnee auf und kühlte damit seine nach wie vor pochenden Schläfen. Ja, das tat gut. Endlich atmete er auf. Aus den Augenwinkeln sah er nun, wie ein schlanker, dunkelhaariger Mann durch das Tor trat, ein paar Worte mit dem Wachsoldaten wechselte und dann mit langen Schritten auf ihn und seine Männer zukam. Er erkannte den jungen Hellberger. Richtig, nun fiel es ihm wieder ein. Er selbst hatte nach dem Arzt schicken lassen, noch bevor er die Amtsstube verlassen hatte. »Wieder ein Toter?«, wurde er von Hellberger begrüßt. »Nun ja, wenigstens scheint es diesmal der passende Ort für einen Leichenfund zu sein, nicht wahr?«

Heyde starrte ihn so finster an, dass Hellberger einen Schritt zurückwich. »Ihr Mediziner habt einen morbiden Humor«, sagte er mit gefährlichem Unterton. »Ich habe Sie aber nicht rufen lassen, um mir Ihre Scherze anzuhören.«

»Schon gut, schon gut. Es ist nur … Falls da wirklich jemand im Schnee verscharrt wurde …«

»Ich gehe davon aus, dass es niemand wagen würde, mich in aller Frühe umsonst hierherzubestellen!« Er zögerte einen Moment lang, dann fügte er eine Spur versöhnlicher hinzu: »Als wir hier eintrafen, haben wir vor der Kirchhofmauer einen verlassenen Schlitten entdeckt. Darin lagen ein paar Bündel mit Kleidern, die offensichtlich hastig durchwühlt wurden. Billiger Kram, nichts von Wert. Aber das meiste davon muss einem Weib gehört haben.«

»Einem Weib?«

»Ja, es sei denn, Sie würden auch Mieder und Unterröcke tragen!«

Hellbergers Augen weiteten sich, als er begriff, worauf Heyde hinauswollte. Er sah zur Grube hinüber und stieß einen Pfiff aus. »Großer Gott, Sie meinen, da war auch noch eine Frau …«

246

Er kam nicht mehr dazu, seinen Satz zu beenden, denn plötzlich rief einer der Soldaten, die zusammen mit dem Totengräber geschaufelt hatten, nach seinem Vorgesetzten. Sie waren auf etwas gestoßen. Sogleich sprang Hauptmann Heyde zum Rand der Grube. Was er dort sah, versetzte seinem brummenden Schädel den nächsten Paukenschlag. Unter dem Schnee, der an etlichen Stellen rot verfärbt war, kamen die Umrisse eines menschlichen Körpers zum Vorschein. Er sah ein Knie, dann das ganze Bein und schließlich einen Rumpf. Also hatte der unbekannte Informant die Wahrheit geschrieben. Im Grab lag ein Toter, der dort nicht hineingehörte. Soweit der Hauptmann erkennen konnte, handelte es sich um den erstarrten Körper eines jungen Mannes. Eines Rotschopfs mit weißer, fast durchsichtiger Haut.

Heyde stutzte; etwas irritierte ihn.

Auf seinen Befehl packten zwei Sergeanten den Toten an den Armen und zogen ihn unter heftigem Keuchen aus der Grube. Dann schleppten sie ihn unter den Krähenbaum und legten ihn auf den Rücken, damit Doktor Hellberger mit seiner Leichenschau beginnen konnte.

Seufzend schüttelte der Arzt den Kopf. »Ich würde den Burschen auf etwa zwanzig Jahre schätzen. Er ist wohlgenährt und muskulös. Einer, der mit den Händen gearbeitet hat. Er hat einige Blessuren im Gesicht und am Oberkörper, die jedoch älteren Datums sind und auf eine Rauferei hinweisen.« Er tastete den rechten Knöchel der Leiche ab. »Eine Prellung oder ein Sehnenriss, noch nicht ganz verheilt. Er konnte also nicht davonlaufen. Der Tod setzte aller Wahrscheinlichkeit nach infolge einiger Schläge auf das *Neurocranium*, den Gehirnschädel, ein, der zu einer Fraktur führte.« Er drehte den Leichnam behutsam nach links und entfernte mithilfe eines Spatels aus seiner Arzttasche einige Schneeklumpen, vermischt mit Erde und blutigen Knochensplittern aus einer klaffenden Wunde, die den hinteren Teil des Schädels fast gespalten hatte.

»Ich würde sagen, der erste Schlag wurde hinterrücks ausgeführt, aus der Deckung heraus. Vermutlich …« Er nahm dem Totengräber, der hinter Heyde den Hals reckte, um den Leichnam besser sehen zu können, die Schaufel aus der Hand. »Hiermit!«

»Was … was?« Dem Mann fielen vor Schreck fast die Augen aus dem Kopf. Als er bemerkte, wie die Menge von ihm abrückte, fügte er hinzu: »Das soll wohl … ein Witz sein? Ich habe nichts gemacht! Ehrlich nicht! Dreißig Jahre schaufle ich hier schon und wurde noch nie beschuldigt.«

»Mund halten!«, herrschte Hauptmann Heyde ihn gereizt an. Als Offizier und Waffenkenner genügte ihm ein flüchtiger Blick auf die abgenutzte Schaufel, um zu erkennen, dass mit dieser in jüngster Zeit keinem Mann der Schädel gespalten worden war.

»Was der Herr Doktor meinte, ist, dass die Kopfverletzung des Mannes wohl vom Schlag mit einer Schaufel herrührt.« Er runzelte die Stirn. »Hat er noch weiteres Werkzeug hier auf dem Friedhof?«

Der Totengräber raufte sich das weiße Haar, das ihm in wirren Strähnen über die Schultern fiel. Er schien erleichtert, die Frage des Hauptmanns verneinen zu können. »Schaufeln, Hacken und Seile zum Absenken der Särge sind mit anderem Werkzeug in meinem Schuppen. Und der ist verschlossen.« Er griff unter seine ausgefranste Weste und beförderte einen Schlüssel an einer Kette hervor, den er den Männern zeigte.

Nach der strengen Aufforderung, sich für weitere Befragungen zur Verfügung zu halten und nicht über die Angelegenheit zu sprechen, wurde der Mann nach Hause geschickt. Aufatmend machte er sich davon.

»Haben Sie denn eine Ahnung, wer der Tote ist?« Die Stimme des Arztes holte Hauptmann Heyde aus seinen Gedanken. »Und was er hier draußen verloren haben könnte?«

Heyde hauchte in seine Hände, die wie seine Füße ganz taub

und gefühllos geworden waren. »Er war Geselle bei der Zuckerbäckerin aus der Winkelgasse«, sagte er mehr zu sich selbst als
zu Hellberger. »Die Witwe Jungmann, die jetzt Schokolade feil-
bietet. Ich hatte ihn in Verdacht, den Tabakhändler Bleichwein
überfallen und ermordet zu haben. Aber ich konnte ihm nichts
nachweisen.« Er lachte rau auf. »Hätte ich ihn vorübergehend
einsperren lassen, wäre er jetzt vermutlich noch am Leben.«

Hellberger nahm seinen Zylinder ab und kratzte eine gerötete Stelle an der Stirn. »Glauben Sie, dass der Mord in der
Winkelgasse mit diesem hier zusammenhängt?«

»Sie etwa nicht?« Heyde senkte den Blick und betrachtete
sich das starre, weiße Gesicht des toten Jungen zu seinen Füßen.
Die vor Entsetzen weit aufgerissenen Augen verrieten ihm, dass
der Bursche den tödlichen Hieb nicht hatte kommen sehen.

Du hast gewusst, wer den Tabakhändler auf dem Gewissen
hat, nicht wahr? Und weil du es wusstest, schwebtest du in Lebensgefahr. Du wolltest Weimar verlassen, aber nicht mit leeren
Händen. Der Kerl hat versprochen, dich für dein Schweigen zu
bezahlen. Und weil du den alten Bleichwein ohnehin verabscheut hast, hattest du keine Bedenken.

»Was machen Sie da?«, fragte Doktor Hellberger, als Hauptmann Heyde in die Knie ging und anfing, in den Rocktaschen
des Toten zu wühlen.

»Kein Geld, nichts von Wert! Entweder kam es gar nicht mehr
zu einer Übergabe, oder der Täter hat das, was er diesem Hugo
versprochen hatte, wieder an sich genommen.« Heyde spähte an
der Kapelle und dem Dutzend Gräberreihen vorbei zum Haupttor, wo der verlassene Schlitten gestanden hatte. Dass der Zu-
ckerbäckergeselle mit dem wackeligen Gefährt hatte fliehen wollen, lag auf der Hand. Und doch passten ein paar Teile für ihn
noch nicht zusammen. Der Geselle war nicht allein gewesen, die
Kleider, die vor dem Tor verstreut im Schmutz lagen, wiesen auf
die Anwesenheit einer Frau hin.

Einen Atemzug lang stand Heyde reglos da, dann hob er eine der Schaufeln auf und drosch damit auf den Stamm des Baumes ein, in dem die Krähe hockte. Ärgerlich krächzend erhob sich das Tier in die Lüfte. Es zog einige Kreise über ihnen und suchte dann das Weite.

»Nun grabt weiter«, brüllte Heyde seine Männer an. »Ich habe das Gefühl, wir sind hier noch längst nicht fertig!«

Keine fünf Minuten verstrichen, bis einer seiner Sergeanten ihm meldete, dass die Männer einige Fuß tiefer auf einen weiteren Körper gestoßen waren.

»Eine Frau, Herr Hauptmann! Fast so schlimm zugerichtet wie der Kerl! Sollen wir noch tiefer gehen?«

»Nein«, murmelte Heyde. »Holt die Frau heraus! Der Doktor und ich wollen sie uns ansehen.«

Neben sich hörte er, wie Hellberger hustete. Der Arzt stakste auf die Grube zu und sah zu, wie Heydes Männer die zweite Leiche über den Rand hievten.

»Gütiger Gott im Himmel«, würgte er zwischen den Lippen hervor. »Das arme Ding! Welches Scheusal kann ihr so etwas angetan haben!«

20. Kapitel

Als Christian einige Stunden später über die Türschwelle der Witwe Jungmann trat, empfing ihn bedrückende Stille. Die Glut im Herd der Schokoladenmanufaktur war erloschen oder gar nicht erst entfacht worden. Kessel und Töpfe hingen blank gescheuert und unbenutzt an ihren Haken über dem Spülstein. Der Fußboden war klebrig, niemand hatte sich die Mühe gemacht, ihn zu wischen.

Bettine und Helene fand er nach mehrmaligem Rufen in einer Kammer, wo sie sich zwischen Mehl- und Zuckersäcken sowie

Schüsseln mit Walnüssen und Mandelkernen ein Plätzchen gesucht hatten«. Beide Frauen trugen schwarze Kleider und gestärkte weiße Hauben, die ihre Gesichter im Schein der Lampe bleich erscheinen ließen.

Bettine hatte geweint. Das schloss Christian zumindest aus ihren rot geschwollenen Augen, die sie unablässig mit einem Tüchlein trocken tupfte. Helene gab sich alle Mühe, ihre Freundin zu trösten, doch auch ihr war anzusehen, dass es ihr schwerfiel, Haltung zu bewahren.

»Ich hätte wissen müssen, was er vorhatte«, flüsterte die Witwe. Sie starrte auf ein paar Säcke an der Wand, hinter denen es verdächtig raschelte.

Mäuse, dachte Christian, der Fluch einer jeden Backstube. Daher auch die Mausefallen, die in Abständen auf dem mehlbestäubten Fußboden zu sehen waren.

»Aber erst als im Morgengrauen das Pferd in seinen Stall zurückkehrte, wurde mir klar, dass etwas Schreckliches passiert sein musste.«

»Bettine hat mich gleich geweckt, und wir sind in Hugos Kammer hinaufgegangen«, ergänzte Helene, als ihre Freundin nicht weiterredete. Sie hob die Schultern. »Da sahen wir, dass er mit Sack und Pack verschwunden war. Ein Abschiedsgruß lag auf dem Ofen in der Manufaktur.«

Christian drückte ihr verständnisvoll die Hand. Er hatte von der Entdeckung einer weiteren Leiche erst eine Stunde zuvor in der Bibliothek erfahren. Dort war zwar nur von einem jungen Mann gewispert worden, der während der Sturmnacht in einem frisch ausgehobenen Grab verscharrt worden war, doch er hatte sogleich erraten, um wen es sich dabei handeln musste.

»Genauere Hintergründe über seinen Tod wissen wir auch noch nicht«, sagte Helene. »Aber wenigstens hat sich Hauptmann Heyde persönlich herbemüht. Er schien gar nicht so erstaunt zu sein, mich hier zu sehen. Vielleicht wollte er es sich aber auch nicht anmerken lassen. Er übergab Bettine auch ein paar Sachen von Hugo, die an dem Ort aufgefunden wurden, wo er …« Anstatt ihren Satz zu beenden, wies sie auf ein Fass mit der Aufschrift ›Holundersirup‹. Darauf lag ein feuchtes Bündel, das nichts Aufregendes enthielt: abgetragene Kleider, verschiedene Utensilien zum Backen und zwei Bücher, die Hugo nicht hatte zurücklassen wollen.

»Und Anna?« Obwohl Christian nicht besonders groß war, musste er den Kopf einziehen, damit er aus der einzigen Fensteröffnung, die Licht in den Raum ließ, hinaus ins Freie blicken konnte. Er sah einen Teil des Hofes, mit dem Verschlag für das Pferd gleich linker Hand des weit geöffneten Tores zur Gasse. Schräg gegenüber waren drei der Treppenstufen zu erkennen, die hinauf zum Tabakladen führten. Im Innern des Hauses regte sich nichts; die Läden waren geschlossen. »Haben Sie von Bleichweins Magd gehört?«

Bettine schüttelte den Kopf. »Vielleicht hat Heyde bei ihr angeklopft. Ich werde jedenfalls nicht hinübergehen. Ich kann nicht. Mir fehlt die Kraft in den Knochen. Nicht nur, dass ich den Jungen so gern gehabt habe wie einen eigenen Sohn. Er war mir auch eine so große Hilfe. Wie soll ich ohne ihn meine Manufaktur weiterführen? Meinen Traum von einem Kaffeehaus kann ich nun wohl vergessen. Selbst wenn ich das Privileg bewilligt bekommen sollte, werde ich es allein nicht schaffen. Geld ist auch keines mehr übrig. Vielleicht hatte Krammfeld doch recht und ich …«

»Du darfst jetzt nicht aufgeben«, fiel ihr Helene ins Wort. »Vor allem solltest du die Schuld an diesem Unglück nicht bei dir suchen. Du kannst nichts dafür, dass Hugo fortgelaufen ist.«

Christian fand das auch, aber es fiel ihm auch nicht leicht, tröstende Worte zu finden. Sollte er der Witwe raten, sich schleunigst nach einem neuen Gesellen umzusehen? Oder war das taktlos?

Bettine schien seine Gedanken zu lesen, denn sie schüttelte den Kopf. »Hugo stand mir vom ersten Moment an zur Seite, das heißt, ich konnte mich auf ihn verlassen. Bis ich einen neuen Zuckerbäcker in die Kunst des Schokoladenmachens eingeweiht habe, bin ich längst ruiniert. Außerdem werde ich wohl in Weimar keinen Gesellen finden, der nicht von meinem Schwager beeinflusst wird.« Sie verzog den Mund. »Seine Zunftgenossen werden sich hüten, für mich zu arbeiten!«

Krammfeld profitiert also auch von dem Mord, dachte Christian und beschloss, dieses Detail bei weiteren Überlegungen nicht außer Acht zu lassen. Was Anna betraf, so machte er sich Sorgen. Verschanzte sich die Magd in dem verlassenen Haus, weil sie wie Bettine trauerte oder hatte sie Bleichweins Laden längst verlassen? Doch wenn ja, wo war sie dann hingegangen?

Christian spürte plötzlich, wie eine Gänsehaut sich über seine Arme legte. Hätte Hugo der Stadt den Rücken gekehrt, ohne das Mädchen mitzunehmen? Kaum. Also, wo steckte sie?

Er murmelte eine Entschuldigung und stürzte aus dem Vorratsraum, über die Straße und bis vor Bleichweins Tür. Wie erwartet, war der Laden geschlossen. Auf sein Klopfen und Rufen antwortete niemand. Mit klopfendem Herzen kehrte er in die Manufaktur zurück, wo Helene ihn mit großen Augen erwartete.

»Hauptmann Heyde hat uns nur mitgeteilt, dass Hugo hinterrücks erschlagen und auf dem Jakobskirchhof unter dem Schnee verscharrt wurde. Von Anna kein Wort.« Sie stieß scharf die Luft aus und berührte seinen Arm. »Halten Sie es für möglich, dass sie bei ihm war, als …«

Christian wünschte, er könnte ihr eine andere Antwort geben, doch ein Blick in ihr Gesicht genügte schon, um zu wissen, dass sie sich mit einer Ausrede niemals zufriedengeben würde. Ja, er hielt es für sehr wahrscheinlich, dass auch Anna dem Mörder zum Opfer gefallen war.

»Er fängt an, wild um sich zu schlagen«, sagte er. Während Helene die Tür schloss, durch die ein kalter Luftzug in die Manufaktur strömte, berichtete er ihr von dem Gespräch, das er am Abend zuvor im Goethehaus mit dem Geheimrat und seiner Schwester geführt hatte. »Dann hat diese Bestie die Hebamme getötet, um ihrem Bruder eine Warnung zukommen zu lassen?« Helene war so schockiert darüber, dass sie sich hinsetzen musste. »Und er hat es wie einen Selbstmord aussehen lassen.«

Christian nickte. »Das ging bei Bleichwein natürlich nicht. Das hätte niemand geglaubt, und ihm fehlte auch die Zeit, so ein Täuschungsmanöver zu inszenieren.«

»Aber wieso Hugo und Anna?«, flüsterte Helene. In ihren Augen glitzerten Tränen. »Die zwei mochten Bleichwein nicht einmal. Sie wollten nur fort, ein neues Leben beginnen.«

»Hugo trieb sich oft in der Stadt herum, wenn er Ware für seine Meisterin ausliefern musste. Vielleicht hat er dabei etwas aufgeschnappt. Oder er kam an dem Tag, als Bleichwein ermordet wurde, doch früher zurück, als er behauptet hat.«

Helene sprang auf. »Von der Luke seiner Dachkammer aus hatte er den Tabakladen genau im Blick. Er konnte beobachten, wer ein und aus ging. Was, wenn ihm jemand aufgefallen ist, der kurz vor Bleichweins Tod besonders heftig mit ihm gestritten hat? Wäre er dann nicht zu ihm gegangen, um ihm seinen Verdacht auf den Kopf zuzusagen?« Sie schlug die Hand vor den Mund. »Nein, das war gar nicht möglich, weil Hauptmann Heyde ja Wachen aufgestellt hatte, um die Gasse im Auge zu behalten. Das haben wir beide selbst gesehen. Die hätten Hugo nicht entwischen lassen.«

Christian bat darum, sich die Kammer des toten Gesellen einmal ansehen zu dürfen. Helene hatte nichts dagegen und begleitete ihn sogar die Stiege hinauf.

In dem von Balken durchzogenen Dachstübchen ging Christian sogleich zu der Fensterluke. Als er sie aufstieß, flatterten zwei Tauben gurrend davon und verschmolzen mit dem Grau des Wintertags.

»Es stimmt! Von hier aus kann ich in Bleichweins Laden sehen. Fast bis zu seinem Ladentisch.« »Oh, danke, dass Sie mir jetzt glauben«, erwiderte Helene ironisch. »Und wie hilft das weiter? Wir wissen doch gar nicht, wen Hugo im Tabakladen beobachtet haben könnte.« Sie legte die Stirn in Falten. »Krammfeld vielleicht? Der war regelmäßig drüben, um mit Bleichwein etwas gegen Bettine auszuhecken.«

»Aber warum sollte der Lebkuchenbäcker seinen Freund töten?« Christian überlegte. Ihm fiel kein Grund ein, aber das mochte nichts heißen. Vielleicht war auch Krammfeld ein Mitglied des Tabakskollegs. Heinrich Marlander hatte sich darüber zwar ausgeschwiegen, aber wer konnte sagen, welches Geheimnis die Männer hüteten? Sein Blick fiel auf einen Korb, der, von Lumpen halb verdeckt, zwischen den Dachbalken stand. Christian zog ihn hervor und warf einen Blick hinein. Zu seiner Verwunderung fand er darin feuchte Frauenkleider: einen muffig riechenden Mantel, ein buntes Brusttuch mit Fransen sowie eine angegilbte Haube.

»Die Sachen müssen Bettine gehören!« Helene schnupperte an der Wolle und rümpfte die Nase.

»Was gehört mir?« Die Witwe stand an der Tür, ein Gähnen unterdrückend. Sie schien unten in ihrer Vorratskammer eingenickt zu sein, doch war ihr anzusehen, dass der Schlaf sie nicht erfrischt hatte. Benommen starrte sie auf die Sachen in Christians Hand. »Wie kommen diese alten Lumpen in Hugos Kammer? Ich hatte sie längst weggeworfen.«

Christian fiel es wie Schuppen von den Augen. Kein Moment wäre unpassender gewesen, um zu lachen, und trotzdem musste er an sich halten, um ein Schmunzeln zu unterdrücken. Er wusste, wie Hugo es geschafft hatte, sich unbemerkt an Heydes Wachen vorbeizuschmuggeln. Ganz deutlich erinnerte er sich an das alte

Weib, welches er am Abend nach dem Mord im Nachbarhaus auf der Gasse stadteinwärts hatte schlurfen sehen. Das war Hugo gewesen. Der Bursche hatte sich einen Umhang von Bettine übergeworfen, die Haube in die Stirn gezogen und war dann mit dem Korb über dem Arm im Schutze der Dunkelheit Richtung Kirchplatz verschwunden. Er war langsam und gebeugt gegangen, um sein Humpeln zu überspielen. Zur selben Zeit musste Anna Heydes Wachen ins Haus gerufen haben, möglicherweise unter dem Vorwand, ihnen einen Schluck heißen Wein zu spendieren.

So also war Hugo entwischt. Um den Mann aufzusuchen, der ihn später umbringen würde.

»War Ihr Schwager Krammfeld jemals Mitglied im Weimarer Tabakskolleg?«, wandte sich Christian an die Witwe, die noch immer reglos dastand. Unten klopfte jemand stürmisch an die Tür. Bettine Jungmann schaffte es, den Lärm vor ihrer Tür zu ignorieren. Nur langsam löste sich ihr Blick von Hugos Habseligkeiten. »Woher soll ich wissen, was dieser Mensch treibt, aber …«

»Ja?«, hakte Christian ungeduldig nach. Warum war die Frau nur so distanziert? War ihr immer noch nicht klar geworden, dass er ihr nur helfen wollte? Bevor sie sich völlig in ihr Schneckenhaus zurückziehen konnte, legte Helene ihr fürsorglich einen Arm um die Schultern.

»Du willst doch auch, dass derjenige gefunden wird, der Hugo und Anna das angetan hat. Wenn du also etwas weißt, das uns helfen könnte, dieses Ungeheuer aufzuspüren, musst du es uns sagen. Christian untersucht die Angelegenheit im Auftrag des Geheimrats von Goethe, der, wie du weißt, ein Freund und Vertrauter unseres Herzogs ist.«

Bettine seufzte. »Mag sein, dass das gar nicht wichtig ist, aber … Ja, Krammfeld gehört zu diesem Tabakskolleg. Er wurde von meinem Mann eingeführt, kurz bevor dieser starb.«

Mit einem letzten Blick auf Christian befreite sie sich aus Helenes Umarmung und eilte die Treppe hinunter, um die Tür zu öffnen.

»Ein Bote hat mir eine Nachricht gebracht«, sagte die Witwe etwas später. Sie stand am Fuß der Treppe, als Christian und Helene herunterkamen. In der Hand hielt sie ein Billett, dessen Siegel schon aufgebrochen war. »Von meinem Schwager, Krammfeld. Er bittet mich zu sich.«

Helene war empört. »Was kann Krammfeld ausgerechnet heute von dir wollen? Inzwischen sollte sich doch auch bis zu ihm herumgesprochen haben, dass du einen Todesfall betrauerst.«

»Vielleicht will er mir ja nur sein Mitgefühl ausdrücken? Schließlich gehörte Hugo wie er der Zunft an.« Bettines Tonfall verriet, dass sie selbst nicht daran glaubte. Krammfeld hatte Hugo gehasst, weil er ihr gegenüber stets loyal gewesen war. Und um ihn mürbezumachen, hatte er ihm sogar wüste Schläger auf den Hals gehetzt.

»Und nun, kaum dass Hugo tot ist, will er mit mir reden!« Bettine zerknüllte das Schreiben, das der Bote des Lebkuchenbäckers ihr überbracht hatte, in der Hand zu einer Kugel, die sie in die Ecke beförderte. Doch zu Helenes Überraschung griff sie wenig später doch nach ihrem Korb und einem warmen Schultertuch.

»Ich muss nachsehen, wie es meiner Schwester geht«, erklärte sie mit Nachdruck. »Wenn Krammfeld mich schon einmal in sein Haus lässt, sollte ich die Gelegenheit nutzen.«

»Also schön, dann werden wir dich begleiten!« Ehe die Witwe protestieren konnte, öffnete Helene die Tür und trat fröstelnd hinaus auf die Gasse. Dort drehte sie sich nach Christian um. »Kommen Sie auch mit, Vulpius?«

Christian hätte eigentlich längst wieder an seinem Pult in der

Bibliothek sein müssen, doch ein Gefühl innerer Unruhe warnte ihn davor, die Frauen allein in die Stadt gehen zu lassen.

Das Anwesen der Krammfelds befand sich in einer ruhigen Straße unweit des Rathauses und bestand aus einem repräsentativen Fachwerkhaus, in dem die Wohnräume der Familie lagen, sowie einem Anbau für die Lebkuchenbäckerei. Den Haupteingang erreichte man über einen gepflasterten Innenhof, doch Bettine zog es vor, durch die Backstube zu gehen. Dort herrschte wie an jedem Werktag emsiger Betrieb. Aus den Backöfen quoll Rauch, Lehrlinge eilten mit langen Schiebern hin und her, um durchgebackene Lebkuchen aus den Öffnungen zu ziehen, andere kneteten mit feuerroten Gesichtern Teig. Davon, dass nur wenige Straßen von hier ein junger Zunftgenosse ermordet worden war, war an diesem Ort nichts zu spüren.

»Wenigstens für einen halben Tag hätte Krammfeld das Feuer löschen können«, grollte die Witwe mit verkniffenem Gesicht. Doch die Männer in der Backstube taten, als hätten sie nichts gehört. Nur wenige trauten sich, ihr einen mitfühlenden Blick zuzuwerfen, ehe sie sich wieder ihrer Arbeit zuwandten.

»Aber ich bitte dich«, dröhnte Krammfeld, als er die Witwe wenig später in seinen privaten Räumen empfing. Er trug eine Weste aus karmesinrotem Samt, die nicht recht zu dem groben, bärtigen Gesicht und den boshaften Augen passen wollten. »Das Leben muss weitergehen! In ein paar Wochen ist Weihnachten, und bis dahin dürfen meine Backöfen nicht ausgehen!« Er grinste erst sie, dann Helene und Christian an. »Ich habe schließlich eine Menge hungriger Mäuler zu stopfen. Darunter auch deine Schwester!«

Bettine verschränkte die Arme vor der Brust. Innerlich kochte sie vor Wut, doch noch gelang es ihr, Haltung zu bewahren. »Wie hatte ich nur annehmen können, du hättest mich wegen Hugo sprechen wollen? Es wäre viel höflicher gewesen, zu mir in die Winkelgasse zu kommen. Aber vielleicht hast du recht, und wir legen die Karten gleich offen auf den Tisch. Wo ist meine Schwester? Ich möchte sie und ihr Kind sehen!«

Das Lächeln verschwand aus Krammfelds Gesicht. »*Mein* Kind, meinst du wohl, Schwägerin! Es tut mir leid, aber sie sind nicht hier. Ich habe deine Schwester und die Mädchen mit dem Kleinen zur Erholung aufs Land geschickt.«

Bettine starrte ihn entsetzt an. »Du lügst! Meine Schwester ist viel zu schwach für eine Reise. Sie käme in ihrem Zustand nicht mal bis Schwerstedt. Also warum hättest du sie fortschicken sollen?«

»Nach dem Mord an meinem alten Freund Bleichwein hielt ich das für meine Pflicht«, sagte der Lebkuchenbäcker kühl. »Wer kann sich in der Stadt denn noch sicher fühlen, solange hier ein Mörder sein Unwesen treibt?« Er musterte Christian und Helene, die an der Tür warteten, abschätzig. Dann wandte er sich wieder seiner Schwägerin zu. »Es ist traurig, dass du dich nicht ohne Leibwächter in das Haus deiner eigenen Verwandten wagst.«

Bettine schnaubte. »Wir sind keine Verwandten! Glaubst du, ich habe vergessen, was du mir mit Bleichweins Unterstützung angetan hast? Wäre der arme Hugo noch am Leben, würde er dein Gedächtnis gewiss gern auffrischen.«

»Aber er ist tot, und da du eine kluge Frau bist, wirst du einsehen, dass du ohne mich künftig nicht mehr weit kommen wirst.« Der Lebkuchenbäcker nahm zwei leicht verstaubte Gläser aus seinem Schrank und füllte sie mit Rotwein. Ehe er eines davon Bettine reichte, forderte er ihre Begleiter mit einer Handbewegung auf, den Raum zu verlassen.

»Was ich mit meiner Schwägerin zu besprechen habe, geht nur sie und mich etwas an. Warten Sie draußen auf dem Flur!« Als Helene ihn wütend anfunkelte, fügte er hinzu: »Keine Angst, ich würde doch der Schwester meiner Gattin kein Haar krümmen!«

An jedem anderen Tag hätte Christian sich geärgert, wie ein Schuljunge vor die Tür gesetzt zu werden, doch heute war er dem Rüpel beinahe dankbar dafür. Die Witwe Jungmann hatte momentan nichts von ihm zu befürchten. Krammfeld würde es nicht wagen, sie am helllichten Tag zu belästigen. Davon abgesehen, war sie trotz ihrer Trauer um Hugo sehr wohl in der Lage, sich zur Wehr zu setzen.

»Darf ich fragen, was Sie da machen?« Helenes Blicke brannten ihm beinahe Löcher in den Rücken, als er sich leise den Gang hinunterbewegte und eine Tür nach der anderen öffnete. »Wir sollten hier auf Bettine warten!«, zischte sie. »Ich habe kein gutes Gefühl in diesem Haus.« Er nickte, denn es ging ihm nicht anders. Das Haus des Bäckers strahlte so viel Kälte aus, dass Christian sich fragte, wie in seinen Öfen Glut zustande kam. Doch die Unruhe, die ihn erfasste, war ein Grund mehr, sich umzuschauen.

Hinter einer der Türen zur Linken befand sich eine Wohnstube, die mit dunklen, wuchtigen Möbeln vollgestopft war. Schwarze Balken durchzogen die gekalkten Wände wie die Adern einer alten Hand und vermittelten der Stube einen Charakter von Enge und Gedrungenheit. In einem Winkel stand als einziger Farbklecks ein flaschengrüner Kachelofen, deren gepolsterte Bank recht gemütlich aussah. Doch im Ofenloch lag nur ein Häuflein kalter Asche. Wie es schien, wurde der Raum nur zu seltenen Anlässen benutzt.

Christian wollte soeben kehrtmachen, als die Tür hinter ihm mit einem Krachen ins Schloss fiel. Erschrocken wirbelte er auf dem Absatz herum und fand sich einer alten Frau gegenüber, die ihn ebenso feindselig wie angriffslustig anfunkelte. Es war nicht schwer zu erraten, wer die Alte war. Mit einem Vollbart und einigen Pfunden mehr auf den Rippen hätte man sie fast mit dem Lebkuchenbäcker verwechseln können.

»Ich habe gesehen, wie Sie hier eindrangen«, beschwerte sich die Frau mit hochgezogenen Brauen. »Wie können Sie es wagen, bei uns herumzuschnüffeln? Ich werde die Büttel rufen!«

»Das wird nicht nötig sein.« Christian ließ seinen ganzen Charme spielen und rundete die Lippen zu einem entwaffnenden Lächeln, das auf die Frau jedoch keinen Eindruck machte. Möglicherweise sah sie ohnehin nicht mehr gut.

»Ich weiß, dass sie mit ihr gekommen sind!« Das *ihr* klang gar nicht gut. »Wie heißen Sie?«

Christian nannte seinen Namen, worauf die Alte in boshaftes Gelächter ausbrach.

»Vulpius? Na, das nenne ich mal eine Ehre für mein Haus«, sagte sie, wurde aber schlagartig wieder ernst. »Der Bruder dieser Frau, die beim Geheimrat wohnt, nicht wahr? Kein Wunder, dass Sie sich für Weiber wie die Bettine starkmachen. Man verliert nie den Geruch des Stalles, aus dessen Stroh man einst gekrochen kam.«

Christian hatte schon eine größere Beleidigung zu hören bekommen und entschied, nicht darauf einzugehen. Gewiss hielt sich diese Alte nicht nur für die Tugendhaftigkeit in Person, sondern auch für die heimliche Herrin des Hauses. Eine, die ihre Augen und Ohren überall hatte.

»Was ist los? Warum starren Sie mich so unverschämt an, junger Mann? Wollen Sie aus mir etwa eine … wie nennt man das doch gleich … eine Romanfigur machen?« Sie schüttelte den Kopf, als hätte Christian ihr vorgeschlagen, gemeinsam nackt in einen Badezuber zu springen. »Keineswegs«, sagte er ruhig. »Aber ich vermute, Sie könnten mir viel über Josefina Bleichwein erzählen. Sie haben Sie doch gekannt, nicht wahr? War sie nicht noch hier im Haus, bevor sie starb?«

Lauernd bewegte die Alte die Lippen, als schmecke sie Christians Frage auf der Zunge. »Na und? Das Weib ist tot, oder nicht? Alle Bleichweins sind tot.«

»Ja, und ich bin mir sicher, dass Ihr Sohn darüber todunglücklich ist. Schließlich war er mit dem Tabakhändler gut befreundet.«

»*Befreundet*!« Schon wieder ein Wort, das die alte Krammfeld ausspie wie einen Brocken verdorbenes Fleisch. Während sie über den knarrenden Fußboden schlurfte, glaubte Christian plötzlich einen Herzschlag lang, hinter der Wand das Wimmern eines Säuglings zu hören. Er spitzte die Ohren, doch bevor er feststellen konnte, aus welcher Richtung das Geräusch kam, war es schon verstummt. Merkwürdig! Hatte Krammfeld nicht behauptet, sein Kind sei auf dem Land?

»Ich habe nie verstanden, warum mein Sohn sich mit diesem Bleichwein abgegeben hat. Wir Krammfelds haben in Weimar Zunftmeister und Ratsherren gestellt, während dieser Kauz und seine verrückte Schwester mit nichts in den Taschen hier ankamen.« Mit knackenden Knochen begab sie sich zu der Ofenbank und ließ sich darauf nieder. Christian ließ sie dabei nicht aus den Augen. »Haben Sie vielleicht sonst noch Fragen an mich, junger Mann?«

O ja, die hatte er. »Welchen Eindruck hat Josefina auf Sie gemacht? War sie durcheinander? Aufgeregt? Hat sie erwähnt, dass sie sich vor jemandem fürchtet?«

Erstaunt runzelte sie die Stirn. »Woher wissen Sie davon? Die Frau war tatsächlich nicht bei sich an diesem Morgen. Kaum hatte ich ihr meinen Enkel aus dem Arm genommen, da fing sie an zu zetern, als hätte sie den Verstand verloren. Na, vermutlich war dem ja auch so.« Sie hob die Hand zum Mund und machte eine Geste, als würde sie etwas trinken.

»Was hat sie gesagt?«

»Ach, nichts als wirres Zeug. Zuerst behauptete sie, mit der Mutter meines Enkels würde es zu Ende gehen und darum müsse ein Arzt her.« Sie schnaubte. »So ein Unfug! Dabei war meine Schwiegertochter nur erschöpft. Ich sage Ihnen, das Weib litt unter Wahnvorstellungen.«

Christian holte tief Luft. »Wahnvorstellungen?«

»Und ob, mein Herr! Wahnvorstellungen. Sie behauptete allen Ernstes, jemand hätte eine Spielkarte in ihrem Beutel versteckt, um sie zu ärgern. Davor schien sie sich zu fürchten wie der Teufel vor dem Kruzifix. Sie verdächtigte mich gleich, ihr die Karte untergeschoben zu haben, und verlangte von mir, ich solle das zugeben.« Sie schürzte die Lippen. »Das Weib war stockbesoffen, sonst nichts. Die Krönung war, dass sie das Ofenloch öffnete und …«

»Die Spielkarte verbrannte?« Christian war enttäuscht. Auf diese merkwürdige Karte hätte er nur allzu gern einen Blick geworfen.

»Von wegen verbrannt«, meckerte die Alte. »Was hätte sie denn verbrennen sollen? Da war doch gar nichts!«

»Nichts?«

Frau Krammfeld schüttelte den Kopf. »Josefina hatte nichts in der Hand, verstehen Sie? In ihrem Beutel lagen ebenso wenig Spielkarten wie hier zu meinen Füßen weiße Mäuse tanzen.«

21. Kapitel

Hauptmann Heyde nahm seinen Hut ab, bevor er den Türklopfer betätigte. Dumpf hallten die Schläge gegen das Holz in seinen Ohren wider.

In düsterer Stimmung betrachtete er sich das gelb angestrichene Gebäude mit den vielen zur Straße gelegenen Fenstern und versuchte sich daran zu erinnern, ob er es schon einmal betreten hatte. Eine Gelegenheit fiel ihm ein, doch bei dieser hatten ihn dienstliche Gründe hierhergeführt. Nicht im Traum hätte es sich ein von allen verehrter Dichter und Staatsminister einfallen lassen, einen Mann wie ihn zu einer seiner Soireen einzuladen.

Die glauben wohl, ich sei nicht gut genug für sie, dachte Heyde verbittert. Dass sie sich da mal nicht getäuscht haben, insbesondere dieser Vulpius. Meine Stunde wird noch kommen.

Heyde klopfte noch einmal. Diesmal energischer.

Eine Frechheit, wie der Bursche sich immer wieder in seine Untersuchungen einmischte. Zu allem Überfluss schien der Geheimrat ihn auch noch dazu zu ermutigen, auf eigene Faust dem Mörder nachzustellen. Zumindest hatte Vulpius' Vorgesetzter so etwas angedeutet.

Heydes vor Kälte fast tauben Finger kneteten die Krempe seines schwarzen Hutes, während die Menschen auf dem Frauenplan die Köpfe zusammensteckten und miteinander flüsterten.

Ja, schaut ihn euch an, schienen ihre Blicke zu rufen. Das ist der Hauptmann, der in Weimar für Recht und Gesetz einstehen soll. Warum gelingt es ihm nicht, uns zu beschützen? Warum fängt er den Unhold nicht endlich, sondern lässt es zu, dass dieser weiter ungestraft mordet?

Heyde klopfte ein drittes Mal. Teufel noch mal, lagen die Herrschaften etwa auf ihren feinen Öhrchen? Erst als er schon verärgert kehrtmachen und sich auf sein Pferd schwingen wollte, vernahm er das klackende Geräusch eines Schlüssels im Schloss.

Ein junges Mädchen spähte vorsichtig durch den Türspalt. Es war Ernestine Vulpius, die Halbschwester der Frau, die sich hier als Dame des Hauses aufspielte. Als das Mädchen sah, wer da vor der Tür stand, legte sich ein Schimmer über ihr zugegeben hübsches Gesicht. »Na so was, der Herr Hauptmann! Wie schön, Sie endlich einmal wiederzusehen!«

Heyde hob erstaunt die Augenbrauen; mit einem so freundlichen Empfang hatte er nicht gerechnet. Fast augenblicklich schwand seine Wut, und Verlegenheit trat an ihre Stelle. Er musterte die junge Frau. Seit ihrer letzten Begegnung trug Ernestine ihr Haar anders. Nicht mehr so streng zurückgekämmt wie bei einer alten Vettel, sondern lockerer und über beide Schultern fallend. Das stand ihr gut, weil es ihre natürliche Anmut unterstrich. Und offensichtlich erlaubte der Geheimrat ihr inzwischen Puder und Rouge, um die zarte Blässe ihres Gesichts vornehm und nicht so kränklich wirken zu lassen wie bei einer Schwindsüchtigen.

Heyde schluckte. Nun gut, ihm konnte es gleichgültig sein, wie sich die Person herausputzte. Er war ja nicht hergekommen, um sich mit Weiberkram zu befassen.

»Wie kann ich Ihnen helfen, Hauptmann?« Ernestine Vulpius schien bemerkt zu haben, dass er sie ansah wie eine Kokotte im Theater, denn nun war sie es, die errötend den Blick senkte.

Himmel, diese Wimpern! Waren sie echt, oder ließ sich so etwas an die Lider kleben?

Heyde sog tief die Luft ein und stieß sie dann wieder aus. Nimm dich zusammen, befahl er sich selbst, bevor du noch einen kompletten Narren aus dir machst. Du bist Soldat des Herzogs. Es fehlt noch, dass die Leute annehmen, du habest vor, der Schwester von Christiane Vulpius den Hof zu machen.

»Sie könnten mir sagen, wo ich Ihren Bruder finde, Demoiselle«, brachte er stockend hervor. »In seiner Schreibstube ist er nach dem Mittagsläuten nicht mehr aufgetaucht. Das käme in letzter Zeit häufiger vor, meinte der Herr Bibliothekar.«

Ernestine sah ihn erschrocken an. »Steckt Christian etwa in Schwierigkeiten? Nun kommen Sie doch endlich herein, ehe Sie zu Eis erstarren!«

Sie winkte ihn in den Eingangsbereich, von dem rechter Hand eine steinerne Treppe hinauf zu den repräsentativen Empfangsräumen führte, und schloss die Tür. Heyde sah sich um. Nicht übel, wie die Familie des Geheimrats von Goethe hier lebte, gar nicht übel. Er ertappte sich dabei, wie er darüber nachdachte, wie es wohl in den oberen Stockwerken aussehen mochte, wo Gäste des Hauses empfangen wurden. Doch das Mädchen blieb reglos an der Tür stehen, von wo aus es ihn mit seinen großen braunen Rehaugen ansah.

»Ich habe gehört, wie der Geheimrat mit meiner Schwester über die abscheulichen Morde gesprochen hat«, sagte sie nach einer Weile. Es klang besorgt. »Es ist wie damals, nicht wahr? Als dieser Fremde tot aus der Ilm gezogen wurde. Ich traue mich kaum noch auf die Straße.«

In Heyde regte sich plötzlich etwas, das ihn zutiefst erschreckte: der Wunsch, dieses junge Ding, dessen Familie er zutiefst verabscheute, zu trösten. Ihr ein Lächeln zu entlocken. Nun ja, vielleicht gehört das ja zu meinen Pflichten als Untersuchungsbeamter des Herzogs, überlegte er. Er spürte, wie sein Rücken stocksteif wurde. Ja, das Mädchen hatte recht. In der Stadt ging die Angst um. Auf den Straßen und Plätzen redete man über nichts anderes mehr, und wohin er auch sah, begegneten ihm furchtsame Gesichter. Wie ihm zugetragen worden war, gab es sogar Stimmen, die behaupteten, die Fremde, die im *Gasthaus Zum Weißen Schwan* abgestiegen war, wisse, wen der Tod als Nächsten holen werde. Allmählich wurde es Zeit für ihn, der sonderbaren Person auf den Zahn zu fühlen.

»Ich werde diesen Mörder finden und den Frieden in der Stadt wiederherstellen«, flüsterte er heiser. »Also, wo ist Christian Vulpius?«

Ernestine konnte ihm nicht weiterhelfen; sie hatte ihren Halbbruder nicht mehr gesehen, seit er nach einem kurzen Frühstück zur Arbeit aufgebrochen war. Doch als Heyde wieder auf dem Frauenplan stand, überquerte er in Begleitung der jungen Helene de Ahna den Platz. Die beiden unterhielten sich so angeregt, dass sie ihn erst bemerkten, als sie vor dem Goethehaus angekommen waren. Zufrieden stellte er fest, dass Vulpius bei seinem Anblick schluckte.

»Hauptmann Heyde, waren Sie bei Geheimrat von Goethe?«, sprach die junge Frau ihn an. Anders als ihrem Begleiter schien seine Anwesenheit sie nicht einzuschüchtern. Das gefiel ihm nicht. Dieses Frauenzimmer war ihm viel zu vorwitzig.

»Nein, ich habe auf Herrn Vulpius gewartet«, sagte er kühl. »Wenn Sie nichts dagegen haben, Demoiselle!«

»Auf mich?« Christian Vulpius machte vorsichtig einen Schritt zurück. »Ich dachte, Sie wollen mich nicht mehr sehen?«

»Was ich will, spielt hier keine Rolle, Vulpius. Ich muss Sie auffordern, mich sofort zum Roten Schloss zu begleiten.« Er bedachte Helene mit einem abschätzenden Seitenblick. »Falls Sie sich weigern, könnte ich natürlich auch die Demoiselle mitnehmen. Die Entscheidung liegt ganz bei Ihnen!«

Christian folgte dem Hauptmann durch die winterliche Stadt, wobei er sich den Kopf darüber zerbrach, ob er nun Heydes Gefangener war oder nicht. Doch wenn es in dessen Absicht lag, ihn einzusperren, wie lautete die Anklage? Was warf er ihm vor? Und warum begleitete ihn keiner seiner Sergeanten? Christians Aufregung wuchs, je näher er dem Roten Schloss kam, in dessen Kellergewölben sich auch Kerkerzellen befanden, die aufgrund ihrer Kälte und Enge sowie des Schmutzes darin gefürchtet waren. Wie es aussah, würde er eine davon bald kennenlernen. Er konnte nur hoffen, dass der Geheimrat sich auch dieses Mal für ihn verwendete. Wenn er schon verschwand, so sollte dies nicht unbemerkt vonstattengehen.

Um sich unterwegs abzulenken, ließ Christian sich noch einmal durch den Kopf gehen, was er im Hause der Krammfelds erfahren hatte. Besonders die Geschichte mit der Spielkarte ließ ihn nicht los. Hatte die alte Frau die Wahrheit gesagt, als sie die Wahnvorstellungen der Hebamme erwähnt hatte?

Doch woher rührte ihre fast panische Angst vor Spielkarten? Und vor der Frau, die ihr Geld damit verdiente, aus solchen Karten für ein staunendes Publikum die Zukunft herauszulesen?

War es gar nicht die Frau selbst, die ihr solche Angst eingejagt hatte, sondern etwas, das ihr vor Jahren, noch vor ihrer Ankunft in der Stadt, vorausgesagt worden war? Eine Prophezeiung, an die sie sich wieder erinnert hatte, als sie auf die Flugschriften der Madame Europe gestoßen war? Doch nach Aussagen ihrer Magd hatten weder Josefina noch ihr Bruder an solche Dinge wie Wahrsagerei und Prophetie geglaubt. Es war verwirrend.

Vor dem ausgedehnten Gebäudekomplex des Roten Schlosses befahl der Hauptmann ihm unvermittelt stehen zu bleiben, um eine Schar von Beamten und Schreibern vorbeizulassen, die sich mit schweren Aktenstapeln abmühten.

Während Christian wartete, dachte er an die Witwe und wie bestürzt sie nach ihrem Aufbruch aus dem Haus ihres Schwagers dreingeschaut hatte. Bettines Unterredung mit Krammfeld war erwartungsgemäß unerfreulich gewesen, doch wie es aussah, hatte er ihr ein Angebot gemacht, über das sie zumindest nachdachte. Mehr wollte sie ihm und Helene darüber allerdings nicht verraten.

»Na, wird's bald, Vulpius?« Der Hauptmann gab ihm einen Stoß mit dem Ellenbogen. »Ich habe nicht den ganzen Tag Zeit. Die Herren warten bereits auf uns!«

Die Herren? Christian stutzte. Von welchen Herren sprach der Mann nur?

Statt ihm eine Antwort zu geben, wies Heyde auf eine Treppe zu seiner Linken, deren Stufen tief hinab in die Gewölbe des Amtsgebäudes führten.

Also doch der Kerker, dachte Christian erschrocken.

Zu seiner Überraschung fand er sich jedoch kurz darauf in einem weiträumigen Trakt wieder, in dem es nicht nur Zellen für Gefangene der Justiz gab, sondern auch hallende Räume, die der Aufbewahrung von Pulverfässern, ausgedienten Schusswaffen und Werkzeugen dienten. Zudem stapelten sich vom Boden bis zur Decke vergilbte und zerfledderte Akten der herzoglichen

Justizverwaltung, die aussahen, als würden sie bei der kleinsten Berührung zu Staub zerfallen.

Der Hauptmann führte Christian an den Papierbergen vorbei und durch eine Tür, hinter der sich tatsächlich ein halbes Dutzend ernst dreinschauender Männer fröstelnd die Hände rieb. Trotz des schummrigen Lichtes erkannte Christian unter diesen Doktor Hellberger sowie den Advokaten Heinrich Marlander. Ein weiterer Mann wurde ihm von Heyde als Richter vorgestellt. Der Mann, dessen Namen Christian gleich wieder vergaß, hob nur mäßig interessiert den Blick. Dafür schüttelte ihm Marlander die Hand wie einem alten Freund.

»Haben Sie eine Ahnung, warum wir hergebeten wurden?«, flüsterte er ihm zu.

Christian verneinte kopfschüttelnd. Mit wachsender Besorgnis beobachtete er, wie die Eichentür, durch die er gekommen war, von einem der Wachsoldaten geschlossen wurde. Ein weiterer entzündete mit einem langen Kienspan rußige Pechfackeln, die in einigen Abständen an den kahlen Steinwänden hingen und wenigstens ansatzweise Licht spendeten.

Christian spürte ein unangenehmes Kratzen im Hals, doch er hatte keine Angst mehr davor, eingesperrt zu werden. Offensichtlich hatte der Hauptmann ihn aus einem anderen Grund mit diesen Männern zusammengeführt. Plötzlich zog Heydes Sergeant einen Vorhang zur Seite. Dahinter standen vier lange Tische, die zerkratzt waren und deutlich Blutflecke aufwiesen.

Auf jedem der Tische lag ein von einem Laken verhüllter Körper.

»Kommen Sie ruhig näher, meine Herren, nur keine Angst!« Die Stimme des Hauptmanns hallte durch das Gewölbe. Der Schein der Pechfackel malte gespenstische Schattenbilder auf sein Gesicht. Zögernd kamen die Anwesenden seiner Aufforderung nach. Nur der Richter, der seine Amtsstube so übereilt hatte verlassen müssen, dass er sogar noch Perücke und Robe trug, blieb in einiger Entfernung stehen. Trotz der Kälte traten ihm Schweißperlen auf die hohe Stirn, die er mit seinem weiten schwarzen Ärmel abwischte.

»Sie fragen sich vermutlich, warum ich Sie hergebeten habe!«

»Hergebeten ist der falsche Ausdruck«, erwiderte Doktor Hellberger empört. »Man wird zum Tee gebeten oder zu einer Abendgesellschaft. Wenn ich von zwei Stadtsoldaten von einer Behandlung weggeholt werde und meinen Patienten überstürzt verlassen muss, sehe ich das nicht als höfliche Einladung an.«

»Vielleicht legt sich Ihre Entrüstung, wenn ich Ihnen versichere, dass Sie wie auch die übrigen Herren auf Befehl unseres Herzogs hier sind«, sagte der Hauptmann. »Seine Hoheit ist äußerst besorgt darüber, dass sich in seiner Stadt die rätselhaften Todesfälle häufen, und bittet um rasche Aufklärung und Überführung des Missetäters.«

»Ganz meine Meinung!«, warf der Richter ein. Er war ein kleiner, wohlbeleibter Mann, dem vor Aufregung die Nickelbrille von der Nase rutschte. »Schaffen Sie mir diese Bestie herbei, damit ich sie aburteilen kann, bevor die Menschen da draußen völlig außer Kontrolle geraten.«

Christian konnte nachvollziehen, was in dem Mann vorging. Der Umstand, dass es nach wie vor an brauchbaren Spuren des Täters mangelte, blamierte das Polizeiwesen des Herzogtums, samt seiner Justiz. Der Landesherr war es gewiss leid, in dieser unangenehmen Angelegenheit vertröstet und hingehalten zu werden. Er forderte Ergebnisse, und das nicht nur von seinem Untersuchungsbeamten, sondern auch von den Richtern und Advokaten. Enttäuschten sie ihn, konnte sie dies um ihr Amt bringen, und ein in Ungnade gefallener Beamter kam, wie Christian das Schicksal seines Vaters gelehrt hatte, nie wieder auf die Füße. Allerdings war ihm noch nicht klar, warum Heyde auch auf seiner Anwesenheit bestand.

»Soweit mir bekannt ist, wohnten alle Mordopfer in der Win-

270

kelgasse«, meldete sich Doktor Hellberger zu Wort. »Auch der Geselle der Witwe Bettine Jungmann und die Dienstmagd der Bleichweins. Eines finde ich allerdings eigenartig, und das möchte ich Ihnen zeigen!«

Er ging zum letzten der vier Tische und schlug vorsichtig das Laken zurück. Sogleich wichen die in der Nähe stehenden Männer zurück; einige wandten sogar den Blick ab und rümpften die Nase.

Unter dem Tuch kam der Körper einer Frau zum Vorschein, deren weißer Arm an der Seite schlaff herunterhing. Unterleib und Beine schienen weitgehend unverletzt, was man von der Partie oberhalb des Brustbeins nicht sagen konnte.

Christian spürte, wie sein Magen sich krampfartig zusammenzog, doch er zwang sich, den Leichnam anzusehen. Dieser bot in der Tat einen so grauenhaften Anblick, dass nicht einmal Heydes Wachsoldaten den Blick darauf richteten. Marlander zog ein parfümiertes Schnupftuch aus seinem Ärmel und presste es sich krampfhaft vor die Nase.

»Ich habe die Frauenleiche untersucht«, sagte der Arzt. »Der Mörder muss mit einer Axt auf sie eingeschlagen haben, vermutlich in der Absicht, sie zu enthaupten. Doch das ist ihm nicht gelungen, was mich nicht wundert. Es erfordert viel Kraft und Geschicklichkeit, den Halswirbel mit einem Schlag zu durchtrennen. Das kann Ihnen jeder Henker versichern.« Er schnaubte. »Er oder sie muss während der Tat in Panik geraten und das Ziel mehrfach verfehlt haben. Aus diesem Grund ist das Gesicht der Toten kaum noch als solches zu bezeichnen. Es wurde nahezu unkenntlich gemacht.«

»Worauf wollen Sie hinaus?«, keuchte der Richter. »Liegt da nun die Dienstmagd von diesem Erasmus Bleichwein oder nicht?«

Hellberger und Hauptmann Heyde tauschten einen vielsagenden Blick, dann schüttelte der Arzt zu Christians Überraschung den Kopf. »Herr Vulpius, wie ich hörte, haben Sie einige Male mit der Magd Anna gesprochen. Wie alt mag sie gewesen sein?«

Christian brauchte nicht lange zu überlegen. »Etwa siebzehn Jahre, würde ich schätzen.«

»Ja, das hat der Hauptmann auch gesagt! Aber die Frau auf dem Tisch war älter. Sie hatte das dreißigste Lebensjahr schon überschritten. Und sie hat auch schon mal ein Kind zur Welt gebracht.«

Hauptmann Heyde forderte Christian nun mit einer Handbewegung auf, sich zu dem Arzt zu begeben. »Nur zu, Vulpius«, rief er. »Schauen Sie sich nur an, was von diesem armen Geschöpf übrig geblieben ist!«

Christian schluckte. Nun dämmerte ihm, warum er hier war. Der Hauptmann brauchte einen Zeugen, der aussagte, dass es nicht Anna war, die dort auf der Bahre lag. Es sah ihm ähnlich, Christian zunächst glauben zu lassen, er würde eingesperrt. Aber wenigstens hatte er darauf verzichtet, die Witwe oder Helene vorzuladen.

Es kostete ihn indes reichlich Überwindung, sich den entstellten Körper, zu dem Hellberger ihn führte, aus der Nähe zu betrachten. Nachdenklich hob er die Augenbrauen. Nein, der Arzt hatte recht. Was Größe, Figur und die Farbe der Haare betraf, mochte diese Frau eine gewisse Ähnlichkeit mit Bleichweins Magd gehabt haben, aber sie war es nicht.

Christian schloss die Augen und atmete aus. War das Mädchen etwa doch noch am Leben? »Sie hat Hugo begleitet und war bei ihm, als der Mörder ihn auf dem Friedhof überraschte«, murmelte er. »Aber es ist ihr gelungen zu entkommen. Ja, so muss es gewesen sein. Andernfalls wäre ihre Leiche doch bei Hugo in dem frischen Grab entdeckt worden.«

Hauptmann Heyde fuhr dazwischen, indem er energisch mit dem Fuß aufstampfte. »Falls Sie annehmen, Sie wären hier, um sich wieder einzumischen, muss ich Sie enttäuschen. Alles, was ich von Ihnen will, ist eine Erklärung vor Zeugen, dass es sich bei diesem Weib dort auf dem Tisch nicht um die Dienstmagd des Tabakhändlers Bleichwein handelt. Mein Schreiber wird die Erklärung später in der Amtsstube zu Protokoll nehmen. Dann können Sie gehen.«

»Aha, demnach ist diese Magd flüchtig«, rief der Richter. Seine Augen verengten sich hinter der Brille, als er, an Heyde gewandt, hinzufügte: »Sie sollten Ihre Männer ausschwärmen lassen, um sie wieder einzufangen.«

Wieder einzufangen? In Christian stieg ein böser Verdacht auf. Gleichzeitig fiel ihm ein, was der Arzt kurz zuvor gesagt hatte. *Er oder sie muss während der Tat in Panik geraten sein … Sie?*

»Ich dachte, Sie würden das Mädchen nicht mehr verdächtigen«, sagte er zu Heyde.

Der Hauptmann zuckte ungerührt mit den Achseln. »Nun, vielleicht haben wir uns alle von dieser Person an der Nase herumführen lassen! Sie scheint viel gerissener zu sein, als ich zunächst annahm.« Er zog einen Bogen Papier aus seinem Uniformrock, den er kommentarlos dem Richter übergab.

»Hier steht geschrieben, dass die frühere Viehhüterin Anna Beinhauer in ihrem Dorf der Brandstiftung verdächtigt wurde. Auch Diebstähle und kleinere Betrügereien wurden ihr zur Last gelegt. Aber bevor die Person dazu befragt werden konnte, hat sie sich aus dem Staub gemacht. Wundert mich gar nicht, dass ihr Dienstherr jetzt mit durchschnittener Kehle auf dem Tisch liegt.«

»Darf man erfahren, wie Sie an die Berichte gekommen sind?«, fragte Christian misstrauisch. Ein eigenartiger Zufall, dass die gerade jetzt auftauchten.

Heyde schüttelte energisch den Kopf. »Das tut nichts zur Sache, Vulpius! Möglicherweise haben wir es mit einer gefährlichen Person zu tun, die uns die Unschuldige nur vorgespielt hat. Immerhin hat es ihr nichts ausgemacht, in einem Haus zu bleiben, in dem kurz zuvor ein Mord verübt wurde.«

Ja, weil sie nicht wusste, wohin, dachte Christian. Hätte sie auf der Straße erfrieren sollen? Andererseits musste er zugeben, dass er die Magd selbst im Verdacht gehabt hatte, etwas vor ihm zu verheimlichen. Trotzdem war der Vorwurf, sie habe Menschen ermordet und ihren eigenen Tod vorgetäuscht, so absurd, dass er darüber nur den Kopf schütteln konnte.

»Ich sage Ihnen, diese Anna ist die Person, die wir suchen«, rief der Richter. »Sie hat sich den Selbstmord ihrer Herrin zunutze gemacht und deren Bruder, der nach diesem Schicksalsschlag vermutlich am Boden zerstört war, umgebracht. Sie wollte es wohl auch wie einen Selbstmord aussehen lassen, doch das ist ihr nicht gelungen. Dann schwenkte sie um und stellte es als die Tat eines Mannes dar, der noch eine alte Rechnung mit Bleichwein zu begleichen hatte.« Er schnaubte verächtlich. »Ein Mord aus Habgier und Niedertracht! Sie wollte sich mit dem Geld aus dem Tabakladen davonmachen! Später musste sie noch ihren Liebhaber loswerden, weil der ihr auf die Schliche gekommen war.«

»Nein, das kann so nicht gewesen sein«, protestierte Christian.

»Ach nein, und warum nicht?« Der Richter spähte Christian durch seine Brille argwöhnisch an.

Bevor Christian den Mund öffnen konnte, spürte er die Hand des Anwalts auf seinem Arm. Marlander räusperte sich. »Was Herr Vulpius damit sagen will, ist, dass die Geschäfte des Tabakhändlers schlecht liefen. Das geht aus seinen Kassenbüchern hervor. Da war nicht mehr viel zu holen. Wenn seine Dienstmagd so raffiniert war, wie Sie annehmen, muss sie das auch herausgefunden haben.«

Hauptmann Heyde verzog den Mund. »Kein Geld? Ich dachte, dieser Bleichwein wäre reich gewesen. Alles, was in Weimar

Rang und Namen hat, kaufte bei ihm Pfeifen- und Kautabak ein.«

Marlander schüttelte den Kopf. »Bedaure, meine Herren. Aber als sein Anwalt kann ich Ihnen versichern, dass er nichts im Haus hatte, was für eine diebische Magd von Interesse gewesen wäre.«

Christian schaute Marlander überrascht an, doch der Blick, der dieser ihm zuwarf, warnte ihn, auf den Beutel mit den Goldmünzen zu sprechen zu kommen. Plötzlich sah er, wie der Anwalt zusammenfuhr. Etwas schien ihn zu erschrecken. Er starrte auf die Leiche der unbekannten Frau, dann stieß er heftig den Atem aus.

»Fehlt Ihnen etwas?« Hauptmann Heyde war ein scharfer Beobachter, dem so rasch nichts entging.

»Wenn ich mich nicht irre, weiß ich, wer die Frau auf dem Tisch ist«, sagte Marlander.

»Was?«

»Sehen Sie das herzförmige Mal an ihrem Handgelenk? Dass mir das nicht früher aufgefallen ist!«

»Ein kleines Brandmal, etwa zwei Fingerbreit«, bestätigte Doktor Hellberger irritiert. »Nicht ungewöhnlich für Personen, die sich ihren Lebensunterhalt verdienen müssen. Ich kann mich noch erinnern, wie ich als Student im Sezierraum einmal …«

»Die Köchin meiner Freunde, der von Moors, hatte so ein Brandmal am Gelenk«, unterbrach Marlander den Arzt aufgeregt. »Und sie ist seit gestern früh verschwunden!«

Hauptmann Heyde wurde hellhörig. »Und das wissen Sie genau?«

»Aber gewiss doch. Ich erinnere mich noch, wie Frau von Moor mir davon erzählt hat. Sie war untröstlich, weil die Köchin einfach so verschwand, ohne um ihre Entlassung zu bitten.«

»Nun, wenn es sich bei der Toten ohne Gesicht um eine Bedienstete von Frau von Moor handelt, ist mir klar, warum sie sterben musste.«

»Tatsächlich?«, fragte Christian erstaunt. Er hatte hierzu seine eigene Theorie, wagte aber zu bezweifeln, dass Heyde dieselbe vertrat.

Hauptmann Heyde sah ihn mit einem müden Lächeln an, das zum Ausdruck brachte, für wie begriffsstutzig er ihn hielt. Er schnipste mit den Fingern, woraufhin sein Schreiber ihm ein paar eng beschriebene Papiere reichte. Es waren Verhörprotokolle.

»Diese Köchin gab zu Protokoll, dass dieser Bursche, Hugo Preuss, während des Mordes an Bleichwein bei ihr gewesen sei. Wenn das gelogen war, hatte der Bursche doch niemanden, der bezeugen konnte, dass er unterwegs war, als Bleichwein getötet wurde.«

»Aber natürlich!« Der Richter schob triumphierend die Unterlippe vor. »Die Magd und dieser Hugo haben das Verbrechen gemeinsam ausgeheckt und diese Köchin dazu gebracht, ihre Geschichte zu bestätigen. Das hat sie getan, und zum Dank dafür hat Bleichweins Dienstmagd sie auch noch erschlagen! Ein schlauer Einfall von ihr, die Köchin so zuzurichten, dass alle Welt annehmen musste, sie selbst sei dem Mörder zum Opfer gefallen. Das hat ihr genug Zeit verschafft, um zu fliehen. Und was ihr Motiv angeht, so kann ich dem Herrn Anwalt nicht ganz zustimmen. Gewiss gab es in dem großen Haus der Bleichweins Dinge, die sich leicht zu Geld machen lassen.« Er wandte sich Hauptmann Heyde zu. »Lassen Sie nach dem mörderischen Frauenzimmer fahnden! Wir müssen Sie aufspüren! In diesem speziellen Fall plädiere ich für einen kurzen Prozess! Wir werden erst wieder ruhig schlafen können, wenn Anna Beinhauer gefunden und aufs Schafott gebracht worden ist.«

22. Kapitel

Madame Europe saß in ihrem Zimmer und brütete über einem komplizierten Legemuster, als der Klang einer Glocke ihre Gedanken jäh von den Karten ablenkte.

Verärgert hob sie den Blick. Was war das? Sie konnte keine Unterbrechung gebrauchen. Die Karten wollten ihr etwas sagen, das spürte sie genau. Doch noch hatte sie nicht enträtselt, was sie von ihr wollten. Sie zitterte bei der Vorstellung, es könnte zu weiteren Todesfällen in der Stadt kommen, von denen sie erfuhr, lange bevor sie Wirklichkeit wurden. Dabei gefiel sich Madame Europe ganz und gar nicht in der Rolle einer Unglücksprophetin. Wie hatte sie nur so dumm sein können, die Hofdame auf Schloss Tiefurt ins Vertrauen zu ziehen? Hätte sie nicht wissen müssen, welche Steine sie damit lostrat? Und helfen konnte ihr auch niemand. Sie war allein mit ihrem Wissen.

Und das war nicht besser als ein Fluch.

Seufzend trennte sie sich von ihren Karten und sah zum Fenster hinaus. Auf dem Platz fiel ihr eine Schar Männer und Frauen auf, die einen uniformierten Ausrufer umringten. Dieser schwang seine Glocke und setzte eine wichtige Miene auf, um trotz der Kälte möglichst viele Neugierige aus ihren Häusern zu locken.

Madame Europe verzichtete darauf, das Fenster zu öffnen, aber sie lauschte, weil sie erfahren wollte, was der Ausrufer den Leuten zu sagen hatte. Soweit sie verstand, ging es um eine junge Frau, die von der Justiz gesucht wurde und sich allem Anschein nach irgendwo in Weimar versteckt hielt. Die Bevölkerung wurde gewarnt, ihr Hilfe zukommen zu lassen, da es sich bei ihr um eine schamlose und durchtriebene Person handelte. Mehrere Morde legte die Justiz ihr zu Last.

Morde.

Madame Europe legte ihre mit funkelnden Ringen geschmückte

Hand auf die Brust, um ihr heftig klopfendes Herz zu beruhigen. Das war nicht gut. Nein, ganz und gar nicht.

Sie hörte, wie sich hinter ihr leise die Tür öffnete. Max. Natürlich hatte auch er den Ausrufer gehört. Mit durchgedrücktem Rücken drehte sie sich zu ihm um.

»Hast du das gehört, Max? Sie suchen eine Mörderin auf der Flucht. Wie lange, glaubst du, wird es dauern, bis sie auch diesen Gasthof nach ihr durchsuchen?«

Statt ihr zu antworten, beugte er sich über ihren Tisch und betrachtete das Legemuster. Die Karten bildeten eine quadratische Figur, die von zwei Kreisen umrahmt wurde.

»Warum fragen Sie mich und nicht Ihre Lieblinge? Heute könnte sogar ich einmal ihren Rat gebrauchen.«

Sie stemmte erbost die Hände in die Hüften. »Dafür brauche ich keine Karten, mein Freund! Ich weiß auch ohne sie, dass unsere Zukunft pechschwarz aussieht, wenn die Obrigkeit eine flüchtige Mörderin bei uns findet!« Sie trat hinter seinen Stuhl und flüsterte ihm zu: »Was hast du dir nur dabei gedacht, sie hierherzubringen? Verdammt, Max, was ist bloß los mit dir?«

Max zog den Kopf ein, doch sein Blick blieb trotzig. Dabei konnten sie von Glück reden, dass ihnen die Wirtsleute noch nicht auf die Schliche gekommen waren. Zweimal hatte Max schon der Schankmagd, die in seiner Kammer aufräumen wollte, die Tür vor der Nase zugeschlagen. War er wirklich so dumm anzunehmen, ein solches Verhalten würde keinen Verdacht erregen? Dabei waren er und sie den Bediensteten schon vom ersten Tag an nicht geheuer gewesen. Hinter vorgehaltener Hand schimpften sie die Madame eine Hexe und Teufelsbrut und losten aus, wer sie bedienen musste. Nur das Wirtsehepaar begegnete ihnen noch mit Höflichkeit.

»Sie ist keine Mörderin«, begehrte Max auf. »Im Gegenteil, sie ist dem Tod mit Müh und Not von der Schippe gesprungen. Wenn ich sie nicht aufgelesen und hierhergebracht hätte …«

278

»Mag sein, aber das ändert nichts an der Tatsache, dass sie gesucht wird!« Madame Europe vergrub ihr Gesicht in beiden Händen. »Begreifst du denn nicht, dass wir hier nicht mehr sicher sind?«, schluchzte sie.

»Sie waren es doch, die Weimar nicht verlassen wollte! Und zwar wegen dem Weib, das vor ein paar Tagen vorm Gasthaus stand und zu Ihnen hinaufstarrte, nicht wahr?«

»Ich habe sie dort nicht zum ersten Mal gesehen. Ich begegnete ihr auch in der Stadt. Sie erinnerte mich an …«

»An wen?«

»An eine Frau, die ich einmal kannte«, sagte sie. »Ich wollte mit ihr reden, aber sie wich mir immer wieder aus, obwohl ich das Gefühl nicht loswurde, dass auch sie meine Nähe suchte. Sie suchte sie und schreckte gleichzeitig davor zurück. Ich wartete ab, das war mein Fehler. Ich glaubte, sie würde schon zu mir kommen, wenn ich nur geduldig auf sie wartete. Ganz sicher war ich mir schließlich nicht. Menschen verändern sich mit den Jahren. Schau uns beide an.« Sie lächelte schwach. »Und dann hörte ich von ihrem Tod. Dass sie sich erhängt habe. Kurz darauf wurde auch noch ihr Bruder tot aufgefunden.« Sie hob den Blick und sah den jungen Mann unverwandt an. »Sie mussten wegen mir sterben, das weiß ich jetzt. Und weil das so ist, kann ich die Stadt nicht einfach verlassen. Hier, schau her!« Sie deutete auf den Kartenkreis auf dem Tisch. »Die Karten sagen mir ganz deutlich, dass ich ganz nah daran bin, ein Geheimnis zu lüften. Es geht darum, etwas Verlorenes wiederzufinden.«

Max nahm einige ihrer Karten aus dem Legemuster heraus und mischte sie so geschickt, wie sie es ihm beigebracht hatte. Er liebte die Karten kaum weniger als sie, doch sein Interesse galt eher dem Glücksspiel. »Warum wollen Sie mir nicht sagen, was Sie mit diesen Leuten zu schaffen haben? Ich meine die, die umgebracht wurden?« Schlagartig hellte sich seine Miene auf. »Sie wissen, wer dafür verantwortlich ist, nicht wahr? Und auch, dass

Anna unschuldig ist!« Ohne darauf zu achten, was sich gehörte, nahm er ihre Hand, wobei seine Augen aufblitzten. »Aber dann müssen Sie das den Behörden melden!«

Sie schüttelte traurig den Kopf und zog ihre Hand zurück. »Das kann ich nicht, Max. Es liegt nicht in meiner Macht, dem Mädchen zu helfen.«

»Ach, lieber schauen Sie zu, wie sie zu Unrecht des Mordes verdächtigt wird?« Max sprang auf und begann, gehetzt im Raum auf und ab zu gehen.

So habe ich ihn noch nie erlebt, dachte sie und spürte, wie sich ihr Gewissen meldete. Seit sie ihn aufgelesen hatte, war dies das erste Mal, dass er sich Sorgen um ein Mädchen machte. Dabei hatte sie nicht einmal angenommen, dass Max, der sich immer dunkel kleidete, meist eine düstere Miene zur Schau trug und niemals preisgab, was in ihm vorging, überhaupt zur Liebe fähig war. Gewiss hatte es in Wien, Prag, St. Petersburg und London das eine oder andere Stelldichein mit Schankmägden und Ladenmädchen gegeben, aber nie hatte Max es bedauert, einer von ihnen Lebewohl zu sagen.

»Anna ist damals zu Ihnen gekommen, weil sie einen Rat brauchte«, hörte sie Max vor sich hin murmeln. »Sie haben die Karten für sie gelegt, und nun sind ihre Herrschaft und der Mann, mit dem sie fortgehen wollte, tot.«

Sie durchfuhr ein eisiger Schreck, als sie die geröteten Augen ihres Dieners sah, die dem Licht der Kerze auswichen wie ein Raubtier, das instinktiv Angst vor Feuer verspürt.

Der Mann, mit dem sie fortgehen wollte, ist tot.

Sie holte tief Luft, weil sie Max fragen wollte, was ihn eigentlich in dieser Sturmnacht, in der sich alle Welt hinter geschlossenen Türen und Fensterläden aufgehalten hatte, hinaus in die dunklen Gassen getrieben hatte. Dorthin, wo er die völlig aufgelöste Anna aufgelesen hatte. Doch bevor sie sich dazu überwinden konnte, um eine Erklärung zu bitten, hörte sie vor ihrer Tür die Dielenbretter knarren. Im nächsten Moment klopfte jemand.

»Wer ist da?« Max legte seine Hand auf die Türklinke, öffnete aber erst, als sich der Gastwirt zu erkennen gab. Alarmiert wechselte Madame Europe einen Blick mit ihrem Diener. Seit sie unter dem Dach des *Weißen Schwans* logierten, hatte sich der Mann nicht blicken lassen. Nun aber stand er vor ihr. Und er wirkte so aufgeregt, dass er von einem Fuß auf den anderen trat.

»Bitte verzeihen Sie mir die Störung, Madame«, sagte er mit einer tiefen Verbeugung. »Aber gewiss haben Sie den Ausrufer mit der Glocke gehört?«

»Natürlich, wir sind schließlich nicht taub«, knurrte Max. »Was wollen Sie von uns?«

Dem Mann schoss das Blut ins Gesicht. »Oh, ich möchte gar nichts. Es ist nur … Die Männer von der Stadtwache suchen eine entsprungene Mörderin. Dummerweise tun sie das auch in den Gasthäusern.« Er lachte gezwungen. »Als ob sich ein solcher Galgenvogel ausgerechnet in eines der ersten Häuser am Platz schleichen würde.«

Madame Europe sah dem Mann an, dass er Verdacht geschöpft hatte. Vermutlich war der Aufenthalt des Mädchens in Max' enger Kammer doch nicht so unbemerkt geblieben, wie der junge Mann es sich erhofft hatte. Verflucht, dachte sie. Und nun? Wenn das herauskam, waren auch Max und sie dran. Der Wirt machte indes nicht den Eindruck, als wäre ihm daran gelegen, seine spendabelsten Gäste loszuwerden. Aber er musste auch an den Ruf seines Hauses denken.

»Ich kann die Männer des Hauptmanns leider nicht davon abhalten, mein Haus zu durchsuchen«, sagte er, und in seiner Stimme schwang aufrichtiges Bedauern mit. »Insbesondere den Keller und die Dachkammern.« Einen winzigen Moment streiften seine Blicke die Tapetentür, hinter der Max Madame Europes umfangreiche Garderobe verstaut hatte.

»Vielleicht liegt es aber in Madames Macht, die Wache davon abzuhalten, ihre persönlichen Dinge zu durchwühlen!«

»Ich soll sie wohl in Kröten oder Fledermäuse verwünschen«, brummte die Kartenlegerin.

Max schloss eilig die Tür hinter dem Wirt, der sich mit polternden Schritten auf der Treppe entfernte. »Der Kerl hat uns durchschaut«, flüsterte der junge Mann verzweifelt.

»Ja, aber ich glaube nicht, dass er uns verraten wird! Ich hatte viel Zeit, das Mienenspiel der Menschen zu studieren, daher ahne ich auch zu wissen, was in unserem Gastgeber vorgeht. Ihm ist es peinlicher, dass seine zahlenden Gäste belästigt werden, als sich mit der Vorstellung auseinanderzusetzen, eine Mörderin auf der Flucht könnte sich in seinem Haus verstecken. Das sagt mir, dass er das Geschwätz des Ausrufers gar nicht ernst genommen hat.« Sie lächelte tiefgründig. »Welcher Wirt legt schon Wert darauf, ins Gerede zu kommen? Nein, er vertraut darauf, dass wir ihm diesen Ärger vom Hals schaffen.«

Max starrte sie mit offenem Mund an. In seiner Miene kämpften Bewunderung für die Ruhe, die sie mit einem Mal an den Tag legte, mit purer Fassungslosigkeit.

Madame Europe holte tief Luft, bevor sie sich noch einmal ihren Karten am Tisch zuwandte. Ohne Hast nahm sie sich wieder das Legemuster vor, das Max durcheinandergebracht hatte. Es galt, einen kühlen Kopf zu bewahren.

Unten in der Schankstube war ein Poltern zu hören. Türen schlugen. Es klang, als stürmte eine ganze Armee durchs Haus.

Durch einen Türspalt starrte Max hinaus in das schummrige Licht des Korridors und verzog das Licht, als er den Geruch der rußenden Tranlampen einatmete.

»Sie kommen«, flüsterte er aufgeregt. »Sie sind schon unten in der Gaststube!«

»Dann steh hier nicht so rum«, rügte ihn Madame Europe. »Schaff das Mädchen her, aber pass auf, dass euch unterwegs niemand sieht!« Sie zögerte kurz, bevor sie hinzufügte: »Du hast dir doch nichts zuschulden kommen lassen? Ich meine … Der junge Mann, dessen Leiche auf dem Friedhof gefunden wurde …«

Sie hatte ihn gekränkt, das war nicht zu übersehen. Mit blitzenden Augen wandte er sich ihr zu. »Nein, Madame, aber ich könnte schwören, dass das Mädchen den Mörder ihres Freundes gesehen hat. Sie weiß, wer er ist, oder hat zumindest eine Vermutung. Er hat sie verfolgt. Wäre ich ihr nicht zufällig über den Weg gelaufen, würde sie jetzt wohl nicht mehr leben.«

Nun war es an Madame Europe, verblüfft die Augen aufzusperren. »Aber warum …?«

»Warum sie das nicht den Behörden meldet?« Er lachte verbittert auf. »Wer würde ihr denn glauben? Man würde annehmen, sie wolle ihren Hals nur aus der Schlinge ziehen, indem sie den Richtern ein Märchen auftischt. Vermutlich würde sie nicht einmal lange genug leben, um ihre Geschichte zu erzählen. Vergessen Sie nicht: Außer der Obrigkeit ist auch der Mörder hinter ihr her.«

Damit stürmte er hinaus und verschwand auf der Treppe, die hinauf zu den Kammern der Dienstboten führte.

Madame Europe blieb zurück und dachte nach. Max hatte recht. Es war davon auszugehen, dass der Unbekannte, der das Mädchen verfolgt hatte, ihr auch weiterhin nachstellen würde. Er musste es tun, um sein Geheimnis zu wahren. Spürte er sie auf, war ihr Leben verwirkt.

Aber mit ihr als Faustpfand könnte ich ihn auch aus seinem Versteck locken, überlegte sie, während sie sich plagte, das Zittern in ihren Händen loszuwerden. Sie würde ihm Auge in Auge gegenüberstehen. Dann würde sie wissen, ob sie am Ziel ihrer Suche angekommen war oder nicht. Ein Knarren auf dem Flur kündigte Max' Rückkehr an. Er hatte das Mädchen bei sich, das sich willenlos über die Schwelle ziehen ließ. Madame Europe hob die Lampe und betrachtete sie. Obwohl Max ihr in seiner Kammer ein Lager aus mehreren warmen Decken bereitet hatte, waren die Lippen des Mädchens vor Kälte bläulich verfärbt und aufgesprungen. Der Zopf, zu dem sie ihr langes Haar geflochten hatte, hatte sich gelöst; wirre Strähnen fielen ihr in die Stirn, und ihr Kleid war schmutzig und zerlumpt. Während sie sich verstohlen umblickte, drückte sie ein in grobes Sackleinen geschnürtes Bündel an ihre Brust. Dabei kam kein Wort über ihre Lippen. Erst als Max ihr das Bündel abnehmen wollte, schrie sie entsetzt auf und stieß ihn von sich.

»Keine Angst«, beruhigte er sie so sanft, wie man zu einem Kind spricht, das sich vor einem Albtraum fürchtet. »Niemand will dir etwas wegnehmen. Im Gegenteil, wir wollen dir helfen.« Er neigte den Kopf in Madame Europes Richtung. »Du kennst meine Herrin. Sie hat für dich die Karten befragt, als du unglücklich warst.«

Der Blick des Mädchens fiel auf die Karten auf dem Tisch. »Die Reise«, murmelte sie leise. »Sie haben mir versprochen, ich würde ein neues Leben beginnen, mit …« Ihre Augen wurden feucht, aber sie war zu erschöpft, um auch nur eine einzige Träne zu vergießen.«

Madame Europe fuhr zusammen. Draußen auf dem Flur knarrten wieder die Dielenbretter. Jemand hämmerte an die Tür des benachbarten Gastzimmers und verlangte in harschem Ton, eingelassen zu werden.

»Was nun?« Aufgeregt ballte Max die Hände zu Fäusten. »Wir dürfen nicht öffnen!«

Aus dem Nebenzimmer war das empörte Geschrei einer Frau zu hören.

Madame Europe setzte sich, faltete die Hände und fing an, ein russisches Lied zu summen, das von einer verlorenen Liebe handelte.

Christian konnte es gar nicht erwarten, Helene mitzuteilen, was er im Roten Schloss erfahren hatte. Doch in der Winkelgasse ließ man ihn zu seiner Überraschung vor der Tür stehen. Er musste lange klopfen, bis die Witwe ihm aus einem Fenster im ersten Stock zurief, dass Helene nicht bei ihr sei, sondern sich zum Frauenplan aufgemacht habe.

»Du brauchst mir nichts zu sagen!« Das rasch schwindende Licht des Tages raubte Bettines Konturen jede Schärfe und ließ ein fades Grau zurück. »Ich habe die Ausrufer gehört, als sie hier vorbeizogen. Es geht um die Anna. Sie ist nicht tot. Eine andere lag an ihrer Stelle bei dem armen Hugo im Grab.«

Mit einem Ausdruck tiefster Abscheu spähte sie zur anderen Straßenseite, als erwarte sie, die Magd könnte jeden Moment aus dem Tabakladen treten.

»Hören Sie mich an, Bettine …«

»Nein, ich fürchte, ich habe schon zu viel Zeit damit vergeudet, auf dich und Helene zu hören. Hätte ich nachgegeben und Krammfelds Vorschlag, für ihn zu arbeiten, akzeptiert, würde Hugo vielleicht noch leben!« Krachend schlug sie den Fensterladen zu.

Sie ist unglücklich und weiß gar nicht, was sie sagt, dachte Christian, als er sich frierend auf den Weg machte. Zu keiner Zeit hatte Helene auch nur versucht, sie zu beeinflussen. Sie selbst war es doch gewesen, die sich mit allen Mitteln gegen die Nachstellungen ihres Schwagers zur Wehr gesetzt hatte. Wie ungerecht, nun ausgerechnet ihm und Helene deswegen Vorwürfe zu machen. Aber vermutlich durfte man nicht alles, was die Frau in ihrem Schmerz von sich gab, ernst nehmen. Sie würde wieder zur Besinnung kommen. Christian hoffte es zumindest.

23. Kapitel

Es war schon dunkel, als Christian das Haus am Frauenplan erreichte.

Die stattliche Anzahl von Stadtsoldaten, an denen er auf dem Weg zur Treppe vorbeilaufen musste, ließ keinen Zweifel daran, dass für Hauptmann Heyde Eile geboten war. Er ließ überall nach der entlaufenen Magd fahnden. Seine Männer durchkämmten Straße für Straße, suchten in Schenken, Ställen und Scheunen. Die Bürger wurden ermahnt, es unverzüglich zu melden, wenn ihnen eine Frau über den Weg lief, auf die die Beschreibung der Magd passte.

Das Stubenmädchen hatte strikte Anweisung, Christian sofort in den Salon seiner Schwester zu führen, wo er schon sehnsüchtig erwartet wurde.

Helene setzte seufzend vor Erleichterung ihre Teetasse auf einem Beistelltischchen ab und erhob sich, um ihn zu begrüßen. Sie schien sich große Sorgen um ihn gemacht zu haben.

»Demoiselle Helene kam gleich zu mir, nachdem dieser fürchterliche Mann dich einkassiert hatte«, sagte Christiane aufgeregt. »Leider konnte ich nicht mehr tun, als ihr anzubieten, hier im Warmen auf dich zu warten.«

»Danke«, sagte Christian. »Wo ist der Geheimrat?«

Sie verzog pikiert das Gesicht. »Bedauerlicherweise unterwegs. Er hätte sich das von diesem Burschen nicht bieten lassen. Aber nun erzähl doch, was dieser Kretin von dir wollte? Wieso hat er dich wieder gehen lassen?«

»Wie könnt ihr nur so schlecht über den Hauptmann reden?« Der Protest kam von Ernestine, die mit ihrem Stickrahmen in einer Ecke saß, jedoch aufmerksam die Ohren spitzte, damit ihr kein Wort entging. »Es ist doch seine Pflicht, jedem Hinweis nachzugehen, um diesen Mörder zu fangen. Christian sollte froh und stolz sein, ihm dabei behilflich sein zu dürfen.«

»Na, für diese Ehre danke ich schön«, brummte Christian und verdrehte gequält die Augen.

Christiane warf ihrer Halbschwester einen warnenden Blick zu. Dann wandte sie sich wieder ihrem Bruder zu, der es sich auf dem Sofa bequem gemacht hatte. »Beachte sie gar nicht! Das dumme Ding kann einfach nicht aufhören, von diesem Heyde zu schwärmen und merkt dabei gar nicht, wie lächerlich sie sich macht.«

»Lächerlich? Ich?« Ernestine errötete bis unter die Haarspitzen.

»O ja«, brummte Christiane. »Er beachtet dich nämlich nur, wenn er etwas von dir haben will. Das heißt, er horcht dich auf unsere Kosten aus. Ansonsten bist du Luft für ihn. Es heißt sogar, dass er sich überhaupt nichts aus Frauen macht.«

Ernestine warf ihren Stickrahmen zur Seite, stand auf und rauschte mit raschelnden Röcken zur Tür. »Wie könnt ihr nur so gemein über den Untersuchungsbeamten des Herzogs reden!«, rief sie erbost. »Ihr werdet noch feststellen, wie sehr ihr euch in Hauptmann Heyde getäuscht habt, und dann wird es euch bitter leidtun. Ich weiß nämlich genau, dass er mich mag. Und einen Antrag hat er mir nur deshalb noch nicht gemacht, weil er genau spürt, dass ihr etwas gegen ihn habt.«

Christian konnte ein Grinsen nicht unterdrücken. »Bekommen wir trotzdem eine Einladung zu eurer Hochzeit?«

Wutentbrannt schob sich Ernestine an dem Stubenmädchen vorbei, das ein Tablett mit feinem Gebäck, Käse und gepökeltem Fleisch in Händen hielt. Beinahe hätte sie das Mädchen umgerannt.

»Stell es neben den Tee und mach die Tür hinter dir zu«, sagte Christiane, bevor sie sich mit einem entschuldigenden Lächeln zu ihren Gästen setzte. Sie trug an diesem Nachmittag ein schlicht geschnittenes Kleid aus dunkelblau kariertem Wollstoff, das an den Ärmeln bereits fadenscheinig war und nur deshalb noch in Christianes Schrank hing, weil Goethe sie so gerne darin sah. Es erinnerte ihn an ihre erste Begegnung im Park.

»Arme Ernestine«, sagte Helene mitfühlend, während sie wieder an ihrem Tee nippte. »Ich würde sie gerne trösten, aber ich hätte Angst, die falschen Worte zu wählen und sie nur noch mehr zu kränken.« Sie starrte abwesend auf ihre Teetasse, in der sich ihr Gesicht spiegelte.

»Machen Sie sich keine Sorgen um unsere Schwester«, sagte Christiane achselzuckend. »Sie träumt einfach gern, das ist ganz normal für ihr Alter. Außerdem liegt das in der Familie. Wir leben und leiden für unsere Träume. Doch ich fürchte, wir werden ihr eines Tages die Augen öffnen müssen. Hauptmann Heyde ist kein Mann für sie, und das weiß sie auch.«

Christian musste zugeben, dass er das nicht besser hätte ausdrücken können. Sein eigener Traum, mit seinem Buch erfolgreich zu werden, hatte ihm bislang nur wenige Glücksmomente beschert. Er dachte daran zurück, was er empfunden hatte, als er den *Rinaldini* zum ersten Mal auf dem Ladentisch des Buchhändlers gesehen hatte. Es war ein großartiges Gefühl gewesen, fast so, als könnte er es mit der ganzen Welt aufnehmen. Doch mit der Freude über diesen kleinen Erfolg hatten sich gleichzeitig auch Ängste eingestellt. Vor allem die Angst, nicht gut genug zu sein und außer Spott und Häme keine Beachtung zu finden. Befürchtungen dieser Art hörten nicht auf, im Gegenteil. Sie würden ihn vermutlich begleiten, bis er endlich so bekannt geworden war, dass die Titel seiner Bücher in einem Atemzug mit seinem Namen genannt wurden. Und was geschah dann? Dann würden die Leser weitere Bücher aus seiner Feder erwarten. Er würde noch höhere Ansprüche an sich selbst stellen und davor zittern, zu versagen und alle zu enttäuschen. Und wie stand es um Christianes Zukunft? Ihr Traum von einem Leben an Goethes Seite hatte sich erfüllt. Doch um welchen Preis? Christiane war als junges Mädchen trotz ihrer Armut fröhlich gewesen. Sie hatte sich nicht beklagt, als sie in einer Manufaktur bei Kerzen-schein Seidenblumen für die Hüte vornehmer Hofdamen hatte nähen müssen. Ihre unbändige Lebenslust hatte ihre Tage bunter und heller gemacht. Nun besaß sie alles, wovon sie immer geträumt hatte. Fast alles. Ihr Traum von Geborgenheit war ebenso zerbrechlich wie Christians Sehnsucht nach Erfolg und Anerkennung.

»Anna ist also doch noch am Leben«, unterbrach Helenes Stimme das Schweigen im Raum. »Ich frage mich, wie Bettine diese Nachricht aufgenommen hat. Eigentlich müsste ich nach ihr sehen, meinen Sie nicht? Ich hatte ihr doch versprochen, mich um sie zu kümmern.«

Christian schüttelte den Kopf. Er fragte sich, wie weit Helene in ihrem Drang, jedermann zu helfen, noch gehen wollte. Sie hatte die behagliche Wohnung ihrer Tante verlassen, um in einer Dachkammer über der Jungmannschen Schokoladenmanufak-tur zu hausen. Während sie der Witwe Gesellschaft geleistet hatte, waren in deren unmittelbarer Nachbarschaft die Men-schen wie die Fliegen gestorben. Zuletzt war sie ihr noch in ihrer Trauer um Hugo zur Seite gestanden. Vielleicht war es an der Zeit, ihr schonend beizubringen, dass Bettine Jungmann in Frie-den gelassen werden wollte. Auch von Helene und ihm. Die Witwe hatte jedes Recht, so zu trauern, wie sie es für richtig hielt. Und wenn sie es erwog, mit ihrem Schwager Krammfeld eine Einigung zu erzielen, ging das nur sie allein etwas an.

Er sah der jungen Frau in die Augen, die ihm gegenüber an einem gezuckerten Gebäckstück knabberte. Dabei musste er an die Männer im Gewölbekeller des Roten Schlosses denken. Für sie war Anna verdächtig, weil sie aus undurchsichtigen Verhält-nissen stammte. Nicht nur der Richter traute ihr zu, eine Kehle zu durchschneiden oder jemandem mit einer Schaufel den Schädel zu spalten. Wenn man es sich genau betrachtete, war der Mann geradezu besessen davon gewesen, die Jagd auf Anna zu eröffnen.

Und die Witwe? Christian erschauderte, als er an den Blick zurückdachte, den sie ihm vom Dachfenster aus zugeworfen hatte. Sie war nicht zimperlich, sondern eine kräftige Frau in den besten Jahren, die es gewohnt war, sich durchzusetzen. Wäre sie nicht ebenso gut in der Lage gewesen, mit einer scharfen Klinge umzugehen?

»Sie müssen mir versprechen, nicht böse zu werden, wenn ich Ihnen jetzt eine Frage stelle, Helene!«, sagte er leise.

Das Mädchen versprach es, hob aber gleichzeitig die Augenbrauen. Sie war empfänglich für Stimmungen und ahnte wohl, was Christian von ihr wissen wollte.

»Sind Sie wirklich die ganze Zeit mit Bettine Jungmann zusammen gewesen? Ich meine an dem Nachmittag, als Bleichwein überfallen wurde.«

»Aber ja, das habe ich Ihnen doch gesagt«, brauste Helene auf. »Ihnen und dem Hauptmann. Vielleicht erinnern Sie sich noch, wie er mich zur Befragung in seine Amtsstube bestellte.«

Christian nickte. Ja, daran erinnerte er sich genau. Aber damals hatte er auch geglaubt, Hugo wäre auf Hauptmann Heydes Befehl hin im Haus geblieben. Tatsächlich aber hatte der dumme Junge zu einem simplen Gauklertrick gegriffen, um sich davonzustehlen. Und damit hatte er einen Fehler gemacht. Er hatte jemanden herausgefordert, dem er einfach nicht gewachsen war. Genau genommen hatte er sich sein eigenes Grab geschaufelt.

»Ich meine … es war doch von vornherein absurd von Hauptmann Heyde, Bettine und Hugo zu verdächtigen«, verteidigte sich Helene. »Ist Hugos Tod nicht Beweis genug, dass die beiden nichts mit Bleichweins Tod zu tun haben?«

Helenes plötzliche Nervosität verriet Christian, dass ihr trotz dieser Beteuerung etwas auf der Seele lag.

»Also schön, es kann sein, dass ich nach dem Mittagessen kurz eingenickt bin«, gestand sie nach einer Weile. »Und dass die Witwe nicht in der Stube war. Aber was beweist das schon?«

Sie sprang erregt auf. »Ganz gewiss ging sie in diesen wenigen Minuten nicht über die Straße zu Bleichwein. Sie konnte doch gar nicht wissen, dass ich einschlafen würde.«

»Nicht unbedingt«, sagte Christiane und nahm einen Schluck Tee. Das heiße Getränk wärmte sie von innen. »Aber der Kreis der Personen, die sowohl Bleichwein wie auch seine Schwester hassten, ist überschaubar. Sie waren trotz ihres Gewerbes Fremde, hatten kaum Freunde.«

»Und was ist mit diesem Tabakskolleg?« Helene war immer noch nicht besänftigt. »Und der Kartenlegerin? Josefina Bleichwein fürchtete sich vor ihr und ihren Spielkarten. Vielleicht, weil sie einander früher schon einmal begegnet sind.«

»Ich werde dem nachgehen«, versprach Christian beschwichtigend. »Die alte Krammfeld ist allerdings der Meinung, Josefina Bleichwein habe unter Wahnvorstellungen gelitten. Wegen ihrer Trunksucht.«

»Wir wissen, dass die Hebamme sich nicht freiwillig erhängt hat, sondern unter dem Einfluss einer Droge. Bettine versteht nichts von solchen Rauschmitteln.« Helene redete sich in Rage. »Hat diese Kartenlegerin, wenn man es genau nimmt, nicht Josefinas Tod vorhergesagt? Ihren Tod und den der anderen Opfer? *Ihr* sollte man auf den Zahn fühlen. Nicht der armen Bettine, die durch Bleichweins Schikanen und den Tod des armen Hugo schon genug gelitten hat.«

Christian fing einen Blick seiner Schwester auf, der ihm riet, jetzt keinen Fehler zu machen. Doch das lag auch nicht in seiner Absicht.

»Wir müssen Anna finden«, murmelte er. »Sie hat die Stadt noch nicht verlassen und dürfte das nun auch nicht mehr schaffen. So streng wie momentan alle Tore bewacht werden.« Er atmete tief durch. »Anna ist das Verbindungsglied zwischen den Leuten aus der Winkelgasse, dem Tabakskolleg und dieser Frau, die angeblich die Zukunft voraussagen kann.«

Ein Geräusch an der Tür kündigte die Rückkehr des Stubenmädchens an. »Vor dem Haus ist eine Kutsche vorgefahren«, sagte sie. »Es ist die Baronin von Göchhausen. Sie fragt nach dem Herrn Geheimrat.«

Christiane runzelte die Stirn. Die Störung passte ihr gar nicht. »Hast du ihr nicht gesagt, dass er ausgegangen ist?«

»Gewiss, Demoiselle. Aber nun möchte die gnädige Frau mit Ihnen sprechen!«

»Auch das noch«, brummte Christiane, während sie mit kritischer Miene ihr nur notdürftig von zwei Bronzespangen gebändigtes Haar im Spiegel begutachtete. »Ausgerechnet heute, wo ich aussehe, als hätte ich auf Knien die Fußböden geschrubbt.«

»Sie sehen hübsch aus, Christiane«, beruhigte sie Helene mit einem aufmunternden Blick.

»Hübscher als die Baronin auf jeden Fall«, sagte Christian, was ihm ein Kopfschütteln der beiden Frauen einbrachte.

»Also gut, ich lasse bitten!« Christiane zuckte mit den Schultern. »Das habe ich schon immer mal sagen wollen.«

Luise von Göchhausen brachte einen Schwall frischer Winterluft mit in den Salon. Sie war ganz in Rot gekleidet, von der Biberfellmütze auf ihrem Kopf, bis hinunter zu den Schuhen. Um die gekrümmten Schultern hatte sie einen kostbar bestickten Kaschmirschal gebunden, der sie ebenso vor der Kälte schützen sollte, wie der Muff ihre feingliedrigen Finger. Ein mit Perlen besetzter Strickbeutel sowie ein Schirm am Handgelenk komplettierten ihre Aufmachung. Die von Christiane angebotenen Erfrischungen lehnte sie mit der Begründung ab, bereits mit der Herzoginmutter Tee getrunken zu haben.

»Sie lässt mich kaum noch in die Stadt gehen«, beklagte sich die Hofdame, nachdem sie auch Helene mit einem Nicken begrüßt hatte. »Wegen der grässlichen Morde, vermute ich. Sie haben gewiss verfolgt, was unten auf den Straßen los ist. Die Leute sind außer Rand und Band. Überall in der Stadt lassen die Büttel nach einer entflohenen Magd aus der Winkelgasse suchen. Das unselige Geschöpf soll für die Verbrechen verantwortlich sein. Ist das nicht aufregend?« Sie kicherte nervös, während sie sich die Handschuhe abstreifte. »Ein Stadtsoldat hatte die Frechheit, mit seiner Laterne in meine Kutsche zu leuchten. Es hätte nicht viel gefehlt und er hätte meine Zofe und mich aussteigen lassen. Sein Glück, dass er in letzter Sekunde das Wappen auf der Wagentür erkannte und uns passieren ließ!«

Christian räusperte sich verhalten. »Geheimrat von Goethe wird sich freuen, das zu hören. Es ist ja auch kaum anzunehmen, dass eine Person, die von der Justiz gesucht wird, sich in der Nähe seines Hauses herumtreibt.«

»Das nicht gerade. Allerdings bin ich sehr erstaunt darüber, dass mein lieber Freund Goethe noch immer nichts unternommen hat, um diese Kartenlegerin aus dem *Gasthaus Zum Weißen Schwan* zu vertreiben.« Mit grimmiger Miene rückte die Kammerfrau ihre Mütze zurecht und beugte sich vor. »Hatte ich ihn nicht gewarnt? Solange die Person hier ihr Unwesen treibt, wird es zu weiteren Todesfällen kommen. Jeder von uns könnte der Nächste sein, der dran glauben muss. Ach, hoffentlich wird diese entflohene Magd bald gefunden.«

Christiane ließ sich in ihren Lieblingssessel fallen. »Mein Bruder und die Demoiselle de Ahna sind nicht davon überzeugt, dass Hauptmann Heyde nach der richtigen Person suchen lässt.«

»So, wirklich nicht?« Auf dem faltigen Gesicht der älteren Frau zeigte sich Verwunderung. »Darf ich fragen, wie Sie zu dieser Ansicht kommen?«

»Hauptmann Heyde hat im Grunde überhaupt keine Beweise gegen die Magd Anna«, sagte Christian. »Nun, verdächtigt hat er sie wohl schon, seit er Bleichweins Leiche gesehen hat. Schließlich war Anna als dessen Bedienstete im Haus, als er starb. Sie konnte ihren Dienstherrn nicht ausstehen, weil er sie gezwungen hat, ihm bei seinen Schikanen gegen seine Nachbarin, die Witwe Jungmann, behilflich zu sein. Doch wer würde deswegen einen Mord begehen und den Galgen riskieren?«

»Der Ausrufer unten behauptet aber, das Mädchen habe zuerst den Tabakhändler und dann ihren Liebhaber getötet, um das Geld, das sie im Laden gestohlen hat, für sich zu behalten.«

»Das ist aber nicht wahr«, meldete sich Helene zaghaft zu Wort. Sie schien in Gegenwart der Kammerfrau ein wenig befangen zu sein, doch Luise von Göchhausen nickte ihr freundlich zu und gab ihr somit zu verstehen, dass sie sehr wohl daran interessiert war, was sie zu sagen hatte.

»Ich habe das Mädchen nur flüchtig kennengelernt, aber ich weiß, dass sie Hugo sehr gern gehabt hat.«

»Hugo?«

»Der Geselle, dessen Leiche heute auf dem Jakobskirchhof entdeckt wurde. Niemals hätte Anna ihm etwas zuleide getan. Die beiden wollten miteinander fortgehen.«

Luise von Göchhausen lächelte sanft. »Es wäre nicht das erste Mal, dass eine Frau einen vor Liebe blinden Mann dazu bringt, alles für sie zu tun, bevor sie ihn eiskalt abserviert. Aber bitte glauben Sie nicht, ich spreche aus persönlicher Erfahrung. In meiner Lage bleibt mir nur, bei Hofe die Augen offen zu halten und zu beobachten. Was glauben Sie, was ich in all den Jahren, die ich im Hofstaat der Herzogin verbracht habe, mit ansehen musste.«

»Mag sein, aber wir gehen davon aus, dass gar nicht Anna, sondern Hugo auf die überstürzte Abreise bestand«, erklärte Christian weiter. »Hugo war es auch, der den Friedhof aufsuchen wollte. Nicht einmal das fürchterliche Wetter konnte ihn von seinem Entschluss abbringen. Allem Anschein nach hatte der Junge vor, sich dort mit jemandem zu treffen, der ihm etwas versprochen hatte.«

»Etwas versprochen? Aber was nur?«

»Geld! Für einen Neuanfang, weit weg von Weimar. Genug, um sein Schweigen zu erkaufen. Doch die Sache ging schief. Hugo wurde getötet wie die anderen, die dem wahren Mörder in die Quere gekommen waren. Vor der Friedhofsmauer fanden die Männer des Hauptmanns einen wackeligen Schlitten, in dem ein paar durchwühlte Habseligkeiten lagen. Ein Schmied hat zu Protokoll gegeben, dass er das Gefährt Hugo wenige Stunden zuvor überlassen hatte. Warum sollte Anna ihren Geliebten erschlagen, dann aber Schlitten und Pferd stehen lassen, um sich zu Fuß durch den Schneesturm zu kämpfen?«

Die Hofdame erhob sich, wobei sie sich auf ihren Schirm stützen musste. Verwirrt blinzelte sie ins Licht der Tischlampe. »Sie haben recht, junger Mann. Der Hauptmann geht von einer kaltblütigen Diebin und Mörderin aus, die wohlüberlegt gehandelt hat. Mit dem Schlitten hätte sie die Stadt verlassen können, lange bevor jemand die Leiche auf dem Jakobskirchhof entdeckt hätte. Aber wenn sie alles zurückließ und davonlief …«

»Dann doch nur, weil sie in Panik geriet und in blinder Hast die Flucht antrat. Ich bin mir sicher, dass der Mörder sie gesehen und verfolgt hat. Wäre sie in den Schlitten gestiegen, hätte der Bursche nur ihren Spuren folgen müssen, um sie zu erwischen. Während des Sturms wäre sie ohnehin nicht schnell genug vorangekommen.«

Luise von Göchhausen zog ein parfümiertes Tüchlein aus ihrem Biberfellmuff und tupfte sich damit über Stirn und Wangen. »Nein, was für ein Malheur! Wenn Sie sich nicht täuschen, dann irrt ein unschuldiges Mädchen durch die Gassen. Sie sollten auf der Stelle zu Hauptmann Heyde oder dem Stadtrichter gehen. Mich haben Sie jedenfalls überzeugt.«

»Leider wird keiner dieser Männer mir zuhören«, sagte Christian betrübt. »Für Hauptmann Heyde und den Richter ist das Mädchen der ideale Sündenbock. Indem sie Anna als Mörderin entlarven, beruhigen sie gleichzeitig die Leute. Vor einer habgierigen Dienstmagd, die erst ihrem verhassten Arbeitgeber den Hals durchschneidet und dann noch ihrem Liebhaber den Schädel zertrümmert, fürchten die sich nicht. Die Bürgerschaft ist empört und wünscht, dass das freche Ding aufs Schafott geschleppt wird. Aber man traut sich auch wieder auf die Straße. Und darauf kommt es dem Hauptmann an. Er muss die öffentliche Ruhe wiederherstellen.«

»Das ist ungeheuerlich«, stieß Luise von Göchhausen voller Abscheu hervor. »Dieser garstige Mann wird mit seinen Behauptungen zum Herzog gehen. Das arme Mädchen ist verloren!«

»Und der Mörder kann frohlocken. Es ist nur eine Frage der Zeit, bis Heydes Männer Anna in irgendeinem Schuppen oder Keller finden. Falls sie bis dahin nicht längst erfroren ist. Sobald sie am Galgen baumelt, kann der Kerl sichergehen, dass niemand mehr nach ihm suchen wird.«

Christiane nickte besorgt. »Uns läuft die Zeit davon! Der Hauptmann und die Kälte arbeiten gegen uns. Könnte die Herzoginmutter nicht weiterhelfen? Sie hat so lange das Land regiert, immerhin sechzehn Jahre lang, und ihr Einfluss auf ihren Sohn soll immer noch groß sein.«

Christian machte ein skeptisches Gesicht. Die alte Dame in ihrem Stadtpalais galt weit über die Grenzen des Herzogtums hinaus als glühende Bewunderin der Literatur und der schönen Künste, die sie nach Kräften förderte. Ihr war die Bibliothek zu verdanken, in der er arbeitete. Doch als Regentin für ihren unmündigen Sohn hatte sie nicht immer ein glückliches Händchen gehabt. Christian erinnerte sich noch sehr genau an die Unruhen, die ihre Entscheidung, den Hebammengroschen einzuführen, nach sich gezogen hatten. Dabei hatte Anna Amalia mit dieser Abgabe nur die Ausbildung der Hebammen Weimars und den Bau eines Geburtshauses fördern wollen. Die Bürger von Weimar hatten eine solche Einrichtung jedoch für unschicklich gehalten und sich gegen die neuen Abgaben zur Wehr gesetzt.

Es war zu Aufruhr in der Stadt gekommen, und eines Abends hatte das Schloss gebrannt. Angst und Misstrauen waren wie Rauschschwaden durch die Gassen gezogen. Die Herzogin hatte dazu aufgerufen, jedermann anzuzeigen, der sich verdächtig benommen hatte. Trotzdem waren die wahren Brandstifter nie entdeckt worden. Als Carl August, Anna Amalias Sohn, wenige Monate später alt genug gewesen war, um den Thron zu besteigen, hatte die Herzoginmutter, ihm die Regierungsgeschäfte ohne Bedauern überlassen. Seitdem widmete sie sich Maskenbällen, Konzerten und literarischen Abenden.

»Meine gute Herzogin zieht es vor, sich nicht mehr um die Angelegenheiten des Staates zu kümmern«, bestätigte die Baronin. »Außerdem ist sie krank. Sie hat eine böse Erkältung, mit der in ihrem Alter nicht zu spaßen ist. Ihr Leibarzt hat ihr strenge Bettruhe verordnet und jede Aufregung verboten. Ich müsste eigentlich längst wieder bei ihr sein.«

»Dann bleibt uns nichts weiter übrig, als den Mörder allein zu entlarven, bevor Hauptmann Heyde Anna in die Finger bekommt«, sagte Christiane mit Entschlossenheit.

Wenn das nur so einfach wäre, dachte Christian. Hauptmann Heyde ging von Habgier und Rachsucht als Motiv für den Mord an Bleichwein aus und richtete seinen Verdacht auch daher gegen Anna. Von dem Geld, das Christian auf Bitten der Magd Bleichweins Anwalt überbracht hatte, hatte er noch immer keine Ahnung.

Aber warum eigentlich nicht? Warum hatte Heinrich Marlander den Beutel mit Goldstücken mit keinem Wort erwähnt? Es würde Anna entlasten, wenn Heyde erfuhr, dass sie ihn eben nicht unterschlagen hatte. Damit wäre seine Theorie von der diebischen Magd doch hinfällig. Er nahm sich vor, Marlander sogleich aufzusuchen und ihn aufzufordern, Heyde von dem Geld zu erzählen. Sollte er sich weigern würde er … Ja, was? Christian presste die Lippen zusammen. Gleichzeitig spürte er, wie ihm das Blut in den Kopf schoss. Hatte er einen Fehler gemacht, indem er Marlander das Geld aus Bleichweins Haus ohne Zeugen übergeben hatte? Außer ihm und dem Anwalt wusste nur noch Anna von der Existenz dieser Münzen, aber die befand sich auf der Flucht. Was, wenn der Anwalt abstritt, sie von Christian erhalten zu haben?

»Was haben Sie, Vulpius?« Helene sah ihn mit einer Mischung aus Neugier und Besorgnis an. Sie war eine scharfe Beobachterin und hatte bemerkt, dass ihn etwas beschäftigte. Doch er winkte ab. Er wollte den Frauen nichts von dem Geld erzählen, jedenfalls noch nicht sofort. Zuerst musste er Heinrich Marlander zur Rede stellen. Er hatte auch schon eine Idee.

»Unsere beiden Schlüssel sind die Kartenlegerin und das Tabakskolleg, denn beide spielten im Leben der Bleichweins eine gewisse Rolle, auch wenn sie das nicht zugeben wollten. Die Hebamme benahm sich merkwürdig, nachdem sie erfahren hatte, dass die berühmte Madame Europe in Weimar logierte, um ihre Karten zu legen. Sie vernachlässigte ihre Arbeit und griff immer häufiger zur Flasche. Sie versuchte wohl auch mit ihrem Bruder darüber zu reden, was dieser jedoch abblockte. Bleichweins eigenes Verhalten war in den Tagen vor seinem Tod aber nicht weniger sonderbar. Seine Schikanen gegenüber Bettine Jungmann wurden heftiger, und er zeigte sich vom angeblichen Selbstmord seiner Schwester nur mäßig beeindruckt. Als ich ihn in seinem Laden aufsuchte, war er zumindest nicht überrascht. Ihm lag nur daran, mich so schnell wie möglich loszuwerden.«

»Sie meinen, er wusste, was geschehen würde«, spann Helene seinen Faden weiter. »Er war eingeweiht. Aber anstatt seine Schwester zu warnen, ließ er den Dingen ihren Lauf.«

Christiane nickte. »Das würde bedeuten, dass ursprünglich nur die Hebamme sterben sollte. Deshalb gab man sich wohl auch noch Mühe damit, ihren Tod wie einen Selbstmord aussehen zu lassen.«

Luise von Göchhausen sah irritiert von einem zum anderen. Ihr war anzusehen, dass sie nicht mehr folgen konnte. »Die Hebamme wurde auch ermordet?«, hauchte sie fassungslos. »Aber das ist ja … Weiß Hauptmann Heyde davon?«

»Der Hauptmann mag seine Fehler haben, aber ein Dummkopf ist er nicht«, sagte Christian. »Er muss bemerkt haben, dass am plötzlichen Tod der beiden Geschwister etwas faul ist. Aber der Herzog erwartet einen Täter von ihm, besser gesagt eine Täterin. Daher ist es ihm lieber, bei der Selbstmordgeschichte zu bleiben.« Er hielt kurz inne, um nachzudenken. »Anna war zwar entsetzt, als die Hebamme sie ohne Vorwarnung und Empfehlungen vor die Tür setzte, doch ganz bestimmt lockte sie ihre Dienstherrin nicht in die Bibliothek. Nein, anstatt ihr zu folgen, ging sie in ihrer Verzweiflung zur Kartenlegerin, das hat sie mir selbst gesagt. Sie musste dort lange warten, ehe man sie zu Madame Europes Zimmer hinaufgehen ließ. Bestimmt wurde sie währenddessen in der Gastwirtschaft gesehen.«

»Was hat diese Person dem Mädchen prophezeit?«, wollte die Kammerfrau wissen.

»Oh, nichts Aufregendes. Sie hatte Glück, denn kurz darauf wurde sie von Bleichwein wieder als Magd aufgenommen.«

»Wenn diese Madame Europe drüben im Gasthaus für Anna die Karten legte, scheidet auch sie aus dem Kreis der Verdächtigen aus«, gab Helene zu bedenken. »Sie kann ja wohl kaum zur gleichen Zeit in der Bibliothek Josefina Bleichwein überfallen haben.«

»Sie nicht, aber wie man hört, hat sie einen russischen Diener oder Privatsekretär, der ihr treu ergeben ist.« Christian dachte nach. Wenn man den Berichten glauben durfte, hatte Madame Europe seit jenem Abend auf Schloss Tiefurt ihre Räume im Gasthof kein einziges Mal mehr verlassen. Sie empfing keine Ratsuchenden mehr, und ihr Diener wachte wie mit Argusaugen darüber, dass kein Unbefugter an ihre Tür klopfte.

Er begab sich zum nächsten Fenster, das ihm die Aussicht über den verschneiten Frauenplan erlaubte. Das Gasthaus lag zu seiner Rechten, und seine Fenster waren hell erleuchtet. Durch den neu einsetzenden Schneeregen konnte Christian erkennen, dass einige Stadtsoldaten vor der Tür des *Weißen Schwans* herumlungerten und sich gegen die Kälte in die Hände hauchten. Offensichtlich blieb bei der Suche nach Anna auch die Gastwirtschaft nicht verschont. Christian fragte sich, ob Hauptmann Heyde es wagte, die Zimmer der Kartenlegerin auf den Kopf zu stellen. Vielleicht sollte ich drüben ein Bier trinken, überlegte er, verwarf den Einfall jedoch so schnell, wie er gekommen war. Sein Auftauchen würde nur den Hauptmann reizen, ihm aber kaum eine Gelegenheit verschaffen, sich mit der Fremden zu unterhalten. Er musste einen günstigeren Moment abwarten, um zu der Frau vorzudringen.

Als er wieder zu den anderen kam, sprachen die Frauen über das Tabakskolleg.

»Stell dir vor«, sagte seine Schwester, »Baronin von Göchhausen hat uns gerade etwas sehr Interessantes über diese Gesellschaft erzählt. Sie weiß sogar, wer ihr neues Oberhaupt ist.«

Christian war ganz Ohr. »Sie kennen das Tabakskolleg?«

»Aber natürlich, mein Lieber.« Die Hofdame hob den Blick. »Der kleine Kreis war nach der Schließung der Freimaurerloge eine Zeitlang recht beliebt bei den Herren. Er bestand auf keinem so strengen Aufnahmezeremoniell, insbesondere was den äußeren Zirkel anging. In den konnte jeder Tabakliebhaber aufgenommen werden, wenn er wenigstens seit einem Jahr und einem Tag in der Stadt lebte, einen Bürgen von gutem Ruf benennen konnte und sein Scherflein beisteuerte.«

»Und sofern es sich um einen Mann handelte«, ergänzte Helene. »Aber Sie erwähnten einen äußeren Zirkel, zu dem man rasch Zutritt bekommt. Heißt das nicht, dass es außerdem einen inneren Kreis gibt?«

Luise von Göchhausen zögerte einen Augenblick lang, dann nickte sie. »Meine Herzogin stand dem Tabakskolleg stets mit gemischten Gefühlen gegenüber. Anfangs begrüßte und förderte sie die Einrichtung, weil sie sie an ihren Großvater, den König Friedrich Wilhelm von Preußen, erinnerte. Aber plötzlich wollte sie nichts mehr davon wissen. Es hieß, es seien ihr gewisse Gerüchte zu Ohren gekommen, die …« Ein Kopfschütteln gab Christian und den beiden jungen Frauen zu verstehen, dass die Baronin nicht darüber sprechen wollte. Vermutlich, weil die Gerüchte auch höfische Angelegenheiten berührten.

»Jedenfalls scheinen sich zwei Kreise nebeneinander entwickelt zu haben. Der eine wirbt für eine gesellige Runde angesehener Hofbeamter, Adeliger, Offiziere und Künstler, die es sich mit ihren Pfeifen am Kamin gemütlich machen, plaudern und Geld für wohltätige Zwecke sammeln.«

»Und der andere?«, fragte Christian. Ihm fiel ein, was Marlander von den verschiedenfarbigen Tüchern erzählt hatte. »Welche Bedeutung hat dieser innere Zirkel?«

Luise von Göchhausen senkte den Blick. »Ich weiß es nicht. Niemand weiß das, nicht einmal meine Herzogin. Ich glaube, es wäre ihr lieber gewesen, sie hätte die Privilegien dieser Zirkel widerrufen, solange sie noch die Macht dazu hatte. Nun ist es zu spät dafür.«

Christian ließ sich die Worte der Baronin durch den Kopf gehen. Wenn Bleichwein Mitglied des inneren Kreises gewesen war, war er auch verpflichtet gewesen, dessen Geheimnisse zu hüten. War es das? Hatte er gegen die Regeln eines Geheimbundes verstoßen, indem er seiner Schwester etwas erzählt hatte, was diese niemals hätte erfahren dürfen?

Aber was, um alles in der Welt? Was sollte so brisant gewesen sein, dass man dafür mehrere Menschen regelrecht hinrichten ließ?

Christian fiel es wie Schuppen von den Augen. Viel zu lang

war er im Dunkeln getappt wie ein Narr. Aber allmählich ergab alles einen Sinn.

Das Tabakskolleg hatte grausam Rache an zwei Verrätern genommen. Die Hebamme, die kopflos durch die Stadt gelaufen und von unheilbringenden Spielkarten gefaselt hatte, war mit einem Strick um den Hals geendet. Ihrem Bruder hatte man wenig später die Zunge aus dem Mund geschnitten, bevor er verblutet war. Christian stockte der Atem bei dem Gedanken, dass der Mann dies vermutlich sogar wissentlich auf sich genommen hatte. Hatte Anna nicht gesagt, ihr Dienstherr habe sie aus dem Laden geschickt, weil er einen Besucher erwartete?

Bleichwein hatte sich nicht gewehrt, sondern sich in sein Schicksal ergeben. Er hatte sich an den Stuhl fesseln lassen und seiner grausamen Bestrafung entgegengesehen.

Christians Hände begannen zu zittern, als ihm klar wurde, mit wem er sich da angelegt hatte. Geheimbünde hatten einen langen Arm. Sie handelten aus dem Verborgenen heraus, und für gewöhnlich war es unmöglich, ihnen auf die Schliche zu kommen. Christian spürte, wie sein Mund trocken wurde. Er brauchte jetzt etwas Stärkeres als heißen Tee mit Honig, aber es war keine gute Idee, sich am Branntwein des Hausherrn zu vergreifen. Gut möglich, dass nicht nur sein und Helenes Überleben, sondern auch die Sicherheit sämtlicher Bewohner dieses Hauses davon abhing, dass er einen kühlen Kopf bewahrte.

Tief durchatmend setzte er sich wieder hin. Er hörte seine eigene Stimme kaum, als er Luise von Göchhausen nach dem Oberhaupt des Tabakskollegs fragte.

»Oh, wie ich hörte, wurde er erst vor Kurzem in seinem Amt bestätigt«, gab die Frau bereitwillig Auskunft. »Er heißt Armin von Moor, und ich kann Ihnen versichern, dass er ein Ehrenmann von untadeligem Ruf ist. Die Familie ist unermesslich reich, lebt aber doch zurückgezogen in ihrem Haus. Ich bin schon seit Jahren mit seiner Gattin bekannt und außerdem Taufpatin ihres

Sohnes Louis. Ehrlich gesagt, kann ich mir gar nicht vorstellen, was einen so phlegmatischen Mann wie ihn an der Gesellschaft dieser Tabakgenießer reizt.«

In Christians Schläfen begann es zu pochen, als er sich den Besuch in der Anwaltskanzlei Marlanders ins Gedächtnis zurückrief. Von Moor? Dieser unscheinbare, mürrische Mann, der auf Marlanders Sofa neben seiner Gemahlin blass wie eine unbemalte Leinwand ausgesehen hatte, sollte nach Bleichweins Tod die Geschicke des Tabakskollegs lenken? Auf Christian hatte von Moor nicht den Eindruck gemacht, als sei er in der Lage, in seiner eigenen Familie den Ton anzugeben. Als Meister einer geheimen Gesellschaft, die im Verborgenen ihre Fäden zog, um zu Macht und Einfluss in Sachsen-Weimar-Eisenach zu gelangen, konnte Christian ihn sich schon gar nicht vorstellen.

War es möglich, dass der innere Kreis, von dem die Baronin gesprochen hatte, Männer wie von Moor nur als Aushängeschilder benutzte, um ungestört seinen eigentlichen Interessen nachzugehen?

Für Luise von Göchhausen wurde es Zeit. Sie musste zurück zum Witwensitz ihrer Herzogin. Als sie sich von den Geschwistern Vulpius und Helene verabschiedete, maß sie Christian mit einem besorgten Blick. »Ich hätte Ihnen nicht von diesem inneren Kreis erzählen sollen«, sagte die Frau leise. »Das sind alles nur Gerüchte, und sollte meine Herzogin erfahren, dass ich sie im Hause des Geheimrats von Goethe ausgestreut habe, dann Gnade mir Gott.« Sie rückte ihre Pelzkappe zurecht, um sich für den kurzen Weg durch Eis und Schnee bis zu ihrer Kutsche zu wappnen. »Andererseits dürfen wir auch nicht zulassen, dass weitere Unschuldige zu Schaden kommen.« Abwesend blickte sie auf ihre warmen Stiefel. »Was sagte die Kartenlegerin doch gleich? Wie viele Opfer werden in Weimar zu beklagen sein?«

Noch bevor jemand darauf antworten konnte, sprang Helene auf und ging zur Tür. »Wenn Sie erlauben, werde ich Sie die Treppen hinunter zur Tür begleiten«, sagte sie. »Es gibt da einen kleinen Gefallen, um den ich Sie bitten möchte.«

24. Kapitel

Ein heiseres Fauchen entwich den Lippen des jungen Mannes, als der Gewehrkolben in seinen Bauch gestoßen wurde.

Er schnappte nach Luft; sein Gesicht wurde leichenblass, aber noch immer weigerte er sich, von der Tür zurückzutreten. Ein weiterer Stoß traf ihn am Kopf, der zur Seite flog. Blut schoss aus seiner Nase und sprenkelte die weiß getünchte Wand.

Madame Europe starrte zuerst ihren Diener an, dann die beiden Stadtsoldaten, die schon Anstalten machten, zu einem weiteren Schlag auszuholen.

»Aufhören!«, schrie sie mit blitzenden Augen. »Wie könnt ihr es wagen? Ich werde mich über euch beschweren und wenn ich bis zu eurem Herzog laufen muss!«

Hinter den Soldaten erschien nun ein dritter Mann, der die beiden mit einem einzigen Wort zurückpfiff. Er trug auch eine Uniform, schien im Rang aber weit über den beiden Männern zu stehen, die sich gewaltsam Zutritt zu ihrem Zimmer verschaffen wollten. Der düstere Blick des dunkelhaarigen Mannes verriet ihr, dass er die brutale Vorgehensweise seiner Untergebenen keineswegs billigte. Es war ein schwacher Trost, dass er die grobschlächtigen Männer, die ihn beide fast um Haupteslänge überragten, anbrüllte. Aber trotzdem stieg in Madame Europe ein wenig Hoffnung auf. Sie wandte sich Max zu, dessen Gesicht blutüberströmt war, und trug ihm auf, von der Tür zurückzutreten und sich zu ihr an den Tisch zu setzen. Zu ihrer Verwunderung gehorchte er ihr ohne Widerspruch. Benommen taumelte er an ihr vorbei.

»Ihre Leute haben meinen Diener grundlos geschlagen«, herrschte sie den Offizier an, der sie, ohne auch nur ein Wort über den Vorfall zu verlieren, musterte. Die Art, wie er sie, Max und das gesamte Zimmer mit seinen Blicken abschätzte, nahm ihr die Angst. Stattdessen regte sich Zorn in ihr.

Es vergingen schier endlose Moment, bevor der Offizier sich endlich dazu herabließ, ihr seine Aufmerksamkeit zu schenken. In seinen Blicken las sie kein Bedauern darüber, dass Max blutig geschlagen worden war. Allenfalls verriet das Zucken um seine Mundwinkel einen leichten Ärger über den Aufruhr, den seine Männer auf ihrer Türschwelle veranstalteten und dass sie keinen anderen Weg gefunden hatten, um sich einen törichten Dienstboten vom Hals zu halten.

»Mein Name ist Hauptmann Caspar Samuel Heyde«, stellte der Offizier sich mit fast tonloser Stimme vor, wobei er Madame Europe nicht aus den Augen ließ. »Und obwohl ich bedauere, was diese Kretins hier angerichtet haben, muss ich Sie korrigieren, Madame. Ich habe persönlich befohlen, alle Herbergen zu durchsuchen. Ich gehe davon aus, dass Sie davon gehört haben. Die Ausrufer waren laut genug.«

Mit einem verächtlichen Schnauben bedeckte Madame Europe ihre nackten Schultern mit ihrem seidenen Cape, einem Geschenk des russischen Zaren. Im Schein der Kerze funkelte der Stoff wie Burgunder in einem Kristallglas. Darunter hob und senkte sich ihr Dekolleté, doch zu ihrem Ärger nahm der Hauptmann kaum Notiz davon. Irritiert presste Madame Europe die dezent geschminkten Lippen zusammen. Noch nie war ihr ein Mann begegnet, den ihre Reize so kaltließen wie diesen Kerl.

»Also, wenn es Sie beruhigt, ich habe das Geschrei unten auf der Straße gehört. Allerdings wüsste ich nicht, was mich das anginge.« Sie brachte mit Mühe ein Lächeln zustande. Dann nahm sie ein Tuch, tränkte es mit etwas Wasser aus dem Krug und tupfte vorsichtig das Blut aus Max' Gesicht. Der junge Mann musste vor Schmerzen halb ohnmächtig sein, aber er verbot sich, die Augen zu schließen.

Sie hob den Blick. »Ich bin keine Untertanin Ihres Fürsten. Ihre Schwierigkeiten interessieren mich nicht!«

»Warum hat der Bursche meine Männer daran gehindert, Ihre Zimmer zu durchsuchen?«, fragte der Hauptmann mit eisiger Stimme. »Haben Sie ihn dazu aufgefordert?«

»Nein, aber … Max versteht Ihre Sprache nicht. Als diese beiden Grobiane fast meine Tür eingeschlagen haben, musste er doch annehmen, man wollte uns überfallen.« Sie funkelte ihn an. »Glauben Sie bloß nicht, so etwas wäre uns nicht schon öfter zugestoßen. Die Zeiten sind unsicher, und wie Sie sehen, bin ich nicht ganz mittellos.«

Heyde hob die Augenbrauen, als das Geräusch von Stiefeln auf der Treppe durch den Flur drang. Im nächsten Moment rief jemand nach ihm, ein Mann, der vor der Tür stehen blieb und dem Hauptmann, als er sich zu ihm begab, etwas ins Ohr flüsterte. Heyde drehte sich langsam zu Madame Europe um. »Mein Sergeant berichtet mir, er habe in einer der Kammern mehrere Decken und Kissen gefunden.«

»Na und? Die Nächte sind nicht nur in Russland kalt!«

»Eines der Schankmädchen hat mir verraten, dass Ihr Diener dort oben schläft. Aber ich wette, das tut er nicht allein. Das verraten schon die langen kupferroten Haare auf den Kissen.« Madame Europe atmete tief durch, erwiderte aber nichts darauf.

»Ich habe jede Stube dieses Gasthauses durchsuchen lassen«, sagte Hauptmann Heyde mit gefährlich leiser Stimme. Er deutete auf das blutbesudelte Hemd ihres Dieners. »Ich kann Ihren Wunsch nach Privatsphäre gut verstehen, aber wir sind auf der Suche nach einer Person, die zwei Männer brutal abgeschlachtet hat. Sie mag unschuldig wie ein Engel aussehen, an ihren Händen klebt jedoch Blut.« Er trat nahe an sie heran und beugte sich so dicht über sie, dass sein Atem sie am Hals kitzelte.

»Wollen Sie sich dem Lauf der Gerechtigkeit in den Weg stellen, indem Sie mich davon abhalten, das letzte Zimmer in diesem Haus zu durchsuchen?«

Sie schluckte hektisch, weil ihr plötzlich das Atmen schwerfiel. Sie legte ihre linke Hand auf den Kartenstapel und wartete auf die Energie, die sie für gewöhnlich spürte, wenn sie ihre Lieblinge berührte. Doch nichts geschah. Zu ihrer Linken hörte sie ein kraftloses Wimmern, das von Max kam.

Nicht zur Tapetentür hinüberschauen, befahl sie sich, obwohl sie keinen Moment lang daran zweifelte, dass dieser Mann die Kammer dahinter finden würde. Er hatte etwas von einem Spürhund, der seine Beute auch über eine große Distanz hinweg zu riechen schien. Als sie den Mund nicht öffnete, legte sich ein triumphierendes Lächeln über seine schmalen Lippen.

Na also, warum nicht gleich so?, flüsterten seine Augen ihr zu. Ohne sich umzudrehen, gab er seinen Männern einen Wink, mit der Durchsuchung des Zimmers zu beginnen.

»Halt!«

Die tiefe Stimme, die mit ehrfurchtgebietender Schärfe durch den Raum dröhnte, zwang Madame Europe den Kopf zu heben. Verwirrt klimperte sie mit den Augenlidern, weil sie nicht begriff, wer dieses eine Wort ausgestoßen hatte, das sogar den Hauptmann zusammenzucken ließ. Heyde fuhr aufgebracht herum, doch sein Rücken nahm ihr die Sicht auf die Tür. Erst als er einen Schritt zur Seite machte, sah sie im schummrigen Licht der Lampe die Konturen eines Herrn mittleren Alters, dessen Gehstock mit Silberknauf sich fast drohend auf den Hauptmann richtete. Dieser sog angesichts einer solchen Unverfrorenheit so tief die Luft ein, dass Madame Europe schon befürchtete, sein Brustkorb müsse dabei entzweibrechen.

Hinter dem Unbekannten bemerkte sie nun auch den Gastwirt, dessen dicke Finger nervös einen Zipfel der fleckigen Schürze kneteten, die sich um seinen gewaltigen Bauch spannte.

»Geheimrat von Goethe«, raunte Hauptmann Heyde. Wäre es in seiner Macht gestanden, mit diesen drei Worten Gift zu versprühen, wäre der elegant gekleidete Neuankömmling mit Sicherheit tot umgefallen. Doch der Mann, den der Hauptmann mit Goethe angeredet hatte, zeigte sich von dem Ton des herzoglichen Untersuchungsbeamten keineswegs beeindruckt. »Darf ich erfahren, was Sie hier veranstalten, Hauptmann?«, erkundigte er sich höflich.

»Hausdurchsuchung! Wir fahnden nach der entlaufenen Dienstmagd Anna Beinhauer. Und es gibt Hinweise darauf, dass ihr in diesem Gasthof Zuflucht gewährt wurde.«

»Aber nein, das ist unmöglich«, jammerte der Wirt im Hintergrund. »Wir sind das beste Haus am Platze und keine Räuberhöhle!«

Madame Europe bemerkte, wie ihr Puls zu flattern begann. Goethe war hier. Er stand keine zehn Schritte von ihr entfernt und beobachtete sie. Niemals hätte sie davon zu träumen gewagt, dass er sie besuchte. Sie hatte alles gelesen, was er geschrieben hatte. Sie konnte jedes seiner Gedichte rezitieren, und die Bücher, die sie von ihm besaß, hatten sie auf all ihren Reisen begleitet.

»Gewiss haben Sie sich die Papiere der Dame und ihres Begleiters zeigen lassen, bevor Ihre Männer diesen jungen Mann geschlagen haben«, hörte sie Goethe mit ruhiger Stimme sagen.

»Ich …« Der Hauptmann errötete. »Mit Verlaub, das geht Sie nichts an, Herr Geheimrat. Sie mögen Minister sein, aber Justiz und Polizeigewalt fallen nicht in Ihren Zuständigkeitsbereich.«

»Umso bedauerlicher, dass ich mich gezwungen sehe, Ihre Arbeit zu machen, anstatt mich zu Hause gemütlich vor dem

Feuer auszustrecken!« Goethe wandte sich mit einer galanten Verbeugung an Madame Europe. »Sie haben doch Papiere, Madame, nicht wahr?«

O ja, die hatte sie. Ihre Knie zitterten, als sie sich zur Frisierkommode begab, eine Schublade öffnete und ihr eine Dokumentenmappe entnahm. Mit dieser kehrte sie zum Tisch zurück und fing an, vor den beiden Männern einige Schriftstücke auszubreiten.

»Das ist ja alles ausländisch geschrieben«, beschwerte sich Hauptmann Heyde nach einem flüchtigen Blick.

Goethe beugte sich mit einem feinen Lächeln über eine in französischer Sprache ausgestellte Urkunde. »Mein lieber Hauptmann, sind Sie sich eigentlich darüber im Klaren, dass der Inhaber dieser Papiere diplomatischen Status genießt?«

»Diplomatischen Status?«

»Allerdings, mein Bester! Sie befinden sich nicht im *Gasthaus Zum Weißen Schwan*!«

»Nicht?«, ließ sich die Stimme des Wirts vernehmen. Der Mann klang so durcheinander wie Hauptmann Heyde aussah. Madame Europe nahm mit einiger Befriedigung zur Kenntnis, dass der Untersuchungsbeamte in seiner steifen Uniform zu schwitzen begann.

»Wir befinden uns nicht einmal im Herzogtum Sachsen-Weimar-Eisenach, sondern in der Botschaft eines souveränen Staates«, führte Goethe ungerührt aus. Er legte das Papier auf den Tisch zurück, bevor er sich kopfschüttelnd zu Hauptmann Heyde umdrehte. Dessen Männer glotzten ihn mit großen Augen an, als warteten sie nur darauf, dass er mit seinem Spazierstock auf den Fußboden stampfen und sie alle in Luft auflösen werde.

»Wie nennt man es, wenn sächsische Soldaten zu Friedenszeiten die Grenze eines Landes überschreiten, in das fremde Herrschaftsgebiet einmarschieren und einen Bürger desselben auf üble Weise angreifen, nur weil er die feindliche Invasion aufhalten wollte?«

Hauptmann Heyde antwortete nicht.

»Richtig, das wäre ein feindlicher Akt, der einer Kriegserklärung gleichkäme«, sagte Goethe. »Ich kann mich allerdings nicht erinnern, dass Herzog Carl August dem russischen Zarenreich den Krieg erklärt hat. Sie etwa?« Er atmete ein paarmal tief durch, bevor er hinzufügte: »Wenn Sie jetzt verschwinden, werde ich versuchen, die Dame davon abzuhalten, eine Depesche nach St. Petersburg zu schicken.«

»Ich weiß, dass die sie haben«, zischte Hauptmann Heyde ohnmächtig vor Wut. »Sie halten sie versteckt, das spüre ich, und mein Gefühl hat mich noch nie getrogen!«

Madame Europe ließ sich am Tisch nieder. »Max, Papier und Schreibzeug«, verlangte sie mit fester Stimme.

»Nicht nötig, Madame. Der Hauptmann beendet die Durchsuchung des Gasthauses umgehend und nimmt seine ungestümen Handlanger mit, nicht wahr?«

Heyde warf ihm einen wütenden Blick zu, kam der Aufforderung aber ohne Umschweife nach. Wortlos trieb er seine Soldaten auf den Flur und warf die Tür hinter sich ins Schloss. Kurz darauf hörten Madame Europe und Goethe ihr Gepolter auf der Treppe, doch erst als unten die Türen schlugen, gestattete sich die Frau einen erleichterten Seufzer.

Goethe deutete mit der Spitze seines Spazierstocks auf das Schriftstück, dem er im Beisein des herzoglichen Untersuchungsbeamten diplomatischen Status beigemessen hatte.

»Eine Rechnung Ihrer Schneiderin, Madame?«

»Meiner Putzmacherin«, gab sie mit einem zaghaften Lächeln zurück. »Mademoiselle Florine aus St. Petersburg. Sie zaubert die schönsten Damenhüte, die ich jemals gesehen habe. Ihre Frau Gemahlin wäre begeistert.«

Als Christian am nächsten Morgen die Kanzlei des Advokaten Marlander betrat, schluckte dieser gerade die letzten Bissen seines Frühstückseis herunter. Es war noch dunkel auf den Straßen. Das Pflaster war spiegelglatt, und wie schon in den vergangenen Tagen trieb ein harscher Ostwind Schnee und Graupel gegen die Fensterscheiben.

»Vulpius?« Der Anwalt wischte sich mit seiner Serviette über den Mund. »So früh schon unterwegs? Noch dazu bei diesem miserablen Wetter? Ich kann mich nicht erinnern, wann wir zuletzt so viel Schnee gehabt haben. Und dabei hat der Winter doch gerade erst begonnen.«

Christian wartete nicht ab, bis er eingeladen wurde, sich zu setzen, sondern zog sich sogleich einen Stuhl vor den Schreibtisch. Obwohl im Kamin ein Feuer prasselte und der Kaffee auf dem silbernen Tablett vor ihm recht verführerisch duftete, lag Christian wenig daran, auch nur eine Minute länger im Haus des Anwalts zu verbringen als nötig. Er beschloss, sofort zur Sache zu kommen. »Als wir uns gestern im Roten Schloss trafen, hätten Sie Hauptmann Heyde von dem Geld aus Bleichweins Haus erzählen müssen.« Er sah sich verstohlen in dem mit Büchern und Akten vollgestopften Raum um, doch der Beutel war verschwunden. Das war allerdings nicht überraschend; er hätte ihn an Marlanders Stelle auch nicht einfach auf dem Tisch liegen lassen.

»Der Hauptmann ist der Ansicht, Anna hätte sich Bleichweins Geld unter den Nagel gerissen und wäre damit untergetaucht. Aber wir beide wissen, dass das nicht stimmt!«

Marlander runzelte die Stirn. »Erinnere ich mich falsch, oder haben auch Sie kein Wort über den Beutel verloren, Vulpius? Für Ihr Schweigen bin ich Ihnen übrigens dankbar. Es hätte den Hauptmann nicht von seiner Meinung abgebracht, glauben Sie mir. Er hätte sich nur gefragt, warum diese Anna ausgerechnet Ihnen das Geld überlassen hat.« Lächelnd spielte er mit den Goldknöpfen seiner Weste. »Ich habe Heyde gegenüber behauptet, mir die Geschäftsbücher aus dem Tabakladen persönlich geholt zu haben, um Sie aus der Sache herauszuhalten. Dafür haben Sie mich gestern nicht in Verlegenheit gebracht. *Manus manum lavat*, wie der Lateiner sagt. So wäscht eine Hand die andere.«

Christian hielt viel von gewaschenen Händen, doch im Augenblick kamen ihm die Finger des Anwalts alles andere als rein vor. Er hatte Bleichwein juristischen Beistand geleistet und war ebenfalls Mitglied des Tabakskollegs. Er empfing das neu gewählte Oberhaupt dieses Bundes in seinem Haus und schien mit dessen ganzer Familie eng vertraut zu sein. Womöglich diente er dem Tabakskolleg nicht nur als Anwalt, sondern führte auch ganz andere Aufträge aus, um die Interessen des Kreises zu schützen. War er aber auch dazu fähig, sich so etwas Teuflisches auszudenken, wie eine Frau mit einer Droge willenlos zu machen und sie mit einem Strick um den Hals auf die Galerie der Bibliothek zu stellen?

Christian schluckte, als er Marlander nach einem scharfen Brieföffner greifen sah.

»Was haben Sie denn, mein Freund? Sie werden ja ganz blass! Vielleicht brauchen Sie frische Luft.« Mit einer blitzschnellen Bewegung brach Marlander das Briefsiegel und öffnete dann das Schreiben mit einem einzigen sauberen Schnitt.

»Ich brauche keine frische Luft, sondern Antworten«, sagte Christian. Er ärgerte sich, weil er sich von Marlander einen Schrecken hatte einjagen lassen. »Ich möchte wissen, warum Erasmus Bleichwein so viel Geld in seinem Laden versteckt hatte. Geld, das er nicht anrührte, obwohl es um seine Geschäfte so schlecht bestellt war und er mehr Schulden hatte als …« Er sprach nicht weiter, um sich nicht zu verplappern. Schließlich ging es Marlander nichts an, dass er selbst bei etlichen Leuten in Weimar in der Kreide stand.

Der Anwalt stand auf und begann, im Kanzleiraum auf und

ab zu laufen. »Können Sie nicht verstehen, dass es Dinge gibt, über die ich nicht reden darf, Vulpius?«

Christian begann zu begreifen. Marlander drohte ihm gar nicht. Er hatte Angst. Angst davor, womöglich so zu enden wie die Bleichweins und der junge Hugo.

»Als ich neulich hier war, sagten Sie, dass Sie nicht wüssten, wie Bleichwein an das Geld in seinem Laden gekommen sei. Aber das glaube ich Ihnen nicht.«

Marlanders undurchsichtige Miene verriet ihm, dass er mit seiner Vermutung den Nagel auf den Kopf getroffen hatte. »Die Münzen im Beutel gehörten nicht ihm, er bewahrte sie nur für jemanden auf. Das haben Sie selbst zugegeben.«

»Gar nichts habe ich zugegeben«, sagte Marlander trotzig. Auf seiner Oberlippe bildeten sich Schweißperlen, die er mit dem Tuch aus seiner Manschette wegwischte. »Wenn Sie nun bitte meine Kanzlei verlassen würden, Vulpius!« Er machte eine Handbewegung in Richtung Tür, die andeuten sollte, dass das Gespräch für ihn beendet war. Doch so leicht ließ Christian sich nicht vertreiben.

»Nehmen wir einmal an, ich wäre ein Mitglied des Tabakskollegs«, sagte er. »Bekäme ich dann Antworten auf meine Fragen?«

Marlander starrte ihn an, als habe er einen Wahnsinnigen vor sich. »Sie? Aber … Das ist doch unmöglich. Auch wenn Sie sich neulich vor mir eine Prise Schnupftabak genehmigt haben, würden Sie keinen Kenner täuschen. Man würde bald merken, dass Sie kein Tabakliebhaber, sondern ein Verächter sind.«

Und dann würde auch mir etwas zustoßen, ergänzte Christian, dem es bei dem Gedanken schauderte, sich freiwillig in die Höhle des Löwen zu begeben. Dass sein Vorhaben bestenfalls als tollkühn zu betrachten war, lag auf der Hand. Doch genauso sicher erschien es ihm, dass Bleichweins Mörder unter den Mitgliedern des sogenannten inneren Kreises zu suchen war, von dem Luise von Göchhausen erzählt hatte. Wollte er ihn finden, musste er wohl oder übel Zutritt zu dem Kolleg erhalten.

Heinrich Marlander stieß einen tiefen Seufzer aus. »Sie wollen dieses Mädchen entlasten, weil Sie es für unschuldig halten. Das ist durchaus ehrenhaft, führt aber zu nichts. Glauben Sie im Ernst, man wird Ihnen im Tabakskolleg freien Zugang zu allen Unterlagen gewähren? Oder auch nur erlauben, dass Sie die Tabakfreunde mit neugierigen Fragen belästigen? Die haben die Nase voll von Bleichwein und wollen nichts mehr von ihm hören.«

»Soll das heißen, Ihre Tabakfreunde haben kein Interesse daran zu erfahren, wer einen der ihren grausam ermordet hat? Was, wenn noch weitere Mitglieder in Lebensgefahr schweben oder deren Frauen und Kinder? Vor Bleichweins Schwester hat der Mörder schließlich auch nicht haltgemacht.«

»Das war ein tragischer Selbstmord«, widersprach der Anwalt. »Mit dem Tabakskolleg hatte das gar nichts zu tun.«

»Und ob!« Christian biss sich auf die Lippen. Er hatte eigentlich nicht vorgehabt, Marlander zu verraten, dass er über den Mord an Josefina Bescheid wusste. Doch nun, da die Katze einmal aus dem Sack war, konnte er ihn auch mit seinem Wissen konfrontieren. »Die Bleichweins wussten etwas über das Tabakskolleg, das nicht ans Licht der Öffentlichkeit kommen darf. Sie erwiesen sich als nicht länger vertrauenswürdig und mussten deswegen sterben. Der Tod der Hebamme wurde noch als Selbstmord getarnt. Da in Weimar bekannt war, dass sie gern zur Flasche griff, kam der Mörder damit auch durch. Bleichweins Ermordung dagegen kam einer Hinrichtung gleich. Und warum? Weil er gegen das Reglement seines Kreises verstoßen hat.«

Marlander schnappte nach Luft. »Sie müssen sich irren, Vulpius. So etwas gibt es bei uns nicht. Ich kenne die meisten Mitglieder seit Jahren. Auch wenn ich Ihnen ihre Namen nicht nennen darf, kann ich sagen, dass es ehrenwerte Männer sind. Einige nehmen hohe Positionen bei Hofe ein, andere dienen als Offiziere, denen nur der Sinn danach steht, in geselliger Runde ihre Pfeife zu rauchen, oder Künstler der Fürstlichen Zeichenschule. Außerdem habe ich Ihnen erklärt, dass nur Träger eines weißen Schnupftuchs die Geschäfte führen.«

Der innere Kreis, dachte Christian. Dann werde ich mein Augenmerk auf Männer mit weißen Tüchern richten. »Wenn Sie mir eine Empfehlung ausstellen, wird keiner Verdacht schöpfen. Schließlich haben wir gemeinsam die Schulbank gedrückt. Ein Schriftsteller, der mit Geheimrat von Goethe so gut wie verschwägert ist, wird doch bestimmt nicht abgewiesen.«

»Hm«, machte der Anwalt verdrossen.

»Wie lange wird es dauern, bis ich aufgenommen werde?«

»Nun, theoretisch könnten Sie schon an unserer nächsten Zusammenkunft teilnehmen. Die wäre morgen. Das Tabakskolleg besucht geschlossen den Gottesdienst und findet sich danach im Palais der Familie von Moor ein, um gemeinsam den ersten Advent zu feiern. Bei dieser Gelegenheit könnte ich Sie einführen, aber …« Er atmete tief durch, während seine Augen einen matten Schimmer annahmen. »Ihnen ist hoffentlich klar, dass ich nichts für Sie tun kann, falls Sie sich selbst in Schwierigkeiten bringen.«

Christian verzichtete auf eine Erwiderung und zuckte lediglich schweigend mit den Achseln. Was Marlander betraf, so wirkte seine Angst durchaus nicht gespielt, sondern echt. Doch warum fürchtete er sich, wenn das Tabakskolleg wirklich nur ein harmloser Kreis von Tabakfreunden war? Und vor wem? Nein, der Anwalt musste zumindest Verdacht geschöpft haben, dass es Vorgänge gab, die nicht hinterfragt werden durften. Da er selbst nur im Besitz eines roten Schnupftuchs war, gehörte er nicht zu den Eingeweihten des inneren Kreises. Das bedeutete, dass er bestenfalls Gerüchte gehört hatte, aber nicht aus eigener

Erfahrung sagen konnte, was geschah, wenn sich die Männer mit den weißen Tüchern zurückzogen.

»Falls sie aufgenommen werden, erhalten Sie Ihr rotes Tuch«, holte die Stimme des Anwalts ihn aus seinen Überlegungen. »Mehr aber auch nicht! Es ist ausgeschlossen, dass Sie im Kolleg etwas über den Mord an Erasmus Bleichwein erfahren! Als Schriftsteller wird man Ihnen wohl ohnehin mit Vorsicht begegnen. Schließlich werden sich die Mitglieder nur ungern als Figuren in einem Ihrer Romane wiederfinden wollen.«

Abwarten, dachte Christian, als er dem Anwalt zum Abschied die Hand reichte. War er erst einmal in von Moors Haus, würde er auch herausfinden, welche Geheimnisse der innere Kreis hütete.

25. Kapitel

Helene atmete tief durch, bevor sie den Mut fand, die schmale Treppe hinunterzusteigen, die zum Seiteneingang des Palais von Moor führte. Das himmelblau angestrichene Patrizierhaus mit seinen Erkern, Türmchen und bunten Bleiglasfenstern war ihr schon früher aufgefallen, wenn sie mit ihrer Tante an ihm vorbeigelaufen war. Doch betreten hatte sie das Palais noch nie und es gab auch, soweit sie wusste, keine gesellschaftlichen Verbindungen zwischen ihrer Familie und der Armin von Moors.

Bei dem, was sie vorhatte, konnte sie darüber nur froh sein.

Vorsichtig raffte sie den abgetragenen Rock, unter dem ein Paar grobe Wollkniestrümpfe hervorschauten, und bemühte sich, auf den schmalen, vereisten Stufen nicht auszurutschen. Nur wenige Augenblicke später fand sie sich in einem düsteren Teil der Gesindestuben einem hochgewachsenen livrierten Mann gegenüber, der ihr mit näselnder Stimme mitteilte, dass er Sergius Klein heiße und als Majordomus verantwortlich für die

Dienstboten im Haus sei. Dabei musterte er Helene mit äußerster Missbilligung. Ihre schäbige Aufmachung schien ihn in seiner Meinung zu bestärken, einem dummen Ding vom Land gegenüberzustehen, dem er erst noch Manieren beibringen musste, bevor auch nur in Betracht zu ziehen war, ihr eine so wichtige Position wie die der Köchin zu übertragen.

»Referenzen«, forderte der Mann, als hielte er es für reine Zeitverschwendung, mit einem Geschöpf in Wollstrümpfen und mit vergilbter Rüschenhaube auf dem Kopf auch nur zu reden.

Helene frohlockte insgeheim. Sollte der eitle Laffe ruhig die Nase über sie rümpfen, solange er nur nicht merkte, dass sie überhaupt keine Ahnung hatte, wie Dienstboten sich in einem herrschaftlichen Haus wie dem Palais von Moor zu verhalten hatten. Mit einem einfältigen Lächeln überreichte sie Sergius Klein den Brief, den dieser mit spitzen Fingern entgegennahm. Während er las, zog er verblüfft die Augenbrauen hoch.

»Soso, bei der Baronin von Göchhausen warst du in Diensten?« Er schüttelte den Kopf, als könnte er kaum fassen, was da schwarz auf weiß auf dem Papier stand. »Die erste Kammerfrau der Herzoginmutter Anna Amalia hat dich persönlich empfohlen?«

Helene nahm ihm entschlossen das Schreiben aus der Hand. »Wenn's nicht genehm ist, kann ich ja wieder gehen«, sagte sie in beleidigtem Ton. »Dachte ja nur, Ihre Gnädigste würde eine Köchin suchen. Ich bin eine. Also, wo ist das Problem? Sind's meine Strümpfe? Dann möchte ich ihm empfehlen, einen Fuß vor die Tür zu setzen. Draußen herrscht Winter, und ich habe keine Lust auf Lungenfieber, nur weil ich mir für 'n anständiges Brusttuch zu schade bin. Habe nämlich noch was vor in diesem Leben und …«

»Das genügt!« Der Majordomus hob die Hand. »Es geht mir nicht um dein Erscheinungsbild, sondern um dein Mundwerk.

Wenn du hier als Köchin arbeiten willst, hast du vor allem deine vorwitzige Zunge im Zaum zu halten. Sinnloses Geplapper schätzt die Herrschaft nämlich gar nicht.«

»Dann werden wir glänzend miteinander auskommen«, flüsterte Helene. »Ich auch nicht.«

Sie folgte dem Hochgewachsenen durch den Gesindetrakt, der aus einer labyrinthartigen Anzahl von Kammern und Stuben bestand, die durch Türen miteinander verbunden waren. Einige davon führten hinaus auf einen Innenhof, in dem sich der Pferdestall sowie eine Remise für Equipage und Kutsche befanden. Knorriges Rebengehölz hangelte sich an den Mauern der Nebengebäude empor, an dem im Frühjahr gewiss frisches grünes Laub und im Herbst Wein wuchs.

Das Herzstück des Dienstbotentraktes bildete unzweifelhaft die Küche. Sie war rechteckig angelegt und, das mochte Helene beschwören, fast so groß wie die gesamte Wohnung ihrer Tante. An den weiß gekalkten Wänden standen Regale mit Tellern, Krügen und Bechern. Von der Decke hingen dicke Kräuterbündel herab: Pimpernelle, Rosmarin, Thymian und Portulak. An der Stirnseite verströmte ein aus roten Ziegeln gemauerter Herd trockene Hitze.

Helene blickte sich staunend um. Noch nie hatte sie eine solche Küche gesehen. Vor dem Fenster saßen zwei Mädchen und putzten mit schweißnassen Gesichtern Berge von Gemüse. Als Sergius Klein eintrat, erstarb ihr Geplauder. Mit großen Augen starrten sie ihn an.

»Wie ich sehe, seid ihr Mädchen fleißig«, rief der Majordomus gönnerhaft. »Dafür bringe ich euch endlich einen Ersatz für unsere gute alte Köchin.«

Das Aufschluchzen eines der Mädchen am Tisch verriet Helene, dass der Tod der Köchin den Mägden immer noch naheging. Sie vermissten sie und sahen in dem Neuankömmling gewiss keinen Ersatz.

»Na, Stine, nimm es dir doch nicht so zu Herzen«, sagte Sergius Klein kopfschüttelnd. »Ich vermisse den saftigen Braten mit Backpflaumen auch, den die Alte so gern gekocht hat. Aber die Lene hier hat für die« erste Hofdame der Herzoginmutter gekocht, und die war immer sehr zufrieden mit ihr.«

»Was hat diese Perle dann bei uns zu suchen?«, murmelte die Magd neben der Weinenden. Es klang so feindselig, dass Helene nicht umhinkonnte, das Mädchen zu mustern. Es war groß, fast so groß wie der Majordomus, dafür aber breiter gebaut und hatte ein grobes Gesicht mit boshaften kleinen Augen. Unter den weiten Ärmeln ihres Leinenschnürkittels lauerten kräftige Arme, mit denen die Magd sicher nicht nur Rübensäcke schleppen konnte. Mit verbitterter Miene begegnete sie Helenes Blick.

Sergius Klein fand vermutlich auch, dass die Frage der Magd berechtigt war, denn anstatt ihr eine Rüge zu erteilen, wandte er sich Helene zu. »Die Jette hat recht. Warum gibst du eine so gute Stellung auf, um für unsere Herrschaften zu arbeiten?«

Helene überlegte. Der Majordomus hatte etwas Einschüchterndes an sich, und die freche Magd am Tisch zeigte ihr unverhohlen ihre Abneigung. Wie die Dinge lagen, würde sie nicht lange genug in diesem Haus bleiben, um Freunde zu gewinnen. Doch darauf kam es nicht an. Sie brauchte nur einige Informationen, dann konnte sie wieder verschwinden und in ihr eigenes Leben zurückkehren. Wenn sie Glück hatte, würde die Dienstmagd ihrer Tante nicht einmal merken, dass sie ein paar alte Kleider aus deren Kasten genommen hatte, um sich in die Köchin Lene zu verwandeln.

»Ich habe für die Baronin von Göchhausen und ihre Gäste gekocht, solange sie sich draußen auf Schloss Tiefurt aufhielten«, flunkerte Helene. »Aber die Wintermonate verbringt die Dame in der Stadt, wo das Küchenpersonal dem Leibküchenmeister der Herzoginmutter untersteht.«

»Diesem Franzosen?« Sergius Klein nickte verständnisvoll.

»Na, dann kann ich gut verstehen, dass du eine neue Stelle suchst. Wer nimmt schon gern Befehle von einem Kerl entgegen, der den Herrschaften Schnecken und Frösche auftischt?«

Helene erwiderte den Blick des Mannes, obwohl sie ihm am liebsten ins Gesicht gelacht hätte. Von wegen Frösche und Schnecken. Francois René Le Goullon war ein ausgezeichneter Koch, der Rezepte sammelte und an Büchern über seine Kunst arbeitete. Als Sohn eines Gastwirts war er vor zwanzig Jahren in Kassel von Herzogin Anna Amalia entdeckt und sogleich engagiert worden. Fast alle adeligen und wohlhabenden Häuser Weimars ließen sich seine Spezialitäten schmecken, insbesondere seine getrüffelte Gänseleberpastete, auf die auch Goethe und Christiane schworen. Ihr Garten grenzte an den des Kochs, was Christiane hin und wieder die Gelegenheit gab, mit ihm über Küchengeheimnisse zu plaudern.

Wäre Helene wirklich Köchin gewesen, hätte sie es als Ehre angesehen, in derselben Küche wie dieser Meister zu arbeiten. Heute kam es ihr jedoch gelegen, dass man im Palais von Moor nichts von dem Franzosen zu halten schien. Das verschaffte ihr freie Hand.

»Die Herrschaft wird heute auswärts speisen«, verkündete Sergius Klein, während Helene ihr Bündel unter der Ofenbank der Gesindekammer verstaute. In der Wohnung ihrer Tante hatte sie sich lange den Kopf zerbrochen, was sie einpacken sollte und was für eine einfache Köchin unpassend war. Schließlich hatte sie sich für ein paar einfache Kleidungsstücke und ein Gebetbuch entschieden, nichts, was Verdacht erregen könnte.

»Lene, hast du mich verstanden?«, kam es ungeduldig von Sergius Klein.

Lene? Richtig, das war ja sie. Rasch drehte sie sich um und lächelte den Majordomus, der wichtigtuerisch mit Schlüsseln klapperte, einfältig an.

»Ich habe meine Zweifel, ob eine so junge Frau die Anforderungen unserer Herrschaft erfüllen kann, aber wie es aussieht, ist auf die Schnelle in ganz Weimar keine Köchin mit ähnlich guten Referenzen zu finden. Ich werde der gnädigen Frau vorschlagen, es mit dir zu versuchen. Wie ich eben schon sagte, werden sie und Herr von Moor heute nicht zu Hause sein, daher musst du nur für den jungen Herrn, seinen Großvater und den Hauslehrer kochen.« Er grinste boshaft. »Ich rate dir, mach deine Sache gut!«

»Der alte Herr, von dem Sergius Klein gesprochen hat, ist Armin von Moors Schwiegervater und ein schwerreicher Mann«, klärte die junge Stine sie später auf. Sie saßen gemeinsam in der Küche, und Stines Freundin Jette rührte in einem brodelnden Kessel, aus dem es nach Fleischbrühe duftete. Sie gab vor, die Neue nicht zu beachten, doch ihre abweisende Haltung konnte Helene nicht täuschen. Jette spitzte die Ohren, um nichts von dem, was geredet wurde, zu verpassen.

»Er hat früher auf dem Land gelebt, aber dann wurde er krank und seine Tochter wollte ihn gern zu sich nehmen, um ihn besser pflegen zu können.« Sie zuckte seufzend mit den Achseln. »Wir kommen ja kaum jemals raus aus diesem Kellerloch, daher wissen wir auch nicht, wie die Herrschaft so ist. Aber der alte Herr hat unserer guten Köchin oft einen Gruß ausrichten lassen, wenn ihm das Essen besonders geschmeckt hat. Ihn und den Jungen müssen Sie gewinnen, dann haben Sie mit dem Rest der Herrschaft leichtes Spiel.«

Bevor Helene noch überlegen konnte, welche Speisen sie als Kind besonders geliebt hatte, flog die Tür auf, und ein etwa zehnjähriger, dunkelhaariger Junge erschien auf der Schwelle. Er blickte Helene neugierig an. Sogleich sprangen die beiden Küchenmägde auf und versanken in einem respektvollen Knicks. Helene, die viel zu überrascht war, um es den beiden gleichzutun, blieb auf ihrem Schemel sitzen.

»Sergius hat Mutter soeben informiert, dass eine neue Köchin angekommen ist«, sagte der Junge, während er Helene musterte. »Das bist du, nicht wahr?«

Helene lächelte dem Kind freundlich zu. »Jawohl, ich bin die Lene!«

»Ist es wahr, dass du sogar für die Herzogin gekocht hast?«

»Nun, nicht direkt für sie, aber für eine ihrer Hofdamen.« Sie hasste es zu lügen. Um ihre Verlegenheit zu überspielen, griff sie in die Obstschale, wählte einen rotbackigen Apfel aus und hielt ihn dem Kleinen hin. Alle Kinder mochten Äpfel, so hoffte sie zumindest.

Der Junge zögerte. Vermutlich hatte ihm seine Kinderfrau beigebracht, dass es sich nicht gehörte, sich bei den Dienstboten herumzutreiben. Nicht einmal dann, wenn es galt, eine neue Köchin auf Herz und Nieren zu prüfen. Er warf Jette und Stine einen Blick zu, mit dem er sie um Verschwiegenheit bat, dann schnappte er sich den Apfel und biss herzhaft hinein.

»Ich hoffe, du kochst so gut wie die frühere Köchin«, sagte er kauend. »Wir vermissen sie schrecklich, weißt du? Aber meine Mutter sagt, sie sei jetzt ein Engel im Himmel.«

An der weißen Wand hinter dem Jungen erschien plötzlich ein Schatten. Er gehörte zu einem hageren, fast kahlköpfigen Mann von etwa vierzig Jahren. Er hatte eine scharfe, leicht gerötete Hakennase und trug, vermutlich um den Verlust an Haupthaar auszugleichen, einen buschigen Schnauzbart. Dieser zitterte nun vor Ärger, als er dem Jungen die Hand auf die Schulter legte. »Du sollst dich nicht hier unten herumdrücken, das hat man dir schon hundertmal gesagt!« Der Mann sprach ein ausgezeichnetes Deutsch, doch seinem Akzent nach, schien er aus Frankreich zu kommen. Die vertrauliche Art, in der er mit dem jungen von Moor sprach, wies ihn als Erzieher oder Hauslehrer des Knaben aus.

»Das ist Monsieur Georges«, sagte Louis und zog dabei eine

Grimasse, die sein Lehrer jedoch zum Glück nicht sah, da der Junge ihm den Rücken zukehrte. »Bestimmt hat er mich gesucht, um mir neue, noch langweiligere lateinische Verben beizubringen.«

Der Franzose strich sich über den Schnauzbart. »Ich kann auch das Pferd deines Vaters im Stall unterrichten«, brummte er. »Wollen wir herausfinden, wer von euch die Verbkonjugationen schneller begreift?« Er zwinkerte Helene lächelnd zu, eine vertrauliche Geste, die ihr verriet, dass Georges sich trotz seiner Privilegien im Hause von Moor nicht zu schade war, freundlich zu einer Dienstbotin zu sein.

»Wir müssen die neue Köchin nun ihre Arbeit machen lassen, Louis, sonst bekommen wir heute kein Diner!« An Helene gewandt, fügte er hinzu: »Dort, wo ich herkomme, gehen wir nicht so steif miteinander um. Auch Dienstboten sind Menschen. Nicht besser, aber auch nicht schlechter als die dort oben im Salon. Du kannst dich jederzeit an mich wenden, wenn du … Schwierigkeiten bekommen solltest.«

Schwierigkeiten? Helene fürchtete, dass Monsieur Georges die bekommen würde, falls man ihn einmal so reden hörte. In den aristokratischen Kreisen, zu denen die von Moors gehörten, waren die Ideen der französischen Revolutionäre weitgehend verpönt, und so mancher Mann hatte sich nach zu unvorsichtigem Geplauder schon im Gefängnis wiedergefunden.

»Vergiss, was ich gesagt habe«, sagte der Lehrer. »Es ist nur so, dass … Nun, du weißt, dass es hier im Haus einen Todesfall zu beklagen gibt. Alle sind … wie sagt man in eurer Sprache … mitgenommen? Das sollte dich nicht wundern.«

Helene dankte dem Hauslehrer für sein Angebot, gleichzeitig wunderte sie sich. Dem Mann, der eigentlich nur dafür bezahlt wurde, den kleinen Louis von Moor zu unterrichten, lag das Wohlergehen des Gesindes offensichtlich mehr am Herzen als dem Haushofmeister. Seine offene, leutselige Art gefiel ihr, dennoch beschloss sie, auf der Hut zu bleiben. Es fehlte noch, dass der Franzose, der sich nicht um Standesgrenzen scherte, sie in etwas verwickelte, was sie von ihrer eigentlichen Aufgabe ablenkte.

Sie war noch dabei, sich mit der Küche und den Vorratskammern vertraut zu machen, als der Majordomus kam, um sie abzuholen. Über seinem Arm trug er eine blütenweiße Schürze und eine ebensolche Haube, die er Helene anzulegen befahl.

»Beeil dich doch!«, drängte er mit seiner näselnden Stimme. »Frau von Moor wünscht dich zu sehen, und zwar heute noch, wenn's geht.« Er hielt einen Moment lang inne und musterte sie skeptisch. »Ich habe Monsieur Georges aus der Küche kommen sehen.«

Obwohl dies eine klare Feststellung und keine Frage war, schien Sergius Klein auf eine Erklärung zu warten. Als die ausblieb, sagte er: »Von diesem Mann solltest du dich fernhalten, verstanden? Er vertritt verstörende Ansichten, das weiß ich von dem alten Herrn. Es regt ihn jedes Mal furchtbar auf, wenn er sich mit ihm unterhält.« Klein verzog das Gesicht. »Dabei ist dieser Bursche auch nichts anderes als ein Dienstbote. Er hat es nur noch nicht begriffen.«

Der Majordomus führte Helene durch mehrere Gänge und über knarrende Stiegen. Obwohl sie sich bemühte, die Orientierung nicht zu verlieren, vermutete sie, dass sie ohne seine Hilfe nicht wieder zur Küche zurückfinden und sich stattdessen heillos verirren würde. Schließlich stand sie im Boudoir der Hausherrin. Constanze von Moor schien das Bett noch nicht lange verlassen zu haben, denn über dem mit jadegrünen Seidentapeten versehenen Raum lag noch der schwere Geruch von Schlaf. Die Vorhänge waren geschlossen, ebenso die Fenster, da sich die Hausherrin offensichtlich vor Zugluft fürchtete. Dafür brannten in silbernen Kandelabern zahlreiche Kerzen. In einer Ecke räkelte sich eine Perserkatze.

Constanze von Moor saß vor einer eleganten Frisierkommode und bürstete ihr hüftlanges Haar. Neben ihr hingen über einem mit Schnitzereien verzierten Paravent Unterröcke und Kleider. Wie es aussah, hatte sie sich noch für keines entscheiden können. Helene konnte nicht umhin, die zarte, porzellangleiche Haut der Frau und ihre zierliche, fast mädchenhafte Figur zu bestaunen. Dafür, dass sie einen zehnjährigen Jungen hatte, wirkte sie bewundernswert jung, ein Zustand, den sie offensichtlich mit allen Mitteln aufrechtzuerhalten versuchte. Davon kündeten die zahlreichen Flakons mit Duftwässerchen und die Dosen mit duftenden Salben, Rouge, Schönheitspflästerchen und anderen Mitteln, die sich auf ihrem Frisiertisch verteilten.

»Reichlich jung für eine Köchin, da muss ich dem guten Sergius recht geben«, sagte die Frau, ohne ihre Morgentoilette zu unterbrechen. Sie wandte sich nicht einmal zu Helene um, die ihre viel zu lange Schürze anheben musste, um nicht darüber zu stolpern. Der Majordomus hatte ihr eingeschärft, keinesfalls ungefragt zu sprechen. Er selbst durfte als Mann das Boudoir seiner Herrin nicht betreten, doch Helene vermutete, dass Klein auf dem Korridor wartete und lauschte.

»Aber mit einer erstklassigen Empfehlung ausgestattet!«

Helenes Blick fiel auf das Papier, das ihr von Luise von Göchhausen ausgestellt worden war. Es lag offen auf dem Frisiertisch, und auf einmal spürte Helene einen Anflug von schlechtem Gewissen. Nicht, weil sie sich hier als vermeintliche Köchin einschlich, sondern weil sie ein wenig geflunkert hatte, als sie die Hofdame der Herzoginmutter um die Referenz gebeten hatte. Sie hatte ihr erzählt, für die Köchin ihrer Tante darum zu bitten, da die aus persönlichen Gründen Weimar verlassen müsste. Diese Köchin existierte natürlich nur in Helenes Phantasie, doch ohne diese Notlüge wäre sie kaum an die erforderlichen Dokumente gekommen, um von den von Moors eingestellt zu werden. Hätte Luise von Göchhausen auch nur geahnt, was sie vorhatte, hätte sie nichts unversucht gelassen, um es ihr auszureden.

»Ich habe dich gleich heraufkommen lassen, weil ich heute ausgehe, vorher aber unbedingt noch mit dir das Menü für morgen besprechen muss«, sagte die Hausherrin mit fester Stimme. »Wir bekommen wichtige Gäste, und ich stelle mir ein zwangloses Souper vor, bei dem du deine überragenden Kochkünste unter Beweis stellen kannst.«

Helene versuchte ein Lächeln. Überragende Kochkünste? Ein guter Witz. Und was um alles in der Welt mochte die Frau unter einem zwanglosen Souper verstehen?

Frau von Moor legte die Bürste zur Seite und drehte sich um. »Du wirst uns doch nicht vor den Gästen blamieren, oder?« In ihre Stirn gruben sich unvermittelt Falten, als sähe sie im Geiste schon die Damen und Herren angewidert das Gesicht verziehen. Mit abschätzendem Blick musterte sie Helene von Kopf bis Fuß. »Sind wir einander nicht schon einmal begegnet? Dein Gesicht kommt mir so bekannt vor.«

Helenes Mund wurde vor Aufregung trocken, gleichzeitig spürte sie, wie das Blut ihr in den Kopf schoss. Fieberhaft überlegte sie, welche Besuche sie mit ihrer Tante im Sommer gemacht, welche Konzerte, Leseabende und Theaterstücke sie besucht hatte. Wie oft war sie im Park an der Ilm spazieren gegangen oder über den Frauenplan flaniert? Unzählige Male. Aber sie war der Frau am Frisiertisch niemals vorgestellt worden, und in den Kreisen, zu denen sie beide gehörten, galt seit Urzeiten die eiserne Regel, dass man die andere erst wahrnehmen durfte, nachdem man einander vorgestellt worden war. Es schien fast unmöglich, dass Constanze von Moor ihre wahre Identität kannte.

Dennoch blieb das unangenehme Gefühl, durchschaut worden zu sein.

»Nun gut, wir erwarten an die zwanzig Gäste«, wechselte Constanze von Moor das Thema. Sie begann ihre Garderobe zu begutachten, die das Mädchen für sie herausgelegt hatte. Alle Kleidungsstücke bestanden aus Musselin, Samt und Brokat und waren nach der neuesten französischen Mode geschneidert. »Einige Freunde meines Gatten werden da sein. Nicht nur Höflinge und Offiziere, sondern auch einfache Bürger. Das hat eine bestimmte Bewandtnis, die dich aber nicht kümmern muss.« Sie schaute Helene direkt in die Augen. »Sicher werden Bekannte der Frau von Göchhausen darunter sein, die sich an deren begabte junge Köchin gewiss erinnern werden. Meinst du nicht auch?«

Helene brachte ein dünnes Lächeln zustande. »Gewiss, und ich werde mein Bestes geben, um Madame zufriedenzustellen. Genießen diese Herren Ihre Gastfreundschaft denn regelmäßig?«

Frau von Moor hob erstaunt die Augenbrauen. »Warum fragst du das, Lene?«

»Nun, die Baronin von Göchhausen legte Wert darauf, dass ihre Köchin über die Vorlieben und Abneigungen jeder ihrer Gäste genau im Bilde war.«

»Verstehe!« Die Hausherrin überlegte einen Moment lang. »Die Herren vom Tabakskolleg haben die Speisenfolge immer gelobt. Am liebsten war ihnen jedoch die heiße Schokolade mit einem Schuss Cognac.« Sie zögerte, dann senkte sie die Stimme, als befürchtete sie, belauscht zu werden. »Die Köchin ließ sie von der Schokoladenmacherin aus der Winkelgasse liefern. Ihr Geselle brachte sie uns ins Haus. Du hast vielleicht gehört, dass dieser junge Mann …« Statt es auszusprechen, schüttelte sie mit bekümmerter Miene den Kopf.

Da Helene nicht riskieren durfte, dass Frau von Moor Verdacht schöpfte, begnügte sie sich mit einem flüchtigen Nicken. Sie atmete auf, als die Hausherrin sogleich das Thema wechselte.

»Sie kommen zusammen, um Tabak zu rauchen, zu schnupfen und über Gott und die Welt zu plaudern. Um Mitternacht ziehen sie sich in den Ostflügel des Palais zurück. Erst dann kannst du mit den Mädchen das Speisezimmer aufräumen.«

»Und im Ostflügel …«

»Dort hat keiner vom Gesinde etwas verloren«, unterbrach Frau von Moor sie schroff. »Ich hoffe, ich habe mich klar ausgedrückt!«

Helene faltete die Hände und schlug den Blick nieder, wie man es von einem Dienstboten erwartete. Dabei dachte sie jedoch scharf nach. Das Tabakskolleg würde also bereits morgen Nacht wieder tagen, und wenn sie nicht alles täuschte, würde zu dieser Zusammenkunft auch der Mörder der Bleichweins und des armen Hugo erscheinen.

Das hieß, dass ihr nur wenig Zeit blieb, etwas über von Moors Gäste herauszufinden. Stumm ließ sie sich erklären, welche Wünsche Constanze von Moor bezüglich der Menüfolge hatte. Es sollte gebeizte Forelle in Kräuterschaum geben, anschließend Huhn auf Eis mit gepfefferter Soße, knusprige Gänsekeule auf Apfel- und Zimtkraut mit in Rotwein geschmorten Pflaumen und zum krönenden Abschluss einen Rosinenreispudding.

»Am besten besorgst du die Gänse und Hühner frisch vom Geflügelhändler auf dem Markt, der Majordomus wird dir eine Börse mit Geld für die Einkäufe aushändigen!«

Helene stieß die Luft aus. Der Menüvorschlag hörte sich köstlich an. Das Dumme war nur, dass sie keine Ahnung hatte, wie man so ein Essen zubereitete. Ihre Erfahrungen als Köchin erschöpften sich im Aufschlagen von Eiern und dem Schmieren von Butterstullen. Zu Hause und bei ihrer Tante wachte das Personal grimmig über die Küche und sah es gar nicht gern, wenn jemand von der Herrschaft auch nur einen Kochlöffel zur Hand nahm.

Ich muss das Haus verlassen, bevor es ernst wird, dachte Helene, als sie die Hand auf die Türklinke legte.

»Da wäre noch etwas«, rief Constanze von Moor ihr nach. »Bestell doch gleich bei der Witwe aus der Winkelgasse eine ausreichende Portion ihrer berühmten Schokolade.« Sie hob den Kopf und blickte Helene durchdringend an. »Und wenn du mir einen besonderen Gefallen tun willst, sorg dafür, dass sie sich persönlich herbemüht, um die Ware abzuliefern.«

»Sie soll hierherkommen?«

»Natürlich, oder ist das ein Problem?« Constanze von Moor stemmte ungnädig beide Hände in die Hüften.

»Nein, Madame, natürlich nicht«, beeilte sich Helene zu versichern. Sie hoffte zumindest, dass daraus kein Problem für sie erwuchs.

26. Kapitel

Der Mann hinter dem Schreibtisch schloss die Augen und begann, sich mit den Fingerspitzen die Schläfen zu massieren.

Seit dem Frühstück quälte ihn starkes Kopfweh. Der klopfende Schmerz erinnerte ihn daran, dass er zu lange gezögert hatte und nun handeln musste, weil offenbar keiner sonst die nötige Kraft und Entschlossenheit aufbrachte, die lästigen Störenfriede loszuwerden.

Er öffnete die Augen und senkte den Blick auf seine Hände, die ruhig in seinem Schoß lagen. Es waren ganz normale Hände, nicht plumper und nicht feiner als die jedes anderen Mannes. Nichts an ihnen war auffällig, und dennoch wurde er das Gefühl nicht los, dass sie fleckiger geworden waren und sogar ein wenig nach Blut rochen.

Blut, das er vergossen hatte.

Und bald schon wird wieder Blut fließen, ging es ihm durch den Kopf. Der Stahl eines Brieföffners mit Elfenbeingriff, den ein einsamer Sonnenstrahl funkeln ließ, fiel ihm ins Auge. Ja, er durfte sich nun nicht zurückhalten. Ein letztes Mal musste er hinaus auf die Jagd, erst dann konnte er sich beruhigt zurücklehnen.

Auf dem Korridor erklangen Stimmen und das Gelächter einer Frau. Welchen Grund mochte sie haben zu lachen? Lachte sie etwa über ihn? Weil sie so ahnungslos war und annahm, ihn bis zu seinem Lebensende täuschen zu können? Weit gefehlt, meine Liebe, dachte er grimmig. Von dir lasse ich mich nicht mehr hintergehen. Wenn ich jage, dann, weil ich es will, und nicht, um dir und deinen Günstlingen einen Gefallen zu tun.

Der Mann wandte seinen Blick seinen Büchern und den kostbaren Kupferstichen zu, die die Wände zierten. Er war so stolz auf seine Sammlung, aber nicht nur auf sie. Auf alles, was er in diesem Leben erreicht hatte, war er stolz. Er hatte auf vieles verzichten müssen, doch ganz gewiss würde er nicht zulassen, dass ihm dieser Stolz genommen wurde. Nein, er würde nichts von alldem aufgeben, was er erschaffen hatte. Schon gar nicht, weil plötzlich ein paar Leute die Nerven verloren. Ihre Unfähigkeit bildete die eigentliche Bedrohung.

Er würde sie lehren, was es hieß, einen Mann wie ihn zu verärgern.

Als es eine halbe Stunde später an seiner Tür klopfte, hob er nur flüchtig den Kopf.

»Ich warte nicht gern, das solltest du wissen!«

Sein Besucher verzog schuldbewusst das Gesicht. Obwohl er einen Stuhl angeboten bekam, zog er es vor, in einiger Entfernung stehen zu bleiben.

»Du hast gehört, dass morgen eine Zusammenkunft des Tabakskollegs stattfindet«, sagte der Mann hinter dem Schreibtisch so andächtig, als spräche er über einen Gottesdienst. »Frau von Moor plant zuvor eine Feier zum ersten Advent. Sie werden alle anwesend sein.«

Er machte eine Pause, um seine schmerzenden Schläfen zu

massieren, dann ergänzte er: »Ich wünsche, dass bis dahin eine gewisse Person nicht mehr unter den Lebenden weilt. Wir haben lange genug gezögert. Jetzt muss es geschehen. Sie ist zu gefährlich geworden.«

Sein Gegenüber stieß einen verzweifelten Seufzer aus. »Ist das wirklich nötig?«

»Hast du etwa Angst vor der Jagd?«

»Aber nein, natürlich nicht!« Der jüngere Mann klang fast beleidigt. Nach kurzem Zögern ließ er sich nun doch auf dem Besucherstuhl nieder und schlug die Beine übereinander. »Ich bin mir nur nicht mehr so sicher, dass diese Kartenlegerin uns gefährlich werden könnte. Und selbst wenn: Wer würde ihr glauben? Die Bleichweins waren die einzigen Zeugen dessen, was damals geschehen ist. Tote reden nicht mehr.«

»Richtig!« Der Mann schlug mit der Faust auf die Schreibtischplatte. »Und weil das so ist, will ich dieser Kartenlegerin nicht die Gelegenheit geben, irgendwelche Ansprüche zu stellen. Ein Skandal könnte uns ebenfalls ruinieren. Bleichwein hat geschworen, dass seine Schwester und er die Frau wiedererkannt haben.« Er beugte sich, auf beide Arme gestützt, über den Tisch und funkelte den Jüngeren aus kalten Augen an. »Wir befinden uns in einem Krieg, in dem es nun einmal Opfer zu beklagen gibt. Glaubst du, der alte Friedrich von Preußen hätte aufgrund kleinlicher Skrupel darauf verzichtet, der Kaiserin Maria Theresia Schlesien abzujagen? Dabei ging es nicht einmal um die Verteidigung seines eigenen Territoriums!« Er holte tief Luft. »Ich dagegen führe einen Verteidigungskrieg. Kurzum: Die Frau muss verschwinden. Dass sie sich immer noch in diesem Gasthaus aufhält, beweist mir, dass ich mich nicht täusche. Sie wartet wie eine Spinne in ihrem Netz darauf, zuzuschlagen. Wir müssen ihr zuvorkommen, verstehst du?«

Der Gast des Mannes nickte kurz. Ihm schien klar zu werden, dass er sich nicht widersetzen konnte. Es war gefährlich, dem

Vorsteher des inneren Kreises den Respekt zu verweigern. »Es wird nicht ganz einfach werden«, sagte er. »Soweit ich in Erfahrung gebracht habe, verlässt die Frau den *Weißen Schwan* nicht mehr und lässt auch keine Klienten mehr zu sich. Wie es heißt, musste sogar der herzogliche Untersuchungsbeamte unverrichteter Dinge abziehen, weil er ihre Räume nicht betreten durfte.«

»Hauptmann Heyde hat den Schwanz eingezogen?«

»Ja, einer seiner Sergeanten erzählte mir, dass Geheimrat von Goethe plötzlich im Gasthaus aufgetaucht sei und die Fremde in Schutz genommen habe.«

Der Mann hinter dem Schreibtisch war auf einmal ganz Ohr, doch was er hörte, gefiel ihm nicht. Geheimrat von Goethe war ein ernst zu nehmender Gegner, mit dem er nicht gerechnet hatte. Aber was bei allen Teufeln mochte den Dichter dazu bewogen haben, sich für diese Frau einzusetzen? Kannte er sie etwa auch? Vielleicht von einer seiner vielen Reisen? Ihm wurde heiß unter der steifen Kragenbinde.

Was, wenn die Frau Goethe ihr Geheimnis anvertraute und der damit zu Herzog Carl August ging?

Er schloss erneut die Augen und bemühte sich, ruhig zu atmen. Immer wieder sagte er sich, dass die Frau keine Beweise habe und die einzigen Zeugen tot seien, doch die Unruhe schwand nicht. Im Gegenteil, sie wuchs wie eine Raupe, die sich an frischem Laub satt fraß.

»Mir ist es gleich, wie du das Problem löst, aber die Kartenlegerin muss noch heute sterben. Sieh zu, dass du sie irgendwie aus diesem verflixten Gasthaus lockst. Der innere Kreis wird dir dafür für immer dankbar sein. Gibt es Neuigkeiten von dem Mädchen vom Jakobskirchhof?«

Kopfschütteln. »Nichts, aber keine Sorge, ich werde sie aufspüren! Irgendjemand gewährt diesem Biest Obdach.«

»Die Witwe aus der Winkelgasse?«

»Nein, die bestimmt nicht, und in Bleichweins Laden ist das

Mädchen auch nicht zurückgekehrt. Vielleicht sollten wir einfach abwarten, bis man sie erwischt und wegen Mordes aufknüpft. Eine, die am Galgen zappelt, kann nicht mehr reden.«

Der Mann stieß einen ärgerlichen Laut aus, der seinen Besucher zusammenzucken ließ. »Auf keinen Fall darf das Mädchen Hauptmann Heydes Leuten in die Hände fallen, hast du mich verstanden? Du musst sie vor ihm erwischen. Sie hat etwas, das Heyde nicht sehen darf. Etwas von großem Wert, das …« Er sprach nicht weiter.

»Wie Sie wünschen, aber da wäre noch etwas, von dem ich dachte, Sie sollten es wissen.« Der Besucher holte ein Stück Papier aus der Innentasche seines Rockes und legte es auf den Tisch.

»Der Romanschriftsteller Christian Vulpius bittet hiermit um Aufnahme in das Tabakskolleg. Er will schon an der morgigen Zusammenkunft teilnehmen.« Er räusperte sich. »Ich halte das nicht für klug. Vulpius ist Goethes Schwager. Er war dabei, als Josefina in den Tod sprang, und hat auch Bleichweins Leiche im Laden entdeckt. Seitdem läuft er in der Stadt herum und stellt unangenehme Fragen. Es ist gewiss kein Zufall, dass der Bursche ausgerechnet jetzt an unsere Tür klopft. Wir müssen auf der Hut sein, dürfen uns keinen Fehler mehr erlauben.«

Goethe, dachte der Ältere, während sich seine Hände unter dem Tisch zu Fäusten ballten. Wie es aussah, hatte dieser Geheimrat ihnen seinen Spitzel auf den Hals gehetzt. Das hieß, dass er ihnen schon auf den Fersen war und die Absicht hegte, das Kolleg herauszufordern. Aber diesen Kampf würde er nicht gewinnen. »Wer anklopft, dem soll auch aufgetan werden«, flüsterte er schließlich. »Ich fürchte nur, dieser Vulpius würde sich bald wünschen, er hätte nie um Aufnahme gebeten.«

Am Frauenplan lief Christian beunruhigt durch den Raum, der aufgrund der riesigen Büste der römischen Göttin Juno nur der

Juno-Raum genannt wurde. Er machte sich Sorgen um Helene, die plötzlich wie vom Erdboden verschluckt war.

»Die Magd ihrer Tante behauptet, Helene hätte im Morgengrauen das Haus verlassen, aber bei der Witwe Jungmann ist sie nicht«, vertraute er Christiane an, die mit besorgter Miene am Fenster stand und dem fetten Knecht ihres Nachbarn beim Räumen des Gehsteigs zusah. Der Mann schaufelte so angestrengt, dass eine Ader in seinem Nacken anschwoll. Hinter ihm tobten etliche Kinder, die ungeachtet der Kälte die weiße Winterpracht genossen. Einige zogen Schlitten über das holprige Pflaster, andere bauten Schneemänner oder sangen Lieder. August war nicht dabei; sein Vater hatte ihm Hausarbeiten aufgegeben, die er bis zum Abendgeläut fertig haben sollte.

Der Advent stand vor der Tür, und Christian wusste, wie ungelegen er seiner Schwester kam. Nicht nur August, auch sie hatte noch eine Menge zu erledigen. Zum Sonntagsessen erwartete Goethe wie so oft Gäste, doch wer genau kam, hatte Christiane vergessen, weil sie sich bei aller Liebe momentan nicht auf Braten und Klöße mit grüner Soße konzentrieren konnte. Außerdem waren die Schillers immer noch im Haus und behandelten sie wie ein besseres Dienstmädchen. Erst gestern hatte die Frau des Dichters eine von Goethes Lieblingstassen zerbrochen, die Christiane nun mit einem Leim aus geronnener Milch und gelöschtem Kalk kleben durfte. Und dann verlangte ihr Gatte auch noch faule Äpfel, weil er sich angeblich nur bei deren Geruch konzentrieren konnte. Ein einziger Lichtblick war für sie, dass Ernestine sich erboten hatte, den Stubenmädchen beim adventlichen Zimmerschmuck zur Hand zu gehen.

»Ich kenne Helene zu gut«, sagte Christian düster. »Sie hat etwas vor und wollte es mir nicht verraten, weil sie befürchtete, ich könnte es ihr ausreden. Mir war ja schon nicht wohl bei dem Gedanken, dass sie zur Witwe Jungmann zieht. Und damit hatte ich verdammt recht!«

334

Endlich löste Christiane ihren Blick von den tobenden Kindern auf dem Platz. »Ach was, du solltest nicht immer gleich das Schlimmste annehmen. Helene ist schließlich eine erwachsene Frau, und solange du dich nicht dazu durchringen kannst, ihr einen Heiratsantrag zu machen, ist sie auch ungebunden. Solange ihre Tante nicht in der Stadt ist, kann die Gute tun und lassen, was sie will, ohne dich vorher um Erlaubnis bitten zu müssen.«

Christian schüttelte entnervt den Kopf. Auf die Gardinenpredigt seiner Schwester konnte er gut verzichten. Er sah ihr an, dass auch sie sich Sorgen machte. Also warum zum Donnerwetter gab sie das nicht einfach zu?

»Wenn Helene Gepäck dabeihatte, ist sie vielleicht nach Meiningen gereist, um ihren Vater zu besuchen?«

»Unsinn, das würde sie nicht tun, ohne jemandem vorher Bescheid zu sagen. Insbesondere, nachdem sie im vorletzten Jahr schon einmal entführt worden war, während wir angenommen hatten, sie sei nur nach Hause gefahren.« Christian verzog das Gesicht, als er daran dachte, was er sich damals von Helenes Vater hatte anhören müssen. Sein Verhältnis zu dem energischen Beamten hatte sich seit damals kaum verbessert. Zwischen beiden Männern herrschte eine Art Waffenstillstand, der aber jederzeit aufgekündigt werden konnte.

Er musste Helene finden, bevor sie eine Dummheit beging, die sie bereuen würde. Für Dummheiten war er zuständig, die gehörten zu seinem täglichen Brot. Aber Helene …?

Wenn ich sie gefunden habe, lasse ich sie nie wieder einfach so verschwinden, nahm er sich vor. Auch wenn das bedeutet, dass ich ihren Vater aufsuchen und um …

Ein zaghaftes Klopfen am Türrahmen lenkte seine Aufmerksamkeit auf das Stubenmädchen, das sich räuspernd bemerkbar machte.

»Was ist? Braucht Herr Schiller noch mehr Äpfel?«

Doch das Mädchen war nur gekommen, um ihrer Herrin ein Kärtchen zu überbringen.

»Besuch?« Stirnrunzelnd überflog Christiane die wenigen Zeilen. »Um diese Zeit noch? Wie ungewöhnlich, dabei ist es doch schon dunkel.«

»Helene?« Christians Hoffnung wurde enttäuscht, als er seine Schwester den Kopf schütteln sah.

»Die Demoiselle de Ahna gehört inzwischen doch schon fast zur Familie. Warum sollte sie mir ihre *carte de visite* überbringen lassen?« Sie zögerte nur einen kurzen Moment, bevor sie das Stubenmädchen mit einem Nicken bat, den Gast einzulassen.

Der Frau, die nun den Juno-Raum betrat, war Christian nie zuvor begegnet, doch noch bevor sie ihren Schleier zurückschlug, wusste er, wen er vor sich hatte. Er ertappte sich bei dem Gedanken, dass sie nicht halb so geheimnisvoll aussah, wie er sie sich vorgestellt hatte. Dieser Eindruck änderte sich jedoch, als sie zuerst Christiane und dann ihn mit tiefer, klangvoller Stimme begrüßte.

»Bevor ich Weimar verlasse, wollte ich nicht versäumen, Sie beide kennenzulernen«, sagte sie, nachdem sie auf der Chaiselongue Platz genommen hatte. Sie trug eine mit Pelz gefütterte Weste, die vor dem Dekolleté mit silbernen Spangen versehen war, dazu ein Paar einfache Wollhandschuhe, die bis zu den Ellenbogen reichten, und auf dem Kopf einen breitkrempigen Schleierhut, wie er noch vor etwa zehn Jahren am Hof der letzten Königin von Frankreich gern getragen worden war.

»Es ist auch meinem Bruder und mir eine Ehre«, sagte Christiane mit betonter Höflichkeit.

»So?« Die Frau lächelte sanft. »Nun, vor allem möchte ich dem Herrn Geheimrat von Goethe noch einmal dafür danken, dass er mich und meinen Diener aus einer peinlichen Lage gerettet hat. Ohne ihn hätten die Männer dieses Hauptmanns in meinem Zimmer im Gasthof wie eine Horde Kosaken gewütet.« Sie öffnete ihr besticktes Pompadour, entnahm ihm ein Tüchlein und tupfte sich damit die feuchten Lippen ab. Dann fuhr sie fort: »Der Herr Geheimrat war viel zu bescheiden, er wollte keinen Dank von mir. Aber vielleicht gibt es etwas, das ich für Sie tun kann, meine Liebe? Ein Blick in die Karten vielleicht?«

Erneut öffnete die Frau ihren Handtaschenbeutel, doch dieses Mal entnahm sie ihm einen Satz Karten, die sie geschickt mischte, bevor sie sie vor der verblüfften Christiane wie einen Fächer ausbreitete. »Wie Sie sehen, trage ich meine kleinen Schätze immer bei mir.«

Christian räusperte sich vernehmlich. »Mir fallen auf Anhieb ein paar Fragen ein, die ich gern von Ihnen beantwortet bekommen würde, aber ich bin überzeugt, dass Sie das auch ohne die Hilfe Ihrer Karten schaffen.«

Christiane trat ihm grob auf den Fuß.

»Aua!«

»Mein Bruder meint es nicht böse«, sagte Christiane ungerührt, wobei sie die wunderlichen Bildmotive und Symbole auf den Karten anstarrte, als erwachten die Figuren plötzlich vor ihr zum Leben.

Unvermittelt veränderte sich die Atmosphäre im Salon. Christian runzelte die Stirn. Nein, er würde sich von der Kartenlegerin nicht einwickeln lassen, auch wenn er zugeben musste, dass es ihm schwerfiel, sich ihrem Charme zu entziehen.

»Woher stammen diese Karten?«, wollte Christiane wissen. Sie streckte die Hand aus, um das ihr am nächsten liegende Blatt mit den Fingerspitzen zu berühren. »Sie sehen … so alt aus.«

Madame Europe lächelte. »Oh, sie sind mindestens zweihundert Jahre alt und kommen aus der Gegend von Florenz. Seitdem sind sie durch viele Hände gegangen. Die meisten Menschen, die sie sich erwählten, hatten keine Ahnung von ihrer wahren

Bedeutung. Bis sie schließlich in den Besitz einer Frau gelangten, die sie zu lesen verstand. Ich verdanke ihr viel und trage ihre Karten zur Erinnerung an sie bei mir.« Sie begegnete Christians skeptischem Blick mit einem spöttischen Lächeln. »Nun glauben Sie bestimmt, ich wäre von Sinnen, nicht wahr?«

»Was ich annehme, spielt keine Rolle! Viel wichtiger ist, was Sie über die Menschen wissen, die in Weimar gestorben sind, nachdem Sie auf Schloss Tiefurt Ihre Karten reden ließen.« Christian deutete auf die Karte mit dem brennenden Turm und den zwei Menschen, die in die Tiefe stürzten. Mit diesen beiden hat alles angefangen, nicht wahr? Mit Josefina und Erasmus Bleichwein.«

»Die Namen sind mir unbekannt! Das heißt …« Madame Europe dachte einen Moment lang nach, dann korrigierte sie sich. »Als ich meine Karten für die Freunde der Baronin legte, war ich noch völlig ahnungslos.«

»Und trotzdem wussten sie, dass in Kürze Menschen sterben würden, nicht wahr? Als wäre durch Ihren Mund ein Fluch über sie ausgesprochen worden.«

Die Gesichtszüge der Frau verhärteten sich. Ihre Augen blitzten. »Vielleicht haben sie einen Fluch auf sich gezogen, ja. Aber ich bin für ihn nicht verantwortlich. Ich bin nur eine Botin!«

Eine Botin des Todes, dachte Christian.

Madame Europe mischte ihre Karten noch einmal, dann schichtete sie sie zu einem Stapel auf und bat Christiane, ein paar davon abzuheben. Aus ihnen legte sie die Figur eines Kreuzes. »Der Mann an Ihrer Seite liebt Sie«, sagte sie nach einem Blick auf die ersten Muster.

»Wirklich?«, flötete Christiane entzückt. Ihr schien es plötzlich gleich zu sein, ob die Frau mit dem Hut eine Hexe, eine Hochstaplerin oder eine Mordverdächtige war. Sie hörte genau das, was sie immer hatte hören wollen. Mehr war nicht nötig. Gerührt wischte sie sich eine Träne aus den Augenwinkeln.

Christian seufzte voller Ungeduld. »Bestimmt werden Sie meiner Schwester jetzt auch gleich vorhersagen, dass sie sich bald Frau Geheimrat nennen darf, nicht wahr?«

Madame Europe wendete die nächsten Karten des Musters. Während sie sie mit prüfendem Blick studierte, wich das Lächeln aus ihrem Gesicht. »Sie werden Goethes Ehefrau sein, das ist Ihr Schicksal. Doch bis es so weit ist, werden noch einige Jahre vergehen.«

»Jahre?« Christiane hob vorwurfsvoll den Blick. »Na, das sind ja reizende Aussichten. Danke, Bruder!«

»Was kann ich dafür, das sind doch nicht meine Karten!«

Christiane klopfte auf den Kartenstapel. »Könnte ich nicht noch mal ein paar andere Karten ziehen? Vielleicht besinnt sich mein Goethe dann etwas schneller.«

»Ich sehe einen Sturm über Weimar, der dieses schöne Haus bedroht, und mit ihm alle, die darin leben«, murmelte die Kartenlegerin, ohne auf Christianes Frage einzugehen. »Aber Sie, Demoiselle Vulpius, werden die Gefahr im letzten Moment abwenden.«

Ein Sturm, über Weimar? Wie absurd. Allerdings … Wieder musste Christian an die Worte der Hebamme denken. Hatte nicht auch sie von einem Sturm gesprochen?

»Und nachdem dieser Sturm sich wieder gelegt hat, werde ich endlich Goethes Frau?«, hörte er seine Schwester insistieren. »Vielleicht sollte ich gleich nächste Woche nachschauen lassen, ob auch keine Dachschindeln locker sind.«

Madame Europe hob den Blick. »Wie steht es mit Ihnen, Herr Vulpius? Wie ich hörte, haben Sie erst kürzlich einen Roman veröffentlicht.«

»Lassen Sie mich raten: Meine Schwester heiratet Herrn von Goethe, und mein *Rinaldini* wird auch noch in zweihundert Jahren gelesen!« Christian schürzte herausfordernd die Lippen. Die Frau spielte ihre Rolle perfekt, das musste er ihr lassen.

Langsam beugte er sich über sie. »Wie wäre es, wenn mir Ihre Karten verrieten, warum all diese Menschen sterben mussten und was Sie mit dem Tabakskolleg zu tun haben? Warum hatte die Hebamme panische Angst davor, Ihnen zu begegnen oder dass ihre Magd Sie aufsucht?«

Christiane setzte sich neben ihre Besucherin auf die Chaiselongue und drückte ihr die Hand. »Ich mag nicht so geistreich sein wie der Geheimrat, aber dass Sie nicht nur zu mir gekommen sind, um mir aus Dankbarkeit die Karten zu legen, erkenne selbst ich«, sagte sie so einfühlsam, dass Christian sich dagegen wie ein grober Klotz vorkam. »Außerdem sagt mir der wehmütige Zug um ihren Mund, dass Sie nicht nur Triumphe gefeiert, sondern auch schwere Niederlagen haben hinnehmen müssen.«

Madame Europe atmete tief durch, widersprach aber nicht. Schweigend hörte sie nun zu, was Christiane ihr noch zu sagen hatte.

»Sie wurden enttäuscht und verletzt, nicht wahr? Vielleicht sogar um ihre Zukunft betrogen. Versuchen Sie deswegen, um jeden Preis die Kontrolle über Zukunft und Schicksal zu behalten? Weil Sie es nicht ertragen können, dass eine ungewisse Zukunft Ihnen Angst macht?«

Christian starrte seine Schwester staunend an. Sie machte das wirklich gut, das musste er neidlos anerkennen. Von ihr konnte ja sogar Hauptmann Heyde noch etwas lernen.

Madame Europe sammelte ihre Karten wieder ein und ließ das Bündel stillschweigend in ihrem Pompadour verschwinden. »Ich habe die Werke des Herrn Geheimrat verschlungen, als ich jünger war«, sagte sie nach einer Weile. »Aber bis gestern wusste ich nicht, ob ich ihm oder seiner Familie auch vertrauen kann.« Sie brachte ein schwaches Lächeln zustande. »Wenn ich Ihnen die Wahrheit sage und mein Verdacht sich bestätigt, könnte es sein, dass ich auch Sie in Gefahr bringe. Sie und alle, die Sie lieben. Wollen Sie das wirklich riskieren?«

Christian tauschte einen Blick mit seiner Schwester. Christiane sah auf einmal verängstigt aus, was er gut verstehen konnte. Nach den Ereignissen, in die sie ein Jahr zuvor verwickelt worden waren, und der Angst, die sie damals um ihren kleinen Sohn ausgestanden hatte, hatte Christiane sich geschworen, weder sich noch ihre Familie jemals wieder in Gefahr zu bringen. Wie konnte er ihr verübeln, dass sie jetzt zurückschreckte? Er selbst zitterte ja bereits bei dem Gedanken, dass Helene sich auf irgendein wagemutiges Vorhaben eingelassen hatte und dabei ihr Leben aufs Spiel setzte.

»Wir reden über die Bleichweins und ihre Verbindung zum Tabakskolleg, nicht wahr?«, hörte er sich selbst mit tonloser Stimme fragen.

Die Kartenlegerin nickte entschlossen. »Ich vermute, dass einige dieser Tabakliebhaber nicht das sind, was sie zu sein vorgeben. Also gut, wenn Sie wissen wollen, warum die Bleichweins sterben mussten, hören Sie mir jetzt ganz genau zu …«

Sie wurde von einem Stimmengewirr und näher kommenden Schritten unterbrochen. Als Christian sich verärgert über die Störung zur Tür umdrehte, sah er einen dunkel gekleideten Mann in den Raum stürmen, dessen Gesicht deutliche Spuren einer Misshandlung aufwies. Dem Burschen folgte Christianes Stubenmädchen, das, wie es aussah, von dem unerwarteten Eindringling überrumpelt worden war. Christian sprang alarmiert auf, doch Christiane hielt ihn am Arm zurück.

»*Schto ty sdiec djelajesch, Max?*«, rief Madame Europe dem jungen Mann auf Russisch zu. »Was machst du hier? Solltest du nicht im Gasthaus auf meine Rückkehr warten?«

»Ist das Ihr Diener?« Christian musterte den Dunkelhaarigen misstrauisch, doch dieser nahm ihn nur mit einem flüchtigen Blick zur Kenntnis. Er schien eine wichtige Botschaft zu bringen.

»Ja, das ist Max!«

»Da war jemand im Gasthof, der zu Ihnen wollte. Ich habe den Mann nicht hereingelassen, aber er behauptet, er sei ein guter Freund des Geheimrats Goethe und habe herausgefunden, wo derjenige zu finden sei, nach dem Madame Europe schon seit Jahren verzweifelt sucht«, erklärte der Diener.

Christian hob fragend die Augenbrauen. »Ich verstehe nicht. Wen suchen Sie, Madame?«

Die Kartenlegerin schien ihn nicht gehört zu haben. Bleich wie ein Laken packte sie ihren Diener an der Schulter und schüttelte ihn. »*Gde, Max?* Wo? Um Himmels willen, sag es mir!«

Max zuckte mit den Achseln. »Auf Schloss Tiefurt. Dort, wo wir vor einigen Abenden waren, um die Freunde dieser verkrüppelten Baronin zu unterhalten.«

Madame Europe nickte. Abwesend nahm sie ihr Pompadour zur Hand und wandte sich zum Gehen. »Es tut mir leid, aber diese Angelegenheit duldet keinen Aufschub. Meine Geschichte wird warten müssen, bis ich von Tiefurt zurückkehre.«

Falls das jemals geschieht, dachte Christian düster. Er hatte kein gutes Gefühl.

Kurz entschlossen traf er eine Entscheidung. »Warten Sie auch mich«, rief er der Frau und ihrem Diener nach. »Ich werde Sie begleiten. Und wenn wir nicht erst mitten in der Nacht in Tiefurt ankommen wollen, sollten wir keine Zeit verlieren!«

27. Kapitel

»Zum Nachtessen Suppe und kalten Hammelbraten mit Essiggurken und Ziegenkäse?«

Die Mägde, die Helene in der Küche zur Hand gehen sollten, warfen einander Blicke zu, die an saure Gurken erinnerten. Doch

Helene ließ sich davon nicht aus der Ruhe bringen. Sie hatte sich den Kopf darüber zerbrochen, was sie dem Jungen und seinem Großvater vorsetzen sollte und sich schließlich für etwas entschieden, das ihre Tante eine leichte Mahlzeit genannt hatte. Es würde schon anstrengend genug werden, das Souper für morgen vorzubereiten, zumal sie fast den ganzen Vormittag gebraucht hatte, um mit dem Geflügelhändler über den Preis der Gänse und Hühner zu feilschen.

Nun spähte sie zu dem schwer beladenen Tisch hinüber und hoffte inständig, dass Jette und Stine das Rupfen des Federviehs übernehmen würden. Du bist die Köchin, sprach sie sich Mut zu. Wenn du den beiden etwas befiehlst, müssen sie gehorchen.

Als der Majordomus eine Weile später den Küchentrakt betrat, um nach dem Rechten zu sehen, hatte Helene bereits das beste Porzellan herausgesucht und die Teller angerichtet.

»Alle Achtung«, meinte er. Zum ersten Mal, seit Helene im Haus war, sah er sie wohlwollend an. »Wer hat dir verraten, dass Hammel und Käse zu den Leibspeisen des alten Herrn gehören? Jette etwa?«

Nein, die bestimmt nicht, dachte Helene mit einem Seitenblick auf die rundliche Magd, die mit mürrischer Miene auf einem Schemel hockte und die Gans rupfte. Um sie herum wirbelten die Federn durch die Luft, als schüttelte die himmlische Frau Holle ihre Kissen auf.

»Der alte Herr war Obrist, also Regimentschef in der preußischen Kavallerie, und genau so möchte er auch angeredet werden.«

»Verstanden«, sagte Helene.

»Er hat noch unter dem Onkel der Herzoginmutter, König Friedrich II. gedient!« Sergius Klein klang fast so, als spräche er über seinen eigenen Vater. Jedenfalls schien er stolz zu sein, dem alten Obristen dienen zu dürfen.

»Der Preußenkönig hat ihn mehrfach ausgezeichnet, weil er ein so ausgezeichneter Stratege war«, fuhr der Majordomus mit glänzenden Augen fort. »Er hat ihm sogar vor seinem Tod einen wunderschönen Uniformrock mit Weste geschenkt und ihm das Versprechen abgenommen, dass alle seine männlichen Nachkommen die militärische Laufbahn einschlagen werden.«

»Bedauerlich für ihn, dass er nur mit einer Tochter gesegnet wurde!«

Der Majordomus schüttelte den Kopf. »Frau von Moor ist nicht das einzige Kind des alten Herrn. Sie hatte noch eine Schwester, die früh an der Schwindsucht starb, und einen Bruder. Aber über den darf im Haus nicht gesprochen werden, weil der alte Herr sich dann nämlich furchtbar aufregt. Wie ich hörte, war dieser arme Wicht eine einzige Enttäuschung für die Familie. Er soll das Regiment verabscheut und sich schließlich mit einem französischen Schiff nach Amerika abgesetzt haben. Söhne hat er auch keine gezeugt, jedenfalls keine legitimen. So bleibt dem Obristen nur noch sein Enkel Louis. Zum Glück kommt der Junge ganz nach ihm. Auch wenn die gnädige Frau ihn verhätschelt, wird aus ihm einmal ein guter Offizier werden, dafür wird sein Großvater schon sorgen. Er wird nicht zulassen, dass Monsieur Georges einen Bücherwurm aus ihm macht.«

»Einen Bücherwurm?«, wunderte sich Helene.

Sergius Klein verzog das Gesicht. »Der arme Junge läuft andauernd mit einem Gedichtband des Herrn von Goethe herum. Ihm scheinen dessen schwülstige Verse zu gefallen. Es wird Zeit, dass die Herrschaften den Lehrer nach Paris zurückschicken.«

Zu ihrer Überraschung wurde Helene nach dem Abendessen hinauf in den Salon gerufen. Der Majordomus begleitete sie, denn noch war das große Haus mit seinen vielen Treppen und schattigen Korridoren für sie der reinste Irrgarten. Im Herrensalon, der nur wenige Schritte vom Speisezimmer entfernt lag, erwarteten Helene weder zierliche Porzellanfigürchen noch grüne

Seidentapeten oder verspielte Vorhänge mit Troddeln. Der Raum war mit dunklem Holz ausgekleidet und verfügte über einen offenen Kamin, über dem zwei gekreuzte Säbel und das Ölporträt eines Offiziers in preußischer Husarenuniform die Wand schmückten. Helene fragte sich, ob die Uniform dieselbe war, die der Obrist von dem alten König bekommen hatte.

Constanze von Moors Vater saß mit einer Decke über den Knien in einem Lehnstuhl vor dem Kamin und verfolgte mit sichtlichem Vergnügen das Spiel seines Enkels, der zu seinen Füßen auf dem Parkett eine Kompanie Zinnsoldaten aufmarschieren ließ. Von Zeit zu Zeit gab er dem Jungen Ratschläge, für welche dieser sich artig bedankte. Es war nicht zu übersehen, dass Großvater und Enkel mit großer Zuneigung aneinander hingen.

In jungen Jahren war der alte Mann im Lehnstuhl zweifellos gut aussehend und vor Kraft nur so strotzend gewesen. Ein Draufgänger, der kein Scharmützel gescheut hatte, davon zeugten noch heute sein energisches Kinn, die stechenden blauen Augen und die aufrechte Haltung, um die er sich bemühte. Mochten die Jahre auf seiner Haut braune Altersflecken hinterlassen haben und sein Haar dünn und weiß hatten werden lassen: Seinem Temperament hatte die Zeit nichts anhaben können.

»Du bist also die neue Köchin?«, rief er Helene freundlich zu. »Lass dich mal anschauen, Kind! Also ich muss schon sagen, einen solchen Augenschmaus hätte ich nicht erwartet.«

Und ich keinen Charmeur im Lehnstuhl, dachte Helene. Offenbar war der Obrist einst nicht nur im Feld erfolgreich gewesen, sondern auch in den Boudoirs der Damen.

Der Junge kicherte; offensichtlich amüsierte ihn das Wort »Augenschmaus«.

»Das Essen heute Abend hat mir geschmeckt, das wollte ich dir sagen. Endlich einmal keine Austern oder ähnlich verrücktes

Zeug, sondern handfeste Hausmannskost. Militärisch einfach und billig. Genau wie damals, als ich an der Seite des Königs mit den Truppen im Feld stand. Klein?«

»Ja, Herr Obrist?«, näselte der Majordomus mit einer tiefen Verbeugung.

»Welcher Fraß wurde mir damals im Schlesischen vorgesetzt?«

»Gerstensuppe mit Hammelfleisch! Mehr Sand als Mehl und mehr Sehnen als Fleisch darin, aber durchaus nahrhafte Kost.«

Der alte Mann verzog schwärmerisch das Gesicht, als schmecke er soeben etwas Köstliches auf der Zunge.

Helene lächelte. Gerstensuppe? Warum nicht. Wenn der Alte Suppe haben wollte, sollte er auch Suppe bekommen. Jedenfalls solange sie noch im Haus war. Bedauerlich war nur, dass nicht die gesamte Familie so leicht zufriedenzustellen war. Dachte sie an das Menü, das sie für die Abendgesellschaft morgen zu kochen hatte, lief es ihr schon eiskalt den Rücken herunter.

»Haben Sie noch einen Wunsch, Herr … äh … Obrist?«, erkundigte sie sich höflich. »Einen Kirschlikör oder eine Tasse Mokka?«

»Willst du mich umbringen?« Der Alte grinste sie an. »Mein langweiliger Arzt hat mir derartige Genüsse verboten. Auch Tabak. Aber um den ist es nicht schade. Es genügt, wenn der Mann meiner Tochter seine Zeit mit diesen idiotischen Tabakschnupfern vergeudet.« Er streckte die Hand nach seinem Enkel aus. »Ich würde dich ja gern bitten, von diesem Unfug die Finger zu lassen, wenn du erwachsen bist, aber Armin ist nun einmal dein Vater. Er und kein anderer. Wenn er darauf besteht, dass du in dieses Tollhaus eintrittst, das er Tabakskolleg nennt, musst du ihm gehorchen, verstanden? Man muss sich in allem den Wünschen der Väter fügen. Nur so wird man sich später auch den Befehlen seiner vorgesetzten Offiziere fügen.«

Der Junge nickte, obwohl ihm anzusehen war, dass er kein Wort von dem verstanden hatte, was sein Großvater ihm beizubringen versuchte.

»Bring mir ein paar getrocknete Pflaumen und ein Glas Milch für die Verdauung«, sagte der Obrist zu Helene. »Am besten hinauf in mein Schlafgemach!«

Helene lächelte. Auf dieses Manöver konnte der Alte warten, bis er hundert Jahre alt war. Das Tablett mit der Milch würde sie später dem Haushofmeister in die Hand drücken.

Als es im Haus endlich still geworden war, erhob sich Helene lautlos von ihrer Pritsche in der Gesindestube und lauschte verstohlen in die Dunkelheit. Ihr gegenüber schliefen die beiden Küchenmägde, die im Gegensatz zu ihr nicht über den Luxus eines eigenen Bettes verfügten, sondern nebeneinander auf Strohsäcken lagen. Jette kehrte ihr ihren breiten Rücken zu und schnarchte, während die junge Stine von Zeit zu Zeit im Schlaf aufschluchzte und unruhig in ihr Kissen schlug.

Auf Zehenspitzen schlich Helene durch den eisigen Korridor und versuchte dabei, den Weg wiederzufinden, der hinauf zu den Räumen des Obergeschosses führte. Schon nach wenigen Schritten spürte sie, wie ihre Arme und Beine taub vor Kälte wurden. Mehrmals drehte sie sich um. Bei dem Gedanken, jemand könnte sie dabei erwischen, wie sie im Nachthemd durch die Flure geisterte, begann ihr Herz zu rasen, dabei hatte sie den Dienstbotentrakt nicht einmal verlassen. Lief sie hier Sergius Klein in die Arme, konnte sie noch immer behaupten, den Abort gesucht zu haben. Leise tastete sie sich weiter und atmete erleichtert auf, als ihr Fuß am Ende des Ganges die erste Treppenstufe berührte.

Sie musste sich beeilen. Noch hatte sie keine Kutsche vorfahren gehört. Das hieß, dass die von Moors noch nicht zu Hause waren. Der alte Mann und sein Enkel schliefen in einem weit abgelegenen Teil des Hauses. Sie würden sie nicht hören, doch vor dem Majordomus galt es auf der Hut zu sein.

Helene fand das Arbeitszimmer unverschlossen und schlüpfte sogleich geräuschlos hinein. Eine angenehme Wärme schlug ihr entgegen; das Feuer im Kamin war nach dem Abendessen gelöscht worden, doch noch glomm etwas Glut. Gerade genug, um eine Kerze zu entzünden. Mit dem Licht in der Hand huschte Helene zu von Moors Aktenschrank. Davor knarrten die Dielenbretter unter ihren Füßen verräterisch.

Ihr Herz schlug wie verrückt, als sie vorsichtig die erste Schublade aufzog. Immer wieder blickte sie zur Tür. Es war unverzeihlich, was sie hier tat. Sie mochte sich gar nicht vorstellen, was Sergius Klein mit ihr anstellte, wenn er sie hier beim Herumschnüffeln ertappte. Er würde sie beschuldigen, eine Diebin zu sein und Zeter und Mordio schreien. Vielleicht würde er sie auspeitschen und hinaus in den Schnee werfen.

Irgendwo im Haus knarrte es.

Helene stockte der Atem vor Schreck, doch dann machte sie sich doch an die Arbeit. Eine zweite Gelegenheit, sich in von Moors Räumen umzusehen, würde gewiss nicht wiederkehren. Sie durchsuchte sämtliche Schubfächer nach Hinweisen auf das Tabakskolleg. Armin von Moor war zum Oberhaupt des Kreises gewählt worden. Irgendwo musste er doch Verzeichnisse und Register verwahren, die Aufschluss über das Kolleg gaben: das Reglement, dem die Mitglieder folgten, Protokolle, Kassenberichte und Aufnahmeanträge. Dokumente, die Namen nannten. Helene fand kein einziges Schriftstück dieser Art. Enttäuscht wollte sie die Lade schließen, als ihr schließlich aber doch noch ein Papier in die Hände fiel, das ihre Aufmerksamkeit erregte. Es war ein Brief, der nichts mit dem Tabakskolleg zu tun hatte, dafür aber irgendwie amtlich wirkte. Offensichtlich handelte es sich um eine Art von Vertrag, und unterschrieben hatten ihn beide von Moors sowie Constanzes Vater.

Helene hielt die Kerze höher, eine zweite wagte sie nicht anzuzünden, da sie fürchtete, dass das Licht durch den Türspalt zu sehen war. Dennoch gelang es ihr mit einiger Mühe, das Schriftstück zu entziffern. Dem Datum nach war dieses vor mehr als zwölf Jahren ausgestellt worden, im August des Jahres 1786. Als Ort war nicht Weimar, sondern das Schloss Sanssouci in Potsdam angegeben.

Sanssouci? Helene hob die Augenbrauen. Hieß so nicht die bevorzugte Residenz des »alten Fritz«, wie der frühere König Friedrich von Preußen von seinen Untertanen halb spöttisch, halb liebevoll genannt worden war? Im Jahr 1786 war Helene noch ein Kind gewesen, aber sie glaubte sich zu erinnern, dass der König im Sommer dieses Jahres gestorben war.

Eilig überflog sie die ersten Zeilen des Dokuments. In diesem beklagte Constanze von Moors Vater den Tod seines Königs, der offensichtlich erst wenige Tage zurücklag, und stellte mit Bedauern fest, dass dieser keinen direkten Nachkommen hinterließ, dem er die preußische Krone anvertrauen konnte. Friedrichs Nachfolger auf dem Thron sollte sein Neffe Friedrich Wilhelm II. werden, dem er allem Anschein nach nicht zutraute, sein Lebenswerk fortzuführen. Der alte Obrist wies seine Tochter darauf hin, dass er daraus seine Lehren gezogen habe.

Weiter kam Helene nicht, da sich im nächsten Moment ein Tropfen Wachs von der Kerze löste und auf die nächsten Zeilen klatschte. Wie dumm, sie hatte die Kerze zu schräg gehalten, nun hatte sie das Malheur.

Hilflos versuchte sie, den Wachsklecks von dem schon brüchigen Papier zu entfernen, doch ohne Erfolg. Jeder, der auch nur einen Blick darauf warf, würde ihm sogleich ansehen, dass jemand das Dokument bei Kerzenschein zur Hand genommen hatte.

Auf dem Flur waren Schritte zu hören, die direkt auf das Arbeitszimmer zuhielten.

Es gelang Helene noch die Kerze zu löschen, als auch schon die Tür geöffnet wurde.

Die Kutsche der Kartenlegerin holperte, begleitet von unheimlichen Tiergeräuschen, durch die Nacht. Am Kutschbock schaukelte eine Laterne hin und her, die den Waldweg, der hinaus nach Tiefurt führte, spärlich beleuchtete. Glücklicherweise hatten die hohen Bäume am Wegesrand so viel Schnee abgefangen, dass die sich windende Straße weitgehend frei geblieben war.

Im Innern des Wagens war es trotz der Felle und Decken, die auf den Polstern lagen, so eisig, dass Christian seine Hände schon bald nicht mehr spürte. Unentwegt bewegte er die Zehen, damit die nicht auch noch taub wurden. Währenddessen brütete Madame Europe schweigend vor sich hin. Wiederholt hatte Christian seit ihrem Aufbruch vom Frauenplan versucht, eine Unterhaltung zu beginnen, doch die Frau hatte sich wie in einen Kokon zurückgezogen und lehnte jedes Gespräch mit ihm ab. Sie blickte starr aus dem Fenster und horchte auf die Geräusche des fahrenden Wagens. Christian vergrub seinen schlanken Körper unter der klammen Decke.

»Da ich Sie begleite, wäre es ein Akt der Höflichkeit, wenn Sie mir sagen würden, wen Sie auf Tiefurt treffen wollen«, beschwerte er sich.

Sie warf ihm einen leeren Blick zu, dann wandte sie sich wieder dem Fenster zu.

»Ich meine, haben Sie und Ihr Diener auch nur einmal darüber nachgedacht, dass das Schloss leer steht, weil die Kammerfrau der Herzoginmutter in die Stadt gezogen ist? Die alte Dame ist krank. Das heißt, dass Ihnen niemand dort öffnen wird. Schon gar nicht so spät am Abend.«

Madame Europe hob die Schultern. »Ich muss wissen, ob der Mann wirklich Informationen für mich hat oder ob das auch nur eine Lüge gewesen ist!«

»Warum ist Ihr geheimnisvoller Bote nicht zum Goethehaus gekommen? Dieser Bursche, Ihr Diener ...«

»Max!«

»Also, Max hat ihm doch gewiss verraten, wo Sie zu finden sind!«

Madame Europes Kopfschütteln gab Christian zu verstehen, dass sie ihrem Diener genau das verboten hatte. Und doch schienen seine Worte sie nachdenklich zu machen, denn zu seiner Überraschung ergriff sie plötzlich seine Hand.

»Ich weiß, dass der Herr Geheimrat an die Unschuld des Mädchens glaubt«, flüsterte sie ihm zu. »Tun Sie das auch?«

Christian nickte vorsichtig.

»Sie versteckt sich im Gasthaus. Das sage ich Ihnen, weil ich Ihnen vertraue. Max gibt es nicht zu, aber er scheint diese Magd lieb gewonnen zu haben. Er wollte eigentlich bei ihr bleiben, um sie zu beschützen, aber ich bestand darauf, dass er uns fährt.« Sie seufzte. »Ich weiß nicht, wie lange sich dieser Hauptmann Heyde noch von meinen Papieren beeindrucken lässt, denn er steht unter dem Druck, dem Herzog die Mörder dieser Leute auszuliefern.«

Christian teilte ihre Ansicht. »Wenn wir dem Hauptmann zuvorkommen wollen, müssen Sie Ihr Schweigen brechen«, drängte er. »Zum letzten Mal, Madame: Wer waren Erasmus und Josefina Bleichwein, und warum mussten sie verschwinden?«

Der Schrei kam so unerwartet, dass Christian, als er aus dem Fenster sah, nicht mehr als die schwarzen Umrisse eines Körpers erkennen konnte, der seitlich der Kutsche zu Boden stürzte. Madame Europe schrie erschrocken auf, und auch Christian stockte der Atem, als er erkannte, dass der Kutschbock leer war. Max war gestürzt, irgendetwas hatte ihn in der Dunkelheit vom Bock gefegt, doch das Gespann preschte weiter über den Waldweg, als wäre der Leibhaftige hinter ihm her. Im Innern des Wagens wurden Christian und die Französin auf dem Polster hin und her geworfen. Immer schneller wurde die Fahrt, bis die Tiere in heller Panik am Ende des Waldwegs einer scharfen Links-kurve entgegenpreschten.

»Wir müssen hier raus«, schrie Christian. Er riss den Schlag auf und rüttelte die Kartenlegerin am Arm. »Na los, springen Sie aus dem Wagen!«

»Nein, ich kann nicht!«

Christian beugte sich ein Stück hinaus, der Fahrtwind peitschte ihm ins Gesicht, und trotz der schlechten Lichtverhält-nisse konnte er die Wegbiegung näher kommen sehen. Es war nicht gesagt, dass sie sich bei einem Sprung aus der fahrenden Kutsche nicht den Hals brachen, doch wenn die Kutsche um-stürzte, so war das Risiko keinesfalls geringer. Kurz entschlossen warf er einige Decken über die sich heftig wehrende Frau, die, wie er hoffte, den Aufprall milderten, und schob sie zum Schlag. Er umfasste ihren zierlichen Körper mit beiden Armen und ließ sich fallen. Die Kartenlegerin schrie, als sie über den vereisten Boden rollten. Ein scharfer Schmerz, als seine Fäuste und sein Kopf gegen gefrorene Erde schlugen. Ein Geruch von faulendem Laub stach ihm in die Nase, und etwas Warmes tropfte ihm in die Augen.

Dann Stille.

Die Kartenlegerin gab kein Geräusch mehr von sich, doch Christian konnte ihr Herz durch die Schichten ihrer Kleidung schlagen hören. Sie lebte. Vorsichtig versuchte er, seine Glieder zu bewegen. Er hatte Schürfwunden, die wie Feuer brannten, und in seinem Kopf drehte sich alles. Die Bäume und Büsche vor ihm, der gefrorene Waldboden unter ihm – alles verschwand hinter einem milchigen Schleier.

Nicht bewusstlos werden, befal er sich streng.

Unter Schmerzen gelang es ihm, den Kopf zu heben. Die Kut-sche war weitergefahren, so viel stand fest. Ob sie umgestürzt war, konnte er nicht sagen. Ebenso wenig, wie der junge Max vom Kutschbock hatte fallen können. War möglicherweise eine Büchse auf ihn abgefeuert worden? Dann war dieser Unfall kein Unfall gewesen, sondern …

»Eine … Falle«, keuchte Christian. Jemand hatte die Kartenlegerin mithilfe einer fingierten Nachricht hierher, auf diesen einsamen Waldweg gelockt. Jemand, der gewusst hatte, dass sie das Schloss nur auf diesem Weg erreichen konnte. Und dieser Jemand lauerte vielleicht noch immer ganz in der Nähe auf sie, um sich davon zu überzeugen, dass sie sich in der Kutsche den Hals gebrochen hatten. In der Ferne glaubte Christian Pferdegetrappel zu hören. Dann sah er Licht auf und ab tanzen, das möglicherweise von einer Fackel herrührte, mit der jemand das Unterholz absuchte.

»Wir müssen von hier verschwinden, hören Sie?«

»Hm?«

Christian tätschelte der Kartenlegerin die Wangen, doch die Frau weigerte sich, die Augen aufzuschlagen. Als sie es schließlich doch tat, war es schon zu spät. Die Silhouette eines Reiters entsprang der Dunkelheit und zügelte nur wenige Schritte von ihm entfernt sein Pferd. Wie eine Raubkatze pirschte die Gestalt sich an Christian heran, der noch immer hilflos auf dem Boden kauerte. Und dann starrte er in die Mündung eines Gewehrs, mit dem der Mann auf ihn anlegte.

»Wer ist das?«, hörte er das undeutliche Gemurmel der Kartenlegerin. »Will er uns helfen?«

Damit war nicht zu rechnen. Der Mann trug einen weiten Umhang, der seine Proportionen verbarg, und einen Schal, der von seinem Gesicht nicht mehr als ein kalt starrendes Augenpaar frei ließ. Ungerührt spannte er den Hahn.

»Dann ist es also wahr?« Madame Europe brachte nur mit Mühe die Worte über ihre Lippen. Sie schien Schmerzen zu haben. »Ich bin ihm auf der Spur. Er ist hier in Weimar. Nach all den Jahren, in denen ich halb Europa abgesucht habe, war er hier.«

Der vermummte Schütze nickte. »Genießen Sie die Erkenntnis, nützen wird sie Ihnen nichts mehr. In wenigen Sekunden werden Sie ebenso tot sein wie die Bleichweins und dieser kleine Erpresser. Dann brauche ich mir nur noch das Mädchen zu holen, diese Dienstmagd!« Er schnaubte. »Und wenn mich nicht alles täuscht, weiß ich auch, wo die sich verkrochen hat. Es ist schon jemand auf dem Weg zu Ihrem Gasthaus!«

Er streckte den Arm aus und legte an. »Zuerst die Dame, wie es sich gehört!«

Christian dachte daran, wie ungerecht es war, in der Kälte zu sterben und nicht einmal genau zu wissen warum. Zwar vermutete er inzwischen etwas, doch das hätte noch nicht einmal genügt, um einen Roman daraus zu machen. Bei Weitem nicht. Und Helene? Er würde sie nicht wiedersehen, möglicherweise war sie schon jetzt in der Hand dieses Mannes. Oder tot – so wie er selbst in wenigen Atemzügen.

Atme weiter, befahl er sich, vielleicht tust du es jetzt zum letzten Mal.

Doch wo blieb der Schuss? Er hörte keinen Knall.

Stattdessen sah er zu seinem Erstaunen einen fliegenden Menschen. Das heißt, er flog nicht wirklich, doch es hatte den Anschein, weil irgendetwas Gewaltiges, das sich von hinten an den Vermummten heranschlich, diesen mit einem erstickten Grollen von den Füßen hebelte.

Ein hässliches Krachen ertönte, und der Mann wurde zu Boden geschleudert, wo er reglos liegen blieb. Aus dem Dunkel löste sich eine weitere Gestalt. Es war ein Mann. In seiner Hand ein dicker Ast, an dem noch eine Anzahl abgestorbener Blätter hing.

»Max?«, schluchzte Madame Europe auf. »Du bist das? Geht es dir gut?«

Christian ließ sich von dem jungen Russen auf die Füße helfen, wobei er voller Erleichterung feststellte, dass er sich offensichtlich nur ein paar schmerzhafte Prellungen eingehandelt, aber nichts gebrochen hatte. Seine Gelenke waren heil geblieben. Auch der Kartenlegerin fehlte bis auf einige Schrammen nichts.

»Du bist gerade noch rechtzeitig gekommen«, flüsterte die Frau mit einem argwöhnischen Blick auf die Gestalt, die wenige Schritte von ihr entfernt auf dem Waldboden lag. »Dieser Kerl hätte uns sonst erschossen.«

»Diese verdammten Halunken hatten ein verdammtes Seil quer über den Weg gespannt«, knurrte Max, während er mit seinem Taschentuch einen Kratzer an der Hand seiner Herrin säuberte. »Das war ein geplanter Anschlag. Wie konnte ich nur so dumm sein, das nicht sofort zu bemerken?«

Als die Hand verbunden war, ging er mit Christian zu ihrem Angreifer hinüber. Den Ast nahm er sicherheitshalber mit. Man konnte nie wissen. Christian hob derweil das Gewehr auf.

»Ist er tot?«, rief die Kartenlegerin. Es klang ängstlich.

Die beiden Männer beugten sich über den Körper und überprüften nacheinander den Puls des Mannes. Unter seinem Kopf sickerte Blut aus einer Schädelwunde. Ja, da war nichts mehr zu machen. Er würde ihnen keine ihrer Fragen mehr beantworten.

»Wer kann das sein?«

Christian hob den Blick, als überraschte ihn die Frage. Er nahm dem Toten den Hut vom Kopf und blickte in ein glasiges Augenpaar, das fast erstaunt ins Leere blickte. »Sein Name war Heinrich Marlander«, sagte er nach einer Weile. »Ein angesehener Weimarer Advokat!« Mit dem ich als Knabe zur Schule gegangen bin, ergänzte er in Gedanken. Dieses Mal hat er bei der Jagd auf mich den Kürzeren gezogen.

Während Christian noch wie betäubt auf die Leiche starrte, durchsuchte Max auf Knien die Taschen des Toten. Dies schien ihm nichts auszumachen, was Christian, dessen Magen schon beim Zusehen rebellierte, mit Erleichterung erfüllte.

»Nichts als Plunder«, grollte er, als er sich wieder erhob. »Keine Briefe oder Dokumente. Nur eine Schnupftabaksdose und ein weißes Tuch.«

Christian ließ sich beides geben und sah es nachdenklich an. Bei seinem Besuch in der Kanzlei hatte Marlander behauptet, nicht zum inneren Kreis zu gehören. Entweder hatte er ihn belogen, oder er war im Eilverfahren in der Hierarchie des Kollegiums aufgestiegen. Ja, das ergab durchaus einen Sinn. Als Mitglied mit besonderen Rechten war er auch dazu verpflichtet, seine Loyalität unter Beweis zu stellen. Vermutlich hatte man ihm mit dem weißen Schnupftuch auch gleich den Auftrag erteilt, die Kartenlegerin auszuschalten.

»Dieser Anwalt hat also drei Menschen ermordet?«, wollte Max wissen. »Und uns wollte er auch an den Kragen!«

»Fangen Sie das Pferd ein!« Christian steckte das weiße Tuch des Toten ein und nickte der Kartenlegerin zu. »Wir müssen sofort in die Stadt zurück. Wenn Marlander wusste, wo sich Anna versteckt hält, dann schwebt sie jetzt in Lebensgefahr.«

Mit einem einzigen Pferd und angeschlagen, wie sie waren, gestaltete sich der Rückweg in die Stadt zu einer einzigen Folter. Der Morgen graute, als die drei endlich das Tor erreichten, durch das sie von einem schläfrigen Stadtsoldaten gewinkt wurden. Im Gasthaus sollte sich Christians böse Ahnung bewahrheiten. Die Tür zu Madame Europes Zimmer war nur angelehnt. Nicht nur der Schlafraum war leer, auch die kleine Abseite, die der Frau als Ankleidekammer diente.

Sie suchten alles ab, auch Max' Kammer unter dem Dach, doch es war zwecklos. Anna war nicht mehr da.

28. Kapitel

Helene wagte kaum zu atmen, als ein Schatten über die Türschwelle fiel.

Um ein Versteck zu finden, war es zu spät, daher blieb sie reglos hinter dem Schreibtisch stehen und bemühte sich, kein Geräusch zu machen. Zu ihrer Erleichterung war es nicht der Majordomus, der den Raum betrat, sondern der kleine Louis. Der Junge trug ein Nachthemd, das so lang war, dass er den Saum mit beiden Händen anheben musste, um nicht darüberzustolpern. Seine Füße waren nackt, sein Haar war zerrauft. Einen Moment lang verharrte er auf der Schwelle, dann durchquerte er langsam das Zimmer, wobei er auf den Kamin zusteuerte, vor dem noch einige seiner Spielzeugsoldaten standen. Wie es aussah, hatte er vergessen, sie vor dem Zubettgehen wegzuräumen. Nun kniete sich der Junge hin und nahm eine der Figuren in die Hand.

Helene sah ihre Chance, hinter dem Schreibtisch hervorzukommen, doch kaum hatte sie die Tür erreicht, als sich der Junge plötzlich zu ihr umdrehte. Aus glasigen Augen starrte er sie an. Er musste sie sehen, und doch sprach er kein Wort. Er schien nicht einmal überrascht. Eher abwesend. Ein paar Augenblicke vergingen, dann wandte Louis sich wieder seinem Spielzeug zu, als wäre sie Luft.

»Entschuldigung«, flüsterte sie. »Ich hörte ein Geräusch, daher wollte ich nachschauen, ob hier …« Stirnrunzelnd legte sie den Kopf auf die Seite. »Louis? Junge, fehlt dir etwas?«

Ihr war klar, dass keine Magd den Sohn ihrer Herrschaft so unverblümt angesprochen hätte, doch in dieser Situation erschien ihr dies gleichgültig. Mit dem Jungen stimmte eindeutig etwas nicht. Er schlief mit offenen Augen. Irritiert beobachtete Helene, wie er jede Figur einzeln in das Spielzeugkästchen legte, es sorgfältig verschloss und schließlich damit an ihr vorbeiging.

Helene zögerte; sie hatte keine Ahnung, wie sie sich verhalten sollte. Sie durfte nicht hier oben sein, schon gar nicht mit einem Schriftstück in der Hand, welches sie widerrechtlich aus dem Aktenschrank des Hausherrn genommen hatte. Sie fand gerade noch Zeit, das Papier in den Falten ihres Nachthemdes verschwinden zu lassen, als ein Schrei sie zusammenzucken ließ. Er kam aus dem Treppenhaus, das zu den Gesindestuben führte, und hörte sich nach einer Person in höchster Not an.

Louis? Nein, der Junge war schon auf dem Weg hinauf in sein Zimmer.

Nach dem Schrei war ein Geräusch zu hören, das an eine fauchende Katze erinnerte, und der Knall einer zuschlagenden Tür ertönte. Gleich darauf kehrte im Haus wieder Stille ein.

Helene nahm sich ein Herz und huschte auf den Flur, wobei sie sich im Dunkeln das Knie an der Lehne eines Stuhles stieß. Ein Knarren auf der Treppe ließ sie nach rechts herumwirbeln, wo sie den Jungen sah, der sich langsam, aber zielsicher am Handlauf nach oben zog. Weder der Schrei noch das merkwürdige Geräusch hatten ihn aus seinem Traum geholt.

Helene überlegte noch, ob sie dem Kind folgen oder lieber nachschauen sollte, wer die Frau war, die unten laut aufgeschrien hatte, als sich plötzlich von hinten eine Hand auf ihre Schulter legte. Nun war es Helene, die aufschrie. In Todesangst wirbelte sie auf dem Absatz herum und starrte geradewegs in Constanze von Moors überraschtes Gesicht. Die Herrin des Hauses war noch vollständig bekleidet, in ihrer Hand hielt sie einen silbernen Kandelaber mit drei Kerzen, deren Schein in Helenes Augen stach. Sie schien erst vor Kurzem nach Hause gekommen zu sein, denn ihr haftete noch der Geruch der kalten Winternacht an. Eis und Schnee.

»Sieh mal einer an, die Köchin«, fuhr die Frau Helene mit rauer Stimme an. Im Kerzenschein erinnerten ihre Augen an zwei schwarze Tintenkleckse. »Was hast du hier oben zu suchen?«

Helene war viel zu verstört, um ihr gleich zu antworten. Daher streckte sie nur die Hand aus und deutete zur Treppe, auf deren oberster Stufe der Junge gerade noch zu sehen war. »Ich … ich hörte Geräusche, und dann bemerkte ich den jungen Herrn. Ich wollte fragen, ob ich ihm behilflich sein kann, aber er schien mich nicht zu sehen. Er … schläft und ist wach zugleich.«

Constanze von Moor nickte abwesend. »Das hat er schon seit er laufen kann. Wir haben ihn deswegen vom Leibarzt des Herzogs und anderen Medizinern untersuchen lassen, aber keiner von ihnen konnte uns erklären, warum er im Schlaf herumläuft.« Sie machte einen Schritt auf Helene zu, als wollte sie sie an der Schulter packen, und musterte sie mit einem strengen Blick. »Es lässt sich leider nicht vermeiden, dass unsere Dienstboten Bescheid wissen, aber ich verbitte mir jeglichen Tratsch darüber, verstanden? Mein Sohn ist ein aufgeweckter, begabter Junge, die Zukunft des Hauses von Moor, und ich bin überzeugt, dass seine nächtlichen Ausflüge eines Tages aufhören werden.«

Helene versprach hoch und heilig, mit niemandem darüber zu reden, was sie gesehen hatte, und bat darum, wieder zu Bett gehen zu dürfen. Über den Regelverstoß schien die Hausherrin hinwegzusehen, vermutlich würde sie dem Majordomus nicht verraten, dass sie Helene vor den oberen Räumen ertappt hatte.

»Was ist mit dem Souper morgen Abend?«, wechselte Frau von Moor das Thema. »Hast du alle Einkäufe erledigt, wie ich es dir aufgetragen habe?«

Helene nickte.

»Nun, dann geh schlafen!« Die Frau schien Helenes Zögern zu bemerken, denn sie hob den Leuchter, dessen tänzelnde Flammen nun auf die nur angelehnte Tür des Arbeitszimmers ihres Gemahls fielen. »Die Tür steht niemals offen«, fauchte sie. »Hast du sie geöffnet?«

Helene spürte, wie ihr Herz zu rasen begann. Sie befand sich in einer ungünstigen Lage, denn wenn Constanze plötzlich entschied, sie loswerden zu wollen, würde ein einziger Schlag mit ihrem Leuchter genügen, um sie die steile Treppe hinunterzubefördern. Zitternd suchten ihre Finger nach dem Handlauf, um sich festzuklammern.

»Als ich dem jungen Herrn folgen wollte, um ihm behilflich zu sein, hörte ich einen Schrei«, brachte sie schließlich stockend hervor. »Es klang ganz nahe!«

Die Frau lachte. »Da musst du dich irren, Mädchen!«

»Aber nein, ich habe ganz deutlich eine Frau gehört, und dann eine Stimme, die sie anfuhr!« Constanze von Moor erwiderte nichts. Sie schien zu überlegen. Eine halbe Ewigkeit verging, bis sie schließlich eine wegwerfende Handbewegung machte: »Ach, nun weiß ich, was du meinst. Keine Sorge, ich habe geschrien, weil ich mir auf dem Weg zu meinen Räumen im Dunkeln den Fuß gestoßen habe. Dann ist mir auch noch die Tür zugefallen, weil meine Zofe, das dumme Ding, sie mir nicht lange genug aufhielt. Ich habe ihr mit klaren Worten gesagt, dass sie künftig besser aufpassen soll.«

Helene hatte genug gehört. Sie wünschte Constanze von Moor eine gute Nacht, dann hob sie ihr Nachthemd an, huschte die Treppe hinab und verlangsamte ihre Schritte erst, als sie den Gang erreichte, der zum Küchen- und Gesindetrakt führte.

Im Bett zog sie die Decke bis zum Kinn hoch. Sie versuchte, zur Ruhe zu kommen, doch ohne Erfolg. Sie war viel zu aufgewühlt, um an Schlaf auch nur zu denken. Aber vielleicht war dies auch gut so.

Sollte sie noch in dieser Nacht unerwarteten Besuch bekommen, wollte sie nicht, dass er sie im Schlaf überraschte und wie ihre Vorgängerin verschwinden ließ. So verschränkte sie die Arme unter dem Kopf und starrte in die Dunkelheit. Was den Schrei betraf, so bezweifelte sie keinen Moment, dass Constanze von Moor gelogen hatte. Nicht sie war es gewesen, die Helene gehört hatte. Sie war nicht einmal in der Nähe des Dienstbotentraktes gewesen, sondern hatte die breite Treppe von der Halle aus genommen. Aber warum log sie? Was verbarg sie? Bis zum Morgengrauen wälzte sich Helene unruhig auf ihrer Matratze hin und her, dann hielt sie es nicht mehr im Bett aus und stand auf. Ohne die beiden Mägde zu wecken, begab sie sich zur Küche, um Feuer zu machen. Es war Sonntag, aber die Herrschaft erwartete wie an jedem Morgen heißes Wasser und ein Frühstück vor dem Gottesdienst.

Vor der Glut des Herdfeuers studierte sie noch einmal das Schreiben aus Herrn von Moors Arbeitszimmer. Dabei ging ihr im Kopf herum, was sie am Abend den Großvater des kleinen Louis hatte sagen hören.

»Armin ist dein Vater. Er und kein anderer. Man muss den Wünschen der Väter gehorchen. Den Wünschen der Väter …«

Helene starrte in die Flammen, während die Worte des Alten wie ein Echo in ihren Ohren hallten. Sie musste Christian von dem Schreiben berichten. Wenn sie nicht alles täuschte, war sein Inhalt der Schlüssel zu den Morden in der Stadt. Doch was war mit Constanze von Moor? Wenn die Frau Verdacht geschöpft hatte, war es fraglich, ob sie Helene überhaupt noch eine Gelegenheit geben würde, das Haus zu verlassen.

Mit zitternden Fingern ließ Helene das Papier wieder unter ihren Kittel wandern und machte sich an die Arbeit, bevor die anderen im Haus erwachten.

Draußen im Hof krähte ein Hahn.

»Ich kann nicht glauben, dass du immer noch vorhast, zu diesem Tabakskolleg zu gehen«, hörte Christian seine Schwester flüstern. Sie saßen nebeneinander auf der harten Kirchenbank und beobachteten, wie sich das Gotteshaus mit Menschen füllte. Das Orgelvorspiel hatte schon begonnen, doch das Getuschel der Menschen, die wie an jedem Sonntag den Gottesdienst in der Jakobskirche besuchten, war noch nicht verstummt.

Christian hatte nach dieser Nacht eigentlich nicht vorgehabt, seine Schwester zu begleiten. Er war hundemüde, und jeder Knochen in seinem Leib schmerzte. Dennoch hatte er sich nach einigem Zögern aufgerafft, denn es erschien ihm immer noch besser, unter Menschen zu sein, als allein am Frauenplan vor sich hin zu grübeln.

Madame Europe und Max dagegen schliefen noch. Christiane hatte den beiden nach ihrer Rückkehr in die Stadt Zimmer im Goethehaus gegeben, da die Kartenlegerin nicht mehr in den Gasthof hatte zurückkehren wollen. Die halbe Nacht hatten sie zusammengesessen und sich darüber den Kopf zerbrochen, wohin man Anna entführt haben konnte. Und warum? Hatte sie den Mörder gesehen und war deswegen eine Gefahr für ihn? Christians Gedanken wanderten zurück zu dem einsamen Weg in der Nähe des Schlossparks von Tiefurt, wo Heinrich Marlander ihn und die Französin hatte erschießen wollen. Max hatte noch vor ihrem Aufbruch dafür gesorgt, dass die Leiche im Unterholz verschwand und nicht so rasch gefunden wurde. Falls sich Christians Vermutung bestätigte und der Anwalt lediglich Handlanger einer anderen, ungleich mächtigeren Person gewesen war, die im Hintergrund die Fäden zog, war es gewiss besser, wenn noch niemand von Marlanders Tod erfuhr.

»Glaubst du, dass diese Leute dich ohne ihn zu ihrer Zusammenkunft lassen werden? Er war es doch, der für dich gebürgt hat, aber nun wird er nicht auftauchen, um dich in seinen Kreis einzuführen. Was werden die Männer denken, wenn du ohne ihn erscheinst?«

Christian zuckte mit den Achseln. Er glaubte nicht, dass Marlanders Auftrag, einen Anschlag auf das Leben der Kartenlegerin auszuführen, auch ihm gegolten hatte. Als Marlander ihn bei ihr gesehen hatte, musste er spontan beschlossen haben, auch ihn aus dem Weg zu schaffen.

»Ich werde den Ahnungslosen spielen und behaupten, Marlander habe sich im Palais von Moor mit mir treffen wollen. Das schmeckt mir nicht, aber mir bleibt wohl keine andere Wahl.«

»Ja, aber …«

»Keine Sorge«, gab er leise zurück. »Keiner von denen weiß, was heute Nacht geschehen ist. Du wirst sehen, sie werden annehmen, der Advokat verspäte sich nur ein wenig.«

»Trotzdem gefällt mir die Sache nicht. Nicht nach dem, was diese Frau uns berichtet hat.«

Christian atmete tief durch. Es war schon tief in der Nacht gewesen, als Madame Europe sich nach langem Zögern endlich dazu durchgerungen hatte, ihm und Christiane zu erzählen, was sie seit Jahren quälte und warum sie ruhelos von Land zu Land, von Stadt zu Stadt zog. Ihre Geschichte hatte an einem frostigen Wintertag des Jahres 1788 begonnen und handelte von einer jungen Frau aus Frankreich, die ihrem brutalen Ehemann davongelaufen war und sich mit ihrem Kind und einigen Bediensteten auf dem langen, gefährlichen Weg ins russische Zarenreich befand, wo sie glaubte, in Sicherheit zu sein. Doch ihre sorgfältig vorbereitete Flucht misslang. In einer abgelegenen Herberge, irgendwo in der eisigen Einöde Polens, war ihr Leben plötzlich auf eine ebenso unerwartete wie grausame Weise beendet worden.

Aus den Augenwinkeln sah Christian den Lebkuchenbäcker Krammfeld durch die Tür treten. Sein Gesicht war aufgedunsen und gerötet, als wäre er den ganzen Weg von seinem Haus bis zur Kirche gerannt. Grußlos stolperte der Bäcker an seinen Nachbarn vorbei und wuchtete seinen massigen Körper gerade auf einen der letzten freien Plätze, als die Tür ein weiteres Mal geöffnet wurde und Armin von Moor hocherhobenen Hauptes durch den Mittelgang schritt. Seine Frau Constanze hing an seinem Arm, der kleine Louis trottete seinen Eltern an der Hand einer hageren Person hinterher, die vermutlich als Kinderfrau in ihren Diensten stand.

Die drei von Moors scherten sich nicht darum, dass sie aufgrund ihrer Verspätung alle Blicke auf sich zogen, sondern steuerten mit einem selbstbewussten Lächeln ein freies Gestühl im Mittelschiff an, das offensichtlich seit Generationen den Mitgliedern ihrer Familie vorbehalten war. Ihre Dienstboten dagegen fanden keine freien Sitzplätze mehr und blieben daher hinter der letzten Bankreihe stehen.

Plötzlich erstarrte Christian. Er stieß seiner Schwester den Ellenbogen in die Rippen, die ihn zuerst verwundert ansah, dann aber unauffällig seinem Blick folgte.

»Das ist doch …«

»Helene«, bestätigte Christian mit zusammengepressten Lippen. »Sie ist es.«

Er war so aufgeregt, dass er sich nur mit Mühe davon zurückhalten konnte, aufzuspringen und durch das Kirchenschiff zum Eingangsbereich zu laufen.

Christiane machte ein verdutztes Gesicht. »Aber warum ist sie wie eine Magd gekleidet und mischt sich unter die Dienstboten?«

»Das sind nicht irgendwelche Dienstboten«, zischte Christian. »Sie arbeiten im Palais von Moor. Helene muss sich dort eingeschlichen haben, um auf eigene Faust herumzuschnüffeln. Natürlich, sie ist in Weimar ja auch kaum jemandem bekannt.«

»Meinst du?« Christiane wollte wieder zur Pforte schauen, in der Hoffnung, Blickkontakt mit Helene aufzunehmen, die in einem Rock aus grober grauer Wolle, einem dicken Schal und der leicht vergilbten Haube auf dem Kopf verschüchtert und unbeholfen aussah. Doch Christian verbot es ihr. Sie durften die Aufmerksamkeit der Leute nicht unnötig auf sich ziehen.

Während des Gottesdienstes sagte keines der beiden Geschwister etwas. Stumm blätterte Christian in seinem Gesangbuch und überlegte sich, wie er es anstellen sollte, sich Helene nach der Predigt unauffällig zu nähern. Sie sah so merkwürdig aus.

Verstohlen spähte er zum prächtig geschnitzten Kirchengestühl Armin von Moors hinüber, der die Augen geschlossen hatte, während seine Frau andachtsvoll den Worten des Pastors zu lauschen schien.

Nach dem abschließenden Chorgesang sprang Christiane so jäh auf, als habe sie auf einer heißen Kartoffel gesessen. »Sieh gefälligst zu, dass du Helene erwischst, bevor sie sich wieder den Dienstboten anschließt. Sie darf nicht mehr zurück in dieses Haus. Ich werde versuchen, die von Moors an der Pforte abzufangen und in ein Gespräch zu verwickeln. Das verschafft dir bestimmt fünf Minuten!« Sie tippte ihrem Sohn August, der sich neben ihr langweilte, auf die Schulter und bedeutete ihm, sich dem Strom der Gläubigen anzuschließen, die leise plaudernd aus den Bankreihen drängten.

Christian war seiner Schwester dankbar. Ihm war klar, was es für sie bedeuten musste, eine Angehörige des Weimarer Stadtadels so unverblümt anzusprechen. Es würde ihrem Ruf nicht gerade nutzen, aber wenn sie Glück hatten, bescherte ihr Ablenkungsmanöver ihm ein paar Momente, in denen er unbeobachtet mit Helene sprechen konnte. Er musste sie davon überzeugen, ihr Vorhaben abzubrechen und das Palais der von Moors zu verlassen.

Vor der Kirchentür holte er sie ein.

»Vulpius«, sagte sie, halb erschrocken, halb erleichtert. »Ich hatte gehofft, Sie heute Morgen hier zu treffen.« Suchend blickte sie sich um. »Wo sind Ihre Schwester und der Geheimrat?«

»Goethe ist mit den Schillers zu Hause geblieben und Christiane …« Er hustete. »Das ist jetzt unwichtig. Erklären Sie mir lieber, welcher Teufel Sie geritten hat, eine solche Maskerade zu veranstalten? Nein, Sie brauchen gar nichts zu sagen. Ich weiß es auch so schon. Sie haben sich ins Palais von Moor eingeschlichen, ohne uns vorher ein Sterbenswörtchen zu verraten.«

»Wären Sie denn einverstanden gewesen?«

Er fand, dass diese Frage keine Antwort verdiente. Natürlich hätte er niemals zugelassen, dass Helene sich in Gefahr begab. Mit wenigen Worten klärte er das Mädchen darüber auf, was in der vergangenen Nacht geschehen war und beobachtete befriedigt, wie ihre Augen sich weiteten.

»Marlander«, murmelte sie erschüttert. »Wer hätte das vermutet?« Rasch drehte sie sich um, als zwei Mädchen, die Christian in der Kirche bei von Moors Dienerschar gesehen hatte, in ihre Richtung blickten. Neugierig steckten sie die Köpfe zusammen, gingen aber weiter, ohne stehen zu bleiben.

»Freundinnen von Ihnen?«, fragte Christian. »Was tun Sie eigentlich bei den von Moors? Sind Sie Stubenmädchen oder Wäscherin?«

»Ich bin die neue Köchin«, gab Helene ungerührt zurück.

»Sie? Eine Köchin?«

»Jawohl, Köchin, mein Herr! Oder trauen Sie mir etwa nicht zu, für ein hochherrschaftliches Haus zu kochen?«

Christian traute der jungen Frau einiges zu, dennoch konnte er sich kaum eine unpassendere Tarnung für sie vorstellen. Um zu vermeiden, dass außer von Moors Küchenmägden noch mehr Menschen auf sie aufmerksam wurden, schlug er vor, sich zum nahe gelegenen Kirchhof zu begeben, wo es genug Orte gab, an denen sie unbeobachtet miteinander reden konnten. Helene stimmte erleichtert zu und machte sich sogleich auf den Weg. Christian folgte ihr in einigem Abstand. Bevor er durch das Tor trat, blickte er sich nach allen Seiten um, doch keiner der Kirchgänger nahm von ihm Notiz. Jeder hatte es eilig, der Kälte zu entkommen.

Helene wartete auf ihn unter dem Vordach eines in die Jahre gekommenen Mausoleums, das mit seinen Säulen wie ein kleiner griechischer Tempel aussah. Mit wichtiger Miene drückte sie ihm ein Blatt Papier in die Hand und forderte ihn auf, es zu lesen.

»Was ist denn das?« Christian stutzte. »Verflucht, wie sind Sie an dieses Schriftstück geraten? Sie haben doch nicht etwa … Helene, was Sie getan haben …«

»Ich habe es nicht gestohlen, nur ausgeliehen«, verteidigte sich das Mädchen aufgeregt. »Ich hätte es nie und nimmer an mich genommen, wenn mich nicht der Sohn der von Moors fast zu Tode erschreckt hätte. Außerdem kann ich mich erinnern, dass Sie auch nicht gerade zimperlich sind, wenn es darum geht, Beweisstücke zu sammeln.«

Christian verdrehte die Augen. »Das ist ja wohl etwas anderes. Allerdings muss ich zugeben, dass mich dieses Dokument nicht überrascht.«

»Nein? Haben Sie überlesen, was Armin von Moor und seine Frau unterschrieben haben? Der Vater dieser Constanze ist ein ausgedienter Offizier mit einem riesigen Vermögen. Aber das bekommen die von Moors nur, wenn sie …«

»Still!« Christian legte Helene seine Hand auf den Mund, um sie am Weiterreden zu hindern. Nur ein paar Schritte von ihnen entfernt, stapfte eine Frau in einem bodenlangen Mantel mit Pelzbesatz durch den Schnee. Es war Constanze von Moor. Sie schritt eilig an mehreren Reihen von Gräbern vorbei, blieb aber erst stehen, als sie eine Stelle an der östlichen Mauer erreicht hatte. Dieser Ort lag ein wenig abseits und war von Hecken und Bäumen umfriedet.

Die Frau verharrte einige Augenblicke, dann beugte sie sich plötzlich vor und wischte mit ihrem Handschuh ein wenig Schnee von einem kleinen Stein, der etwa eine Handbreit aus dem gefrorenen Erdboden ragte. Im kahlen Geäst eines Baumes über ihr war das Gekrächze eines Raben zu hören. Einige Male hallte sein Ruf unheilverkündend über das stille Gelände.

Constanze von Moor löste sich aus ihrer Erstarrung. Dabei flüsterte sie etwas, das Christian nicht verstehen konnte. Schließlich machte die Frau kehrt. Sie schlug denselben Weg ein, auf dem sie gekommen war, doch als sie auf der Höhe des Mausoleums war, blieb sie unverwandt stehen und senkte den Blick. Etwas irritierte sie. Sie hob den Blick und wandte sich mit zu Schlitzen verengten Augen dem ausladenden Grabmal zu.

Die Fußspuren, schoss es Christian durch den Kopf. Sie hat bemerkt, dass sich jemand durch den Neuschnee bewegt hat.

»Bleiben Sie hier ruhig stehen«, raunte er Helene zu. Er konnte spüren, wie ihr Herz klopfte. »Die Frau darf uns nicht zusammen sehen, sonst zählt sie eins und eins zusammen.« Er holte tief Luft, dann trat er unter dem Vordach hervor und ging der Frau im Pelzmantel mit großen Schritten entgegen.

»Herr Vulpius?«, fragte Constanze von Moor misstrauisch. »Sie hätte ich hier nicht erwartet. Ich nehme nicht an, dass Sie mir auf den Friedhof gefolgt sind, um mich allein anzutreffen?«

Christian zwang sich zu einem schwachen Lächeln. »Wäre es sehr uncharmant von mir, dies zu verneinen, Madame?«

Unsicher hob sie die Schultern, wobei sie versuchte, an ihm vorbei, zum Eingang des alten Mausoleums zu spähen. »Sie sind mir im Gottesdienst aufgefallen«, sagte sie. Sie saßen neben Ihrer Schwester, nicht wahr? Eine … äh … entzückende Person. So erfrischend redselig. Sie hat es sich nicht nehmen lassen, mir einen gesegneten Sonntag zu wünschen.«

Christian konnte sich schon vorstellen, wie seine Schwester dabei vorgegangen war. Gewiss hatte sie auf Constanze von Moor eingeredet, bis ihr Hören und Sehen vergangen war. Leider war es ihr nicht gelungen, ihren Aufbruch noch länger zu verzögern.

Die Frau hob nun die Augenbrauen. »Sagen Sie, Vulpius, verstecken Sie hier jemanden?« Sie zeigte auf das von Säulen getragene Vordach, und als Christian sich umdrehte, erhaschte sein Blick einen Zipfel von Helenes Rock, der sich im Wind bewegte.

»Oh, eine Dame?«

»Nun, das ist … eine Dame, ja, aber …«

»Wollen Sie uns denn nicht bekannt machen, Vulpius?«

Christian nahm den Hut ab und kratzte sich am Kopf. »Das wäre wohl nicht angebracht, weil das Mädchen nicht zur Gesellschaft gehört. Ich möchte Sie nicht in Verlegenheit bringen.«

Sie lachte. »Sehe ich so aus, als wäre ich leicht zu schockieren? Mein lieber Vulpius, ich habe großes Verständnis für die Nöte eines Poeten. Und Sie sind ein Poet. Daher sollten Sie sich wie der Geheimrat von Goethe zu ihren Musen bekennen, ganz gleich, ob die Gesellschaft sie als ebenbürtig anerkennt oder nicht. Wer weiß, vielleicht verdankt Weimar dem Mädchen unter dem Vordach des Mausoleums ja bald einen neuen spannenden Roman aus Ihrer Feder? Und da wollen Sie mir das Vergnügen vorenthalten, ihr als Erster dafür zu danken?«

Ja, genau das stand in seiner Absicht. Bedauerlicherweise überhörte sie seinen Protest und stapfte energisch an ihm vorbei. Als sie jedoch bemerkte, wer dort unter dem Vordach stand, stieß sie einen spitzen Schrei aus.

»Lene, du?« Constanze von Moor wandte sich zu Christian um. »Das ist meine Köchin und keine Muse!«

Christian zuckte mit den Achseln. »Ein feines Essen hat schon immer inspirierend auf mich gewirkt.«

»Du bist eine schamlose Person«, tobte Constanze von Moor, deren Gesicht knallrot anlief. Sie zerrte Helene am Ärmel ihrer Kittelbluse unter dem Vordach hervor. »Er hat dich verführt, nicht wahr? So sind die Männer, sie versuchen ihr Glück. Deine Aufgabe ist es aber, dich ihnen zu verweigern.« Sie warf Christian einen bitterbösen Blick zu. Ihrer Miene nach fühlte sie sich von ihm um neuen Klatsch betrogen, den sie ihren Freundinnen beim Tee zu erzählen gehofft hatte. Denn wer klatschte schon gern über sein eigenes Dienstpersonal? Das hatte über jeden Verdacht erhaben zu sein.

Helene machte Christian ein Zeichen mit den Augen. Er verstand sogleich. Er hatte noch das Schreiben, das sie aus dem Aktenschrank genommen hatte. Das Papier musste zurückgebracht werden, noch heute. Doch dass Helene ertappt worden war, hatte auch sein Gutes. Constanze von Moor würde sie davonjagen, und sie musste nicht mehr in das Palais zurück. Damit tat sie ihm unbewusst einen Gefallen, auch wenn Helene dies anders sehen mochte.

»Du packst besser deine Sachen«, sagte er zu Helene. »Ich finde schon einen neuen Platz für dich!«

Constanze von Moor schüttelte energisch den Kopf. »O nein, Vulpius. Lene packt ihre Sachen, wenn ich ihr sage, dass sie verschwinden soll, keine Minute früher. Wir haben heute Abend Gäste, und sie wird das Menü kochen, wie es vereinbart war.« Sie funkelte Helene an. »Wage es nicht noch einmal, mich zu enttäuschen!«

Mit diesen Worten raffte sie den Saum ihres Pelzmantels und schlug ohne Abschied den Weg zum Tor ein.

Christian sah ihr nach. »So ein Teufel«, schimpfte er. Gemeinsam mit Helene ging er zur Mauer, um sich anzusehen, vor welcher Grabstätte die Frau so andachtsvoll verharrt hatte. Doch der flache, unbehauene Feldstein, den Constanze vom Schnee befreit hatte, trug weder Inschrift noch irgendeinen Hinweis, wer unter ihm zur ewigen Ruhe gelegt worden war.

»Es könnte ein Kind gewesen sein, das ungetauft gestorben ist«, murmelte Christian.

Helene seufzte. »Es bleibt mir wohl keine andere Wahl, als noch einmal zurückzugehen!« Sie sah ihn flehentlich an. »Da wäre nur eine Sache, Vulpius. Glauben Sie, der Geheimrat könnte heute für einige Stunden auf seine Köchin verzichten?«

29. Kapitel

Anna war verzweifelt. Wie viele Stunden waren vergangen, seit man sie hierhergebracht hatte? Sie konnte es nicht sagen. Es war mitten in der Nacht gewesen, daran erinnerte sie sich noch. Wie hatte sie nur so leichtsinnig sein und trotz Max' Verbot die Tür öffnen können. Aber sie war doch überzeugt gewesen, seine Stimme wiederzuerkennen. Er hatte ihren Namen gerufen und sie beschworen, ihm zu öffnen, weil er angeblich verwundet wäre und dringend Hilfe bräuchte. Zuerst war sie davor zurückgeschreckt, zur Tür zu gehen, doch dann hatte sie es schließlich doch nicht mehr ausgehalten und hatte sie einen Spaltbreit geöffnet.

Das war ein Fehler gewesen. Ein dummer Fehler, für den sie nun bitter bezahlen musste. Der Mann, der in die Kammer eingedrungen war, hatte ihr einen Knebel in den Mund gesteckt, sie gefesselt und zuletzt auch noch einen Sack über den Kopf gestülpt. Blind wie ein Maulwurf und verschnürt von Kopf bis Fuß war es ihr unmöglich gewesen, herauszufinden, wohin man sie brachte. Nachdem ihr der Knebel aus dem Mund genommen worden war, hatte sie aus Leibeskräften geschrien, doch das war ihr nicht gut bekommen. Vorsichtig berührte sie die Stelle unter dem rechten Auge, wo die Faust des Mannes sie getroffen hatte. Er hatte gedroht, sie auf der Stelle umzubringen, falls sie es wagen sollte, noch einmal den Mund aufzumachen.

Anna sah sich in der Kammer um, in die der Fremde sie schließlich gestoßen hatte. Sie war so klein, dass sie sich vorkam wie lebendig begraben. Ein paar zerschlissene Stühle, verbeulte Kessel, eine Schneiderpuppe und von Motten zerfressene Leintücher kennzeichneten den Raum als Abstellkammer, einen Ort, an dem Dinge aufbewahrt wurden, von denen man sich getrennt hatte. Auf die man leicht verzichten konnte.

Bevor ihr Entführer ihr die Fesseln mit einer scharfen Klinge gelöst hatte, hatte er sich zu ihr herabgebeugt und ihr ins Ohr geflüstert: »Du hast dir etwas genommen, was nicht dir gehört.«

Sie hatte den Kopf geschüttelt.

»Oh, ich glaube doch! Du musst es zurückgeben oder mir sagen, wo ich es finden kann.«

Sie hatte sofort gewusst, dass er das Bündel meinte, das Hugo ihr anvertraut hatte. Kurz vor seinem Tod auf dem Friedhof. Das Bündel, genauer gesagt, sein Inhalt, war dem Mann wichtig. Nicht sie. Nach ihr würde kein Hahn krähen.

»Darf ich dann gehen?«, hatte sie durch das grobe Sacktuch geschluchzt. Große Hoffnung hatte sie nicht, aber die Frage musste sie einfach stellen. »Bitte, ich weiß doch von nichts. Ich schwöre, dass ich nicht gesehen habe, wie Hugo getötet wurde.« Oder von wem, und das war die Wahrheit.

Er hatte versprochen, ihr nichts zu tun, aber sie hatte ihm nicht geglaubt. Der einzige Grund, warum er sie nicht schon im Wirtshaus getötet hatte, war, dass er ihr vorher entlocken musste, was aus dem Bündel geworden war.

»Vielleicht habe ich es versteckt oder verloren. Ich erinnere mich nicht mehr.«

»Ich will für dich hoffen, dass dein Gedächtnis zurückgekehrt ist, bis ich wiederkomme«, hatte er ihr mit finsterem Blick erklärt. »Wir haben Mittel, um dich zum Sprechen zu bringen, aber ich fürchte, die werden dir nicht gefallen.«

Damit hatte er die Tür hinter sich zugeworfen und sie allein gelassen.

Anna dachte an Max, der sie beschützt hatte, seit sie ihm auf ihrer Flucht in die Arme gelaufen war, aber sie machte sich keine Hoffnungen, dass er sie rechtzeitig finden würde. Sie wusste ja selbst nicht, wo man sie hingebracht hatte.

Sie hob den Blick. Durch die Tür zu entkommen, war unmöglich, die bestand aus festem Eichenholz. Und die Dachluke, die etwas Licht in ihr Gefängnis warf, war zu winzig, als dass sie sich durch sie hätte hindurchschieben können. Niedergeschlagen sank sie auf einen Stuhl.

Diesmal gab es kein Entkommen.

Als Christian in der Dämmerung vor dem Palais der von Moors ankam, bemerkte er schon von Weitem die zahlreichen Kutschen, die vor dem Haus standen. Demnach war er nicht der erste Gast. Zögernd griff er nach dem bronzenen Türklopfer und erwartete schon fast, von dem livrierten Diener, der an die Tür kam, abgewiesen zu werden. Doch der Mann führte ihn mit einer höflichen Geste in einen geschmackvoll eingerichteten Salon im ersten Stock des Hauses, der von der Wärme eines munteren Kaminfeuers und dem würzigen Duft von Tannennadeln durchdrungen war. Dort sah Christian sich unauffällig um. Die meisten der elegant gekleideten Damen und Herren, die in kleinen Gruppen zusammenstanden und plauderten, kannte er nicht. Erst als er mit einem Glas in der Hand durch die Verbindungstür in den angrenzenden Raum trat, stieß er auf einige Gesichter, die ihm etwas sagten.

»Na so was, Herr Vulpius!« Ein hagerer kleiner Mann mit Brille und Ziegenbart kam mit einem breiten Lächeln auf ihn zu und schüttelte ihm die Hand. Es war der Buchhändler, in dessen Laden Christians *Rinaldini* angeboten wurde. »Ich hätte nicht geahnt, dass Sie etwas für Tabak übrighaben, mein Lieber!«

»Und ich hätte nicht erwartet, dass Sie dem Tabakskolleg angehören«, gab Christian zurück. »Ach, ich trage nur das rote Schnupftuch in der Manschette und werde in diesem Leben wohl kaum zu höheren Weihen aufsteigen.« Der Buchhändler seufzte. »Andere Herren haben da mehr Glück als ich.«

»Sprechen wir von Heinrich Marlander?«

Eine Antwort blieb aus. Stattdessen fiel der Blick des Mannes auf die Meerschaumpfeife, die sich Christian in die Rocktasche geschoben hatte. »Eine wunderschöne Arbeit, das muss ich sagen! Direkt neidisch könnte ich werden. Was wollen Sie dafür haben? Ich kaufe Ihnen das gute Stück ab.«

Christian war zwar erleichtert, dass er jemanden gefunden hatte, mit dem er bis zum Beginn des Soupers reden konnte, hoffte aber, dass der Buchhändler nicht den ganzen Abend über wie eine Klette an ihm kleben blieb. Aus den Augenwinkeln beobachtete er, wie weitere Gäste ankamen, die alsbald neugierig zu ihm und dem Buchhändler herüberschauten.

»Ich habe das gute Stück schon seit meiner Studentenzeit«, sagte er schließlich. »Und ich würde mich nie von ihm trennen.«

»Sieh an, sieh an!«

Rechtzeitig an eine Pfeife zu kommen war ein kleines Problem gewesen. Abgesehen davon, dass heute der erste Adventssonntag war, hatte Christian als Tabakfreund schlecht in einen Laden spazieren können, um Pfeife, Tabak und Fidibus zu verlangen. Möglicherweise gab es ja außer dem verstorbenen Bleichwein noch andere Händler im Kolleg, die ihn wiedererkannt hätten. Einem plötzlichen Einfall folgend hatte er sich zum Frauenplan begeben, wo er sich aus Herrn Schillers Schlafzimmer eine Meerschaumpfeife geborgt hatte. Der Professor besaß eine stattliche Sammlung und würde diese eine bestimmt nicht vermissen. Anschließend hatte er Christiane gebeten, Goethes Köchin zum Palais von Moor zu schicken, um Helene dort unter die Arme zu greifen.

»Sie sind also fest entschlossen, sich unserem kleinen Kreis anzuschließen, Vulpius?«

Armin von Moor stand ganz plötzlich vor ihm. Im sorgfältig rasierten Gesicht des Mannes lag nicht die Andeutung eines Lächelns, als er Christian lustlos die Hand schüttelte.

Der Buchhändler nuschelte eine Entschuldigung und machte sich davon, um weitere Gäste zu begrüßen.

»Wo zum Teufel steckt Marlander?« Armin von Moors kleine dunkle Augen hetzten durch den hellen Raum, der vom Schluchzen einer Violine und perlendem Gelächter erfüllt war. »Ist er nicht mit Ihnen gekommen? Er hat sich doch als Bürge zur Verfügung gestellt, wenn Sie heute Abend in unseren Kreis aufgenommen werden.«

Christian atmete tief durch. Marlander war tot und würde nie wieder aufkreuzen. Sobald alles aufgeklärt war und die Kartenlegerin und ihr Diener in Sicherheit waren, würde er Hauptmann Heyde wissen lassen, wo die Leiche des Advokaten abgeblieben war. Doch im Augenblick hing alles davon ab, dass weder Armin von Moor noch seine Gäste Verdacht schöpften.

Ein weiterer Mann betrat eben den Salon. Krammfeld. Der Lebkuchenbäcker war leichenblass und schwankte beim Gehen, als habe er sich schon einmal im Wirtshaus Mut angetrunken. Als er Christian mit Armin von Moor plaudern sah, stutzte er verwirrt, doch er kam nicht zu ihnen. Stattdessen stolperte er zu einem Kaminsessel und ließ sich von einem der umhereilenden Diener ein Champagnerglas reichen.

»Ich habe keine Ahnung, was Marlander aufgehalten hat«, beantwortete Christian schließlich die Frage des Hausherrn. Er begann unter dem steifen Kragen zu schwitzen und hätte liebend gern die Halsbinde gelockert, doch unter von Moors strengen Blicken traute er sich das nicht. »Was geschieht, wenn er es nicht mehr rechtzeitig zur Zusammenkunft schafft? Muss ich dann bis zur nächsten warten?«

Armin von Moor verzog das Gesicht, als überdenke er ein interessantes wissenschaftliches Problem. »Nein, ich denke nicht«, sagte er.

Durch die Küche zogen so dicke Dunstschwaden, dass die Fensterscheiben davon beschlugen. Helene musste ein Spültuch vor Mund und Nase drücken, um nicht laut zu husten. Ihre Haut war gerötet und ihre Augen tränten. Wohin sie auch blickte, wurde mit Feuereifer gearbeitet. Kräuter und Fleisch mussten für die Füllung der Gänse gehackt, Speck in Schmalz ausgelassen und Fisch und Hühnchen portioniert und mit Gewürzen dekoriert werden. Am Haken über dem Feuer brodelte der Kessel mit deftigem Apfel- und Zimtkraut. Es duftete so verführerisch, dass Helene der Versuchung, davon zu naschen, nur schwer widerstehen konnte.

»Ich begreife nicht, was diese Person hier zu suchen hat«, hörte sie die Magd Jette murren. »Ich dachte, die Neue wäre selbst eine so hervorragende Köchin! Und nun schleppt sie eine Fremde an, weil ihr die Sache über den Kopf wächst?«

Argwöhnisch beäugte das Mädchen die Köchin vom Frauenplan, eine ebenso tatkräftige wie rundliche Person, die schon seit vielen Jahren für die Familie des Geheimrats tätig war und der Helene mit Freuden den Oberbefehl über das Küchenpersonal überlassen hatte.

Dass sie es zudem verstand, sich Respekt zu verschaffen, musste Jette erfahren, als die Frau sie grob am Ohr zog und ihr auftrug, die Mandeln für die Nachspeise noch kleiner zu hacken. »Und wenn du damit fertig bist, kannst du den Pfeffer für die Soße mahlen! Aber fein, wenn ich bitten darf!«

Helene zwinkerte der Frau dankbar zu. Sie wusste, dass Christiane, die selbst zuweilen gern den Kochlöffel schwang, viel von Goethes Köchin gelernt hatte, insbesondere die Zubereitung seiner Leibspeisen, deren Rezepte aus seiner Frankfurter Heimatstadt stammten und von Christiane wie ein Schatz gehütet wurden.

Zufrieden schaute Helene zu, wie die silbernen Anrichteplatten mit Tüchern auf heiße Steine gehoben wurden, um sie vorab anzuwärmen. Die ersten Gänge, Forelle und Huhn, wurden kalt serviert; umso wichtiger war es, die Gänsekeulen, die schon knusprig waren, nicht kalt werden zu lassen, bevor die Teller für die Vorspeisen abgeräumt waren.

Der Majordomus erschien. Herausgeputzt mit einer gepuderten Perücke und seiner besten Livree schien er die Nase noch höher zu tragen als sonst. »Seid ihr endlich so weit?«, drängte er. »Die Herrschaften haben sich soeben ins Speisezimmer begeben. Die Herrin möchte, dass ihr …« Ein Klopfen an der Seitentür zum Hof unterbrach ihn.

»Was ist?«, fuhr er die Frau an, die mit mehreren Schachteln beladen auf der Schwelle stand. Helene erschrak bis in die Knochen, als sie die Witwe Jungmann erkannte.

Natürlich, die Schokolade! Auf Constanze von Moors Geheiß hatte Helene genug von der süßen Köstlichkeit bestellt, um halb Weimar darin zu ertränken, aber in all der Eile hatte sie nicht mehr daran gedacht, dass sie eigentlich Jette zur Manufaktur hatte schicken wollen, um eine peinliche Begegnung zwischen ihr und Bettine zu vermeiden. Rasch ging sie zum Herd, um den Kessel vom Haken zu nehmen. Doch es war zu spät. Bettine hatte sie erkannt.

»Helene? Großer Gott im Himmel, was machst du hier? Weißt du nicht, dass deine Freunde dich überall in der Stadt suchen? Sie sind schon ganz krank vor Angst um dich!« Sie trat näher. »Du siehst aus wie eine Köchin!«

Helene fand diese Bemerkung überflüssig, und sie fragte sich, ob Bettine klar war, dass sie soeben mit wenigen Worten ihre sorgsam aufgebaute Tarnung zunichtegemacht hatte. Die Frauen in der Küche unterbrachen ihre Arbeit, und einen schier endlosen Augenblick lang war das Brodeln und Zischen im Apfel-Zimtkraut-Kessel das einzige Geräusch im Raum.

Der Majordomus räusperte sich. »Will sie damit sagen, dass diese Person gar keine Köchin ist?« Er schlug die Tür zu. »Ich fürchte, wir beide müssen uns unterhalten, Demoiselle!«

Das Souper wurde im festlich geschmückten Speiseraum auf die Minute pünktlich serviert und von allen Gästen sehr gelobt. Die mit feinem Porzellan gedeckte Tafel bot Platz für fast zwei

Dutzend Personen und badete im warmen Schein zahlreicher Kandelaber aus getriebenem Silber. Da Marlanders Stuhl leer geblieben war, hatte Constanze von Moor die Tischordnung so verändert, dass die Ehefrau des Anwalts statt an der Seite ihres Mannes neben Christian saß. Das gefiel Christian ganz und gar nicht, aber er konnte es nicht ändern. Wiederholt rief er sich ins Gedächtnis zurück, dass er am Tod des Advokaten nicht schuld war. Marlander hatte ihnen im Wald aufgelauert, um sie zu töten. Aus heiterem Himmel war er über sie hergefallen, und nur der Geistesgegenwart des jungen Russen hatte er, Christian, es zu verdanken, dass er nicht mit einem Loch im Kopf draußen vor der Stadt lag, sondern an der Tafel der von Moors saß. Genießen konnte er das köstliche Essen nicht. Daher stocherte er nur lustlos auf seinem Teller herum, während es sich die anderen Gäste – auch die Frau des Advokaten – schmecken ließen.

»Er muss das Haus heute schon ganz früh verlassen haben«, raunte sie Constanze von Moor zu, als die sich nach Marlanders Befinden erkundigte. »Ich schlafe zum Garten hin, er hat seine Räume auf der anderen Seite des Hauses. So stören wir einander nicht.«

Sie lächelte Christian zu, bevor sie einen tiefen Schluck aus ihrem Weinglas nahm. Christian fiel auf, dass sie es sich bereits zum dritten Mal auffüllen ließ. Wenn sie so weitertrank, würde sie bald ebenso beschwipst sein wie der Lebkuchenbäcker Krammfeld, der am anderen Ende des Tisches vor sich hin brütete.

»Sie sind gewiss schon aufgeregt, nicht wahr?«

»Aufgeregt?«

»Nun, Heinrich war es, als er zum ersten Mal in den Ostflügel dieses Hauses gebracht wurde. Das hat er mir erzählt, als er alles hinter sich hatte. Aber Sie müssen keine Angst haben. Das Weimarer Tabakskolleg mag vielleicht nicht so bekannt sein wie die Freimaurerloge, aber ich kann Ihnen versichern, dass der Kreis eine Menge für seine Anhänger tut.«

Christian überlegte, ob er auf diese Bemerkung etwas erwidern sollte, beschloss aber, es bei einem unverbindlichen Lächeln zu belassen. Für Erasmus Bleichwein und Heinrich Marlander hatte ihre Mitgliedschaft zum Tode geführt. Er hob den Blick und bemerkte, dass Krammfeld ihn mit kaum verhohlenem Hass anstarrte.

Hier kann mir nichts geschehen, beruhigte er sich. Nicht unter all diesen Menschen.

Er sah zu der Standuhr hinüber, deren Pendel sich gleichmäßig hin und her bewegte. Es war schon spät. Nicht mehr lange, und Constanze von Moor würde die Tafel aufheben.

Danach würde man ihn ohne Umschweife auffordern, sich mitsamt seiner geborgten Pfeife Armin von Moors Männern anzuschließen.

Noch kann ich zurück, ging es ihm durch den Kopf. Noch ist Zeit. Wieder suchten seine Augen das Zifferblatt der Standuhr. Wie rasch die Sekunden und Minuten verrannen. Schweißperlen traten auf seine Stirn und gleichzeitig suchte ihn ein so bedrückendes Gefühl von Enge in der Brust heim, dass er einen bangen Moment lang wie betäubt auf sein Weinglas starrte. Kein Gift, sprach er sich Mut zu. Auch das würde niemand hier, vor all den Menschen, wagen. Nicht einmal der Mörder, der, wenn ihn nicht alles täuschte, gemeinsam mit ihm an diesem Tisch saß und ihn gewiss in diesem Moment beobachtete.

Christian ging die Reihen der Versammelten durch. Zwei ranghohe Offiziere waren darunter, welche die fünfzig schon überschritten hatten und sich angeregt mit ihren Tischdamen unterhielten. Daneben der Buchhändler, mit zerzauster Perücke, zerschlissenem Wams und Lachtränen in den Augenwinkeln. Was ihn so amüsierte, konnte Christian nicht erkennen. Dann kam Krammfeld. Mürrisch wie eh und je, hob er kaum den Blick, als der ältere Herr ihm gegenüber ihn ansprach. Der Alte zuckte mit den Schultern und wandte seine Aufmerksam-

keit den Offizieren zu. Am anderen Ende der Tafel fiel Christian
ein breitschultriger Kahlkopf auf, der zwar schlichter gekleidet
war als der Rest, aber doch den Eindruck erweckte, als bestünde
eine enge Verbindung zwischen ihm und dem Gastgeber.

»Das ist Monsieur Georges, ein Emigrant aus Paris«, klärte
ihn Marlanders Frau auf. »Ein netter Bursche und hochgebildet.
Er liest Voltaire und Rousseau. Vor dem Souper hat er im Salon
für uns auf der Violine gespielt, erinnern Sie sich? Armin von
Moor hat ihn vor ein paar Jahren als Hauslehrer für den kleinen
Louis eingestellt.«

»Aber besucht der Junge nicht das hiesige Gymnasium?«

»Gewiss, aber Constanze ist der Meinung, dass Monsieur
Georges ihm noch viel beibringen kann. Über Frankreich und
diesen Napoleon Bonaparte.« Sie verzog irritiert das Gesicht.
»Wie ich hörte, ist der junge Mann felsenfest davon überzeugt,
dass Napoleon in seinem Land bald einen Staatsstreich ausführen wird. Dann hätten die Franzosen doch wieder einen Herr-
scher, nachdem sie sich den alten König vom Hals geschafft haben.«

Christian stand der Sinn nicht nach einem Gespräch über Politik, davon verstand er eh nicht viel, und die Leute am Tisch in-
teressierten ihn mehr als Gerüchte über den kleinen Korsen und
seine Pläne mit Frankreich. »Was wissen Sie über den alten
Herrn, der am anderen Tischende bei den Offizieren sitzt?«,
fragte er leise.

»Sie meinen den Obristen? Nun, er ist Constanzes Vater und
ein charmanter Mann, den wir alle gernhaben. Er ist schon ge-
brechlich, daher hat Armin ihn eingeladen, seinen Lebensabend
im Kreis der Familie zu verbringen. Das Leben in der Stadt
scheint ihm gutzutun. Auf seinem abgelegenen Landgut könnte
er nicht miterleben, wie der kleine Louis aufwächst. Der Junge
ist nämlich sein ganzer Stolz.« Sie stutzte einen Augenblick.
»Nur merkwürdig, dass er heute Abend diesen scharlachroten

Justaucorps über seinem Hemd trägt. In einem solchen Gehrock habe ich ihn noch nie gesehen.«

Christian horchte auf. »Was ist daran eigenartig?«

»Nun, eigenartig ist vielleicht das falsche Wort. Ich erwähne es nur, weil der Obrist zu solch festlichen Gelegenheiten seine Uniform anzulegen pflegt. Er war immer so stolz auf seine Bekanntschaft mit dem preußischen König, daher nahm ich an, er würde die Weste tragen, die er von Friedrich II. erhalten hat. Das war nach irgendeiner Schlacht. Weiß der Kuckuck nach welcher.«

Sie sprach nicht weiter, weil der Gastgeber plötzlich einen Löffel gegen sein Weinglas schlug und sich auf diese Weise Gehör verschaffte. Sogleich verstummte jedes Gespräch am Tisch. Stühle wurden gerückt. Christian begriff, dass das Souper damit beendet war. Er fing einen Blick Armin von Moors auf, der ihm klarmachte, dass es nun auch für ihn Zeit war, sich zu erheben.

»Folgen Sie uns, Vulpius!«

Christian atmete tief durch. Er stand auf und verabschiedete sich von seiner Tischnachbarin mit einem höflichen Nicken.

»Wollen Sie das wirklich tun?«, flüsterte sie. »Nehmen Sie es mir nicht übel, aber ich finde, Sie gehören nicht in das Kolleg. Sie sind so … anders als die anderen Männer in der Runde. Die betrachten es als Ehre, aber Sie …« Sie senkte verlegen den Kopf. »Bitte verzeihen Sie mir, ich hätte das nicht sagen sollen.«

»Vulpius, alles wartet auf Sie«, erklang die nörgelnde Stimme des Hausherrn, der bereits an der Tür stand. »Oder haben Sie es sich anders überlegt?«

»Nein, nein«, rief Christian. »Ich komme schon!«

»Vergessen Sie nicht, Ihre Pfeife mitzunehmen! Um den Rest werden wir uns kümmern!«

Über den Möbeln des Ostflügels lag eine dicke Staubschicht. Christian vermutete, dass das Tabakskolleg hier oben keine

Dienstboten duldete, nicht einmal zum Saubermachen. Die Luft war trocken und durchsetzt von kaltem Tabaksrauch, was die Männer jedoch nicht zu stören schien. Plaudernd durchquerten sie einen Korridor, der sein Licht von einer einzigen Öllampe erhielt, und traten schließlich einer nach dem anderen durch eine Tür am Ende des Flurs.

Erst als sich Christians Augen an das fahle Licht gewöhnt hatten, erkannte er zu seiner Linken Polsterstühle mit geschnitzten Rückenlehnen, die halbkreisförmig um ein dreibeiniges Becken angeordnet waren. Aus dem Becken, dessen Metall rot und weiß glühte, schlugen Flammen empor.

»Willkommen im Tabakskolleg!« Monsieur Georges, der Hauslehrer, klopfte Christian jovial auf den Rücken. »Von diesem Abend an werde ich nicht mehr das jüngste Mitglied sein. Diese Last ruht nun auf Ihren Schultern.«

Christian erwiderte nichts. Seine Aufmerksamkeit galt der Anzahl der Stühle, auf denen sich die anwesenden Tabakfreunde niederließen. Zu seiner Überraschung entsprach sie exakt der Anzahl der Anwesenden. Ein Stuhl war für ihn, den Neuling im Kreis, reserviert.

»Was haben Sie?« Armin von Moors Stimme klang gereizt. »Stimmt etwas nicht?« Einige der Männer steckten sich nun an dem glühenden Kohlenbecken ihre Pfeifen an, andere bedienten sich aus diversen silbernen und goldenen Schatullen, da sie es vorzogen, die Zusammenkunft mit einer Prise Schnupftabak zu beginnen.

»Alles in Ordnung«, sagte Christian. »Ich wundere mich nur, dass für Heinrich Marlander kein Platz vorgesehen zu sein scheint.«

Alle Blicke richteten sich auf ihn.

»Gehen Sie hinaus, meine Herren!« Ohne jede Vorwarnung lief Armin von Moor zur Tür und riss sie weit auf. »Wir werden das Aufnahmeritual jetzt noch nicht durchführen, denn zuerst muss ich mit diesem Herrn ein Gespräch führen. Warten Sie im Salon oder … nein …« Er sann kurz nach. »Am besten wird sein, wir vertagen unsere Zusammenkunft. Stellen Sie bitte keine Fragen. Gehen Sie einfach!«

Besonders überrascht wirkte keiner der Männer. Gelassen und ohne jeden Protest erhoben sie sich von ihren Plätzen und verließen den Raum, ohne Christian eines Blickes zu würdigen.

»Krammfeld, Sie bleiben!«, forderte Herr von Moor den Lebkuchenbäcker auf, als auch dieser sich davonstehlen wollte. »Georges, Sie brauche ich auch noch!«

Christian bemerkte, wie sich der Hauslehrer sogleich vor die Tür stellte. Dieser Weg war ihm demnach versperrt. Er saß in der Falle.

»Was soll das eigentlich?« Krammfeld beäugte Christian feindselig. »Ich habe euch doch gewarnt, den Kerl einzuladen. Er war bei mir, gemeinsam mit meiner Schwägerin. Und er hat versucht, meine Mutter auszuhorchen. Über Bleichwein und dessen Schwester, aber ich schwöre bei allem, was mir heilig ist, dass sie nichts verraten hat. Meine Mutter ist keine Schwätzerin.« Krammfeld nahm eine Prise Schnupftabak aus einer der Tabatieren und sog sie begierig auf bis zum letzten Krümel.

Armin von Moor überging die Klagen des Bäckermeisters. Anstatt ihm zuzuhören, lief er zur Stirnseite des Raumes, wo er mit einer raschen Handbewegung einen samtenen Vorhang zurückzog. Hinter diesem befand sich ein Durchgang, der in ein größeres Hinterzimmer führte.

»Du zeigst ihm den Raum des inneren Kreises?« Krammfeld schnappte entgeistert nach Luft. »Nach unserem Reglement ist das verboten«, meldete sich auch Monsieur Georges zu Wort. »Vermutlich spielt das keine Rolle mehr, da Herr von Moor ohnehin längst beschlossen hat, dass ich sein Haus nicht lebend verlassen werde«, sagte Christian. Seine Hände fühlten sich plötzlich so kalt an, als umfassten sie zwei Eiszapfen.

»Wenn Sie das sagen!« Armin von Moors Miene drückte Gelassenheit aus, als er langsam die Schultern hob. »Doch bevor es so weit ist, begleiten Sie mich doch in das Allerheiligste unseres Kreises!« Als Christian zögerte, fügte er hinzu: »Nun kommen Sie schon, Vulpius, oder sind Sie ein Feigling? Sie waren doch so erpicht darauf, alles zu sehen!«

Christian warf einen beunruhigten Blick über die Schulter, bemerkte aber, dass Krammfeld keine Anstalten machte, sich ihnen anzuschließen. Auch der Hauslehrer blieb dort, wo er war. Dennoch klopfte ihm das Herz bis zum Hals, als er Armin von Moor durch die Pforte folgte.

Zu seiner Überraschung war der Raum jenseits des Vorhangs fast völlig leer. Der Fußboden war mit spiegelblankem Parkett bedeckt, das das Muster eines Schachbretts zeigte. Von der Decke hing ein prächtiger Kronleuchter, in dem mindestens drei Dutzend Kerzen steckten. Ihr warmer Schein fiel auf ein Konstrukt aus Röhren – eine aus Gold, die andere aus Silber – welches die Mitte des Raumes ausfüllte. Beide Röhren waren ungefähr gleich hoch, standen jedoch auf Sockeln unterschiedlicher Größe, weswegen die rechte Röhre die linke um gut fünf Handbreit überragte. Die beiden Arme der sonderbaren Apparatur waren über ein geschwungenes Rohr miteinander verbunden.

Christian hatte so etwas noch nie zuvor gesehen. Als er näher trat, entdeckte er neben jeder der beiden Röhren einen Behälter, der mit Kugeln aus Metall gefüllt war.

Das also sollte das Herz des inneren Kreises sein?

Irritiert beobachtete Christian, wie sich von Moor nun zu einem der Behälter begab, eine der Kugeln herausnahm und diese dann spielerisch in seiner Hand auf und ab springen ließ.

»Als Angehörige des Tabakskollegs pflegen wir eine enge Gemeinschaft«, erklärte der Mann mit ernster Miene. »Jedes Mitglied, das seine Treue dem Kreis gegenüber unter Beweis gestellt hat und das weiße Tuch besitzt, hat auch das Anrecht, bei

Schwierigkeiten das Kolleg um Hilfe zu bitten. Allerdings muss jede dieser Gefälligkeiten vertraulich behandelt werden.« Er drehte an der Kugel, bis deren Deckel, der an einer Spindel hing, aufsprang. Ihr Inneres bot Platz, um kleinere Wertgegenstände wie Schmuck und Münzen oder eine Botschaft darin zu verstecken.

»Es werden keine Namen genannt. Niemals, verstehen Sie? Wer auch immer ein Problem hat und einen Hilferuf an das Tabakskolleg ergehen lässt, schreibt seine Bitte auf einen Zettel, steckt diesen in eine goldene Kugel und wirft sie dann oben in die Röhre hinein.«

Christian hob eine der silbernen Kugeln auf und betrachtete sie sich.

»Nur zu, Vulpius«, sagte Armin von Moor. »Sie werden auf jeder Kugel einen eingravierten Namen finden. Das Mitglied, dessen Kugel von den anderen als Erste zu Boden gedrückt wird, hat die heilige Pflicht, sich des Problems anzunehmen und es zu lösen, so gut das eben möglich ist. Die anderen wissen nichts davon. Sie bewahren Stillschweigen.«

»Sogar wenn das bedeutet, einen Menschen aus dem Weg zu räumen?«

Armin von Moor presste die Lippen aufeinander, doch sein Schweigen verriet Christian mehr als tausend Worte. Von hier oben aus war der Befehl ergangen, Erasmus Bleichwein und seine Schwester zu töten. Einer aus dem Kreis hatte ihn ausgeführt.

Aber wer? Wer hatte die letzte Kugel gezogen?

30. Kapitel

Armin von Moor ließ Christian stehen und befahl Krammfeld zu sich. Den Hauslehrer schickte er hinunter in den Salon, um seine Gemahlin zu holen.

»Eine Frau war noch nie in diesem Raum«, erklärte er Christian, der einen unterschwelligen Vorwurf aus dieser Bemerkung herauszuhören glaubte. »Aber ich denke, heute werde ich eine Ausnahme machen. Constanze kann ruhig mit anhören, was Sie uns zu sagen haben.«

Sie begaben sich wieder in den größeren Raum mit dem Kohlenbecken, das inzwischen eine gehörige Hitze ausstrahlte, sprachen aber, solange sie warteten, kein Wort miteinander.

Wenn Constanze von Moor überrascht war, so sah man ihr das jedoch keineswegs an. Grazil bewegte sie sich durch den Raum, wobei sie Christian nicht aus den Augen ließ. »Nun«, sprach sie ihn mit eisiger Stimme an. »Haben Sie hier gefunden, was Sie gesucht haben?«

»Wenn Sie damit Antworten auf einige meiner Fragen meinen, dann gewiss!« Christian sah zu, wie die Dame des Hauses sich von Monsieur Georges einen Stuhl zurechtrücken ließ. Der kahlköpfige Franzose blieb hinter ihr stehen.

»Marlanders Kugel fehlt!«, rief Armin von Moor. Er verzichtete darauf, sich neben seine Frau zu setzen. Stattdessen ging er wie ein gehetztes Raubtier im Zimmer auf und ab. »Ich fürchte, wir werden ihn nicht wiedersehen!« Er blieb stehen und fasste seine Frau scharf ins Auge. »Du weißt, was er getan hat, nicht wahr? Und von wem er seinen Auftrag bekam!«

Constanze von Moors Miene blieb ausdruckslos, als befände sie sich im Theater und ließe ein Schauspiel über sich ergehen, das sie langweilte. »Was fragst du mich? Ich bin kein Mitglied eures albernen Kreises, daher muss ich meine Probleme selbst in die Hand nehmen, ohne eure Kugeln.«

Christian holte tief Luft. Constanze kannte sich in diesen Räumen ebenso gut aus wie ihr Mann. Für sie wäre es eine Leichtigkeit gewesen, eine der Kugeln mit einem Mordauftrag zu beschriften und dann in eine der Säulen zu werfen.

»Was soll der Anwalt denn getan haben?«, wollte Krammfeld wissen. Bei Tisch hatte er noch betrunken gewirkt, doch das sonderbare Gehabe seiner Freunde schien ihn jäh zu ernüchtern. Argwöhnisch schaute er von Christian zu Constanze von Moor.

»Nun, die Bleichweins waren beide tot, aber es gab noch eine Person, die viel gefährlicher war als die beiden. Sie musste ebenfalls unschädlich gemacht werden.«

»Nur weiter, mein Freund«, sagte Frau von Moor unbeeindruckt. »Ihre Geschichte verspricht amüsant zu werden.«

»Oh, Sie werden nicht enttäuscht sein, Madame. Ich weiß inzwischen nämlich, wer die Frau ist, die sich Madame Europe nennt, und wenn mich nicht alles täuscht, haben Sie schon lange vor mir Verdacht geschöpft!«

Sie lächelte geringschätzig, entgegnete aber nichts darauf.

»Wie Sie wissen, bin ich Schriftsteller …«

»Wohl eher Märchenerzähler«, knurrte Krammfeld, verstummte aber, als er von Moors Blick auffing. Der Hausherr begann zu schwitzen, obwohl es im Raum nicht besonders warm war.

»Jeder Schriftsteller sucht einen guten Anfang für seine Geschichte, aber in unserem Fall hat diese Geschichte für jeden Beteiligten anders angefangen. Für Frau von Moor und Ihren Gatten begann alles damit, dass Ihr Vater den Entschluss fasste, Ihren aufwendigen Lebensstil nur unter einer Bedingung zu finanzieren: dass Sie ihm endlich einen Enkelsohn präsentierten. Der alte Herr war ein glühender Bewunderer des alten Friedrich II. von Preußen, der kinderlos starb und von einem Neffen beerbt wurde, mit dem er nie wirklich etwas anzufangen wusste. Kein

Wunder, dass Ihr Vater unbedingt einen männlichen Erben haben wollte, den er ganz in seinem Sinne zum Offizier erziehen konnte.«

Die beiden von Moors warfen einander warnende Blicke zu.

»Unglücklicherweise war es Frau von Moor nicht vergönnt, ein Kind zur Welt zu bringen. Auf dem Friedhof habe ich sie dabei beobachtet, wie sie liebevoll den Schnee von einem kleinen Grabstein entfernte. Ich nehme an, dass darunter das Kind ruht, das sie verloren hat. Weitere konnte sie nicht bekommen, daher ersannen sie und ihr Mann einen heimtückischen Plan. Sie beauftragten ein Gaunerpärchen damit, ihnen ein männliches Kind zu beschaffen. Am besten im Ausland. Der Sprössling mittelloser Emigranten, die gar nicht die Möglichkeit hatten, ihre Spur bis nach Weimar zu verfolgen. Constanze von Moor versprach ihren Helfershelfern nicht nur viel Geld, sondern auch ein neues Leben an einem Ort, an dem niemand etwas von ihrer Vergangenheit ahnte.« Christian wandte sich an Krammfeld, der verblüfft den Kopf schüttelte.

»Sie vermuten richtig. Es waren Bleichwein und seine Schwester, die sich auf das Geschäft einließen. Keine Ahnung, ob sie wirklich so hießen oder sich erst in Weimar diesen Namen gaben. Die beiden waren jedenfalls nicht das, was sie vorgaben, zu sein. Bleichwein war Fuhrmann oder Kutscher, Josefina ein Kindermädchen, das es in keiner Stellung lange aushielt. In Dresden hatten die beiden schließlich das Glück auf eine junge Emigrantin zu stoßen, die mit ihrem Kind auf der Flucht vor ihrem gewalttätigen Ehemann war. Die Frau war verzweifelt, ihre Angst vor Verfolgung brachte sie dazu, mitten im Winter die Strapazen einer Reise nach Russland auf sich zu nehmen. Allerdings sollte sie nicht weiter als bis zu einem abgelegenen Gasthaus irgendwo in Preußisch-Polen kommen. Dort beschlossen die Bleichweins, ihren Plan in die Tat umzusetzen, die Frau zu betäuben und mit dem Kind zu verschwinden. Dieses war von seiner Mutter in Mädchenkleider gesteckt worden, damit eventuelle Späher ihres Mannes keinen Verdacht schöpften, doch die Bleichweins wussten natürlich, dass das Kind ein Knabe war. Josefina betäubte die Mutter, indem sie ihr ein Schlafmittel ins Glas mischte, dann eilte sie zur Kammer ihrer Herrin, wo Bleichwein schon auf sie wartete. Die beiden hatten allerdings nicht damit gerechnet, bei der Entführung ertappt zu werden. Eine Frau, deren Bekanntschaft die Emigrantin kurz zuvor erst im Schankraum gemacht hatte, war misstrauisch geworden. Sie versuchte, das Räuberpärchen aufzuhalten, doch dabei wurde sie von Bleichwein getötet.«

»Bleichwein war ein Mörder?«, keuchte Krammfeld und ließ offen, ob ihn die Erkenntnis mit Abscheu oder vielmehr mit morbider Bewunderung erfüllte.

Christian nickte ernst. »Er hat die Kartenlegerin kaltblütig umgebracht!«

»Die Kartenlegerin? Aber dann …«

»Oh, die Geschichte ist noch nicht zu Ende. Als die Emigrantin wieder zu sich kam, spürte sie sogleich, dass etwas Furchtbares geschehen sein musste. Sie schleppte sich voller Angst hinauf zu ihrer Kammer, wo sie ihre Befürchtungen bestätigt fand. Ihr Kind war fort, und in ihrem Bett fand sie die Frau, die ihr wenige Stunden zuvor die Karten gelegt und sie gewarnt hatte. Sie erholte sich nicht mehr von Bleichweins Angriff, doch bevor sie starb, vertraute sie der jungen Emigrantin ihren wertvollsten Besitz an: einen Satz Spielkarten. Anfangs wusste diese nicht recht, was sie mit den Karten anfangen sollte. Kein Wunder, sie war vor Kummer über ihren Verlust wie gelähmt. Doch nachdem es ihr gelungen war, sich nach Russland durchzuschlagen, beschloss sie, in die Rolle der Kartenlegerin zu schlüpfen. Mit den Jahren, die vergingen, eignete sie sich alles an, was sie dafür wissen musste, und traf zu ihrer eigenen Verwunderung so oft ins Schwarze, dass ihr bald schon ein gewisser Ruf vorauseilte.

Sie reiste durch ganz Europa und wurde ein gern gesehener Gast, sogar an vielen Fürstenhöfen. Vor der Rache Ihres Ehemannes brauchte sie sich nicht mehr zu fürchten, denn der wurde während der Revolution in Frankreich einen Kopf kürzer gemacht. Irgendwann fand sie sich damit ab, dass sie keine Spur von denen fand, die Jahre zuvor ihr Kind entführten.«

»Bis sie schließlich hierher nach Weimar kam, nehme ich an«, warf Monsieur Georges ein. Die undurchsichtige Miene des Hauslehrers gab nicht zu erkennen, was er dachte. »Hat sie die Bleichweins wiedererkannt?«

»Ich vermute, dass sie von Josefina eher zufällig wiedererkannt wurde. Die Hebamme geriet in Panik, weil die Erinnerung an ihr Verbrechen von damals sie wieder einholte. Sie griff immer öfter zur Flasche und vernachlässigte ihre Arbeit. Krammfelds Mutter meinte sogar, sie habe unter Wahnvorstellungen gelitten. Als sie dann auch noch erfuhr, dass ihre Dienstmagd Anna vorhatte, sich von der Fremden die Karten legen zu lassen, verlor sie den Kopf. Ich weiß noch, was sie zu mir sagte, als wir uns kurz vor ihrem Tod in der Bibliothek unterhielten. Sie sprach von Kindern und darüber, dass viele Menschen nicht gut genug auf ihre Kinder aufpassen würden. Ihr war bewusst, was sie getan hatte, und sie wurde von ihrem schlechten Gewissen gequält.« Er sah Frau von Moor an. »Doch vor ihrem Tod kam Josefina zu Ihnen, nicht wahr?«

Constanze nickte. »Das war gegen die Vereinbarung, die wir getroffen hatten. Sie hätte das Haus nie betreten dürfen. Aber plötzlich stand sie da und faselte wirres Zeug. Ich hielt sie für betrunken, und das war sie wohl auch. Sie sagte, dass sie nicht mehr länger mit dieser Lüge leben könne und zu dieser Frau ins Gasthaus am Frauenplan gehen wolle, um reinen Tisch zu machen. Sie wollte die Wahrheit über Louis herausposaunen!«

»Constanze, was soll das?«, rief ihr Mann mit erstickter Stimme.

Sie zuckte verächtlich mit den Achseln. »Ach, hör schon auf, den Ahnungslosen zu spielen. Du hast nicht genug Mut gehabt, die Sache aus der Welt zu schaffen, also musste ich es tun. Mir war klar, dass Josefina verschwinden musste, bevor die Fremde im Gasthof sie zu Gesicht bekam und wiedererkannte, doch das Weib weigerte sich hartnäckig, die Stadt zu verlassen.«

»Und damit unterschrieb sie ihr eigenes Todesurteil«, ergänzte Christian. »Es war schlau, es so aussehen zu lassen, als würde Josefina in geistiger Umnachtung von der Galerie springen. In der Stadt geht man immer noch von einem Selbstmord aus. Haben Sie ihr den Strick um den Hals gelegt, nachdem Sie ihr eine Droge eingeflößt haben, oder überließen Sie diese Aufgabe einem Mann Ihres Vertrauens?« Sein Blick fiel auf den Hauslehrer, der jedoch nicht einmal mit der Wimper zuckte.

»Willst du eine Sache erfolgreich beenden, so erledige sie selbst!«, sagte sie kalt.

»Fürs Erste war die Gefahr ja auch gebannt, nicht wahr? Louis wurde vorsorglich nicht zur Schule geschickt. Bei Marlander habe ich selbst mit angehört, wie der Junge sich darüber beklagt hat. Er fand es recht merkwürdig, dass er zu Hause bleiben musste, obwohl er gar nicht krank war. Sie erklärten das mit seiner zarten Gesundheit, doch in Wahrheit mussten Sie verhindern, dass er auf dem Weg durch die Stadt zufällig den Fremden aus dem Gasthof begegnete.«

»Und Bleichwein?«, fragte Krammfeld mit gerunzelter Stirn.

»Nun ja, der Tabakhändler hatte zwar zu keiner Zeit vor, die Kartenlegerin aufzusuchen und sie um Vergebung zu bitten, so weit ging sein schlechtes Gewissen nicht. Trotzdem war auch er gefährlich geworden. Madame Europe reiste einfach nicht aus Weimar ab, und früher oder später hätte sie ihn als Entführer ihres Kindes und Mörder dieser namenlosen Frau aus der polnischen Herberge wiedererkannt. Der Skandal hätte das Herzogtum erschüttert und das Haus von Moor ruiniert.«

Constanze von Moor sprang von ihrem Stuhl auf und schritt mit erhobenem Zeigefinger auf Christian zu. »Diese Josefina hatte vor, alles zu zerstören. Ohne Rücksicht auf mich, dabei hatte sie es so gut in Weimar. Ohne meinen Einfluss hätte sie nie als Hebamme arbeiten dürfen, wir nahmen sie sogar in Schutz, als sich die Beschwerden über sie zu häufen begannen. Zuletzt warf sie mir an den Kopf, dass sie so nicht weiterleben wolle.« Sie rümpfte die Nase. »Also habe ich ihren Wunsch erfüllt. Ich wusste genau, welches Mittel ich ihr einflößen musste, um sie willenlos zu machen. Praktischerweise hatte sie es selbst bei sich. Alles Weitere überließ ich dem Schicksal. Aber einem fetten Kerl wie Bleichwein in seinem eigenen Laden den Hals durch-schneiden …« Sie verzog das Gesicht, während ihre Blicke von einem zum anderen wanderten. »Das war ich nicht! Ich war zum Zeitpunkt des Mordes nicht mal in der Nähe der Winkelgasse, das können die Gäste meiner Teegesellschaft bezeugen.«

»Sie sagt die Wahrheit! Wenigstens einmal in ihrem Le-ben!«

Christian drehte sich um. An der Tür stand Meinhard von Sturm, Constanzes Vater. In seiner Hand hielt er eine Pistole, mit der er auf Christian zielte. »Bleiben Sie, wo Sie sind«, befahl er. Dann machte er einen Schritt nach vorne und gab einer wei-teren Person, die noch vor der Tür wartete, ein Zeichen. »Wor-auf wartest du noch? Bring die Gefangenen herein!«

Christian erschrak, als Helene und kurz nach ihr Bleichweins Magd Anna in den Raum gezerrt wurden. Am liebsten wäre er sogleich zu Helene gelaufen, um sie in seine Arme zu schließen, doch das ließ der hochgewachsene Mann in der scharlachroten Livree eines Haushofmeisters nicht zu. Wie sein Herr war auch er mit einer Pistole bewaffnet.

»Ich habe eine Weile gelauscht und gehört, was Sie gesagt ha-ben«, wandte sich der Alte an Christian. »Sie sind kein Dumm-kopf wie so manch einer, der sich mit Ihnen in diesem Raum befindet.« Er lächelte höhnisch. »Sie sind ein würdiger Gegner gewesen, auch wenn Sie kein Soldat sind. Solchen Männern bin ich schon als Offizier des Königs von Preußen mit höchstem Respekt begegnet. Was mich allerdings nicht gehindert hat, sie zu töten.« Er hustete, während seine Hand mit der Pistole zu zittern begann. »In einem Krieg ist das nun mal so, junger Mann. Nehmen Sie es nicht allzu persönlich!«

»Das ist ein bisschen viel verlangt, meinen Sie nicht?«, sagte Christian. »Wir befinden uns nicht im Krieg, Sie sind kein Offizier mehr und ich …«

»Sie irren sich«, schnitt Meinhard von Sturm ihm brüsk das Wort ab. »Jedermann, der mir etwas wegnehmen will, erklärt mir den Krieg und zwingt mich zu handeln.«

Christian spürte einen bitteren Geschmack im Mund, als er an die letzten Worte dachte, die Josefina Bleichwein vor ihrem Sprung von der Galerie ausgerufen hatte: Ein Sturm würde über Weimar kommen. Offensichtlich hatte sie damit weder schlechtes Wetter noch umwälzende politische Unruhen gemeint. Nein, sie hatte von einem Mann gesprochen, der sich im Krieg gegen die ganze Welt wähnte und vor nichts zurückschreckte, um Unheil von sich und seinem Haus abzuwenden.

Armin von Moor griff nach einer der Tabatieren, traute sich aber unter den eisgrauen Augen seines Schwiegervaters nicht, sich eine Prise zu genehmigen, und schloss den Deckel wieder. »Soll das heißen, dass dein Vater die ganze Zeit Bescheid wusste?«, wollte er von seiner Frau wissen, die sich mit verschlossener Miene wieder in den Lehnstuhl hatte fallen lassen.

»Was hast du denn gedacht, du Narr?«, brauste der Alte auf. Er war so wütend, dass er mit seiner Pistole vor von Moor herumfuchtelte. »Dass ihr mir einen Bären aufbinden könnt?« Er spuckte angewidert in die Flammen des Kohlenbeckens, welche tanzende Schatten an die Wand warfen. »Ich bin euch schon vor Jahren auf die Schliche gekommen. Ich weiß alles!«

Constanze von Moor hob den Blick. Ungläubiges Staunen lag auf ihren Zügen. »Aber warum hast du dann …?«

»Warum ich dem Burschen aus dem Tabakladen das Maul gestopft habe, willst du wissen?« Der Alte lachte heiser. Er hielt sich erstaunlich gerade, und als er um das Becken herumging, brauchte er weder Stock noch die Hilfe eines Dieners. »Ich hatte mich geirrt, als ich dachte, ich könnte nur Fleisch von meinem Fleisch und Blut von meinem Blut lieb gewinnen. Der Junge ist mehr wert als ihr alle zusammen. Er ist mein Stolz, und es wird einmal etwas aus ihm werden. Kein unnützer Tabakschnupfer wie der Trottel, der der Welt vorspielt, sein Vater zu sein, sondern ein tapferer Offizier, der meinem Namen alle Ehre macht. Als du, Constanze, deine Freunde zur Teegesellschaft eingeladen hast, entschloss ich mich, in die Stadt zu gehen und diesen Bleichwein aus dem Weg zu räumen. Auf mich achtete ja ohnehin niemand. Alle dachten, der tattrige Alte hält seinen Mittagsschlaf und darf nicht gestört werden. Also nahm ich meinen alten Dolch, legte meine Uniform an und verließ mit Sergius Klein das Haus über den Garten. Niemand hat uns gesehen, als wir den Tabakladen betraten, es war ja auch viel zu kalt, um sich an diesem Tag länger draußen aufzuhalten. Bleichwein hat mich erwartet. Er glaubte, ich sei gekommen, um einen Beutel mit Reichstalern abzuholen, den er für mich in Verwahrung genommen hatte.« Er warf seiner Tochter einen durchdringenden Blick zu. »O ja, ich habe noch immer Geld, über das ihr nicht verfügen könnt. Was ich damit anfange, ist meine Sache und geht euch nichts an.«

Also daher stammte der Beutel mit Gold, den Anna in Bleichweins Laden gefunden hatte. Christian konnte sich gut vorstellen, wofür der Alte sein Geld ausgab. Jeder Offizier brauchte eine Armee. Von Sturms Armee bestand vermutlich aus einer Handvoll Söldnern: Domestiken, wie diesem Sergius Klein, doch von Sturm ließ es sich offensichtlich etwas kosten, dass diese für ihn spionierten, Gespräche belauschten und ihm als Handlanger dienten. Auf diese Weise musste er auch erfahren haben, dass der kleine Louis gar nicht sein leiblicher Enkelsohn war.

»Sie haben Bleichwein getötet, nachdem Ihr Diener ihn überwältigt hatte«, führte Christian seinen Gedanken zu Ende. »Dann sind Sie nach Hause zurückgeeilt. Aber etwas ging schief. Sie wurden von der Köchin gesehen, und von dem Gesellen aus der Schokoladenmanufaktur, der sogleich eins und eins zusammenzählte.«

Anna schluchzte leise auf.

Meinhard von Sturm nickte düster. »Dieser dumme Junge könnte noch am Leben sein, wenn er nicht so habgierig gewesen wäre. Meine gute Weste hatte leider Blutspritzer abbekommen. Ausgerechnet die Weste, die mir der König von Preußen geschenkt hatte. Ich trag sie bei jeder offiziellen Gelegenheit, und es wäre aufgefallen, wenn ich sie fortgeworfen hätte. Also befahl ich Sergius Klein, sie erst einmal im Pferdestall zu verstecken. Er konnte nicht wissen, dass ihn die Köchin und dieser Bengel dabei beobachteten. Später, nachdem Bleichweins Leiche entdeckt worden war, kam dieser Hugo ins Haus und verlangte mich zu sprechen. Er wusste von der Köchin, dass es meine Weste war, die er gefunden hatte. Er verlangte Geld von mir, sonst würde er die blutbesudelte Weste dem herzoglichen Untersuchungsbeamten Heyde zeigen.« Er schnaubte, wobei er der immer noch leise schluchzenden Anna einen Seitenblick zuwarf. »Sergius hat sich der Sache angenommen. Leider ist dieses kleine Biest ihm entwischt, mitsamt meiner Weste.« Drohend richtete er seine Pistole auf das Mädchen. »Sie gehört mir, und ich will sie wiederhaben, hörst du? Du wirst mir jetzt sagen, was du mit ihr gemacht hast, sonst schieße ich dich sofort über den Haufen!«

»Sie werden uns doch sowieso töten, sobald Sie Ihre Weste wiederhaben«, sagte Helene. »Schließlich kennen wir jetzt die Wahrheit. Allerdings vergessen Sie die Kartenlegerin, und die befindet sich in Sicherheit.«

»Abwarten, mein Kind!« Der Alte kam langsam näher. »Auch sie wird nicht davonkommen, um der Welt Lügen über uns zu erzählen, dafür werde ich sorgen. Also, wo ist die Weste?«

Anna schlug die Hände vors Gesicht. Die Stunden in Gefangenschaft hatten sie zermürbt, sie hatte keine Kraft mehr, dem Willen des alten Mannes etwas entgegenzusetzen.

»In Madame Europes Zimmer im Gasthaus«, wimmerte sie.

»Lügnerin, dort habe ich alles absuchen lassen!« Der Hahn der Pistole wurde gespannt.

»Ich schwöre es! Ich habe sie ins Futter von eines von Madames *manteaus* eingenäht, einen Überrock von karmesinroter Farbe, dessen Ärmel mit Brüsseler Spitzen besetzt sind.«

Meinhard von Moor neigte den Kopf und hob dabei prüfend die schneeweißen, buschigen Augenbrauen. Annas Angaben schienen ihn zufriedenzustellen. Er flüsterte leise mit Sergius Klein. Wie Christian annahm, sollte dieser zum Gasthaus laufen und die Weste holen.

»Was ist mit denen?« Der Majordomus deutete mit dem Kinn auf Christian und die beiden Frauen. »Soll ich sie erledigen, bevor ich gehe?«

Anna schrie auf.

»Keine schlechte Idee, aber ich würde vorziehen, ihre Leichen nicht aus dem Haus schaffen zu müssen«, sagte der alte Mann gleichmütig. Er wandte sich mit einem fast liebenswürdigen Lächeln Christian zu. »Vielleicht haben Sie die Güte, Sergius den Ort zu zeigen, wo Sie Heinrich Marlanders sterbliche Überreste verscharrt haben. Sie haben ihn doch verschwinden lassen, nicht wahr?« Er lachte heiser. »Ich dachte mir schon, dass dieser Kretin versagen würde. Aber wenn wir Sie zu ihm schaffen, wird es so aussehen, als wären Sie auf einem gemeinsamen Ausflug nach Schloss Tiefurt von Raubgesindel überfallen und erschlagen worden. Wäre das kein passendes Ende für den Autor des *Rinaldini*?«

396

Christian schluckte. Nein, so hatte er sich sein Ende nicht vorgestellt. Er öffnete den Mund, doch bevor er etwas sagen konnte, drang ein Scharren und Kratzen an sein Ohr. Sergius Klein riss die Tür auf und machte verblüfft einen Schritt zurück, als eine kleine Gestalt an ihm vorbei in das Zimmer huschte.

Es war Louis, barfuß, zerzaust und mit einem Nachthemd bekleidet. Seine Augen waren weit aufgerissen. Als der Alte den Jungen entdeckte, entfuhr ihm ein ärgerlicher Laut.

Louis hielt ein Buch in der Hand und starrte darauf, als würde er lesen. Doch das tat er nicht, er schlief. Verblüfft richteten sich die Blicke des Alten auf seinen Enkel, und diesen Moment nutzte Christian. Er zog seine Meerschaumpfeife aus der Rocktasche, machte einen Satz nach vorne und schlug Meinhard von Sturm mit einem kräftigen Hieb auf die Hand.

Der Alte jaulte vor Schmerz, die Pistole entglitt seinen dürren Fingern und fiel polternd zu Boden. Christian hechtete darauf zu, doch es gelang ihm nicht mehr rechtzeitig, die Waffe aufzuheben, denn nun legte Sergius Klein auf ihn an.

»Nicht, du Idiot«, zischte der alte von Sturm seinen Diener an. »Du darfst den Jungen nicht erschrecken!« Doch es war zu spät; aus der Waffe des Majordomus löste sich ein Schuss. Anna kreischte wie von Sinnen.

Christian versuchte sich mit einem Sprung hinter dem Kohlenbecken in Deckung zu bringen, doch noch ehe er es erreichte, spürte er einen heißen, brennenden Schmerz, der sich ins Fleisch seines rechten Arms bohrte. Blut schoss aus einer Wunde, und er hörte wie durch einen Nebel die aufgeregte Stimme des Alten, der seiner Tochter auftrug, den Jungen aus dem Raum zu bringen.

Statt zu gehorchen, bückte sich Constanze von Moor nach der Pistole ihres Vaters. Wie es aussah, plagten sie weniger Skrupel, mit einem gezielten Schuss das zu Ende zu bringen, was Sergius Klein misslungen war.

Christians Herz klopfte wie wild. Die Frau wusste genau, was für sie auf dem Spiel stand. Sie würde ihm die Waffe an die Schläfe setzen und … Er winkelte die Beine an und trat mit letzter Kraft gegen das brennende Kohlenbecken, welches kurz schwankte und dann umstürzte.

Constanze von Moor war zu überrascht, um zurückzuspringen. Sie blieb reglos stehen, als die glühenden Kohlenstücke über das Parkett auf sie zurollten. Erst als die Flammen nach dem Saum ihres Brokatrockes griffen, schrie sie auf. Sie ließ die Pistole fallen und drosch mit bloßen Händen auf ihre Beine ein.

Weder ihr Mann noch der alte Meinhard kamen ihr zu Hilfe. Erst als die Schreie der Frau schriller wurden und die Flammen höher krochen, lösten sich der Majordomus und Monsieur Georges aus ihrer Erstarrung. Die Männer rissen die Vorhänge herunter, welche die beiden Räume des Tabakskollegs voneinander trennten, und versuchten damit, das Feuer zu löschen.

Christian biss die Zähne zusammen und kämpfte sich auf die Füße. Dann stolperte er auf Helene und Anna zu. Er musste sie hinausschaffen, ehe das ganze Haus in Flammen aufging. Sie und den kleinen Louis.

Der Junge kauerte mit offenen Augen, aber tief schlafend neben einem der Lehnstühle, ließ sich aber anstandslos von Helene an die Hand nehmen. Noch bevor Meinhard von Sturm es verhindern konnte, schob sie ihn aus der Tür, hinaus auf den dunklen Korridor.

Die Hand auf seine Wunde gepresst, folgte ihr Christian, während die wütenden Flüche des Alten und Constanzes Geheul hinter ihm anschwollen.

»Sergius, du Dummkopf, verschwende meine Zeit nicht mit meiner Tochter, bring mir meinen Enkel zurück«, brüllte der Obrist. »Sie dürfen dir nicht entwischen!«

Auf der Treppe peitschte ein Schuss dicht an Christians Kopf vorbei, doch er traf nicht ihn, sondern schlug in den hölzernen Handlauf, der in tausend Stücke zersplitterte.

»Nicht schießen, du Wahnsinniger«, kreischte der Alte wie von Sinnen.

Christian drehte sich um und sah hoch über seinem Kopf, wie sich der Obrist mit vor Wut verzerrtem Gesicht über die Brüstung beugte. Einen Moment lang kreuzten sich die Blicke der beiden Männer, dann hastete Christian weiter. Dabei wurde ihm von Schritt zu Schritt schwindliger. Bald taumelte er mehr, als dass er lief. Der starke Blutverlust brachte es mit sich, dass sich um ihn herum das Treppenhaus zu drehen begann. Als er seinen Fuß auf die letzte Treppenstufe setzte, traf ihn die Erkenntnis wie mit einem Hammer. Er würde die Tür nicht erreichen.

Helene blieb stehen, um auf ihn zu warten, doch ihre ausgestreckte Hand verschwamm vor seinen Augen, nein, sie explodierte in einem Meer von Farben.

Und dann waren plötzlich überall barsche Männerstimmen um ihn herum. Gemeinsam mit dem Geräusch schwerer Stiefel übertönten sie das Geschrei des Obristen. Gleichzeitig hörte er Helene, die jemanden beschimpfte, weil dieser sie von ihm wegzuzerren versuchte.

Getragen von einer Welle aus Schmerz und Übelkeit hob Christian den Kopf, wobei er einen Atemzug lang hätte schwören können, wieder in der Bibliothek zu sein, im Rokokosaal, wo er zusah, wie sich die Hebamme an der Brüstung der Galerie erhängte.

Nur, dass es nicht Josefina Bleichweins Körper war, der nur wenige Schritte von ihm entfernt auf dem kalten Fußboden des Palais zerschmetterte.

Christian sah noch, wie sich ein dunkelroter Strom über das Parkett ergoss und geradewegs auf ihn zubewegte.

Mit letzter Kraft hob er die Beine an.

31. Kapitel

»Na, das sieht ja schlimmer aus, als es ist! Kein Grund, daraus ein Drama zu machen.«

Christian freute sich, dies aus dem Mund des Arztes zu hören, fragte sich aber gleichzeitig, wie oft Hellberger schon Kugeln aus dem Arm eines Schriftstellers entfernt hatte. Wenigstens war er behutsam vorgegangen, als er die Fleischwunde gesäubert, mit einigen Stichen genäht und dann frisch verbunden hatte.

Christian lehnte sich mit einem Seufzer in die Kissen zurück und sah zu, wie Hellberger ohne Eile seine Tasche einräumte. Dabei ließ dieser sich jede Menge Zeit; vermutlich genoss er es, das Haus des berühmten Dichters, den er seit Langem schon bewunderte, endlich auch einmal von innen zu sehen.

»Sie hatten großes Glück, mein Freund«, sagte er schließlich. »Ich erinnere mich, dass ich Sie schon einmal verarzten musste. Vor einem Jahr, drüben im Park an der Ilm.«

Christian erinnerte sich ebenfalls. In Goethes Gartenhaus war er jedoch nur geschlagen und gewürgt worden. Eine Schussverletzung war auch für ihn etwas Neues.

»Damals sagte ich mir, den wirst du nicht mehr los«, plauderte der Arzt munter weiter. »Als Patient, meine ich. Und, hatte ich recht? Es wäre mir aber lieber, Sie würden mich nächstes Mal wegen Husten oder Hühneraugen konsultieren.« Er wischte sich die Hände an seinen grauen Kniehosen ab. »Vielleicht sollten Sie es sich künftig zweimal überlegen, bevor Sie sich in Gefahr begeben. Was wäre denn aus Ihnen und den Damen geworden, wenn nicht rechtzeitig Hilfe eingetroffen wäre?«

Christian machte ein zerknirschtes Gesicht, denn über die Frage des Arztes grübelte er nach, seit er im Salon seiner Schwester am Frauenplan erwacht war. Es war purer Leichtsinn gewesen, unbewaffnet zu den von Moors zu gehen. Doch er hatte Max, dem Gehilfen der Kartenlegerin, eingeschärft, den Hauptmann zu rufen, falls er bis kurz vor Mitternacht keine Nachricht aus dem Palais von ihm bekommen haben sollte.

Gleichzeitig hatten auch Goethes Köchin, die Helene in der Küche der von Moors zur Hand gegangen war, sowie Bettine Jungmann Krach geschlagen, nachdem der Majordomus Helene weggebracht hatte. Beide hatten Verdacht geschöpft und die Beine in die Hand genommen. Nur so war es den Männern des Hauptmanns gelungen, das Palais noch rechtzeitig zu umstellen.

Diesmal hatte der herzogliche Untersuchungsbeamte zum Glück nicht zu lange gezögert.

»Heyde wartet unten auf Sie, Vulpius«, sagte Helene, nachdem der Arzt sich verabschiedet hatte.

»Ich nehme an, er schäumt vor Wut, weil wir ihn wieder mal übergangen haben?«

Die junge Frau schüttelte sein Kissen auf, eine liebevolle Geste, die Christian gefiel, weil etwas Warmes, Vertrautes darin lag. Allein die kritische Miene seiner Freundin störte das Idyll ein wenig. Sie und das dumpfe Ziehen und Pochen in seinem verletzten Arm.

Dieser verfluchte Majordomus, dachte er verdrossen. Doch dann kehrten seine Gedanken zu Helene zurück. Sie war die tapferste Frau, die er kannte. Vielleicht sollte er sie doch fragen, ob sie seine Kissen öfter aufschütteln wollte. Jeden Morgen nach dem Aufstehen.

Nein, so nicht, beschloss er. Sonst gewann sie am Ende noch den Eindruck, er wolle sie nur heiraten, damit sie sich um ihn und seine Befindlichkeiten kümmerte.

»Heyde ist überraschend gut gelaunt«, erklärte Helene, nachdem sie ihm eine Tasse Tee eingeschenkt hatte. »Er unterhält sich gerade mit Ihrer Schwester. Die beiden scheinen sich ganz prächtig zu verstehen.«

»Der Hauptmann und Christiane?«

Sie schüttelte den Kopf.

»Oh, das habe ich befürchtet«, stöhnte er.

Ein Klopfen unterbrach Christians Anflug von Selbstmitleid. Es war Christiane, die sich nach seinem Befinden erkundigen wollte. Bei ihr war zu seiner Überraschung Madame Europe.

Die Kartenlegerin lächelte ihm zaghaft zu. »Bevor ich abreise, wollte ich Ihnen danken. Ohne Sie hätte ich niemals Gewissheit erlangt.«

Christian musste an den kleinen Louis denken. Helene hatte ihm schon mitgeteilt, dass der Geheimrat dem Jungen vorübergehend eine Bleibe angeboten hatte. Er war nun oben und tobte mit August durchs Haus, der sich wahnsinnig über den unerwarteten Spielkameraden freute. Doch irgendwann würde man nicht umhinkommen, ihm die Augen zu öffnen. Der Mann, den er von klein auf für seinen Großvater gehalten hatte, war tot, und nach Einschätzung der Ärzte würde auch Constanze, die das Wundfieber gepackt hatte, nicht überleben. Beider Handlanger Sergius Klein saß im Kerker und wartete auf seinen Prozess, während Armin von Moor jegliche Verantwortung für sein Handeln weit von sich wies. Soweit Christian von Helene erfahren hatte, hatte sich der Vorsitzende des Tabakskollegs in seinen Räumen im Ostflügel eingeschlossen und weigerte sich hartnäckig, zu öffnen. Nicht einmal seine Diener durften zu ihm.

Christian bezweifelte, dass sich der Kreis der Tabakfreunde mit seinem auf Bestechungen und geheimen Gefälligkeiten fußenden Reglement in Weimar noch lange halten würde, sobald erst einmal die Wahrheit über die Machenschaften der von Moors ans Licht gekommen war. Es gab unter den Mitgliedern nicht nur Krammfelds, sondern auch angesehene Männer, die einen Skandal fürchteten. Wenn sich erst einmal bis zum Herzog herumgesprochen hatte, was im Palais vorgefallen war, waren die Tage des Tabakskollegiums gewiss gezählt.

»Nehmen Sie sich ein Herz und gehen zu ihm«, hörte Christian seine Schwester sagen. »Er ist Ihr Sohn, und er braucht Sie jetzt.«

Madame Europe trat ans Fenster und blickte gedankenverloren auf den tief verschneiten Platz. »Ich fürchte mich davor«, gab sie zu. »Der Junge erinnert sich doch gar nicht mehr an mich. Er war ja noch so klein, als die Bleichweins ihn mir wegnahmen. Eigenartig ist nur, dass er das Buch behalten hat. Ich habe es sofort wiedererkannt, als sie den Kleinen heute Nacht hierhergebracht haben. Er hielt das Buch fest wie einen Schatz.«

Christian hob fragend die Augenbrauen.

»Ein Band mit Gedichten des Herrn Geheimrat! Es hat einmal mir gehört, das beweisen die kleinen Zeichnungen und Randbemerkungen, die ich eigenhändig vorgenommen habe, als ich noch in Paris lebte. Zwischen den Zeilen des *Erlkönigs* muss ein getrocknetes Vergissmeinnicht liegen. Der Junge hat die Blüte in unserem alten Garten gepflückt, als er kaum laufen konnte. An jenem Abend, als er verschwand, habe ich zum letzten Mal in dem Buch gelesen.« Sie zuckte mit den Achseln. »Aus irgendeinem Grund haben Josefina und Erasmus es ihm gelassen.«

Christian zwinkerte ihr zu. »Das sollten Sie dem Kleinen unbedingt erzählen. Kinder lieben gute Geschichten und vergessen böse Träume rasch.«

Sie sagte nichts dazu, schien sich seinen Vorschlag aber durch den Kopf gehen zu lassen. »Wie dem auch sei, ich muss nun zusehen, dass Max und Anna sich um das Gepäck kümmern und eine Postkutsche organisieren. Wir müssen weiter. Ich brauche Zeit, um nachzudenken.«

»Und Anna?«, fragte Helene erstaunt. »Haben Sie vor, das Mädchen mitzunehmen?«

»Oh, Max würde es mir sehr übel nehmen, wenn ich sie hier zurückließe. Ich habe ihr einmal gesagt, dass sie eine Reise an der Seite des Mannes antreten würde, der sie liebt. Und mein Max ist vernarrt in sie, seit sie zum ersten Mal bei mir war, um sich die Karten legen zu lassen.« An der Tür zum Flur blieb sie noch einmal stehen. »Ich verdanke Ihnen so unendlich viel, Vulpius. Wie kann ich Ihnen das nur vergelten?«

»Oh, das haben Sie bereits getan«, sagte Helene mit einem Lächeln. »Die Witwe Jungmann kann ihr Glück kaum fassen.«

Christian richtete sich mit fragenden Blicken auf. Hatte er hier etwas nicht mitbekommen? »Was ist mit der Witwe?«, erkundigte er sich.

»Nun, Madame Europe …«

»Nennen Sie mich doch Claire, das ist mein richtiger Name.«

»Also schön, Claire hat beschlossen, ein hübsches Sümmchen in die Erweiterung von Bettines Schokoladenmanufaktur und die Einrichtung eines Kaffeehauses in Weimar zu investieren. Sie will ihr auch bei der Beschaffung der nötigen Dokumente behilflich sein. Das heißt, dass die Witwe nicht mehr darauf angewiesen ist, mit Krammfeld zusammenzuarbeiten. Im Gegenteil, ich schätze, dass der Bursche bald kleinlaut bei ihr angekrochen kommen wird. Wie ich hörte, hat er ihr schon erlaubt, ihre Schwester und deren Kind zu besuchen, wann immer ihr danach ist.«

Bevor Christian sich bei Madame Europe für deren Großzügigkeit bedanken konnte, erklärte diese, dass sie ihr Geld nur aus geschäftlichem Kalkül investiere, da mit der überall beliebten Schokolade der Witwe eine Menge zu verdienen sei, doch Christian sah der Frau an, dass da noch mehr dahintersteckte. Sie fühlte sich wohl auch ein wenig schuldig. Ihr Auftauchen hatte eine Lawine losgetreten, die den Gesellen der Schokoladenmacherin unter sich begraben hatte. Vermutlich hielt sie ein wenig Unterstützung auch aus diesem Grund für angebracht. Christian raffte sich unter Schmerzen auf, um die Frau hinauszubegleiten. Eine letzte Frage an sie brannte ihm noch unter den Nägeln. Auf dem Flur wagte er, sie zu stellen.

»Die Dinge, die Sie neulich über uns, Christiane und mich, aus Ihren Karten herausgelesen haben ... Sie wissen schon, die Sache mit meinen Büchern und dass meine Schwester und der Geheimrat schließlich doch noch heiraten würden ... Das haben Sie sich doch ausgedacht, nicht wahr?«

Sie schenkte ihm ein Lächeln, aus dem er unmöglich schlau werden konnte.

»Christian, wo bleiben Sie?« Helene – sie wollte, dass er sich wieder hinlegte, so wie Doktor Hellberger es angeordnet hatte, damit seine Temperatur nicht wieder stieg. Aber eine Antwort wollte er schon noch hören, bevor er in den Salon zurückging.

Als er sich wieder umdrehte, stand er zu seiner Verblüffung allein in der Halle.

Madame Europe war gegangen.

Epilog

Weimar, d. 6. Dez. Sonnabend. 1798

An den Revisor der Herzoglichen Bibliothek zu Weimar und gleichsam Verfasser des Romans »Rinaldo Rinaldini, der Räuberhauptmann«

Geschätzter Vulpius,

mit diesen Zeilen erfülle ich eine Pflicht, die mir wegen meiner langjährigen Verbundenheit zu meinem einstigen Seelenverwandten, Geheimrat von Goethe, auferlegt wurde. Sie werden verzeihen, dass ich dieser Pflicht nur widerstrebend nachkomme, da unsere Familien einander nicht viel zu sagen haben, doch habe ich mich in meinem ganzen Leben noch nie einer Pflicht verweigert.

Es wird Sie vielleicht überraschen zu erfahren, dass ich in den vergangenen Wochen sämtliche Exemplare Ihres »Rinaldini«, die ich in den Buchläden Weimars fand, auf einen Schlag gekauft habe. Dies geschah keineswegs, weil mir plötzlich der Sinn nach der Art von Literatur stand, mit der Sie das gemeine Volk zu unterhalten wünschen, wobei ich mir habe sagen lassen, dass die Abenteuer Ihres Helden durchaus lesenswert sind. Zu diesem Schlusse scheint indessen auch Ihre Hoheit, die Herzoginmutter Anna Amalia, nach der Lektüre Ihres Buches gekommen zu sein. Fragen Sie nicht, welcher Engel oder Teufel ihr Ihre Geschichte in die Hände spielte. Sie hat das Buch zu meiner Verwunderung gelesen, während sie mit einer garstigen Erkältung krank zu Bett lag, und sich ganz offensichtlich in die tragische Figur Ihres galanten Räubers »Rinaldini« verliebt. Als Hofdame und Vertraute beauftragte mich Ihre Durchlaucht, alle Ausgaben Ihres Buches zu beschaffen, derer ich in Weimar habhaft werden konnte.

Ihre Hoheit bittet Sie, Vulpius, nun um Ihren Besuch im Witwenpalais, denn sie hat sich in den Kopf gesetzt, den »Rinaldini« mit einer Widmung des Verfassers versehen zum Weihnachtsfest an ihre engsten Freunde zu schicken. Die Herzogin ist offensichtlich davon überzeugt, dass über Ihr Buch noch lange geredet werden und Ihnen eines Tages Ansehen bescheren wird.

Eine Ansicht, von der sie sich durch kein vernünftiges Widerwort abbringen lässt. In Kürze wird ihre Kalesche Sie vom Frauenplan abholen. Seien Sie pünktlich!

Charlotte Freifrau v. Stein

Anmerkungen des Autors

Das 18. Jahrhundert gilt heute als die Blütezeit der Aufklärung. Umso erstaunlicher ist es, dass neben dem Kampf für die Vernunft und dem Widerstand gegen Aberglaube und Intoleranz, welcher das Zeitalter prägte, auch die Faszination für alles Geheimnisvolle und Mystische wuchs, ob es sich dabei nun um Wahrsagerei, Geisterbeschwörungen oder neue Heilmethoden wie den Magnetismus handelte. Auch viele Geheimgesellschaften wie die Freimaurer, Illuminaten und Rosenkreuzer erlebten in diesen Jahren ihren Höhepunkt und zogen illustre Persönlichkeiten, Philosophen, Dichter und sogar Könige und Fürsten in ihren Bann. Johann Wolfgang von Goethe selbst gehörte seit 1780 der Freimaurerloge Amalia in Weimar an, drei Jahre später traten er und sein Freund und Landesherr, Herzog Carl August von Sachsen-Weimar-Eisenach, dem Orden der Illuminaten bei. Das Tabakskolleg von Weimar ist jedoch meine eigene Erfindung und hat nur dem Namen nach mit seinem berühmten Vorbild, dem Berliner Tabakskollegium des Königs Friedrich Wilhelm I. von Preußen zu tun. Dieses war jedoch keine Loge, sondern eine Männerrunde, die, gefördert vom König, zusammentrat, um bei Wein und Pfeifentabak Unterhaltung zu finden. Friedrich Wilhelms Nachfolger Friedrich II. konnte dieser eher derben Form von Geselligkeit nichts abgewinnen und löste das Tabakskollegium kurzerhand auf.

Der Gebrauch von Spielkarten als Wahrsageinstrumente setzte

in den achtziger Jahren des 18. Jahrhunderts in französischen Salons ein, wobei viele, die sie verwendeten, sich auf ältere Vorbilder beriefen, die möglicherweise aus dem Orient über Italien nach Europa gekommen waren. Kartenlegerinnen wie die Madame Europe des Romans reisten von Stadt zu Stadt und verkehrten oft in den höchsten Kreisen. Ihre Voraussagen waren an manchen Fürstenhöfen ebenso beliebt wie gefürchtet. Offiziell hörte man nicht auf sie, insgeheim aber suchte man aber doch immer wieder ihren Rat.

Besonders beliebt waren im 18. Jahrhundert auch der Gebrauch von Schnupftabak sowie Ton- und Meerschaumpfeifen. Allgemein wurde die Auffassung vertreten, dass Pfeifentabak die Luft reinige, und es gehörte somit lange zum guten Ton, ihn zu konsumieren. Pfeifen wurden mit einem harzhaltigen Span, dem sogenannten Fidibus, entzündet, wohingegen der Schnupftabak für gewöhnlich in aufwendig gestaltete, teilweise kostbare Dosen gefüllt wurde. Historisch belegt ist Friedrich Schillers Leidenschaft für das Kartenspiel und seinen hohen Tabakkonsum, was von seinem Freund Goethe nicht gebilligt wurde. Tatsächlich soll der Dichter auch faule Äpfel in seiner Schreibtischschublade aufbewahrt haben, weil er behauptete, sich nur bei ihrem Geruch auf seine Arbeit konzentrieren zu können. Überliefert ist sein gespanntes Verhältnis zu Christiane Vulpius, die er und seine Frau bei ihren Besuchen in Goethes Haus eisern ignorierten.

Schokolade galt im 18. Jahrhundert noch als ausgefallenes Modegetränk der aristokratischen Stände und war recht teuer. Wie im Roman erwähnt, hatte Goethe eine besondere Schwäche für diese Delikatesse und ließ sich jeden Morgen eine Tasse Schokolade servieren.

Eine Straße mit Namen Winkelgasse gab es in Weimar wirklich, auch wenn in ihr weder ein Tabakladen noch eine Schokoladenmanufaktur nachweisbar sind. Dafür ist das Geburtshaus von Christian und Christiane Vulpius erhalten geblieben und kann von außen besichtigt werden. Die Straße, in der es sich befindet, wurde jedoch in Luthergasse umbenannt.

Hätte es die Kartenlegerin tatsächlich gegeben, so hätte sie mit ihrer Vorhersage tatsächlich ins Schwarze getroffen: Goethe heiratete Christiane im Jahr 1806, nachdem diese ihn und das Haus am Frauenplan vor plündernden französischen Soldaten gerettet hatte. Christian Vulpius' »Rinaldo Rinaldini« erlebte bis in die Gegenwart zahlreiche Neuauflagen und Bearbeitungen. Er gilt heute als erfolgreichster Räuberroman in deutscher Sprache und machte Vulpius noch zu Lebzeiten zu einem bekannten Schriftsteller.

Wie im Roman beschrieben, arbeitete er 1798 als Revisor in der Herzoglichen Bibliothek, der heutigen Anna-Amalia-Bibliothek in Weimar. Eine Stelle, die er tatsächlich der Fürsprache Goethes verdankte, der die Bibliothek offiziell im Auftrag des Landesherrn verwaltete. 1805 wurde Vulpius zum Bibliothekar, zehn Jahre später zum herzoglichen Rat ernannt.

Guido Dieckmann, Juli 2017

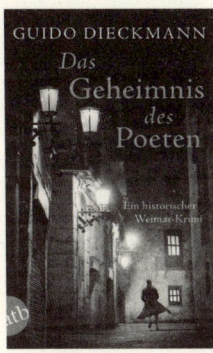

Guido Dieckmann
Das Geheimnis des Poeten
Ein historischer Weimar-Krimi
413 Seiten
ISBN 978-3-7466-3235-3
Auch als E-Book erhältlich

Die Verschwörung von Weimar

Weimar im Jahr 1797: Der junge Christian Vulpius steckt in Schwierigkeiten. Er hat Schulden, und seine Pläne, selbst als Schriftsteller zu reüssieren, sind ins Stocken geraten. Ohne Wissen seiner Schwester Christiane, die mit Goethe liiert ist, nimmt er ein paar Bücher aus dessen Haus mit – als Material für einen Roman über einen Räuberhauptmann, den er plant. Doch ausgerechnet diese Bücher werden ihm gestohlen, und dann wird auch noch ein Mann ermordet, der ihm einen Tag zuvor im Gasthaus von einer Verschwörung und einer mysteriösen Urkunde erzählt hat, die seit Jahren in Goethes Haus versteckt sei und jeden, der nach ihr suche, einer tödlichen Gefahr aussetze.

Ein packender historischer Roman mit höchst klassischem Personal

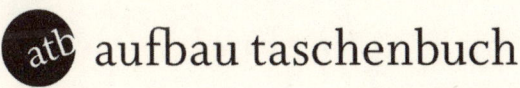

Birgit Jasmund
Der Duft des Teufels
Historischer Roman
443 Seiten
ISBN 978-3-7466-3295-7
Auch als E-Book erhältlich

Die dunkle Seite des Kölnisch Wasser

Köln 1695: Ein Duftwasser versetzt die Stadt in Hysterie. Die enthemmende Wirkung seines Aromas wird dem Teufel zugeschrieben. Und die junge Witwe Kathrina gerät unter Verdacht, als dessen Handlangerin unschuldige Jungfrauen in seine Arme zu treiben. Um sie zu retten, ruft ihr Geliebter, der Kaufmannssohn Daniel, den Parfümeur Giovanni Paolo Feminis zu Hilfe. Aber gelingt es dem Erfinder des Aqua mirabilis, Kathrinas Unschuld zu beweisen und Köln von dem Fluch zu befreien?

Die packende Geschichte über die Entstehung des Eau de Cologne.

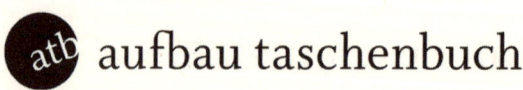

Lena Johannson
Die Bernsteinhexe
Ein historischer Roman von Usedom
400 Seiten
ISBN 978-3-7466-3315-2
Auch als E-Book erhältlich

Die Heldin von Usedom

Usedom, 1629: Während des Dreißigjährigen Krieges, als auf Usedom
Not und Elend herrschen, entdeckt die Pfarrerstochter Maria eine Bern-
steinader. Mit dem Erlös hilft sie den Armen und Hungernden. Zum
großen Missfallen des Amtshauptmannes, der seine Macht auf der Insel
schwinden sieht. Also sinnt er auf Rache und streut das Gerücht, dass
Maria eine Hexe sei. Ob es ihrer großen Liebe Rüdiger gelingen wird,
sie vor dem sicheren Flammentod zu bewahren?

Die Geschichte einer mutigen Frau

**Regelmäßige Informationen erhalten Sie über unseren Newsletter. Jetzt anmelden
unter: www.aufbau-verlag.de/newsletter**

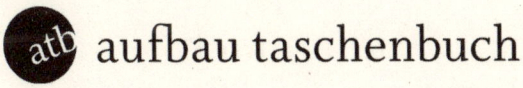